VEIT ETZOLD

DARK WEB

WENN ALLES UMSONST IST,
BIST DU DER PREIS

DROEMER

Besuchen Sie uns im Internet:
www.droemer.de

FSC
www.fsc.org
MIX
Papier aus verantwortungsvollen Quellen
FSC® C083411

Originalausgabe Februar 2017
Droemer Taschenbuch

Ein Imprint der Verlagsgruppe
Droemer Knaur GmbH & Co. KG, München
Dieses Werk wurde vermittelt durch die AVA international GmbH
Autoren- und Verlagsagentur, München.
www.ava-international.de

Redaktion: Antje Steinhäuser
Covergestaltung: NETWORK! Werbeagentur, München
Satz: Sandra Hacke
Druck und Bindung: CPI books GmbH, Leck
ISBN 978-3-426-30550-8

2 4 5 3

Für Roman Hocke und Markus Michalek
von AVA international,
ohne die es dieses Buch nicht geben würde.

Und natürlich auch wieder für Saskia …

Es gibt eine Menge Dinge, die wir gern machen würden,
aber leider nicht tun können, weil sie illegal sind.
Weil es Gesetze gibt, die sie verbieten.
Wir sollten ein paar Orte haben, wo wir sicher sind.
Wo wir tun können, was wir tun wollen.

LARRY PAGE, CEO GOOGLE, 2013

Die Angst hat große Augen.

RUSSISCHES SPRICHWORT

DRAMATIS PERSONAE

DIE ERMITTLER

* *Jasmin Walters,* auch genannt Johanna Langhaus, Abteilungsleiterin in der Abteilung *Nemesis,* Berlin
* *Roland Ressler,* Direktor der Abteilung *Nemesis,* Berlin und Den Haag
* *Jürgen Kunhardt,* Direktor des Bundesnachrichtendienstes (BND), Pullach und Berlin
* *Markus Olsen,* Programmierer und *White Hat Hacker* bei Europol, Den Haag
* *Thomas Baker,* Case Officer, MI6, London
* *Johannes Trautmann,* Leiter der Abteilung Informationstechnik beim Bundeskriminalamt (BKA), Wiesbaden
* *Antonija,* private und verdeckte Ermittlerin für die Gruppe *Nemesis,* u.a. Berlin
* *Birgit Breuer,* Jürgen Kunhardts Sekretärin

DIE HACKER UND NARCOBAY-START-UP-GRÜNDER

* *Oliver Winter,* Daytrader an der Börse und künftiger Inhaber der Plattform »Narcobay«, Berlin
* *Marc,* genannt Vergil, inzwischen Hacker und Dark-Web-Experte, Berlin

DIE RUSSEN UND VERBÜNDETE

* *Alexander Michalew,* Chefstratege des Kreml und Stabschef des russischen Präsidenten, Moskau
* *Victor Ivanow,* Direktor des russischen Inlandsgeheimdienstes FSB / Nachfolger des KGB, Moskau

* *Vladimir Kowaljow*, genannt »Vlad der Pfähler«, Chef der Solnzevskaja-Mafia, Moskau
* *Kyrill Karasow*, rechte Hand von Vladimir, Moskau
* *Professor Ivan Ogarew*, Akademischer Direktor des Forschungszentrums Skolkowo bei Moskau
* *Josef Shestakow*, früherer akademischer Direktor des Forschungszentrums Skolkowo und Vorgänger von Ogarew, Moskau
* *Igor Andrejew*, ehemaliger Assistent von Shestakow
* *Dr. Jacub Czerny*, ehemaliger Chirurg, genannt *Der Puppendoktor*, Prag
* *Karloz*, Schleuser und Menschenhändler und ehemaliger Offizier der rumänischen Geheimpolizei Securitate, Constanta, Rumänien
* *Abdul Al Dar*, Menschenhändler und Schleuser, Kairo
* *Andrej Tatamowitsch*, Vorstandschef der Novisbank, Moskau
* *Charles Taylor*, CEO der Banco Angolano, Angola
* *Levin Wang*, CEO der China First Bank, Beijing
* *Jürgen Schilling*, Berater von Charles Taylor und ehemaliger Devisenbeschaffer der DDR, Starnberg
* *Investmentbanker aus London und New York*

DIE SILICON VALLEY CREW

* *Jörg Tanner*, Gründer und CEO der Vergleichsplattform Com-Pare, Berlin
* *Ben Howland*, Investor und Inhaber des Venture Capital Fonds Anvil & Howland, Menlo Park, Kalifornien
* *Peter Thomson*, Investor und Business Angel und Gründer von *Thomson Disruption Fund*, Palo Alto, Kalifornien

ANDERE

* *Gertrude (Gerda) Walters,* Mutter von Jasmin
* *Carla Walters,* Tochter von Jasmin und Lutz
* *Nina Winter,* Frau von Oliver und Inhaberin eines Hochzeitsblogs, Berlin
* *Lutz Langhorn,* Bildender Künstler und Meisterschüler der UDK Berlin, zudem Lebensgefährte von Jasmin Walters, Berlin
* *Spike,* Mitarbeiterin für »besondere Aufträge« von *Executive Solutions,* Oslo
* *Slate,* Auftragskiller im Dark Web, Aufenthaltsort unbekannt
* *Tony,* Privatdetektivin
* *Joachim Warner,* Journalist, Frankfurt am Main
* *HCL,* Inhaber und Direktor von *Executive Solutions,* Wien
* *Marvin Bowers,* Tourist aus Manchester in Berlin
* *Dr. Jürgen Rudolf,* Direktor der Abteilung für Informationstechnologie und IT-Sicherheit, Europäische Zentralbank (EZB), Frankfurt am Main
* *Johannes Foltin,* Abteilungsleiter IT-Schnittstellenmanagement, Europäische Zentralbank (EZB), Frankfurt am Main
* *Tanya,* Waisenkind aus der tschechischen Republik
* *Yvonne,* Flüchtling aus der Demokratischen Republik Kongo
* *William Grayson,* Gründer von GH Associates

PROLOG

PRAG, AUGUST 2015
Mandarin Oriental Hotel

»Dann sind wir also im Geschäft?«, fragte der Mann, den alle *Vlad den Pfähler* nannten. Vladimir Kowaljow war der echte Name des Chefs der russischen Solnzevskaja-Mafia, die von Moskau aus den ganzen ehemaligen Ostblock kontrollierte und in Prag eine riesige Drehscheibe des Verbrechens betrieb. Und bald nicht nur in Prag. Sondern in ganz Ost- und Westeuropa. Und vor allem im Internet.

Der Pfähler war früher einmal der Beiname von Vlad Dracul gewesen, der später als *Dracula* weltberühmt wurde. Vladimir Kowaljow war zu diesem Spitznamen gekommen, weil er früher öfter seine Mädchen eingeritten hatte. Ein oder zwei sollen dabei gestorben sein.

Neben ihm saß Kyrill Karasow, Vlads rechte Hand, die riesigen Pranken um ein Wodkaglas gelegt, das Gesicht rauh und vernarbt, so als könnte man Parmesan daran reiben.

Oliver Winter blickte erst Vladimir Kowaljow und dann Kyrill Karasow an. Und dann nacheinander die fünf Leibwächter, die oben auf der Dachterrasse des Mandarin Oriental Hotels in Prag saßen. Sie alle hielten Zigaretten oder Zigarren in ihren riesigen Pranken, die bedeckt von Tätowierungen und bestückt mit schweren Ringen waren, Ringen, die gegen die Wodkaflaschen klirrten wie Ketten auf einer Galeere.

Schwere Ringe, schwere Zigarren, schwere Jungs, dachte Oliver.

Wobei *schwere Jungs* irgendwie romantisch klang. Doch hier war nichts romantisch. Der ganze obere Bereich des Hotels war abgesperrt. Schwarzgekleidete Bodyguards standen an den

Eingängen. Und Kowaljows zwei Hunde, zwei eisgraue Weimaraner aus Deutschland, saßen zu den Füßen des Mafiabosses, wie früher die Tiger zu den Füßen Kleopatras. Peter und Josef hießen die beiden Tiere. Benannt nach Peter dem Großen und Josef Stalin.

»Sie helfen uns, ins Dark Web zu kommen«, sagte der Pfähler. »Sie machen die Online-Strategie für unser Kartell. Dafür kriegen Sie 15 Prozent von allem, was über Ihre Plattform geht.« Er schaute Oliver an. »Einverstanden?«

Oliver saß auf den letzten drei Zentimetern des Stuhls und nickte mechanisch.

»Sie sind sehr erfolgreich mit dem Verkauf von Drogen«, sprach Vlad Kowaljow weiter. »Ihre Seite, Narcobay, ist eine Legende geworden. In sehr kurzer Zeit.«

»Was haben Sie alles zu bieten?«, schaltete sich jetzt Kyrill Karasow ein.

»Alles, was Sie an Drogen kennen.« Oliver versuchte, weltmännisch und erfahren zu wirken. »Meth, Glass, Ice, K, E, Mitsu, Ames, Ex, Coke. Alles!«

»Und die Kunden wissen, dass es Sie gibt?«

»Natürlich! Wir sind bei Grams super geranked.«

»Grams?«

»Grams ist die Suchmaschine im Dark Web.« Genau genommen war Grams das Google des Dark Web. Am meisten wurde dort nach Drogen gesucht.

»Sonst noch etwas?«

»Waffen. Oder auch Hacking-Software. Zum Beispiel die, die beim Hack auf Sony eingesetzt wurde. Kostet nur dreißigtausend Dollar.«

»So wenig?« Vlad zog die Augenbrauen hoch. Kyrill machte sich eine Notiz.

Vlad zog an seiner Zigarre. Wahrscheinlich eine von denen, die achtzig Euro kosteten. Wobei nur zehn Cent davon bei den kubanischen Herstellern hängenblieben. Wenn überhaupt. »Was ist, wenn die Polizei kommt?«

»Dann finden sie nichts. Unsere Lieferanten haben das Zeug. Wir sind fein raus.«

»Und wenn doch? Wenn sie kommen? Mit Hunden?«

»Die Hunde merken nichts. Auch wenn wir es mal transportieren, kommen die Fahnder nicht dran. Wir reiben die Beutel mit dem Fleisch von verwesten Hunden ein. Das hassen die Hunde. Da gehen sie nicht ran. Und bellen auch nicht.«

Kyrill musste lachen. »Ist ja wie bei … wie heißt die Serie noch … *Walking Dead.*«

Oliver nickte. Er schien selbstsicher. Ein ruhiger See, auch wenn in ihm ein Orkan tobte. Wenn er einen Fehler machte, konnte er schon morgen tot sein. Oder noch heute. »Funktioniert aber genau so.«

Vlad beugte sich nach vorne, schaute kurz zu den beiden Weimaranern zu seinen Füßen und blickte ihn dann über seine gefalteten, tätowierten Finger an. »Wo habt ihr die toten Hunde her?«

»Ist das wichtig?«

»Ich will es wissen, darum ist es wichtig! Wir wollen zusammenarbeiten. Und wollen uns vertrauen. Oder etwa nicht?«

Es hätte Oliver nicht gewundert, wenn Vlad als Nächstes eine Pistole gezogen hätte. »Wir holen die toten Hunde aus dem Tierheim«, sagte Oliver. »Holen sie ab, bevor sie vom Kadaververnichter abgeholt werden. Kein Hund muss wegen uns sterben. Wir lassen sie verwesen. Und irgendwann kommen wir mit Gummihandschuhen und Plastikmänteln und reiben unsere Kartons … äh … *damit* ein.«

»Gute Idee.«

Oliver lächelte gequält. »Ich habe die Biografie von Pablo Escobar gelesen.«

Kyrill blickte ihn an. »Dem Drogenkönig aus Kolumbien? Wusste nicht, dass der eine Biografie geschrieben hat.«

»Hat er auch nicht. Ist eher eine Sammlung von Artikeln.«

»Schickst du mir die mal?«

»Klar.«

Vlad grinste. »Drogen, Hacking, Hunde.« Vlad, der Einzige, der heute keinen Wodka trank, trank von seinem Tee mit einer Miene, wie ein Militärdiktator von seinem Tee trinken würde, nachdem er gerade einen Erschießungsbefehl gegeben hatte. »Sie haben die Daten, Sie haben schon ein wenig Geld. Und *wir* haben die Waffen. Die Muskeln, während Sie das Gehirn haben. Allerdings …« Er zog an seiner Zigarre, »mit einem erweiterten Angebot werden wir alle noch viel mehr Geld verdienen.«

Oliver wusste, was der Mafiaboss meinte. *Menschenhandel. Sexsklaven. Prostitution.*

Oliver hatte alles im Dark Web gesehen. Jenem verborgenen Bereich des Internets, wo es alles gab.

Hier war alles extrem.

Extreme Porn. Extreme Torture. Extreme Snuff. Extreme Bestiality.

All das gab es dort.

Und dann noch CP.

CP. Das war *Child Porn.* Kinderpornografie. Netzwerke, wo Menschen ihre perversesten Vorlieben teilten. Mit denen sollte er arbeiten? Für die sollte er Dienstleistungen bereitstellen? Wie tief war er gefallen? Wohin war er geraten?

Und dann noch das, was sie *Necro CP* nannten.

Necro CP. Das waren die *Dolls.* Ausgestopfte Körper mit Glasaugen, die ihre Besitzer aus toten Augen anzwinkern konnten. Augen, die auf künstliche Weise lebend erschienen. Ausgestopfte, tote Körper aus Krisenregionen, bei denen gewisse Teile des Körpers *präpariert* waren, damit die Kunden dort besser *hineinkamen,* wie man ihm gesagt hatte.

Er wischte sich über die Augen, als könnte er damit all die Bilder wegwischen.

Doch das konnte er nicht.

Die Bilder blieben dort eingebrannt wie auf einer altmodischen Filmrolle.

Die toten Körper. Das waren die toten Dolls.

Vladimir Kowaljow lehnte sich nach vorne, als habe er Olivers Gedanken gelesen.

»Wir haben auch einen Kooperationspartner, der macht *lebende Dolls.*«

Lebende Puppen.

Oliver fragte sich, was die *lebenden Dolls* sein sollten.

Und er fürchtete, dass er es sehr bald erfahren würde.

Die Stimme des Russen brachte Oliver endgültig in die Realität zurück. Und die Realität war mindestens ebenso schrecklich wie die Vorstellungen, die gerade sein Gehirn wie schwarze Tinte überflutet hatten.

»Also, lieber Oliver Winter«, fragte Vladimir Kowaljow und drehte seinen schweren Schädel in Olivers Richtung wie ein MG-Geschütz, »sind wir im Geschäft?«

Oliver atmete tief aus. »Ja, Herr Kowaljow, das sind wir!«

Er lehnte sich zurück.

Fragte sich, wie er hierhergekommen war.

Fragte sich, woher er all das Geld hatte.

Und was noch alles kommen würde.

Und er fragte sich, wovor er mehr Angst hatte: Vor dem, was ihn erwartete, oder vor dem, was aus ihm geworden war.

BUCH 1

Dann sah ich: Das Lamm öffnete das erste der sieben Siegel;
und ich hörte das erste der vier Lebewesen
wie mit Donnerstimme rufen: Komm!
Da sah ich ein weißes Pferd; und der, der auf ihm saß,
hatte einen Bogen. Ein Kranz wurde ihm gegeben,
und als Sieger zog er aus, um zu siegen.

OFFENBARUNG, 6, 1–8, DER ERSTE REITER DER APOKALYPSE

Russland hat zwei Verbündete: Seine Armee und seine Flotte.

ZAR ALEXANDER III

KAPITEL 1

MOSKAU, MAI 2010
Kreml

Alexander Michalew, Chefstratege des Kreml und Stabschef des Präsidenten der Russischen Förderation, ging mit eiligen Schritten die Treppen zum Ausgang des Regierungspalastes herunter.

Es war 2 Uhr morgens.

Nationale Sicherheitsinteressen manipulierte man nicht bei Tageslicht.

Michalew kam gerade aus dem Predstavitel sky Zal des Kreml, der ovalen Empfangshalle mit den pastellgrünen Wänden, der Kuppel und den Verzierungen aus Stuck und Gold. Die vier Bronzestatuen von vier russischen Zaren blickten auf ihn herunter. Peter der Große, Katharina die Große, Alexander II. und Nikolaus I.

Michalew hatte gerade ein Gespräch mit dem Präsidenten gehabt. Der Präsident blieb gerne lange auf. So wie schon sein Vorbild Stalin. Und so, wie es in Deutschland einst Hitler zu tun pflegte. Offenbar hassten Diktatoren den Morgen und liebten die Nacht.

Michalew gehörte zum kleinen Kreis der Silowiki, den Getreuen des Präsidenten, genau wie der Mann, zu dem er jetzt noch unterwegs war. Es waren Vertreter aus Militär, Geheimdienst, Wirtschaft und Politik. Und seit neuestem auch der Kirche. Der Patriarch der russisch-orthodoxen Kirche war ebenfalls Teil der neuen russischen Strategie. Im Mittelalter hatte die russisch-orthodoxe Kirche das Zarenreich zum *Dritten Rom* erklärt. Nach Rom und Konstantinopel. Die letzte und größte Bastion des christlichen Abendlandes in einem Westen, der, so sah man es, immer verweichlichter wurde und allen Aggressoren nichts als Toleranz und Wehrlosigkeit entgegenbrachte.

Die Silowiki, was auf Russisch so viel wie *zähe Jungs* hieß, wurden immer zu den Samstags- und Montagsrunden des Präsidenten eingeladen, die manchmal bis 3 Uhr morgens dauerten.

Es war jetzt Dienstagmorgen, 2 Uhr. Da war Michalew noch recht früh weggekommen. Wenn auch die Nacht für ihn noch lange nicht zu Ende war.

Er stieg in die schwarze Limousine, die auf dem Roten Platz auf ihn wartete. Sein Ziel: Die Lubjanka, seit mehr als einem Jahrhundert Symbol von staatlicher Macht. Und sehr oft auch staatlicher Willkür. Hier war der Sitz des *Federalnaja sluschba besopasnosti Rossijskoi Federazii (FSB)*, auch bekannt als *Föderaler Dienst für Sicherheit der Russischen Föderation.* Oder als Inlandsgeheimdienst, der aber viel mehr war als »nur« ein Inlandsgeheimdienst. Er war der Nachfolger des KGB. Und manche glaubten, es wäre an der Zeit, dass er seinen alten Namen wiederbekam. KGB. Statt FSB.

KGB. Das Komitee für Staatssicherheit. Gegründet im Jahr 1954, ein Jahr nach Stalins Tod. Mit weltweit mehr als siebzigtausend Mitarbeitern.

Michalew blickte an der Fassade hinauf. Nicht alle, die in dieses Gebäude kamen, waren immer so voller Vorfreude gewesen wie er. Hier hatte der sowjetische Geheimdienst gefoltert und gemordet, hier hatten sich lange Schlangen von Menschen gebildet, die wissen wollten, was aus ihren Angehörigen geworden war. Manche sagten, die Mauern der Lubjanka seien mit Blut getränkt. Doch Blut wurde immer weniger vergossen. Die Waffen der Zukunft waren unsichtbare. Und es war an der Zeit, dass Russland sich dieser Waffen noch umfassender bemächtigte.

Derjenige, der sich am lautesten dafür aussprach, war Victor Ivanow, der Chef des FSB. Der Mann, den Michalew noch in dieser Nacht besuchen wollte. Denn Ivanow hatte eine Idee. Und meistens waren die Ideen des FSB-Chefs es wert, angehört zu werden.

Alexander Michalew und Victor Ivanow.

Sie hatten schon manche Intrige zusammen gesponnen.

Den hageren, blitzschnellen Michalew nannten sie in Moskau »Die Kobra«.

Den korpulenten Ivanow nannten sie den T34. Nach dem berühmten Panzer, der im Zweiten Weltkrieg gegen die deutschen Divisionen gekämpft hatte. Ivanow kannte diesen Spitznamen. Und er hatte nichts dagegen. Er hatte sich damals, als der Eiserne Vorhang noch bestand, und auch danach noch öfter an dem sowjetischen Ehrenmal mit den zwei T34-Panzern in Berlin-Tiergarten abbilden lassen.

Der T34 und der Zweite Weltkrieg.

Es war Mai.

Mai 2010.

Nächste Woche würden die Feierlichkeiten beginnen. Am 8. Mai.

Vor fünfundsechzig Jahren hatte Russland Hitlerdeutschland besiegt.

1945.

Und zwei Jahre später hatte Russland eine Antwort auf die perfekten Gewehre der Deutschen Wehrmacht gehabt, wie zum Beispiel auf das Sturmgewehr 44.

Diese Erfindung kam von Michail Kalaschnikow. Zwei Jahre später.

1947.

Das Jahr, in dem diese Waffe das Licht der Welt erblickt hatte, wurde auch in ihrem Namen verewigt.

Automatische Kalaschnikow. 1947.

Oder wie man es kurz aus den amerikanischen Gangsterfilmen kannte: AK 47.

Er betrat das Arbeitszimmer von Victor Ivanow. Der hatte auch zu dieser späten Stunde seine Uniform noch nicht abgelegt. Einzig die Mütze mit dem Emblem des FSB lag auf dem Schreibtisch. Michalew schaute in eine Ecke des großen Büros. In einem abgedunkelten Aquarium schwamm ein Tiefseeanglerfisch, ein unheimlicher Raubfisch mit einem riesigen, zahnbewehrten Maul und einem Leuchtorgan, das andere Fische anlockte.

»Smirnoff?«, fragte Ivanow zur Begrüßung und reichte Michalew, ohne auf dessen Antwort zu warten, ein Glas.

Smirnoff war im 19. Jahrhundert die erste Destillerie gewesen, die Holzkohle zum Filtern des Destillats einsetzte. Dadurch war ihr Wodka im Vergleich zu anderen, damals üblichen Produkten besonders mild, klar und ohne Eigengeschmack.

Gut, wenn man in später Nacht noch klar denken wollte, dachte Michalew und genoss den scharfen Geschmack auf Zunge und Gaumen.

»Es wird Zeit, die Dinge wieder selbst in die Hand zu nehmen«, begann Ivanow und lief in dem riesigen Büro auf und ab. »Ein paar Probleme bleiben die alten. Sowohl unter Ivan dem Schrecklichen als auch heute. Moskau schützt kein großes Gebirge, und im Winter sind unsere Häfen gefroren.«

»Das ist aber nicht alles.«

»Nein. Zusätzlich wird alles, was Mutter Russland tut, von anderen bestimmt. Der Begriff *Kalter Krieg* wurde von Walter Lippmann von der *New York Times* geprägt, der Begriff *Eiserner Vorhang* von Winston Churchill. Immer waren es westliche Menschen, die Russland geprägt haben. Damit muss Schluss sein.«

»*Da*«, sagte Michalew zustimmend. *Da* hieß *ja* auf Russisch. »Was haben Sie vor?«

»Wir müssen den Westen in die Irre führen«, sagte Ivanow.

»So wie damals Väterchen Stalin, als er die GIs im Zweiten Weltkrieg Richtung Alpenfestung lenkte, die es gar nicht gab, und dadurch die Rote Armee freie Bahn auf Berlin hatte. Und wir die Ersten waren in der Hauptstadt des Feindes! Und damit in einer sehr viel stärkeren Verhandlungsposition!« Er trank von seinem Wodka. »Schon Henry Kissinger sagte: Weltordnung braucht Hegemonie oder Gleichgewicht. Was wollen Sie, Herr Michalew? Was möchte der Präsident?«

Michalew brauchte nicht lange zu überlegen. »Hegemonie natürlich. Wir haben sie 1989 verloren. 1991 haben wir noch einmal versucht, mit Hilfe des KGB diesen Säufer von Jelzin wegzuputschen.«

Ivanow nickte bitter. »Wir haben verloren. Der Coup misslang, und der KGB wurde aufgelöst.«

»Und darum müssen wir sie wiederbekommen. Die Hegemonie. Die Macht. Der Zusammenbruch der Sowjetunion war schließlich die größte geopolitische Katastrophe des 20. Jahrhunderts.«

Ivanow nickte noch einmal. »Das hätte der Präsident nicht schöner sagen können. Damals, die Neunziger ...« Er spuckte die Worte fast aus. »Zwanzig Männer, die Oligarchen haben 40 Prozent des Landes an sich gerissen. Chodorkowski war nur einer von ihnen. Dieser Vaterlandsverräter von Jelzin hat Mutter Russland an Diebe verkauft.«

»Und der Westen hat ihm geholfen«, ergänzte Michalew. »Leningrad 1991. Von dort haben sie Spin Doktors aus den USA nach Moskau geholt, damit dieser fette Säufer von Jelzin an die Macht kommen konnte. Der Westen wollte uns schwächen. Und das ist ihm auch gelungen. Jetzt ist es an der Zeit, die Sowjetunion wieder aufzuwecken. Oder besser: *wach zu küssen.*«

Ivanow nickte stumm.

»Der Westen hat uns belogen«, sagte er dann. »Helmut Kohl

hat uns belogen. Die Wiedervereinigung sollte es nur geben, wenn die NATO nicht nach Osten vorrückt. Das ist nicht geschehen. Schon am 23. August 1939 haben wir im Hitler-Stalin-Pakt Europa in Einflusssphären aufgeteilt. Doch an diese Sphären hat sich der Westen noch nie gehalten. Hitler schon nicht und seine Nachfolger erst recht nicht.« Ivanow schenkte sich Wodka nach. »Es ist Heuchelei! Wenn sich die europäischen Länder zusammenschließen, dann wird das als normal angesehen – doch wenn wir im postsowjetischen Raum dasselbe tun, wird das als Wunsch Russlands angesehen, ein Imperium zu errichten.«

Michalew betrachtete abwechselnd Ivanow, der in seiner tonnenartigen Gestalt vor den großen Fenstern, die sich in die Dunkelheit der Nacht öffneten, auf und ab ging, und den Tiefseeanglerfisch in seinem düsteren Aquarium, dessen Licht unheimlich leuchtete. *Ein T34 und ein Tiefseeangler. Zu Land und zu Wasser.*

»Vor der Küste von Norwegen sind ständig amerikanische U-Boote im Einsatz«, sprach Ivanow weiter. »Die Zeit, die eine Rakete von den U-Booten bis nach Moskau braucht, beträgt siebzehn Minuten. Aus Sewastopol auf der Krim kommen wir nicht mal ins Mittelmeer. Und die Häfen im Norden sind im Winter gefroren. Und dann gilt Russland als aggressiv, wenn wir lediglich unsere Meinung und unsere Interessen vertreten?«

»Sie wissen doch, was Alexander III. gesagt hat«, sagte Michalew. Und dabei dachte er an den T34 und den Tiefseeanglerfisch. *»Russland hat nur zwei Verbündete: seine Armee und seine Flotte!«*

Ivanow schwieg einen Moment und schritt langsam zwei, drei Schritte auf Michalew zu.

Ein T34 und ein Tiefseeangler.

Dann legte er ihm die Hand auf die Schultern. »Ist der Kreml bereit zu handeln?«

Michalew nickte. »Das ist er.«

»Der FSB ist es auch. *Der KGB.*«

»… und der Präsident«, ergänzte Michalew, »wird es auch sein.«

Ivanow ließ die Hand auf Michalews Schulter und führte ihn näher an das Aquarium. »Lass uns so sein wie dieser Tiefseeanglerfisch«, sagte er.

»Was haben Sie vor?«, fragte Michalew.

»Ich habe da einen Plan«, sagte Ivanow.

KAPITEL 2

OSLO, JULI 2015
im Taxi zum Flughafen

Spike hatte einen Anruf bekommen. Und fast immer, wenn Spike einen Anruf bekam, ging es darum, *fat cats* zu töten. Fette Katzen. Menschen, die sehr viel Geld bekamen und dafür sehr wenig taten. Darum hieß Spike Spike. So wie der Hund aus Tom und Jerry. Und die Toms, die Spike jagte, waren die fetten Katzen.

Der Auftraggeber hatte um ein Treffen in Frankfurt gebeten. Und einen Job gab es dort auch gleich noch auszuführen. »Spike muss mal wieder eine Fat Cat fressen«, hatte der Auftraggeber gesagt.

Spike saß im Taxi auf dem Weg zum Flughafen Oslo. Norwegen ging es noch immer ziemlich gut wegen all dem Öl. Sein Staatsfonds, in dem die Staatseinnahmen gesammelt wurden, war der größte der Welt. Auch wenn der Ölpreis in letzter Zeit ziemlich in den Keller gesackt war, so ließ man es sich hier gutgehen. Drei-Tage-Wochenenden waren eher die Regel als die Ausnahme. Und auch geopolitisches Denken war hier eher

Glückssache. Warum Russland noch nicht Norwegen eingenommen hatte, fragten sich viele. Denn allzu schwer wäre das nicht für Russland, und der Zuwachs an Bodenschätzen und Öl wäre beträchtlich. Und der Widerstand der Norweger wohl ziemlich gering. Wäre da nicht die strategisch wichtige Rolle, die Norwegen in der NATO spielte. Ansonsten wäre das den USA sicher auch egal.

Spike war es in jedem Fall egal.

Spike hatte damals etwas Geld in Norwegen angelegt, 2010, als alle dachten, die Eurozone würde auseinanderbrechen. Denn Norwegen war weder Mitglied in der EU noch in der Eurozone. Und dann war Spike hiergeblieben. Oder besser: Reiste oft von Norwegen aus zu den Einsatzorten. Immer von Oslo aus. Denn Oslo war ein guter Ort. Nahe genug dran, aber weit genug weg. Nicht in der Eurozone. Nicht in der EU. Aber dennoch nur wenige Stunden von den wichtigen Aufträgen entfernt. Und Flüge aus Oslo waren oft billig. Auch in die USA. Auch in der Business Class. Spike reiste gern bequem. Konnte es sich leisten. Schließlich wurde Spike gut bezahlt. Dafür sparten ihre Auftraggeber auch eine Menge Geld, wenn der Job gut erledigt wurde.

Die Waffen waren schon vor Ort. Sie wurden immer vorher verschickt. Und sie lagen dann in irgendeinem Postfach bereit.

Am liebsten die Glock 17 mit Schalldämpfer.

Glock war 1982 die erste Firma gewesen, die eine Pistole aus Hartkunststoff statt aus Metall produzierte. Zusammen mit einer innovativen Munitionszuführung.

Die Glock 17 war leicht und konnte sehr schnell Dutzende von Projektilen hintereinander abfeuern, ohne Ladehemmung zu bekommen. Nachladen konnte man sie auch problemlos. »Die Wahlwaffe des Attentäters«, sagte man in den Fachmagazinen.

Dutzende von Projektilen. In sehr kurzer Zeit. Doch hier reichte eigentlich nur eines.

Manchmal eignete sich auch das Gewehr HK 416 von Heckler

& Koch, das von den NAVY Seals genutzt wurde, unter anderem, um Osama bin Laden zu erschießen.

Spike war auch am Granatenwerfer ausgebildet. Aber der war laut und viel zu auffällig. Spike war das Skalpell, nicht die Axt. Der Schuss ins Nervensystem, nicht die Bombe.

HK. Heckler & Koch. Das klang wie *Hunter Killer.* Und natürlich war es eine deutsche Waffe. Genau wie der Leopard-Panzer, einer der größten Exportschlager der Wehrtechnik. Alles aus Deutschland. Oder aus Österreich. Spike dachte an das Gedicht *Die Todesfuge,* als sich der Flughafen näherte. Es stimmte schon, was Celan sagte:

Der Tod ist ein Meister aus Deutschland. Sein Auge ist blau. Er trifft dich mit bleierner Kugel. Er trifft dich genau.

Deutschland und Österreich.

Österreich war fast noch seltsamer.

Mozart kam aus Österreich. Hitler auch. Und die Glock. Die bevorzugte Waffe des Attentäters.

Und ebenso der Mann, der Spike gerade angerufen hatte.

Mit ihm hatte Spike noch nie zu tun gehabt. Und wusste von ihm nur, dass er der Chef des Ganzen war.

Er nannte sich HCL.

Was immer das bedeuten mochte.

KAPITEL 3

MOSKAU, JULI 2015
Forschungskomplex Skolkowo

Johanna Langhaus war Marketingchefin eines mittelständischen, deutschen IT-Unternehmens. Gerade wurde sie mit einer Gruppe von Computerexperten durch den Forschungskomplex Skolkowo bei Moskau geführt.

Johanna Langhaus hieß eigentlich Jasmin Walters und war alles andere als Marketingchefin bei einem IT-Unternehmen, aber das war etwas, was gerade die Herren in Skolkowo nicht wissen sollten. Und der Leiter des Forschungskomplexes, Professor Ivan Ogarew, sollte es schon gar nicht wissen.

Damit ihre Tarnung nicht aufflog, hatten sie den indirekten Weg gewählt. Eine Wiener Anwaltskanzlei, die eigentlich für Nursultan Narsabajew, den Diktator von Kasachstan, arbeitete, hatte den Kontakt hergestellt. Die Kanzlei sollte einen hochrangigen Beraterkreis für Kasachstan aufbauen, arbeitete aber auch für andere Länder der Welt, so auch Russland und dabei auch für Skolkowo.

Professor Ogarew führte die Gruppe von Sicherheits- und IT-Experten im Rahmen eines gemeinsamen deutsch-russischen Programms zum Thema Internet-Sicherheit und Cybersecurity durch die Räume, die man nur mit einer recht erlesenen Einladung betreten durfte.

»Das Internet der Dinge«, sagte Ogarew, »ist ein Thema, das uns hier ganz besonders beschäftigt. Denn mit dem Web 4.0 kommt das Internet überallhin. Von Autos über TV bis hin zu Kinderspielzeug. Heute schon gibt es fünfzehn Milliarden vernetzte Geräte. 2020 wird es fünfzig Milliarden geben. Da muss alles von vornherein sicher sein. So wie Microsoft das früher gemacht hat, geht es heute nicht mehr. Erst mal auf den Markt bringen und dann nachträglich das Feuer löschen.« Er lächelte durch seinen grauen Bart hindurch. »Gott durfte das noch. *Er sah, dass es gut war.* Und als es doch nicht gut war, kam die Sintflut. So eine Art Neustart. Aber eine Sintflut kann sich das Internet der Dinge nicht erlauben. Niemand möchte, dass sein Auto gehackt wird. Kein Fahrer möchte, dass jemand anders als er selbst die Bremsen aktiviert oder plötzlich auf zweihundert Stundenkilometer beschleunigt.«

Jasmin alias Johanna Langhaus war gestern gelandet. Wie so ziemlich jeder auf dem Flughafen Шереме'тьево, was so viel wie Scheremetjewo hieß. Hier hatte auch Edward Snowden einige Zeit im Transferbereich vor sich hinvegetiert. Der ehemalige freiberufliche Mitarbeiter der IT-Security-Firma Booz Allen Hamilton, die mit der NSA und der Firma Palantir das Prism-Programm betreute. Und er hatte sich wahrscheinlich von den Russen auch noch die Festplatten wegnehmen lassen, die ihm die Chinesen in Hongkong vorher noch nicht abgeknöpft hatten.

Der Terminal 2 des Flughafens, ursprünglich errichtet für die Olympischen Sommerspiele 1980, war heute reichlich heruntergekommen. Die Sitze im Wartebereich waren im Boden verschraubt und aus Hartplastik ohne Kissen oder Polsterung. Wie Stühle, auf die man auch Folteropfer zum Verhör gefesselt setzte. Stühle, die man *danach* problemlos abspritzen konnte.

Jasmin wunderte sich jedes Mal wieder über die surrealen Metallzylinder an der Decke, von denen sie nicht wusste, wofür sie gut waren. Sie sahen aus wie eine Mischung aus Patronenhülsen und Campbell-Suppenkonserven von Andy Warhol.

Dann kam die Passkontrolle. Das gleiche Chaos wie immer. Das Drängeln. Hier drängelten alle. Wer den absoluten Kontrast wollte zwischen Geduld und Drängeln, der musste zuerst nach Japan und dann nach Russland fliegen. Ein weiteres typisch russisches Merkmal waren im Stadtverkehr die Blaulichter, die sich diejenigen, die es eilig hatten, auf ihre Protzlimousinen setzten.

Jasmin hatte ein Jahr in Moskau studiert, an der Higher School of Economics. Sie hatte Moskau hassen und lieben gelernt: Die Moskauer Metro, die immer fuhr, aber auch die Schwierigkeit, Fahrkarten zu kaufen, die Partys und immer wieder diese käuflichen Blaulichter.

Jasmin hatte zuvor am King's College London *War Studies* studiert und war das erste Mal von Heathrow aus mit Aeroflot nach Moskau geflogen. Circa dreihundert Minuten Flugzeit. Sie hatte damals schon von vielen Geschäftsleuten gehört, die eine Ledermappe mit zehntausend Dollar in bar dabeihatten, falls es in Russland für sie ungemütlich werden sollte. So ähnlich wie die, die gerade noch aus Pjöngjang in Nordkorea herausgekommen waren, bevor dort das Beil fiel. Oder aus Kambodscha, bevor dort die Roten Khmer das Ruder übernommen hatten.

Sie hatte damals noch nicht so viel Geld dabeigehabt. Ob sie es gebraucht hätte, wusste sie nicht.

Skolkowo war riesig und reich. Es war von Oligarchen errichtet worden.

Die Oligarchen hatten in den frühen Neunzigern fast das ganze Land in ihren Besitz gebracht und waren über Nacht zu Milliardären geworden. Mutter Russland hatte sich die Kommandohöhen wegschnappen lassen.

»Es kann sinnvoll sein, die Marktkräfte zuzulassen und Teile der Industrie in private Hand zu legen.« Das hatte Lenin gesagt. Schon 1922. »Doch die Kommandohöhen der Wirtschaft, Energie, Stahl, Rohstoffe und Infrastruktur, müssen für immer in der Hand des Staates bleiben.« Aber Jelzin hatte dagegen verstoßen. Und jetzt war Russland keine Kommandowirtschaft mehr. Jetzt war es privatisierte Anarchie. Allerdings mit dem festen Willen, diesen Zustand so schnell wie möglich zu beenden.

»Ist dieses Thema nicht auch für Ihr Unternehmen relevant, Frau Langhaus?«, sprach sie einer der Techniker, der Sascha hieß, auf Englisch mit russischem Akzent an.

»Sicher«, sagte sie und fügte dann auf Russisch hinzu: »Wir machen das Internet der Dinge sicherer. Man glaubt ja nicht, was alles passiert. Hacking im Krankenhaus. Drogenzufuhr und Medikamente können mittlerweile per WLAN dosiert werden. Von den richtigen oder von den falschen Leuten.«

Sie war sich nicht sicher, ob die Leute hier die Serie *Homeland* kannten. Aber die Story von dem Herzschrittmacher von Vizepräsident William Walden, der von den Islamisten um Abu Nazir umprogrammiert wurde, damit Walden einen Herzinfarkt erlitt und daran starb, war näher an der Wahrheit, als man denken sollte. Sie sprach weiter. »Nicht nur Autos können plötzlich ganz anders fahren, als der Fahrer es will, Professor Ogarew sagte es ja. Mit entsprechenden Folgen. Es geht noch viel weiter. Auch die Waschmaschine kann anfangen, Spam-Mails zu verschicken, für tausend Euro bei Amazon einzukaufen, oder sie kann als Server für Kinderpornos dienen. Es ist alles möglich.«

Sascha grinste. Auch Professor Ogarew nickte lobend. »Sie kennen sich aus, Frau Langhaus. Und Ihr Russisch ist exzellent!«

Bei Gott, ja. Johanna Langhaus alias Jasmin Walters kannte sich aus. Sie sollte sich auch gut auskennen. Denn in Wahrheit war sie ja nicht Marketingchefin bei einer IT-Security-Firma. Und in Wahrheit waren auch die Experten hier in Skolkowo nicht so freundlich, wie sie taten.

Es konnte sein, dass diese Leute hier in Skolkowo sie nett anlächelten, aber in Wirklichkeit die Internet-Trolle bezahlten, die in St. Petersburg Online-Propaganda für den Kreml machten.

Sie zeigten die Bundeskanzlerin Merkel mit dem ukrainischen Präsidenten Poroschenko, dem seit 7. Juni 2014 gewählten Präsidenten der Ukraine. Untertitel: *Eine alte Kommunistin und ein neuer Faschist.*

Diese Botschaften wurden dann entschärft, vom Geheimdienst in den sozialen Medien verbreitet, von den westlichen Medien kritiklos wiedergekäut und auch in deutschen Talkshows nachgebetet.

Ja, Jasmin Walters kannte sich aus.

Aber Marketingchefin in einem normalen Unternehmen, auch wenn es ein IT-Unternehmen war, das war sie ganz sicher nicht.

In Wahrheit arbeitete Jasmin Walters in einer gemeinsamen Einheit von Bundeskriminalamt (BKA), Bundesnachrichtendienst (BND) und Europol in Den Haag, der Behörde, die europaweit für Cybercrime zuständig war. »Nemesis« war der Codename dieser Einheit. Diese Einheit hatte das Ziel, Hacking, Cyberkrieg, Kinderpornografie und Terrorismus, besonders über das Netz, aufzuspüren. Nemesis war nicht allein, sondern eng vernetzt mit dem französischen DGSE, dem MI6 in England, CIA und NSA und dem Mossad in Israel.

Sie war überall und nirgends. Genauso wie das Verbrechen. Das war eine Besonderheit.

Und Nemesis arbeitete manchmal an der Grenze zum Legalen. Was hieß *manchmal?* Fast immer. Getreu dem Motto: *Die Guten sind gebunden an rechtsstaatliche Grundsätze, die Bösen aber nicht.* Auf diese Weise konnte keine Waffengleichheit geschehen.

Das war die zweite Besonderheit.

Ihr Chef hatte ihr das mal folgendermaßen erklärt:

Wenn Sie hier überleben und auch noch erfolgreich sein wollen, dann stellen Sie keine Fragen, das ist das Erste, was wir Ihnen beibringen.

Und wer hat Ihnen das beigebracht?, hatte sie gefragt.

Habe ich vergessen. Das ist das Zweite, was wir Ihnen beibringen.

KAPITEL 4

FRANKFURT AM MAIN, JULI 2015
Bankenviertel

Spike war in Frankfurt gelandet. Und saß jetzt in der Limousine. S-Klasse. Aber nicht hinten, wie in Norwegen. Sondern vorn. Dort, wo der Fahrer saß. Sah den Wolkenkratzer der Commerzbank, lange Zeit das höchste Gebäude Kontinentaleuropas, die

Zwillingstürme der Deutschen Bank, der DZ-Bank. Weiter hinten den Messeturm von Goldman Sachs.

Der Mann, der das Gebäude an der Gallusanlage verließ, hieß Albert Schmidt. Ein pensionierter Vorstand. Er machte für seine Bank nichts mehr, kassierte aber weiterhin eine horrende Summe. Ins Büro ließ er sich jeden Tag kutschieren, um dort unnütz seine Zeit abzusitzen oder schwachsinnige Projekte zu initiieren, die niemandem weiterhalfen. Buchhalterisch gesehen ein Bilanzposten, der so schnell wie möglich wegmusste. Dennoch war er nicht im hässlichen Hochhaus gegenüber untergebracht, das man bankintern *Elefantenfriedhof* nannte und in dem die anderen Ex-Vorstände saßen. Alles Männer zwischen sechzig und achtzig Jahren, die mit ihrer freien Zeit und dem damit einhergehenden Bedeutungsverlust offenbar nichts anzufangen wussten und dort wie bestellt und nicht abgeholt saßen, um irgendwelche nutzlosen Charity-Projekte voranzutreiben. Schmidt hatte besser verhandelt, denn er hatte noch sein Eckbüro, seine Sekretärin, die Mitgliedschaft im Sportclub der Bank und seinen …

»Wo ist mein Fahrer?«, fragte Schmidt, als Spike die Tür zum Fond der Limousine öffnete. Der alte Mann trug einen teuren Anzug mit Krawatte, obwohl er wahrscheinlich keinen einzigen wichtigen Termin gehabt hatte. Eigentlich hätte er auch im Schlafanzug herumlaufen können, und es wäre niemandem aufgefallen. Und da es für die Vorstände und auch solche Ex-Vorstände wie Schmidt eigene Fahrstühle gab, erst recht nicht.

»Krank. Ich hoffe, Sie nehmen auch mit mir vorlieb, Dr. Schmidt?«

Schmidt fühlte sich geschmeichelt. »Es gibt nicht viele Frauen, die als Fahrer arbeiten.«

»Ich bin ja auch eine Fahrerin.« Spike lächelte und blickte ihn aus ihren schwarzen Augen verführerisch an.

»Natürlich. Und wenn Sie so attraktiv sind …« Er wusste offenbar nicht, wie er diesen plumpen Spruch elegant zu Ende bringen konnte, sagte dann einfach gar nichts mehr und ließ sich auf die lederne Rückbank fallen. »Sie wissen, wo wir hinmüssen?«

Sie nickte. »Kronberg im Taunus.«

Sie fuhren am Theodor-Stern-Kai entlang. Schmidt hatte es sich hinten mit seinem iPad bequem gemacht, das sicher auch noch die Firma zahlte, zusammen mit der schnellen Internetverbindung. Sein Gesicht schimmerte weißlich blau im Dunkeln. Spike fuhr auf die A5. Dann die B43. Parallel zur A3.

Jetzt sah Schmidt auf. »Wieso fahren wir Richtung Flughafen?«

»Haben Sie es nicht gehört?«, fragte Spike. »Der ganze Norden ist gesperrt. Gasexplosion. Wenn wir so fahren, wie ich es vorhabe, ist die Strecke zwar von den Kilometern her länger, aber wir sind schneller in Kronberg, wenn wir über die A5 hochfahren als durch die Innenstadt.«

»Wie Sie meinen. Sie sind der Experte.«

»Die Expertin.«

»Natürlich.« Schmidt lächelte und blickte wieder auf sein iPad.

Einige Zeit verging.

Sie fuhren am Flughafen vorbei, an der Cargo City entlang. Den Containern, Lagerhallen und Logistikzentren.

Spike stoppte den Wagen.

Schließlich merkte Schmidt, dass sie nicht etwa an einer Ampel standen. Sondern dass sie aus einem anderen Grund hielten. Einen Grund, den er nicht kannte. Und dass sie auch ziemlich weit von der Autobahn entfernt waren.

»Cargo City?« Schmidt reckte den Kopf. »Was machen wir denn hie–«

Der Schalldämpfer machte den Schuss aus der Glock zu einem Flüstern.

Ins Herz.

Keine Blutspritzer an der Scheibe. Keine Sauerei.

Das Logo von Lufthansa Cargo war das letzte Bild, das sich auf Schmidts Netzhaut gebrannt hatte.

Sein Mund stand offen.

Der Kopf war nach hinten gekippt.

Das iPad leuchte noch ein paar Sekunden gespenstisch auf seinem Schoß und ging dann aus.

Schmidt blieb jetzt nur noch das Ewige Licht.

Spike stellte die Scheinwerfer aus und stieg langsam aus dem Wagen.

Verriegelte die Türen.

Verließ die abgelegene Rampe und ging ins Hauptgebäude.

Warf den Schlüssel in einen Müllcontainer.

Der Wagen blieb auf der Rampe.

Der Wagen war teuer, aber das Geld, das der Klient zahlte, war viel mehr wert. Denn der Klient sparte künftig eine Menge Geld. Wenn man das zurückdiskontierte, per Barwert, oder auch *Net Present Value,* wie die Banker sagten, war es billiger, den Wagen stehenzulassen und den Besitzer zu erschießen. Der *Net Present Value* oder *NPV* war positiv.

Spike nahm das Handy und schickte eine SMS an den Auftraggeber.

An den Mann, der sich HCL nannte.

Die Kunden von HCL würden von einem Unfall hören.

Und würden wissen, dass die Firma ihre Arbeit erledigt hatte.

Die Angehörigen würden eine Menge Geld erben. Die Frau von Schmidt konnte noch mehr shoppen und sich ihren dicken Hintern noch häufiger liften lassen, um für den Swimmingpool-Boy, mit dem sie eine Affäre hatte, noch attraktiver zu sein, die Kinder an noch teureren Elite-Unis studieren, wo sie dann durch die Prüfungen fielen. Und die Bank selbst, Schmidts früherer Arbeitgeber, hatte einen Haufen Geld mehr zu investieren. Oder zu verteilen auf die restlichen Vorstände, die noch im Amt waren.

Alle würden glücklich sein. Nur die Lebensversicherung nicht.

Spike nahm die SIM-Karte aus dem Handy, übergoss sie in einem Aschenbecher mit Feuerzeugbenzin und verbrannte sie.

An einer dunklen Ecke zertrat sie das Handy.

Dann nahm sie die S-Bahn in die Innenstadt.

KAPITEL 5

KAIRO, ÄGYPTEN, NOVEMBER 2014
Café am Tahrir-Platz

Kyrill Karasow, zweiter Mann der Russenmafia Solnzevskaja, saß gemeinsam mit seinem Geschäftspartner in einem verrauchten Café in Kairo und war froh, dass er dem russischen Winter für ein paar Tage entfliehen konnte. Schischa-Raucher saßen rechts und links neben ihnen auf den Sofas und hüllten den Raum in dichten Qualm. Der Mann, der ihm gegenübersaß, rauchte nicht. Abdul Al Dar war ein professioneller Menschen-Schleuser, der besonders afrikanische Flüchtlinge Richtung Lampedusa, dann italienisches Festland und schließlich Zentraleuropa aufs Meer schickte.

»Es ist bald Weihnachten«, sagte Kyrill.

»Für die meisten«, sagte Al Dar. »Die koptischen Christen hier feiern allerdings erst am 7. Januar.«

»Wir auch«, sagte Kyrill. »Ich bin Mitglied der russisch-orthodoxen Kirche.« Er traute sich nicht zu fragen, welcher Religion wohl Al Dar angehörte. Aber wahrscheinlich war er Muslim. Wenn auch einer, der es mit den meisten Regeln nicht allzu genau nahm.

»Maria und Joseph waren auch Flüchtlinge«, sagte Al Dar.

»Und sie waren auch in Ägypten, als sie vor König Herodes geflohen sind.« Al Dar grinste und zeigte seine weißen Zähne. »Die hätten einen wie mich gut gebrauchen können.«

Da hatte Kyrill seine Zweifel.

Al Dar hatte drei Handys, die ständig klingelten. Er sprach Englisch, Französisch, Spanisch und natürlich Arabisch. Davon gleich einige Dialekte. Ebenso trug er immer einen Stoß Zeitungen in verschiedenen Sprachen mit sich herum, wobei Kyrill bezweifelte, dass er sie tatsächlich las.

»Alle wollen weg aus Afrika.«

»Und Syrien?«

»Sowieso. Aber Afrika auch immer mehr. Somalia, Kongo, Elfenbeinküste und natürlich Süd-Sudan. Nach der Unabhängigkeit 2011 ist da nichts besser geworden. Im Gegenteil. Und alle wollen nach Europa. Je dichter die Grenzen in Europa werden, desto besser für uns«, sagte Al Dar, »desto mehr Gründe haben wir, mit den Preisen hochzugehen.«

Al Dar sprach weiter von seinem Geschäft: Er bedauerte es, wenn ein Schiff mit Flüchtlingen unterging, aber nur, weil das seinem Ruf als Schleuser schadete. Denn ansonsten war alles nach wie vor sehr einfach. Die Budgets des Westens waren auf Terrorabwehr eingerichtet und nicht auf Menschenschmuggel. Und da sich die Budgetallokation nun mal nicht von heute auf morgen ändern ließ, dauerte es lange, bis die Behörden Firmen wie seiner auf die Schliche kamen. Dafür war das Ganze auch zu verstrickt. Teilweise mussten Ermittler fünfundzwanzig Schichten durchbrechen, um zu Al Dar vorzustoßen. Er arbeitete mit einem großen Netzwerk zusammen. Agenten, die Häuser und Lagerhallen vorhielten für die Zwischenunterbringung, Skipper, die die Boote besaßen, Lastwagenfahrer, Zugführer, Geldwechsler, Ex-Kapitäne, Fischer und eine große Armada an Männern und Frauen, die nichts anderes machten, als Behörden zu bestechen.

»Wir überlegen, ob wir nicht gleich am Strand eine Bootsfabrik bauen.« Er gestikulierte mit den Händen dazu und trank von seinem Mokka. Kyrill blickte an ihm vorbei durch die Rauchschwaden der Schischas auf die Straße vor dem Café und auf den Tahrir-Platz. *Der Tahrir-Platz.* Schauplatz des Arabischen Frühlings, der im Westen zwar euphorisch gefeiert worden war, doch letztendlich niemandem wirkliche Freiheit gebracht hatte. Aus dem Frühling war ohne Umweg über Sommer und Herbst tiefster Winter geworden. Statt mit einem starken Despoten hatte es der Westen jetzt mit mehreren schwachen Despoten zu tun. Und der alte Spruch hatte sich mal wieder bewahrheitet: *Tyrannei ist immer besser organisiert als Freiheit.* Mubarak und Gaddafi hatten zwar reichlich Menschen auf dem Gewissen, aber sie hielten ihren Scheißladen wenigstens zusammen. Geholfen hatte der Arabische Frühling nur Leuten wie Abdul Al Dar. Und hoffentlich auch zukünftig ihm. Kyrill und sein Boss Vladimir überlegten nämlich ebenfalls, ob ihre Mafia nicht auch in das Afrika-Geschäft einsteigen sollte. Im Balkan-Geschäft der Flüchtling-Schleuser waren sie bereits, nur in Afrika waren die Volumina noch viel höher. Und die Kunden weit weniger anspruchsvoll.

»Ein Boot kostet zweitausend Euro«, sprach Al Dar weiter, »es nimmt hundert Menschen mit, jeder zahlt tausend Euro, macht dann hunderttausend Euro Umsatz und nur zweitausend Euro Kosten.«

»Wo kommen Ihre Agenten her, die die Kunden aufreißen?«

»Die fliegen mir zu. Alle wollen für mich arbeiten. Die rufen an, ich rede mit ihnen.«

»Hier?«

Al Dar grinste. »Entweder hier oder per Skype. Wir sind ein modernes Unternehmen.«

»Was haben Sie noch vor?«, fragte Kyrill. »Amerika?«

Al Dar lachte wieder. »Nein, Schuster, bleib bei deinem Leisten. Zu weit weg. Und die südamerikanischen Drogenbarone und die White Supremacists, die das Geschäft von Miami aus steuern, mögen keine Konkurrenz. Und das zeigen sie auch jedem.« Er fuhr sich kurz mit der Hand über die Kehle.

Eines seiner Handys klingelte. Er sprach Spanisch. »*Diga? Si, seguro.* Gibraltar? Eilig? Ja, schaffen wir Ende der Woche, wird aber teuer! Zehntausend. Was? Nein, Euro natürlich! Gut, dann ruf wieder an, wenn deine Jungs das Geld zusammenhaben. Zwei! Mehr nicht!« Er legte das Handy beiseite. »Verzeihung. Amerika … es hätte Charme.« Er blickte Kyrill an. Und Kyrill, auch wenn er durch seine Tätigkeit in der Mafia schon reichlich abgestumpft war, war nicht entgangen, dass Al Dar ein herzlicher, charismatischer Mensch war, der Menschen für sich einzunehmen verstand. Was nicht ganz zu seinem zynischen und menschenverachtenden Geschäft passte. Aber so war es ja häufig. Wahrscheinlich musste er nett sein, um all die Leute einwickeln und überreden zu können. »Man könnte das Schleusergeschäft mit dem Sklavenhandel verbinden«, sagte Al Dar. »Das machen unsere Freunde in Amerika sehr viel besser als wir hier. Da können wir noch etwas lernen.«

Er wedelte eine Wolke von Schischa-Rauch beiseite und malte mit einem alten Kugelschreiber auf eine Serviette.

»Hier ist der Sitz des guten Gewissens der Welt. In New York. Im UNO-Hauptquartier.« Er schaute Kyrill an. »Und fünf Stunden davon entfernt kannst du was machen?«

»Dir einen Sklaven kaufen?«

»In Haiti. Ganz genau!«

»Die sind meist schwarz, oder?« Kyrill trank von seinem Tee. »Man muss Schwarze mögen.«

»Tja, das ist die Frage. Wie Henry Ford es schon mit dem Ford Modell T hielt: Sie bekommen von uns ein Auto in jeder Farbe, solange es schwarz ist. Das gilt in Haiti auch. Aber halt für Menschen. Und um die Zulassungspapiere kümmern die sich genauso wie die guten Autohäuser bei einem Neuwagen. Die Adoptionspapiere werden gefälscht. Und Sie können mit dem oder der, Junge oder Mann, Mädchen oder Frau, alles machen, was Sie wollen. Alles legal. Oder egal. Wie immer Sie das sehen.«

Al Dars Handy klingelte wieder, aber er drückte den Anruf weg. »Den kenne ich. Will von mir auch noch einen Pass haben, zahlt aber nicht.«

»Pässe vermitteln Sie auch?«

»Kaum. Zu aufwendig. Wer sich das leisten kann, kriegt ihn auch so. So wie auf Malta, hier gleich im Nordwesten. Wer der Regierung knapp siebenhundert Riesen zahlt und weitere fünfhundert Riesen in Immobilien und lokale Projekte steckt, kriegt dafür in einem Jahr die Staatsbürgerschaft und einen Pass. Damit kann er sich dann in allen EU-Nationen niederlassen. Sie müssen wissen, Malta heißt auf Phönizisch *sicherer Hafen.*« Er grinste wieder. »Jedenfalls für die, die es sich leisten können. Sie können aber auch nach Spanien gehen, da kostet es zwischen fünfhunderttausend und zwei Millionen, in Portugal zwischen fünfhunderttausend und einer Million. Und so weiter.« Er schüttelte den Kopf. »Nein, das machen andere besser als wir. Wir konzentrieren uns auf das, was wir am besten können.«

Er schaute in eine seiner Zeitungen. »In Griechenland hat sich ein russischer Auftragsmörder eine Aufenthaltsgenehmigung erkauft und ist damit durch Europa getourt. Kannten Sie den? Ist vielleicht einen Monat her.«

Das klang so, als müsste Kyrill jeden kriminellen Russen persönlich kennen, aber den kannte er tatsächlich.

»Ja, kennen wir. Sie nannten ihn Molotok, *den Hammer.* Leider wurde er von Interpol geschnappt. Der wird uns fehlen.«

»Bezahlen Sie Interpol gut, und Sie haben ihn bald wieder.« Al Dar trank seinen Mokka aus. »Aber dieses Geschäft mit den Pässen? Nein, das machen wir nicht. Wir sind für die Masse mit wenig Geld, nicht für die wenigen mit viel Geld. Mit der Masse kann man viel Geld machen, wenn man es richtig macht. Das Passgeschäft, das ist Lufthansa. Wenige Kunden, die viel Geld haben. Wir … wir sind Ryanair. Viele Kunden, die wenig Geld haben. Und wer ist profitabler?« Er schaute Kyrill erwartungsvoll an.

»Ryanair?«

»Richtig, mein Freund.«

Al Dars Handy hatte noch ein paarmal geklingelt. Dann hatte er einen wichtigen Termin und war gegangen. Kyrill wusste noch nicht, wie er mit Al Dar zusammenarbeiten konnte. Vielleicht würden sie bei ihm ein paar Sklaven kaufen, um Vertrauen aufzubauen. Die Sklaven dann teuer in Europa weiterverkaufen. Und irgendwann mit Al Dar kooperieren. Afrika war riesig. Viel größer als dieser verdammte Balkan, von dem die reichen europäischen Länder eh niemanden mehr reinlassen wollten. In Afrika war wenigstens noch richtig Krieg und Krise. Da konnten die Länder des Nordens nicht nein sagen.

Wir müssen beweglich bleiben. Das hatte Vlad, sein Boss, gesagt. Auch die Solnzevskaja-Mafia konnte es sich nicht leisten, stillzustehen. Gerade weil alles gut lief, musste man jetzt dafür sorgen, dass es auch in Zukunft gut lief. Noch geht es uns gut, aber wir müssen in neue Geschäfte einsteigen! Das sagte schon Napoleon: *Die größte Gefahr lauert im Moment des Sieges.*

Kyrill machte sich auf zum Hotel.

Ihm stand ein Skype-Telefonat bevor.

Mit einem sehr merkwürdigen Mann, der Kyrill jetzt schon unheimlich war.

Einem Mann, der sich *der Puppendoktor* nannte.

KAPITEL 6

BERLIN, JULI 2015
Potsdamer Platz

»Oliver Winter«, fragte der Interviewer am anderen Ende der Skype-Videokonferenz, »Sie haben mal Bankkaufmann gelernt, dann Philosophie studiert, waren dann wieder in einer Bank und arbeiten jetzt freiberuflich als Daytrader. Das ist ja ein recht abwechslungsreicher Lebenslauf. Nur das Thema Geld zieht sich durch. Sind Sie geldgetrieben?«

»Was heißt hier geldgetrieben?«, fragte Oliver. »Ich komme aus einfachen Verhältnissen. Bin mit einer vierköpfigen Familie in einer Dreizimmerwohnung in Hamburg aufgewachsen. Da ich der Erstgeborene war, wurde von mir immer viel mehr erwartet. Von wegen ›Gnade der ersten Geburt‹. Alles Quatsch. Mein Bruder ist vier Jahre jünger, der wurde immer verhätschelt. Durfte nach dem Abi ans Musikkonservatorium in Den Haag und verdient, glaube ich, noch immer kein Geld. Ich aber musste eine Banklehre machen. Weil meine Eltern meinten, das sei was Sicheres. Von wegen. Banken sind in etwa so sicher wie TNT in der Hand eines Alzheimer-Patienten. Darum bin ich da auch wieder raus. Und bin jetzt Daytrader.«

Oliver Winter saß vor dem Skype-Terminal und beantwortete geduldig die Fragen des Journalisten von der Invest-News. Wie zum Teufel sie nun gerade auf ihn gekommen waren, war ihm ein Rätsel. Der Journalist, Peter Bauer, hatte sein Profil bei Xing gesehen, und meinte, so einer wäre doch mal ein interessanter Gesprächspartner für die Investment-Community.

»Und? Wie lief das alles so ab?« Bauer schaute ihn mit großen Augen an, als würde er gleich den Heiligen Gral aus dem Hut zaubern. Oliver nahm sich vor, auf diese banale Frage eine nicht ganz banale Antwort zu geben.

»Na ja, ich hab '97 Abi gemacht und dann bis '99 die Ausbildung bei der Commerzbank. Hatten in Hamburg eine schöne Filiale, direkt an der Binnenalster. Hat sicher nicht geschadet. Habe echt überlegt, ob ich da nicht bleibe. Was man hat, das hat man. Bis ich die Droge sah.«

»Welche Droge?«

»Meine Einstiegsdroge. In die Philosophie. Der Film *Matrix*. Das war der Hammer. Blaue oder rote Pille. Wie Alice im Wunderland. Ich habe mich für die rote Pille entschieden.«

»Und dann? Raus aus der Bank?«

»Ja, raus aus der Bank und in London am King's College Philosophie studiert. Bachelor. Drei Jahre. Da habe ich auch Nina kennengelernt. Meine Frau.«

Nina, dachte Oliver, würde wahrscheinlich gleich zur Tür reinstürzen. Ohne anzuklopfen, in Olivers Arbeitszimmer stürmen. Das machte sie besonders gerne, wenn er gerade Skype-Telefonate führte. Und die Kamera auch noch aktiviert war. Einmal war sie versehentlich nackt in sein Zimmer gekommen und war auf der Kamera des Gegenübers gut zu sehen gewesen. Doch der Gesprächspartner hatte nur gelacht und gesagt, *dass er schon alles gesehen habe,* was immer das heißen mochte. Seitdem war sie etwas vorsichtiger geworden.

»Philosoph sind Sie schlussendlich aber nicht geworden?«, fragte Bauer.

»Nein. Damit kann man leider kein Geld verdienen. Ich habe dann noch einen Master of Finance gemacht und dann bei Silverman & Cromwell angefangen. Investmentbanking. Mergers & Acquisitions. Sie haben mich eingestellt, weil sie meinten, dass ich gut reden kann. Den Kunden Dinge andrehen, argumentieren, warum Firma A jetzt Firma B kaufen muss. Das habe ich bis 2008 gemacht. Dann hatte ich die Schnauze voll und bin mit Nina nach Berlin gegangen. Da habe ich in einigen Start-ups gearbeitet.«

»Und jetzt sind Sie Daytrader? Sitzen zu Hause vor dem Rechner und handeln …«

»… mit Aktien. Rohstoffen. Derivaten. Besonders Derivaten. Warentermingeschäften. Futures.«

»Ist das nicht riskant?«

Sehr berechtigte Frage, dachte Oliver.

»Man kann viel verdienen. Aber auch viel verlieren.«

Im Moment eher viel verlieren.

»Wo wohnen Sie? Und wie, wenn wir fragen dürfen?«

»Sehr hübsch! Potsdamer Platz. Penthouse. Zwei Etagen …«

»Zur Miete, oder gehört Ihnen die Wohnung?«

»Die gehört mir …«

Beziehungsweise die gehört der Bank, und sie lässt mich noch drin wohnen. Denn wenn es weiter so beschissen läuft an den Märkten, haben wir bald eine Zwangsversteigerung am Hals.

»Darf ich eine psychologische Frage stellen?«

»Nur zu!«

Scheiße, was kommt denn jetzt?

»Kann es sein, dass Sie Ihren Eltern damit beweisen wollen, dass Sie mehr können? Ihr Bruder wurde verhätschelt, Sie zurückgesetzt. Wollen Sie ihnen zeigen: Ich kann es doch?«

»Moment mal! Jeder Mensch will Anerkennung. Und wissen Sie was? Geld ist nicht nur gedruckte Freiheit. Geld ist auch gedruckte Anerkennung!«

»Perfektes Schlusswort! Ich danke Ihnen sehr für das Interview!«

Oliver drückte auf den roten Knopf bei Skype, und das Gespräch war beendet.

Tja, dachte er, eine tolle Wohnung. Ein toller Handelsraum, den er da hatte, mit diversen Großbildschirmen, der schnellsten Internetleitung, die es gab, Trading-Software vom Feinsten. Seine Vorbilder waren die großen Hedgefonds-Manager wie George Soros, der 1992 das Pfund aus der europäischen Währungsparität gehebelt und damit in einer Nacht eine Milliarde Dollar verdient hatte. Oder Hans Humes, der Griechenland-Anleihen gekauft hatte, als die Zinsen bei 18 Prozent und die Kurse im Keller waren. Und dann verkauft, als die Zinsen bei 12 Prozent und die Kurse ganz oben waren. Oder Paul Singer, der selbst Staaten verklagte, wenn sie ihre Schulden nicht zurückzahlten.

Oliver hatte ebenfalls eine Zeitlang den DAX beobachtet, den deutschen Aktienindex der dreißig Top-Unternehmen. Immer, wenn es am Freitag so aussah, als ob sich Eurogruppe und Griechenland am Wochenende einigen würden, ging der DAX vor Börsenschluss noch mal richtig hoch. Wenn dann die Nachtsitzungen am Wochenende nichts gebracht hatten, ging er am Montag ordentlich runter. So ging das wochenlang. Was, dachte Oliver, läge also näher, als Freitag den DAX zu verkaufen und ihn Montag wieder zu kaufen? Teuer verkaufen und billig zurückkaufen. Das ging mit normalen Aktien natürlich nicht, aber es ging mit Futures. Und die waren in der Tat riskant. Wenn auch nicht neu. Eigentlich gab es sie schon so lange, wie es Menschen gab. Denn Futures waren Termingeschäfte. Wenn ein Bauer nicht wusste, wie seine Ernte ausfallen würde, verkaufte er die Ernte auf Termin. Also heute schon für einen bestimmten Preis. Wenn die Ernte sehr gut wurde, hatte der Bauer vielleicht zu wenig Geld bekommen. Fiel die Ernte aber komplett aus, bekam der Bauer trotzdem sein Geld, und der Käufer hatte danebengegriffen. Lidl und Aldi machten das genau so, wenn sie großen Weingütern ihre ganze Ernte auf Termin abkauften. Wurde die Ernte gut, war es gut für Aldi und Lidl. War sie schlecht, war es gut für die Weinbauern, denn sie bekamen trotzdem ihr Geld.

Ein Future-Kontrakt auf den deutschen Aktienindex war fünfundzwanzig Euro wert. Stieg der DAX nun um hundert Punkte, waren das zweitausendfünfhundert Euro Gewinn. Ging er runter, waren es zweitausendfünfhundert Euro Verlust. Je mehr Kontrakte man hatte, desto größer war der Hebel. War die Rede von der Rettung Griechenlands, ging der DAX hoch. Doch dann kamen schlechte Zahlen aus den USA, und der DAX sauste trotzdem wieder nach unten. Und wenn alles passte, dann kamen die Chinesen dazwischen, wo die Börse Shanghai gerade Achterbahn spielte, und Oliver verlor trotzdem Geld.

Der DAX war nahe seinem Altzeithoch von zwölftausend Punkten. Offenbar machten alle Gewinne. Nur einer nicht. Wer? Natürlich: Oliver Winter!

Doch jetzt, dachte er, war der DAX klar überbewertet. Es konnte nur noch runtergehen. Sollten doch alle anderen Verluste machen, er würde diesmal gewinnen. Es musste runtergehen! Konnte gar nicht anders!

Heute wäre er mal diabolisch. Heute würde er mal auf *fallende Kurse* setzen!

Vielleicht sollte er einfach mal aufs Ganze gehen. *Wer bremst, hat Angst,* dachte er und griff zum Telefon. Da hörte er schon den Schlüssel unten in der Tür.

»Oliver!« Er hörte das Rufen von Nina unten, aber er reagierte zunächst nicht. Erst das Telefonat.

Nach dreimal Klingeln hatte er den EUREX-Händler vom Online-Broker in der Leitung. Da Futures sehr riskant waren, ging das nur per Telefon. Jetzt hörte er die Schritte auf der Treppe.

»Ja, verkaufen«, sagte er. »Zehn Kontrakte und dann ... ach was, fünfzig Kontrakte. Wie hoch ist die Margin? Ja, wunderbar!«

Nina stürzte in sein Zimmer. »Oliver, komm mal schnell runter!«

»Shhhh«, sagte er und zeigte auf das Telefon. »Ja, Margin passt. Sie melden sich, wenn es eng wird. Ich kann noch nachschießen. Ja, ich weiß, dass das ungedeckt ist. *No risk, no fun.* Danke!«

Er legte auf und blickte Nina an. Sie sah bezaubernd aus in ihrem hellblauen Kleid und den blonden Haaren. Doch er war trotzdem sauer. Hatte er ihr nicht oft genug gesagt, dass er hier, im Handelsraum, nicht gestört werden wollte?

»Was ist denn?«

»Komm mal mit runter!«, jauchzte sie.

»Du, ich kann hier eigentlich nicht weg, weil …«

»Die Börse schließt um 20 Uhr«, sagte sie und nahm ihn an der Hand. »Da hast du ja wohl noch genug Zeit.«

Widerwillig trottete er mit Nina die Treppe hinunter. Was sie ihm wohl wieder zeigen wollte? Wahrscheinlich irgendwelchen Nippes, den sie gekauft oder bestellt hatte und mit dem sie dann den Balkon vollstellte. Letztes Jahr, als sie geheiratet hatten, hatte Nina die ganze Hochzeit organisiert. Das war auch die Bedingung für eine große Hochzeit gewesen, da Oliver auf die Planung weder Zeit noch Lust hatte. Da Nina das Hochzeitsplanen aber so gut gefallen und sie sich eine gewisse Expertise angeeignet hatte, arbeitete sie nun selbst als Hochzeitsplaner oder *Wedding Planner,* wie das neuerdings hieß, saß in einem Coworking Space im Betahaus in Kreuzberg und betrieb von dort auch einen Hochzeitsblog, der es zu einiger Berühmtheit gebracht hatte. Oliver zahlte zwar das meiste, was an Rechnungen anfiel, aber manchmal glaubte er, Nina war um einiges erfolgreicher als er.

»Schau mal hier«, sagte sie. »Dieser Brief!«

Er blinzelte auf den Absender. »Martha Steward?«

»Ja. Martha Steward! Ist das nicht toll?«

»Was wollen die denn?«

»Mensch, schau doch mal hier!« Sie zeigte auf die relevante Stelle im Brief. »Die wollen mich haben! In London! Und in New York! Ich habe ein super Angebot von denen! Ist das nicht toll?«

»Äh, ja, Mensch, klasse!« Er umarmte und küsste Nina geistesabwesend, aber bei der Sache war er nicht. Was würde jetzt gerade mit seinen Futures passieren? Er hatte da ja eine ziemlich große Order abgegeben, und die sollte er doch im Auge behalten …

»Du freust dich ja gar nicht richtig?« Nina zog einen leichten Flunsch.

»Nina, ich freue mich total! Das, äh … das müssen wir feiern!«

»Richtig!«, jauchzte sie. »Wir gehen essen! Und dann fahren wir in den Urlaub!«

»Essen gehen ist okay. Urlaub nicht«, sagte Oliver. »Bei den volatilen Märkten im Moment wäre es selbstmörderisch, nicht an der Börse zu handeln. Aber vielleicht in drei Woch–«

»Oliver!« Ihre Stimme wurde etwas schärfer. »Die wollen mich so schnell wie möglich einstellen. Da würde ich vorher gerne noch mal richtig Urlaub machen. Und zwar nicht nur kurz vorher für ein paar Tage.«

Sie nahm ihn an beiden Händen und gab ihm einen Kuss. »Ach, nun komm schon! Wir gehen jetzt essen und feiern, und dabei besprechen wir das mit dem Urlaub.«

»Okay«, sagte Oliver. Manchmal hatte Diskutieren keinen Sinn. »Ich geh kurz nach oben und schau, wie alles aussieht. Dann gehen wir los.«

Damit eilte er nach oben. Mit dem unguten Gefühl, dass irgendetwas verdammt schiefgelaufen war.

KAPITEL 7

MOSKAU, MAI 2010
Lubjanka, Sitz des russischen Geheimdienstes FSB

Ivanow zeigte auf den Fisch in dem abgedunkelten Aquarium. Michalew kniff blinzelnd die Augen zusammen.

»Wir müssen sein wie dieser Tiefseeanglerfisch«, sagte Ivanow und hob die Hände. »Achthundert Meter unter der Meeresoberfläche leuchtet ein Licht. *Sein* Licht.« Er zeigte auf den Fisch in dem Aquarium. »Andere Fische nähern sich der Lichtquelle. Kaum sind die in die Nähe gekommen, werden sie durch Unterdruck in den Rachen des Raubfisches gezogen. Nach diesem Prinzip ködert und jagt der Tiefseeanglerfisch.« Er führte Michalew näher an das Aquarium. »Schauen Sie, das lockende Licht trägt der Fisch in einer Art Laterne in der dunklen Tiefsee als Köder vor sich her. Wer sich von dem Licht täuschen lässt, wird gefressen.«

Michalew lächelte. »Passt es zu dem, was wir brauchen? Nicht Rohstoffe, nicht Waffen, sondern Informationen?«

Ivanow nickte. »Wir müssen etwas Neues aufbauen. Die Zentralgewalt ist wie eine Lawine. Als Erstes ist Europa dran. Nicht mit Bomben und Kanonen. Sondern mit Informationen.«

Michalew nickte und trank von seinem Smirnoff. »So eine Art Primakow-Kurve?«

»Primakow«, sagte Ivanow. »*Da!* Ja!«

Primakow war ein alter Hase beim KGB gewesen. Er hatte viel Zeit damit verbracht, die Golfkriege von 1991 und 2003 zu verhindern. Hauptsächlich, um genug Zeit zu haben, russische Waffen aus dem Irak zu schaffen, bevor die Amerikaner merkten, dass dort russische Waffen lagerten. Auch im Kosovokrieg hatte er sich eingemischt. Primakow war unterwegs nach Washington gewesen, als der Westen anfing, Miloševićs Serbien zu bombardieren. Verbündete Russlands, die auch die kyrillische Schrift nutzten. Als er das hörte, befahl Primakow mitten in der Luft, abzudrehen, und flog zurück nach Moskau, um auf die Bombardierungen reagieren zu können. Zwar wurden die Luftverteidigungsraketen, die Russland an Serbien heimlich lieferte, von NATO-Truppen zerstört, dennoch bezeichnete man in Moskau, und besonders in Silowiki-Kreisen, einen Strategie-Schwenk als *Primakow-Kurve*.

»Europa ist Trittbrettfahrer seit 1989, sie zahlen Geld an Google für Suchergebnisse, für Sicherheit an die USA und für Rohstoffe an Russland«, sagte Michalew.

»Und das, was sie an Google zahlen«, ergänzte Ivanow, »das zahlen sie künftig an uns. Das und noch viel mehr.«

»Europa setzte auf Frieden als Flucht vor dem Risiko, dafür müssen sie in der Tat bezahlen«, ergänzte Michalew. »Wir müssen alles wissen. Ich habe 1989, als die Gegner der Stasi in Dresden demonstriert haben, erlebt, was passiert, wenn der Staat keine Kontrolle mehr hat.«

»Sehr richtig, mein guter Michalew«, sagte Ivanow und schenkte beiden noch einen kleinen Schluck Wodka nach. Ivanow trank gerne, aber er wusste auch, wann es genug war. »Das Internet, wie wir es kennen, ist ein Spezialprogramm der CIA, mit dem sie die ganze Welt aushorchen kann. Wir müssen künftig dafür sorgen, dass alle Datenspeicher, die mit Russland zu tun haben, auf russischem Territorium stehen. Und wer sich dem entgegensetzt, der ist ganz schnell … offline.« Er prostete Michalew zu und trank.

»*Es ist besser, gefürchtet als geliebt zu werden*«, sagte Michalew.

»Das ist von Machiavelli«, sagte Ivanow. »Und: *Die Geschichte ist rücksichtslos mit den Politikern, die nicht rücksichtslos genug waren.*«

»Das ist Churchill«, sagte Michalew.

»*Und Massenerschießungen* …«, begann Ivanow und grinste.

»… *sind ein legitimes Mittel der Revolution!*«, beendete Michalew den Satz. Beide lachten. Und sagten dann im Chor: »Das ist Lenin!«

»Ich werde Ihnen meinen Plan genau erläutern«, sagte Ivanow. »Und Sie, Alexander Michalew, Sie haben einen großen Namen. Wie Zar Alexander, wie Alexander Newski. Sie müssen alles tun, damit der Plan funktioniert. Denn wir brauchen Zeit.«

»Wie lange?«

»Wahrscheinlich fünf Jahre. Und Geld. Sehr viel Geld!«

»Und dann?«

»Dann bekommen wir Informationen. Alle, die wir brauchen. Und die Mittel dafür kommen aus der Dunkelheit. Und die, die glauben, sie wären beim Licht, werden in die Finsternis gezogen. Vom hellen Netz ins dunkle Netz.«

Er zeigte auf den Fisch.

»Wir strahlen mit dem Licht, aber wir kooperieren mit der Finsternis …«

»Erzählen Sie mir Genaueres«, sagte Michalew, »und dann werde ich mich um das Geld kümmern.«

KAPITEL 8

FRANKFURT AM MAIN, JULI 2015
Maintower

Spike saß gemeinsam mit dem Mann, der sich nur *HCL* nannte, im Restaurant des Maintowers im obersten Stockwerk und genoss den Blick auf die Frankfurter Welle, den Operntower, die Commerzbank und all die anderen Bankentürme. Etwas weiter hinten sah sie in der Abenddämmerung den Frankfurter Hauptbahnhof und noch weiter in der Ferne den Flughafen, wo immer wieder Flugzeuge in den Himmel starteten und daraus hervorbrachen.

»Hat alles geklappt?«, fragte HCL.

Sie nickte. »Ja. Albert Schmidt hat gerade sein eigenes Kostensenkungsprogramm gestartet.«

HCL grinste und schenkte beiden Weißwein ein. Aus dem Burgenland, wie Spike sah. »Als Banker würde er sagen: Er hat sich aus der Haben-Seite seiner Vita storniert.« Er lehnte sich zurück. »Albert Schmidt schläft bei den Fischen.«

»Der Pate, stimmt's?«, fragte Spike.

»Sehr gut, Sie kennen sich aus!« Er füllte beide Gläser, und sie stießen an.

HCL. Der Name war das chemische Zeichen für Salzsäure. Er schien ein Wiener zu sein. An der Sprache war das Spike schon öfter aufgefallen, wenn sie miteinander telefoniert hatten, aber heute sahen sie sich das erste Mal. Spike musterte ihn unauffällig, als er gerade in die Speisekarte schaute. Die gewellten, ergrauten, nach hinten gekämmten Haare, die ihn aussehen ließen, als wäre er aus einer anderen Zeit gekommen.

Wien, dachte sie. *Österreich.*

Mozart, Hitler und … Glock.

»Schauen Sie gerne in die Speisekarte«, sagte HCL. »Ich selbst nehme einfach ein … Wiener Schnitzel. Aber Sie können gerne etwas Exquisiteres nehmen. Nehmen Sie, was Sie wollen.«

HCL trug einen maßgeschneiderten blauen Anzug, eine orange Krawatte, Einstecktuch und Manschettenknöpfe. Er war einer von denen, die eine goldene Rolex tragen konnten, ohne aufgesetzt zu wirken. Vielleicht, weil an ihm auch nichts aufgesetzt wirkte. Denn das Geschäft, das er betrieb, gehörte zu den ältesten Professionen der Menschheit. Leute loswerden. Seine Firma hieß »Executive Solutions«, und Spike war einer der Auftragskiller der Firma. Eingetragen war der Firmenname allerdings nirgends, da diese Firma niemals öffentlich machte, was sie wirklich tat.

Denn was tat Executive Solutions? Sie räumte für Großunternehmen teure Manager im Ruhestand, die den Pensionsfonds nur Geld kosteten, aus dem Weg. *Executives* und *Exekutieren*. Das passte doch durchaus zusammen. Das inoffizielle Motto der Firma war: Lass die Lebensversicherung zahlen und nicht die Pensionskasse. Und räum die »fat cats« aus dem Weg. Am besten mit Spike. Der passendere Name wäre tatsächlich *Executive Execution* gewesen.

Und nicht nur, was *Executive* und *Execution* anging, war der Firmenname »Executive Solutions« doppeldeutig zu verstehen. Denn eine *Solution* war auch eine Säure, in der etwas aufgelöst werden konnte. Daher vielleicht der Name HCL, dachte Spike. Dabei gab es klare Regeln: Nie mehrere Leute aus einer Firma zur selben Zeit exterminieren, das sprach sich zu schnell herum. Und Diskretion war hier, wie in allen hochbezahlten Dienstleistungen, der Schlüssel zum Erfolg. Und zu viel Geld.

»Wie viele gute Topmanager haben sich in den letzten Jahren umgebracht?«, fragte HCL, und dann zählte er sie alle an den Fingern auf. »Pierre Wauthier, Finanzchef der Zurich Versicherung, erhängt sich in seinem Haus in der Schweiz. Carsten Schloter, Chef des Telekommunikations-Konzerns Swisscom, wird tot zu Hause aufgefunden.

Dann Neubürger, Finanzvorstand bei Siemens, stürzt sich von der Brücke, William Broeksmit von der Deutschen Bank erhängte sich im Januar 2014, Tata-Motors-Chef Karl Slym hat sich aus dem zweiundzwanzigsten Stock seines Luxushotels in Bangkok gestürzt. Und so weiter und so fort.«

»Aber das waren doch alle recht gute Manager?«

»Ja«, sagte HCL, »das ist ja das Problem! Die guten bringen sich selbst um, obwohl man die behalten will. Nur die besten sterben jung. Die schlechten aber bleiben. Ewig. Wie Unkraut!«

Er schenkte beiden Wein nach.

»Wir sorgen dafür, dass die Unternehmen ihr Geld in die Zukunft investieren und nicht in die Urlaubsreisen irgendwelcher fettärschiger, gieriger Versager.« Es klang interessant, dachte Spike, wie er diese Schimpfworte mit seinem österreichischen, wienerischen Dialekt von sich gab. »Eigentlich könnten wir auch gut mit Headhuntern zusammenarbeiten. Firmen haben schließlich mehr Geld für neue Talente, wenn sie für die alten nichts mehr zahlen müssen. Sollten wir mal überlegen.«

Sie stießen an.

»Wir sind die Ameisen, meine liebe Spike«, sagte er. »Wir sorgen dafür, dass das faule Fleisch verschwindet. Und Sie helfen uns dabei! Bravo! Bravo und danke!«

Er reichte Spike eine kleine Schmuckschatulle über den Tisch. Jeder würde glauben, dass hier ein Verehrer seiner Angebeteten ein Geschenk machte. Und es war auch Schmuck. Teurer Schmuck. Diamanten und Platin. Spike konnte es tragen. Über jede Grenze bekommen. Und in Oslo gegen Bargeld verkaufen.

Schmuck war die neue Währung, die sich der Kontrolle und dem Zoll entzog und die man über jede Grenze bringen konnte. Auch Terroristen nutzten sie, um im Ausland Anschläge finanzieren zu können. Ein Karat von einem Diamanten, was ungefähr 0,2 Gramm entsprach, kostete mehr als siebentausend Dollar. Der größte Diamant, der jemals gefunden wurde, hatte circa tausend Karat, wog also nur zweihundertzwanzig Gramm, war aber siebzig Millionen Dollar wert. Da gab es wahrlich umständlichere Möglichkeiten, um Werte zu transportieren.

»Danke schön«, sagte Spike.

»Ich bitte Sie.« Er faltete die Hände und lächelte sie an. Es war ein Lächeln, mit dem er wahrscheinlich sowohl als Vater sein neugeborenes Kind als auch als König einen zu Tode Verurteilten anlächelte. »Hießen Sie eigentlich immer schon Spike?«

»Ich war mal eine Zeitlang in Ungarn. Da nannte man mich Báthory.«

»Báthory?«

»Die Blutgräfin. Sie hat angeblich in Jungfrauenblut gebadet, um ewige Jugend zu erhalten.«

»Oh ja, ich weiß. Ich kenne mich aus. Vergessen Sie nicht, Ungarn und Österreich, das war mal eins. Die Habsburger. Das waren noch Zeiten. Damals hat der Krieg die überflüssigen Herrscher ausgetilgt. Heute«, er hob noch einmal sein Glas, »macht das Executive Solutions. Auf Sie, Lady Báthory!«

KAPITEL 9

MOSKAU, JULI 2015
Forschungskomplex Skolkowo

Die Tour durch den Forschungskomplex Skolkowo kam jetzt erst richtig in Fahrt.

Sie durchquerten diverse, riesige Glaspaläste mit Konferenzräumen, Start-up-Büros und Auditorien. Ogarew erzählte die Geschichte Skolkowos: Von Präsident Medwedjew ins Leben gerufen, der Putin kurz als Präsident ablöste, bevor er dann wiederum von Putin abgelöst wurde, sollte es ein russisches Silicon Valley werden.

»Gerade ist ein Beraterteam aus Finnland eingetroffen«, sagte Ogarew, »einer ist der Enkel des Nokia-Gründers. Und eigentlich«, der Professor schaute sich mit listigem Blick um, »gehört Finnland ja ohnehin zu Russland. Von daher kann ich unseren finnischen Freunden nur sagen: Willkommen zu Hause!«

»Wann ist Skolkowo komplett fertig?«, fragte ein IT-Manager aus Stuttgart.

»2020 soll Skolkowo fertig sein. Aber schon jetzt haben wir vierhundert Hektar Forschungsfläche. Mitglieder können hier ihre Unternehmen gründen und müssen keine Steuern zahlen.«

»Sie sehen Skolkowo als ein russisches Silicon Valley«, sagte

Jasmin, alias Johanna Langhaus, »wollen Sie damit auch die Datenhoheit der USA brechen?«

»Hören Sie«, sagte Ogarew, »Sie haben einen scharfen Verstand. Und ja, es herrscht im Moment keine Waffengleichheit. Kennen Sie die Equation Group?«

»Gehören die nicht zur NSA?«

»Ja, Sie kennen sich sehr gut aus!«

Jasmin fiel auf, dass sie ein bisschen vorsichtiger sein musste. Sie war Marketing-Managerin in einem IT-Unternehmen. Die Marketing-Manager hatten normalerweise nicht einmal Ahnung vom Code-Programmieren. Und von geheimdienstlichen Verquickungen erst recht nicht.

»Die Equation Group späht für die NSA Rechner aus. Die meisten im Iran, dann aber auch schon Russland und Pakistan, Afghanistan, China, Mali, Syrien, Jemen ...«

»Vergessen Sie nicht Stuxnet«, sagte sein Assistent, der bisher die ganze Zeit schweigend neben ihm gestanden hatte.

»Der hat das iranische Atomprogramm lahmgelegt, richtig. Jedenfalls kommt die NSA per Rootkits ins Betriebssystem der meisten Computer rein.«

»Das ist doch aber gar nicht so einfach«, sagte ein Manager für Sicherheitsarchitektur aus dem Frankfurter Raum.

»Tja«, sagte Ogarew, »für die NSA schon. Die NSA ist military intelligence, militärischer Geheimdienst. Michael Rogers, der neue Chef der NSA, ist General. Genauso wie sein Vorgänger Keith Alexander. NSA und CIA und all die anderen gehören zum Pentagon, der mächtigsten Militärmaschinerie der Welt mit einem jährlichen Budget von siebenhundert Milliarden Dollar. Wer so viel Geld hat, ist automatisch einer der größten Einkäufer von IT-Services. Und wenn die aus dem Pentagon neue Software brauchen, fordern sie zur Qualitätskontrolle auch den Quellcode an.«

»Auch von Windows?«, fragte der Mann aus Frankfurt.

»Sagt man so.«

»Und das macht Microsoft mit?«

»Nicht nur Microsoft. Die haben alle keine andere Wahl. Die Einkaufsmacht des Pentagons ist dafür einfach zu groß. Überlegen Sie mal«, sagte Ogarew und hob die Arme, »siebenhundert Milliarden Dollar! Das ist etwas weniger als das Bruttoinlandsprodukt von Saudi-Arabien! Sie haben recht, eigentlich machen die Unternehmen das nicht mit, dass sie den Quellcode so einfach rausrücken. Aber bei so viel Geld? Da rücken sie den Quellcode raus, und ein paar Kollegen überprüfen die Sicherheitsrisiken der Software.«

»Ein paar Kollegen?«, fragte Jasmin.

»Machen wir uns nichts vor, Frau Langhaus. Wer macht das wohl? Die NSA! Und wenn sie den Quellcode haben, können sie auch Rootkits programmieren. Und sich ganz tief in jedes Computersystem einnisten, fernab von allen Virenscannern und Firewalls.« Er nickte zur Bestätigung seiner eigenen Worte. »Das ist der Krieg des 21. Jahrhunderts. Der Krieg um Bits und Bytes. Der Krieg der NSA.«

Kalter Krieg, Digitale Welt, Mobile Kommunikation.

In dem Moment piepte Jasmins Smartphone.

Sie schaute auf die SMS.

»Wann bist du wieder in Berlin?«

Von Lutz.

Mit ihrem Freund Lutz hatte Jasmin ein einjähriges Kind. Die beiden waren nicht verheiratet, was Jasmin juristisch heikel fand, aber Lutz fand Heiraten nun mal spießig. Vielleicht konnte sie ihm das noch ausreden. Aber Lutz war ohnehin in einigen Punkten ganz anders als ihr Ex-Mann Carsten. Der war Principal in einer großen Unternehmensberatung und ein ziemliches Alphatier. Lutz war Künstler, der zwar weniger verdiente, aber auch weniger verkrampft war. Ganz anders als Carsten, der sie teilweise derart angebrüllt und dabei auch noch verbal beleidigt hatte, so dass es nur noch ein kleiner Schritt bis zu körperlicher Gewalt von seiner Seite aus gewesen war. Irgendwann war Jasmin dann Hals über Kopf aus der gemeinsamen Wohnung ausgezogen. Lutz hatte sie per Zufall kennengelernt. Jasmin schien Lutz zunächst recht egal zu sein. Lutz sagte damals immer: *Am besten kommt man mit Frauen zurecht, wenn man ohne sie zurechtkommt.*

Das klang zwar erst einmal komisch, hatte Jasmin dann aber doch überzeugt. Und seitdem lebten sie glücklich zusammen. Auch wenn sie diejenige war, die für den Großteil des Geldes sorgte. Und Jasmins Mutter war es, die öfter bei der Kinderbetreuung einsprang, was sie aber nicht davon abhielt, sich um ihre Tochter, *die ja immer so viel in der Welt unterwegs war in einem so gefährlichen Beruf,* noch größere Sorgen zu machen als ohnehin schon.

Gerda hieß Jasmins Mutter. Eigentlich kein schöner Name. Doch in Wahrheit hieß sie Gertrude. Und den Namen fand sie noch schlimmer als Gerda. In jedem Fall machte sich Jasmins Mutter, Gertrude oder Gerda, immer Sorgen. Um Jasmin und um ihren Namen. Um Jasmin allerdings noch mehr.

Sorgen muss man sich durchaus machen, dachte Jasmin und blickte auf die gigantische Anlage von Skolkowo. *Aber eher um andere Sachen.*

KAPITEL 10

SILICON VALLEY, KALIFORNIEN, JULI 2015
Sand Hill Road

»*Your turn,* Jörg!«

Er war dran. Mit seiner Idee. Im Silicon Valley. Dort, wo das große Geld verteilt wurde. Jetzt musste alles sitzen.

Die Sand Hill Road im Silicon Valley in Kalifornien verlief an der Stadtgrenze zwischen Palo Alto und Menlo Park und führte irgendwann auf den Highway 280, der nach San Francisco führte.

Doch die Sand Hill Road war mehr als nur eine Straße, das wusste Jörg Tanner. Sie war der Ort, wo Ideen zu Firmen wurden und Firmen zu Weltmarktführern. Hier waren Unternehmen wie Google, Facebook oder PayPal mit dem nötigen Kapital ausgestattet worden, um in kurzer Zeit so stark zu wachsen, dass die Konkurrenz, wenn es sie überhaupt gab, nur noch die Rücklichter sah.

Das Silicon Valley hatte seinen Namen von dem Silizium, das hier für Computerchips hergestellt wurde und das auf Englisch *silicon* hieß. Hatte also nichts mit Silikon-Schönheiten zu tun, die man ohnehin weniger in San Francisco und dem Valley, sondern eher weiter südlich in Los Angeles und Hollywood antraf.

Die Sand Hill Road, in der sie gerade waren, war der Ort, wo die Risikokapitalgeber saßen, die Venture Capitalists oder auch *VCs*. Sequoia, Kleiner Perkins, Benchmark Capital, Andreessen Horowitz, Draper Fisher, Anvil & Howland, und wie sie alle hießen. Fünfzehn Milliarden Dollar Wagniskapital gab es im Silicon Valley. Und zwar jedes Jahr aufs Neue.

Jörg Tanner, Gründer des Berliner Start-ups »Com-Pare«, war in diesen Tagen auf einer Delegationsreise gemeinsam mit dem deutschen Wirtschaftsminister in Silicon Valley. Es war eine große Ehre, für eine solche Delegationsreise mit dem Wirtschaftsminister ausgewählt zu werden. Und es war auch eine Möglichkeit für sein Unternehmen, auch im Silicon Valley Geld zu akquirieren. Abends hatten sie sich an der Bar die neuesten Trends zu Customized Nutrition, Fitness Trackern, Wearables, Künstlicher Intelligenz, FinTech, dem Internet der Dinge und andere Dinge angehört, und Jörg schwirrte der Kopf, wenn er an all die neuen Trends dachte, die hier geboren wurden und die seinem eigenen Unternehmen ruck, zuck den Garaus machen konnten, wenn hier einer mit mehr Geld und mehr Geschwindigkeit auf einmal eine ähnliche Idee hatte.

Com-Pare war eine Plattform, die Produktvergleiche im Internet durchführte.

»Com-Pare ist derzeit eine der fünf stärksten Vergleichsplattformen in Deutschland«, begann er, während er vor dem Podium von Geldgebern stand. Einer von ihnen war Ben Howland, einer der Gründer von Anvil & Howland, dem Venture Capital Fonds, den sie heute besuchten. »Das Besondere an der Plattform ist«, sprach Jörg weiter, »dass sie anhand von Parametern vergleicht, die die Nutzer wichtig finden; ähnlich, wie sich auch normale Menschen Dinge erklären.«

»Habe ich nicht verstanden«, fuhr Howland dazwischen. »Was ist euer Advantage? Euer *unfair competitive advantage?*« Das nannte man hier wirklich so. Einen *unfairen Wettbewerbsvorteil.* Das war in der Tat ein Vorteil, denn wenn er *unfair* war, konnte die Konkurrenz ihn nicht einfach nachmachen. Der Such-Algorithmus von Google war unfair, das schnelle Wachstum und die gigantischen Mitgliedszahlen von Facebook. Die Einfachheit des iPhones. Wer so einen Vorteil hatte, der bekam Geld. Wer nicht, verschwand ziemlich schnell von der Bildfläche.

»Na ja«, Jörg merkte, wie ihm der Schweiß ausbrach. Passte ja auch, da er hier richtig gegrillt wurde. Und dass alles sitzen musste. Und dann auch noch auf Englisch. Er sprach schnell weiter. Wahrscheinlich wieder zu schnell. »Das funktioniert anhand eines Ranking-Systems, bei dem die User bewerten können, welche Bewertungskriterien für sie am relevantesten sind; die Nutzer bewerten also nicht nur die Produkte, sondern auch die Art und Weise, wie die anderen bewerten. Dadurch ergibt sich eine fast perfekte Vergleichsmöglichkeit für den User.«

»Jetzt hast du das wiederholt, was ich eben schon nicht verstanden habe«, sagte Howland. »Sehr technisch ohne Bilder.

Very German. Gib mir ein Beispiel, verdammt!« Die zwei Männer neben Howland, in blauem Hemd und Khakihosen, machten sich Notizen. Wahrscheinlich so etwas wie *dem Typen auf keinen Fall jemals Geld geben,* fürchtete Jörg.

In Jörgs Kopf wirbelte alles herum. Er blickte sich um. Der Spruch *Code is Poetry, Programmiersprachen sind Poesie,* prangte über der Eingangstür des großen Meetingraums.

»Also«, begann er, »wenn man jemandem ein Restaurant empfiehlt, würde man doch Folgendes sagen: Entweder du willst was Gesundes, Salat und so, alles nachhaltig, dann geh zu A. Wenn du aber Steak, Bier und solche Sachen magst, geh zu B. Italienisch gibt es bei C. Normalerweise weiß das Gegenüber dann, was ihn erwartet, und kann eine Entscheidung treffen. Man würde aber nie auf die Idee kommen, dem anderen drei Speisekarten zum Vergleichen vorzulegen. Genau so funktionieren aber die meisten Vergleichsportale. Nur Com-Pare macht es anders. Und zwar so, wie Menschen wirklich vergleichen, analog zu den Empfehlungen von A, B, C. Einfach und zielgerichtet! Darum ist die Plattform auch so erfolgreich.«

»Jetzt hab ich's verstanden«, sagte Howland. »Es geht doch! Also, Feedback …«, murmelte er. »Am Anfang viel zu technisch, am Ende wurde es klarer. Präsentation ganz in Ordnung, aber auch zu viele Details und zu wenig Vision. Gut war, dass du uns angeschaut hast. Das machen die meisten Nerds hier nämlich nicht.«

»Nein?«

»Nein.« Howland sah ihn an. »Wohin schaut ein introvertierter Nerd?« Als Jörg nicht antwortete, sagte er: »Auf *seine* Schuhe. Und wohin schaut ein extrovertierter Nerd?«

Jörg zuckte wieder die Schultern.

»Auf *deine* Schuhe!«

Howland trat vor den Tisch und richtete sich an die Gründer, die im Plenum saßen: »Überlegt euch genau, mit wem ihr gründet. So heißt es schon in *Der Pate: Freundschaft und Geld – das ist wie Öl und Wasser.* Es ist leichter, aus Geschäftspartnern Freunde zu machen, als aus Freunden Geschäftspartner. Und: Wenn ihr Leute einstellt, *weil* sie Freunde sind, müsst ihr auch bereit sein, sie wieder zu feuern, *obwohl* sie Freunde sind.«

Gründer, Geschäftspartner, Freunde, dachte Jörg. Mit seinem Team, mit dem er ein Büro in Berlin-Mitte hatte, war er sehr zufrieden. Aber waren das Freunde? Seine Freundin, die eigentlich nur eine Affäre war, war ihm gerade weggelaufen, und die Frau, mit der er sich wirklich etwas Langfristiges vorstellen könnte, hatte zwar ihren alten Macker verlassen, aber sich stattdessen so einen Künstlertypen geangelt und war mit dem auch noch schwanger geworden.

Venture Capitalist, Geldgeber, dachte er, *die konnte man verstehen. Und wenn man sie verstand, dann gab es auch Geld. Aber Frauen konnte man leider nicht verstehen.*

KAPITEL 11

KAIRO, NOVEMBER 2014
Four Seasons Hotel Kairo, Nile Plaza

Kyrill war zurück in seinem Hotelzimmer im Four Seasons Hotel Kairo und öffnete die Skype-Anwendung auf seinem Laptop. Das Gespräch mit Al Dar hallte noch in seinem Kopf nach, und er fragte sich, ob der Handel mit afrikanischen Flüchtlingen nicht doch noch ein Geschäftszweig war, in dem noch Platz für einen weiteren Anbieter war.

Jetzt hatte er allerdings ein Gespräch mit einem Mann, der mit Vornamen Jacub hieß, seinen Nachnamen nicht nennen wollte und ansonsten nur *der Puppendoktor* genannt wurde. Schon erschien der Kopf des Mannes auf dem Bildschirm.

Jacub hatte ein blasses Gesicht, Haare, bei denen man nicht wusste, ob sie hellblond oder weiß waren, und hätte er rote statt wasserblaue Augen gehabt, hätte man ihn zweifelsfrei für einen Albino gehalten. Jacub hatte einige interessante *Produkte* im Angebot, die besonders dann hilfreich waren, wenn man hochrangige Menschen bestechen wollte. Diese konnte man mit Jacubs Produkten sogar zweimal bestechen: einmal mit dem Produkt selbst und ein zweites Mal mit dem Wissen, *dass* diese Leute Jacubs Produkte nutzten.

Jacub hatte eine Vier-Felder-Matrix in PowerPoint in das Telefonat integriert, und der Bildschirm wechselte zwischen seinem vogelartigen Gesicht und der PowerPoint-Grafik.

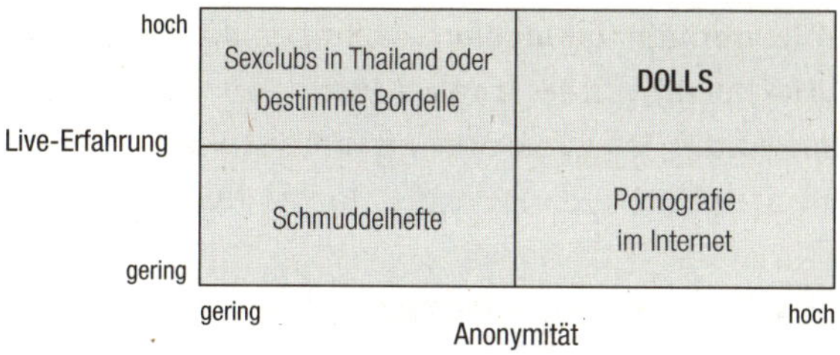

»Je mehr ungewöhnlichen Spaß man haben will«, begann der Doktor, »desto anonymer sollte man sich verhalten, denn nicht jeder Spaß ist legal.«

Er zeigte die Matrix. Die horizontale x-Achse ganz unten war mit »Anonymität«, die vertikale Achse, die y-Achse, war mit dem Wort »Live-Erfahrung« beschriftet.

»Dabei gibt es nur ein Problem«, fuhr der Doktor fort. »Je anonymer man sein will, desto weniger ist es leider live.« Er grinste. »Aber dafür habe ich eine Lösung entwickelt. Schauen Sie einmal.«

Ein Pfeil ging auf die untere linke Ecke der Matrix.

»Unten links ist das, was man früher Schmuddelhefte genannt hat. Gibt es kaum mehr, und das hat auch seinen guten Grund.

Sie sind nicht anonym, da einen jeder dabei beobachten kann, wenn man sie kauft. Und live und interaktiv sind sie auch überhaupt nicht. Schauen wir mal weiter.« Der Pfeil ging nach rechts unten. »Hier, mit hoher Anonymität, aber geringer Live-Erfahrung haben wir bestimmte Pornografie im Dark Web. Leider nur virtuell. Und die Verbindungen sind sehr langsam. Und gerade bei solchen Filmen will man doch hohe Auflösung und schnelle Ladezeiten.« Er machte eine Pause. »Gehen wir mal in der x-Achse nach oben.« Der Pfeil bewegte sich auf den Quadranten in der linken oberen Ecke. »Hier haben wir bestimmte Partys oder Ausflüge nach Thailand. Live, aber nicht hundertprozentig anonym, da man dabei gesehen werden kann. Und Krankheiten kann man sich bei der Gelegenheit auch eine Menge holen. Sogar tödliche!«

»Und Ihre Lösung …?«, fragte Kyrill.

»Meine Lösung ist ganz oben, ganz oben rechts.« Der Pfeil huschte in die obere rechte Ecke. »Höchst live und höchst anonym.«

»Und was ist das für ein Wunderwerk?«

»Das sind meine … Puppen. International nennen wir sie *Dolls.*«

»Aha. Erklären Sie mir, was Ihre Dolls sind?«

»Aber gerne.« Jetzt war wieder Jacubs Gesicht zu sehen. »Ich hoffe, Sie sitzen bequem. Und hören mir nicht auf nüchternen Magen zu. Denn manche Leute sind etwas, sagen wir mal, irritiert, wenn sie von meinen Puppen hören.« Er fletschte die Zähne. »Nur eines vorweg: Meine Dolls sind nicht billig.«

Der Puppendoktor hatte Kyrill alles erklärt.

Es war eigentlich mehr, als Kyrill hatte wissen wollen. Eine teuflische, grauenvolle Idee. Selbst Kyrill, der mit einigen Wassern gewaschen war, fragte sich, wie man auf so etwas kommen konnte.

Und Kyrill saß noch einige Minuten grübelnd vor dem Rechner. Was der Puppendoktor vorschlug, klang sehr exotisch. Und auch sehr krank. Aber auch passend für einige ihrer Kontakte. Einige ihrer *kranken* Kontakte, die sie damit vollständig auf ihre Seite ziehen konnten.

Er zückte sein Handy und wählte Al Dars Nummer.

»Sag mal, kommt ihr auch an junge hübsche Frauen aus Afrika?«

»Sehr oft sogar. Wie viele brauchst du?«

»Erst einmal nur eine.«

»Alter?«

»Nicht zu alt. Du weißt, was ich meine.«

»Ja, ich weiß. Ich sende dir eine.«

»Was kostet die?«

»Tausend Euro. Weil du es bist.«

»Wie wären fünfhundert? Weil ich es bin?«

»Sechshundert.«

»In Ordnung.« Dem Puppendoktor würden sie das Mädchen für viertausend verkaufen. Oder noch mehr. Da machte er immer noch einen sehr guten Schnitt. »Wir schicken dir die Kontaktdaten von unserem Kontaktmann in Bukarest.«

»Sehr gut, mein Freund. Schön, mit dir Geschäfte zu machen!«

KAPITEL 12

BERLIN, JULI 2015
Potsdamer Platz

Oliver rannte nach oben zu seinem Händlerterminal.

Die Bloomberg-News-Seite war offen. Verdammt, was stand da? *Albert Schmidt, früherer Vorstand der … Bank, auf rätselhafte Weise in Frankfurt zu Tode gekommen. Auto bei Auto-*

bahnausfahrt nahe dem Flughafen. Richtung Hassloch, Rüsselsheim. Rampe … saß hinten … Mord?

Scheiß drauf, sagte Oliver, er ist tot, und ich bin am Leben! Und ich muss Geld verdienen. Wo zum Teufel stehen meine Futures?

Der Anblick traf ihn wie ein Hammerschlag!

Der DAX war nicht gefallen, sondern gestiegen! Warum? Verdammt, warum?

Dann sah er sein Handy.

Drei Anrufe in Abwesenheit!

Wieso hatte er das nicht gehört?

Weil … *verdammt, was bin ich für ein Vollidiot!*, weil er das Handy während des blöden Interviews auf lautlos gestellt hatte.

Was war mit seinen Futures passiert? Sie waren … nein! Sie waren *weg!*

Er hatte fünfzig Kontrakte verkauft. Hatte auf einen fallenden DAX gesetzt. Dann war der DAX gestiegen. Und mit jeder Steigerung verlor Oliver Tausende von Euros!

Fünfzig Kontrakte. Fünfundzwanzig Euro pro Kontrakt. Noch mal um hundert Punkte gestiegen. Nein, nicht hundert, das waren mehr.

Oliver merkte, wie ihm schlecht wurde.

Die Bank hatte einen sogenannten *Margin Call* durchgeführt. Er hatte bei der Bank eine Sicherheit von einigen tausend Euro hinterlegt. Wenn die Verluste diese Sicherheit überstiegen, wurde der Anleger aufgefordert, seine Marge zu erhöhen, also Geld nachzuschießen. Konnte er das nicht, wurde die Position *glattgestellt,* wie man so sagte. Auch wenn der Anleger telefonisch nicht erreichbar war, wurde die Position glattgestellt.

Und zwar … mit Verlust!

Er schaute auf die Abrechnung.

Verluste von zweihunderttausend Euro in den Vorwochen.

Und jetzt … Verluste von über hunderttausend Euro in einer einzigen Transaktion. In wenigen Minuten. Nur weil wegen irgendeiner dummen Scheiße der DAX gestiegen war. Wegen irgendeinem Mist, den Oliver nicht auf dem Schirm gehabt hatte. US-Zahlen, Ifo-Index, weiß der Teufel was. Der DAX war gestiegen, obwohl er doch eigentlich fallen sollte, ja doch immer gefallen war, wenn Oliver dachte, er würde steigen! Und nur weil er dieses Scheiß-Interview gegeben und deswegen sein Handy auf lautlos gestellt hatte! Und weil diese blöde Nina ihm von ihrem Scheiß-Jobangebot erzählen musste und er deswegen nicht sah, dass sein Banker ihn angerufen hatte!

Es war doch alles zum Kotzen!

In dem Moment hätte er am liebsten seinen Computer und alle Monitore aus dem Fenster auf die Gabriele-Tergit-Promenade am Potsdamer Platz geschmissen, die Promenade, auf die seine sündhaft teure Penthousewohnung herunterblickte.

Ja, die Wohnung. Der Kredit für die riesige Wohnung schlug auch noch einmal mit über sechshunderttausend Euro zu Buche. Er merkte, wie ihm schwindelig wurde. Was sollte er tun, um das Geld wieder reinzubekommen? Er fühlte sich wütend. Missbraucht. Und hilflos.

Das Geld war weg.

Für immer.

Er war halt nicht John Paulson, der 2007 in einem Jahr drei Milliarden Dollar Gewinn machte, weil er als einer der wenigen auf fallende Immobilienpreise in den USA gesetzt hatte. Er war eher Nick Leeson. Der hatte in Singapur die Barings Bank in die Pleite gezockt. Er war Jérôme Kerviel. Der bei Société Générale fünf Milliarden Verlust gemacht hatte.

Er war ein absoluter Versager.

Er lauschte in sich hinein. In die Stille und die Leere.

»Oliver, kommst du?«, hörte er Nina von unten rufen.

Und er spürte kalte Wut in sich aufsteigen.

KAPITEL 13

FRANKFURT AM MAIN, JANUAR 2015
Europäische Zentralbank

Dr. Jürgen Rudolf hatte drei Träume.

Sie kamen ihm wieder in den Kopf, als er nervös an seinen goldenen Manschettenknöpfen drehte, die unter dem maßgeschneiderten Anzug hervorblitzten.

Er wollte frei sein.

Er wollte wieder schlank werden. Er musste mal wieder in die Savile Row zum Schneider, denn sein Sakko spannte mittlerweile ziemlich. Hatte sich zu sehr gehenlassen. Nicht nur, was seine Figur anging. Denn er hatte diesen furchtbaren Gedanken, der ihm nicht aus dem Kopf ging. Und er spürte an seiner Hose, dass es nicht nur sein Sakko war, das spannte. Dass ihn dieser Gedanke erregte, obwohl er es nicht sollte.

Denn das war sein dritter Traum.

Dass sein *Geschenk* bald bei ihm sein würde.

Sein Geschenk.

Mein Schatz, hatte Gollum in *Herr der Ringe* gesagt.

Und genau so freute sich Dr. Jürgen Rudolf auch. Als wäre Weihnachten.

Dr. Rudolf, Leiter der Abteilung für Informationstechnologie und IT-Sicherheit der EZB, der Europäischen Zentralbank, saß am Rande der Pressekonferenz, auf der das große Anleihe-Kaufprogramm der EZB beschlossen wurde, und hörte die Fragen der Journalisten.

Die EZB hilft der Politik bei der Reformverschleppung, indem sie billiges Geld druckt. Die nächste Blase ist schon in Vorbereitung. Sie lassen Unternehmen mit geringer Produktivität überleben und Zombieunternehmen und Zombiebanken entstehen. Wie in Japan.

Und:

Das ist eine Abwertung des Euros, eine Einmischung der Zentralbank in die Wechselkurspolitik, Staatsfinanzierung mit der Notenpresse …

In der Tat war das Programm gigantisch, und man konnte kaum abstreiten, dass es um unvorstellbare Summen ging und der Vorwurf des »Gelddruckens« sicher nicht aus der Luft gegriffen war. Das sogenannte »Anleihen-Kaufprogramm« sollte wieder mehr Wachstum, Investition und vor allem weniger Deflation und Preisverfall in die Eurozone bringen. Genau genommen war es der Start des größten, finanzpolitischen Experiments aller Zeiten mit einem Gesamtvolumen von über einer Billion Euro. Das waren tausend mal eine Milliarde! Jeden Monat für sechzig Milliarden Dollar, insgesamt 1,14 Billionen. Für normale Menschen eine unvorstellbare Summe. Und selbst für ihn, Dr. Jürgen Rudolf, war sie das.

Überhaupt, *Eurozone,* was für ein Name! So ähnlich wie *Sowjetisch besetzte Zone,* der frühere Name der DDR. Und *Europäische Union:* Da sagten Kritiker immer, das klinge wie *Sowjetunion.* Und dann dieser neue EZB-Turm, in dem sie alle untergebracht waren und in dem auch er gerade saß. Das eigenwillige Gebäude des Architekten Wolf Prix erschien wie ein hohler Turm. Eine Mitte ohne Zentrum. Ein Konstrukt ohne Botschaft. Das neue Hauptquartier der EZB lag am Main im Frankfurter Ostend. Die Nachbarn waren eine verlassene Großmarkthalle, die Heilsarmee und die Caritas. Es war eine arme Gegend. Die Hauptzentrale des Euros saß dort, wo es vor allem an Euros mangelte.

Das ganze Gebäude hatte einen ausreichenden Abstand zur Straße, um gegen Anschläge geschützt zu sein. Eher ein Herrscherpalast als ein Gebäude in einem demokratischen Staatenverbund. Aber die EZB war auch nicht demokratisch. Sie konnte tun und lassen, was sie wollte, ohne die Parlamente zu fragen, und ihr Präsident wurde ernannt und nicht gewählt. Dr. Rudolf musste an Napoleon denken, der sich selbst gekrönt hatte.

Sie saßen im großen Konferenzraum, an der Decke eine stilisierte Europakarte, bei der man sehr genau hinschauen musste, um sie zu erkennen.

Dennoch arbeitete jeder gerne bei der EZB, trotz der seltsamen Umgebung, mit der die Mitarbeiter der Zentralbank aber ohnehin nicht in Kontakt kamen. Auch die Deutschen waren gerne dort beschäftigt. Es wurden, da es eine europäische Institution war, die keinem Staat zugeordnet war, keine Abgaben zur Rentenversicherung fällig, keine Krankenversicherungsbeiträge, viel weniger Steuern, und das Gehalt war um einiges höher als bei jedem Mitarbeiter der Bundesbank. Eine satte Pension gab es ab dem Alter von sechzig Jahren ebenfalls.

Die Fragen der Journalisten hämmerten weiter auf die Führungsspitze ein, und Rudolf war froh, dass nicht er da vorne saß, sondern dass er sich nur um die IT-Sicherheit der EZB kümmern musste. Was auch in Anbetracht all der Herausforderungen und Hacker-Angriffe vollkommen ausreichend war, um ihn und sein Team bis zu vierzehn Stunden am Tag zu beschäftigen.

Ja, wir haben Griechenland einige der Schulden gestundet. Aber natürlich werden sie zurückzahlen!

Was für ein Blödsinn! Wenn ich die Zinsrückzahlung auf unendlich verschiebe und den Zins auf null, dann könnte auch ein Hartz IV-Empfänger eine Milliarde Euro leihen und den Kredit problemlos bedienen. Beziehungsweise nicht bedienen.

Murren und Raunen im Saal.

Dr. Rudolf lehnte sich zurück. Er wusste: All das Gezeter würde nichts bringen. Das Programm war schon längst in trockenen Tüchern. Die EZB handelte jenseits der Parlamente. Mario Draghi, der Chef der EZB, war der König von Europa. Endlich hatten die Europäer wieder die Monarchie, die sie sich doch schon immer zurückgewünscht hatten. Und wie bei Ludwig XIV.

oder Julius Caesar konnten sich alle querstellen, wie sie wollten. Das Programm würde dennoch kommen. Weil der König nun einmal das Sagen hatte. Und niemand sonst.

Und eigentlich war es Dr. Jürgen Rudolf auch vollkommen egal, was andere Parlamente und Regierungen davon hielten. Wichtig war nur, dass das Programm kam, denn nur dann würde sein Plan funktionieren. Er dachte unterdessen schon an andere Dinge. Dinge, die für ihn wichtig waren.

Sehr wichtig.

Dachte an die Belohnung, die ihm winkte.

Spürte wieder die Erregung.

Diese Neigung war schon immer da gewesen.

Seine Ehe. Das war nur Fassade gewesen. Und er redete sich immer ein, dass er damit in guter Gesellschaft war. Denn Thomas Mann war auch verheiratet gewesen, obwohl er seine Frau nicht geliebt hatte.

Geliebt hatte Jürgen Rudolf andere.

Seine Frau hatte ihre gemeinsame Tochter Louise deswegen weit weg auf ein Internat geschickt. Die Freundin seiner Tochter hatte er einmal angesprochen. Nur einmal. Und dann hatte er gewusst, dass er gewisse Dinge nicht offen tun durfte. Dass er aber mittlerweile in einer Position war, an der er solche Dinge dennoch tun konnte. Unbemerkt. Und dennoch frei.

Und dafür würde es sein Geschenk geben.

Sein dritter Traum.

Dr. Rudolf blickte sich um.

Nahm sein Handy in die Hand.

Gab eine Nummer in sein Smartphone ein.

Dann schickte er eine SMS ab mit den Worten: »Es läuft«.

KAPITEL 14

MÜNCHEN, JULI 2015
Fahrt vom Flughafen in die Innenstadt

Jasmin war vor gut einer Stunde am Münchener Flughafen gelandet und saß zusammen mit Roland Ressler, dem Direktor der Abteilung Nemesis und Abteilungsleiter beim BND, in einem Wagen in die Innenstadt. Ressler hatte eigentlich früher im BKA in der Abteilung Operative Fallanalyse gearbeitet. Sein Spezialgebiet waren die Täterprofile von narzisstischen Psychopathen. Dabei hatte Ressler herausgefunden, dass bei vielen Extrem-Psychopathen Selbsterhöhung und Selbstmitleid eine unheilige Allianz eingingen. Egal ob es Extremisten, Terroristen oder auch Diktatoren waren, das Selbstmitleid und der Hass auf die böse Welt nahmen bei ihnen immer einen großen Umfang ein. Auch Hitlers *Mein Kampf*, so hatte es Ressler ihr einmal erzählt, bestand zu einem Drittel aus Selbstmitleid. Die Lebensberichte von Terroristen, Schläfern und Attentätern genauso. Aus diesem Grund, so Ressler, sei der Totenkult und auch der Suizid ein elementares Element aller Extremisten. Egal ob al-Qaida, ISIS, Hitler oder Joseph Goebbels. Im BKA hatten sie diese Forschungen Resslers immer als intellektuelle Spielereien abgetan, bis es Ressler gelungen war, durch das perfekte Täterprofil eines Extremisten einen der schwersten Terroranschläge in der Bundesrepublik seit den siebziger Jahren zu verhindern. Dann kam die Beförderung. Dann die Anfrage vom BND. Und dann Nemesis.

Sie schaute ihren Chef an. Ressler trug ein schwarzes Cordjackett, ein etwas schäbiges Hemd und eine nachlässig gebundene Krawatte. Für ihn war das *totally overdressed*, aber was die Konferenz anging, zu der sie unterwegs waren, würde er eher am unteren Ende der Dresscode-Skala landen. Normalerweise trug er schlabberige, dunkelgraue Cordhosen, dunkle Hemden und im Sommer einen dünnen und im Winter einen dicken schwarzen Mantel. Doch heute trug er das, was man wohl früher »Sonntagskleidung« genannt hätte. Jedenfalls was Resslers Kleidungsstil anging.

Die Münchener Sicherheitskonferenz im Münchener Nobelhotel »Bayerischer Hof« stand auf dem Plan. Dort würde auch der Chef des BND, Jürgen Kunhardt, eine Rede halten. Kunhardt war es in letzter Zeit gelungen, eine große Anzahl an Pädophilenringen zu sprengen, wobei sich alle fragten, warum ihm das in so kurzer Zeit gelungen war und das auch noch ohne allzu große Hilfe und Budget. Was umso seltsamer war, da Kinderpornografie eigentlich in den Bereich des BKA fiel und nicht des BND. Doch Kunhardt begründete das immer mit terroristischen Strukturen und Menschenhandel bei den Hintermännern. Und zudem brauchte Erfolg keine Rechtfertigung.

Mit Ressler, sechsundfünfzig, stechende Augen, raspelkurze, grau-weiße Haare und grau-weißer Dreitagebart, der ihm etwas Frostiges verlieh, hatte Jasmin schon vorher häufig zusammengearbeitet. Ihre erste Begegnung war recht rumpelig gewesen, denn eigentlich hatte Jasmin Nemesis leiten sollen, kurz bevor ihr Ressler vor die Nase gesetzt worden war. Wahrscheinlich weil er ein Mann war, nicht schwanger werden konnte und durchsetzungsstärker war. Skrupelloser konnte man auch sagen. Und vollkommen schmerzfrei, was Kritik an Vorgesetzten und Spitzenbeamten anging. Und das machte die Lage für Jasmin sehr viel erträglicher. Wenn nicht sogar besser. Denn letztendlich war diese Personalrochade gar nicht schlecht, da Ressler viel abfing und öfter mal den Weg freiräumte. Sein Harmoniebedürfnis war jedenfalls sehr schwach ausgeprägt, besonders gegenüber Vorgesetzten. Die typische »Radfahrer-Mentalität«, die man in vielen Behörden beobachtete – Rücken krumm und nach unten treten –, hatte sich Ressler überhaupt nicht angeeignet.

Im Gegenteil. Ebenso wusste Jasmin, wie brillant er war. Sie wusste aber auch, wie paranoid er war, dass er etwa an keinem Mülleimer mehr vorbeilaufen konnte, weil er Angst hatte, dieser könnte in der nächsten Minute explodieren, weil dort von Terroristen eine Bombe versteckt worden war.

Diese Paranoia war auch nicht ganz unberechtigt. Vor einigen Jahren, das wusste Jasmin, war Resslers Frau bei einem Autounfall gestorben. Der Fahrer, der Fahrerflucht begangen hatte, war nie gefasst worden. Resslers Tochter, die er seit dem Unfall wie ein rohes Ei behandelte, damit sie ihm nicht auch noch abhandenkam, hatte sich von seiner Fürsorge erdrückt gefühlt und war verschwunden. Bis zum heutigen Tag. Selbst BKA und BND hatten sie nicht finden können. Vielleicht war sie gar nicht mehr am Leben. Ressler hatte dann auf eigene Faust gesucht. Manche sagten, sie wäre irgendwo in der Unterwelt verschwunden, andere meinten, sie hätten ihr Gesicht in irgendwelchen Billig-Pornos gesehen. Er hatte dann die Schmuddelkinos aller Großstädte durchforstet, hatte dort in den Filmen nach seiner Tochter gesucht. Doch er hatte sie nie gefunden.

Jasmin hatte dieser Gedanke immer mit großen Schmerzen erfüllt. Ein Mann, dessen Frau gestorben ist und der allein durch irgendwelche Rotlichtviertel geht und nach seiner Tochter sucht. Die jagt, die er sonst auch jagt. Aber diesmal nicht für den Staat, sondern für seine Familie. In Filmen, in denen ein Vater seine Tochter niemals sehen möchte. In diese Zeit fiel auch die Anfrage, ob er statt für das BKA für den BND arbeiten wollte. Denn die Täterprofile von Psychopathen und Extremisten zu erkennen, wäre für den BND noch wichtiger als für das BKA. Ressler jedenfalls war das Ansporn genug gewesen, sich in alle Aspekte der Geheimdienste einzulesen. Und so war seine Position als Chef von Nemesis nicht nur eine Berufung, sondern nahezu ein heiliger Kreuzzug auf eigene Rechnung.

»Es ist doch nicht zu glauben«, schimpfte Ressler anstatt einer Begrüßung, als sie beide im Wagen saßen und die Flughafengebäude hinter sich ließen, »wie dieses Land mit seinen Geheimdiensten umgeht.« Er legte sich seinen Lederkoffer auf die Knie und ließ die Schlösser aufschnappen. Der Lederkoffer war das Einzige, was an Ressler richtig schick war. Angeblich war der Koffer ein Erbstück, aber Jasmin hatte sich nie getraut, ihn zu fragen, warum sich der Koffer so von seiner sonstigen Erscheinung unterschied. »Helmut Schmidt sagte damals, er lese lieber den Auslandsteil der Neuen Zürcher Zeitung, anstatt sich mit BND-Leuten zu treffen. Kohl dachte ähnlich. Erst Gerhard Schröder immerhin hatte auf den BND gehört und sich darum dieses Himmelfahrtskommando im Irak gespart. Dennoch, Frau Walters, schauen Sie sich doch mal die Zahlen an!« Er zog ein Papier aus seinem Koffer, und es kam Jasmin so vor, als hätte es extra dort gelegen, damit Ressler seine Rede zu den Geheimdiensten unterfüttern konnte. »Deutschland hat drei Geheimdienste, den BND, den MAD und den Verfassungsschutz und umgerechnet circa fünfhundert Millionen Dollar Jahresetat dafür. Die USA haben siebzehn Geheimdienste mit siebzig Milliarden Dollar Jahresetat. Wenn auch USA und Deutschland bei der Wirtschaftsleistung pro Einwohner fast gleich dastehen, so zahlen die USA für ihre Geheimdienste zweihundert Dollar pro Einwohner. Wissen Sie, was die Deutschen zahlen? Pro Einwohner?«

»Sicher weniger?«

»Sechs Dollar. Das ist doch unglaublich!« Er presste die Lippen zusammen und strich sich über seine kurzen Haupt- und Barthaare. Es gab ein schabendes Geräusch. Wie eine Klinge, die geschliffen wird, dachte Jasmin.

»Das ist es«, sagte sie. Und erwiderte sonst nichts. Sie kannte ihren Chef. Er musste manchmal Dampf ablassen. Und das waren dann eher Monologe als Dialoge.

Schon redete er weiter. »Wir hängen absolut am Angelhaken von den Amerikanern, weil wir selbst nichts auf die Beine bekommen. Ohne NSA wäre die Sauerland-Gruppe nicht aufgeflogen. Einen größeren Terroranschlag hat es auf deutschem Boden bisher nicht gegeben. Noch nicht. Aber die Gegenseite rüstet auf! Al-Qaida und ISIS bauen Hackerabteilungen auf. Sie betreiben Spendenaufrufe im Dark Web, wo man in Bitcoins spenden kann. Und wir? Als viertgrößte Volkswirtschaft der Welt? Wir kämpfen, was den Cyberspace angeht, noch mit Pfeil und Bogen.«

»Die anderen haben da weniger Skrupel?«, fragte Jasmin.

»Viel weniger!« Ressler atmete hörbar aus und wühlte mit verzerrtem Gesicht in seinem Koffer herum, der ihm, da der Wagen gerade in eine lange Kurve fuhr, ständig von den Knien zu rutschen drohte. »Vor ein paar Wochen war ich bei den Kollegen beim GCHQ in Scarborough in Großbritannien. Die haben mal eben das Unterseekabel TAT-14 angezapft. Da kennen die gar nichts. Google geht mittlerweile dazu über, seine Rechenzentren mit eigenen Datenleitungen zu verbinden, damit da niemand rankann.«

»Und?«

»Die NSA verkleidet sich einfach als Baufirma und zapft die Dinger trotzdem an. Die sind da völlig schmerzfrei.«

»Die großen Internetgiganten sind ja auch wie Geheimdienste«, sagte Jasmin.

»Allerdings.« Ressler nickte. »Google betreibt Schiffe in internationalen Gewässern als sogenannte Betriebsstätten, die über Google-Satelliten im staatenunabhängigen Weltraum kommunizieren. Völlig unabhängig von irgendeiner nationalen Gesetzgebung. Sie wissen ja, was Google-Chef Larry Page mal gesagt hat?«

Jasmin wusste es. Aber Ressler redete schon weiter.

»Es gibt eine Menge Dinge, die wir gern machen würden, aber leider nicht tun können, weil sie illegal sind«, wiederholte er das

bekannte Zitat. »*Weil es Gesetze gibt, die sie verbieten. Wir sollten ein paar Orte haben, wo wir sicher sind.*«

»Nur bei uns«, fuhr Ressler fort, »da stammen die Gesetze zur Telekomüberwachung in Deutschland noch aus der Zeit, als in jedem Haus ein analoges Telefon mit Drehscheibe stand.« Das klang so, als glaube er, dass man mit besseren Gesetzen auch seine Tochter wiederfinden könne. Und wahrscheinlich glaubte er das wirklich. »Im Gegenzug dazu hat heute jeder Salafist und Extremist oder sonst wer zwei Laptops, fünf Handys und dazu zehn verschiedene SIM-Karten. Es gibt in der Hackerszene schon Wettbewerbe, wer am schnellsten eine SIM-Karte auswechseln kann. So war das früher bei der RAF mit den Magazinen der Schusswaffen.«

Er schaute hinter sich. »Wir sind beide gerade geflogen. Sie aus Moskau, ich aus Den Haag. Haben Sie Entführer gesehen?«

»Nein.«

»Die werden auch mittlerweile sehr gut von den Sicherheitsbehörden ferngehalten. Aber ein Flugzeug zu hacken, ist gar nicht so schwer. Das kann man in der Kabine mit einem Laptop machen. Jedenfalls solange Kabine und Cockpit, die eigentlich getrennt sein sollten, das gleiche WLAN verwenden. Im Cockpit ersetzen jetzt Tablet-PCs oder iPads die schweren Pilotenbücher. Tablets sind hackbar, Bücher nicht. Wenn wir irgendwann dazu kommen, dass ein Pilot den Autopiloten nicht mehr ausschalten kann oder darf, dann können sie vom Boden aus ihr Flugzeug fernsteuern. Allerdings kein Modellflugzeug auf der Pferdewiese nebenan, sondern vielleicht einen A380. Und den können Sie irgendwo reinsteuern. In Bankentürme zum Beispiel. Das geht auch ohne einen Mohammed Atta, der mit Teppichmessern ins Cockpit springt.«

»Tja, die Kriege haben sich geändert.«

Ressler nickte. »In der Tat.« Er wandte sich ihr zu. »Wie war es bei Ihnen?«

Jasmin berichtete von ihrem Besuch in Skolkowo.

»Die Russen lassen sich nicht alles bieten«, sagte Ressler. »Die sind schon ziemlich weit im Cyberkrieg. Wir müssen in jedem Fall aufpassen. Da werde ich auch nachher in meiner Rede drauf eingehen. Der Mossad in Israel ist auch schmerzfrei. Vor kurzem sind drei Nobelhotels in der Schweiz und in Österreich gehackt worden. Ständig. Ganze Server fielen aus. Wissen Sie, warum?«

»Warum?«

»Weil dort die Iran-Verhandlungen zur Uran-Anreicherung und dem Embargo stattfinden. Und das mochte Israel nicht.«

»Ich habe gehört«, sagte Jasmin, »dass der Bundestag gehackt wurde?«

»Ja, ist noch nicht öffentlich, aber so ist es. Es reiht sich nahtlos in eine Reihe von Hacks ein, so dass man es eigentlich hätte voraussehen können. Juni 2010 Stuxnet im Iran, dann wurde daraus der Duqu-Wurm, der es bis nach Russland schaffte …«

»… auch der Mossad?«

»Ich denke, der Mossad. Ja.« Er nickte. »Dann November 2014 die Hacker bei Sony, wahrscheinlich aus Nordkorea, Januar 2015 ein Angriff auf das Kanzleramt, wahrscheinlich die Russen …«

»… das Kanzleramt ist aber besser geschützt?«

»Ja, viel besser! Die sind nicht ganz so beratungsresistent. Ist ja auch die *böse* Regierung, nicht das *gute* Parlament. Die paktieren dann eher mit den ebenfalls *bösen* Geheimdiensten. Dann April 2015 in Frankreich der Angriff auf den TV-Sender TV5 Monde …«

»… war das denn nun der Islamische Staat?«

»Wegen Charlie Hebdo? Glaubte man erst, aber wahrscheinlich auch die Russen. Und jetzt gerade im Mai der Deutsche Bundestag. Das … *Hohe Haus.*« Ressler sprach die letzten beiden Wörter nicht so aus, als ob er viel Achtung dafür empfände.

»Auch die Russen?«

»Wahrscheinlich. Oder die Chinesen. Und es läuft immer gleich, und immer wieder fällt jemand drauf rein. Ein Nutzer kriegt eine Mail mit einem Link, eine infizierte Website öffnet sich, der Rechner wird infiziert, ein Programm wird installiert, das sich merkt, was in die Tastatur eingegeben wird, Passwörter werden aufgezeichnet, gleichzeitig wird der Bildschirm abgefilmt, und schon ist man mit den richtigen Passwörtern auf dem Server.«

»Ich meine«, sagte Jasmin, »ich habe dazu mal ein Diagramm gesehen. In einer Broschüre des BSI. Bundesamt für Sicherheit in der Informationstechnik.«

»Da haben Sie's! Unser Innenministerium verfasst die schönsten Broschüren, wie man sich im Netz schützt, und das eigene Parlament lässt sich hacken. Und wenn wir dann aufklären wollen, hat der Bundestag mehr Angst vor dem eigenen Geheimdienst als vor den ausländischen.«

»Das mit dem Bundestag-Hack ist aber, wie gesagt, noch nicht offiziell?«

»Nein.« Ressler kniff die Lippen zusammen und schüttelte den Kopf. »Dazu bitte kein Wort. Ist alles andere als offiziell.«

»Und Sie?«, fragte Jasmin. »Sie sagten, Sie kommen aus Den Haag? Waren Sie bei Europol?«

»Auch. Aber nicht nur. Kennen Sie Joost de Groot, auch von Europol?«

»Nicht direkt, aber der Name sagt mir was. Was ist mit ihm?«

»Nichts mehr. Er ist tot.«

»Wie? Tot?«

»Ich war auf der Beerdigung. Er war Experte für Cyberkriminalität und ist auf sehr rätselhafte Weise zu Tode gekommen. Offenbar gibt es eine Seite im Internet, die es für Menschen attraktiv macht, andere Menschen zu töten.«

»Mein Gott!«

»Ja, es gibt verschiedene Namen für diese Seiten, aber der bekannteste Name ist: *Assassination Network.*«

Jasmin sah ihn an. »Assassination Network?«

»Ja«, sagte Ressler. »*Attentäter-Netzwerk.*«

KAPITEL 15

MOSKAU, MAI 2010
Novisbank, Mercury City Tower

Die Zentrale der Novisbank befand sich im sechzigsten Stock des Mercury City Towers. Insgesamt hatte der Mercury City Tower fünfundsiebzig Stockwerke, und so hatte es die Bank schon recht weit nach oben geschafft. Immerhin war das Gebäude mit seinen dreihundertneununddreißig Metern Höhe der größte Wolkenkratzer Europas und bot, gelegen zwischen der Dritten Ringstraße und dem Krasnaya Presnya Park einen atemberaubenden Blick über die Stadt. Vollständig in Stahlbeton gefertigt und mit einer goldbraun schimmernden Glasfassade verkleidet, stach es in ganz besonderer Weise aus der Skyline von Moskau hervor.

Alexander Michalew, Chefstratege des Kreml, und Andrej Tatamowitsch, Vorstandschef der Novisbank, hatten für die Aussicht allerdings keinen Blick.

»Wie viel brauchen Sie?«, fragte Tatamowitsch.

»Sehr viel. Milliarden.«

»Zweistellig?«

»Vielleicht sogar dreistellig.«

»Ich nehme an, in Dollar, nicht in Rubel.«

»Da haben Sie recht.«

Tatamowitsch machte eine Pause. »Das *ist* eine große Summe!«

»Es ist auch ein großer Wunsch des Kreml.«

»Politiker sind alle gleich«, sagte Tatamowitsch, und es war nicht viel Hochachtung in seiner Stimme, »das wusste schon Nikita Chruschtschow. Sie versprechen, Brücken zu bauen, selbst dann, wenn es gar keine Flüsse gibt.«

»Hier gibt es einen riesigen Fluss. Und der braucht eine sehr große Brücke.«

»Aber Milliarden, dreistellig …« Tatamowitsch blickte nachdenklich drein und blies die Backen auf.

Michalew lehnte sich zurück. »Ich habe auch nicht das Gegenteil behauptet.«

»Nun ja.« Tatamowitsch wand sich. »Die Bankenaufsicht und selbst der Präsident haben den Banken nach der Krise, besonders nach Lehman Brothers, nahegelegt, sich bei allzu großen Kreditverpflichtungen zurückzuhalten.«

»Sie haben völlig recht. Das gilt aber nur, wenn drei Aspekte *nicht* erfüllt sind. Hier sind sie erfüllt.«

»Und die wären?« Tatamowitsch schaute abwechselnd Michalew und sein eigenes Spiegelbild in seinem silbernen Füller an, als ob sein Abbild ihm die richtige Entscheidung abnehmen könnte.

»Erstens«, sagte Michalew, »wir haben ein Konsortium. Es werden auch chinesische und afrikanische Banken beteiligt sein. Wir müssen nur noch mit Ihnen Kontakt aufnehmen. Zweitens: Sie bekommen das Geld in jedem Fall zurück, und das auch noch gut verzinst.«

»Das heißt, Sie sind sicher, dass Geld zurückkommt?«

»Sind wir!«

»Und woher?«

»Das möchten Sie gar nicht wissen. Aber nehmen Sie einfach zur Kenntnis, dass es wiederkommt.«

»Und der dritte Punkt?«

»Mutter Russland.« Michalew verschränkte die Arme und

sah Tatamowitsch unverwandt an. »Sie, Andrej Tatamowitsch, sind in den Neunzigern reich geworden. Besitzen Villen und Penthouses in Dubai, London und New York. Sie haben viel von Mutter Russland bekommen. Da wäre es doch an der Zeit, etwas zurückzugeben? Und: Der Präsident vergisst nie, wer ihm einen Gefallen tut.«

Tatamowitsch schluckte. Denn das war nicht so freundlich gemeint, wie es gesagt war. *Druschba* hieß *Freundschaft* auf Russisch. Das kam ursprünglich von *druschit,* was so viel heißt wie *jemandem einen Gefallen tun.* Das sogenannte *Druschina*-System durchzog so auch die gesamte russische Politik und Wirtschaft. Da jeder irgendwie Dreck am Stecken hatte, war jeder irgendwie erpressbar und brauchte Leute, die ihn dann irgendwie heraushauten. So hatte sich auch Jelzin im Jahre 1999, nachdem Putin Präsident wurde, lebenslange Straffreiheit zusichern lassen. Tatamowitsch wusste, wie das System funktionierte. Andere, wie Chodorkowski, wussten das nicht und verbrachten zehn Jahre in einer Zelle in Sibirien. Es war also Zeit, auf den Deal einzugehen, vor allem, wenn der Chefstratege des Kreml vor einem saß. Bankcontrolling, Kreditvergabekriterien und Finanzkrise mit Lehman Brothers hin und her.

»Welche Banken haben Sie in die nähere Wahl genommen?«, fragte er.

»Banco Angolano in Angola und die China First Bank.«

»Ich …«, sagte Tatamowitsch, »ich werde mich sofort darum kümmern.«

KAPITEL 16

CONSTANTA, RUMÄNIEN, NOVEMBER 2014
Hafenbezirk

Kyrill machte einen Tag Zwischenstation in Constanta, der größten Hafenstadt Rumäniens. Constanta, am Schwarzen Meer gelegen und bereits im 7. Jahrhundert vor Christi gegründet, war eine der ältesten Hafenstädte der Welt. Der aus Rom verbannte Dichter Ovid starb hier im Jahr 7 nach Christi.

Kyrill allerdings war noch am Leben und traf dort Karloz. Karloz war selbst Chef einer rumänischen Schleuserbande, die Prostituierte und Arbeitssklaven nach Europa einschleuste. Und jeden Abend trank er einen Wodka auf den Schengen-Raum, mit dem solche Menschenschiebereien viel einfacher geworden waren. Die Grenzen im Inneren waren offen. Und die Außengrenze eigentlich auch. Besser ging es nicht. Karloz war in Bukarest geboren, wuchs unter der sowjetischen Herrschaft auf und war früher bei der Securitate gewesen, der gefürchteten Geheimpolizei des rumänischen Diktators Ceauşescu. Die Securitate, im Jahre 1948 gegründet, hatte das Land mit Arbeitslagern, Vernichtungsstätten und psychiatrischen Zwangsanstalten überhäuft. Die Haftanstalt Pitesti, in der Karloz Aufseher gewesen war, war besonders übel. Häftlinge wurden dort gezwungen, sich gegenseitig zu foltern. Zum Beispiel mit den Köpfen gegeneinanderzurennen, bis einer ohnmächtig umfiel. Oder tot.

Eine weitere der teuflischen Ideen der Securitate, bei denen auch Karloz Ideengeber gewesen war, waren die sogenannten *Gefängnisse der Stille*, wo ständig absolute Stille herrscht. Wer schon einmal ein Baby beobachtet hatte, wusste, dass Babys am besten schliefen, wenn es eben nicht komplett still war. Eine gewisse Geräuschkulisse zeigte, dass die Herde in der Nähe war. Damit fühlte sich das Baby sicher. So fanden auch Menschen zwar

Lärm störend, absolute Stille aber nach einer gewissen Zeit fürchterlich. Viele Insassen dieser Gefängnisse verloren den Verstand, da sie jahrelang nichts hörten und nichts sagten. Denn Sprechen war in diesen Gefängnissen natürlich auch verboten. Auf diese Weise hatten sich die Gefangenen ein Morsesystem ausgedacht, das gehustet wurde. Damit konnten sie sich halbwegs verständigen, nur brauchten die Gefangenen für diese Art der Kommunikation sehr viel Zeit, wenn es nicht verdächtig klingen sollte. So dauerte ein einziger Satz oft eine ganze Woche.

Ehemalige Securitate-Männer waren ein Teil der Quelle, aus dem sich die sogenannte Russenmafia speiste. Die Russenmafia oder auf Russisch *Русская мафия* oder *Russkaja Mafia* hatte sich nach dem Kalten Krieg besonders aus ehemaligen Eliteeinheiten gebildet. KGB, Speznas Elitetruppen und natürlich auch die Securitate. Hier trafen sich alle wieder, um Geschäfte zu machen, und die Solnzevskaja war eine der größten. Sie schleuste Flüchtlinge aus alten Sowjetrepubliken über Russland, Armenien und Georgien Richtung Europa. Karloz hatte ihnen schon lange dabei geholfen, auch wenn er nicht so sauber arbeitete wie Al Dar. Oder, wie Al Dar es behauptete. Karloz begnügte sich zum Beispiel auch einmal mit alten Dampfern mit Autopilot, die er dann einfach mit den Flüchtlingen aus Syrien losschickte und den Insassen vorher fünftausend Euro pro Person abknöpfte. Manchmal sogar übers Schwarze Meer direkt nach Constanta, obwohl das hochriskant war, da die russische Schwarzmeerflotte auf der Krim so etwas nicht duldete. Ob der alte Dampfer dann beschossen wurde oder sank oder beides, war ihm ziemlich egal.

»Ich habe doch meine fünftausend Euro«, sagte Karloz. Er trug heute seine alte Securitate-Mütze. Und Kyrill fand das ziemlich mutig. Andererseits schien die Securitate noch längst nicht besiegt zu sein in Rumänien. Denn es hatte bisher kein Strafverfahren gegen diese Geheimpolizei gegeben, die doch Tausende und Abertausende von Menschen auf dem Gewissen hatte.

»Ja«, sagte Kyrill, »aber du hast dann ein Scheiß-Image. Und beim nächsten Mal vielleicht keine fünftausend Euro mehr. Damals, bei eurer Securitate, gab es nur ein Gefängnis, wo die Leute reinmussten. Die Kunden heute können aber wählen. Die gehen dann zu einem anderen Schleuser.«

»Ist ein Argument. Ach ja … bevor ich es vergesse.« Er ging zu einem Schrank und holte ein Formular heraus. Selbst beim Menschenhandel gab es Bürokratie. »Deine Lieferung ist da«, sagte er und zündete sich eine selbstgedrehte Zigarette an.

»Die exotische?«, fragte Kyrill.

»Ja, die exotische.« Karloz inhalierte, klemmte die Kippe zwischen die Lippen und pulte mit einem Fingernagel den Dreck unter dem anderen Nagel hervor. »Yvonne heißt sie, glaube ich. Aus dem Kongo. Ich bringe sie nach Prag?«

»Ja, nach Prag. Und zwar schnell.«

»Du weißt, mein Freund, overnight Kurier ist teurer als die Schneckenpost.«

»Es wird nicht dein Schaden sein. Und jetzt mach!«

»Ihr bringt sie zum Puppendoktor, richtig?«

Woher wusste dieses Klatschweib von Karloz das?

»Ja«, knurrte Kyrill.

»Was macht dieser Puppendoktor eigentlich?«

Kyrill schüttelte den Kopf. »Das willst du gar nicht wissen.«

KAPITEL 17

FRANKFURT AM MAIN, JANUAR 2015
Europäische Zentralbank

Die Pressekonferenz nahm kein Ende.

Und Dr. Jürgen Rudolf schaute immer wieder auf sein Handy. Schaute, ob endlich eine Antwort kam. Doch es kam nichts.

Wenn man es wollte, dann kam nichts.

Damals hatte er nicht seine Frau gewollt.

Vielleicht eher seine Tochter.

Doch noch viel eher die beste Freundin seiner Tochter. Er hatte ihr so gierig hinterhergeschaut, dass er sogar ihren Namen vergessen hatte. Und seine Frau hatte es gemerkt. Es hatte nicht mehr lange gedauert, bis die Scheidung gekommen war. Seitdem lebte er allein in dem Bungalow in Bad Soden. Er verdiente zwar gut, aber für diesen Bungalow und die teuren Weine, die er sich ins Haus bestellen ließ, war es gerade genug. Viel weniger dürfte es gar nicht sein.

Die große Wohnung.

Der teure Wein.

Die Blicke auf die beste Freundin seiner Tochter, deren Namen er vergessen hatte. Und die viel zu jung war, um solche Blicke auf sich ziehen zu dürfen.

Es war alles zu teuer.

Noch …

Die Worte, die für ihn fast aus dem Off kamen, holten ihn in die Realität zurück.

Sie halten die Zinsen doch schon lange niedrig, schimpfte ein Journalist von einer konservativen Wochenzeitung. *Nur brachte dieser niedrige Zins in den letzten Jahren nichts. Es gab keine Inflation. Es sieht eher nach Deflation aus. Was bedeutet, dass die Preise nicht steigen, sondern sinken.*

Typisch Journalist, dachte Rudolf. Das war wieder mehr Antwort als Frage. So als wollte er zeigen: Seht her, ich weiß auch etwas.

Das haben Sie schön gesagt! Aber wir wollen keine Deflation!

Klar! Natürlich wollen Sie Inflation. Das hat schon Milton Friedman gesagt: Inflation ist die einzige Form der Besteuerung, die ohne Gesetzgebung ausgeführt werden kann.

Da gibt es nur ein Problem: Es funktioniert bei Ihnen leider nicht! Sie kriegen Deflation, keine Inflation!

Rudolf hörte diesem Gezanke amüsiert zu. Gleichzeitig wartete er unruhig.

Was war das wirkliche Ziel all dieser Zentralbankmaßnahmen, fragte sich Rudolf. Manchmal war es ganz gut, dass die Bürger nicht alles wussten. Das war schon Ludwig XIV. klar: *Zwei Dinge dürfen die Menschen niemals erfahren: Was wirklich in der Wurst ist und wer auf Erden die Macht hat.*

Nichts ist sicher, dachte Dr. Rudolf. Die Frage war immer, wer davon profitierte, dass nichts sicher war. Andere … oder er selbst.

Jetzt sollte es anders sein. Jetzt wollte er sich nicht mehr schämen.

Jetzt sollte es nicht mehr zu teuer sein. Zu *anders* … Zu *verboten* …

Dr. Jürgen Rudolf hatte sich dafür entschieden, dass jetzt einmal er selbst davon profitieren wollte, dass nichts sicher war.

Er schaut auf seinen BlackBerry, auf dem er eben die SMS abgeschickt hatte. Gerade war eine neue SMS eingetroffen. Von einer unbekannten Nummer.

»Treffen in einer halben Stunde? Am bekannten Ort?«

Dr. Rudolf bestätigte.

»Ja.«

Dann löschte er die SMS.

In dem Moment kam noch eine SMS. Mit nur einem einzigen Wort. Ein Wort, dessen wahre Bedeutung ihm erst sehr viel später klarwurde.

»TORPEDO«

KAPITEL 18

SILICON VALLEY, KALIFORNIEN, JULI 2015
San Francisco

»Macht nicht alles nach! Der nächste Bill Gates wird kein Operating System bauen!«, sagte der Mann, der zu ihnen sprach. »Die nächsten Larry Page und Sergey Brin keine Suchmaschine! Der nächste Mark Zuckerberg kein Social Network! Wenn ihr nur kopiert, lernt ihr nichts Neues! Etwas machen, was ihr schon wisst, heißt, von 1 zu n zu gehen. Innovation heißt allerdings, von 0 auf 1 zu gehen!«

Der Mann, der zu Jörg und der Gruppe sprach, war Peter Thomson, Gründer von diversen Start-ups, die alle durch die Decke gegangen waren, und einer der frühen Investoren in Facebook und Google. »Wettbewerb ist etwas für Versager«, sagte Thomson. »In Wirklichkeit will jedes Unternehmen ein Monopol werden. Monopole besetzen einen Markt! Was ist eine Google-Suche? Die Suche nach Google! Denn von allen Dingen, die Google finden kann, findet es ganz besonders Angebote von – Google! Amazon kann auch keiner mehr einholen! Selbst Wal Mart hat es schwer gegen Amazon. Schon der Name ist Programm. Der Amazonas ist nicht nur der längste Fluss der Welt, er ist auch noch *mit großem Abstand* der längste Fluss der Welt!«

Thomson, der ursprünglich aus Frankfurt stammte und als kleines Kind mit den Eltern in die USA kam, war für seine unkonventionellen Ideen bekannt. So träumte auch er von Ländern auf großen Schiffen, auf denen sich freiheitsliebende Menschen der abgabenverschlingenden Gier der Staaten entziehen konnten. Auch Studieren hielt er meistens für Zeitverschwendung. Sein Stipendium »100 for Twenty« bot jedes Jahr zwanzig außergewöhnlichen Studenten hunderttausend Dollar an, wenn sie dafür ihr Studium abbrachen und stattdessen ein Start-up gründeten.

Beim Cocktailempfang nach dem Vortrag traf Jörg Richard, der ebenfalls Deutscher war und für Thomsons Datenanalyse-Firma Elrond arbeitete. Thomson, das wusste Jörg, war *Herr der Ringe*-Fan. Darum der Name Elrond. Einer der hohen Elbenherrscher. Einer seiner Fonds hieß daher auch Galadriel. Im *Herrn der Ringe* war das eine Elbenkönigin.

»Ihr habt wirklich das Prism-Programm mitentwickelt?«, fragte Jörg. »Das Programm, das Edward Snowden dann in die Welt posaunt hat?«

Richard nickte. »Ja. Auch wenn du diese Info natürlich nicht von mir hast. Den haben wir sogar ein paarmal gesehen. Er war freiberuflicher Berater bei Booz Allen Hamilton, eine große Beratung, die besonders Regierungsinstitutionen berät. Pentagon, NSA und so weiter.«

»Und ihr habt auch mit der NSA zu tun?«

»Kommt vor. Die NSA will unter ihrem neuen Chef Michael Rogers zum Gegenangriff übergehen und sich teilweise selbst wie ein Cyberterrorist benehmen. Deswegen werben die auch wie verrückt Hacker an. Oder sie arbeiten mit Elrond zusammen.«

»Krass. Wie lange bist du schon hier?«

»Seit fünf Jahren. Ich habe in Köln Informatik studiert und dann bin ich hierher. Und die Entscheidung war richtig. Hier ist einfach mehr los. Wobei Berlin auch ganz nett ist.«

Jörg nickte. »Schickt sich an, Start-up-Hauptstadt Europas zu werden.«

»Vor allem scheint da ja eine große Kiste zu kommen bei euch, was man so hört.«

Davon hatte Jörg jetzt schon häufiger gehört, dass angeblich ein ganz großes Ding aus Deutschland bald das Licht der Welt erblicken sollte. In Berlin. Er konnte sich das nicht so recht vorstellen, denn es gab zwar viele Start-ups in Deutschland und gerade in Berlin, aber die meisten kamen nie über die kritische Masse hinaus. Aber das Gerücht war von einigen weitergetragen worden. Von einigen Venture-Capital-Firmen. Eine riesige Gründung, die nun gerade in Berlin entstand, mit gewaltigen Geldreserven, die selbst Google und Facebook in den Schatten stellen könnten. Und das in Deutschland, bei dem alle dachten, dass es beim Hightech-Rennen, wenn überhaupt, nur noch im Mittelfeld landete.

»Peter«, er meinte Peter Thomson, »hat plötzlich auch sein Herz für Berlin entdeckt, nachdem er lange Zeit meinte, dort gäbe es nur Abkupferer. Ich nehme an, es gibt einige hier im Valley, die gerne mal nach Berlin wollten. Nur leider gibt es keinen Direktflug aus San Francisco, und daran scheitert es meistens schon. Vielleicht wenn bei euch der neue Flughafen fertig ist?«

»Ich fürchte, der wird nie fertig. Aber so schlecht ist Tegel ja auch nicht.«

Die beiden tauschten ihre Kontakte bei LinkedIn aus und zudem noch ganz altmodisch Visitenkarten, als Jörgs Handy vibrierte. Eine SMS.

Wie geht es im Tal?

Er lächelte. Eine SMS von Jasmin.

Jasmin. Er mochte sie. Sie hatte ihm sehr geholfen, als er im Clinch mit seiner Freundin lag. Traurig war er allerdings nach wie vor, dass sie sich diesen Lutz geangelt hatte und nicht ihn, der ihr doch schon ein bisschen mehr hätte bieten können. Aber so waren halt die Frauen. Und Jasmin war schon immer auf diese sogenannten Künstlertypen abgefahren. Er fragte sich, ob das anders wäre, wenn sein Start-up durch die Decke gehen würde.

So wie dieses neue große Ding, was da angeblich in Deutschland unterwegs war?

Er tippte in sein Handy.

Hast du schon von der großen Gründung in Berlin gehört? Das neue Google?

Ein paar Sekunden später kam die Antwort.

Nur Gerüchte. Ist spät, muss mal langsam schlafen.

Die Zeitumstellung, dachte Jörg. Morgen ging es dann auch zurück über den Atlantik. Er nahm sich vor, zurück in Berlin, die Augen nach dieser mysteriösen neuen Firma offen zu halten.

KAPITEL 19

MÜNCHEN, JULI 2015
Hotel Bayerischer Hof, Münchener Sicherheitskonferenz

Jasmin saß im großen Konferenzsaal des Hotels Bayerischer Hof und lauschte den Worten ihres Chefs, der gerade einen Vortrag über die Geheimdienstkoordination hielt. Vom 2. bis 4. Juli 1999 wurden, so Ressler, von CIA und BND fünfzig Jahre Zusammenarbeit gefeiert. Das wäre heute, im Zeitalter des gegenseitigen Misstrauens, nicht mehr möglich gewesen. Selbst Christoph Gehlen, der Sohn von BND-Gründer Reinhard Gehlen, war 1999 dabei gewesen. Es war ein offenes Geheimnis, dass Reinhard Gehlen vorher Chef in Hitlers Generalstab in der Abteilung »Fremde Heere Ost« gewesen war.

Ebenso war es Fakt, auch wenn es in der Politik kaum einer hören wollte, dass CIA und BND damals einige SS-Größen rekrutiert haben, die beste Kontakte in den Nahen Osten hatten, vor allem deswegen, weil die arabischen Länder sie als Verbündete im Kampf gegen die Juden sahen. Als die Arabische Liga 1947 fast schon vernichtend von Israel geschlagen wurde, fragten sich die arabischen Länder: Wer könnte uns helfen? Frankreich und England waren verhasst, es waren alte Kolonialmächte. Die Linie, die damals in den Sand gezeichnet wurde, ging von Akkon bis Kirkuk. Jordanien, Israel, Palästina und Irak gingen damals an England, der Norden, Syrien und Teile der Türkei an Frankreich. Mittlerweile war natürlich Israel der klare Verbündete. Und nicht nur aufgrund der Historie, sondern weil man von einem Land im Dauerkriegszustand eine Menge lernen konnte und der Mossad, der israelische Geheimdienst, als der beste der Welt galt.

»Wir müssen zusammenarbeiten«, sagte Ressler, »wir können gar nicht anders! Wir ertrinken in Daten, und der Terror triumphiert. Wir haben tausend Heuhaufen und keine einzige Nadel! Die Five Eyes machen das bereits!« Die Five Eyes waren die Geheimdienste der USA, Großbritannien, Kanada, Neuseeland und Australien. Sie teilen sich Abhörtechnik und spionieren einander nicht aus.

»Deutschland ist natürlich nicht dabei«, sagte Ressler, »weil es niemanden überwachen will; außer beim Falschparken und bei den GEZ-Gebühren. Die GEZ wusste immer ganz genau, wer in welchem Hinterhaus lebt.«

Gelächter im Publikum.

»Was kann uns sonst passieren?«, fragte Ressler. »Und wie könnte ein typischer großer Cyberangriff aussehen? Machen wir mal eine Reise in eine nicht allzu ferne Zukunft. Genau genommen könnte es schon morgen so sein. Ein typischer großer Cyberangriff kann erst einmal auf leisen Sohlen kommen.« Ressler machte eine kurze Pause. »Aber dann geht es zur Sache. Zuerst fallen Router aus. Alles wird neu gestartet. Der Datenverkehr kommt zum Erliegen, als Nächstes liegen die Netze des Verteidigungsministeriums am Boden. Raffinerien explodieren. Vor kurzem ist schon ein Hochofen in Deutschland gehackt worden. Warum sollte das nicht auch bei einer großen Chemiefabrik passieren? Im Frankfurter Raum? Oder BASF in Mannheim-Ludwigshafen, der größte Chemiestandort der Welt? Chlorgaswolken treten aus. Gleichzeitig sehen die Fluglotsen nicht mehr, welches Flugzeug wohin fliegt, da auch hier die Systeme gekapert wurden. Es kommt zum Chaos, besonders an den beiden großen Drehkreuzen Frankfurt und München. Es könnte sogar passieren, dass Flugzeuge in der Luft zusammenstoßen.«

»Und die Bundeskanzlerin?« Die Frage kam aus der ersten Reihe des Plenums.

»Sie ist gerade essen. In einem Restaurant im Nikolaiviertel. Handy und BlackBerry sind offline geschaltet worden. Sicher nicht von ihr. *OTR*, wie man so schön sagt, *off the record*. Sie weiß also noch gar nichts von alldem. Ihre Leute sind auf dem normalen Weg zu ihr unterwegs. Gleichzeitig brechen die Datenzentren der Frankfurter Börse in Eschborn zusammen, Eurex, die Terminbörse, die DAX-Segmente. Alles ist betroffen. Vielleicht werden auch bei diversen Banken die Konten auf null gestellt.«

»Was ist mit der Kanzlerin?«

»Die haben sie jetzt erwischt. Ihre Leute, meine ich natürlich. Sie ist in einem gepanzerten Wagen oder mit dem Helikopter auf dem Weg ins Kanzleramt. Reist sie mit dem Helikopter, sieht sie unter sich das Chaos: Ampeln fallen aus, S-Bahnen entgleisen, Gasleitungen explodieren, an vielen Stellen brechen Feuer aus. Rauch steigt in den Himmel.« Er ließ seinen Blick über das Publikum schweifen. »Es hört sich an wie Krieg. Und genau das ist es!«

»Russland«, sagte Ressler, »hat durch Snowden Zugang zu mehr als einer Million Geheimdokumente bekommen. Unklar ist, ob Snowden die Dokumente selbst weitergegeben hat, oder ob man sie ihm schon in Hongkong oder dann spätestens in Moskau abgenommen hat. Tut aber auch nichts zur Sache.« Manchmal, dachte Jasmin, hatten Resslers Vorträge etwas Paranoides, aber auch etwas Missionarisches. Er war dann eher ein Priester als ein Agent. »Snowden hat riesigen Schaden angerichtet. In einigen Fällen waren die Dienste gezwungen, ihre Agenten kurzfristig aus Operationen abzuziehen, um sie vor Identifizierung und Mord zu schützen.«

Sie schaute in ihr Handy. Jörg war auf dem Rückweg nach Deutschland und hatte sich noch kurz per SMS vor dem Abflug aus San Francisco bei ihr gemeldet. Vielleicht machte er Zwischenstation in München, um dann nach Berlin weiterzufliegen. Sehen würden sie sich hier trotzdem nicht.

Und Lutz, ihr Freund, schickte ihr ein Foto von der kleinen Carla, die auf dem Balkon saß. Dann noch einen Film, wie sie glucksend Milch trank.

Carla geht's gut, textete er, übermorgen kümmert sich deine Mama um Carla. Ich habe ja meine Vernissage.

Die Vernissage, richtig, dachte Jasmin, *schön wäre es, wenn auch mal jemand ein paar von Lutz' Bildern kaufen würde. Dann wäre Lutz glücklicher und die Ausgaben für den Haushalt auch etwas gleichmäßiger verteilt.*

»Kooperation statt Konkurrenz zwischen den Geheimdiensten des Westens«, beendete Ressler seinen Vortrag, »notwendig ist das in jedem Fall. Denken Sie an Joost de Groot. Einige von ihnen waren auf der Beerdigung vorgestern. Und wir wissen noch immer nicht, wer genau den Auftrag zu seinem Tod gab.«

Und in dem Moment fiel Jasmin wieder das rätselhafte Wort ein, das Ressler vorhin im Wagen nur kurz gemurmelt hatte.

Attentäter-Netzwerk.

KAPITEL 20

BERLIN, JULI 2015
Dachterrasse des Soho House

Oliver war gar nicht bei der Sache, als die Kellnerin des Soho House, nach endloser Warterei, fragte, was sie denn essen wollten. Auf Englisch natürlich.

Scheiße, dachte Oliver, *zweihunderttausend, dann noch mal zweihunderttausend, die Futures Position offen, und bis zum Limit sind dann noch einmal vierhunderttausend Euro den Bach runtergegangen. Dann noch Schulden bei der Bank … Und, oh mein Gott, dann noch der Hauskredit …*

Er schaute von der Dachterrasse des Soho House, die einen wunderschönen Blick auf Ostberlin bot, hinunter. *Wäre ich tot, wenn ich mich runterstürze? Sollte ich vielleicht machen. Und vorher sollte ich Nina sagen, dass sie das Erbe ausschlagen soll, da sie nur Schulden erbt.*

»*What are you having?*«, fragte die Kellnerin.

»Sprechen Sie auch Deutsch?«, fragte Oliver. »Wir sind hier ja schließlich in Deutschland.«

Nina sah ihn strafend an.

»Ein … bisken … *But this is an international club, so* …«, sagte die Kellnerin.

»Auch egal! *I take the pasta. And red wine.*«

»*Which?*«

»*Don't care*«, bellte Oliver knapp und eine Spur unfreundlicher, als es hätte sein müssen.

Wären das achthunderttausend? Oder nur vierhunderttausend? Und dann noch der Immobilienkredit, aber der ist zum Glück bei einer anderen Bank. Wobei das im Zeitalter der Schufa auch keine Hilfe ist. Wie kann man nur so blöd sein! Sein Handy wegen diesem verdammten Interview abzuschalten. Und dann konnte ihn die Bank, die ihn wegen des Margin Calls bei seinen Futures anrufen wollte, nicht erreichen und hatte die Limits bis zur Grenze ausgereizt, bevor sie den Stecker gezogen und die Positionen fällig gestellt hat. Scheiße! Scheiße! Scheiße!

Sein Gehirn musste das erst mal verarbeiten. Und so war er überhaupt nicht bei der Sache, als Nina auf ihn einredete.

»... was?«

»Ich hab dich schon drei Mal gefragt, ob du vorher einen Prosecco oder so was willst.«

»Ja, warum nicht! Hauptsache, es knallt! Mir ist aber nicht nach Feiern zumute.«

Sie warf ihm einen beleidigten Blick zu. »Ach nein? Wenn ich mal was Schönes habe, dann dürfen wir nicht feiern?«

»Ja, du hast ja recht, tut mir leid. Klar stoßen wir auf deinen Job an.« Er winkte der Kellnerin. »*Two prosecco, please!*« Er schaute Nina an. »So schnell, wie die hier sind, kriegen wir die wahrscheinlich zum Nachtisch.«

»Oliver, kannst du es nicht einfach mal genießen? Es ist so schön hier!«

Er blickte sich um. Die Aussicht war in der Tat gigantisch. Nicht so gigantisch waren die betrunkenen Engländer, die am Nebentisch halbnackt in Badehosen rumsaßen, Bier tranken und eben aus dem Pool gekommen waren.

»*Rooftop Dinner*«, knurrte Oliver, »*alle machen sich schick. Strikter Dresscode. Elegant.*« Er äffte einen imaginären Stilberater nach. »Das hast du mir vorhin noch gesagt, und ich musste mich extra umziehen!« Er blickte zu den Engländern hinüber. »Schön, wenn sich auch alle dran halten.«

»Oli, du bist echt unausstehlich!«

»Hey, I'm Marv!«, brüllte einer der Engländer einem Mädchen zu, die aber offenbar nichts von ihm wissen wollte. »M A R V ... Marvin Bowers!«

Oliver zückte sein Smartphone und tippte in das Display.

»Diesen Assi schreibe ich mir auf. Da beschwere ich mich! Marvin Bowers. Danke!«

»Wie beschweren?«

»Ich werde aus diesem miesen Soho Club austreten! Das ist das Erste, was ich mache, wenn ich wieder zu Hause bin. Ich zahl doch nicht über tausend Euro im Jahr, um mich von irgendwelchen Proleten belästigen zu lassen.«

»Die haben doch nichts getan.«

»Was? Hier ist angeblich ultraschicke Abendgarderobe erwünscht, und die hängen hier halbnackt rum und brüllen durch die Gegend? Da hätten wir auch in die Potsdamer Platz Arkaden gehen können, das wär gleich um die Ecke gewesen!«

»Oli, was ist denn los mit dir? Lief's an der Börse nicht?«

»Nicht so richtig.«

»Hast du Verluste gemacht?«

»Ja, ein bisschen.«

»Willst du darüber reden?«

»Nicht wirklich.«

Das Essen kam, zusammen mit dem Wein und dem Prosecco.

»Typisch«, murmelte Oliver, während sie aßen, »dass der Prosecco natürlich nicht vorher kommt. Habe ich ja gleich gesagt.«

Der Marvin-Proll krakeelte weiter. »*Come on, Mam, I give you my email. And my phone number. Do you copy?*«

Und schon brüllte er Mailadresse und Telefonnummer heraus.

Oliver zog wieder sein Smartphone und notierte auch diese beiden Daten.

»Schreibst du dir die Nummer von dem Typ auf?« Nina sah ihn entgeistert an.

»Ja«, knurrte Oliver, ohne den Blick vom Handy zu nehmen.

»Warum denn?«

Er zog die Lippen auseinander und bleckte die Zähne. »Ich werde mich über den Typen beschweren. Oder noch was anderes mit ihm machen.«

»Oliver, du …«

Marvin näherte sich wankend dem Tisch und verlor das Gleichgewicht. Er hielt sich im letzten Moment an einem Sonnenschirm fest, der dabei fast umfiel. Und schüttete Oliver Bier über die Hose.

Oliver war sofort auf hundertachtzig und sprang auf.

»*You fucking idiot!* Das kann ja wohl nicht wahr sein!«

»*Sorry, but it's only beer!*«

»Nur Bier? Guck dir mal meine Hose an!«

Die Kellnerin näherte sich. »Was ist denn hier los?«

»Dieser Vollidiot hat mir Bier über die Hose geschüttet.« Jetzt schrie Oliver.

Zwei Saufkumpane von Marvin kamen dazu und bauten sich rechts und links von Oliver auf. »Hey, unser Kumpel ist kein Vollidiot, okay?«

»Ach nein? Und was hat er hier gemacht?«

Nina ging dazwischen. »Es reicht! Oliver, du setzt dich wieder hin, Sie …«, sie zeigte auf die Kellnerin, »Sie bringen eine Serviette zum Abtupfen, und ihr«, sie blickte die Engländer an, »ihr setzt euch auch wieder hin.«

Die drei schauten eine Weile bedröppelt in die Gegend und setzten sich dann tatsächlich.

»Musst du immer so ausrasten?«, fragte Nina.

»Ich? Ausrasten?«, polterte Oliver zurück. »Wenn die hier rumschreien und mir Bier über die Hose kippen? Was soll ich denn sonst machen? Applaudieren?«

»Ja, zum Beispiel.«

»Wofür?«

Nina zog die Augenbrauen hoch. »Für meinen neuen Job!«

»Ja, ist wirklich toll. Aber du hast ja auch genug Zeit, dich um so was zu kümmern, ohne dass du groß was damit verdienen musst.«

»Was soll denn das heißen?«

»Wer hat denn die große Wohnung gekauft?«

»Abbezahlt ist sie ja noch nicht.«

»Aber wer?«

»Du.«

»Siehst du. Wenn du dann dieses Jobangebot kriegst, dann auch nur, weil du genug Zeit hattest, diesen Hochzeitsblog und den ganzen Kram zu machen, während ein anderer das Geld verdient.«

»Und dieser andere bist du?«

Er blickte zu dem groben Engländer. »Na, der ist es wohl nicht. Auch wenn du ihn gerade so sehr ins Herz geschlossen hast. Wahrscheinlich erkennst du eine verwandte Seele in ihm: Nur das machen, was einem Spaß macht, und hoffen, dass einem alles andere zufällt!«

»Das nimmst du sofort zurück!«

»Wieso? Es stimmt doch!«

Sie sprang auf. »Jetzt reicht's mir!« Er sah, wie sich ihre Augen mit Tränen füllten. »Das muss ich mir nicht bieten lassen! Du kannst einem auch wirklich alles verderben!«

Und schon hatte sie ihre Handtasche genommen und war weg.

Oliver blieb einsam brütend am Tisch zurück.

Er stürzte das Glas Wein herunter.

Dann blickte er zum Nebentisch.

Machte ein Foto von Marvin Bowers. Und ein zweites, ein drittes. Schickte sich eines sofort per Mail, damit es bloß nicht verlorenging.

Dich bring ich um, du Arschloch, dachte er. *Dich bring ich um, Marvin Bowers.*

Und ein Teil seines Gehirns wusste, dass das nicht nur so dahingesagt war.

KAPITEL 21

TSCHECHIEN, DEZEMBER 2014
Chynice, zwanzig Kilometer südwestlich von Prag

Sie waren in Prag angekommen, für die Solnzevskaja-Mafia die zweitwichtigste Stadt im ehemaligen Ostblock. Gleich danach kam Berlin und dann Bukarest.

Kyrill war mit seinem Boss Vladimir Kowaljow unterwegs. *Der Pfähler* fuhr immer mit einem riesigen gepanzerten SUV durch Osteuropa, einem Volkswagen Touareg. Alternativ hatte er auch noch einen BMW X5 und einen Mercedes ML. Natürlich alle in Weiß, so, wie das die Drogenbarone Mexikos und Südamerikas auch machten. Und genauso wie den *Narcos* auf der anderen Seite des Atlantiks wurde Vlads SUV von vier Limousinen vor und vier Limousinen hinter dem SUV geschützt, alle voll mit Leibwächtern und Scharfschützen.

Vlad und Kyrill arbeiteten eng zusammen, besonders, seitdem sie sich beide das klassische Tattoo der Russenmafia am siebten Halswirbel hatten tätowieren lassen.

Zudem waren beide große Fans von David Cronenbergs Russenmafia-Film *Tödliche Versprechen* mit Viggo Mortensen und Naomi Watts.

Denn die Tätowierungen, die sich Viggo Mortensen für seine Rolle auftragen ließ, wenn auch nur temporär, sahen so echt aus, dass manche Russen in einem Lokal Angst hatten, wenn Mortensen hereinkam, weil sie glaubten, er wäre ein echter Wor. Denn die Wors, das war eine Untereinheit der Russenmafia. Die *Wory w sakone, die Diebe im Gesetz.*

Es war einer ihrer Running Gags, sich gegenseitig einen Dialog aus dem Film zu erzählen.

Kennen Sie eine Tatjana?

Ich kenne eine Menge Tatjanas.

Sie ist schwanger.

Wenn das so ist, habe ich nie von ihr gehört.

Sie hielten an einer der Villen, die Vlad filialartig in ganz Osteuropa besaß. »Warschauer Pakt« nannte Vlad sein Villennetzwerk.

Die Villa war typisch neureich eingerichtet. Weiße Ledersofas, teures Tafelparkett aus bayerischer Eiche, viel Glas, viel Marmor. Und ein großes Gemälde, das irgendeine Schlacht des russischen Generals Kutusow gegen Napoleon zeigte. Die zwei Weimaraner, Peter und Josef, begrüßten die beiden fröhlich bellend.

Sie betraten das riesige Wohnzimmer und schauten sich auf einer großen Karte die Aktivitäten der Solnzevskaja an, bei der Europa in verschiedene Drehkreuze unterteilt war. Über das Nordost-Drehkreuz, das wichtigste, kamen aus Russland und der Ukraine und Litauen Zigaretten, gefälschte Markenartikel, aber vor allem illegale Einwanderer und Frauen, denen im Westen Jobs versprochen und die dann zur Prostitution gezwungen wurden. Aus dem Südost-Drehkreuz kamen Frauen aus Rumänien, Bulgarien und dem Balkan. Die Mafia kümmerte sich um alles, sogar darum, dass alle Einwanderer in Deutschland Hartz IV bekamen; wobei das Geld bei der Solnzevskaja abzugeben war und die Mafia dann die Frauen und Jugendlichen auf den Strich schickte. Über das Nordwest-Drehkreuz schließlich wurden Drogen, besonders aus Pakistan und Afghanistan, über die Häfen von Rotterdam und Bremerhaven geschmuggelt. Über das Südwest-Drehkreuz kamen Kokain und Cannabis aus Nordafrika nach Europa.

»Wie klappt das mit dem Drogenschmuggel aus Afghanistan?« Vlad streichelte Peter. Offenbar war er jemand, der Menschen hasste, aber Tiere liebte.

Kyrill schüttelte den Kopf. »Nicht so gut. Wir könnten auch Drogen aus Südamerika beauftragen, aber das ist ewig weit weg. Und der einzige Drogenlord, den wir da kennen, ist Jesus Montoya, *der Erzengel* aus Venezuela. Und mit dem kann man nicht gut verhandeln.« Auch Kyrill kraulte einen der Weimaraner. Es war Josef. »Afghanistan ist aber auch nicht viel besser. Die Bodypacker müssen ewig reisen, bis sie mal bei einem passenden Flughafen sind, da man von Kabul nicht wirklich abfliegen kann. Da könnten sie auch fast zu Fuß gehen. Und einer unserer *Mules* ist mal wieder aufgeflogen. Fast ein Kilo Kokain weg. Der Typ hatte Dutzende von Kondomen mit Koks verschluckt.«

»Ganz schön viel!«

Bodypacker, auch Mules genannt, transportierten Drogen in ihrem Körper. Sie füllten zum Beispiel Kokain in Kondome und schluckten die Kondome herunter. Die Ermittlungsbehörden, die einen Bodypacker im Verdacht hatten, konnten entweder warten, bis der Mule seine bizarre Fracht ausschied, was aber nicht immer funktionierte, da die Behörden niemanden ohne Verdacht allzu lange festhalten durften. Oder sie konnten Brechmittel verabreichen, was sehr umstritten war. Auch die Bodypacker hatten die strikte Anweisung, Kondome vor der Ablieferung keinesfalls auszuscheiden.

»Der Letzte, den wir hatten«, sagte Kyrill, »hat seine Kondome versehentlich auf dem Flugzeugklo ausgeschissen und dann einige davon wieder runtergeschluckt.«

»Igitt«, sagte Vlad. »Aber das hat er doch eigentlich richtig gemacht.«

»Ja, aber er hätte sich die Zähne putzen sollen. Der hatte, als er durch den Zoll ging, so einen Mundgeruch, dass die Beamten misstrauisch wurden. Und die, die nicht ganz doof sind, wissen: Wer nach Scheiße aus dem Mund stinkt, der hat entweder einen extremen Darmverschluss und kotzt gleich seine Kacke hervor, oder er ist Bodypacker.«

»Was mal wieder zeigt, dass wir unsere Augen immer offen halten müssen«, sagte Vlad. »Dieser ganze alte Mist wie Bodypacker und Drogen, das machen alle. Was alle machen, bringt unsere Gewinne in Gefahr. Selbst wenn es kriminell ist. Wir müssen uns anpassen und trotzdem immer wir selbst bleiben.« Er blickte Kyrill an. »Es ist nicht selbstverständlich, dass immer alles gut läuft. Denk an das Flatrate-Bordell in Berlin-Schöneberg. Was hat uns das für ein Geld gebracht! Karloz hat uns die Miezen gebracht, wir haben sie eingenordet, sie haben die Beine breitgemacht, und wir haben ordentlich kassiert. Das ist jetzt weg. Und dieser Torsten ist immer noch flüchtig. Das Arschloch schuldet uns noch sechshunderttausend Euro. Aber was sollen wir machen? Ihn bei der Polizei anzeigen? Wir sind ja selbst Kriminelle. Und stehen auf diversen Fahndungslisten.«

»Sollte mal 'ne Polizei geben, an die sich auch Kriminelle wenden können.«

»Tja«, sagte Vlad. »Fürchte, das müssen wir selbst machen. Wenn wir diesen Torsten erwischen, ist er dran. Und wenn er nicht zahlt, kommt er in eine Kühlbox, und wir verkaufen nacheinander seine Organe. Wir werden das Geld schon aus ihm rausholen. Im wahrsten Sinne des Wortes!« Er wechselte abrupt das Thema und zeigte auf einige CDs, die neben der Stereoanlage lagen. »Kennst du Madonna?«

»Die Popsängerin? Klar kenne ich die. Wer kennt die nicht?«

»Die ist auch immer anders. Aber immer wiedererkennbar.«

»Ja.«

»So müssen wir auch sein. Immer anders. Aber doch immer gleich.«

Vlad streichelte seine beiden Weimaraner. »Noch geht es uns gut, aber wir brauchen neue Absatzkanäle. Was ist mit dem Schleusergeschäft?«

»Das Schleusergeschäft aus Afrika ist fest in ägyptischer und türkischer Hand«, sagte Kyrill, »ohne ganz viel Blutvergießen und Bandenkrieg kommen wir da nicht mehr rein. Aber wir kriegen einige exotische *Puppen* für den Puppendoktor.«

»Die werden wir brauchen«, sagte Vlad und kraulte den Weimaranern, die sich auf ihre Rücken gelegt hatten, jetzt die Bäuche. »Wir haben da ein paar an der Angel, die wir mit den Produkten des Puppendoktors bestechen können.« Er schaute Kyrill an. »Wie war der Puppendoktor? Du hast mit ihm gesprochen?«

»Nur über Skype.«

»Und wie ist er so?«

»Irgendwie unheimlich. Und pervers.«

»Aber ein Profi?«

»Sieht so aus.«

Vlad klickte auf seinem iPad herum. »So viel Geld müsste man verdienen«, sagte er. »Wie Steve Jobs oder Tim Cook von Apple, Mark Zuckerberg von Facebook, die beiden Typen von Google, der von Amazon. Ich habe Angst, dass wir sonst einen Trend verpassen. Die Frage ist nur, wie.«

»Irgendwas mit dem Internet«, sagte Kyrill. »Wir müssen unser Geschäft mit dem Internet verbinden. So wie Madonna. Hast du doch gerade selbst gesagt. Sich ändern und trotzdem gleich bleiben.«

»Ganz genau!«

»Bewährtes lassen und Neues probieren«, murmelte Kyrill. »Nur wie?«

»Es könnte eine Lösung geben.« Vlad stand auf. »Ich habe gehört, dass die Regierung in Russland, zu der wir ja Kontakte haben, an einem ganz großen digitalen Projekt arbeitet.«

»Da sollten wir doch dabei sein«, sagte Kyrill. »So oft, wie wir die Drecksarbeit für Regierung und Geheimdienst machen. Wir sind Aufräumkommandos, Waschfrauen, Kammerjäger und Zauberkünstler in einem.«

Aufräumkommandos und Kammerjäger sollten Angst einflößen, aufräumen und Menschen verletzen oder auch töten. *Waschfrauen* waren für Geldwäsche zuständig. Und *Zauberkünstler* zauberten nicht nur das Kaninchen aus dem Hut, sondern ließen auch mal ein Kaninchen spurlos verschwinden. Auch Kaninchen, die Kleidung trugen, auf zwei Beinen liefen und politische Ämter bekleideten.

»Ich spreche nächste Woche in Moskau mit einem hohen Tier beim Geheimdienst. Wir haben ihm schon oft geholfen, aber ich habe ihn noch nie zu Gesicht bekommen.«

»Wer ist der Glückliche?«

»Ivanow«, sagte Vlad und grinste. »Victor Ivanow, der Chef des FSB.«

KAPITEL 22

BERLIN, JULI 2015
Potsdamer Platz

Nina hatte geweint und war ins Bett gegangen.

Oliver würde wahrscheinlich auf der Couch schlafen.

Jetzt saß er wieder vor seinem Terminal, trank einen Whiskey, surfte im Internet und fragte sich, ob es das wert war. Ständig seinen Frust an seiner Frau auszulassen und dann in den nächsten Tagen alles wieder mühsam kitten zu müssen.

Sein Kopf dröhnte von dem Streit, und der Wein im Soho House und jetzt der Whiskey trugen ihr Übriges dazu bei.

Sie ist deine Frau. Sie kann nichts dafür, wenn du so dämlich bist. Warum musst du ihr auch immer alles kaputt machen?

Dann hörte er die Töne.

Mehrere.

In seinem Mail-Postfach, in seinem Skype-Account, per SMS auf seinem Smartphone und iPad. Auf all seinen Geräten waren gleichzeitig Nachrichten eingetroffen. Das hatte er so noch nie erlebt.

Er klickte auf die Nachricht.

Las den Text.

Vergil an Dante: Lust auf Inferno?

Mit einem Mal war Oliver stocknüchtern.

KAPITEL 23

IRGENDWO IN TSCHECHIEN, ENDE 2014

Es hatte einen ohrenbetäubenden Knall gegeben.

Dann war alles schwarz.

Der Vater hatte vorne auf dem Fahrersitz gesessen, die Mutter neben ihm.

Nur sie, Tanya, hatte überlebt.

Der Lkw war aus irgendeinem Grund von der Spur abgekommen und hatte den Wagen, in dem sie mit ihren Eltern saß, von der Straße abgebracht. Das Auto war einige Meter durchs Unterholz gerast und dann mit voller Wucht gegen einen Baum geknallt.

Beide Eltern waren sofort tot.

Nur sie, Tanya, hatte wie durch ein Wunder überlebt.

Sie erinnerte sich an das Blaulicht. Die Sirenen. Die Sanitäter. Die Hände, die nach ihr griffen. Die sie trugen. Aber nicht wie die Engel in den Himmel. Dahin waren ihre Eltern unterwegs. Sie, Tanya, kam woandershin.

Aus Staub bist du gemacht, und zu Staub wirst du werden, bis der Herr dich auferweckt am Jüngsten Tag, hatte der Priester auf der Beerdigung gesagt, als die beiden Särge sich langsam ins Grab senkten und das kleine Mädchen den Resten ihrer Eltern hinterherblickte. Wobei ein Teil von ihr sich wünschte, mit ihren Eltern in die Gruft zu steigen.

Sie hatte den Verlust der Eltern noch gar nicht begriffen, erst recht nicht verarbeitet, als schon die Behörden auftauchten. Sie würde jetzt in ein Heim kommen, sagte man ihr. Und da hatte sie wieder geweint. Mehr als je zuvor.

Als sie das Heim gesehen hatte, hatte sie erst recht geweint.

Das Heim, die weißen Mauern, die brüchigen Fenster, die gekachelten Bäder. Es war eine ewige Gegenwart. Es hatte keine Geschichte, weil niemand seine Geschichte erzählte. Und es hatte keine Zukunft, weil es keine Zukunft gab.

Es war wie kurz vor dem Aufwachen. In den Stunden der Nacht zwischen 3 und 4 Uhr morgens, wenn man so einsam ist wie jemand am äußersten Ende des Weltraums, so einsam, wie man nur sein kann.

Wenn die Träume zu Alpträumen werden und man selbst völlig machtlos Spielball seiner bösen Träume ist. Traurig, wehrlos und einsam.

So fühlte sich Tanya an diesem Tag.

Und seither an allen weiteren Tagen.

KAPITEL 24

FRANKFURT AM MAIN, JANUAR 2015
Europäische Zentralbank

Dr. Jürgen Rudolf schaute gebannt auf die SMS, deren Inhalt sich noch in seine Netzhaut eingebrannt hatte, obwohl er sie gerade gelöscht hatte. So etwas durfte er auf gar keinen Fall auf seinem Handy behalten.

Das Wort war in seinem Kopf. Wahrscheinlich für immer.

TORPEDO

Die Worte der Pressekonferenz hallten in seinem Kopf nach, als er in den Aufzug nach unten taumelte.

Sie sind am Anfang als Nebenregierung bezeichnet worden. Mittlerweile sind Sie die Hauptregierung der Eurozone. Die Herrscher von Europa.

Doch dafür hatte er gar kein Gehör gehabt.
Wieder dieses Wort: *TORPEDO.*

Als er draußen war, blinzelte er in die fahle Sonne, die aus einem milchigen Frankfurter Himmel schien. Hier konnte man den gesamten Turm und auch die renovierte Markthalle sehen, die zum neuen Hauptsitz der EZB gehörte.

Der Bau hatte mal wieder länger gedauert und war auch noch teurer geworden. In diesem Fall 1,3 Milliarden Euro statt achthundertfünfzig Millionen. Eine Milliarde davon hatte die EZB schon aus ihren Gewinnen bezahlt. »Der Steuerzahler musste nichts zahlen«, hieß es damals. Was nicht ganz stimmte. Denn es bedeutete auch, dass die EZB eine Milliarde weniger an die Mitgliedsstaaten ausschüttete.

Rudolf wunderte sich, warum er den Kopf nicht freibekam. Und immer wieder dieses bizarre Wort auftauchte. Und er merkte, dass er seinen Mantel vergessen hatte. Er trug nur sein Sakko über dem Hemd. Egal. Seine Frau hätte ihn schon vorher darauf hingewiesen, aber seine Frau war nicht mehr bei ihm. Genauso wie seine Tochter, die er nicht mehr sehen durfte. Das war ihm aber egal. Dass er die Freundin seiner Tochter nicht mehr sehen durfte, das war ihm nicht egal. Genauso wenig egal war ihm, dass es seinen Anwalt gab, der dafür gesorgt hatte, dass niemand von dieser Sache erfahren hatte. Auch und ganz besonders nicht hier bei der EZB.

Er trug keinen Mantel, aber er fror trotzdem nicht. Und allzu lange war er ja nicht unterwegs. Es schien ihm, als sei er nur noch ferngesteuert, als würde dieses eine Wort ihn leiten, dieses Wort, von dem er gar nicht wusste, was es bedeutete. Nun gut, er wusste, was es eigentlich bedeutete, aber hier, hier gab es sicher noch eine andere Bedeutung.

TORPEDO

Er ging langsam durch den diesigen Nebel des Januars Richtung Mainufer, spürte den Wind und die Kälte. Sah gegenüber das Main Plaza Hotel mit seinen Ziegelsteinen und goldenen Spitzen.

Das Ufer war hier noch längst nicht befestigt.

Und auch er, Jürgen Rudolf, wusste noch immer nicht, wo er hingehörte.

Ein Mann stand am Ufer. So als gehöre er dorthin. Er stand dort, als könnte er jederzeit wieder verschwinden. Wahrscheinlich tat er das auch.

All die Bilder waren in seinem Kopf. Seine Frau Jutta, die Scheidung, seine Tochter Louisa, die Freundin, der Anwalt, die Wohnung.

Und jetzt die Erlösung? Endlich das, was ihm zustand, was er so … *ersehnte?*

Er erkannte den Mann. Es war der Mann, mit dem er verabredet war. Er nannte sich Fjodor.

Wusste Gott, ob das sein richtiger Name oder nur ein Deckname war. Tat auch nichts zur Sache.

Der Mann zeigte Rudolf ein Foto. »Das wird dir gehören«, sagte Fjodor, »wenn du uns hilfst.«

Er schaute auf das Bild. Etwas rastete ein. Das war genau das, was er schon immer haben wollte. So konnte er das tun, was er wollte, konnte es endlich tun, konnte alles … Und niemand würde bemerken, dass …

Dr. Rudolf konnte seinen Blick nicht von dem Foto lassen. »Die?«

Fjodor lächelte kalt. »Von mir aus auch *das.*« Er sprach weiter. »Keiner wird dabei verlieren. Weil es niemand merken wird.« Er blickte ganz kurz nach Norden zum riesigen Gebäude der EZB. »Nur zwei gewinnen. Wir ... und Sie!«

Rudolf nahm das Foto und stolperte, von furchtbaren Gedanken getrieben, zurück ins Gebäude.

KAPITEL 25

MOSKAU, DEZEMBER 2014
Kaufhaus GUM

Vladimir Kowaljow, genannt Vlad der Pfähler, Chef der Solnzevskaja-Mafia, blickte aus den prächtigen Fenstern auf den Roten Platz, die Weihnachtsdekoration und die Sterne. Auch wenn die russisch-orthodoxe Kirche erst am 7. Januar Weihnachten feierte, sah es hier so aus, als wäre jeden Tag Weihnachten. Wozu auch der gigantische Weihnachtsmarkt auf dem Roten Platz beitrug, komplett mit Karussells und einer riesigen Eisfläche zum Schlittschuhlaufen.

Das Главный Универсальный Магазин, das Glawny Uniwersalny Magasin, hieß übersetzt so viel wie *Hauptwarenhaus.* Abgekürzt wurde es GUM. Es war einmal, trotz des Kommunismus, das größte Warenhaus Europas gewesen.

Das GUM lag im Herzen Moskaus am Roten Platz, gegenüber dem Lenin-Mausoleum und dem Kreml, einen Steinwurf davon entfernt die Basilius-Kathedrale und die Metrostation Ploschtschad Rewoljuzii, ebenso die Moskworezki-Brücke, die über die Moskwa führte.

Ursprünglich war das Kaufhaus GUM gebaut worden, um die

fliegenden Händler vom Roten Platz zu vertreiben, die die majestätische Stimmung des Platzes mit ihrem Gebrüll störten. Zudem war das Gefeilsche der Händler und Kunden den russischen Behörden ein Dorn im Auge, und so kamen hier zum ersten Mal Preisschilder zum Einsatz. Zweimal war das GUM seitdem auch nur knapp dem Abriss entgangen. Das erste Mal im Jahr 1945, als Väterchen Stalin seinen Sieg über Hitler-Deutschland mit einer gigantischen Siegesstatue feiern wollte und auf dem Roten Platz dafür nur noch dort Platz war, wo das GUM stand. Da in Russland aber alles seine Zeit brauchte, wurden die Pläne erst 1953 akut, und dann war Nikita Chruschtschow Parteichef der KPdSU und nicht mehr Stalin, und der war gegen den Abriss. In den siebziger Jahren kam das Haus noch einmal in Verruf, da dort teure Westwaren an die oberen Kader der Partei verhökert wurden. Was übrig blieb, ging an das normale Volk, das in langen Schlangen vor dem GUM stand. Diese Konsumlust, die nicht gerade zum proletarischen und sozialistischen Grundgedanken passte, war der Parteiführung wie schon früher ein Dorn im Auge. Wieder war der Abriss geplant. Und wieder wurde das GUM gerettet. Diesmal von Leonid Breschnew, dessen Frau Viktoria Stammkundin im GUM war.

So wie Mutter Russland, dachte Vlad, *immer mit einem Bein im Grab, und dann ersteht sie doch wieder auf.* Er schaute auf die Säulen. In der Architektur des GUM fanden sich Elemente von europäischer Renaissance, die wohl ein wenig die Sehnsucht Russlands nach Europa und das ewige Dilemma Russlands zeigte: War Russland nun Europa oder Asien oder beides oder irgendwo dazwischen? Irgendwo im Uralgebirge stand ein Kreuz, das markierte, wo Europa aufhörte und Asien anfing. Was nichts daran änderte, dass sich Russland gerade von Europa immer wie eine verstoßene Geliebte behandelt fühlte.

Ähnlich verstoßen fühlte sich Vlad auch, als er jetzt mit Victor Ivanow, dem Chef des FSB, zu Abend aß.

Ivanow lächelte ihn an, mit einem Lächeln, das alles bedeuten konnte, und trank abwechselnd von seinem Tee und seinem Krimsekt. Der Tisch war voll mit Spezialitäten, wie dies bei einem russischen Abendessen, bei dem es nicht so aufs Geld ankam, üblich war. Muscheln, Fisch in Aspik, Käse, Kaviar, Hühnchen, dicke Schwarzbrotscheiben und Borschtsch. Dazu schwarzer Tee, Krimsekt, Wein und Wodka.

Vlad fand, dass es an der Zeit war, zur Sache zu kommen. »Man erzählt, dass ihr an einigen digitalen Themen dran seid. Könnten da vielleicht das Silicon Valley und Kalifornien eine Rolle spielen?«

Vlad konnte nicht konkret werden. Weil er nicht mehr wusste. Er wusste nur, dass der FSB viele Politiker in der Hand hatte, gerade die im Parlament. Wertvoll war man in Russland nur, wenn man etwas auf dem Kerbholz hatte. Einer war mit Prostituierten erwischt worden, der andere mit Drogen, der Dritte war bestechlich. Wer keinen Dreck am Stecken hatte, war nicht steuerbar. Und es hätte Vlad überrascht, wenn Ivanow nicht das Internet genau für die erweiterte Form der Bespitzelung nutzen wollte.

»Man erzählt?«, fragte Ivanow. »Wer?«

»Irgendwer.«

»Irgendwer redet wohl gern.« Ivanow lächelte. »Nein, wenn, dann würden wir uns an Israel orientieren. Die haben fast so viele Start-ups wie Silicon Valley und liegen geografisch viel näher. Wir kriegen Technologie, die kriegen Waffen.«

»Israel ist ein Verbündeter?«

»Wir sind beide gegen den Islamismus und Terrorismus.« Ivanow grinste. »Der Feind meines Feindes ist mein Freund.«

»Verstehe. Aber wenn ihr mal etwas in der digitalen Welt macht und ihr Hilfe braucht, dann …«

Ivanow legte Vlad die Hand auf dessen Hand. »… dann wissen wir, wo wir euch finden, selbstverständlich.«

Typisch Russe, dachte Vlad. Niemals *nein* sagen. Der Russe sagt nicht *njet,* aber er meint es. *Njet.* Denn das war ein Nein, auch wenn es nicht so klang. *Da,* also *ja,* sagte der Russe immer, wenn er das Gesagte zur Kenntnis genommen hatte. Aber *da* hieß nur selten wirklich *ja.* Und das ärgerte Vlad. Denn seine Mafia erledigte häufig die Drecksarbeit für Ivanow und den FSB. Wahrscheinlich ahnte Ivanow, dass Vlad und seine Meute sich in der digitalen Welt eben doch nicht auskannten und eher die Männer fürs Grobe waren. Womit er leider auch nicht ganz unrecht hatte, wie Vlad sich eingestehen musste.

Ivanow schien den Unmut von Vlad zu merken.

»Dafür haben wir einen anderen schönen Auftrag für euch«, sagte er und holte ein Foto aus der Innentasche seines Sakkos. »Damit werdet ihr eine Menge Geld verdienen. Und diesen Mann werdet ihr mit einem eurer … Spezialprodukte beliefern.«

Spezialprodukte, dachte Vlad. *Die Puppen. Die Dolls. Das neue Geschäftsmodell, das Kyrill an Land gezogen hatte.*

Das Foto zeigte einen Mann vor einem gläsernen Wolkenkratzer.

»Was ist das für ein Mann?«, fragte Vlad. »Ein Banker?«

»Mehr als das.« Ivanow zog die Augenbrauen hoch. »Ein Zentralbanker.«

KAPITEL 26

FRANKFURT AM MAIN, JULI 2015
Arabella Sheraton Grand Hotel

Wenn ich schon mal hier bin, kann ich auch schauen, ob es noch weitere Aufträge gibt, dachte Spike, als sie auf ihrem Laptop den TOR-Browser öffnete und sich ins Dark Web einwählte. *Frankfurt ist schließlich die deutsche Hauptstadt des Geldes.*

Auf der Seite *Hitman Network* im Dark Web wurden Aufträge für Auftragskiller vergeben. Ein Auftrag war für den Frankfurter Raum gelistet. Es winkten zehntausend Euro. Fünftausend sofort per Bitcoins, fünftausend, wenn der Auftrag erledigt war.

Leicht verdientes Geld.

Oder leicht verdiente Bitcoins.

Fast alles im Dark Web wurde per Bitcoins gezahlt. Und der Bitcoins-Kurs war wegen der Griechenland-Krise wieder gestiegen, denn alle Griechen, jedenfalls die, die etwas Geld hatten, wollten ihr Geld in andere Systeme bringen. Manche fragten sich sogar, ob Bitcoins das Gold als Krisenwährung abgelöst hatten. Der Kurs lag jetzt bei zweihundertzwanzig Euro pro Bitcoin, und Beobachter gingen davon aus, dass der Kurs sicher noch auf zweihundertsiebzig steigen würde. In einigen Szenelokalen in Berlin konnte man schon mit Bitcoins ein Bier bezahlen.

Ob Bitcoins aber die Banken vollkommen verdrängen würden, daran glaubte Spike nicht. Auch wenn Bill Gates schon in den Neunzigern gesagt hatte: *Banking ist notwendig. Banken sind es nicht.* Sie selbst sah trotzdem immer zu, dass sie ihr Geld sofort von Bitcoins wieder in Dollar, Euro, oder am besten gleich in norwegische Kronen transferierte.

Spike schrieb dem Auftraggeber eine Mail von ihrem Dark Web Account. Sie nutzte Squirrel Mail oder auch Dead Drop. Sie schrieb die Mail und verschlüsselte sie.

Es war immer die gleiche Prozedur bei einem Auftragsmord. Sie brauchte die Adresse, ein Foto der Zielperson, persönliche Informationen wie Namen, Alter, wann die Person zu Hause war oder nicht, ob sie allein lebt oder mit anderen. Und ob es Wünsche gab, *wie* die Person getötet werden sollte.

Wobei es da bei Spike wenig exotisch zuging. Ein Schuss zwischen die Augen oder ins Herz.

Lieber ins Herz. So wie bei Albert Schmidt.

Die Sauerei war geringer, und die Identifizierung war leichter.

Und die meisten auf ihrer Liste trugen keine kugelsicheren Westen.

Die Person starb.

Der Auftraggeber hörte von einem *Unfall.*

Das Geld kam per Bitcoins.

Und alle waren glücklich. Außer der Lebensversicherung.

Spike genoss das zischende Geräusch, als die Dead-Drop-Mail das Ausgangskörbchen ihres Mail-Postfachs verließ.

Ein Zischen.

Wie ein Schuss, der durch einen Schalldämpfer ging.

Ein Schalldämpfer … vor einer Glock 17.

KAPITEL 27

MÜNCHEN, JULI 2015
Münchener Sicherheitskonferenz

Jasmins Workshop über globale Gefahren war gerade beendet. Jetzt wollte sie endlich mit Ressler sprechen. *Attentäter-Netzwerk. Was meinte er nur damit?*

Sie wühlte sich durch die Menge von Menschen, die an den Kaffeetischen standen, und hörte Gesprächsfetzen von Dutzenden Gesprächen.

Ist doch klar, dass Obama bei der Charlie-Hebdo-Solidaritätsbekundung in Paris nicht dabei sein konnte. Dass die Medien das nicht kapieren. Er ist POTUS und nicht irgendein Kleinstadtbürgermeister. POTUS, der mächtigste Mensch der Welt.

POTUS, das war *President of the United States.*

Ja, Auslandsreisen bei dem sind echt ein Staatsakt. Zweihundertfünfzig Secret-Service-Beamte, die ihn schützen, das halbe Weiße Haus reist mit. Eigenes Wasser, eigenes Essen. Zwei ge-

panzerte Limousinen, eine davon als leerer Köder, eine das wirkliche »The Beast«, die Präsidenten-Limousine.

Marine One auch?

Sein Hubschrauber? Ja, klar.

Dann noch die Wagenkolonne aus fünfzig Fahrzeugen mit Beratern, Leibwächtern und Ärzten samt Blutkonserven mit Obamas Blutgruppe.

Welche ist das denn?

AB.

Was du alles weißt!

Jasmin hatte davon auch schon gehört. Wenn Obama Staatsgäste empfing, ging es ähnlich zu. Die CIA war dabei sehr kreativ. Auch wenn einige Dinge, die man der CIA unterstellte, nicht stimmten. So hatte sie *nicht* Kennedy ermordet und *nicht* das HIV-Virus erfunden und in Umlauf gebracht, um angeblich Schwule oder Schwarze oder beide auszurotten. Diverse Diktatoren hatte sie allerdings in der Tat in Amt und Würden gehievt, Journalisten bespitzelt, gefoltert und mit der Mafia kooperiert. Was ebenfalls stimmte, war, dass die CIA in allen Toiletten, die die jeweiligen Gäste bei Staatsempfängen der US-Regierung nutzen konnten, unsichtbare Auffanggitter installierte. Kot und Urin der Gäste wurden dann vom Geheimdienst überprüft, um herauszufinden, ob sie gesund waren. Mit anderen Worten: Ob sie Drogen oder andere Dinge nahmen und welche Krankheiten sie vielleicht hatten. Mithin: Wie lange man sich auf sie noch verlassen konnte. Vieles konnte auch die NSA herausfinden, indem sie Handys abhörte und E-Mails las, aber eben nicht alles. Da musste man halt manchmal, im wahrsten Sinne des Wortes, in der Scheiße von anderen Leuten herumwühlen. Aber das mussten Geheimdienste ohnehin oft, auch die CIA, die in Reaktion auf den Überraschungsangriff von Pearl Harbor 1941 gegründet wurde. Dass niemand diesen Angriff der Japaner vorhergesehen hatte, brachte die kommende Supermacht ins Nachdenken – und in Panik –, so dass 1947 unter Präsident Truman die Central Intelligence Agency gegründet wurde.

Endlich hatte Jasmin Ressler erspäht, der mit zwei Männern vom BKA an einem Konferenztisch stand und mit spitzen Lippen schwarzen Kaffee trank. Seine Krawatte hatte er schon wieder abgenommen.

»Können wir noch kurz sprechen?«, fragte sie. »Ich muss gleich meinen Flieger kriegen.«

»Klar.« Er blickte die beiden anderen an. »Entschuldigt ihr mich einen Moment?«

»Hier«, sagte Ressler und holte sein Mini-iPad hervor. »Das ist ein Screenshot aus dem Dark Web.«

Jasmin las über die Zeilen:

>Add a name to the list
>Add money to the pot of the person's name
>Predict when that person will die
>Correct predictions get the pot

Sie blickte Ressler an und wiederholte die Worte:

>Fügen Sie der Liste einen Namen zu
>Zahlen Sie Geld in den Pott, der dem Namen der Person zugeordnet ist
>Sagen Sie voraus, wann diese Person sterben wird
>Richtige Vorhersagen bekommen das Geld in dem Pott

»Heißt das, es wird darauf gewettet, wann jemand stirbt?«

Ressler nickte. »Eine Seite im Dark Web. Darauf kann man den Tod einer Person voraussagen und wirft dafür einen bestimmten Geldbetrag in den Pott. Stimmt das Datum und die

Person stirbt an genau diesem Tag, gewinnt der, der den Tag richtig vorausgesagt hat. Ansonsten besteht der Pott so lange, bis die Person stirbt. Wer immer das Datum richtig vorausgesagt hat, bekommt das Geld.«

»Es kommen immer neue Perversitäten.« Jasmin schüttelte den Kopf.

»So neu ist das gar nicht. Die Idee kommt ursprünglich aus dem antiken Griechenland.« Ressler rührte in seinem Kaffee herum, obwohl er gar keinen Zucker oder Milch hineingegeben hatte. Gleichzeitig nickte er einigen Leuten zu, die an ihnen vorbeigingen und die er kannte. »Das Ganze war mal als Werkzeug der Demokratie gedacht, so dass die Gesellschaft sich von Menschen, die sie nicht mehr wollte, befreien konnte beziehungsweise dadurch auch auf Politiker Druck ausübte, sich gut zu verhalten. Das war ein altes Ritual.«

»Wie alt?«

»5. Jahrhundert vor Christi.«

»Das ist alt!«

»Allerdings. Jeder Bürger kratzte anonym den Namen der Person auf eine Tafel, die seiner Ansicht nach aus der Stadt verschwinden sollte. Die Person, die die meisten Stimmen hatte, wenn man so will, wurde für ein Jahr aus der Stadt verbannt.«

»Aber das ist doch hier ein bisschen anders?«

»Leider ja. Irgendwann ist der Geldtopf so voll, dass es auch für andere attraktiv wird mitzuspielen.«

Jasmin ahnte, worauf Ressler hinauswollte. »Jemand, der einfach dafür sorgt, dass seine Prognose richtig ist?«

»Genau. Killer nutzen dieses Tool, um Menschen an dem Tag umzubringen, den die Killer selbst vorausgesagt haben. Und es kann für den Killer sehr attraktiv werden: Je mehr Menschen einen anderen tot sehen wollen, desto mehr Geld kommt zusammen und desto attraktiver ist es für den Killer, den Menschen umzubringen, dessen Todeszeitpunkt vorausgesagt wird.

Am Ende ist es keiner gewesen. Aber der, den alle tot sehen wollen, ist tot.«

»Und de Groot?«

»Wurde erschossen«, sagte Ressler, »habe gerade das Protokoll von der Rechtsmedizin in Den Haag erhalten. Könnte sein, dass es hier genauso gelaufen ist. Vom Täter noch immer keine Spur. Die Ermittlungen laufen noch.«

»De Groot war vielen Hackern und Internet-Aktivisten ein Dorn im Auge, oder?«

Ressler nickte. »So kann man das sagen. Eine perfide Sache: Man zahlt keinen Auftragskiller, man lässt die Crowd entscheiden, wen sie loswerden will. Und ist der Geldbetrag hoch genug, findet sich schon einer, der die Drecksarbeit übernimmt und den Typen umbringt.«

»So eine Art Crowdfunding des Todes?«

Ressler blinzelte. »Ja, so eine Art. Im Ben-Bernanke-Pott …«

»… dem früheren Chef der US-Zentralbank?«

»Genau. In dessen Pott waren mal sechsundfünfzigtausend Dollar.«

»Aber er lebt doch noch?«

»Ja. Ist entweder zu gut bewacht. Oder sechsundfünfzigtausend ist für ein Schwergewicht wie ihn einfach zu wenig. Außerdem ist er ja gar nicht mehr im Amt.« Ressler schaute sich eine Weile um, als würde die Antwort irgendwo in diesem Raum liegen. »Was Menschen tun, wenn sie glauben, dass sie anonym sind, ist unglaublich.« Er legte Jasmin die Hand auf die Schulter. »Entschuldigen Sie mich, ich muss noch zwei bis drei Leute abgreifen, bevor hier alle verschwinden.«

Jasmin machte sich auf den Weg zum Ausgang.

»Na, Frau Walters, geht's zum Bahnhof?«, fragte Matthias Miksch, einer der Kollegen.

»Nein, zum Flughafen.«

»Falls Sie Lufthansa fliegen wollen, die streiken mal wieder.«

»Was?«

»Und Air Berlin brauchen Sie gar nicht erst zu probieren. Hab gerade angerufen.« Er wedelte mit seinem Handy. »Alles ausgebucht bis morgen Nachmittag.«

»Na toll. Dann kann ich ja noch eine Nacht hierbleiben und morgen Zug fahren.«

»So wird's wohl aussehen. Aber München ist doch auch schön.«

Ansichtssache, dachte Jasmin, *wenn man gezwungen war, zu bleiben.*

Sie griff zum Handy, wählte die Nummer von Lutz.

»Hi, Jasmin«, meldete er sich, »wann kommst du denn endlich? Schaffst du es noch, dass Carla dich noch sieht?«

»Leider nicht. Abgesehen davon, streikt die Lufthansa.«

»Das heißt, du kommst erst ganz spät?«

»Das heißt, ich komme erst morgen. Heute Abend fährt nichts mehr rechtzeitig.«

»Und andere? Air Berlin?«

»Auch voll!« Heute musste sie sich aber auch für alles rechtfertigen.

»Na toll.« Sie merkte, dass Lutz deutlich beleidigt war. Dabei konnte sie doch nichts dafür, dass immer alle dann streikten, wenn es gerade niemandem in den Kram passte. »Und wann morgen?«

»Morgen Mittag bis früher Nachmittag, denke ich. Dauert ja fast sechs Stunden, die Zugfahrt.«

»Denk dran«, sagte er, »ich hab morgen Abend die Vernissage. Ich kann nicht ewig auf Carla aufpassen. Deine Mutter schafft es gegen Abend, aber du musst zwischendurch da sein.« Er machte eine bedeutungsvolle Pause. »Sonst erkennt dich Carla gar nicht mehr.«

»Sehr witzig.« *Da haben wir das alte Klischee. Die Rabenmutter, bei der die Karriere immer als Erstes kommt. Am besten ist, man kriegt gar keine Kinder. Kriegt man eh alles nicht unter einen Hut. Und angegiftet wird man auch noch.*

Immerhin war die Schreikind-Zeit bei Carla vorbei. Denn die kleine Carla war wahrhaftig ein Schreikind gewesen, das sie beinahe um den Verstand gebracht hatte. Teilweise waren Jasmin und Lutz dreißig Stunden am Stück wach gewesen, hatten sich alles Mögliche ausgedacht, um Carla ruhig zu kriegen. Das Geräusch des Föns half komischerweise manchmal. Jasmin war damals kurz davor, sich einweisen zu lassen: *Entweder ich bringe Sie um oder das Kind oder mich. Oder ich bekomme Hilfe,* hatte sie den Arzt angeschrien. Und dann hatten sie Hilfe bekommen.

»Melde dich, wenn irgendwas ist. Gibst du mir noch mal unsere kleine Prinzessin.«

»Jetzt schläft sie gerade. Würde sie ungern wecken.«

»Okay, ich melde mich nachher noch mal. Dann können wir sprechen.«

»Mach das. Bis nachher.«

Sie stand eine Weile in der Lobby und starrte Löcher in die Luft, wie sie es auch gerne am Frühstückstisch am Sonntagmorgen tat. Gleich würde sie zur Rezeption gehen und noch eine Nacht verlängern. Hoffentlich waren noch Zimmer frei. Den Koffer also wieder aufs Zimmer, Waschsachen und alles wieder auspacken, morgen wieder alles einpacken. Tolle Zeitverschwendung! Das Piepsen ihres Handys riss sie aus ihrer Lethargie.

Eine SMS.

Von Antonija.

Bin in Frankfurt. Bist du in der Nähe? Können wir uns sehen? Irgendwo auf der Durchreise, wo immer du gerade bist?

Antonija, dachte Jasmin, und wusste nicht, ob sie sich freuen oder fürchten sollte.

KAPITEL 28

IRGENDWO IN TSCHECHIEN, ENDE 2014

Das Kinderheim, das merkte Tanya ganz schnell, war ein Ort ohne Hoffnung. Seine schwarz vergitterten Fenster an der Waschbetonfassade sahen aus wie eine Reihe klagender Totenköpfe. Alles war genauso reparaturbedürftig wie die Bewohner. Und beide Reparaturen würden wohl niemals durchgeführt werden. Einige der Kinder gingen vormittags in eine Art Schule, andere in einen Kindergarten. Tanya hatte man irgendwie vergessen.

Dann gab es Mittagessen, Hausaufgaben, Abendessen, Fernsehstunde, etwas Sport. Und dann Schlafen. Für manche in Mehrbettzimmern, für die meisten aber in einem riesigen Schlafsaal, der wie ein Auffanglager aussah.

Sie lernte sehr schnell die Regeln dieses Ortes: Man musste den Kopf unten, den Mund geschlossen und die Augen offen halten.

Sie war allein. Sie hatte niemanden. Sie saß tränenüberströmt auf dem Bett in dem Mehrbettzimmer und blickte nach draußen in die Ödnis, dort, wo der Regen aus einer grauen, endlosen Wolkendecke fiel. Und sie fühlte sich so winzig und hilflos wie eine Träne im regendurchtränkten Himmel. So einsam, wie man sich nur fühlen konnte.

Als wäre sie allein in einem kalten, lebensfeindlichen Universum, Lichtjahre von der schönen Vergangenheit, dem Elterngrab und der Erde entfernt.

Und da war noch etwas: Manchmal sah sie, wie die Pfleger mit Mädchen – oder manchmal auch Jungen – in abgeschlossenen Räumen verschwanden. Um *Sachen zu machen,* wie man Tanya sagte. Auch wenn sie keine Vorstellung hatte, was diese *Sachen* sein konnten.

Nur eine ganz klare Vorstellung hatte sie …

Sie wollte hier weg. Mit allen Mitteln. Unbedingt.

Sie ahnte noch nicht, dass sie das Heim bald verlassen würde.

Allerdings auf anderem Weg, als sie es sich jemals vorgestellt hätte.

KAPITEL 29

BERLIN, JULI 2015
Potsdamer Platz

Oliver betrachtete die Mail von »Vergil« eine Weile.

Er überlegte.

Vielleicht war es ganz gut, dass er schon etwas, oder besser gesagt, *ziemlich* angetrunken war, darum tippte er direkt in die Tastatur:

Wer bist du?

Die Antwort ließ nicht lange auf sich warten.

Ein alter Freund.

Und dann.

Ein alter Freund, der eine Lösung für deine Geldprobleme hat.

Nun wurde es aber unheimlich! Woher wusste dieser Kerl, der sich Vergil nannte, davon? Sollte Oliver so tun, als hätte er keine Probleme? Andererseits, vielleicht hatte dieser Vergil ja wirklich eine Lösung? Aber hoffentlich nichts wie *Arbeiten von zu Hause, fünftausend Euro pro Woche.* Auf so einen Stuss war Oliver mit seinen Daytrading-Aktivitäten eigentlich schon selbst reingefallen.

Betrunken, wie er war, antwortete er einfach so direkt wie möglich.

Woher weißt du davon?

Die Antwort gefiel ihm nicht.

Ich war auf deinem Rechner.

Oliver überlegte.

Was?????

Die Antwort kam sofort.

Du warst unverschlüsselt im Netz unterwegs. Ich habe all deine Transaktionen gesehen. Scheiß DAX-Futures. Scheiß Griechen. Scheiß Chinesen. Hey, wenn die nicht wären, wärst du schon längst Warren Buffet!

Warren Buffet, dachte Oliver, einer der ganz großen Value-Investoren, zweistelliger Milliardär, immer in den Top 5 der reichsten Leute der Welt. Der bezeichnete solche Termingeschäfte, wie Oliver sie machte, allerdings als Massenvernichtungswaffen. Wahrscheinlich war er deswegen Milliardär und Oliver nicht. Aber: Wenn dieser Vergil das sehen konnte, konnte Nina das auch sehen? Wusste sie vielleicht schon etwas von den Verlusten?

Bist du etwa an meine Passwörter gekommen? Und wenn ja: Wie?

Keine Sorge, wenn ich dir schaden wollte, hätte ich es schon gemacht. Am Ende wirst du sehen, dass du mich kennst und ganz entspannt sein kannst.

Trotzdem: Wie hast du das gemacht?

Tja, so schwer ist das nicht. Weißt du, dass 11 Prozent aller vierstelligen Passwörter aus 1234 bestehen? Und dann hast du mit sechsprozentiger Wahrscheinlichkeit schon die 1111? Schau mal, was Leute in ihre iPhones tippen.

Interessant, dachte Oliver, der aufgrund des Alkohols etwas entspannter war, als er es sonst wäre. Da kam schon die nächste Nachricht von Vergil:

4321 soll wohl einfallsreich sein, ist es aber nicht. Und dann gibt es noch all diese Typen, die Pornos mögen, aber zu verklemmt sind, das zuzugeben. Weißt du, was die haben als PIN?

6969?

Hey, richtig! Und die, die eine sechsstellige PIN brauchen, die haben dann 696 969! Dreimal 69! Wow, sind die verrucht, was?

Fast so schlimm wie XXX auf dem Nummernschild. Oder 666.

Geht überhaupt nicht! Nur was für Zuhälter und Proleten! Wobei 666 ja auch die Nummer des Großen Tieres aus der Offenbarung ist.

Oliver dachte an sein Philosophiestudium. Da war auch etwas Theologie dabei gewesen.

Das wissen aber nur gebildete Menschen.

Und Iron-Maiden-Fans.
Die Porno-Fans erkennt man auch an dem X als PIN.

Wie soll denn das gehen?

Ein X auf der Tastatur. Schreib mal 159 753 auf deinem Smartphone nach.

Oliver folgte den Zahlen mit dem Auge. Tatsächlich! Ein X.

Vergil schrieb weiter.

Vierstellige Geheimnummern sind oft Jahreszahlen. Und stammen sehr oft aus dem Geburtsdatum. Da die junge Generation, die um 2000 geboren ist, das weiß, nutzen sie das nicht. Die Älteren schon. Was bleibt übrig?

19

Tja, 18 wohl nicht. Achtzehnhundert. So alt ist heute keiner. Damit haben wir schon zwei Zahlen von vier. Einfach, oder? Wenn man die 20 beliebtesten Vierer-PINs probiert, könnte man 30 Prozent aller geschützten Zugänge knacken. Mit den Top zweitausend 70 Prozent aller Passwörter. Und zweitausend Möglichkeiten kriegt man schnell automatisch durch. Mit Brute-Force-Methode gar kein Problem.

Mal schauen, dachte Oliver, *ob der Typ wirklich was draufhatte oder jetzt schon die Luft raus war.*

Was weißt du noch?

Leute mögen Zahlen, die nahe beieinanderstehen, mehr als die Zahlen, die weit auseinanderstehen. Also eher 45 oder 67. Jedenfalls eher als 29 oder 37. Oder den Mittelblock von oben nach unten: 2580. Der mittlere Ziffernstreifen auf der Tastatur. Es gibt so viele Möglichkeiten, wie es dumme Menschen gibt. Wobei du nicht dumm bist. Das wollte ich damit nicht sagen.

Oliver wurde das Gefühl nicht los, dass dieser Vergil ihn verarschen wollte.

Ok, ich bin nicht dumm. Und wer bist du?

Am besten, du kommst vorbei. Und schaust in das Inferno.

Das Inferno?

Richtig! Oder in die Matrix! Und denk an London! Die Bank. Die IT.

In Olivers Kopf ratterte es. Dann fiel der Groschen.

Dann bist du … Marc! London! Silverman & Cromwell, richtig?

Hey, Glückwunsch! Endlich geschaltet!

Es war tatsächlich Marc. Der IT-Spezialist von Silverman & Cromwell in London. Die Bank, bei der Oliver im Bereich Fusionen und Übernahmen gewesen war. Dort waren sie sich einige Male begegnet und hatten abends in einem der nahen Pubs öfter mal ein Bier getrunken.

Komm vorbei! Ich muss dir was zeigen!

Oliver überlegte einen Moment. Schlafen könnte er jetzt sowieso nicht, aufgeregt, wie er war. Und Nina hatte ihn ohnehin aus dem Zimmer verbannt.

Marc, alias Vergil, gab Oliver seine Adresse durch. Oranienstraße in Kreuzberg. Zehlendorf hätte er auch nicht erwartet.

In fünf Minuten wäre er draußen auf der Straße.

Und in sechs Minuten würde er im Taxi Richtung Oranienstraße sitzen.

KAPITEL 30

FRANKFURT AM MAIN, JULI 2015
Eschenheimer Tor

Joachim Warner wollte an diesem Abend ins Kino gehen.

Am Eschenheimer Tor.

Der Eschenheimer Turm stand in der Mitte des Platzes. Davor das Flemings Hotel.

Der Turm war ein Stadttor der spätmittelalterlichen Frankfurter Stadtmauer. Darum auch der Name Eschenheimer Tor. Seit Anfang des 15. Jahrhunderts stand dieser Turm dort. Und war damit das älteste und zugleich fast völlig im Originalzustand erhaltene Bauwerk der Frankfurter Innenstadt.

Spike, die Joachim Warner beobachtete, stand ähnlich aufrecht und reglos da wie der Turm, wenn auch längst nicht seit so langer Zeit. *Joachim Warner,* dachte sie. Sie wusste, dass er sich oft mit dem Medienkonzern *Time Warner* verglich und manchen Erstsemester-Studentinnen schon erzählt hatte, dass er mit dem Firmengründer von Warner Bros und anderen verwandt war. Wobei sich dann die Frage stellte, warum er in Frankfurt in einer WG wohnte und irgendwelchen Stuss für zweitklassige Blätter schrieb, anstatt ein Fünfzehn-Zimmer-Penthouse am Central Park in Manhattan zu bewohnen. Er nannte sich auch *Warner,* weil er ja vor dem warnte, was das Establishment tat. Ein Werbetexter war an ihm sicher nicht verlorengegangen.

Einem von Spikes Auftraggebern war er allerdings wegen seiner kritischen Berichte dennoch ein Dorn im Auge, und deshalb sollte er verschwinden. Er deckte zu häufig Finanzskandale und Insiderinformationen auf. Und darum hatte sich ein Managing Director einer Investmentbank dazu entschieden, dass es für Warner an der Zeit war abzutreten. Ob dieser Managing Director auch eine *fat cat* war? Es war doch absurd, dachte Spike:

Derjenige, der Spike heute noch einen Auftrag gab, könnte schon morgen auf ihrer Abschussliste stehen. Hauptsache nur, er bezahlte rechtzeitig. Jedenfalls rechtzeitig genug, bevor er tot war. Denn unbezahlte Rechnungen bei Auftragskillern ließen sich nur schwer mit einem Testamentsvollstrecker verhandeln.

Und eigentlich war es Spike egal, warum Leute verschwanden. Kühler Kopf, kalter Cash und glatter Stahl. Das war die Trinität des Erfolgs, wenn man als Auftragskiller oder besser Killerin überleben wollte. Wer zu viele Fragen stellte, hatte irgendwann die ganz große Erleuchtung. Und zwar dann, wenn er das Ewige Licht sah.

Spike prüfte die Glock 17 und den Schalldämpfer in ihrem Rucksack. Der Schalldämpfer war erfunden worden, weil in früheren Schlachten der Knall den Ort einer Einheit zu früh verraten hatte. Darum dezimierte er auch den Rauch. Ein Schalldämpfer zwang die Gase dazu, durch Turbinenelemente zu strömen. Das verlangsamte die Geschwindigkeit, und da die Gase nicht mit Überschallgeschwindigkeit austraten, gab es keinen Knall. Wie in Deutschland üblich, gab es keine einheitliche Rechtslage zu Schalldämpfern. Das Anbringen von Schalldämpfern an Waffen war in einigen Bundesländern wie Bayern und Hamburg ausdrücklich verboten, in anderen wie Hessen dagegen nicht.

Ich bin hier in Hessen, dachte Spike. *Aber es ist mir ohnehin egal, was verboten ist. Denn das Gesetz, das bin ich.*

Jochen Warner wollte ins Kino.

Warum nicht mal jemanden im Kino erschießen, dachte Spike.

Kino war neu. Ein Konzertsaal war ein alter Hut. Schon bei Hitchcocks *Der Mann, der zu viel wusste* wartete der Killer auf den Beckenschlag im Orchester, um den Premierminister zu erschießen. Ebenso war es in *Rogue Nation,* dem fünften Teil der *Mission Impossible*-Reihe. Das *Vincerò* von *Nessun Dorma* musste dafür besonders häufig herhalten.

Spike kannte den Film, den Warner sich anschauen wollte. Denn heute wurde noch einmal *Godzilla* gezeigt. Die Version von 2014. Dort gab es viele laute Szenen. Die Szene, in der der Muto aus dem Kernkraftwerk kam. Und wo Godzilla gegen den Muto kämpfte.

Am Ende siegte natürlich Godzilla.

Ich bin Godzilla, und Warner ist Muto, dachte Spike, als sie das Kino betrat.

KAPITEL 31

BERLIN, JULI 2015
Oranienstraße, Kreuzberg

Oliver schlich sich aus der Wohnung – zwischen Nina und ihm herrschte ja eh gerade Funkstille, sie hatte sich ins Schlafzimmer zurückgezogen und Oliver seine Schlafsachen demonstrativ aufs Gästebett geworfen. Von daher sah er auch keinen Grund, warum er sich bei ihr abmelden sollte. Er lief rüber zur Potsdamer Straße, zwischen Kollhoff- und Bahn-Tower hindurch und stieg in ein Taxi Richtung Oranienstraße. Nachdem es den ganzen Tag schwülwarm gewesen war, türmten sich nun dunkle Wolken am Himmel, und die Vorboten eines Sturms kamen auf. Zehn Minuten später war er, wo er hinwollte.

»Da bist du ja«, sagte Marc alias Vergil und drehte sich um, als Oliver das Zimmer betrat. Draußen begann das Gewitter, Blitze zuckten, und Donner grollte, genau in dem Moment, als Marc Oliver in den Blick nahm. Er musste an die Szene in *Matrix* denken, als Morpheus Neo empfing. Doch anders als Morpheus trug Marc keinen eindrucksvollen schwarzen Ledermantel, sondern einen seltsamen Bademantel, der aussah, als hätte er ihn in einem Hotel geklaut und dann nie mehr gewaschen. Seine dunkelblonden Haare standen wirr ab, als wäre er genau in den Klamotten, die er jetzt nachts trug, auch am Morgen zuvor aus dem Bett gestiegen. Gewundert hätte Oliver das nicht. Seine Füße steckten in Schlappen von undefinierbarer Farbe, und rasiert war er natürlich auch nicht.

»Mensch«, sagte Marc, und die beiden umarmten sich, »wie lange ist das her? Vier Jahre? Fünf?«

»Ich glaube, sogar noch länger.«

»Bier?«

»Klar.«

Marc ging zur Küche. Offenbar wohnte er in einer großen WG. Von den Mitbewohnern war jedoch nichts zu sehen.

Oliver sah sich um. Der Raum war voll mit Computern, Platinen, Kartons mit Ersatzteilen, Monitoren, CD-ROMS und USB-Sticks, daneben Zeitschriften, ausgedruckte PDFs aus dem Internet mit irgendwelchen Anleitungen, mobile Festplatten und haufenweise Kabel.

Neben Marcs Schreibtisch, der zwei Rechner, einen Laptop und drei Monitore beherbergte, ein zweiter Tisch, der ebenfalls mit Schrauben, Platinen, flüchtig beschrifteten CDs und DVDs, weiteren Laptops, die teilweise aufgeschraubt waren, Laufwerken, Festplatten, Computerzeitschriften, noch mehr USB-Sticks und noch mehr Kabeln übersät war. Oliver hatte sich auch bei anderen IT-Leuten immer gefragt, wie man in diesem Chaos arbeiten konnte, doch wahrscheinlich gehörte das Chaos dazu oder war als Auflockerung geradezu notwendig in einer ansonsten sterilen Welt aus reiner Logik – einer Welt, die nur aus Einsen und Nullen bestand.

»Hier!« Marc öffnete die Bierflasche mit einem Feuerzeug, reichte sie Oliver. Dasselbe machte er mit seiner Flasche. Sie stießen an.

»Jetzt haben wir uns ja wieder«, sagte Marc.

Oliver nickte. Und fragte sich, ob das gut oder schlecht war.
»Bist du nun Morpheus oder Vergil?«, fragte Oliver, der sich schon damals bei der Bank mit Marc über Dante und den Film *Matrix* unterhalten hatte.

»Von mir aus beides«, sagte Marc. »Der Hackername Morpheus war nur leider schon x-mal belegt, und Morpheus123 wollte ich nicht heißen. Darum Vergil. Weißt du, warum Vergil für Dante in seiner *Göttlichen Komödie* so wichtig ist?«

»Weil er ihn in die Hölle begleitet, oder?«

»Aber warum gerade er?«

»Gute Frage.«

»Vergil«, sagte Marc und trank von seinem Bier, »wollte sich zu Lebzeiten bei Kaiser Augustus einschleimen. Darum erwähnt er in seinem Epos *Aeneis* einen göttlichen Herrscher, der bald kommen sollte.«

»… und meinte damit Augustus?«

»Richtig. Aber Dante dachte, er meinte Jesus Christus. Das Ganze fand ja um 50 vor Christi statt.«

»So wie Asterix«, murmelte Oliver.

»Ja. Asterix und Jesus hätten sich begegnen können.« Marc trank von seinem Bier. »Jedenfalls: Für Dante war Vergil daher ein Seher christlichen Heils, der das Kommen von Jesus schon im heidnischen Rom voraussah.« Er trank noch einmal. »Aber machen wir's kurz: Willkommen, Alice, im Kaninchenbau! Du trinkst ja gar nichts?«

Oliver nahm pflichtschuldig einen Schluck. »Hatte vorhin schon Wein und dann Whiskey.«

»Klingt nach Party.«

»Eher das Gegenteil. Zoff mit Nina.«

»Deine Freundin?«

»Sogar meine Frau.«

»Ach herrje. Ähm … Setz dich doch!«

»Tja …« Oliver ließ sich in einen speckigen Sessel fallen,

während Oliver auf seinem Schreibtischstuhl vor dem großen Tisch Platz nahm. Oliver blickte auf Marcs Schreibtischstuhl. Ein Kunstledersessel, an dem sich schon an einigen Stellen das Leder oder was auch immer auflöste und auf den jemand einen »Grand Theft Auto V«-Aufkleber geklebt hatte. »Man kann nicht immer gewinnen. Kennst dich aber gut aus mit Dante.«

»Ich kann sogar den Anfang auswendig«, sagte Marc.

Auf halbem Wege dieser Lebensreise
Fand ich in einem dunklen Walde mich,
Weil ich verirrt war von dem rechten Gleise.
Zu sagen, wie er war, ist fürchterlich

»Seit wann bist du so sattelfest, was Poesie angeht?« Oliver sah Marc erstaunt an.

»Ich mag Poesie.«

»*Du* magst Poesie?« Oliver glaubte, er habe sich verhört.

»Klar«, sagte Marc, legte die Füße auf den Tisch und versuchte, die Bierflasche dabei nicht umzuwerfen. »Programmiersprachen sind doch auch wie Poesie. Vergil ist nicht nur ein guter Dichter, er begleitet eben auch Dante in die Hölle, das Inferno. Eine riesige Unterwelt, in der eigene Gesetze gelten. Über Dante ist viel Quatsch geschrieben worden, aber seine Fähigkeiten als Visionär sind bislang immer zu kurz gekommen. Weißt du, was Dante wirklich war? Und was er mit dem Inferno meinte?«

»Ich dachte trotzdem immer, du bist Hacker und kein Dichter?«

»Richtig«, sagte Marc alias Vergil und klopfte auf den Monitor. »Ich bin Hacker genug, um zu erkennen, wer noch Hacker war. Auch wenn er sich als Dichter ausgab.«

»Dante war ...?«

»Hacker! In der Tat. Denn weißt du, was er wirklich mit dem *Inferno* meinte?«

Oliver sagte nichts.

Marc tippte auf die Tastatur, und die Oberfläche des TOR-Browsers erschien auf dem Bildschirm.

»Diese Welt, die bei Dante die Unterwelt ist, ist bei uns das Internet. Genau genommen das Internet, das man nicht sieht.« Er schaute Oliver triumphierend an. »Das Inferno von Dante ist das … *Dark Web!*«

KAPITEL 32

FRANKFURT AM MAIN, JULI 2015
Kino Eschenheimer Tor

Spike konnte nicht verhehlen, dass sie aufgeregt war. Wenn auch nur ein bisschen.

Aber nicht von dem Film. Denn den kannte sie schon.

Sie fragte sich ohnehin, während sie die Glock mit Schalldämpfer schon in ihrem Rucksack auf ihrem Schoß griffbereit hatte, warum eigentlich in den *Godzilla*-Filmen, die ja alle in der Realität spielen oder spielen sollten, die Menschen immer so überrascht waren, wenn Godzilla auftauchte. Schließlich gab es mittlerweile mehr als fünfzig *Godzilla*-Filme, und jeder der Protagonisten im Film sollte ja schon mal mindestens einmal ein Godzilla-Monster im Film gesehen haben.

Sie hatte drei Karten reserviert, so dass die Plätze links von ihr noch frei waren. Vollgepackt mit Jacken, die sie extra mitgenommen hatte, damit ihr niemand zu nahe kam. Rechts neben ihr saß Jochen Warner. Gut, wenn man Kartenvorbestell-Systeme knacken konnte.

Gleich würde die laute Stelle kommen.

Gleich würde das böse Wesen Muto aus dem Kernkraftwerk steigen. Muto, *Massiver, unidentifizierter, terrestrischer Orga-*

nismus. Eine insektoide Monstergattung, von denen einige auch noch fliegen konnten. Bei dem es zum guten Ton gehörte, sich ausschließlich von radioaktiver Strahlung zu ernähren. Einen komischen Geschmack hatten diese Viecher.

Wenn es vorbei war, würde Spike kein Foto von ihrem Opfer machen. Das machte sie nie, bis auf ganz wenige Ausnahmen. Fotos von Umgebungen konnten zu viel Rückschlüsse auf den Killer zulassen. Es war ohnehin so, dass der Auftraggeber normalerweise sehr schnell von einem »tragischen Unfall« hörte, den die Zielperson erlitten hatte. Und der Auftraggeber sah ja auch die Traueranzeige in der Zeitung. Meist in der Zeitung, für die der Journalist geschrieben hatte.

Es war so weit.

Das Monster kam.

Und der Lärm.

Alles lief instinktiv ab.

In einer Sekunde wunderte sie sich noch darüber, wie man sich überhaupt von Radioaktivität ernähren konnte und warum es noch keinen *Godzilla*-Film gab, der in Tschernobyl spielte. In der anderen setzte sie dem Mann den Schalldämpfer auf die Brust. Er blickte kurz zu ihr. Dann das leise Fauchen. Der Schalldämpfer machte den Schuss zu einem Flüstern. Jochen Warner zuckte kurz, sein Kopf sackte nach vorn. Das Blut, das dunkel über den Sitz lief, sah im dunklen Kino niemand.

Spike stand auf und verließ zügig, aber auch nicht zu aufgeregt das Kino.

Die Waffe hatte sie vorher unter dem Sitz liegen gelassen. *Schieß und lass die Waffe liegen.* Das war das Glaubensbekenntnis der Auftragskiller. Wie in *Der Pate,* als Michael Corleone Virgil Sollozzo in dem Restaurant in der Bronx erschossen hatte. Ihn und McCluskey. *Der Pate* war einer von Spikes Lieblingsfilmen.

Die Glock blieb unter dem Sitz.

Es war eine neue Waffe. Natürlich hatte sie Handschuhe getragen.

Spike wusste, dass dies nicht die einzige laute Szene des Films war.

Aber sie wusste, dass es die einzige laute Szene war, die Jochen Warner mitbekommen hatte.

Der Muto war mit drei Stampfern aus dem Krater gestiegen.

Jochen Warner hatte nur den ersten Stampfer gehört.

KAPITEL 33

BERLIN, JULI 2015
Oranienstraße, Kreuzberg

Klar ist das Dark Web das Inferno«, sagte Oliver und zeigte auf den Bildschirm, auf dem der TOR-Browser zu sehen war.

»Tor«, murmelte Oliver, und sein Blick war schon etwas glasig. »Nie gesehen.«

»Dann wird's aber Zeit.«

Erst jetzt fiel Oliver die seltsame Ausbuchtung an einem von Marcs Fingern auf.

»Was ist denn das?«

»Das«, sagte Marc, »ist ein Implantat, das ein Signal an meinen Rechner sendet. Der Rechner öffnet sich nur, wenn ich mit diesem Implantat in meinem Finger in der Nähe bin. Ansonsten kann da keiner ran.«

»Interessant. Wer macht so was?«

»Für die Tiere gibt's so was ja schon ewig. Katzen kriegen das eingespritzt, damit man sie wiederfinden kann, falls sie weglaufen. Kinder reicher Eltern auch, damit sie nicht entführt werden.«

»Und Hacker wie du auch?«

»Klar. Jeder, der auch Piercings, Body Modification und so einen Kram macht, kann einem das einsetzen. Meins hat natürlich keinen Tracker. Niemand weiß, wo ich bin. Das geht nur über kurze Distanzen. Bluetooth und NFC.«

»NFC?«

»Near Field Communication. Apple Pay, dieses bargeldlose Bezahlen übers iPhone funktioniert auch damit. Muss halt nur ein Sender rein und fertig. Die Batterie hält zum Glück sehr lange. Ist ähnlich wie bei Autoschlüsseln.«

»Beschäftigst du dich nur mit so was? Dark Web und Body-Implantate?«

»Nein, ich bin eigentlich freiberuflicher IT-Berater für Sicherheitsfragen und nebenbei Hacker.«

»Immer legal?«

Marc zuckte die Schultern. »Manchmal regnet's halt auch in der Sahara.« Er öffnete die Schublade. »Auch'n bisschen Gras?«

»Rauchst du das Zeug schon wieder?«

»Nein, immer noch. Abends 'nen Joint, und die Nacht ist dein Freund.«

»Ich dachte, der Spruch geht mit ›morgens‹.«

»Ist ja auch egal.« Marc drehte sich einen Joint.

»Wo hast du das her?«

»Görlitzer Park, hier gleich um die Ecke. Ist aber scheiße dort, und meist kriegst du nur gestreckten Mist.«

Er rollte den Joint zusammen, zwirbelte die Spitze und zündete sie an. Der typische Cannabis-Geruch erfüllte das Zimmer. »Auch einen Zug?«

»Danke, das Bier reicht mir.«

Marc zog an dem Joint. »Und du machst Daytrading?«

»Ja. Und im Moment läuft's scheiße.«

»Habe ich gesehen. Handelst du auch über anonyme Server?«

»Nein. Wieso?«

»Weil da keine Steuern anfallen. Und du kannst von da aus Blitzangriffe starten.«

»Blitzangriffe?«

»Ja. Hat Navinder Singh Sarao gemacht. Hockte zu Hause bei den Eltern in einem miefigen Reihenhaus in der Nähe von London. Der war auch Daytrader. Hat auch mit diesen …«

»Futures?«

»Genau. Damit gehandelt. Hockte in Jogginghose vor seinem Rechner und handelte S&P-Terminkontrakte. Und hat massenhaft Verkaufsaufträge ins System gegeben.«

»Und dann?«

»Das waren nur Phantomaufträge. Er hat sie sofort wieder rausgenommen. Aber vorher ging der Kurs in den Keller wegen all seiner Verkaufsaufträge. Die anderen am Markt dachten, der Markt bricht ein, und gingen auch raus. Und Sarao …«

»… ging billig wieder rein. Aber diesmal richtig.«

»… genau. Und als es wieder hochging, verkaufte er teuer. Nennt man Spoofing.« Er zog an seinem Joint. »Machst du das auch?«

»Nein. Ich mach nur Verluste.« Oliver starrte vor sich hin. »Spoofing nennt man das?«

»Ja. Etwas vortäuschen. Das machen auch diese Typen, die die Telefonanlagen für diese Betrügerbanden programmieren. Die rufen vom Callcenter aus Istanbul alte Omas an und machen ihnen die Hölle heiß, dass bei ihnen gleich eingebrochen werden soll. Sie sollen ihre Wertsachen schnell einem Polizisten geben, der gleich vorbeikommt. Oder die Bankfiliale, bei der die Oma ihr Geld hat, soll überfallen werden, und die Oma soll dort schnell ihr Geld abheben, bevor es weg ist. Es ist dann auch tatsächlich die Nummer der Bank im Display. Nennt sich Call-ID-Spoofing. Nur der Anruf kam weder von der Polizei noch von der Bank.«

»Hast du so was mal programmiert?«

»Ja, kurz. Aber das wurde selbst mir zu viel.«

»Und was ist jetzt mit dem Dark Web?«

»Pass auf«, sagte Marc und öffnete seinen Firefox Browser. »Dies ist ein normaler Internetbrowser im sogenannten Clear Web. Dem normalen Internet, wo auch Lieschen Müller reinkommt. Hier kannst du dir auch schon einiges anschauen. Jetzt sind gerade Enthauptungen aus dem mexikanischen Drogenkrieg reingekommen. Die enthaupten Verräter mit der Kettensäge.«

»Und das kann man sich anschauen?«

»Klar. Die Narcos in Mexiko sagen übrigens, *sie* hätten die Enthauptungsvideos erfunden, und al-Qaida und ISIS haben es dann nachgemacht. Oder kennst du die Banane? Sie ziehen die Haut vom Kopf ab nach unten. Kopfhaut, Wangen et cetera. Macht die Russenmafia auch. Einiges davon kannst du dir auch ganz normal bei YouTube anschauen.«

»Aber die Videos sind doch bestimmt in Deutschland gesperrt?«

»Kannst du umgehen. Zum Beispiel mit Stealthy, ein Proxy für den Mozilla Firefox Browser. Der umgeht länderspezifische Sperrungen für YouTube. Oder du lädst dir einfach einen Plugin runter. Dann denkt YouTube, du bist in Amerika. Oder noch besser: Du hast einen Proxy für Mexiko oder Brasilien. Willst du mal sehen?«

»Äh, lieber nicht.« Ihm war eh schon schlecht von dem ganzen Alkohol, und Enthauptungsvideos mit Kettensägen wären sicher nicht gut für seinen Magen.

»Die echte Party«, sagte Marc, »läuft allerdings im TOR-Netzwerk ab.«

»Wieso eigentlich TOR?«

»The Onion Router. Bei diesem Zugang ist es nicht möglich, die IP-Adresse des Rechners herauszufinden. Wer also die IP-Adresse des anderen tracken will, kommt nur zur nächsten Zwiebelschale, aber nicht zum Kern.«

»Darum Onion? Englisch für Zwiebel?«

»Genau.« Marc gab eine Adresse ein. »Das Dark Web ist der größte Teil des Internets. Auch https-Seiten, Kundendaten, alles, was geschützt ist, gehört normalerweise zum Dark Web. Du kannst das auch im richtigen Netz machen. Indem du zum Beispiel nicht www eingibst.«

»Sondern?«

»wwww.«

»Viermal *w?*«

»Genau.« Marc war schon am Tippen. *wwww.bordell.de.* »Ha«, rief er, »funktioniert! Manchmal sind die Seiten dicht.« Eine graue Seite mit nur einem Link öffnete sich.

»Und der Link?«

»Der geht ins normale Web.« Oliver klickte darauf. Und eine typische Porno-Seite öffnete sich. »Insider wissen von dieser Seite aber den richtigen Sublink, und dann kann man sich auf der wwww-Seite einloggen.«

»Und warum sollte man?«

»Weil wwww von Google nicht analysiert wird. Da kommt keine Suchmaschine hin.«

»Und auch niemand sonst?«

»Korrekt. Wenn du zum Beispiel von einem bestimmten Computer aus auf eBay zugreifst, um was zu kaufen, kann zum Beispiel die NSA über die IP-Adresse herausfinden, von welchem Computer aus du dies machst und wo er steht. Auch mit Tracking Tools, mit denen man den Erfolg von Websites messen kann, ist so etwas schon möglich. Selbst Newsletter Tools spähen die Empfänger des Newsletters ganz schön aus und wissen IP-Adresse und geografischen Aufenthaltsort. Das normale Netz ist wie ein Reisender, der in Rom ankommt und auf dessen Koffer noch der Gepäckaufkleber vom Berliner Flughafen klebt. So kann jeder genau sehen, wo man herkommt. Mr. NSA weiß dann: Aha, Oliver Winter kommt aus Berlin.«

»Und bei TOR?«

»Bei TOR ist es so, dass der Weg über mehrere Stationen verläuft. Die Server kennen nur den Datenknoten vor und hinter sich. Wenn ein Datenpaket drei Knoten passiert hat, ist die IP-Adresse des Absenders nicht mehr zu ermitteln. In diesem Fall ging die Fahrt zum Beispiel von Berlin über München und Mailand nach Rom. So weiß die NSA oder der BND vielleicht, dass die Person aus Mailand kommt, aber sie hat keinen Schimmer, dass sie ursprünglich aus Berlin kam. Und damit kennt auch niemand die IP-Adresse des Computers. Alle zehn Minuten wird zudem eine neue Verbindung hergestellt. Ideal, wenn man anonym im Netz surfen will.«

»Und wer nutzt das?«

»Freiheitskämpfer, Aktivisten in China, Regimegegner in Syrien, Leute, die den Arabischen Frühling organisiert hatten und die nicht von Geheimdiensten erwischt werden wollen, aber auch IS-Hacker und -terroristen. Und natürlich leider auch die üblichen Verdächtigen: Pädophile, Pornoanbieter, Produktpiraten und so weiter.«

»Und du nutzt das auch?«

»Siehst du doch.«

Oliver kniff ein Auge zu, um durch den Alkohol nicht alles doppelt zu sehen. »Also bist du doch Hacker?«

»Tja, ist die Frage, welcher Hacker. Es gibt die *white hats,* die guten, mit den weißen Hüten, und die *black hats,* die bösen, mit den schwarzen Hüten.«

»Und wo stehst du?« Wenn er sich anhörte, was Marc so alles machte, würde er ihn eher auf der dunklen Seite vermuten. »Mit Spoofing und Dark Web. Dann doch eher bei den schwarzen, oder?«

»So würde ich das nicht sagen. Nur: Wenn man immer Hack-Attacken abwehrt, muss man auch die Techniken der Angreifer kennen. Und sie selber anwenden können. Nicht: *Angriff ist die beste Verteidigung,* sondern: *Verteidigung ist der beste Angriff.* Jedenfalls zeitversetzt.«

»Aber du hast mich nicht zu dir eingeladen, um mir das zu erzählen?«

Marc grinste und trank sein Bier aus. »Natürlich nicht! Ich möchte dir etwas zeigen. Ein Angebot …«

»… das ich nicht ablehnen kann?« Oliver kannte das berühmte Zitat von Don Corleone aus *Der Pate.*

Marc grinste, kniff ein Auge zu und stand auf. »Richtig. Ich hol noch zwei Bier!«

KAPITEL 34

BERLIN, JULI 2015
Potsdamer Platz

»Oli?«

Nina schlich durch die halbdunkle Wohnung.

Dann noch einmal deutlicher. »Oliver?«

Es war unheimlich, die eigene Stimme im Dunklen zu hören. Es gab zwei Möglichkeiten, vor denen sie sich fürchtete: Es gab keine Antwort und weiter Stille. Oder es gab eine Antwort. Aber von jemand anderem.

Wo war Oliver? Er war nicht unten auf der Couch oder vor dem Fernseher, er war nicht im Gästezimmer, und er war auch nicht in seinem Arbeitszimmer.

War er einfach gegangen?

Über einem Streit sollte nicht die Sonne untergehen, hatte ihre Mutter Nina immer gesagt, aber Oliver schien das anders zu sehen. Dabei hatten sie es bisher immer hingekriegt, sich wieder zu vertragen, bevor sie schlafen gingen.

Nur diesmal nicht.

Sie ging in sein Zimmer.

Sah das Trading Terminal.

Machte aus irgendeinem Impuls die Schreibtischlampe an.

Auf dem Tisch ein Buch mit dem Titel *Value Investing.* Daneben ein anderes: *Long-Short Strategies for Winners.* Zeitungen, Ausdrucke, Börsenzeitschriften, Newsletter aus dem Internet, einige davon gebührenpflichtig und nicht billig.

Darunter ein Zettel.

Sie wusste, es ging sie nichts an, was für ein Zettel unter dem Buch lag. Oder was auf dem Zettel stand. Aber sie nahm das Buch dennoch beiseite und warf einen Blick auf den Zettel.

Oben der Name der Bank.

Dann der Name von Oliver samt Adresse.

Eine Kontonummer. Depotnummer. Bezeichnung: *O&F Konto.*

Irgendwann hatte Oliver ihr mal erklärt, dass das *Options & Futures* hieß.

Zahlenreihen.

Diverse Positionen untereinander.

Verluste aus Spekulationsgeschäften. Für die Steuererklärung.

Betrag brutto. Steuerabzug.

Dann Riesensummen. Eine Kontraktnummer. Eine Zahl.

Sie verstand nicht alles, aber sie verstand die Zahl, die darunter stand.

VERLUSTE IN DIESEM MONAT: 602 535,45.

Sechshunderttausend, dachte sie.

Sie musste sich setzen.

Ihr Mann hatte offenbar … *Sechshunderttausend* Euro Verlust gemacht.

KAPITEL 35

BERLIN, JULI 2015
Oranienstraße, Kreuzberg

»Und was gibt es jetzt so Tolles im Dark Web?«, fragte Oliver, als Marc sich ebenfalls wieder hingesetzt und die beiden Biere auf den Tisch gestellt hatte. Wie er da so im Bademantel mit dem Bier saß, machte Marc keinen sonderlich seriösen Eindruck.

»Alles, was du dir vorstellen kannst: Waffen, Killer, Menschen. Und auch Drogen.« Er beugte sich vor: »Weißt du, was Neo am Ende von *Matrix* sagt?«

Oliver grinste. »*Ich zeige euch eine Welt, in der alles möglich ist.* Aber wo alles möglich ist, ist auch vieles Verbotene möglich.«

»Allerdings.« Marc öffnete den TOR-Browser und gab eine lange, unverständliche Adresse ein, die er vorher aus einem Worddokument kopiert hatte.

»Hast du keine Lesezeichen im Browser?«

Marc schüttelte den Kopf. »Bringt nichts. Der TOR-Browser aktualisiert sich ständig und löscht dann auch die Lesezeichen, damit man keine Spuren im Netz hinterlässt. Die meisten Adressen schreibe ich mir in einem einfachen Worddokument auf und kopiere sie einfach rein. Schau mal hier.«

Eine Seite blitzte auf.

»The Human Experiment?«, fragte Oliver. »Das menschliche Experiment?«

Marc nickte. »Die machen Experimente. Aber nicht mit Tieren. Sondern mit Menschen.«

Oliver las den Text, der auf der Website stand. *We go where few dare. Not all humans are equal, for some of them were born superior to others. Wir gehen dahin, wo sich niemand hintraut. Nicht alle Menschen sind gleich, denn einige wurden höherwertig als andere geboren.*

»Und was machen die?«

Marc klickte weiter. »Steht hier.«

In einem Kasten waren die unterschiedlichen medizinischen »Tests« aufgeführt.

Verhungern, Wasserentzug, Vivisektion …

»Vivisektion?«, fragte Oliver.

»Wenn man jemanden lebendig seziert.«

Oliver las weiter. *Schmerztoleranz, Infektion, Organentnahme, Transfusionen, Drogen, Sterilisierung, Baby-Experimente, Kälte-Experimente, Hitze, Radioaktivität …*

»Mein Gott«, sagte Oliver, und er überlegte, ob ihm das Bier überhaupt noch schmecken würde. »Das ist ja wie dieser Arzt, Josef Mengele, im Dritten Reich.«

»Allerdings. Die haben da angeblich Zellen für zwanzig *Subjekte,* wie sie das nennen.«

»Und wen nehmen die dafür? Wer sind die *Subjekte?*«

»Angeblich Obdachlose. Leute ohne festen Wohnsitz, die keiner vermisst.«

»Und was passiert dann mit denen? Wenn alles, äh, durch ist?«

»Was von denen am Ende der Experimente übrig ist, landet in der Müllentsorgung von Schlachthäusern oder wird gleich zu Schweinefutter gemacht.«

Igitt, dachte Oliver. Vielleicht hatte er schon Schweine gegessen, die vorher diese armen Obdachlosen gefressen hatten? Aber vielleicht war er auch weit genug weg.

»Und wo passiert das?«, fragte er.

Marc zuckte die Schultern. »Das steht hier natürlich nicht. Aber ich nehme an, Südamerika, Asien. Oder auch die Ukraine. Da kommt viel von solchem kranken Scheiß her.«

»Und das ist dann das Dark Web?«

»So was«, sagte Oliver, »ist schon ziemlich tief im Dark Web. Du musst dir das vorstellen wie im Inferno von Dante.« Marc stand auf, und erst jetzt merkte Oliver, dass hinter dem Schreibtisch ein großes Poster von Dantes Inferno hing.

»Du hast die Vorhölle, den Limbus patrum. Dann die obere Hölle. Bei Dante gibt es dort Minos, den Statthalter der Hölle, Cerberus, den Höllenhund, Pluto und Phlegias als Fährmann und Charon sowieso. Dann die Ringe. Die drei Höllenfurien, dann sind dort die Gewalttätigen, Totschläger und so weiter. Dann Malebolge, wo die Kuppler, Schmeichler, Heuchler und Diebe vor sich hin darben. Und dann die ganz Schlimmen. Die Vaterlandsverräter, die bis zu den Hälsen im Eis stecken. Und dann ganz unten: Luzifer.«

»Und das Dark Web ist genauso?« Ganz verstanden hatte Oliver diesen Exkurs nicht.

»Kann man so sagen.« Marc blieb an der Karte stehen. »Hier ganz oben ist das normale Internet, auch genannt *Surface Web* oder *Clear Net.* Hier funktionierten normale Suchmaschinen wie Google, Bing oder Yahoo. Dort haben wir die Mail-Dienste, Webseiten und so weiter. Dann kommt das *Average Web* mit einigen illegalen Plattformen wie zum Beispiel MegaUpload, Online-Piraterie und solchen Sachen. Danach kommt das Deep Web. Hier ist das berühmte Hidden Wiki, Lolita City, Jailbait, Waffen, Gifte, Drogen und so weiter. Und Auftragskiller. Da sollte man nur per VPN-Anonymisierungssoftware oder gleich per TOR-Server rein. Sonst heißt es: *Say Hi to the FBI.* Langsamer ist das Dark Web auch.«

»Und die Server, die schneller sind, gehören wahrscheinlich dem FBI?«

»Du hast es erfasst.«

»Und das Dark Web?«

»Das kommt dann. Vore, Plain Vanilla CP, Pedo Planet. Human Experiment, das Zeug, was ich dir gezeigt habe.«

»Und was ist dieses Vore, CP und wie das alles heißt?«

»Ziemlich kranker Scheiß. CP ist Child Porn, also Kinderpornografie. VORE ist für Leute, die sich gerne aufessen lassen. Vorecom ist eine Riesenseite dazu im Dark Web. Die gibt's wirklich. Von *Vorarephilie.* Kommt lateinisch von *herunterschlucken.* Ist eigentlich so eine Art Kannibalismus.«

»Und die essen sich da gegenseitig auf, die Leute?«

»Sagt man so. Jedenfalls gibt es mehr Leute, die von anderen gegessen werden wollen, als die, die andere essen wollen.«

»Ist das so?«

»Ja. Vor dem Hintergrund von Nahrungsmittelknappheit und Überbevölkerung vielleicht eine gute Nachricht.«

Oliver schüttelte den Kopf. »Warst du schon einmal auf solchen Seiten?«

»Ganz kurz. Aber das ist echt kranker Scheiß! Abgesehen davon sollte man da höllisch aufpassen. Viele davon sind vom FBI und von Nachrichtendiensten verwanzt, und hinter einigen Chat-Partnern stehen verdeckte Ermittler.«

»Krass. Und die letzte Ebene?«

»Das Cthulhu Web. Snuff Movies, Child Snuff, Necro CP …« Selbst Marc kniff die Augen zusammen. »Das willst du gar nicht wissen. Und da treiben sich echt nur Perverse rum. Der letzte Abschaum.«

»Okay, was soll dieses Dark Web also?«, fragte Oliver und schaute abwesend auf die neue Bierflasche, die er noch gar nicht angerührt hatte. »Scheint doch nur was für Abartige zu sein, die es gar nicht abwarten können, im Knast zu landen.«

»Nicht ganz.« Marc klickte zu einem Bild, das in einem seiner Ordner lag.

Auf dem Bildschirm erschien ein Abbild der Seite, bevor sie vom FBI vom Netz genommen wurde.

»Was ist das?«

»Silk Road. Schon mal gehört?«

»Ja, irgendwie.«

»Eine E-Commerce-Seite. Im Dark Web.«

»Und was verkaufen die da?«

Marc grinste. »Ähm … na ja. Zeug. Was man bei der Metro oder Karstadt halt nicht kriegt. Bei Amazon auch nicht.«

»Ist das denn legal?«

»Ist Wasser nass?«

Oliver blinzelte auf den Bildschirm: Eine Benutzeroberfläche, so ähnlich wie bei einem typischen E-Commerce-Shop. Und alles war dort sauber unterteilt, wie bei eBay oder Amazon. Allerdings nicht nach »Bücher«, »Haushaltsgeräte« und »Hightech«, sondern nach Opiaten, psychedelischen Substanzen, Ecstasy, Cannabis, Steroiden, Amphetaminen und dann Crystal, H, C, Ice, Pot, Dope und weiß der Teufel, was noch alles.

»Haben die damit Geld verdient?«, fragte Oliver.

»Und wie. Ein bis zwei Milliarden Umsatz in drei Jahren. Eine Gelddruckmaschine! Und die Idee ist nach wie vor genial: Konsumenten mussten nicht mehr in die dunklen Ecken der Stadt fahren, hier in die Hasenheide oder den Weinbergspark zum Beispiel oder wie ich vorgestern in diesen scheiß Görlitzer Park, um den Stoff zu kriegen, sondern das geht bequem übers Internet.«

»Und wie bezahlt man da?«

»Bitcoins.«

»Habe ich schon mal von gehört.«

»Gut. Prost erst mal!« Marc hob seine Bierflasche. »Bitcoins sind eine anonyme Währung, in die man existierende Währung tauschen und die man sich auch über die Rechenleistung seines Computers verdienen kann. Und man kann damit völlig anonym bezahlen. Einfach die Transaktionssoftware für Bitcoin runterladen und fertig.«

»Ohne Banken?«

»Aber ja.«

»Und wie geht das?«

»Ist recht kompliziert. Jede Einheit der Währung ist eine Folge von Nummern, die die User sich online senden können. Allerdings könnte man diese Folgen von Nummern beliebig oft senden und dann beliebig oft bezahlen, obwohl man die Währung nur einmal hat. Das wäre dann Betrug. Damit das nicht passiert, hat Bitcoin ein Register, in dem alle Transaktionen gespeichert werden, und dieses Register garantiert, dass jede Transaktion und jede Nummernfolge nur ein einziges Mal benutzt wird. Daraus wurde dann später die sogenannte Blockchain, eine Abfolge aller Bitcoin-Codes. Diese Abfolge von Codes kann man sogar auf ein Blatt Papier schreiben. Wobei man da recht viel Papier brauchte. Transaktionen werden in Blöcken angeordnet, jeder Block repräsentiert ungefähr zehn Minuten an Transaktionen. Jeder Block wird chronologisch gespeichert, und jeder hat eine digitale Signatur, einen Hash, von dem vorherigen Block. Dies garantiert, dass ein neuer Block nur dann hinzukommt, wenn ein vorheriger Block beendet wurde. Eine Kopie dieser Blockchain, also eine Sammlung aller Transaktionen, die jemals in Bitcoins gemacht wurden, wird auf jedem Computer gespeichert, der die Bitcoin-Software heruntergeladen hat. Und wenn man das fälschen wollte, müsste man alle Computer hacken, die die Bitcoin-Software gespeichert haben. Ist so gut wie unmöglich.«

Oliver schwirrte der Kopf. Er war nicht sicher, ob er alles verstanden hatte, aber das war ihm auch nicht so wichtig. »Das kostet doch sicher Speicherplatz, wenn man dafür einfach seinen Computer zur Verfügung stellt?«

»Na klar. Dafür bekommt man aber auch ein paar Bitcoins zur Belohnung. Das nennt man Mining.«

»So wie bei Minen? Im Bergbau?«

»Richtig. Man gräbt sozusagen nach Geld. Oder Bitcoins. Und gibt dafür Speicherplatz. Üblich ist aber, per Kreditkarte Euros oder Dollars in Bitcoins umzutauschen. Und am Ende wieder Bitcoins in Euro oder Dollar.«

»Und wenn jemand die Blockchain auf seinem Computer manipuliert?«

»Geht nicht. Dafür wird die Blockchain ständig von allen Computern, auf denen sie gespeichert ist, überwacht. Da müsste man Millionen von Computern gleichzeitig manipulieren, und das kriegt selbst der beste Hacker nicht hin. Das heißt, das System weiß immer, wie viele Bitcoins ich habe, so dass ich nichts zwei Mal ausgeben kann.« Marc trank von seinem Bier und lehnte sich zurück. »Und all das ohne ein zentralisiertes Register. Und damit völlig anonym! Genial!«

»Und bei Silk Road konnte man damit bezahlen?«

»Jawoll. Ohne dass es jemand merkte.«

»Und so was wie Silk Road gibt es nicht mehr?«

»Silk Road wurde leider vom FBI in der Aktion ›Marco Polo‹ dichtgemacht. 2013. Es gibt ein paar Kopien davon wie Alpha Market, aber nichts richtig Großes. Es wäre also an der Zeit, so etwas mal wieder zu starten … und richtig Kohle zu verdienen.«

»Das macht doch bestimmt schon jemand.«

»Es gibt kleinere Anbieter. Aber nichts Großes. Und in Deutschland schon gar nicht.«

»Und warum macht das keiner?«

»Genau!« Marc grinste. »Warum macht das keiner? Das ist immer die große Frage bei Innovationen.« Er schaute Oliver auffordernd an. »Warum nicht wir zum Beispiel?«

BUCH 2

Als das Lamm das zweite Siegel öffnete,
hörte ich das zweite Lebewesen rufen: Komm!
Da erschien ein anderes Pferd; das war feuerrot. Und der,
der auf ihm saß, wurde ermächtigt, der Erde den Frieden zu nehmen,
damit die Menschen sich gegenseitig abschlachteten.
Und es wurde ihm ein großes Schwert gegeben.

OFFENBARUNG, 6, 1–8, DER ZWEITE REITER DER APOKALYPSE

Um die Pläne eines sich rüstenden Feindes zu durchkreuzen,
ist nichts notwendiger als geheimes Wissen.
Und nichts ist schwerer zu erlangen.

GEORGE WASHINGTON, ERSTER PRÄSIDENT DER USA

KAPITEL 1

FRANKFURT AM MAIN, JANUAR 2015
Europäische Zentralbank

Die SMS.

Die SMS kam, als Dr. Rudolf wieder einmal in einer Sitzung mit den Abteilungsleitern der Zentralbank saß. In einer dieser endlosen Sitzungen, in denen es um die Durchführung der Anleihekäufe ging.

»Entschuldigen Sie mich einen Moment.« Er stand auf, schob sich diskret an den Stühlen der Banker vorbei und eilte Richtung Tür.

Draußen auf dem Flur atmete er ein paarmal tief durch. Die Worte der Gegner im Direktorium der Bank, die gegen die Anleihenkäufe waren, hallten noch in seinem Kopf.

Das Geld wird doch überhaupt nicht erwirtschaftet. Es wird einfach erschaffen! Irgendwann knallt es doch gewaltig!

Sollten sie doch reden, ob die Anleihekäufe nun richtig oder falsch waren. Rudolf war das egal. Er würde von diesen Anleihekäufen profitieren. Viel mehr noch als alle Südländer zusammen. Er würde dafür sorgen, dass das Geld *bei der richtigen Adresse* ankam.

Er schaute auf die SMS. Wieder ein anonymer Absender. So wie damals schon.

Es ist etwas für Sie gekommen.

Eine seltsame Erregung packte ihn.

Es war von *ihnen*. Er wusste es.

Er nahm den Aufzug. Fuhr nach unten.

Ging durch eine Vielzahl von Korridoren.

Stieg zwei Treppen hinunter.

Ging wie benommen zu dem Raum mit den Postfächern. Er war selten hier in der Poststelle. Normalerweise brachte ihm seine Sekretärin immer seine Post, aber diesmal ging er selbst zu seinem Postfach. Sah darin den Briefumschlag. Diesen einen Briefumschlag. Irgendwie mussten sie ihn hier hereinbekommen haben. Ohne ihn mit der Post zu schicken. Sondern direkt. Nicht adressiert. Nicht einmal sein Name stand darauf. Doch er wusste, er war von *ihnen.*

Sein Herz schlug, als er noch vor Ort den Umschlag aufriss. Den Zettel herausholte, auf dem nur dieser eine Satz stand. In Schreibmaschine geschrieben. Oder mit einem Laserdrucker gedruckt. Von irgendeinem Computer, auf irgendeinem Papier, von irgendwo auf der Welt. Darunter ein Foto.

Ebenfalls auf das Papier gedruckt.

Als er das Foto sah, stockte ihm der Atem. Es zeigte etwas, das es nicht geben sollte. Aber das es offenbar gab, denn dieses Foto war echt. Für ihn.

Und es zeigte etwas, das ihn auf perverse Weise erregte und faszinierte.

Der Text darunter wirkte so, als hätte er etwas bei einem Online-Händler bestellt. Einem Online-Händler mit ganz spezieller Ware, die nur ganz wenige bekamen. Ware für ganz besondere Menschen mit ganz besonderen Vorlieben.

Für Menschen wie Dr. Rudolf, die dafür auch etwas taten. Ebenfalls etwas ganz Besonderes.

Dort stand:

Ihre Ware ist unterwegs.

Und darunter wieder das rätselhafte Wort:

Torpedo

KAPITEL 2

BERLIN, JULI 2015
Oranienstraße, Kreuzberg

Oliver schaute mit gläsernen Augen in seine Bierflasche.

»Das müssen wir machen«, sagte Marc. »Wir gründen die europäische Version von Silk Road. Dazu sind wir wie geschaffen.« Er trank von seinem Bier und schaute nach draußen zum Fenster, als würde die Vision seiner künftigen Firma dort stehen. »Ich habe sogar schon einen Namen für die Plattform.«

»Und welchen?« Oliver fiel es zunehmend schwer, die Augen offen zu halten.

»Narcobay!«

»Narcobay?«

»Ja. Von Narcotics, also Drogen, und eBay. Ein riesiger Online-Marktplatz für Drogen. Und mehr.«

»Drogen und mehr«, sagte Oliver dösig. »Klingt ja wie *Miles and More.*«

»Den Namen *Drogen und mehr* oder *Drugs and more* werden wir nicht nehmen dürfen«, sagte Marc. »Da kriegen wir Ärger mit der Lufthansa. Aber stell dir das sonst mal vor: Wir werden steinreich. Und müssen nicht einmal viel machen. Viel besser als die blöde IT-Beratung, die ich mache. Viel besser als dein blödes Rumgezocke, wo du nur Verluste machst, weil du als normaler Privatanleger gegen Computer eben nicht gewinnen kannst.«

»Dann handeln wir mit Drogen?«

»Nicht direkt. Mit den Drogen kommen wir gar nicht in Berührung. Wir sind nur der Verladebahnhof dafür. So ähnlich wie Amazon Marketplace. Aber halt mit Dingen, die nicht so ganz legal sind wie die, die es bei Amazon gibt. Und ganz wichtig: Wir sind nur die Plattform, über die Käufer und Verkäufer zusammenfinden.«

»Und das können wir einfach alles so bauen?« Oliver schaute auf die Uhr und merkte, dass es langsam Zeit wurde, ins Bett zu gehen. Und die Wirkung des ganzen Alkohols spürte er auch schon mehr, als ihm lieb war.

»Klar. Im TOR-Netzwerk gibt es ein Programm namens *Tor Shops.* Das hilft uns beim Aufbau eines Dark-Web-Shops: ein schneller Server, Updates, ein Chatfenster zur Kundenkommunikation sowie ein Bitcoin-Wallet, so dass Kunden mit Bitcoins bezahlen können.«

»Das ist doch absolut illegal!«

»Illegal? Das Dark Web ist anonym! Ich hab mir das alles angeschaut! Was wir machen, ist nicht illegal, was Dark-Web-Standards angeht. Camwhore, das ist illegal.«

»Camwhore? Kamerahure?« Oliver rückte irritiert etwas nach vorne.

Marc nickte, und Oliver merkte, dass sein Kumpel auch schon mächtig einen im Tee hatte. »Camwhore ist ein Netzwerk, das andere Menschen in den Suizid treibt. Besonders junge Frauen. Die werden dabei dazu verleitet, sich vor der Kamera auszuziehen. Diese Bilder werden dann in ihre Facebook-Profile gezogen und die Mädchen vor allen Leuten entblößt. Facebook wird gehackt, das Passwort geändert und die Bilder hochgeladen. Und dann gibt es eine Art Casino, wo man darauf wetten kann, wann diese Mädchen Selbstmord begehen.«

»Oh Gott!«

»Da gibt's 'ne Menge von krankem Scheiß, wie zum Beispiel diese Cutting Sites, wo Jugendliche von reichen Menschen dazu aufgefordert werden, sich vor der Kamera zu schneiden. Ist alles ziemlich nahe an Pädophilie und S&M-CP dran, läuft aber ewig weiter. Es sei denn, es gibt mal eine Hackerattacke, so wie damals von Anonymous auf die Pädophilie-Seite *Lolita City.* Lolita City und solche perversen Scheißseiten, *das* ist illegal. Und verschwindet irgendwann von der Bildfläche.«

»Das kann uns dann doch genauso passieren!«

»Eben nicht! Die Hacker mögen diese ganze Abzocke nicht. Und perverse Schweine, die sich zu Bildern von nackten Kindern einen runterholen und damit Kindesmissbrauch unterstützen, schon gar nicht.«

»Aber Drogen mögen sie schon?«

»Drogen schon!« Marc lächelte. »Ich rauch ja auch gern mal was. Und würde mich, wie gesagt, verdammt freuen, wenn ich dafür nicht in diesen scheiß Görlitzer Park müsste.«

Oliver dachte einen Moment nach. »Bau das, was du selbst gern hättest.«

Marc prostete ihm zu. »Richtig, du hast es endlich kapiert! So wie Steve Jobs mit dem iPad. Den haben sie damals gefragt, wie viel Marktforschung sie für das iPad gemacht haben. Und was sagte Steve Jobs: *So was Blödes wie Marktforschung machen wir nicht. Was der Kunde will, entscheiden wir, nicht der Kunde.* Sie haben dann einfach das gemacht, was sie selbst gern hätten. Und das war das iPad.«

»Und bei uns ist es Narcobay?«

»Exakt. Und wir können auch ruhig die Kunden fragen. Denn alle würden sagen: Ja! Macht das! Wir wollen das! Das fehlt uns noch! Und zwar wirklich! Und dann noch die Margen im Drogengeschäft. Die Anonymität. Richtig viel Kohle!« Er rückte nach vorne. »Und du brauchst es doch, oder?«

Oliver nickte. »Leider schon.« Er überlegte einen Moment. »Aber warum brauchst du mich? Du kannst und weißt doch schon alles, um loszulegen.«

Marc lehnte sich zurück und zupfte seinen Bademantel zurecht. »Ganz ehrlich: Mir fehlt das Startkapital.«

»Wie viel würden wir denn brauchen?«

»Fünfzigtausend. Vielleicht siebzig.«

»Ganz schön viel.«

»Kommt bei deinen achthundert Riesen Miesen auch nicht

mehr drauf an. Du hast ja noch ein paar Kreditlinien bei den Banken.«

»Sag bloß, die hast du auch online auf meinem Rechner gesehen.«

»Klar, was denkst du? Big Brother's watching you!« Marc trank von seinem Bier. »Und mit Narcobay machst du um einiges mehr Kohle als mit mistigen Futures, die immer in die andere Richtung gehen, als du willst.«

Oliver hob die Augenbraue. »Ich soll erst mal Geld zahlen, um Geld zu verdienen?«

»Tja, so ist das bei allen Unternehmen. Muss ich dir doch nicht sagen. Nennt sich Investition. Pass auf: Du gibst das Geld, ich mach den Rest, und wir teilen alles.«

»Hmmmm …«

»Okay. Und für die ersten drei Monate, bis es richtig läuft, kriegst du 70 Prozent statt 30. Und ab dann, wenn es richtig toll läuft, machen wir fifty-fifty. Sonst bleibt es bei siebzig-dreißig.«

»Ich überleg's mir.«

Marc griff hinter sich. »Hier«, sagte er, »ist eine kleine Anleitung, wie du ins Dark Web kommst. Schau es dir mal an. Du wirst staunen.«

»Wie? Von zu Hause?«

»Nein, wenn du dir auch die interessanten Sachen anschauen willst, nicht von zu Hause. Und auch nicht mit dem Laptop, mit dem du sonst arbeitest.« Er blickte sich um. »Pass auf, du fährst morgen zu einem Media Markt oder was auch immer, der nicht bei dir in der Nähe ist.«

»Der am Alexa zum Beispiel.«

»Der am Alexa zum Beispiel«, wiederholte Marc und nickte. »Da kaufst du dir einen Billig-Laptop, zahlst bar, setzt dabei Sonnenbrille und Kapuzenpulli auf …«

»Ich hab gar keinen Kapuzenpulli. Und außerdem find ich die Dinger hässlich.«

»Scheißegal. Kriegst einen von mir. Wirst du in Zukunft öfter brauchen. Was meinst du, warum alle Hacker Kapuzenpullis haben? Und Autonome in Demos auch? Weil man da das Gesicht nicht erkennt, wenn die Kapuze unten ist.«

»Vermummungsverbot«, murmelte Oliver.

»Ja, wer hat das noch gesagt? Franz Josef Strauß? Lange her. Jedenfalls zahlst du den Laptop in bar, mit Kapuzenpulli an und Kapuze auf und setzt dich dann in ein Café, wo du sonst nie hingehst, mit freiem WLAN. Und dort lädst du dir dann den TOR-Client runter.«

»Ist das schwer?«

»Kinderleicht. Steht alles hier drin.« Er wedelte mit dem zusammengetackerten Heftchen.

»Okay.« Oliver stand auf und nahm das Heft. »Ich überleg's mir mal.«

Sie gingen zur Tür.

»Hier, das brauchst du auch noch!« Marc warf ihm einen schwarzen Kapuzenpulli zu. Oliver hatte gerade noch genügend Reflexe, um den Pullover zu fangen. Er schaute auf den Schriftzug auf dem schwarzen Kapuzenpullover. Sah irgendwie nach Heavy Metal aus.

»Unleashed?«, fragte er.

Marc nickte. »'ne Death Metal Band aus Schweden.«

»Und damit soll ich rumlaufen?«

»Für den Moment. Kannst dir ja später einen anderen kaufen. Aber der Name passt doch!«

»Unleashed? Entfesselt?«

»Ja.« Marc kniff ein Auge zu. »Genauso wie wir und Narcobay. Wir mischen den Markt auf, Kumpel. Darum haben wir uns wiedergetroffen. Es war Vorsehung. Ja, das war es!«

Im Taxi schaute Oliver auf sein Handy. Bei den Finanznews war eine kurze Notiz. Jochen Warner, ein Finanzjournalist, war erschossen in einem Frankfurter Kino aufgefunden worden. Oliver hatte ab und zu mal Artikel von ihm gelesen. Tot im Kino gefunden. Die Reinigungskräfte hatten ihn entdeckt, als das Licht nach der Vorstellung wieder angeschaltet wurde.

Dauernd stirbt jemand in Frankfurt, dachte Oliver. Erst der Bankvorstand, dann der Journalist. Aber er war zu müde, um noch länger darüber nachzudenken.

Zu Hause angekommen, wankte er ins Gästezimmer, zog sich noch schnell Schuhe und Hose aus, ließ sich aufs Gästebett fallen und war in Sekunden eingeschlafen.

KAPITEL 3

LEIPZIG, JULI 2015
Hauptbahnhof

Jasmin traf Antonija am Leipziger Hauptbahnhof. Der ICE von München nach Berlin fuhr über Leipzig. Sie war aus dem einen Zug gestiegen, um dann den nächsten ICE eine Stunde später zu nehmen.

Sie schaute sich um. Ein sehr schöner Bahnhof war das hier in Leipzig, wenn sie das mit dem überdimensionalen Geräteschuppen verglich, der sich Münchner Hauptbahnhof nannte. Einzig das Gedudel aus den großen Lautsprechern, die an der Decke montiert waren, ging ihr zunehmend auf den Geist.

Sie standen an einem Stehtisch eines Cafés und hatten beide einen Kaffee vor sich. Antonija trug eine enge, schwarze Hose und eine schwarze Lederjacke. Schwarze Haare. Dunkle Augen. Der Name *Schwarze Witwe* hätte zu ihr gepasst, aber um Witwe zu sein, musste man vorher mal verheiratet sein, und mit irgendjemandem liiert zu sein, passte nicht zu Antonija. Wahrscheinlich würde der jeweilige Kerl auch nicht viel zu lachen haben. Aber genau wusste Jasmin nicht, ob Antonija in einer Beziehung steckte oder nicht. Eigentlich war Jasmin überrascht, wie wenig sie über ihre Informantin wusste.

Was sie wusste, war, dass nicht alles legal war, was Antonija machte.

»Schon mal vom Assassination Network gehört? Dem Attentäter-Netzwerk?«, kam Jasmin gleich zur Sache.

Antonija blies in ihren Kaffee. »Natürlich.« Sie sagte das so, als hätte Jasmin gefragt, ob sie eine Erfindung namens Fernsehen kannte. »Das ist doch die Seite, wo du auf den Todestag einer Person wetten kannst. Bis jemand denkt: Ich kriege das Geld im Pott, indem ich den Tag richtig voraussage. Und wie mache ich das? Ich bringe die Person einfach um.«

»Woher weißt du das eigentlich alles?«

»Ich lebe davon, dass ich Firmen dazu berate. War vor einiger Zeit bei Google Gruyere. Google bezahlt Hacker dafür, dass sie Schwachstellen in den Programmen aufdecken. Fünfhundert Euro für kleinere Security-Fehler. Fünfzigtausend, wenn man einen Google-Laptop knackt.«

»Und? Geschafft?«

»Leider noch nicht. Aber ich weiß, was alles möglich ist. Du kannst mittlerweile Fingerabdrücke von einem Bierglas in der Kneipe ziehen und damit einen Sensor austricksen, der nur den richtigen Fingerabdruck durchlässt. Du kannst hochauflösende Fotos von Leuten machen, die Augen auf den Bildern vergrößern und damit eine Maschine, die einen Iris-Scan macht, austricksen.«

Jasmin trank von ihrem Kaffee.

»Sonst was Neues? Was könnte wichtig sein in Zukunft?«

»Der Gründungstag des Islamischen Staates jährt sich am 29. Juni zum ersten Mal. Wusstest du, dass der 29. Juni in der katholischen Kirche das Hochfest von Petrus und Paulus ist?«

Jasmin schüttelte den Kopf. »Nein, das wusste ich nicht.«

»Ist sicher kein Zufall. Petrus und Paulus sind beide in Rom gestorben. Und Ziel des Islamischen Staates wird es über kurz oder lang sein, Rom einzunehmen.«

»Meinst du?«

»Was sonst? Offiziell jedenfalls. Die wichtige Frage ist aber eine ganz andere. Die Frage ist, ob Abu Bakr al Baghdadi wirklich der Boss von dem Laden ist, oder nur eine Marionette.«

»Von wem zum Beispiel?«

»Von Waffenhändlern zum Beispiel? Die wollen, dass der Kampf Schiiten gegen Sunniten weitergeht.«

»Iran gegen Irak Krieg 2.0? So wie in den Achtzigern?«

»Zum Beispiel. Die Gewichte verschieben sich zurzeit. Der Islamische Staat spaltet. Und gleichzeitig führt er zu seltsamen Allianzen. Iran und die USA, Saudi-Arabien und Israel. Manche sagen auch, Israel und al-Qaida.«

»Israel und al-Qaida?« Das hatte selbst Jasmin noch nicht gehört.

»Ein Teil von al-Qaida ist gegen den Islamischen Staat. Unter anderem auch deswegen, weil sie ihnen die Show stehlen. Aber zu al-Qaida und Israel: Hast du schon mal davon gehört, dass es einen Anschlag von al-Qaida in Israel gab? Obwohl die ja nicht gerade zu den Juden-Liebhabern gehören, die Jungs von al-Qaida?«

»Nein. Genauso wenig wie in Dubai.«

»Könnte einen Zusammenhang haben.« Antonija nickte wie eine Lehrerin. »Aber einer der größten Feinde von al-Qaida, aber auch von IS, ist Syrien. Und das ist auch ein großer Feind von … na?«

»Von Israel.«

»Richtig.« Antonija warf ihre dunklen Haare nach hinten. »Die alte Weisheit des Krieges: Der Feind meines Feindes ist mein Freund! Nur: Während Israel aufmerksam ist, pennt Deutschland tief. Mit einem syrischen Pass kann man Asyl in Deutschland beantragen. Und sich in Deutschland frei bewegen.

Da gibt es im Dark Web eine ganze Armada von *Wie reise ich als Dschihadist nach Deutschland ein*-Seiten. Oder irgendwelche islamistischen Einpeitscher gehen in die Flüchtlingsheime, wo die Leute tagein, tagaus nur rumsitzen und nichts machen dürfen, und sagen denen: *Hey, ihr hockt hier rum, dürft nichts machen, habt kein Geld, die deutschen Frauen laufen mit knappen Röcken in den Straßen rum, aber ihr dürft nicht ran. Wisst ihr, dass die das extra machen, um euch zu demütigen? Wie wär's, wenn ihr bei uns mitmacht? Und es hier mal richtig krachen lasst? Im wahrsten Sinne des Wortes?*« Antonija hielt kurz inne. »Das solltet ihr euch mal anschauen. Such dir einen toten Syrer auf den Schlachtfeldern, der aussieht wie du, nimm seinen Pass, und ab geht's nach good old Germany.«

Jasmin schaute verkniffen drein. »Da unten gibt's verdammt viele tote Syrer, oder?«

Antonija nickte. »Und verdammt viele Pässe, die diese toten Syrer nicht mehr brauchen, aber noch bei sich tragen.«

»Rechnest du mit einem Anschlag? In Deutschland?«

»Noch nicht. Vielleicht bald, wenn sie endlich genug Terroristen hier vor Ort haben. Die können sich ja auch bequem über soziale Netzwerke radikalisieren. *Familienfreundliche Radikalisierung im Home Office.*« Sie verzog das Gesicht, was wohl ein Lächeln sein sollte. »Vielleicht ist Deutschland auch als Rückzugsraum für Islamisten zu wichtig. Leute, die Molotowcocktails in fremde Häuser schmeißen, würden das trotzdem nicht in ihrem eigenen Haus tun. So ähnlich ist das mit Deutschland und den Islamisten. Aber die Einpeitscher sind sicher schon unterwegs und bereiten ihre Leute vor. Und dann irgendwann?« Sie zuckte die Schultern. »Wenn Deutschland zu sehr mit den USA kooperiert, Truppen in die Kriegszonen schickt, die Gesetze verschärft, nicht mehr den Schwanz einzieht ... Dann könnte es knallen. Eure Politiker wissen das. Darum lassen sie den Islamisten weitgehend freie Hand.«

»Tja …« Jasmin wusste nicht, was sie besser finden sollte. Eine schleichende Islamisierung Deutschlands, die sich nur langfristig vollzog, oder einen Terroranschlag sofort. »Und die Pässe kriegen sie von den toten Syrern?«

Antonija winkte ab. »Eigentlich ist das ein alter Hut. Der Islamische Staat ist ja wirklich ein Staat. Der hat mittlerweile so viele Provinzhauptstädte in Irak und Syrien unter seiner Knute, dass er auch eine Menge Meldeämter und Pass-Druckereien hat. Der druckt sich die Pässe, die er braucht, einfach selbst.«

»Dann brauchen die gar keine deutschen Dschihad-Auswanderer?«

Antonija lachte. »Eure komischen Auswanderer, die sich freiwillig für den Islamischen Staat melden. Das muss man sich mal vorstellen. Die saßen gestern noch im Reihenhaus bei ihren Eltern in Hannover-Langenhagen und gucken *Big Bang Theory*, und morgen fuchteln sie in der Wüste mit 'ner Kalaschnikow rum. Das ist doch echt so eine neue Hitlerjugend, die ihr da habt.«

»Tja, die kehren nur irgendwann zurück.«

»Oder auch nicht. In der IS-Führungsriege sind viele ehemalige Offiziere des Baath-Regimes von Saddam Hussein. Die wissen genau, welche Truppen man wofür einsetzt. Die guten für die wichtigen Kampfeinsätze, die schlechten für die Himmelfahrtskommandos. Die Deutschen gehören zu Letzteren. Die enden meist als Kanonenfutter oder als lebende Bomben. Die machen das sogar gern. Ihr habt ja auch damals bei *Wollt ihr den totalen Krieg* ›Ja‹ geschrien.«

Jasmin verzog das Gesicht. Antonija äußerte sich häufig abfällig über Deutschland. Und in vielen Belangen, das musste Jasmin zugeben, hatte sie auch recht. Dabei hatte Jasmin noch immer nicht herausgefunden, woher Antonija eigentlich kam. Wahrscheinlich aus dem ehemaligen Jugoslawien. Vielleicht Kroatien? Wobei sie dann für ihre Heimat offenbar auch nicht viel übrighatte. Den Satz von Bismarck, *Der Balkan ist nicht die*

Knochen eines einzigen pommerschen Grenadiers wert, hatte Jasmin auch schon ein paarmal von ihr gehört. Wahrscheinlich war sie wie das Verbrechen. Genauso global und genauso staatenlos.

»Die deutschen Dschihadisten enden meist als Kanonenfutter oder Selbstmordattentäter«, fuhr Antonija fort, »weil die einfach schlecht ausgebildet sind. Was soll man mit denen sonst machen? Von daher können die IS-Leute auf die deutschen Heimkehrer scheißen. Die brauchen sie gar nicht. Die schicken einfach ihre Elitetruppen mit den gedruckten Pässen nach Deutschland.«

»Weil die Deutschen eh nicht zurückkommen?«

»Richtig.« Antonija trank von ihrem Kaffee. »Jedenfalls nicht in einem Stück.«

Jasmin überlegte ein paar Sekunden. Nach dieser Breitseite an Zynismus, gepaart mit analytischer Schärfe, wie sie meist nur von Antonija kam und von der sie gar nicht wissen wollte, woher Antonija immer all diese Informationen hatte und was sie sonst noch so machte, sehnte sie sich nach zu Hause. Nach Lutz und besonders nach ihrer Tochter Carla. Nach etwas Festem, Vorhersehbarem, Vertrauenswürdigem. Heile Welt. Auch wenn das total kitschig klang.

»Hast du dazu Informationen? Schriftlich?«

Antonija lächelte wieder ihr Lächeln, das Jasmin irgendwie an den Joker aus Batman erinnerte. »Klar. Was man schwarz auf weiß besitzt, kann man getrost nach Hause tragen. War das nicht Goethe?«

»Kann sein. Lädst du mir das auf den Server? Du weißt schon?«

»Klar. Wie immer.«

»Du hast was für mich«, sagte Jasmin, »ich hab was für dich.« Sie zog einen Umschlag hervor und reichte ihn Antonija. Antonija wurde nur in bar bezahlt. Und sie wurde gut bezahlt.

Jasmin schaute auf die Anzeigetafel. Der ICE nach Berlin fuhr in sechs Minuten. Gleis 11.

Es war Zeit, nach Hause zu kommen.

KAPITEL 4

MOSKAU, JUNI 2010
Forschungskomplex Skolkowo

Victor Ivanow, der Chef des FSB, stand mit Ivan Ogarew, dem neuen Leiter des Forschungskomplexes von Skolkowo, vor einer gigantischen Glasfront, von der aus man auf ein riesiges Atrium schauen konnte. Draußen vor der Glaskuppel ging die Sonne in einem Meer von Flammen unter, und die Lichter von Moskau glitzerten am Horizont.

»Sie sind der neue Leiter von Skolkowo«, sagte Ivanow, »das sollte Sie mit Stolz erfüllen.«

»Das tut es auch, Genosse Ivanow«, sagte Ogarew, dem man ansah, dass er nicht genau wusste, was er darauf erwidern sollte. »Aber gestatten Sie eine Frage?«

»Meistens ja.«

»Mein Vorgänger. Ähm, man sagt, er sei plötzlich verschwunden?«

»Josef Shestakow? Tja, er war nicht mit dem nötigen Ernst bei der Sache und hat sich überlegt, etwas anderes zu machen.«

»Wo?«

»Soweit ich weiß, in den USA. Am MIT oder so ähnlich. Aber lassen Sie uns über die Zukunft reden.« Ivanow lehnte die Hände auf die Brüstung und schaute in die Weite des Atriums, in dessen Mitte ein Baum hervorwuchs. Irgendwann würde er so groß werden, dass er das ganze Atrium einnahm.

»Es ist so«, begann Ivanow, »was das Internet angeht, sind wir noch weit hinter China. Wir müssen nicht nur dafür sorgen, dass sich die Datenspeicher aller Internetfirmen, die sich mit Russland befassen, auch auf russischem Territorium befinden, auch die von Google, Facebook und wie sie alle heißen. Wir müssen nicht nur dafür sorgen, dass wir mit gewissen Ländern wie China Abkommen schließen, dass wir gegenseitig auf Cyberangriffe verzichten, wir müssen vor allem dafür sorgen …«, er wandte sich Ogarew zu.

»… dass wir selbst eine Macht im Internet werden?« Ogarew beendete den Satz.

»Richtig, Genosse! Und nicht nur im oberflächlichen Internet. Im Clear Web, wie man so schön sagt. Sondern auch im …«

»… im Dark Web?«

»Sie verstehen alles.« Ivanow klopfte Ogarew auf die Schulter. Er erzählte ihm die Geschichte von dem Tiefseeanglerfisch, der die Unbedarften fing – und fraß. Ogarew hörte andächtig zu.

»Tiefseeanglerfisch ist schön«, sagte Ogarew, »aber warum nehmen wir nicht gleich einen Wal? Der ist noch größer und mächtiger. Und das Dark Web, das ist das tiefe weite Meer, der riesige Ozean. Und wir … wir sind … Moby Dick!«

»Und Captain Ahab, der Waljäger, hat nur ein Bein und ist daher wahrscheinlich auch zu langsam«, ergänzte Ivanow. Sowohl er als auch Ogarew kannten den Klassiker von Herman Melville.

»Richtig. Außerdem fehlt diesen selbsternannten *Walfängern* der Respekt vor dem Meer. So sagte es schon der Steuermann Starbuck in Moby Dick: ›Ich werde keinen Mann auf meinem Walfänger dulden, der *keine* Angst vor einem Wal hat.‹«

»Vollkommen richtig.« Ivanow nickte. »Sie verstehen, worum es uns geht. Und darum«, er wandte sich Ogarew zu, »brauchen wir Sie! Wenn es so weit ist, brauchen wir Sie. Und Experten. Viele Experten. So viele Sie nur mobilisieren können. Die besten! Wir sind der Leviathan. Und was braucht der Leviathan, um zu überleben?«

Ogarew überlegte. »Wenn er nicht gerade Captain Ahab das Bein abbeißt, braucht er … Plankton!«

»Und wie viel?«, fragte Ivanow. Es war eine rhetorische Frage, um Ogarew zu prüfen.

»Zig Tonnen?«

»Vielleicht Hunderte.«

»Wann?«

»Sobald ich es Ihnen sage. Das kann schon nächste Woche sein.«

Ogarew schritt ein paar Meter vor der Balustrade auf und ab und blieb dann vor Ivanow stehen. »Nun, mein lieber Genosse Ivanow«, sagte er. »Mobilisieren kann ich vieles. Wobei *Hunderte Tonnen* schon eine ganz schöne Hausnummer sind. Aber unmöglich ist nicht russisch, wie wir so schön sagen.« Offenbar hatte er sein Selbstbewusstsein wiedererlangt. »Und schön ist es auch, mit Ihnen über das Meer zu sprechen, über Wale, über Moby Dick oder auch über Tiefseefische. Und wir hier in Skolkowo sind nur zu bereit, Ihnen alles zu bauen, was Sie wollen. Nur dafür brauchen wir Geld. Wie sieht es aus mit der Finanzierung?«

»Die Finanzierung ist in vollem Gange«, sagte Ivanow, »und die Refinanzierung auch.«

»Sicher?«

»Ganz sicher. Alle Anleger und auch der russische Staat werden ihr Geld bald wiedersehen. Zusammen mit einem sehr attraktiven Zins.«

»Darf ich mir gestatten, eine Sache zu fragen, Genosse Ivanow?«

»Wenn Sie mir gestatten, eventuell nicht zu antworten.« Ivanow grinste. Es war ähnlich formuliert wie der alte Spruch von Lenin: *Gestatten Sie mir, Genosse Lenin, in der Presse schlecht über Sie zu schreiben? – Ja, wenn Sie mir gestatten, dass ich Sie dann erschießen lasse.*

»Wo kommt das Geld her?«

Ivanow zuckte die Schultern. »Wir hatten gerade darüber gesprochen, lieber Genosse Ivanow. Aus den Tiefen des Ozeans.«

Mehr würde Ogarew von Ivanow dazu nicht erfahren. Das wusste er.

Jedenfalls nicht heute.

KAPITEL 5

BERLIN, JULI 2015
Potsdamer Platz

Am nächsten Tag fühlte sich Olivers Kopf mehrere Nummern zu groß an, sein Gaumen schmeckte nach Tapetenkleister und seine Zunge wie ein fauliger Fisch, der die ganze Nacht in seinem Mund gelegen hatte.

Er schaute auf die Uhr.

12:40 Uhr.

Verdammt, dachte er, er hatte die ganze erste Hälfte des Handelstages verpasst. Toll, wenn man im Vollrausch bis mittags schlief, anstatt zu versuchen, seine Verluste vom Vortag wieder wettzumachen. Wieso hatte er eigentlich so viel gesoffen?

Er hatte keine Lust, darüber nachzudenken, vor allem, da sein Kurzzeitgedächtnis ihn, wahrscheinlich alkoholbedingt, ohnehin im Stich lassen würde. Daher ging er mit wackeligen Beinen unter die Dusche und nahm eine Tablette Aktren. Aktren war eine Kapsel mit flüssigem Ibuprofen im Inneren und war nicht einmal verschreibungspflichtig. Und wenn er einen richtig dicken Kopf hatte, half das deutlich besser als Aspirin oder Paracetamol. Weniger saufen hätte wahrscheinlich auch geholfen, aber das lag in der Vergangenheit und war jetzt, in der Gegenwart, nicht mehr zu ändern. Das hatte er als Trader gelernt:

Ärger dich nicht über die Vergangenheit. Die ist gelaufen. Die Zukunft kannst du ändern. Nicht die Vergangenheit. Und ein Terminator, der in einer Zeitmaschine in die Vergangenheit reiste und dort noch etwas ändern konnte, war er nun einmal nicht. Abgesehen davon, dass Zeitreisen in die Vergangenheit offenbar bis in alle Ewigkeit unmöglich waren. Sonst müssten doch irgendwann mal Besucher aus der Zukunft auftauchen.

Er ging nach unten. Auf dem Küchentisch fand er einen Zettel von Nina. Sie teilte ihm mit, dass sie heute den ganzen Tag im Betahaus arbeiten würde. Und da man dort nicht telefonieren dürfe, sollte er ihr eine SMS schreiben, wenn er denn mal wach wäre.

Immerhin, dachte er, total beleidigt war sie nicht. Er beschloss, die SMS später zu schreiben und erst einmal einen Kaffee zu trinken. Mit dem Kaffee in der Hand – etwas Essbares bekam er erst einmal nicht herunter – ließ er sich in den Schreibtischsessel vor seinem Trader Terminal fallen und wollte gerade den Rechner hochfahren, als ihm das Bündel von Blättern auffiel, das von einer Heftklammer zusammengehalten wurde.

Einstieg ins TOR-Netzwerk, stand darauf.

Und dann erinnerte er sich! Das Dinner gestern Abend, Soho House, der Streit mit Nina. Und dann der dubiose Besuch bei Marc. Marc war es, der ihm diese Anleitung mitgegeben hatte. Irgendwie spürte er ein Bedürfnis, Nina anzurufen, scheiß auf das Telefonverbot im Betahaus. Er griff zum Handy und wählte die Nummer. Der Anruf sprang sofort auf die Mailbox. Na klar, Nina schien das Telefonverbot wirklich ernst zu nehmen. Was für eine schwachsinnige Regelung, nicht telefonieren zu dürfen. Andererseits, dachte er, würde es ihn auch nerven, wenn er in einem Großraumbüro arbeitete und rechts und links alle in die Apparate brüllten.

Dann also zum nächsten Thema. Er überflog mit müden und roten Augen das Pamphlet, das Marc ihm gegeben hatte. Griff wieder zum Handy. Rief Marc an. Auch nur die Mailbox. *Mein Gott, weiß heute keiner mehr, wie man ein Telefon bedient?*

Er dachte an das, was Marc ihm gesagt hatte: *Kauf dir einen Billig-Laptop bei Saturn oder Media Markt. Bei einem Geschäft, das nicht ganz in der Nähe von dir ist. Zahl in bar. Und zieh den Kapuzenpulli an.*

Sollte er es machen?

Was hatte ihm Marc noch gesagt? Drogen über das Internet? Startkapital fünfzig- bis siebzigtausend. Maximal. Aber 70 Prozent der Einnahmen würden erst einmal bei Oliver hängenbleiben. Und die Margen im Drogengeschäft waren verdammt gut. Und sie würden eh nur die Plattform betreiben und mit dem Stoff gar nicht in Berührung kommen. Und wie hatte Marc die Plattform noch genannt? Narcobay? Eigentlich ein toller Name. Aber war so etwas nicht illegal?

Legal, illegal, scheißegal.

Was sollte er tun?

Er merkte es gerade. Irgendetwas in ihm hatte ihm die Entscheidung schon abgenommen. Er zog den albernen Heavy-Metal-Kapuzenpulli an, massierte noch einmal seine Schläfen, trank den Kaffee aus, überlegte, ob er noch eine Aktren nehmen sollte, entschied sich dann aber dafür, erst einmal die erste wirken zu lassen, die er vor nicht einmal zehn Minuten genommen hatte. Dann nahm er seine EC-Karte, um Bargeld abzuheben, nahm den Schlüssel zum Fahrradkeller – *mit dem Restpromillegehalt fahre ich lieber nicht Auto, so viel Glück, wie ich derzeit habe* –, verließ die Wohnung und fuhr den Fahrstuhl hinunter Richtung Keller.

KAPITEL 6

IM WESTEN VON FRANKFURT AM MAIN, JANUAR 2015

Bad Soden am Taunus

Dr. Rudolf betrat seine Wohnung. Den Bungalow in Bad Soden.

Noch im marmorgetäfelten Entree zog er seine teuren Pferdelederschuhe aus, ging auf Socken zur Bar und goss sich einen Cognac ein. Hennessy. Den hatte auch Churchill schon gemocht, und so fühlte er sich auch. Wie eine Mischung aus Winston Churchill und Thomas Buddenbrook. Als er links am Bad vorbeilief, fiel ihm ein, dass er heute schon wieder seine Blutdrucktabletten nicht genommen hatte. Er sollte sie nehmen. Denn das, was er gehört hatte, war wenig geeignet, seinen Blutdruck zu senken. Doch dann wurde der Gedanke schon wieder beiseitegefegt, denn Dr. Rudolf dachte sofort an das Telefonat. Den Brief im Postfach. Das Angebot.

Er musste nach draußen an die frische Luft. Auch wenn es kalt und winterlich war, fror er nicht. Ganz im Gegenteil. Hitze stieg in ihm auf, die seine Wangen rötete, ihm den Schweiß ausbrechen ließ und seine Gedanken vernebelte.

Er ging mit dem Cognacglas nach draußen auf den Balkon, der den Hügel überblickte. Schaute auf die Hügel des Taunus, die in der Dunkelheit dieses späten, diesigen Winternachmittags lagen. Schaute auf den Brief, den er in der Hand hielt.

Er *musste* diese Sendung haben, komme, was da wolle.

Das Anleihenprogramm, dachte er. *Sechzig Milliarden im Monat. Und so wie er Draghi und die anderen Direktoren kannte, würden sie das Programm verlängern, wenn nötig.*

Eine Menge Geld würde die Konten der EZB verlassen. Derart gigantische Summen, dass es niemandem auffallen würde, wenn jemand irgendwann mal einen Teil davon abzwackte. *Einen klei-*

nen Teil. Wobei ein kleiner Teil in diesem Zusammenhang riesig sein konnte.

Er dachte nach: Ein paar hundert Millionen im Monat würde man sehr einfach abzwacken können. Jedenfalls, wenn die Kontrollsysteme hinreichend manipuliert waren und er selbst nun einmal zufällig Leiter der Abteilung für IT-Security in der EZB war. Eine Abteilung, die einiges manipulieren konnte.

Sollte er sich moralisch schuldig fühlen? Nein, das war doch gar kein richtiges Geld, die EZB schuf doch nur Geld ohne Gegenwert.

Er erinnerte sich an den alten Spruch des Großbankiers J. P. Morgan: »Nur Gold ist Geld. Alles andere ist Kredit.«

Also, keine Gewissensbisse.

Wenn jeder an sich selbst denkt, dachte Rudolf, *ist an jeden gedacht.*

Und jetzt würde er einmal an sich selbst denken.

Auf diese Weise würden seine Kooperationspartner das Geld bekommen.

Und er ein für immer sorgloses Leben. Weit weg von allem.

Und zudem noch *die Sendung.*

Er blieb auf der Terrasse stehen, obwohl es draußen nur feuchte und unangenehme acht Grad warm war. Oder besser kalt. Richtigen Winter gab es in Deutschland seit einigen Jahren nicht, nur eine nasskalte, sechsmonatige Finsternis. Aber unangenehm war es dennoch. Doch der Cognac wärmte ihn, und er würde einen kühlen Kopf brauchen. Und da war es ganz gut, auch ein bisschen zu frieren.

Er stellte die Funktion zum anonymen Anruf auf seinem Handy ein und wählte eine Nummer.

KAPITEL 7

BERLIN, JULI 2015
Neubau des Bundesnachrichtendienstes BND

Als Jasmin am Berliner Hauptbahnhof ins Taxi stieg, kam es ihr vor, als wäre sie jahrelang nicht zu Hause gewesen und nicht nur eine Woche. Was sicher auch daran lag, dass ihr abwechselnd ihre Mutter und Lutz auf die Mailbox gesprochen hatten. Im Zug hatte sie keinen Empfang gehabt, was Jasmin auch nicht sonderlich störte, da sie auf der letzten Strecke der Fahrt von Leipzig nach Berlin wenigstens eine gute Stunde Zeit für sich hatte.

Doch sie fuhr noch nicht nach Hause. Ihr Zwischenziel war das neue BND-Hauptquartier, wo auch Nemesis seine Zentrale hatte. Das neue Hauptquartier passte zum neuen Selbstbewusstsein des Nachrichtendienstes, dem schon sein vorheriger Präsident Gerhard Schindler mehr Energie einhauchen wollte, getreu seiner Devise *No risk, no fun.*

Die Abteilung Nemesis war innerhalb des BND und BKA überall und nirgendwo angesiedelt. Sie war einerseits im BND angehängt an die Abteilung 5, Operative Aufklärung / Auswertung im Bereich *Organisierte Kriminalität und Terrorismus,* und an die Abteilung 2 namens *Technische Beschaffung,* die die fernmeldeelektronische Aufklärung und Kommunikationsüberwachung innehatte. Wenn Jasmin schon das Wort *fernmeldeelektronisch* hörte, klang das mehr als altmodisch. Andererseits war ihre Einheit innerhalb des BKA an die Gruppe SO4 bei der *Schweren und Organisierten Kriminalität* angehängt. Besser klingen würde CCU, also Cyber Crime Unit. Oder gleich der inoffizielle Name *Nemesis.* Denn das klang viel mehr nach den gesetzlos guten, aber harten Ermittlern der US-Serie *24* als nach gesetzestreuen deutschen Beamten mit Pensionsberechtigung.

Doch einiges hatte sich gewandelt. Nach dem Zweiten Weltkrieg war der Dienst aus der Abteilung »Fremde Heere Ost« in Hitlers Generalstab von General Reinhard Gehlen in einen Ableger der CIA und schließlich in den Bundesnachrichtendienst verwandelt worden. Gehlen hatte damals fünfzig Offiziere unter sich, die man heute *Case Officers* nennen würde, und er hatte alle Geheimnisse über die Rote Armee und die Sowjetunion in fünfzig wasserdichten Stahlkisten in den Alpen vergraben. In der – richtigen – Vorausahnung, dass diese Informationen für die US-Armee interessant sein würden. Was sie dann tatsächlich waren.

Und so beschloss das Kabinett Adenauer im Jahr 1955, die *Organisation Gehlen,* wie sie damals noch hieß, aus der CIA herauszulösen und in einen eigenständigen deutschen Auslandsgeheimdienst umzuwandeln. Und auch heute, im Zeichen des Terrors, wurde wieder aufgerüstet, sosehr sich auch Ressler darüber aufregte, dass es niemals genug war. Dreihundert Millionen in den nächsten Jahren im Rahmen der »Strategischen Initiative Technik«, mehr und mehr Einsätze direkt an den Fronten im Nahen Osten und ein großzügiger Umgang mit Informationslieferanten, wie man es sonst eher von der CIA kannte. Als zum Beispiel der Iraner Ali A. 2008 wegen Waffenexport von einem deutschen Gericht zu drei Jahren Gefängnis verurteilt werden sollte, war er plötzlich verschwunden. Denn seine Tarnung als Waffenexporteur war erforderlich gewesen, um dem BND einige delikate Informationen zuzuschieben. Und Ali A. war denn auch nicht *weg,* sondern saß bei der Urteilsverkündung bereits im Flugzeug nach Kanada, First Class, mit einem großen Koffer Bargeld auf den Knien.

Das neue Gebäude des Bundesnachrichtendienstes in der Chausseestraße war riesig. Zweihundertsechzigtausend Quadratmeter war es groß und würde einmal viertausend Mitarbeiter beherbergen. Dort, wo jetzt das neue Hauptquartier stand, war früher einmal ein Cross-Golfing-Platz gewesen und davor eine Brache aus Ruinen und windschiefen Grashalmen, wie so oft im Berlin der nuller Jahre.

Mit zweihundertdreiundachtzig Metern Länge sah das neue BND-Gebäude aus wie ein riesiges PC-Gehäuse oder ein Server, in deren gigantischen Laufwerken alles gespeichert wurde, was man speichern konnte. Wobei der BND längst nicht so speicherwütig wie die NSA war. Dennoch: Wer seine Nase gern in Dinge hineinsteckte, und das taten alle Geheimdienste, wollte dabei dennoch nicht beobachtet werden. Genauso wenig, wie der gesehen werden will, der durchs Schlüsselloch blickt. Abgedunkelte und abhörsichere Fenster schützten so auch die Räume des BND vor Lauschangriffen, aber ansonsten wurde das Gebäude offenbar nicht sonderlich geschützt, dachte Jasmin. Sonst wäre es im März 2015 sicher nicht möglich gewesen, dass Unbekannte einfach die angeblich schwer bewachte Baustelle betreten konnten, um die Wasserhähne abzumontieren und Teile des Gebäudes zu fluten. Der Schaden ging in die Millionen. Und Deutschland und der BND standen mal wieder wie die letzten Idioten da, nachdem nach der Teppich-Affäre vom damaligen Entwicklungsminister Dirk Niebel endlich einmal Ruhe eingekehrt war.

Die Teppich-Affäre im Jahre 2012. Der BND hatte damals einen geschenkten Teppich des Ministers in einer Maschine des Geheimdienstes aus dem Nahen Osten nach Deutschland transportiert, ein Teppich, der offenbar nicht ordentlich verzollt war. Das Ganze wurde dann in den Medien reichlich aufgebauscht. Viel schlimmer als die Tatsache, dass der Minister seinen Teppich nicht verzollt hatte, fand Jasmin allerdings damals die Tatsache, dass der Auslandsgeheimdienst Deutschlands offenbar nicht in der Lage war, einen Teppich zu transportieren, ohne dass die ganze Welt davon Wind bekam. Denn für Jasmin hatte das Wort *Geheimdienst* entscheidend mit *geheim* zu tun. Aber vielleicht machte sie es sich da auch zu einfach.

Sie blickte sich in ihrem Büro um. Auf ihrem Tisch einige Berichte in einer Mappe. *Revenge porn* war ein neuer Trend im Internet. Kunden, besonders Männer, konnten dort obszöne Bilder von ihrer Ex-Freundin posten. Was einmal als vertrautes Foto zwischen zwei Menschen gedacht war, wurde auf diese Weise zum Pranger der digitalen Welt.

Myex.com war eine dieser Seiten. *Get revenge,* war der Untertitel. Als Logo ein in der Mitte gebrochenes Herz, *My* auf der linken, *Ex* auf der rechten Seite. Alles durfte auf der Seite gepostet werden, nur keine Nacktfotos von Menschen unter achtzehn, da war der Webseitenbetreiber offenbar rigoros, wenn ihm auch alle sonstigen Demütigungen, die auf der Seite geäußert wurden, herzlich egal waren.

Sie überflog das Dossier. Dort stand auch, dass sich einige Frauen wegen solcher Bilder schon umgebracht hatten und dass es sogar Seiten gab, auf denen man auf den baldigen Suizid dieser Frauen wetten konnte.

Ihr Bürotelefon klingelte. Es war die Nummer von Frau Breuer, der Sekretärin von Jürgen Kunhardt, dem Chef des BND. Breuer hatte aufgrund ihrer eindrucksvollen Körpergröße und ihrer rigorosen und schnörkellosen Art innerhalb des BND den Spitznamen *Herr Breuer,* und immer wenn sie anrief, fühlte Jasmin einen leichten Stich in ihrem Magen.

»Kommen Sie mal kurz vorbei, wenn Sie Zeit haben?«, fragte Breuer. *Wenn Sie Zeit haben,* dachte Jasmin. Was für ein Quatsch. Für den Chef des BND hatte jeder Zeit zu haben, und zwar sofort. Sie machte sich auf den Weg.

Jürgen Kunhardt saß an seinem großen Schreibtisch, die internationalen Zeitungen gestapelt in einer Ecke, die Unterlagen und Briefings in einer anderen, ein Notizbuch in der dritten Ecke. Ansonsten war der Schreibtisch leer, bis auf die obligatorische Packung von Nikotinkaugummis, die er wie ein Wahnsinniger kaute, seitdem er vor einem Jahr mit dem Kettenrauchen aufgehört hatte.

»Nehmen Sie Platz, Frau Walters. Herr Ressler ist auch in der Leitung. Aus Europol.«

Also war Ressler nach der Konferenz in München wieder nach Den Haag geflogen. Jasmin setzte sich vorsichtig auf den Stuhl vor Kunhardts Schreibtisch.

»Bitte, Herr Ressler«, gab Kunhardt das Signal für den Beginn der Telefonkonferenz.

»Wir haben die berechtigte Annahme, dass in Moskau gerade etwas Großes entsteht«, sagte Ressler. Seine Stimme klang blechern durch das laut gestellte, aber abhörsichere Telefon. »Etwas, das mit dem Internet zu tun hat.«

Kunhardt lehnte sich zurück und zog die Augenbrauen herunter. »Die Überwachung Russlands hat eine hohe Priorität für den BND und auch für Nemesis, aber wir sollten die Kirche im Dorf lassen. Wunsch der Regierung ist es, den Bereich Cybercrime zu bekämpfen und dort besonders das Feld Kinderpornografie.«

Wie kam Kunhardt jetzt gerade darauf?, dachte Jasmin. Vor allem das Wort *Kinderpornografie* war seltsam. Pornodarsteller machten ihren Job freiwillig und wurden normalerweise auch dafür bezahlt, was man von Kindern nicht behaupten konnte. *Missbrauchsdokumentation wäre passender gewesen.*

»Verzeihen Sie«, sagte Ressler, »aber wir sollten das Thema durchaus ernst nehmen. Frau Walters war gerade in Skolkowo und …«

»Es ist gut, über Russland Bescheid zu wissen«, sagte Kunhardt. »Ich bin ziemlich sicher, dass das BND-Bashing aus der letzten Zeit von Russland aus gesteuert wird.«

»Ja«, sagte Ressler aus dem Telefon, »nur leider ist unsere Bundesregierung zu blöd, das zu merken.«

»Unsere Einschätzung der Regierung können wir uns sparen«, sagte Kunhardt knapp. »Das Kanzleramt ist uns gegenüber nun einmal weisungsberechtigt, ob es uns passt oder nicht. Wunsch der Regierung ist zum einen die Optimierung der Cybersecurity und die massive Einschränkung der Kinderpornografie. Da sind wir mit *Sweety* schon einen großen Schritt vorangekommen.«

Sweety war ein computergeneriertes Kind, das Pädophile anlocken sollte, um an IP-Adressen von Kinderschändern zu kommen. Was durch das Dark Web allerdings immer schwieriger wurde, da dort jeder anonym surfen konnte. Oder jedenfalls um einiges anonymer als im richtigen Netz.

»Das zweite Thema«, fuhr Kunhardt fort, »ist die Cybersecurity im Hinblick auf Datensicherheit. Wir wissen, dass in Deutschland mehr als eine Million Internetrechner Teil eines Botnets sind.« Ein Botnet war eine Armee von fremdgesteuerten Computern, die alles Mögliche taten: E-Mails verschicken, bis Server zusammenbrachen, Dinge bestellen, die keiner bestellt hatte, oder Viren in Systeme einzuschleusen. Das Problem war dabei, dass die Besitzer der Computer davon meist gar nichts mitbekamen. Es war, als würde eine fremde Macht das eigene Auto kapern, um damit Leute über den Haufen zu fahren. Und das nicht nur mit einem, sondern mit Hunderten von Autos. »Diese Netze sind mittlerweile derart professionalisiert, dass auch Laien vergleichsweise einfach und kostengünstig Botnets aufbauen können. Ähnlich wie eine App im Internet.«

»Hätten wir nicht auch fast eine bekommen?«, fragte Ressler.

Kunhardt sah nicht so aus, als ob er diesen Einwand hören wollte. »Ja. Der Klassiker«, knurrte er. »Eine Mail, die sagt, dass die Speichergrenze des E-Mail-Postfachs überschritten ist. Solche Mails kommen ja auch wirklich immer. Um wieder Mails empfangen zu können, müssen Sie Mailadresse, Benutzernamen und Passwort eingeben. Manchmal auch ein PDF des Personalausweises. Phishing nennt man das. Wissen Sie ja alles.«

Ja, das kannten sie beide, Ressler und Jasmin. *Password Phishing.* Ein ganz alter Hut. Die Daten wurden nach der Eingabe abgefangen und als Log-in genutzt, etwa um das alte Konto aufzulösen und ein neues in China zu eröffnen. EC-Karte, Kreditkarte und alles Weitere wurden dann nach China geschickt. Und das Geld war weg.

»Wie auch immer«, sagte Kunhardt abschließend, »Ihre Prioritäten sind klar.«

»Sind sie das?«, fragte Ressler.

»Ja.« Kunhardts Stimme wurde säuerlich. »Sie werden Sweety weiter als Köder auslegen und möglichst viele Anbieter von Pädophilie dingfest machen. Sowohl Innenministerium als auch Familienministerium ist es damit sehr ernst. Und natürlich müssen Sie die Hackerkollektive identifizieren, die diese Botnet-Armeen verschicken.«

»Und die Pläne von Russland …?«, versuchte es Jasmin noch einmal.

»Interessieren mich erst einmal nicht.« Er schob ihr ein Dossier über den Schreibtisch. Zwischen den drei Stapeln hindurch. »Das sind Ihre neuen Prioritäten!«

Jasmin trottete aus dem Büro von Kunhardt. Warum war sie denn in Moskau gewesen, wenn das alles egal war? Es kam ihr vor, als würde Kunhardt ihr irgendetwas verschweigen. Sie hätte gerne noch mit Ressler darüber gesprochen, doch der musste schon wieder zum nächsten Termin. Wahrscheinlich forschte er noch immer an dem Tod von de Groot und dem *Attentäter-Netzwerk.*

Ihr Handy klingelte. Lutz.

»Verdammt, ich dachte, du bist schon längst in Berlin?«, wurde sie von Lutz begrüßt.

»Ich wusste nicht, dass *verdammt* mein neuer Vorname ist«, entgegnete sie mürrisch.

»Ja, aber ich muss jetzt langsam los, und deine Mutter ist erst in anderthalb Stunden hier. Wäre gut, wenn du dich ausnahmsweise auch mal um deine Tochter kümmerst. Ich habe nämlich meine Vernissage heute Abend.«

O ja, der große Künstler hat seine Vernissage, wo allenfalls mal ein Bild im Wert von fünfzig Euro verkauft wird. Wenn überhaupt. Und dafür ein halbes Jahr Vorbereitung. Manchmal fragte sie sich, warum sie nicht Single geblieben war, nachdem sie sich von ihrem früheren Mann getrennt hatte, und ob die Sache mit dem Kind nun wirklich notwendig gewesen war.

Aber dann wurde ihr klar, dass sie Lutz schlecht böse sein konnte. Schließlich hatte sie das Kind gewollt und auch diesen Job, bei dem sie ständig unterwegs war und er sich um das Kind kümmern musste. Eine sogenannte *regretting mother*, eine, die die Mutterschaft bereute, wollte sie dennoch nicht sein. Auch wenn sie es vielleicht doch war?

»Du hast recht«, sagte sie. »Ich bin in fünfzehn Minuten da. Und ich sage Mama, dass sie so schnell wie möglich kommt!«

Sie klappte ihren Laptop zu, nahm ihre Tasche und ihren Koffer und nahm den Aufzug Richtung Tiefgarage.

KAPITEL 8

BERLIN, JULI 2015
Karl-Liebknecht-Straße

Sein Handy klingelte, und Oliver ärgerte sich, dass er sein Smartphone überhaupt mitgenommen hatte. Er hatte sich entschieden, mit dem Fahrrad loszufahren und den Laptop zu kaufen. Und dann zum Alexa zu fahren. Der Saturn-Markt gegenüber des Alexa war weiter entfernt als der in der Mall of Berlin an der Leipziger Straße. Und im Alexa gab es zusätzlich noch einen Media Markt. Und er wollte ja seine Spuren verwischen. Daher war es besser, den Laden zu nehmen, der etwas weiter weg war. Nur brachte das wenig, wenn er sein Handy aus Gewohnheit mitnahm, die beste Wanze, die man dabeihaben konnte.

Es war Nina.

»Na, Liebling«, sagte er, so freundlich wie möglich.

»Na, bist du auch endlich wach?«

»Ja, klar. Wo bist du denn?« Er war froh, dass er aus alter Gewohnheit seinen In-ear-Kopfhörer ins Ohr gesteckt hatte. Gerade fuhr er die Karl-Liebknecht-Allee auf Höhe des Roten Rathauses entlang. Und hier gab es weder einen richtigen Fahrradweg noch die Sicherheit, dass man als Radfahrer diese Fahrt überlebte.

»Na, du hörst mir ja toll zu«, sagte Nina. Er war erleichtert, als er an ihrer Stimme hörte, dass sie nicht mehr wirklich böse auf ihn war. Jedenfalls nicht mehr allzu sehr. Das mochte er an ihr. Sie maulte selten herum, sondern versuchte immer, jeden Streit möglichst zielgerichtet und konstruktiv zu lösen. »Ich bin hier im Betahaus. Morgen geht es nach London. Martha Steward. Habe ich dir doch erzählt. Ich komme aber übermorgen wieder. Dachte, ich lasse dich mal schlafen heute Morgen.«

»Ach so, ja, klar! Äh, tut mir leid wegen gestern.«

»Tja, es ist wohl einiges schiefgelaufen. Du, hör mal …« Ihre Stimme wurde ernster. Und das alarmierte Oliver. »Ich habe zufällig auf deinem Schreibtisch eine von diesen Abrechnungen von deinem Online-Broker gesehen.« Sie machte eine kurze Pause, und Oliver spürte einen Stich in seinem Magen. »Ähm, ich hab ja keine Ahnung davon«, sprach sie weiter, »aber kann es sein, dass du in letzter Zeit ziemlich hohe Verluste hattest?«

»Ja, lief nicht toll in letzter Zeit«, knurrte Oliver. »Darum war ich gestern auch nicht allzu gut drauf. Aber so ist das beim Daytrading nun mal. Mal verliert man, mal gewinnen die anderen.«

»Oliver, das ist nicht witzig. Das sah so aus, als würdest du mit mehreren hunderttausend Euro im Minus stehen.«

»Ja, das hatte ich doch schon öfter«, sagte er und wich einem Fußgänger aus, der einfach so, ohne in irgendeine Richtung zu blicken, auf die Straße latschte. »Das hole ich doch ruck, zuck wieder rein. Außerdem war das nur eine zeitweilige Minusposition, die schon längst glattgestellt ist.«

»Das heißt, die Verluste sind wieder ausgeglichen?«

»Ganz genau.«

Tja, leider waren die Verluste real und das Ganze überhaupt nicht zeitweilig. Und schon gar nicht war irgendetwas ausgeglichen. Aber Hauptsache, Nina gab erst einmal Ruhe.

»Wo bist du überhaupt?«, fragte sie. »Da weht ständig der Wind, während wir sprechen.«

»Auf dem Fahrrad. Ein paar Sachen besorgen.«

»Seit wann fährst du in Berlin Fahrrad?«

»Warum nicht? Ist doch gesund? Und gut für die Umwelt!«

»Na ja … als ob dich das sonst interessieren würde!«

Oliver merkte, dass Nina ihm das alles nicht abkaufte. Aber er war zu müde, erschöpft und verkatert und außerdem gedanklich schon beim TOR-Netzwerk und dem Dark Web, um sich noch eine Ausrede auszudenken. Darum zog er es vor, gar nichts zu sagen. Was sollte er auch antworten: *Hey, die Verluste werde ich durch Daytrading nie mehr reinkriegen. Aber vielleicht durch Drogenhandel. Und zwar nicht in einem dunklen Park, sondern über das Dark Web. Damit will ich mich gerade beschäftigen und mir einen Billig-Laptop kaufen. Und den zahle ich in bar, damit keiner etwas davon mitbekommt. Und darum fahre ich auch mit dem Fahrrad, damit ich möglichst unverdächtig wirke und keiner ein Nummernschild oder so was sieht.*

Der letzte Satz von Nina erlöste ihn: »Du, ich muss Schluss machen. Wir haben gleich ein Meeting, und dann gehen wir am Moritzplatz was essen.«

»Alles Gute«, sagte Oliver, »wir hören uns später.«

Am Moritzplatz was essen, dachte er. Klar, es war ja auch schon Mittag. Er selbst würde erst einmal nichts herunterkriegen. Vielleicht gleich einen Chai Latte in dem Café mit dem anonymen WLAN, das er sich noch suchen musste und in dem er nach dem Kauf seinen neuen Laptop ausprobieren würde. Den Laptop, den Zugang und das Dark Web. Und Chai Latte war so etwas wie Getränk und Frühstück in einem.

Er sah, wie das Alexa-Einkaufszentrum sich in seiner dunkelroten Hässlichkeit vor ihm aufbaute.

Wie ein Gefängnis.

Oder ein Diktatorenpalast.

Oder beides.

KAPITEL 9

IRGENDWO IN TSCHECHIEN, 2015

Tanya hatte einen weiteren öden Tag im Kinderheim verbracht, wie so viele Tage zuvor.

Sie saß im Speisesaal. Falls man den überhaupt so nennen konnte. *Futtertrog* wäre passender gewesen. Es war furchtbar laut. Und das Essen, wie immer, einfach nur fad.

Doch dieser Tag war anders.

Denn an diesem Tag kam dieser hochgewachsene Herr. Ein Herr in feinem Anzug, begleitet von einer der Schwestern, die devot mit ihrer Schürze hinter dem fein gekleideten Herrn herwatschelte. Die Schwester war gedrungen und gebückt, als habe sie Angst, dass jederzeit die Decke über ihr einstürzen könnte. Die Schwester erwähnte kurz seinen Namen, irgendetwas mit Ja und Cze, ganz genau hatte Tanya das in dem Krach, der im Speisesaal des Heims herrschte, nicht verstanden. Ihr fiel nur auf, dass sein Aftershave ganz anders – und teurer – roch als die muffige Umgebung des Heims. Auch seine Schuhe waren anders.

»Dieser Herr wird sich um dich kümmern«, sagte die Schwester, »er hat ein schönes, großes Haus, und dort wirst du ein neues Zuhause finden. Er wird dich adoptieren.«

»Mich adoptieren?« Tanya schaute die Schwester an. Sie sollte sich eigentlich freuen, aber es war da ein Gefühl in ihr wie kurz vor dem Unfall. Kurz bevor der Knall und die Schwärze gekommen waren und ihre Eltern starben.

»Ja, dich adoptieren.« Die Schwester blickte erst Tanya an und dann den Herrn. Bei Tanya versuchte sie zu lächeln, bei dem Herrn lächelte sie richtig. Wenn auch in beiden Fällen gekünstelt.

Tanya schaute an dem Mann herauf. »Und wenn ich gar nicht mitwill?«, fragte sie. Im gleichen Moment wurde ihr klar, dass sie bestimmt etwas Falsches gesagt hatte.

Und so war es auch. »Und ob du mitwillst!«, giftete die Schwester. Es war ein Ton, der keinen Widerstand duldete. Ganz anders als der fast schon unterwürfige Blick, mit dem die Schwester den hochgewachsenen Herrn anschaute.

Der Mann schien Geld zu haben. Würde er sie adoptieren? Es sah ganz danach aus. Aber dennoch beschlich Tanya dieses komische Gefühl.

Ein paar Minuten später führten sie Tanya in einen Nebenraum. Der Mann beugte sich zu ihr hinunter.

»Ich bin Dr. Czerny«, sagte er. »Jacub Czerny.«

In dem Moment wurden ihr die Hände von der Schwester auf dem Rücken fixiert, und Handschellen klickten. Dann spürte sie einen Stoffsack auf dem Kopf und den Einstich einer Spritze.

Das Letzte, was sie merkte, war, dass man sie in ein Auto setzte. Das Auto roch gut. Es gab langsam Gas und fuhr davon.

Sie spürte, dass es ein ganz anderer Wagen war als der ihrer Eltern oder die alten Kisten aus dem Heim.

Und sie spürte noch, dass sie Angst bekam.

Sekunden später war sie schon bewusstlos geworden.

KAPITEL 10

BERLIN, JULI 2015
Kosmos, Karl-Marx-Allee

Jörg Tanner war zurück aus Silicon Valley, und »das neue große Ding«, von dem überall die Rede war, war in Berlin wie eine Bombe eingeschlagen.

Holos hieß die Wundermaschine, die wie aus dem Nichts aufgetaucht war, für einige Zeit ein recht unscheinbares Büro in der Backfabrik in Prenzlauer Berg betrieben hatte und jetzt plante, auf der Brache nahe dem Hauptbahnhof ein riesiges, kreisförmiges Hauptquartier zu errichten.

Das KOSMOS an der Karl-Marx-Allee war komplett ausgebucht, und Jörg war froh, dass seine Assistentin ihm wohlweislich eine Karte gebucht hatte. Politiker, Promis, Internet-Unternehmer, alle lauschten den messianischen Worten des Holos-Gründers Sergey Gregory, der vor einer gigantischen Multimedia-Show seinen Vortrag hielt.

Know the Unknown, war an zahlreiche Wände projiziert, so wie auch das Picasso-Zitat: *Ich suche nicht. Ich finde.*

Die Nachricht, die dazugehörte, war klar: Mit Holos, so wurde es allen eingehämmert, die sich heute in den KOSMOS bemüht hatten, hatten Europa und besonders Deutschland endlich ihr eigenes Google!

Das Portal »Holos« bot nicht nur alles, was Google auch bieten konnte, sondern konnte auch geräteunabhängig gesteuert werden. Was nicht allzu explizit erwähnt wurde, war, dass Holos genauso eifrig Daten wie Google sammelte. Zudem war es offenbar in der Lage, auch die Umgebung des Nutzers sehr viel besser wahrzunehmen, als dies eine Kamera oder ein Mikrofon jemals könnte. Das Ganze lief mit einem einfachen, kleinen Ring, den man an den Finger stecken und der von allem ein Hologramm erstellen konnte. Von Straßenkarten, Tastaturen, Orten, Häusern und Ideen. Klar, dass jeder so einen Ring haben wollte und dass dieser Ring, noch mehr als ein Smartphone, immer in der Nähe seines Nutzers sein würde und daher alles mitbekam, was sein Besitzer gerade tat. In einigen Twitter Posts war schon die Rede von dem *Einen Ring* aus dem *Herrn der Ringe,* der aus jedem Träger einen Gollum machte. Auch Bewegungsmuster konnte Holos so viel einfacher erkennen.

Sergej Gregory war Chef von Holos. Er war, so sagte er, deutscher Abstammung, aber in Russland aufgewachsen, um dann mit Mitte zwanzig nach einem Informatikstudium in Moskau nach Berlin auszuwandern. Dann erzählte er sogleich von seiner Vision einer transparenten Gesellschaft, erschaffen von seinem Unternehmen. Einem Unternehmen, das all das konnte, was die US-Internet-Konzerne auch konnten, das aber mehr auf europäischen Datenschutz achtete und Daten nur so sammelte, dass sie dem Kunden und der Gesellschaft halfen. Er malte einen Graph an einen Flipchart. Auf der x-Achse das Datensammeln, auf der y-Achse der Nutzen für den Kunden. »Nur wenn es dem Kunden etwas bringt, sammeln wir Daten. Das muss immer ausgewogen sein!«

Die Zuschauer, vor allem auch die anwesenden Politiker, waren begeistert. Nur einige kritische Stimmen murmelten, dass das Wort »Profil«, wie man es auf Facebook findet, sich ja eigentlich aus der Kriminalistik und der Verbrechersuche ableitete; daher sprach man ja auch vom Profiling. Und dass es am Ende ebenso wie bei den Silicon-Valley-Firmen darum ging,

Menschen zu ordnen, zu kategorisieren und alles über sie zu wissen, um mit diesem Wissen maximal Geld zu verdienen. Auch wenn das alles scheinbar umsonst war. Doch umsonst war in dieser Welt gar nichts.

Wenn alles umsonst ist, dachte Jörg, *bist du der Preis.*

Sergey, von dem einige sagten, dass sein Spitzname *Search* sei, von *Suche,* sprach weiter. Es ging um Spracherkennung. Auch das war ein sogenanntes »Feature« von Holos. *Wir wissen, wie Sie drauf sind und wie wir Ihnen eine Freude machen können. An Ihrer Stimme erkennen wir das.*

Doch Jörg wusste, wie all diese Start-ups tickten. Er war ja selbst eines davon. Wenn auch um einiges kleiner als Holos. Das mit der Stimme konnte nämlich auch bedeuten: *Wir wissen, ob du depressiv bist, und unsere Kunden wissen dann, ob sie dich als neuen Mitarbeiter überhaupt einstellen wollen.* Früher gab es die Graphologen, die die Handschrift angeschaut hatten. Das war sicher die nächste Gruppe, die durch den Aufstieg der Internet-Titanen arbeitslos wurde. Wahrscheinlich ging es über die Analyse der Stimme sehr viel einfacher, die wahre Gemütsverfassung eines Menschen herauszufinden. Und zu beurteilen, ob er für die Gesellschaft wertvoll sein würde oder eher nicht. Und ob das auch in Zukunft so bleiben würde. Am Ende lief es auf eine einzige, unumstößliche Wahrheit heraus: Für Holos, den Algorithmus, die Maschine, was auch immer, galt: *Es weiß etwas über mich, was selbst ich nicht weiß.*

Eine Präsentation warf die *USP, die Unique Selling Proposition,* die Alleinstellungsmerkmale von Holos an die zahlreichen Wände des KOSMOS.

Orientierung
Gedächtnisergänzung
Erweiterte Wirklichkeit

Künstliche Intelligenz

Roboter

Ausbau des Gehirns. Dies nannte man so schön *Brain 2.0.*

Den Sieg über alle Krankheiten. Und irgendwann der Sieg über den Tod.

Wir haben ein gesundes Misstrauen ins Unmögliche, wiederholte Sergey immer wieder. Und alle applaudierten. Wie ferngesteuert.

Aber macht euch keine Sorgen, hieß es gleichzeitig. *Wir sitzen in Deutschland. Hier sind die höchsten Restriktionen im Datenschutz. Nur Finnland und Norwegen sind noch strenger.*

Gleichzeitig sprach Sergey von einer App namens Faceman, die Gesichter erkennen konnte. Selbst auf Fotos. Oder gerade auf Fotos. Und in 90 Prozent aller Fälle lag sie damit richtig.

Kann sie das auch, wenn die Person eine Sonnenbrille aufhat?, fragte jemand. *Kleine Kinder erkennen nämlich die Oma, auch wenn sie eine Sonnenbrille aufhat.*

Nein, das könne Faceman noch nicht, war die Antwort, aber man arbeite daran.

Jörg war sich sicher, dass sie daran arbeiteten. Nicht 90-prozentig, sondern 100-prozentig.

Die Nachricht war immer die gleiche.

Was wir wissen können, das werden wir auch bald wissen.

Und was wollen wir wissen? Alles!

KAPITEL 11

BERLIN, JULI 2015

Café in der Nähe des Alexa-Einkaufszentrums, Alexanderplatz

Nina hatte sich noch einmal gemeldet. Er hatte sie dann beim zweiten Mal schnell am Telefon abgewürgt, hatte sich dann wie ein Verbrecher mit aufgesetzter Kapuze und Sonnenbrille bei Saturn am Alexa eingeschlichen, den Billig-Laptop ausgesucht, an der Kasse mit zitternden Händen in bar bezahlt und sich dann in ein Café am Alexanderplatz gesetzt.

Er setzte sich mit dem Rücken zu einer Wand und schaute sich unruhig nach beiden Seiten um, damit auch niemand auf seinen Monitor schauen konnte.

Der erste Schritt: Rein ins WLAN.

Erledigt.

Der zweite Schritt: den TOR-Browser herunterladen.

Ebenfalls ein Kinderspiel. Er hätte nicht gedacht, dass es so leicht sein würde. Der Weg ins Schattenreich war kurz und direkt. *Weit ist das Tor, das ins Verderben führt,* hatte er mal irgendwo gelesen.

Das Tor, das ins Verderben führte.

Der TOR-Browser.

In den neunziger Jahren wurde das sogenannte *onion routing* vom US Naval Research Laboratory, also der US-Marine, entwickelt, um die Kommunikation der US-Regierung zu schützen. Insbesondere sollte das regierungseigene Netz nicht von ausländischen Geheimdiensten abgehört werden. Damit war das TOR-System genau genommen wieder einmal eines der Frankenstein-Monster, die die USA erst zu ihrer eigenen Hilfe ins Leben gerufen haben, um es später bekämpfen zu müssen. Genauso wie die Widerstandskämpfer in Afghanistan, zahlreiche Diktatoren in Afrika oder auch den Islamischen Staat, der aus dem Vakuum entstanden war, das der von den USA gestürzte Diktator Saddam Hussein im Irak hinterlassen hatte.

Oliver startete den TOR-Browser. Der brachte ihn auf die sogenannten »Onion Websites«. Eine seltsame Umgebung. Hier endeten alle Webseiten mit .onion, und all diese Webseiten waren auch nur über den TOR-Server zugänglich.

Und plötzlich – war Oliver drin!

Bin ich schon drin?, war mal die Werbung von irgendeinem blöden Internetanbieter in den späten neunziger Jahren, oder wann immer das gewesen war. Aber Oliver schien es, dass er jetzt tatsächlich *drin* war. Im dunklen, verborgenen und damit wahren Internet. Dem *Dark Web.*

Er gab eine der Adressen ein, die Marc ihm gegeben hatte und die in dem zerfledderten Heftchen stand, das er gestern noch mit besoffenem Kopf von Marc mitgenommen hatte. Zusammen mit dem albernen Unleashed-Kapuzenpullover. Mit dem er sich aber bei Saturn tatsächlich sicher gefühlt hatte. Oder wenigstens etwas sicherer, denn in dem Outfit sah er wirklich völlig anders aus als sonst.

Er tippte ein Zeichen nach dem anderen ein. Es war recht mühsam, die Adresse Zeichen für Zeichen einzugeben, aber schließlich war er fertig.

http://kpvz7kpmcmne52qf.onion / wiki / index.php / Main_Page

Und dann landete er kurz darauf auf dem »Hidden Wiki«, einer Art Inhaltsverzeichnis des Dark Web.

Das Hidden Wiki. Weißer Hintergrund, verschiedene Schrifttypen. Alles irgendwie blass, als ob es hier auch an Farbe mangeln würde. Eine Zeitreise in die Anfänge des Internets. Im 21. Jahrhundert. *Hidden Wiki.* Es sah aus wie die hässliche Schwester von Wikipedia.

Der Lüfter seines Rechners ächzte. Ein Macbook war das Ding in der Tat nicht. Aber Oliver hatte das Gefühl, dass im TOR-Netzwerk ohnehin alles langsamer als im normalen Internet war, dem *Clear Net,* wie es Insider nannten.

Er ließ seinen Blick über das Hidden Wiki schweifen, und sein Herz klopfte. Er fand Dateien für Geldwäsche, wie die sogenannte »Bitcoin Laundry«, daneben Hehlerware, Anbieter für geklaute Kreditkarten, Drogen und Pornos.

Er ging auf Grams, die Suchmaschine des Dark Web, die ihm

Marc empfohlen hatte. Gab das Suchwort *Handelsplattform* ein.

Eine Seite hieß Alpha Bay Market. War offenbar sehr populär.

Hier gab es Drogen.

Peruvian Flake für siebenundsiebzig Dollar, stand dort. *90 Prozent straight from Peru,* stand dort auch. Nicht gestreckt. *Keine Nebenwirkung,* verkündete der Verkäufer auf der Seite stolz, *kein Brennen, keine laufende Nase, keine Benommenheit, keine Gefühllosigkeit in der Nase.*

High werden ohne Nebenwirkungen.

Und daneben die Bewertungen, fast so wie bei Amazon.

White Heroin 50 $, stand dort ebenfalls.

MDMA crystals, 9,97 $.

Krumme Preise wie in einem Supermarkt, dachte Oliver.

Weiter ging es zum *The People's Drugstore,* dem Drogenmarkt des Volkes. Oliver dachte an die Kampagnen, die die BILD-Zeitung oft startete. Volks-Rente, Volks-Handy, Volks-Zahnbürste – und Volks-Drogen. Das fehlte noch. Hier, in dem People's Drugstore gab es jedenfalls noch mehr Heroin, ebenso Kokain, Ecstasy, Speed, Cannabis.

Doch das war nicht alles, was Alpha Bay zu bieten hatte.

Auch Waffen wurden angeboten.

Glock 17, Walther P99, Makarov P64.

Davon würde es doch bestimmt noch mehr geben.

Er ging zurück zum Hidden Wiki und suchte nach Waffenhändlern.

Euro Guns schien einer der größten zu sein. Verschiedene Waffen. Man konnte sie anklicken, dann die gewünschte Menge angeben und dann ab in den Einkaufskorb.

E-Commerce für Killer.

Eine Walther PPK, Kaliber 7,65.

Kosten: sechshundert Euro, was in diesem Fall ungefähr 2,833 Bitcoins entsprach.

Das ฿ von Bitcoins war durchgestrichen, wie bei einem Dollarzeichen. Was zeigte, dass diese sogenannte Krypto-Währung auf dem besten Weg war, eine richtige Währung zu werden.

Darunter 50 Patronen für die Walther PPK. 40 Euro insgesamt, was 0,189 Bitcoins entsprach.

Oliver schaute weiter.

Plattformen für gestohlene Kreditkarten, *fresh visa,* um irgendwo einzureisen. Ebenso Juwelen, Software, Malware, Internet Security, Hacking … Er würde Tage brauchen, um sich das alles anzusehen.

Er schaute sich unruhig um, trank von seinem Kaffee, der schon kalt geworden war, und blätterte mit zitternden Fingern durch Marcs Heftchen.

Dark-Web-Adresse einrichten, stand dort.

Er tippte die Adresse von Squirrel Mail ein, einem der Dark-Web-Mail-Provider. Zudem gab es noch Deaddrop, wo sich Mails nach vierundzwanzig Stunden selbst zerstörten.

Es gab noch andere Mail-Provider. Onion Mail, Sin Box, Bitmessage. Doch Squirrel Mail war ihm von Marc empfohlen worden, und die Seite baute sich auch mit am schnellsten auf; schien also zuverlässig zu sein.

Er ging also zu Squirrel Mail, gab wieder eine ewig lange, nichtssagende Zeichenkombination ein.

http://yoewa2oiuuducqb5.onion/

Dann richtete er seine Mailadresse ein.

Irgendwie war ihm dabei ein Satz aus dem Ring des Nibelungen von Wagner eingefallen. *Alles, was ist, endet.*

So nannte er auch den Alias seiner Dark-Web-Mail.

alleswasistendet@torbox3uiot6wchz.onion

Als er die Mail eingerichtet hatte, surfte er noch etwas weiter.

Landete auf der Hidden Library von *Krystallnacht,* wo es alle möglichen erlaubten und verbotenen Bücher zum Download gab.

Dann tauchte eine andere Seite auf.

The Family Album.

Und plötzlich sah er etwas, was er nicht sehen wollte.

Noch ein Wort.

Kindergarten …

Dann … *your own pedo site.*

Und schließlich: *Necroporn.*

Er sah kurz etwas aufblitzen, als sich die Verbindung aufbaute.

Voller Panik unterbrach er die Internetverbindung.

Lehnte sich mit dem Kopf an die Wand.

Atmete schwer. Und schloss die Augen.

Doch das Bild, das er gesehen hatte, verschwand nicht.

KAPITEL 12

MOSKAU, JANUAR 2015
Hilton Moskau, Stalin Tower

Vladimir Kowaljow, Chef der Solnzevskaja-Mafia, schaute vom Balkon seiner Hotelsuite auf den Roten Platz.

Das Hilton Moskau Leningradskaya war in einem der berühmten Stalin-Türme untergebracht. Türme, die architektonisch irgendwo zwischen russischem Barock und russisch-orthodoxer Kirche angelegt waren. Der Rote Platz war ganz in der Nähe, ebenso die Bahnverbindung nach St. Petersburg. Und auch der Flughafen Scheremetjewo war nur fünfundzwanzig Kilometer entfernt.

Vlad starrte mit unbestimmtem Blick über die Stadt in der

Dämmerung. Der Rauch seiner Zigarre glühte in der Kälte des Winters, und ebendieser Rauch vermischte sich mit den grauen Wolken, die wie in einem Sog dem Sonnenuntergang zustrebten.

Zwei Tage würde er noch in Moskau sein, bevor er wieder in seine *Filialen* musste. Nach Prag, Warschau, Belgrad und Bukarest. Und demnächst auch nach Berlin.

Er schaute in den Sternenhimmel, der sich bereits auf der anderen Seite des Firmaments abzeichnete. Unter dem Pegasus lagen die westlichsten Sterne des Tierkreisbildes Fische. *Fische und der Tiefseeanglerfisch.* Dieses Wort hatte er vor kurzem von irgendjemandem gehört. Er wusste nicht mehr, von wem, aber es schien für etwas Großes zu stehen. Groß und allumfassend, wie der Sternenhimmel, der sich über ihm erstreckte.

Die Sterne hatten alles gesehen. Was sich in Russland verändert hatte. Und vor allem, was nicht. Denn seit tausend Jahren hatte sich in Russland nicht allzu viel verändert. Russland war kalt und brutal und flüchtete von einer Utopie in die nächste. Religion war Opium fürs Volk, da hatte Lenin recht gehabt, aber die Versprechungen der Regierungen waren es auch. Die Bürger waren nur Bauern, die in einem großen Spiel gesetzt und geopfert wurden. Kein Wunder, dass fast alle Russen begeisterte Schachspieler waren, ein Spiel, bei dem man als König und Dame auch einmal zu einem Herrschenden wurde, ohne gleich auf einer dunklen Brücke erschossen zu werden. Ein Summen unterbrach seine Gedanken.

Sein Handy klingelte. Eine unbekannte Nummer.

Er nahm den Anruf an. Es war keine Sekretärin dazwischengeschaltet. *Der große Mann* war selbst am Apparat.

»Ivanow hier. Erinnern Sie sich noch an unser gemeinsames Gespräch?«

»Im Kaufhaus GUM? Aber natürlich.« Vlad spürte die Aufregung. Und nahm sich vor, sie sich nicht anmerken zu lassen.

Ein neuer Auftrag vom FSB. Sollte das heißen, dass sie jetzt endlich voll dazugehörten?

»Erinnern Sie sich auch an unseren Kontakt in Frankfurt?«

»Den von der Zentralbank?«

»Genau den. Er wird seinen Job machen. Sie können das … Geschenk auf den Weg schicken.«

Das Geschenk, dachte Vlad. *Ein Geschenk, wie es sich der Teufel nicht schlimmer ausdenken konnte. Ein Geschenk vom* Puppendoktor.

»Einer meiner Männer«, sprach Ivanow weiter, »wird Ihnen die Kontaktdaten geben. Die Bezahlung erfolgt in bar durch den FSB.«

Bar, dachte Vlad. Das war ihm am liebsten. Bar und schwarz. Wer in Russland behauptete, er würde nur *weiß* bezahlen, war entweder ein Idiot oder ein Lügner.

Vlad hatte nicht vor, einer von beiden zu sein.

KAPITEL 13

FRANKFURT AM MAIN, JANUAR 2015
Europäische Zentralbank

Tiefste Nacht lag über der Stadt Frankfurt und auch über dem Gebäude der EZB. In einem Büro brannte allerdings noch Licht.

Dr. Jürgen Rudolf schaute auf den Main, die Brücken und die City mit den Bankentürmen, die ohne die Marktinterventionen der EZB längst allesamt pleite wären.

Was er gerade tat, ließ sich besser nachts als bei Tageslicht durchführen.

Menschen zu manipulieren, war einfach. Technik zu manipulieren, war noch einfacher. Das Beste war, man wusste mehr, als die anderen wussten. Und hielt seine eigenen Informationen so verschlossen wie möglich.

Verschlüsselte Informationen, das war nichts Neues. Die Aum-Sekte, verantwortlich für die Giftgasanschläge von 1995 in der Tokioter U-Bahn, hatte manche ihrer Unterlagen mit RSA verschlüsselt. RSA war ein spezieller Code, benannt nach seinen Erfindern Rivest, Shamir und Adleman. Ramsey Yousef, der am früheren Bombenanschlag auf das WTC beteiligt war, hatte Pläne für künftige Terroranschläge verschlüsselt auf seinem Laptop. Und vom Islamischen Staat war bekannt, dass er ein System erfunden hatte, um codiert über Xboxes zu kommunizieren.

Die größte Gefahr im Netz bildeten dabei die vier sogenannten *infokalyptischen* Reiter: Drogenhändler, organisiertes Verbrechen, Terroristen und Pädophile.

Von daher war Dr. Rudolf dazu übergegangen, seine Geheimnisse versteckt zu halten und gleichzeitig so viel wie möglich über andere zu wissen. So wie es schon in den alten Gangsterfilmen hieß: *Halte die Augen offen und deinen Mund geschlossen.*

Es waren einige »Änderungen« an der IT-Sicherheitsarchitektur der Zentralbank erforderlich. Manche würden es auch »Manipulation der Firewall« nennen.

Er hatte sich extra eine Digitalkamera gekauft, eine von der altmodischen Sorte, die keine Verbindung irgendwelcher Art zum Internet hatte. Er machte Fotos vom Bildschirm.

Schickte eine SMS an *seine Freunde.*

Dann verließ er die Bank.

In der Kaiserstraße in Frankfurt gab es einige Bars. Eher die Art von Bars, die zu den dunklen Bars gehörten und bei denen er nicht befürchten musste, von irgendeinem Kollegen gesehen zu werden, die eher in der Cocktailbar in der obersten Etage des

Inside Hotels oder im Living am Willy-Brandt-Platz, unterhalb des alten Hauptquartiers der EZB zu finden waren.

Einige der Bars in der Kaiserstraße hatten auch Peepshows. Und sie hatten WLAN.

Er lud die Screenshots von seiner Digitalkamera auf einen privaten Laptop, der nirgendwo registriert war. Loggte sich in das WLAN der Bar ein und schickte die Screenshots an die vorgegebene Adresse.

Dann stellte er die Verbindung her.

Als die Nachricht eintraf, wusste er, dass die anderen auf seinem Rechner eingeloggt waren.

Er schickte ihnen nicht das Passwort.

Er tippte es in seine eigene Tastatur.

Drei Mal.

Zur Sicherheit.

Die anderen sahen, welches Passwort er eintippte. Die anderen, die weit weg waren. Sie sahen es auf ihrem Bildschirm. Denn sie kontrollierten auch die Tastatur des Laptops, in den Rudolf gerade tippte. Und genau so sollte es sein.

So konnte ihm keiner etwas nachweisen. Und keiner wusste, wer die anderen waren. So sollte es sein.

Als die Mails angekommen waren, löschte er die versandten Mails im Ordner *Gesendete Objekte*. Löschte die Fotos auf dem Rechner und auf der Digitalkamera.

Löschte sie so, dass man sie auch nicht mehr zurückholen konnte. Als IT-Experte wusste er, wie das ging. Denn einfach nur löschen, das konnten alle. Auf eine Art und Weise löschen, dass etwas, das gelöscht wurde, niemals wieder zurückgeholt, also *recovered* werden konnte, das konnten nur wenige. Er, Dr. Jürgen Rudolf, war einer von ihnen.

Er sah sich um.

Eine Rotlichtbar in der Kaiserstraße. Eine Straße, die ansonsten wenig kaiserlich war.

Er betrachtete die Frauen, die sich Geld in den BH stecken ließen und sich lasziv an der Tabledance-Stange räkelten. Merkte immer mehr, dass er mit ihnen nichts mehr anfangen konnte. Freute sich umso mehr, dass er sich schon vor acht Jahren hatte scheiden lassen. Auch wenn er seine Tochter vermisste. Und besonders die Freundin seiner Tochter. Wobei die jetzt wahrscheinlich auch älter – und damit langweiliger – geworden war.

Dann piepte sein Handy.

Eine SMS kam zurück.

Von seinen »Freunden«.

Wir haben alles, stand dort.

Und: *Die Belohnung wird bald bei Ihnen eintreffen.*

KAPITEL 14

BERLIN, JULI 2015

Café in der Nähe des Alexa-Einkaufszentrums am Alexanderplatz

Oliver wählte die Nummer von Marc. Der war jetzt offenbar auch endlich wach.

»Scheiße, hab ich noch 'nen Schädel von gestern«, sagte Marc. »Hast du dir das Dark Web mal angeschaut?«

»Ja. So wie du gesagt hast. Vom Café aus mit Billig-Laptop. Bar bezahlt.«

»Bist du noch im Café?«

»Ja, klar.«

»Sehr gut! Mach das so weiter. Mach das lieber nicht vom heimischen WLAN aus. Jedenfalls dann nicht, wenn du auf dubiose Seiten gehst.«

Oliver sah sich unruhig um. »Ist aber ganz schön langsam, dieses Dark Web.«

Marc lachte. »Ja, allerdings, erinnert ein bisschen an die neunziger Jahre. Aber sieh es mal positiv und sei beruhigt, wenn die Seiten langsam sind. Dann sind die Seiten sicher. Wie ich schon sagte: Nur die Seiten sind schnell, die über FBI- oder NSA-Server laufen. Die anderen Server sind meist langsamer.« Er schien zu überlegen. »Hm, das Beste wäre, wir hätten noch einen zweiten Rechner und skypen damit über TOR.«

»Gibt es das auch? Skype im Dark Web?«

»Das gibt es alles. Und ist um einiges sicherer, als über das *Clear Net* zu skypen. Wie sagte Andy Grove, der Gründer von Intel: *Nur die Paranoiden überleben.*« Er lachte. Oliver fand das nicht witzig. Vor allem wegen all der Dinge, die er eben gesehen hatte. Darauf musste er Marc ansprechen.

»Aber sag mal«, begann Oliver, »das Ding ist ja komplett voll mit verbotenem Scheiß. Waffen, Pornos für Kinderficker ...«

»Ja, klar. Aber so was machen wir doch gar nicht«, sagte Marc. »Abgesehen davon sind die Pädo-Webseiten auch im Dark Web nicht bei allen beliebt. Habe ich dir, glaube ich, gestern Abend von erzählt. Es gab da vor kurzem von Anonymous eine Riesen-DOS-Attacke auf Lolita City.«

»DOS?«

»Denial of Service. Die haben Botnets losgeschickt, um den Server mit Mails und Anfragen lahmzulegen.«

»Und Lolita City?«

»War die größte Pädo-Seite im Dark Web. Jetzt ist sie erst mal stillgelegt.«

»Na, immerhin.« Er schaute auf seinen Notizzettel. »Und dann gab es da noch was anderes. *Jailbait* ... Was ist das denn?«

»Jailbait? Nennt man auch Knastköder.«

»Was soll das heißen?«

»Das sind Jugendliche, die älter aussehen, als sie sind. Einige davon sind auch käuflich. Die Gefahr ist, sich durch sexuelle Handlungen mit jemandem unterhalb seines Schutzalters strafbar zu machen.«

»Mit anderen Worten …«

»… da hat der Staatsanwalt noch den Daumen drauf.«

»Hatte ich eh nicht vor.« Oliver schüttelte den Kopf. »Nur Perverse! Ich dachte schon, die Finanzwelt ist schlimm, aber das ist ja nun wirklich das Allerletzte.«

»Komm, beruhige dich«, sagte Marc. »Wir verkaufen nur Drogen. Das war's.«

Nur Drogen, das war's … Oliver fragte sich, ob Marc noch ganz normal war. Oder ob er selbst auch gerade dabei war, *unnormal* zu werden.

»Das Beste aber ist das … Hitman Network.«

»Hitman Network?«

»Ja. Da gibt es Auftragskiller. Hör zu, ich sag dir mal eine tolle Adresse. Hast du was zum Schreiben?«

»Ja, klar.«

»Gut. Notier's dir und gib es mal ein«, tat Marc sehr geheimnisvoll. »Und dann müssen wir aufhören. Wir sprechen hier schließlich über ein Handy. Und das kann abgehört werden.«

KAPITEL 15

FRANKFURT AM MAIN, JANUAR 2015
Europäische Zentralbank

Dr. Jürgen Rudolf war zufrieden.

Die Ablenkung hatte funktioniert. Auf einer Bankenkonferenz in London war genau das eingetreten, was Rudolf brauchte, um für möglichst viel Wirbel zu sorgen. Wirbel allerdings, der genau in die richtige Richtung ging. Der Leute aufscheuchte und für ganz andere Dinge sensibilisierte als die, die Rudolf gerade manipulierte.

Was war geschehen? Ein hoher Zentralbanker hatte ausgeplaudert, wann von der EZB besonders viele Staatsanleihen gekauft werden würden. Im Mai und Juni wäre es so weit. Im Sommer dann weniger. Urlaubszeit gab es offenbar auch für Anleihenkäufe.

Das bedeutete: Wenn im Mai und Juni besonders viele Staatsanleihen durch die Zentralbank gekauft würden, wäre mehr Geld im Umlauf. Der Euro würde durch das hohe Angebot an Geld im Markt an Wert verlieren, der Eurokurs würde im Vergleich zum Dollar und Schweizer Franken sinken. Das wiederum war gut für die Exportunternehmen Deutschlands, die von einem niedrigen Euro profitierten, weil sie ihre Waren dann billiger in der Welt verkaufen konnten.

Dadurch geschahen zwei Dinge: Der Eurokurs ging nach unten, und der DAX, der deutsche Index, in dem besonders die exportorientierten Unternehmen gelistet waren, ging nach oben.

Wenn man sich auf dieses Szenario einstellte, konnte man viel Geld machen. Den Euro verkaufen und den DAX kaufen. Ein gefundenes Fressen für Hedgefonds-Manager und Spekulanten. Vor allem, wenn die Information viel zu spät auf der Website der EZB veröffentlicht wurde. Denn eigentlich handelte es sich dabei um eine Information, die großen Einfluss auf die Bewegungen des Marktes hatte. Und daher war sie sofort informationspflichtig. Ansonsten war es eine Insiderinformation.

Dennoch kam die Veröffentlichung zwei Stunden zu spät.

Als es so weit war, hatten Hedgefonds schon den Euro verkauft und den DAX gekauft.

Als die dumme Masse der Anleger die Nachricht auf der Website sah, hatten die Investoren längst Kasse gemacht.

Der Aufschrei in den Finanzmedien war groß. Und die Schlagzeilen in der Wirtschaftspresse und auf den Finanzportalen entsprechend vorwurfsvoll. *EZB ermöglicht Insiderhandel!* Man suchte nach Schuldigen, regte sich auf, Anwälte brachten sich in

Stellung, Ankläger und Verteidiger gleichermaßen, Politiker wetterten über das sorglose Großkapital, von dem sie sich ansonsten gerne teure Vorträge bezahlen ließen. Und die meisten Bundesbürger … merkten nichts.

Ein Vorgang, der den meisten völlig egal war.

Der aber denen auffiel, denen es auffallen sollte.

Die genau so lange abgelenkt waren, wie sie es sein sollten.

Das war der Moment, in dem Dr. Rudolfs Falle zuschnappte.

Der Moment, in dem die Firewall der EZB offen war.

Der Moment, in dem der Leviathan sie durchstieß, der aus der Tiefe kam und gierig sein Maul öffnete.

Dann war er drin.

Und die Firewall war wieder zu.

Der Einzige, der davon wusste, war Dr. Jürgen Rudolf.

Er hatte die Firewall manipuliert.

Er hatte dafür gesorgt, dass die Information zu den Anleihekäufen im Mai und Juni zu spät auf der Website war.

Er hatte beides verbunden. Die Ablenkung durch das Kleine, um das Große ungesehen zu bewirken.

In China sagte man: *Um etwas zu fangen, muss man es erst einmal entkommen lassen.*

Als die Sache mit der Insiderinformation geklärt war, dachten alle, das Problem sei gelöst.

Dabei war ein viel größeres Problem entstanden.

Riesig, gigantisch, unsichtbar, unter der Oberfläche.

Und dennoch von titanischer Reichweite.

Rudolfs Freunde wussten, dass ihr Freund seinen Job gemacht hatte.

Dass er seinen Job *richtig* gemacht hatte.

Sein Handy vibrierte wieder.

Gut gemacht, stand in der SMS.

Dann folgte ein anderer Text.

Die Sendung wird übermorgen da sein. Ein Paket von folgender Größe … Sie werden eine Nachricht bekommen, und Sie werden es dann 30 Minuten später an der Ihnen bekannten Stelle abholen können. Haben Sie bitte Ihren Wagen dabei, damit Sie die Sendung gleich mitnehmen können, und zwar so, dass es niemand mitbekommt. Geräusche wird es nicht geben. Und im Paket ist genügend Sauerstoff vorhanden.

Wir sind sicher, Sie freuen sich über Ihre neue … Freundin.

Dr. Jürgen Rudolf spürte die Erregung, die ihn überspülte wie eine schwarze Flut. Noch stärker als damals bei der Freundin seiner Tochter. Eine Erregung, süß und giftig zugleich, eine morbide Umarmung, die ihn erregte, obwohl er sich davor fürchtete. War er noch Mensch, oder war er durch diese kriminelle Handlung, die er gerade vorgenommen hatte, schon dermaßen verdorben, dass er sie nur noch durch eine neue, noch schlimmere kriminelle Handlung ablösen konnte?

Er versuchte, die Gedanken unter die Oberfläche seines Bewusstseins zu drücken, doch die Macht seiner teuflischen Lust war zu stark.

Er rannte auf die Toilette – und onanierte.

KAPITEL 16

BERLIN, JULI 2015
Chausseestraße

Jasmin war im Auto auf dem Weg nach Hause, als sie im Autoradio von der Holos-Präsentation im KOSMOS hörte. Einige der typischen Werbesätze tauchten immer wieder auf. *Know the Unknown.* Und das Picasso-Zitat *Ich suche nicht. Ich finde.* Beides wurde gebetsmühlenartig wiederholt. Ein wenig erinnerte Jasmin diese ganze ideologische Wiederholung von Phrasen an

George Orwells *Farm der Tiere: Vierbeiner sind gut, Zweibeiner sind böse.* In *Farm der Tiere* war daher die große Frage, wie es sich mit den Vögeln verhielt, da sie ja nur zwei Beine hatten und nicht vier und daher den – bösen – Menschen näherstanden als den vierbeinigen Tieren.

Man einigte sich dann aber darauf, dass Vögel auch Vierbeiner seien, da die Flügel der Mobilität, nicht der Manipulation dienten.

Während Jasmin darüber nachdachte, liefen im Radio beschwingte Reden der deutschen Politik, die unglaublich stolz war, dass so etwas wie Holos endlich in Berlin entstanden war. Das *deutsche Google,* wie sich einige ausdrückten, als ob sie irgendeinen Verdienst daran hatten.

Auch der Internetbeauftragte der Bundesregierung und der EU sprach von einem neuen Kapitel des Internets, einer »Zäsur der Innovation« und dem üblichen Blabla.

Der Wirtschaftsminister wurde interviewt und redete den üblichen Stuss.

Unsere Welt ist zunehmend digital vernetzt. Das verändert unseren Alltag und das Zusammenleben: wie und wo wir arbeiten oder wie wir uns gesellschaftlich einbringen können. In diesen Veränderungen liegen große Chancen für den Wohlstand, die Lebensqualität und die Zukunftsfähigkeit in Deutschland. Die Bundesregierung fördert und gestaltet den digitalen Wandel aktiv …

Es war von nationalen IT-Gipfeln die Rede, auf der CEBIT sollten die Ressorts ihre Schwerpunkte vorstellen und allen einreden, dass Deutschland eine Vorreiterrolle bei der Durchdringung und Nutzung digitaler Dienste einnehmen werde.

Für Jasmin klang das alles wie die Fünfjahrespläne der Sowjetunion. Nur dass die Russen heutzutage eher etwas machten und in die Hand nahmen, während sich Europa nur auf Sonntagsreden beschränkte.

Doch jetzt gab es ja mit Holos immerhin *das deutsche Google*, auch wenn die Politik dazu gar nichts beigetragen hatte. Und Jasmin wunderte es nach wie vor, wie eine derart große und mächtige Firma mal eben einfach so entstehen konnte, ohne dass es eine nennenswerte Entwicklungshistorie gab.

Ihr Handy klingelte. Es war Jörg. Jörg Tanner von Com-Pare.

»Jörg, was gibt's?«

»Ich war gerade bei der Holos-Präsentation im Kosmos«, sagte der, ganz außer Atem. »Das Ding ist der absolute Wahnsinn!«

»Ja, dachte ich mir, dass dir das gefällt.«

»Riesenklickzahlen, Nutzer, Reichweite. Die sind kurz davor, Google in Deutschland zu schlagen. Und dann auch bald in Europa.«

»Tja, mir kommt das ein bisschen unheimlich vor. Geht das nicht etwas schnell? Und wo kommen die so schnell her?« Sie bog in die Fehrbelliner Straße ein.

Jörg lachte. »Du und deine Verschwörungstheorien.«

»Na ja, mal ganz ehrlich«, sagte Jasmin, »die Politik wirkt nicht so, als ob sie sonderlich darauf vorbereitet war. Eher wie Schuljungen, die ein schönes Überraschungsgeschenk bekommen.«

»Die Politik hat auch keine Ahnung«, sagte Jörg. »Aber die Kiste ist doch trotzdem beeindruckend.«

»Seit wann bist du denn wieder hier?«

»Seit gestern.« Er machte eine Pause. »Wir müssen unbedingt mal wieder quatschen.«

»Komm doch heute Abend zur Vernissage von Lutz«, schlug Jasmin vor. »Da gibt es Sekt, Bilder und sicher etwas Zeit, um zu reden.«

»Gute Idee. Das mache ich. Sollte heute um acht aus dem Büro kommen. Wo ist die Vernissage?«

»Auguststraße«, sagte Jasmin, »Roughneck Gallery.«

KAPITEL 17

BERLIN, JULI 2015
Potsdamer Platz

Es war Abend geworden, und Oliver schlich sich wieder aus dem Haus. In der Hand den Billig-Rechner und auf der Suche nach einem verborgenen Café mit freiem WLAN. Nina war vorher gerade nach Hause gekommen, als er noch in seinem albernen Unleashed-Kapuzenpullover herumlief, und er hatte sich ruck, zuck eine Ausrede überlegen müssen, warum er so einen komischen Pullover trug.

»Kommst du mit in die Ausstellung?«, hatte Nina gefragt. »Ich gehe mit Susi hin. Falls sie Zeit hat. Muss eventuell länger arbeiten.« Im Subtext hieß das: *Oliver, komm du doch mit.*

»Weiß nicht«, sagte Oliver. »Muss nicht sein.«

»Meinst du nicht, dass wir nach dem Streit mal etwas Schönes zusammen machen können? Vor allem, weil Susi eventuell noch länger Dienst hat und gar nicht mitkann?«

Was kann ich dafür, wenn Susi Dienst hat, dachte Oliver, sagte es aber nicht.

»Können wir doch machen, wenn du aus London wiederkommst. Dann habe ich auch wirklich Zeit«, hatte Oliver gesagt.

Nina war etwas beleidigt abgerauscht und zur Ausstellung gefahren. Oliver war noch ein paar Minuten in der Wohnung geblieben und hatte sich dann mit seinem Laptop in Richtung Oranienstraße aufgemacht.

Nahe dem Moritzplatz fand er endlich einen geeigneten Ort. Eine Bar, dunkel und anarchistisch mit kostenlosem WLAN, bei dem man keinen Code eingeben musste. Er zog den Zettel hervor, auf dem er sich die Website aufgeschrieben hatte, die Marc ihm genannt hatte, zog die Kapuze über den Kopf, nahm einen Schluck von seinem Bier und ging ins TOR-Netzwerk.

Er wollte es ausprobieren.

Irgendeine dunkle Stimme ermunterte ihn dazu, es auszuprobieren.

Die Gestalt erschien wieder vor seinen Augen.

Die rotblonden Haare, die Badehose, die Bierflasche in der Hand.

Der Proll aus dem Soho House, der ihm den Abend vermiest hatte.

Marvin Bowers. Er konnte seinen Namen noch auswendig.

Er schaute in sein Smartphone. Er hatte die Handynummer von dem Kerl, schließlich hatte der Typ sie ja auf der Soho-House-Dachterrasse hörbar für alle hinausposaunt. Ein Foto hatte er auch gemacht und die Mailadresse hatte der Typ dem einen Mädchen ja auch hinterhergeschrien.

Er schrieb Marc eine Mail.

Kannst du durch die Mail, Foto und Telefonnummer das Geburtsdatum von dem Kerl rausfinden?

Kurz darauf kam die Antwort.

Schon erledigt. 7. Juni 1976.

Wow, dachte Oliver, das ging schnell. Marc schien tatsächlich ein richtiger Hacker zu sein. Keiner, der nur vorgab, einer zu sein.

Vielen Dank!

Nun war er mit allem versorgt. Dem Geburtsdatum, einem Foto, der Handynummer und der Mailadresse. Er klickte auf die Seite. Die ominöse Seite mit dem Namen »Hitman Network«. *Hitman.* Auftragskiller. Und ein *Hit* war der Moment, in dem der Killer das Ziel erledigt. *Hitman Network* also. Die Webseite für Auftragskiller. Mit dem Untertitel: *Unfriendly solutions.*

Er schaute sich die einzelnen Killer an. Sie waren hier tatsächlich alle untereinander aufgeführt, mit ihren Spezialitäten, ihren Preisen und ihren Waffen. Irgendwie erinnerte ihn der Anblick an Fotos von Kundenberatern auf der Webseite eines Autohauses oder einer Bank. Oder an Online-Plattformen, wo man Putzfrauen, Nachhilfelehrer oder Handwerker buchen konnte.

Er überflog die einzelnen Dienstleistungen. Die Preise waren alle in Bitcoins zu entrichten, aber die Kosten in Euro standen auch dabei. Insgesamt fiel ihm auf, dass die meisten Hitman-Dienste bei allen ungefähr gleich viel kosteten. So, als würde es eine unsichtbare Auftragskiller-Gewerkschaft geben. Er schaute auf die *Dienstleistungen.*

Mord, stand dort. Regulär. Normalo: 15 000 Euro. Mittelberühmt: 30 000. Hochrangig: 100 000. Politiker kosteten 500 000. Ein Mord, der nach einem Unfall aussah, war teurer. Verprügeln wurde auch angeboten. 2000 Euro. Dann gab es noch Verkrüppeln, 6000 Euro. Lähmen: 8000. Vergewaltigung: 6000. Vergewaltigung Minderjährige: 20 000.

Oliver wurde schlecht, als er all das sah. Doch die Neugier trieb ihn weiter.

Ein Killer, der eine Eishockey-Maske trug, war recht weit oben positioniert. Sein Name war Slate. Die Beschreibung fing vielversprechend an: *»Ich werde sie alle neutralisieren. Die Ex, die du hasst, den Boss, den Polizisten, den Anwalt, den Schläger, den Nachbarn. Mir ist egal, warum die Person sterben soll. Ich mache einfach nur das, was ich am besten kann. Ich mache meinen … Job!«*

Auch das Hitman Network hatte ein Rating System, genauso wie die Drogenmärkte auf Alpha Bay. Slates Ratings und Bewertungen waren sehr gut. Ebenso wie die Waren bei Amazon konnten Kunden hier offenbar auch die Killer bewerten. Allerdings nur Kunden, die diese Killer auch genutzt haben. »Vom Hitman Network zertifizierter Kauf …« nannte man das hier.

Neben dem Gesicht des Killers leuchtete bei »Status« ein grünes Licht. Das hieß, Slate war online. Oliver verharrte einige Sekunden und tippte dann die Mail.

Sie sind Auftragskiller?

Die Antwort kam beängstigend schnell.

Was soll ich denn sonst sein? Ein Busfahrer? Ich erledige unfinished business.
Ich mache aus unfinished business … finished business.

Was muss ich noch wissen?

Keine Männer oder Frauen unter 16. Keine Schwangeren. Und keine Top-Ten-Politiker. Kosten: 10 000 Euro plus Spesen für normale Jobs. Je exotischer es wird, desto teurer wird es.

Das heißt?

Wenn irgendein hoher Manager dran glauben soll, oder du der Meinung bist, dass der Bürgermeister von Berlin noch in dieser Woche seine Reise ins Jenseits antreten sollte, sind es schnell 500 Riesen! Die eine Hälfte vorher, die andere hinterher. Dafür brauche ich den kompletten Namen und das Geburtsdatum. Und ein Foto von der Person. Mail und Telefonnummer helfen auch sehr. Je mehr Daten ich darüber hinaus noch bekomme, umso schneller geht es. Du wirst von einem Unfall der Person hören. Und wissen, dass ich meinen Job gemacht habe. Und die zweite Rate ist fällig.

Das hört sich gut an, tippte Oliver.

Bürgermeister von Berlin ..., dachte Oliver. *Promis auch ...* Aber verdammt, warum erwähnte der Kerl gerade Berlin? Wusste er, wo Oliver war? Aber vielleicht war das auch nur Zufall. Doch Slate tippte schon weiter:

Ach ja, ich sage es lieber gleich: Ich mache mit den Zielpersonen keine Folter und keine Spielchen. Ich nähe keine Schweineköpfe auf den Torso der Leiche und so einen kranken Scheiß. Killer, die das machen, sind Psychopathen und keine Profis. Kurz und schmerzlos ist meine Devise. Meine Kunden kaufen keinen Prozess, sie kaufen ein Resultat.

Interessiert Sie gar nicht, warum die Person sterben soll?

Meine Kunden werden ihre Gründe haben. Sonst würden sie nicht so viel zahlen. Und sterben muss eh jeder irgendwann einmal. Wollen Sie nun jemanden erledigt haben oder ein Ethik-Seminar halten?

Jemanden erledigt haben. Wie läuft das mit der Bezahlung?

Wie gesagt. 5000 Euro jetzt via Bitcoins, Rest danach. Wenn es ein »normales Ziel« ist. Sonst ist es teurer.

Kann ich von der Leiche ein Foto bekommen?

Mache ich normalerweise nicht. Du wirst von einem Unfall hören.

Ich kenne den Typen aber kaum.

Foto kostet tausend extra. Es ist immer riskant, ein Foto zu machen. Irgendetwas im Hintergrund des Fotos könnte Rückschlüsse auf mich zulassen.

Die tausend extra sind kein Problem.

Gut. Dann schick mir die Daten. Und dann bekommst du bald ... dein Foto. hitmanslate@safe-mail.net Und bitte mit PGP verschlüsseln.

Oliver war es, als würde er das Lachen von Slate durch das Dark Web hören. Sollte er es wirklich machen? Aber wie konnte er das Hitman Network ausprobieren, wenn nicht in einem Ernstfall?

Er schickte seine Daten an Slate. PGP-verschlüsselt. So wollte es der Hitman.

PGP kannte Oliver schon. Es hieß *Pretty good privacy* und war ein todsicherer Verschlüsselungsmechanismus, der besonders im Dark Web gerne angewandt wurde.

Jeder Teilnehmer hatte zwei Schlüssel. Einen privaten, einen öffentlichen. Der öffentliche wurde an alle Leute gegeben, mit denen man kommunizieren wollte. Den privaten behielt man und gab ihn nie heraus. Jeder brauchte, um die Mail zu öffnen, den öffentlichen *und* den privaten Schlüssel. Das nannte man *asymmetrische Kryptografie.*

Verschlüsselte Mails über das Dark Web an einen Auftragskiller, dachte Oliver. *Zehntausend Euro zahlen, um einen Menschen umzubringen. Wo bin ich hier hineingeraten? Was wird aus mir?*

Er atmete tief durch. *Egal,* dachte er. *Wenn wir schon mailen ...* Dann schickte er Slate über seine Squirrel Mail alles von Marvin Bowers. Foto, Geburtsdaten, Mailadresse und Handynummer.

Vielleicht war das Ganze nur eine Show, und es würde nichts passieren. Außer, dass vielleicht die zehntausend Euro für immer futsch waren.

Aber wenn es wirklich real war, dachte er. Dann war Oliver Winter soeben den perfekten Pakt mit dem Teufel eingegangen.

KAPITEL 18

BERLIN, JULI 2015
Choriner Straße, Prenzlauer Berg

»Da bist du ja endlich«, sagten Lutz und Gerda, Jasmins Mutter, im Chor, als Jasmin durch die Tür kam. »Hier«, ergänzte ihre Mutter, »kennst du die noch?« Sie setzte ihr die kleine Carla auf den Arm, als wäre sie ein Staffelstab bei der Übergabe.

»Äh, ja, klar.« Jasmin war kurz davor, sich zu ärgern, aber als sie in das Gesicht der kleinen Carla schaute, war all ihr Ärger vergessen.

»Sie hätte sich sicher auch gefreut, wenn Mama etwas eher zu Hause gewesen wäre«, ergänzte Lutz. *Hätte sich gefreut, wenn Mama etwas eher zu Hause gewesen wäre,* wiederholte Jasmin in ihrem Kopf. Dieser Hinweis, fand sie, war nun echt nicht nötig gewesen.

Jasmin schluckte eine bissige Antwort herunter. »Jetzt bin ich ja da. Also, wo ist das Problem?« Sie blickte sich um und fixierte dann Lutz. »Kannst du mir vielleicht den Koffer in die Wohnung bringen? Ich habe leider die Hände nicht mehr frei.« Carla war sofort auf ihrem Arm eingeschlafen.

»Mache ich«, sagte Lutz, »und dann muss ich auch schon los! Wir sehen uns bei der Vernissage!«

In der Wohnung lief im Hintergrund das Radio. Jasmins Mutter hatte die Nachrichten eingeschaltet. Jasmin schaltete das alte Ding nie ein, genauso wenig wie den Fernseher, mit Ausnahme vielleicht von n-tv. Politiker überschlugen sich noch immer in Lobesreden für das neue »deutsche Google«. Sergey, der Gründer von Holos, war soeben zum Haupt-Internetbeauftragten der Bundesregierung ernannt worden. Und ebenso zum Beauftragten für kreative und digitale Ökonomie.

Der Wirtschaftsminister brabbelte einen endlosen Schwall

von Worthülsen hervor, wie sie kleine und mittlere Unternehmen unterstützen würden, über die digitale Agenda und digitale Technologien, digitale Transformation der Verwaltung und die Notwendigkeit, den Dialog mit gesellschaftlichen Gruppen auszuweiten und die Teilhabe aller Bürger an der digitalen Welt zu ermöglichen. Für Jasmin klang das alles nach wie vor nach Fünfjahresplan. Vielleicht sogar eher nach DDR als Sowjetunion. Angeblich war alles ach so digital und standardisiert, doch jeder, der mit seinem deutschen Netflix- oder Amazon-Prime-Konto in Frankreich auf dem iPad Filme schauen wollte, hatte schon ein Problem. Dennoch musste die Politik so tun, als hätte sie das alles so gewollt und geplant, obwohl sie zum Aufstieg von Holos überhaupt nichts beigetragen hatte und offenbar von dem exponentiellen Wachstum dieses sehr jungen, aber doch schon ziemlich großen Konzern gehörig überrascht worden war.

Weitere Buzzwords kamen aus dem Radio, als Jasmin sich die kleine Carla auf den anderen Arm setzte. *Digitales Engagement, neue Gestaltungsmöglichkeiten, Co-Creation, Motor für Wirtschaftswachstum und Arbeit …*

Auch die Presse überschlug sich mit Lob für Holos und Sergey, und massenhaft Promis und sogar einige Politiker, so hieß es, liefen bereits mit dem nach wie vor sehr limitierten Holos-Ring durch die Gegend, deutsche Promis ganz besonders.

»Jasmin«, fragte ihre Mutter und blickte Jasmin so an wie damals, wenn die Klassenarbeiten geschrieben wurden und sie wissen wollte, ob für ihre kleine Tochter alles gut gelaufen war, »was ist denn dieses Holos, von dem alle reden, eigentlich für eine Firma?«

Jasmin legte die kleine Carla in ihr Bettchen und stellte fest, dass sie nur noch dreißig Minuten hatte, um zur Vernissage zu kommen. »Eine ziemlich seltsame Firma, würde ich sagen. Und jetzt entschuldige mich, ich muss mich noch ein bisschen frisch machen!«

Die Ausstellung von Lutz in der Auguststraße hatte den Titel *Das Nichts ist abstrakt,* wobei der Artikel *Das* in Klammern gesetzt war. Was wohl bedeuten sollte, dass einerseits *das Nichts,* andererseits aber auch *nichts* abstrakt war – es also gar keine Abstraktion gab. Verstanden hatten das von den Besuchern maximal 10 Prozent. Wobei sich auch die Frage stellte, ob jemand, der nach einem langen Arbeitstag in eine Ausstellung ging, noch den Nerv hatte, so etwas zu verstehen. Der Rest wunderte sich allenfalls über den zugegebenermaßen eigenwilligen Titel.

Jasmin stand gemeinsam mit Jörg ganz vorne in der Menge der etwa dreißig Besucher. Gerechnet hatte man mit siebzig Gästen, wahrscheinlich hatte die zeitgleiche Holos-Show eine Menge potenzielle Besucher abgezogen. Lutz versuchte unterdessen recht ungeschickt, eine Rede zu halten, in der er seine Bilder als ordnende Reaktion auf eine aus den Fugen geratene Welt beschrieb, was aber den meisten für diese Zeit des Abends zu kompliziert war, und daher fast alle Besucher in der einen Hand ihr Smartphone hielten und E-Mails, Postings oder sonst was checkten. In der anderen hielten sie das Sektglas. Der Sekt war zu warm, was daran lag, dass den Organisatoren erst fünfzehn Minuten, bevor die ersten Gäste kamen, klarwurde, dass der Sekt vielleicht gekühlt werden sollte. Typisch Berlin eben.

The time is out of joint. O cursed spirit

That ever I was born to set it right!

Nay, come, let's go together, zitierte Lutz etwas hölzern Hamlet, wobei keiner so recht wusste, was das denn nun mit der Ausstellung zu tun hatte.

Hinzu kam, dass als »Vor-Act« auch noch ein afghanischer Künstler aufgetreten war, der es provozierend und »cool« fand, einen XXL-Pullover als Hose anzuziehen.

Lutz' Galerist hatte ihm zu dieser Kooperation geraten, was Lutz aber offenbar schon recht früh am Abend bitter bereut hatte. Dem Gesicht des Galeristen wiederum konnte man deutlich ansehen, dass er die komplizierte *Time is out of joint*-Rede von Lutz nicht verstand und auch nicht verkaufsförderlich fand.

Schon als die Gäste sich die Bilder anschauten und dabei ihren Sekt schlürften, war Jasmin klar, dass Lutz frustriert war, weil seine Story nicht gezündet hatte. Der Galerist war auch nicht gerade begeistert, vor allem deswegen, weil Lutz' komische Rede auch nicht mit ihm abgesprochen war. Lutz hingegen war sauer auf den Galeristen wegen des »Zusatz-Künstlers«, des Afghanen mit dem Hosen-Pullover, was mit Lutz wiederum nicht abgesprochen war. *Fast wie bei uns im Geheimdienst,* dachte Jasmin. *Da ist auch geheim, was die anderen machen.*

»Und?«, fragte Jasmin und trank von ihrem Sekt. »Was hältst du von dieser neuen Geheimwaffe? Kommt die überhaupt aus Deutschland?«

Jörg zuckte die Schultern. »Behaupten ja jedenfalls alle, aber wer weiß? Aus Silicon Valley scheint es nicht zu kommen, da war ich ja gerade.«

»Was denkst du? Das ist doch ein echter Google-Klon, oder?«

Jörg nickte. »Das stimmt. Es bietet nicht nur alles, was Google auch bietet, sondern kann auch geräteunabhängig gesteuert werden. Und zwar über diesen Ring, von dem alle reden und der mittels Hologrammen sowohl Tastatur als auch Bildschirm simuliert. Und dann auch noch Dinge dreidimensional darstellen kann.«

»Gibt es den schon?«

»Ein Prototyp ist wohl bald unterwegs. Einige sogenannte Meinungsmacher haben ihn auch schon. Und wenn es ihn dann gibt, werden alle, die hip sein wollen, mit diesen Holos-Ringen rumlaufen. So wie vorher mit den Fitness-Trackern und den Apple Watches.«

»Und wo haben die Holos-Leute das ganze Geld her?«

Jörg trank sein Glas aus und stellte es fast versehentlich auf einer Skulptur ab, die aus einem weiß angemalten Baumstamm gemacht war. Er sah sich ratlos um und behielt das leere Glas schließlich einfach in der Hand. »Keine Ahnung. Muss jedenfalls jemand mit verdammt tiefen Taschen sein. So ein Almosen-Verein wie *Bundesförderung für junge Unternehmer* oder was auch immer wird es sicher nicht sein.« Sein Handy klingelte. »Sorry«, sagte er. »Da muss ich dringend rangehen.«

Jasmin sah sich um. Eine junge Dame, blond und ziemlich hübsch, hatte schon die ganze Zeit in ihrer Nähe gestanden. Sie war offenbar ohne Begleitung hier, hatte aber einen gut sichtbaren Ehering an ihrem Finger. Jasmin hatte immer Mitleid mit Leuten, die irgendwo allein waren. Darum sprach sie die junge Dame einfach an.

»Haben Sie auch mit Kunst zu tun?«, fragte Jasmin, um das Gespräch zu eröffnen.

»Gott bewahre, nein! Ich schaue mir Kunst lieber an, als sie selbst zu machen.«

»Gibt eh mehr Künstler als Kunstkonsumenten«, knurrte Jörg, während er sich wieder dazugesellte und sein Handy in die Tasche steckte.

Jasmin überhörte den flapsigen Kommentar, der eindeutig in ihre Richtung gemünzt war. Oder in Lutz' Richtung. Jasmin und die junge Dame, sie hieß Nina, kamen ins Gespräch.

»Und, was machen Sie so?«, fragte Jasmin.

»Vor einiger Zeit war ich noch Chefin für Events bei einer großen Beratung. Dann habe ich meinen Hochzeitsblog eröffnet. Mit all meinen Erfahrungen von der Hochzeit.« Sie reichte Jasmin eine Karte. »Die Website läuft richtig gut. Und das Beste ist: Martha Steward Wedding hat mich gefragt, ob ich ihren Europa-Markteintritt online begleiten will. Wahrscheinlich wollen sie auch meinen Blog kaufen, mal schauen. Ich werde wohl so was wie eine Chefredakteurin.«

»Dann sind Sie jetzt Expertin für Hochzeiten?«

»Bin ich schon seit unserer Hochzeit.« Sie strahlte.

»Wann haben Sie geheiratet?«

»Vor zwei Jahren.«

»Und Ihr Mann?« Jasmin dachte an ihren Ex-Mann und an Lutz.

»Oliver? Der lustigste Typ, den ich kenne. Meistens jedenfalls.« Da war etwas in ihrem Gesichtsausdruck, der Jasmin aufhorchen ließ.

»Was macht er denn?«

»Daytrading. Hockt dauernd vor seinem Rechner und handelt mit irgendwelchen Aktien oder was auch immer.«

»Das klingt so, als würden Sie sich wünschen, er würde mit dem Daytrading aufhören.«

»Er sagt ja immer, dass er viel Gewinne macht. Ich kenne mich da nicht so aus. Ich hoffe, es stimmt. Er hat uns eine riesige Wohnung am Potsdamer Platz gekauft. Na ja, sagen wir, *angezahlt*. Der größte Teil davon gehört noch der Bank.«

»Die war sicher nicht billig.«

»Das denke ich auch. Er sagte, es sei ein *verspätetes Hochzeitsgeschenk*. Das fand ich total süß! Trotzdem. Manchmal würde ich mir wünschen, er würde nicht immer allein vor dem Bildschirm rumzocken, sondern öfter unter die Leute gehen. Wenn man die ganze Zeit allein ist, kommt man schnell auf dumme Gedanken.«

Die Frau heißt Nina Winter. Dann heißt ihr Mann Oliver Winter, dachte Jasmin. Und speicherte den Namen in ihrem Kopf ab.

KAPITEL 19

BERLIN, JULI 2015
Boxhagener Platz, Friedrichshain

Marvin Bowers.

Er war kein Hipster mit zotteligem Bart. Er war auch kein Yuccie, wie die Nachfolger der Hipster hießen. Das Einzige, was an ihm interessant war, war die riesige, mechanische Uhr, die er trug. Ansonsten war er nichts Besonderes. Er war eigentlich nur ein Proll.

Und, das wusste Slate, in nicht einmal zehn Minuten würde er tot sein.

Sein Auftraggeber hatte die Anzahlung bereits in Bitcoins geleistet. Slate hatte auf dem Rechner des Auftraggebers einen Cookie installiert, so dass immer sichtbar war, wann dieser Mann online war. Slate wusste gar nicht, warum, aber irgendwie schien das der richtige Weg zu sein.

Marvin Bowers betrat die Bar, die am Boxhagener Platz zwischen dem Alarabi-Restaurant und dem sogenannten »Burgeramt« lag, das keine administrativen Bürgerdienste verrichtete, sondern für seine Hamburger bekannt war. Die Bar war eine dieser Kneipen, wo es bei Todesstrafe verboten war, Coca-Cola zu ordern, sondern wo man gefälligst Fritz-Kola (mit K!) zu bestellen hatte. Dafür konnte man dort aber auch am Wochenende bis 16 Uhr frühstücken. Berlin eben.

Slate ging Bowers mit langsamen Schritten hinterher. Bowers steuerte die Toilette an.

Unisex-Toiletten, dachte Slate. Wie in Kreuzberg so üblich. Unisex-Toiletten waren wie geschaffen für Auftragskiller. Unabhängig davon, welches Geschlecht Zielperson und Killer hatten, man konnte jeden dorthin verfolgen. Slate warf einen Blick auf den Schlüssel, der immer in Reichweite war. Einen Vierkantschlüssel, mit dem man die Toilette auch von außen abschließen konnte.

Bowers öffnete die Tür zu einer der Kabinen. Die Toilette war ansonsten leer.

Das war der Moment!

Mit zwei schnellen Schritten war Slate an der Tür. Drängte Bowers in die Toilettenkabine hinein. Bowers konnte nur noch kurz grunzen, bevor ein Schlag mit dem Pistolenknauf gegen die Schläfe ihn bewusstlos zusammensinken ließ.

Slate schloss die Tür.

Dann war ein gedämpftes Fauchen zu hören.

Danach ein Poltern.

Bowers war tot gegen die Wand gesackt.

Einzig seine Uhr tickte noch.

Slate verließ die Kabine und schloss die Tür mit dem Vierkantschlüssel von außen ab.

Der Schuss mit dem Schalldämpfer ging direkt ins Herz. Erst einmal würde eine Menge Blut in die Kleidung fließen. Und irgendwann würde Marvin Bowers vielleicht zu Boden sinken. Und dann, aber erst dann würde sich eine dunkle Blutlache auf dem Boden ausbreiten und unter der Tür herauslaufen. Es würde lange dauern, bis jemand die Tür geöffnet hätte. Und bis überhaupt so etwas wie Panik ausbrach; falls die Leute dafür nicht viel zu besoffen waren.

Dann wäre Slate längst weg.

Weit weg.

Nachher würde Slate seinem Auftraggeber noch das Foto senden.

Marvin Bowers, tot, vor der Toilettenschüssel. Als hätte er sich gerade wieder einen seiner Kater ausgekotzt, nur dass es diesmal sein Leben war, das langsam an seiner Kleidung und am Porzellan der Toilette herunterlief.

Weihnachten war vorbei, und Geschäft war Geschäft, dachte

Slate und verließ das Lokal. Und ließ die Gäste, die Fritz-Kola, die Unisex-Toiletten und den toten Marvin Bowers zurück.

KAPITEL 20

BERLIN, JULI 2015
Oranienstraße, Kreuzberg

Marc klappte seinen Laptop zu. »Wir müssen in ein neues Café«, sagte er.

»Schon wieder?«

»Ja, das fällt auf, wenn wir zu lange mit dem gleichen WLAN im Dark Web sind.«

Auch Oliver klappte seinen Billig-Laptop aus dem Alexa zu. Sie standen von ihrem Platz auf, wo sie beide mit Kapuzenpullis, die Kapuzen auf dem Kopf, gesessen hatten, zahlten die Rechnung und gingen zweihundert Meter weiter in das nächste Café.

»Habt ihr hier WLAN?«, fragte Marc.

»Klar«, sagte der Inhaber.

»Kostenlos?«

»Natürlich kostenlos, das hier ist Kreuzberg, nicht Scheiß-Kapitalisten-Mitte.«

»Na super«, sagte Marc. »Es lebe der Sozialismus und die Anonymität!« Sie loggten sich ins TOR-Netzwerk ein, und die Geschichte ging weiter.

»Nun mal ehrlich«, sagte Oliver und stellte die Frage, die ihm schon die ganze Zeit auf der Seele brannte, »meinst du, dieser Killer hat den Proll umgebracht?«

»Er ist ein Auftragskiller, und du hast ihn bezahlt«, sagte Marc schulterzuckend. »Von daher solltest du doch wohl hoffen, dass der Proll bereits tot ist. Sonst hättest du ja dein Geld zum Fenster rausgeschmissen.«

»Ich weiß nicht, ich weiß nicht …« Oliver knetete seine Hände.

»Tut es dir leid um das Geld? Waren immerhin zehn Riesen. Damit kann man auch toll Urlaub machen. Oder unser Start-up finanzieren. Aber wenn der Typ wegmusste, dann musste er weg.« Marc schnitt eine abgelaufene Kreditkarte mit einer Schere durch. Oliver wollte gar nicht wissen, ob es seine eigene war.

»Um das Geld tut es mir nicht wirklich leid«, sagte er. Denn was waren fünftausend Euro Anzahlung gegen achthunderttausend Euro Schulden?

»Na also. Abgesehen davon, habe ich mal nachgeschaut. Dieser Slate wird in allen Foren super bewertet. Macht immer seinen Job zur höchsten Kundenzufriedenheit. Es gibt auch viele Spinner in dem Geschäft, aber dieser Slate ist offenbar echt ein High Performer. Hat bisher jeden Job perfekt erledigt.«

»*Erledigt* … Dann bin ich ja beruhigt.«

»Zurück zum Geschäft«, sagte Marc. »Lass uns endlich unsere Handelsplattform eröffnen. Einen Namen haben wir ja schon.«

»Narcobay.«

»Genau.«

»Und was kostet das?«

»Wie gesagt, alles zusammen zwischen fünfzig- und siebzigtausend. Jetzt unmittelbar würden aber nur dreißigtausend Euro anfallen.«

»*Nur?*« Wenig erschien das Oliver nicht.

»Das ist das erste Framework der Website. Dann haben wir erst mal alles. Den Rest später. Da können dann Käufer und Verkäufer zusammenkommen. So was gibt es in Deutschland noch gar nicht, ist aber überfällig. Silk Road wurde zugemacht, und alle sitzen auf dem Trockenen.«

»Erst dreißigtausend«, murmelte Oliver. »Dann siebzigtausend. Ganz schön viel.«

»Ja, aber es kommt auch einiges dabei raus. Laut Forbes hatte Silk Road am Ende Umsätze von zweiundzwanzig Millionen im Jahr. 'ne Menge Holz. Und du weißt ja, wie die Margen im Drogenhandel sind. Es ist eines von den drei profitabelsten Geschäften der Welt: Drogenhandel, Menschenhandel, Waffenhandel.«

»Wir sind also in guter Gesellschaft.«

»In jedem Fall.«

»Und wahrscheinlich bald ebenfalls im Knast wie der Silk-Road-Gründer. Hat der nicht lebenslänglich gekriegt?«

»Ja, in den USA. Aber doch nicht hier. Hier ist alles total lax, hier kannst du machen, was du willst. Solange du nicht vergisst, deine GEZ-Gebühren zu bezahlen, passiert dir hier nichts.«

»Und was hat dieser Gründer von Silk Road ... wie hieß der noch?«

»Dread Pirate Roberts.«

»Was hat der alles verkauft?«

»Das, was wir auch verkaufen: Alles: Drogen, MDMA-Pulver ...«

»MDMA?«

»Methylendioxy-N-methylamphetamin.« Marc trank von seinem Kaffee. »'ne Partydroge.«

»Nimmst du so'n Zeuch auch selbst?«

Marc schüttelte den Kopf. »Ich trinke Bier und rauche mal 'ne Tüte.«

»Aber wir verkaufen das alles?«

»Klar, wir sind Dealer, aber keine Konsumenten.«

»Was verkaufen wir noch?«

»LSD, Cannabis, Kokain, Magic Mushrooms, Ketamine, Amphetamine ...«

»Also lauter Drogen?«

»Nicht nur Drogen. Auch Waffen, Twitter-Follower, Facebookfreunde, geklaute Festplatten, VISA-Karten. Und Banknoten. Tausenddreihundert Euro kosten im Dark Web nur fünfhundert Euro. Ist doch ein super Deal. Absolut fälschungssicher. Die bestehen sogar den Prüfstift im Handel.«

»Okay«, sagte Oliver, um mal zur Sache zu kommen. »Ich zahle erst mal, du machst die Arbeit. Wenn es gut läuft, machen wir fifty-fifty, sonst kriege ich erst mal 70 Prozent, bis es gut läuft, richtig?«

»Richtig!«

»Und wie geht es dann los?«

»So zum Beispiel.« Marc rief eine Website im Dark Web auf.

https://Shopsat2dotfotbs.onion

Oliver blinzelte auf den Bildschirm. »Und was zur Hölle ist das?«

»Das ist ein Content Management System, mit dem man einen TOR-Shop bauen kann.« *Build your own onion store*, stand dort. »Da haben wir alles: Bitcoin-Bezahlsystem, Nachrichten-Center zur Kommunikation mit den Kunden, Order Tracking, Bestandsmanagement, schneller Server mit Back-ups, eigene Domain, freies Logo und noch eigene Verlinkung auf andere Dark-Web-Seiten.«

Oliver zog die Augenbrauen hoch. »Da kann man ja wirklich einen richtigen Shop draus machen.«

»So ähnlich. Nur halt im Dark Web. Und deswegen viel profitabler. Die Bezahlung läuft genauso, wie du auch Slate bezahlt hast. Die Bitcoins landen als Zwischensumme beim Treuhänder, der das Geld auf der anderen Seite so lange aufbewahrt, bis die Lieferung zugestellt ist. Dafür kriegt er eine kleine Gebühr.«

»Funktioniert so nicht auch PayPal?«

»Richtig. Nur das hier ist anonym. PayPal nicht.«

Marc klickte weiter auf eine andere Seite.

»Bitcoin Fog?«, fragte Oliver. »Was ist das?«

»Bitcoin Fog ist eine eigene Geldwaschanlage für Bitcoins.«

»Ich dachte, Bitcoins seien immer anonym?«

»Ja, aber vielleicht brauchen wir auch diesen Wäsche-Service mal. Wenn wir die anonymen Bitcoins auch noch waschen, sind wir hundertprozentig sicher. Sollten wir aber nur machen, wenn es nicht anders geht. Die wollen nämlich auch Gebühren haben.«

»Okay.« Oliver trank von seinem Kaffee, den der Barmann gerade gebracht hatte. Dabei hatten sie schnell den Monitor etwas nach unten geklappt. »Wie geht es weiter, wenn wir die Plattform haben?«

»Erst mal müssen wir den Versand selbst machen.«

»Wir verticken Drogen? Ich dachte, das macht die Plattform?«

»Ja. Aber wir brauchen Traffic auf der Website. Und für den müssen wir erst mal selbst sorgen.«

»Und wo kommen die Drogen her?«

»Erzähl ich dir nachher. Habe einen super Lieferanten.« Marc grinste und senkte die Stimme. »Wir dürfen nur die Bestellungen niemals von zu Hause abrufen. Auch nicht mit WPA oder WPA 2. Immer ein öffentliches WLAN nutzen. Und immer andere beziehungsweise wechselnde Verbindungen. So wie hier. Damit sich keiner in das WLAN reinhackt.« Er schaute auf die Uhr. »Wir müssen auch bald wieder weiter. Dürfen nicht zu lange das gleiche WLAN nutzen. Maximal zwanzig Minuten. Am besten nur zwölf.«

»Was noch?«

»Einweghandschuhe beim Verpacken der Pakete, aber immer zwei Paar übereinander. Ein Paar allein lässt Fingerabdrücke durch.«

»Ist das so?«

»Ja. Wenn die Bullen gutes Equipment haben, merken die das. Und immer gedruckte Etiketten. Und silbrige Verpackungen. Und die mit Alkohol säubern. Und bloß keine Briefmarken online kaufen. Alles in wechselnden Post-Filialen bar bezahlen.

Da müssen wir uns eine gute Herangehensweise überlegen, sonst kann es sein, dass wir zehn Stunden an den Bestellungen sitzen.«

»Und wenn jemand ins Paket reinschaut?«

»Geht eigentlich nicht. Pakete durchsuchen ohne richterlichen Beschluss ist in Deutschland aufgrund des Post- und Fernmeldegeheimnisses ausschließlich dem Zoll gestattet. Und wir versenden erst mal innerdeutsch.«

»Und wenn dann später andere über unsere Plattform nach Europa versenden?«

»Ist das deren Problem. Wir stellen ja nur die Plattform und sind die großen Unbekannten.«

»Aber erst einmal verschicken wir den Scheiß doch selbst?«

»Ja, aber dann kriegen wir ganz schnell die Vendors, also die Verkäufer. Die verkaufen über unsere Plattform, so wie Amazon Marketplace.«

»Und das wird funktionieren?«

»Todsicher! Jeder kauft seine Drogen doch viel lieber über eine Plattform als in irgendeinem dunklen Park. Es gibt öffentliche Bewertungen, die gibt es im Görlitzer Park nicht, kein gestreckter Mist, und du musst als Verkäufer auch nicht Angst haben, dass irgend so ein Junkie, der den Stoff braucht und keine Kohle hat, dir mal eben einen Baseballschläger über den Kopf zieht oder gleich die Kehle durchschneidet. Alles offen, transparent und kundenfreundlich! Wir sitzen nur auf dem Arsch und sorgen dafür, dass die Plattform funktioniert. Und kriegen dafür Provision.«

»Und wie viel?«

»Üblich sind 8 Prozent bis zu fünfhundert Dollar Warenwert, 6 Prozent bis fünftausend und 5 Prozent bis zehntausend Dollar.«

»Und in Euro?«

»In etwa das Gleiche.«

»Und wie finden die uns?«

»Über Grams. Das ist die Suchmaschine im Dark Web. Hier.«

Oliver nickte. »Die habe ich schon gesehen. Sieht wirklich wie Google aus.«

»Ist Absicht. Ist das Google des Dark Web.«

»Ist aber nicht von Google?«

»Nicht, dass ich wüsste.« Marc nahm einen großen Schluck von seinem Kaffee. »Da müssen wir gut gerankt sein. Unsere Wettbewerber sind Alpha Bay, Agora und Nucleus Market. Die Qualität müssen wir auch haben, ebenso die Positionierung, den Rang in der Suchfolge und das Vertrauen. Besonders das Vertrauen der Kunden. Sagen ja die Banken auch immer: *Vertrauen ist der Anfang von allem.* Aber das kriegen meine Jungs hin.«

Oliver lehnte sich zurück. »Wettbewerber gibt es aber ja schon, wie es aussieht? Wir sind nicht die Einzigen, die so was machen?«

Marc nickte. »Ein paar Wettbewerber gibt es schon. Aber halt so gut wie keine in Deutschland. Digitales Dritte-Welt-Land halt.«

»Aber wenn das schon alle machen, machen wir doch nichts Neues.«

»Stimmt. Machen einige, aber nicht hier.« Er trank von seinem Bier. »Abgesehen davon: Man sollte aber auch nie in ein Geschäft einsteigen, wenn es noch Neuland ist.« Er schaute Oliver an. »In welche Länder geht Aldi?«

»In die Länder, wo es schon Supermärkte gibt.«

»Korrekt. Und wie war das bei Google? Gab es da schon Suchmaschinen?«

»Ja. Lycos. Yahoo …«

»Na also.« Marc trank seinen Kaffee aus. »Peter Thomson nennt das *last mover advantage.* Der Vorteil von dem, der sich zuletzt bewegt.«

»Wer?«

»Peter Thomson. Der Gründer von *Elrond* und einer der ersten Investoren in Google und Facebook.«

»Na, dem muss es ja gutgehen.«

»Tut es auch. Einen seiner dicksten Fische kennt kaum jemand. Er hat diese Big-Data-Firma namens *Elrond.* Man sagt, die können sogar Spuren ins Dark Web verfolgen.«

»Ehrlich?«

»Sagen sie jedenfalls.«

»Also auch zu uns?« Oliver war noch etwas unwohler geworden.

»Ach was!«

»Ich weiß nicht so recht.« Oliver dachte einige Sekunden nach. »Wie ist das, Marc: Wenn wir erst mal selbst die Drogen verticken …«

»Ja?«

»… woher haben *wir* denn dann die Drogen?«

Marc grinste. »Das erklär ich dir gleich. Lass uns aber erst mal das Café wechseln. Die zwölf Minuten sind um.« Er hob die Hand Richtung Bedienung. »Zahlen, bitte!«

KAPITEL 21

ANGOLA / WESTAFRIKA, JUNI 2010
Luanda, Hauptstadt von Angola

Luanda, die Hauptstadt Angolas, war eine der teuersten Städte der Welt, noch vor Singapur, Tokio und Zürich. Wenn man es genau nahm, war Juba, die Hauptstadt des Süd-Sudans, noch teurer, weil man dort Tausende von Dollar für Sicherheitsdienste bezahlen musste, ähnlich wie in Bagdad.

Nur was die sonstigen Kosten anging, machte Luanda keiner anderen Stadt etwas vor. Jedenfalls in den feineren Gegenden.

Die Monatsmiete für ein Dreizimmerhaus in Luanda betrug fünfzehntausend – Dollar wohlgemerkt, nicht Kwanza, die Währung Angolas. Ein Sandwich in einem der besseren Hotels kostete dreißig Dollar, eine Flasche Dom-Pérignon-Champagner zweitausend Dollar pro Flasche.

Aber die Herren, die auf der Terrasse des Fünfsternehotels saßen, aßen und tranken umsonst. Der Besitzer des Hotels war ein guter Freund des Präsidenten, und der war sehr an diesem Deal interessiert, den ihm Alexander Michalew, Stabschef des Kreml, vorgestellt hatte.

Unten verlief die Strandpromenade, und die sah genauso aus wie in Monte Carlo. Mit sechsundzwanzig Grad Celsius war es an diesem Sommertag gar nicht so heiß, wie man es erwarten sollte, und der Wind von der Küste sorgte für eine frische Brise, um einen kühlen Kopf zu bewahren. Den brauchten die Herren, besonders Alexander Michalew, der die anwesenden Bankiers von seinem Deal überzeugen musste. Die Chinesen, die ebenfalls mit im Boot waren, waren dabei Feind und Freund zugleich. Denn die Chinesen hatten Angola mittlerweile fast vollständig übernommen, und der Stern der Kommunistischen Partei Chinas war auch in der Flagge Angolas zu sehen. Es war wohl in der Tat der Stern Chinas, wie es Michalew schon häufiger gehört hatte, nicht der Russlands. Zeit für Russland, mal wieder zu zeigen, wer in Afrika das Sagen haben sollte.

Michalew saß gemeinsam mit Levin Wang von der China First Bank auf der großen Terrasse, ebenso Andrej Tatamowitsch von der Moskauer Novisbank, Charles Taylor von der Banco Angolano in Angola, und Jürgen Schilling, ein früherer Devisenbeschaffer der DDR, der im Team von Alexander Schalck-Golodkowski gearbeitet hatte. Ebenso waren einige Investmentbanker aus London und New York vor Ort, die ihren Teil von dem Kuchen abbekommen wollten, auch wenn westliche Kapitalgeber nicht unbedingt gern gesehen waren. Michalew, der einmal beim KGB in Dresden stationiert gewesen war, hatte darum auch absichtlich mit Jürgen Schilling Deutsch gesprochen, eine Sprache, die nur die beiden verstanden, auch wenn Charles Taylor ein paar Brocken mitbekam. Was viele nicht wussten, war, dass die DDR und Angola zur Zeit des Kalten Krieges eng zusammengearbeitet hatten und es einen regen Austausch, auch von Landsleuten und Generälen, gegeben hatte. 1989 hätte die DDR beinahe noch einen riesigen Rohstoffdeal mit Angola durchgesetzt, der dazu geführt hätte, dass der Staatsbankrott der DDR um Jahre, wenn nicht gar Jahrzehnte verzögert worden wäre. Doch dann war die Mauer gefallen, und es war zu spät gewesen. Darum, so dachte Michalew immer, durfte man nichts dem Zufall überlassen. Die Zentralgewalt musste die Lawine sein und bleiben. Nicht der Zorn des Pöbels.

»Die Standard Bank aus Südafrika ist auch dabei«, sagte Charles Taylor, »wenn die Rendite stimmt.«

»Die stimmt«, sagte Michalew. »Sie alle kriegen Ihr Geld attraktiv verzinst zurück.« Was er nicht sagte, war, dass es ohne externe Investoren gar nicht ging, das Projekt auch nur irgendwie zwischenzufinanzieren. Russland hatte zu dieser Zeit Devisen von etwa vierhundert Milliarden Dollar, die aber nicht angetastet werden sollten, auch nicht vom FSB. Also musste das Geld irgendwo anders herkommen. Ein Teil kam von der russischen Novisbank, aber die gesamte Summe konnte auch die nicht stemmen.

»Wie viel brauchen Sie insgesamt?«, fragte Levin Wang aus China.

»Hundert Milliarden«, sagte Michalew.

Betretenes Schweigen. Mit einer derartigen Summe hatte wohl doch keiner gerechnet.

»Uns schwebt ein Fremdkapital-Cocktail vor«, sprach er gleich weiter, um die Stille zu überbrücken, »aus einer großen Kreditlinie von fünfzig Milliarden, Anleihe-Emissionen von fünfundzwanzig Milliarden und weitere fünfundzwanzig Milliarden aus anderen Quellen.«

»Und wenn es schiefgeht?« Das war einer der Investmentbanker aus New York.

»Dann haften die russische Föderation und der Staat Angola mit Rohstoffbeteiligungen und Lieferungen in identischer Höhe«, sagte Michalew. Charles Taylor von der Banco Angolano verzog das Gesicht. Aber Angola hatte keine Wahl. Der Bürgerkrieg, der das Land fast komplett zerrissen hatte, war noch längst nicht vorbei, und die russischen Waffenlieferungen, die regelmäßig und pünktlich eintrafen, waren für die Regierung der beste Garant für Ruhe und Ordnung. »Aber glauben Sie mir«, fuhr Michalew fort, »es wird gutgehen!«

Jetzt nickte Charles Taylor. Angola war der zweitgrößte Öl- und Gasproduzent Afrikas südlich der Sahara, und es war erklärtes Ziel, die Volkswirtschaft zu diversifizieren. Weg von Rohstoffen, hin zu Services, ähnlich wie das Scheich Mohammed bin Rashid al Maktoum vor zwanzig Jahren in Dubai begonnen hatte.

»Ich kann nicht sagen, was es ist«, sagte Michalew, »aber es ist etwas Großes. Etwas sehr Großes. Und ihr alle werdet reichlich entlohnt werden. Und gleichzeitig werden wir den Vereinigten Staaten eine Lektion verpassen, die sie so schnell nicht vergessen werden. Und Europa wird dabei ziemlich schnell klarwerden, auf wen es in Zukunft zu hören hat.«

Er schaute alle nacheinander an.

»Auf uns!«

»Auf uns?«, sagte Tatamowitsch von der Novisbank. »Das klingt doch fast wie ein Trinkspruch!« Er winkte den Kellner herbei, der den teuren, aber für die Herren kostenlosen Dom Pérignon einschenkte.

Michalew blickte Tatamowitsch stolz an. Tatamowitsch hatte seine Lektion gelernt. Endlich. »Auf uns«, sagte Michalew.

Jeder setzte dem Trinkspruch noch einen Spruch in seiner Landessprache hinzu.

Cheers, sagten die Investmentbanker aus New York.

Prosit, sagte Jürgen Schilling aus Dresden.

Gānbēi, sagte Levin Wang, der Trinkspruch, der auf Chinesisch so viel wie *Tasse leer* hieß, und er leerte sein Glas tatsächlich in einem Zug.

Na sdorowje, fügten Michalew und Tatamowitsch noch hinzu, der alte russische Trinkspruch, was so viel hieß wie *Auf die Gesundheit.*

Als Letztem war es an Charles Taylor, als Gastgeber, etwas zu sagen: »Bei uns in Angola sagt man: Wenn zwei Elefanten kämpfen, leidet das Gras.« Er grinste alle mit seinen weißen Zähnen an. »Lasst uns ein Bündnis der Elefanten schließen, damit unsere Feinde noch mehr leiden!«

Dem hatte niemand etwas hinzuzufügen.

KAPITEL 22

BERLIN, JULI 2015
Moritzplatz, Kreuzberg

»Also«, fragte Oliver, als sie sich im nächsten Café mit ihren Laptops hingesetzt hatten, die Kapuzen ihrer Pullis wieder auf dem Kopf, »wo kommen die Drogen her?«

Marc grinste. »Von einem befreundeten Bullen.«

»Was?« Oliver glaubte, er habe sich verhört. Der korrupte Bulle, der Drogen liefert. Das war ja nun wirklich das Paradeklischee aus einem schlechten Gangsterfilm. Fehlte noch die Frau des Gangsterbosses, die den Gangster verführt, und der bestechliche Boxer, der für viel Geld absichtlich auf die Bretter geht.

»Reg dich nicht auf«, sagte Marc. »Da wird doch öfter mal was beschlagnahmt. Drogen, meine ich. Und die, ähm, kommen nicht immer überall dort an, wo sie hinsollten.«

»Ich dachte, das wird alles genau gewogen und gezählt?«

»Nicht immer. Kommt drauf an, wo es herkommt.«

Beide waren in dem neuen Café zu einer Apfelschorle übergegangen. Noch mehr schwarzer Kaffee, und sie würden Herzflimmern bekommen.

»Und wo kommt das Zeug her?«

»Aus Bodypackern.«

»Bodypacker? Sind das nicht diese ...«

»Ganz genau. Diese Typen, die Koks in Kondome wickeln, die Kondome schlucken und auf diese Weise in ihrem eigenen Körper Drogen schmuggeln. Meist aus Südamerika per Flugzeug nach Europa.«

»Und?«

»Ab und zu platzt mal so ein Kondom. Oder mehrere.«

»Und dann?«

»Dann gibt es eine Überdosis direkt in die Magen-Schleimhaut.«

»Überdosis?«

»Und wie!«

»Und dann?«

»Tod! Die Leichen kommen dann meist in die Rechtsmedizin. Die Jungs vor Ort pulen die Kondome mit den Drogen aus den Innereien raus.«

»... und geben sie an die Polizei?«

»Genau. Und manche der Kollegen von der Polizei schauen halt nicht so genau hin, was sie da bekommen und was sie davon tatsächlich abliefern. Manches liegt auch einfach eine ganze Weile im Drogendezernat des LKA.«

»Wie lange?«

»Manchmal sehr lange.«

»Und da kennst du einen?«

»Sagen wir mal so«, sagte Marc. »Ich hab da einen Freund, der dafür sorgt, dass die Zettel anders ausgefüllt sind und auf einmal keine Drogen mehr da sind.«

»Und das fällt nicht auf?«

»Glaubst du, da sucht noch einer nach den Drogen? Bei dem, was da sonst noch alles aufläuft? Abgesehen davon: Die Hacker haben den Banken bisher neunhundert Millionen weggenommen. Allein in Europa. Da fallen wir mit den paar Drogen ja wohl kaum auf.«

»Verstehe«, sagte Oliver, »wir sind fast so gnädig wie die Caritas.« Er lehnte sich zurück. »Ich fass das mal zusammen: Wir verkaufen also als Erstes Drogen, die aus den Körpern von irgendwelchen Leichen aus Südamerika kommen?«

Marc wackelte mit dem Kopf. »Die Leichen waren ja vorher lebendige Bodypacker. Und die Drogen waren schön in Kondome verpackt. Hygienisch passt das also. Aber ja, prinzipiell hast du recht.«

»Und was bekommt der Bulle dafür?«

»Er gibt uns die Drogen und hat uns nie gesehen.«

»Und das macht er nur, weil wir so schöne Augen haben?«

»Nein. Wir geben ihm natürlich 20 Prozent.«

»Und dann?«

»Dann packen wir das Zeug ein. Und versenden es. Solange wir alles innerdeutsch machen, ist das kein Problem. Und Deutschland ist ja nicht gerade klein. Wenn wir international versenden, müssen wir vorsichtiger sein. Dabei ist die einzige Gefahr der Zoll. Wir müssen deshalb nur dafür sorgen, dass die Zollhunde nicht merken, dass Drogen in den Paketen sind.«

»Und wie machen wir das?«

Marc grinste wieder und stand auf. »Das zeige ich dir. Jetzt!«

KAPITEL 23

BERLIN, JULI 2015
Gegend um den Hauptbahnhof

Jasmin und Ressler stiegen aus dem Wagen, einem schon etwas betagten Audi, und schauten auf die riesige Brache nahe dem Hauptbahnhof. Während nahe dem Bahnhof schon ein Hotel nach dem anderen in die Höhe schoss, sah die Gegend hier noch fast so aus wie in den neunziger Jahren. Doch alle Zeichen sprachen dafür, dass die Brache sich schnell füllen würde. Etwas weiter im Osten schraubte sich das Garden Living an der Chausseestraße in die Höhe, gebaut für die, bei denen das Geld extrem locker saß. Nördlich das neue Hochhaus des Energie-Multis *Total*. Ansonsten riesige, blaue Rohre, die über die Straße liefen, Baustellen, Sandwüste und dazwischen eine Tankstelle und ein paar Imbissbuden. Daneben Bauzäune, ausgetrocknete Rasenflächen inmitten der Steppe. Stromkabel hingen an Masten, die chaotisch über die Straße führten. Hätte jemand nur diesen einen Bereich aufgenommen und gesagt, dies wäre ein Foto aus der Zentralafrikanischen Republik, wahrscheinlich hätte es jeder geglaubt.

Ein einzelner, wilhelminischer Wohnblock stand allein inmitten der Leere wie ein Kunstwerk auf der documenta.

Jasmin war müde, da sie in der Nacht noch eine Partnertherapie für Lutz machen musste. Der war extrem enttäuscht gewesen, weil kein Bild verkauft worden war, und fühlte sich wie ein Versager. Das sei er nicht, hatte Jasmin ihm gesagt, der Mann, den sie liebe, könne kein Versager sein. Trotzdem hatten sie es doch noch irgendwie hingekriegt, sich zu streiten, die kleine Carla war aufgewacht, und Jasmin hatte lange, mit Carla auf dem Arm, auf dem Balkon gestanden, zwischen dem Sonnenschirm, dem Tisch und dem Bierkasten. Dabei hatte sie an Nina gedacht, die sie am Ende der Vernissage getroffen hatte. Und die Dinge, die sie ihr gesagt hatte. *Nina Winter*, hatte sie gedacht, während sie die kleine Carla auf dem Arm hielt und vom Balkon aus in den Hinterhof schaute. Und ihr Mann *Oliver Winter*, der zu oft vor dem Bildschirm saß. Es schien, als würde Nina irgendetwas ahnen, und als würde Oliver ihr irgendetwas verheimlichen. Jasmin wusste nicht, warum, aber ihr Bauchgefühl sagte ihr, dass sie vielleicht einer Spur folgte, die vielversprechend sein konnte. Auch wenn sie natürlich niemals Nemesis oder den BND für derart spekulative Bauchgefühl-Aktionen einspannen konnte. Aber dafür hatte sie ja andere Kooperationspartner.

»Die Brache hier wird es nicht mehr lange geben.« Resslers Stimme holte sie ins Hier und Jetzt zurück. Er zupfte an seinem zerbeulten Hemd. Ressler hatte auf dem kurzen Dienstweg ein paar Informationen über Holos herausbekommen, die so nicht in den Medien standen. Nichts, womit sie irgendetwas gegen die Firma unternehmen konnten, falls es da überhaupt etwas zu unternehmen gab, aber mehr als all die Mutmaßungen und Verschwörungstheorien.

Jasmin blickte auf die Ebene zwischen Heidestraße und Lehrter Straße. Direkt in der Stadt, aber trotzdem noch leer. »Hier ist doch sonst immer das deutsch-amerikanische Volksfest«, sagte sie.

»Tja«, Ressler zog eine filterlose Zigarette aus einem silbernen Etui. Er hatte Jasmin einmal anvertraut, dass er nur draußen rauchte und nur, wenn er im Stress war. Dafür, dass er oft im Stress war, rauchte er recht selten. Das Silberetui benutzte er, weil ihm die ganzen Schreckensansagen auf den Schachteln wie *Rauchen tötet* auf den Geist gingen. Denn es gab, so sagte er immer, noch sehr viele andere Dinge auf der Welt, die einen töten konnten, auf die es aber keinerlei Hinweise gab. Er zündete die Zigarette mit seinem Benzinfeuerzeug an. Jasmin hatte früher auch einmal geraucht, aber vor der Schwangerschaft damit aufgehört und nie wieder angefangen. »Klingt wie eine Kampfansage an Google & Co.«

»Holos?«, fragte sie.

Ressler nickte. »Laut Pressemitteilung und unseren Recherchen soll das neue Hauptquartier von denen, das hier entsteht, Standards setzen. So ähnlich wie die neue Zentrale von Apple in Cupertino. Die Scheiben kommen von dem gleichen deutschen Glashersteller, den auch Apple hat. Und noch vieles mehr. Ein automatisches Parksystem, ein Veranstaltungsbereich, natürlich kostenloses Essen, Fitness, Yogakurse et cetera.«

»Wie groß wird das?«

»Riesig. Müssen auch einige reinpassen. Holos kann sich vor Bewerbungen nicht retten.«

»Kommt mir irgendwie unheimlich vor, auch wenn ich gar nicht sagen kann, warum.«

»Müssen Sie auch nicht. Das Ding *ist* auch unheimlich. Dieser Ring, den es von denen bald geben wird, kriegt alles mit, was in seinem Umfeld passiert.«

»Erste Versuche wurden ja schon mit der neuen Xbox gemacht, die auch sieht, was der Benutzer gerade vor dem Fernseher macht.«

»Oder dieser Amazon-Lautsprecher, der nicht nur Geräusche macht, sondern auch alles aufnimmt«, ergänzte Ressler und zog an seiner Zigarette. »Das Internet der Dinge. Die Überwachung findet dann überall statt. Und wo die Daten hingehen, weiß kein Mensch. Wobei das ja jetzt auch schon geht. Mit einfachster SS7-Technologie können Sie ein Handy zu einer Wanze machen, die den Besitzer ständig belauscht und filmt, ohne dass der etwas davon ahnt. Der User merkt davon nichts, nur die Batterie wird verdächtig schnell leer.« Er schaute Jasmin an. »Haben Sie sich schon mal gewundert, warum der Akku bei Smartphones so schnell leer ist? Es gibt Verschwörungen, die besagen, dass die iPhones absichtlich eine – scheinbar – schwache Batterie haben, damit so etwas gar nicht auffällt.«

»Meinen Sie, uns belauscht auch jemand? Gerade jetzt?«

Ressler zuckte die Schultern. »Die NSA hat diese Vereinbarung mit allen Netzwerkanbietern in den USA und wahrscheinlich auch mit den Five Stars.«

Die *Five Stars* waren die USA und die befreundeten Geheimdienste: Neuseeland, Großbritannien, Australien und Kanada.

»Und was macht Holos sonst noch so?«, fragte sie.

»Laut unseren Informanten angeblich sogenannte *Wearables 2.0*. Also Dinge, die implantiert werden. Unter den Patenten von Holos ist auch eines für Mikrofone, die in die Haut eingebracht werden können. Angeblich soll man das sogar zu Hause machen können, so ähnlich wie mit einer Diabetesspritze. Damit können Sie dann dem Navi in Ihrem Auto sagen, wo Sie hinwollen. Oder Ihrem Handy, wenn Sie auf dem Fahrrad sind. Ohne, dass Sie in irgendein Mikrofon sprechen müssen.«

»Schöne neue Welt …« Sie überlegte ein paar Sekunden. »Auch wenn mir das Ganze ebenso unheimlich ist: Aber muss es so schlecht sein, wenn aus Deutschland auch mal ein solcher Global Player kommt? Bisher haben wir, was Digitalisierung angeht, nur die Rücklichter der US-Giganten gesehen, ohne selbst voranzukommen. Die USA, China und Russland arbeiten gezielt daran, das Internet mit Hilfe von Weltmarktführern zu dominieren. Ihre Kartellbehörden lassen Zusammenschlüsse zu, die in Europa und besonders in Deutschland verboten würden. Drüben sind die Datenschützer viel toleranter. Und selbst die US-Steuerbehörden tolerieren, dass Google, Apple & Co weder in den USA noch in Europa nennenswert Steuern bezahlen.«

Ressler zuckte die Schultern und warf die Kippe auf den Boden. »Tja, wenn es denn ein deutsches Unternehmen ist …«

»Sie meinen, es ist kein deutsches Unternehmen?«

»Der Hülle nach ja. Doch in Wirklichkeit?« Er zuckte die Schultern. »Da habe ich meine Zweifel.«

»Sie haben mir auf dem kurzen Dienstweg ein paar Infos besorgt, dafür möchte ich mich bedanken«, sagte Jasmin, als sie wieder im Auto saßen, »und ich würde sagen, wir sind doch beide der Meinung, dass wir uns das mal genauer anschauen sollten. Was meinen Sie?«

Ressler bewegte sich sichtbar unbehaglich auf dem Beifahrersitz hin und her. Man sah, dass er seinen Lederkoffer vermisste, den er sonst gerne auf den Knien hatte, wenn er in einem Auto saß. »Bin nicht sicher. Da könnte was sein, aber wenn wir das Fass jetzt sofort aufmachen, scheuchen wir alle auf, und der Überraschungseffekt ist weg. Sie sollten es in jedem Fall abstimmen.«

»Mit Ihnen?«

»Das haben Sie ja schon. Jetzt noch eine Stufe höher.«

»Mit Kunhardt?«

»Wird wohl nicht anders gehen. Schildern Sie ihm Ihre Befürchtungen. Vielleicht hat er ein offenes Ohr dafür.«

Jasmin war zurück im Büro. Doch bei Kunhardt einen Termin zu bekommen, war heute schwerer als eine Audienz bei Papst Franziskus und Barack Obama zusammen. »Den ganzen Tag in Terminen und Telefonkonferenzen. Und morgen ist er schon wieder unterwegs«, ließ sie die Sekretärin, Frau Breuer, die mal wieder ganz die Aura eines *Herrn Breuer* umgab, permanent wissen. Jasmin versuchte es doch mit der direkten Durchwahl, als sie wusste, dass Frau Breuer gerade um die Ecke gegangen und das Vorzimmer frei war. Da erwischte sie den Chef direkt. Interessanterweise brach er das Gespräch nicht sofort ab, sondern hörte ihrem Anliegen immerhin kurz zu.

»Ein großes Ding?«, fragte er.

»Wenn es einfach so aus dem Boden schießt und keiner weiß, wo all das Geld herkommt, muss es doch ein großes Ding sein. Und wir müssen handeln!«

»Kommen Sie«, knurrte Kunhardt, »Sie wissen doch, wie es läuft. Wenn es ein richtig großes Ding ist, muss erst einmal eine Unregelmäßigkeit festgestellt werden, dann kommt ein Bericht, dann erfahre ich davon …«

»Tun Sie doch gerade.« Im nächsten Moment biss sich Jasmin auf die Zunge. Das war vielleicht etwas zu nassforsch. Dennoch fragte sie sich, warum Kunhardt jetzt auf einmal so formal bürokratisch war. Er hatte schon ganz andere Dinge durchgewunken, ohne auch nur irgendeinen Politiker zu informieren.

»Unterbrechen Sie mich nicht«, schnappte Kunhardt auch gleich. »Die Info geht dann von mir an das Kanzleramt, das Kanzleramt berichtet im Parlamentarischen Kontrollgremium über Unregelmäßigkeiten, und dann passiert vielleicht was.«

»Seit wann gehen wir immer durch die Vordertür?«, fragte Jasmin. »Das Prozedere ist mir auch klar, aber der Witz bei einem Geheimdienst ist schließlich, dass wir eben nicht ständig das Parlament fragen müssen. Und für Nemesis gilt das doch erst recht.«

»Ja«, sagte Kunhardt. »Nur in diesem Fall ist Ihr Anliegen leider vollkommen an den Haaren herbeigezogen. Es gibt keinen Grund, diesen Konzern Holos zu beschatten, denn er tut nichts Unrechtes. Und wenn es so wäre, dass da etwas krumm läuft, glauben Sie nicht, dass ich dann auch schon darauf gekommen wäre und etwas unternehmen würde?«

»Dann läuft dort also nichts, was irgendwie verdächtig wäre?«

»Nein«, knurrt Kunhardt, »ganz im Gegenteil! Sie unterstützen uns.«

Die Leitung klickte.

Jasmin fühlte die Stille nach dem Piepton.

Sie unterstützen uns, hatte Kunhardt gesagt.

Sie grübelte ein paar Minuten vor sich hin. Vielleicht sollte sie sich erst einmal um etwas anderes kümmern, wenn sie hier nicht weiterkam. Dann gab sie in ihrer Datenbank einen Namen ein.

Nina Winter.

Kurze Zeit später hatte sie die Kontaktdaten. Und alles andere, was wichtig war.

Steuernummer, keine Vorstrafen, verheiratet mit Oliver Winter seit September 2013.

Sie legte alles in einem Kontakt an und schickte den Kontakt per SMS an eine Nummer in ihrem Smartphone. Die Nummer von Antonija.

Schau dir die mal an. Und überleg, wie du an sie herankommst, schrieb sie dazu.

Antonija antwortete innerhalb von Sekunden. *Da wird mir schon was einfallen.*

KAPITEL 24

BERLIN, JULI 2015
Südlich von Marienburg

Sie waren einige Kilometer Richtung Süden gefahren, an Mariendorf und Lichtenrade vorbei.

»Hier rechts rein«, sagte Marc zu Oliver, der den Wagen, einen 3er BMW, lenkte.

»Was?«, fragte Oliver. »Hier in den Waldweg?«

Marc grinste. »Korrekt.«

Sie fuhren den rumpeligen Waldweg entlang, bis vor ihnen, auf einer Lichtung, eine kleine Hütte auftauchte.

»Wir sind da!«, sagte Marc.

»Gehört die dir?«, fragte Oliver, als sie ausstiegen.

»Fast. Sie stand lange leer, und da habe ich beschlossen, dass ich sie ab jetzt nutze. Jedenfalls habe ich ein Vorhängeschloss angebracht. Beziehungsweise zwei.«

»Das ist doch nicht etwa dein Wochenend-Waldhaus?« Zugetraut hätte Oliver ihm das.

»Nicht ganz, ich lagere hier etwas.«

»Drogen?«

»Auch nicht. Außerdem wäre mir das in so einer Hütte zu unsicher.« Er zog einen Schlüsselbund und öffnete die zwei Vorhängeschlösser. »Was ich hier habe, klaut garantiert keiner!«

Sie betraten die dunkle Hütte, die eigentlich nur aus einem quadratischen Raum bestand. Eher wie ein Schuppen. Der Gestank traf Oliver mit voller Wucht.

»Mein Gott, was ist das? Das riecht ja …!«

»Verfault?«, fragte Marc. Auf dem Boden lag ein Sack, der mit silbernem Klebeband verschlossen war. »Pass mal auf, was jetzt kommt.«

Marc griff in seine Umhängetasche und zog ein Paar Einweghandschuhe heraus. Die zog er an – und öffnete den Sack. Jetzt war der Gestank wirklich unerträglich. Und dann sah Oliver – ja, was eigentlich? Ein Gesicht? Oder eine Schnauze? Zähne? All das war schwarz, schmierig, irgendwie verfallen und zersetzt.

»Verdammt, was ist das?« Oliver merkte, wie er instinktiv einen Schritt zurückwich.

»Ein Hund«, sagte Marc trocken.

»Ein *was?*«

»Ein Hund. Noch nie von Hunden gehört? Laut Friedrich dem Großen *der beste Freund des Menschen.* Gehört zur Familie der *Canidae* innerhalb der Überfamilie der sogenannten *Hundeartigen,* zu denen auch die Füchse, Wölfe, Schakale, Kojoten, aber auch Haushunde gehören. So wie dieser hier, der zur Rasse der …«

»Verdammt, ich sehe, was das ist!« Oliver wich noch weiter zurück. »Aber das Vieh ist tot und verwest!«

»Richtig. Ist auch Sinn der Sache.«

Oliver fing sich allmählich wieder. »Warum?«

»Du hast doch gefragt, wie wir die Drogenspürhunde abhalten?«

Oliver blickte hintereinander den Sack und dann Marc an. »Damit?«

»Damit!« Marc schloss den Sack wieder. »Wenn Hunde eines nicht mögen, dann den Geruch von toten anderen Hunden. Darauf reagieren sie gar nicht, sondern verschwinden einfach.«

»Du hast doch wohl hoffentlich nicht vor …«

»Die Sendung damit einzureiben, ja. Genau das habe ich vor!«

»Dann stinken ja die Pakete dermaßen penetrant, dass der Zoll automatisch alarmiert ist.«

»Nicht, wenn wir sie nur leicht einschmieren. Hunde haben eine viel bessere Nase als Menschen. Menschen würden das kaum riechen, Hunde schon.«

»Und wo kommt der Hund her? Du hast ihn doch nicht etwa …?«

»Nein, der kommt aus dem Tierheim. Ist dort gestorben, und ich kenne dort einen, der …«

»Du bist echt geisteskrank!«

»Nur die Geisteskranken haben Erfolg«, sagte Marc, zog die Handschuhe aus und warf sie in einen Abfallbehälter, der in der Ecke der Hütte stand. »Und nur die, die Erfolg haben, bestimmen, wer geisteskrank ist.«

»Nehmen wir mal an, wir machen das so«, sagte Oliver, als sie wieder vor der Hütte standen. Er war alles andere als begeistert von der Strategie, die Marc ihm da vorgestellt hatte, wusste aber selbst keine bessere Alternative, um möglichst bald wieder an sein Geld zu kommen und seine Schulden zurückzuzahlen.

»Dann haben wir jetzt die Pakete geschützt. Uns fehlt aber noch die Ware.«

»Richtig«, sagte Marc. »Die hole ich jetzt. Das muss ich aber allein machen. Mit einem Taxi.«

»Du fährst zu dem Bullen? Dem korrupten, der die Bodypacker durchsucht?«

»Er durchsucht sie nicht selbst. Er nimmt nur die sichergestellten Drogen von der Rechtsmedizin entgegen. Und lässt sie dann verschwinden.«

»Hat er denn gerade Drogen?«

»Hat gerade was gekriegt, ja. Sonst würde ich nicht hinfahren.«

»Wie viel?«

»Ein Kilo. Tausend Gramm. Verkaufen wir für hundert Euro pro Gramm. Ist ganz reines Zeug, muss vom Endnutzer noch verdünnt werden. Das gibt es sonst nirgends. Höchstens noch direkt in Kolumbien.«

Oliver nickte anerkennend. »Macht hunderttausend Euro Umsatz.« Doch die wichtigste Frage fehlte. »Was will dein Kontakt noch dafür haben?«

»20 Prozent.«

»Also zwanzigtausend?«

»Richtig.«

»Wo kriegen wir die her?«

»Die brauche ich jetzt von dir. In bar.«

»Von mir?« War Oliver hier der Geldautomat? »Dreißigtausend für die Seite. Zwanzigtausend jetzt ...«

»Kriegst du mit Faktor 5 wieder. Wir verkaufen für hunderttausend Euro. Hundert Euro pro Gramm. Aus zwanzigtausend werden hunderttausend.«

»Wieso verkauft der Typ das nicht selbst?«

»Weil er nicht weiß, wie. Abgesehen davon, sieht's ja wohl komisch aus, wenn der als Bulle im Görlitzer Park mit dem Stoff auftaucht. Und einen Dark-Web-Shop kann er nicht mal eben schnell programmieren.«

»Gut für uns.«

»Allerdings. Also«, Marc machte eine Pause und schaute meditativ in den Himmel über der Lichtung. Ganz leicht hatte Oliver immer noch den Gestank des Hundes in der Nase. »Wenn unsere Jungs sich beeilen, ist der Shop in spätestens zwei Wochen fertig. Dann verticken wir das Zeug. Und haben alle Anfangs-Investments schon wieder drin. In nur zwei Wochen!«

Oliver war gerade eine Idee gekommen. »Wenn es im Dark Web Falschgeld gibt, und du hast doch erzählt, dass man dort wasserdichte Blüten kaufen kann«, sagte Oliver, »warum kriegt der Bulle dann keins? Vor allem, wenn es niemandem auffällt?«

»In der Größenordnung kann das schon riskant sein. Und der Typ ist immerhin Bulle. Wenn auch ein korrupter.« Sie stiegen ins Auto ein. »Daher brauche ich jetzt von dir die zwanzigtausend. Und zwar echte!«

»Sonst noch Wünsche?«

»Später noch die dreißigtausend, für den TOR-Shop.«

»Meinst du, die habe ich dabei?«

»Aber du weißt sicher, wo eine Bank oder ein Geldautomat ist.«

Oliver schnallte sich an. »In zwei Wochen haben wir alles wieder? Und dann läuft der Laden?«

Marc grinste wieder. »Weißt du noch, wie Steve Jobs den iPod verkauft hat?«

Oliver überlegte kurz. »Tausend Songs in deiner Tasche?«

»Und was machen wir?«, fragte Marc.

»Tausend Drogen mit einem Klick?«

»Richtig, Mann«, sagte Marc. »Jetzt haben wir auch schon ein Mission Statement! Fahr los, mein Kontakt macht um 16 Uhr Feierabend!«

KAPITEL 25

BERLIN, JULI 2015
Markgrafenstraße

Jörg schaute auf die Uhr. Langsam war es Zeit, nach Hause zu gehen, aber 23 Uhr war in der Start-up-Welt als Ende der Kernarbeitszeit durchaus normal. Abgesehen davon, wartete zu Hause ohnehin niemand mit dem Abendessen auf ihn. Das hatte er eh schon gegessen in Form einer Pizza vom Lieferdienst.

Die Gegend um die Markgrafenstraße war gerade im Kommen. In der Nähe, in der Schützenstraße, eröffnete BCG sein neues Berliner Büro. Der Nebenarm, BCG Digital Ventures, blieb am alten Standort am Hackeschen Markt. Dort sollte den etablierten Firmen beigebracht werden, wie sie mit der digitalen Wende umzugehen hatten. Ein Geschäftsfeld, das sehr gut lief, weil allen etablierten Firmen die Muffe ging, dass irgendein digitaler Neuankömmling sie auseinandernehmen könnte. Was sich in vielen Fällen auch bereits bewahrheitet hatte.

Jörgs Firma war lange Zeit im Gebäude von *Axel Springer Plug and Play* untergebracht. *Plug and Play.* Die Idee dieses sogenannten »Inkubators«, einer Brutstätte, wo Start-ups in Serie hochgezogen wurden, kam – natürlich – aus dem kalifornischen Silicon Valley. Saeed Amidi hatte in Sunnyvale, südlich von Mountain View, wo auch Google saß, Teppiche verkauft. Auch an Start-ups. Später hatte er auch bei deren Büroausstattung geholfen. Oft hatten die Start-ups allerdings nicht genug Geld, und so hatte sich Saeed in Anteilen an den Start-ups bezahlen lassen. Schließlich stellte Saeed auch die Büroräume für die jungen Firmen und bekam dafür Anteile. Einige der Start-ups wurden erfolgreich, die Anteile gingen durch die Decke, Saeed wurde ein reicher Mann – und Plug and Play war geboren. Erst im Silicon Valley und dann auch in Berlin. Der Inkubator Plug and Play in

Berlin war in dem ehemaligen Notfall-Büro der BILD-Zeitung eingerichtet, und auch Jörgs Start-up Com-Pare hatte dort das Leben erblickt. Mittlerweile war die Firma allerdings zu groß geworden und daher in ein größeres Büro umgezogen.

Auch wenn die Firma stark gewachsen war, war das Büro dennoch typisch für Start-ups eingerichtet. Rechner in langen Reihen, Nerds, die programmierten, Kühlschrank, Bier, Pizza, und Siebzig-Stunden-Wochen. Dazu Tischfußball und sogar eine Lego-Spielecke. Die Lego-Spielecke hatte Jörg damals zum ersten Mal bei Lycos, einem der frühen Pioniere der Internetsuche, gesehen, wo er 2001 ein Praktikum gemacht hatte. Die Lego-Ecke fanden alle toll. Nicht so toll fanden es amerikanische Besucher von der Lycos-Mutterfirma in den USA, als irgendein Witzbold in der Lego-Ecke aus Lego zwei World-Trade-Center-Türme gebaut hatte, in denen ein Flugzeug steckte. Die Amerikaner waren sauer, aber die Lego-Ecke überlebte dennoch. Auch wenn der 9/11-Bau unverzüglich auseinandergenommen wurde.

Jörg hörte Schritte. Sein Finanzchef Jochen kam gerade um die Ecke.

»Vorsingen bei Morningbird ist bestätigt«, sagte er.

Jörg war hellwach. »Wann?«

»Donnerstag in zwei Wochen.«

»Wie viel?«

»Wenn alles gutgeht: fünf Millionen!«

Jörg biss sich auf die Lippen. »Scheiße, die brauchen wir aber auch. Wie lange sind wir noch durchfinanziert?«

»Noch drei Monate, wenn alles so bleibt und uns nicht irgendwas gravierend um die Ohren fliegt«, sagte Jochen. »Danach brauchen wir entweder Geld, oder es wird ungemütlich.«

»Morningbird«, murmelte Jörg, »das wäre klasse. Die haben richtig Kohle. Wenn die irgendwo einsteigen, dann richtig!«

»Und deine Story hast du doch auch optimiert?«

Jörg nickte und verzog das Gesicht. »Ja, Howland hat mir aber auch ganz schön die Leviten gelesen.«

»Aber investiert hat er leider nicht.«

»Bisher nicht. Kommt vielleicht noch.« Er drehte sich komplett zu Jochen um. »Sag mal, wo haben diese Typen von Holos eigentlich die ganze Kohle her?«

»Gute Frage. Irgendwelche ganz dicken *big tickets* aus dem Ausland.« Jochen zuckte die Schultern. »Dinge, die wir gar nicht auf dem Schirm haben. Staatsfonds, Vermögen von irgendwelchen Herrscherfamilien, was auch immer.«

»Ganz sauber klingt das nicht.«

»Ist es wahrscheinlich auch nicht«, sagte Jochen. »Vor allem bei der Geschwindigkeit!«

»Ein dicker Fisch aus Silicon Valley war also nicht dabei?«

Jochen schüttelte den Kopf. »Nicht, dass ich wüsste!«

»Jörg!« Eine Stimme gellte schneidend durch den Raum. Heiko von der IT stand vor ihnen, mit seinem grünen Kapuzenpulli und den schmutzigen Chucks.

»Was ist los?« Doch Jörg ahnte schon, dass der Ton von Heiko nichts Gutes verhieß.

»Wir haben ein Riesenproblem«, stieß Heiko außer Atem hervor. »Mit unseren Kundendaten!«

KAPITEL 26

BERLIN, AUGUST 2015
Potsdamer Platz

Olivers Handy klingelte, als er gerade mit Nina über ihren künftigen Urlaub sprach.

Es war die Nummer von Marc. Deswegen nahm er den Anruf an.

»Hey, was gibt's?«, begann er, bevor Marc irgendetwas sagen konnte. »Bin gerade dabei, die Sache mit Nina wieder zu kitten.«

»Wie geht's der Dame?«, fragte Marc. Als ob ihn das interessieren würde.

»Sie war doch noch etwas sauer. Gar nicht mal wegen der Soho-House-Geschichte, sondern weil ich danach nicht bei der blöden Ausstellung war.«

»Dazu hat sie keinen Grund mehr«, sagte Marc. »Denn wir haben gerade achtzigtausend verdient! Die Plattform ist fertig, die Drogen sind verkauft und verschickt!«

Das hatte Oliver nicht erwartet. »Das darf nicht wahr sein!«

»Ist es aber. Du bekommst deinen Anteil per Bitcoins! 70 Prozent, wie abgemacht. Damit hast du die gesamten Anfangsinvestitionen wieder drin.«

»Ich weiß nicht, was ich sagen …« Er sah, wie Nina ihn beobachtete. *Wer ist das,* formte sie den Satz mit den Lippen. *Ein Freund,* hauchte Oliver stumm zurück.

»Kannst deiner Frau was Schönes kaufen«, sagte Marc. »Und sehr bald machen andere den Job für uns. Ein paar Ladungen müssen wir noch selbst verticken, um Vertrauen aufzubauen. Und ab dann ist nur noch *Plattform-Geschäft* angesagt!«

Oliver konnte es noch nicht ganz glauben. Aber warum sollte Marc ihm Blödsinn erzählen? Er würde nachher ins Dark Web gehen und sich die Bitcoins auf sein Kreditkartenkonto in der Schweiz überweisen lassen. Und von dort stückchenweise auf sein Bankkonto in Berlin. Da war nämlich gerade ziemlich Ebbe, nachdem noch die dreißigtausend für die Website und die zwanzigtausend für den korrupten Bullen abgegangen waren.

»Das Internet macht alles skalierbar«, redete Marc weiter. »Früher gab es Grenzen, wie viele Menschen ein Verbrecher pro Tag ausrauben konnte. Man musste schließlich physisch vor Ort sein. Hey, so wie in dem verdammten Investment Banking.

Wenn du nicht da warst und den Kunden zugequatscht hast, hat der auch nichts gekauft, oder?«

»Da hast du recht.«

»Bei uns passieren tausend Transaktionen gleichzeitig! Und mit jeder Transaktion verdienen wir!«

»Mit der Plattform, die wir jetzt haben?«

»Erst mal ja. Irgendwann werden wir mehr Serverkapazität brauchen, aber, hey, wie sagte mein Vater immer: *Luxusprobleme löse ich am liebsten!*«

»Hört sich super an«, sagte Oliver. »Pass auf, ich muss Schluss machen.« Er lief in eine andere Ecke der Wohnung, wo ihn Nina nicht hören konnte. »Habe Nina versprochen, dass ich das wiedergutmache, die Sache mit dem Soho House.«

»Sieh es mal positiv«, sagte Marc, »das war ein historischer Abend. Hättet ihr euch nicht gezankt, hättest du vielleicht nicht allein vorm Rechner gesessen und hättest meine Mails gar nicht gesehen. Jedes Schlechte hat auch sein Gutes. An dem Abend wurde Narcobay geboren! Und der erste Schritt für achtzigtausend Euro. Und demnächst noch viel, viel mehr!«

»Da hast du recht. Lass uns nachher mal sprechen!«

»Das machen wir.«

Er legte auf.

Nina schaute ihn an. »Du hast achtzigtausend Euro verdient?« Offenbar hatte sie doch ein paar Worte aufgeschnappt.

»Ähm …« Ganz verdient hatte er sie ja nicht. 30 Prozent davon gingen auch an Marc. Und was war überhaupt mit den zwanzigtausend, die er vorfinanziert hatte? Die müssten ja abgezogen werden und …

»An der Börse?«, fragte Nina. Oliver war gar nicht bei der Sache.

Gut, wenn einem andere die Antwort abnahmen, dachte er. »Ja, genau, an der Börse! Das war eben mein … Banker!«

»Ihr duzt euch?«

»Äh … ja, klar. So oft, wie wir telefonieren.«

»Das müssen wir doch irgendwie feiern!«

»Äh, ja, machen wir auch.«

»Und wie? Und wo?«

»Überlege ich mir noch!« Und Oliver überlegte tatsächlich. Er sah, wie Nina strahlte. Und er merkte, dass er sie mehr liebte als alle achtzigtausend Euro und alle Narcobay-Webseiten auf der Welt. Und hoffte, dass es auch so bleiben würde.

KAPITEL 27

BERLIN, AUGUST 2015
Potsdamer Platz

Nina schlief.

Oliver aber konnte nicht schlafen.

Er wusste: Jetzt, allmählich, musste es so weit sein.

Und er musste wissen, *ob* es so weit war. Sonst würde er nie wieder schlafen können.

Er stand auf, so leise wie möglich, damit Nina nicht wach wurde.

Dann zog er sich an und schlich sich mit seinem Billig-Laptop und seinem Kapuzenpulli aus dem Haus. Er kannte eines der Hotels an der Promenade, und er wusste auch, mit welchem Log-in man in jedem Fall in eines der kostenlosen WLANs gelangen konnte. Der alte Trick mit der Netzwerkkarte und den Hack dann LINUX-basiert. Marc war es, der ihm gezeigt hatte, wie man WLAN-Zugänge hacken konnte.

NAME: JEDERMANN, PASSWORT: VERGESSEN. Wahrscheinlich hatte irgendeiner von der Hotel-IT sich mal diesen Scherz erlaubt und war sich dabei ziemlich witzig vorgekommen. Als Oliver dort mit dem Kapuzenpulli an der Ecke vor dem

Hotel mit dem Laptop stand, kam er sich vor wie ein Cyberpunk. Er loggte sich in den TOR-Browser ein. Wählte mit zitternden Fingern die Seite: Hitman Network. Dort war … eine Nachricht für ihn!

Von Slate!

Daneben das Foto des toten Engländer-Prolls.

Marvin Bowers.

Er war es. Perverserweise erkannte Oliver das Gesicht sofort!

Mit einem Loch in der Brust auf einer Toilette. In irgendeiner Bar.

Eine klobige Uhr am Handgelenk.

Auftrag erledigt, stand darunter.

Konnte das wahr sein?

Marvin Bowers tot?

War das tatsächlich ein Killer und kein Witz?

Doch Oliver war überhaupt nicht nach Witzen zumute.

Er griff zum Telefon und wählte die Nummer von der einzigen Person, mit der er darüber reden konnte. Eigentlich sollte das seine Frau sein, doch die war es in diesem Fall gewiss nicht. Auch wenn sie Marvin Bowers kannte. Oder ihn jedenfalls auf der Dachterrasse des Soho House gesehen hatte.

Gesehen hatte, dachte Oliver, als er die Nummer in den Favoriten auf seinem Smartphone anklickte. *Vergangenheitsform. Das passte!* Marvin Bowers gab es nicht mehr.

Doch erst einmal musste er jemand anderen anrufen.

Ein Freund von ihm war Facharzt für Rechtsmedizin und arbeitete an der Charité im Team von Dr. von Weinstein. Er hatte damals in Hamburg ebenfalls die Banklehre gemacht, dann aber Medizin studiert. Oliver rief ihn mit der unverfänglichen Frage an, ob er noch ein Bier trinken wollte.

»Prinzipiell gern«, sagte der. »Ich kann nur gerade nicht.«

»Was Eiliges bei euch?«

»Ja.«

Oliver merkte, wie ihm anders wurde.

»Ist gerade was reingekommen«, sprach der Freund weiter. »Eine Leiche mit Schusswunde im Herzen. Gefunden in einem Club in Friedrichshain auf der Toilette … Bist du die nächste Zeit hier in Berlin?«

»Ja, bin ich.«

»Lass uns nächste Woche doch ein Bier trinken …«, schlug der Freund vor.

»Äh … ja, klar. Das machen wir.«

Ein Bier. Das war es, was Oliver jetzt brauchte.

Zehn Minuten später saß Oliver wieder in dem chaotischen WG-Zimmer von Marc. Mittlerweile kam er sich vor, als würde er ständig seinen Psychiater besuchen. Nur dass der ihn nicht mit Anzug, Zigarre und Couch empfing, sondern immer im Hacker-Kinderzimmer im Bademantel.

»Sei doch froh, dass der Proll tot ist«, sagte der und drehte sich eine Zigarette. »Hat der euch nicht den Abend im Soho House verdorben?«

»Ja, kann man so sagen.«

»Na also!« Marc klickte auf eine Website. »Und kein Schwein wird darauf kommen, dass du dahintersteckst. Geht ja auch gar nicht, du hast ihn gar nicht umgelegt!«

»Aber ich habe den Auftrag dazu gegeben!«

»Na und? Nun mach dir nicht ins Hemd! Der Typ war doch wohl eine totale Verschwendung von Zellmaterial! Sei froh, dass er weg ist, und jetzt Ende der Geschichte!« Marc zeigte auf die Website. »Schau mal lieber hier! Die Techies in Indien arbeiten schon weiter an der Seite. Ein paar Sachen müssen wir noch selbst machen. Habe gerade wieder was abgeschickt vorhin. Einige Dealer aus Berlin und Osteuropa nutzen die Plattform bereits, um Drogen zu verkaufen. Und jeder, der Mitglied der Plattform werden will, kriegt klare Anweisungen: Immer Handschuhe beim Packen der Pakete tragen, fingierte Absender-Adressen angeben, bloß nichts mit der Hand beschreiben, es muss alles nach Business und professionell aussehen, damit niemand auf die Idee kommt, das Paket zu öffnen. Und natürlich immer wieder die Packstation wechseln, angeben, dass beim Bäcker nebenan abgegeben werden soll, damit keine auffällige Adresse genannt wird, und, natürlich, auch an die Hunde denken.«

»Die Hunde?«

»Die toten Hunde. Du weißt doch, damit die Sendung nach Hundeleiche riecht und die anderen Hunde die Pfoten davon lassen.«

Auch an die Hunde denken. Das klang ja fast wie ein Werbespruch.

»Okay«, sagte Oliver. »Die Hunde hatte ich schon verdrängt. Ähm ... Und das ist alles?«

»Natürlich nicht!« Marc grinste. »Als Nächstes werden wir ein Mule-Netzwerk installieren.«

»Was ist das?«

»Mules sind Packtiere ...«

»Wir nehmen Tiere ...?«

»Nein, verdammt, die Mules sind Menschen, die Sendungen transportieren, an denen sich niemand sonst die Finger schmutzig machen will. Im Drogenhandel werden die schon lange genutzt, so wie die Bodypacker, von denen unser Bullen-Freund die Drogen hat. Und das gibt es auch für die digitale Welt. Die verschicken für uns oder unsere Kunden die Drogenlieferungen.«

»Was es so alles gibt ...« Oliver dachte einen Moment nach. Das Bier, das Marc ihm gleich hingestellt hatte, hatte er erst einmal nicht angerührt. »Ich weiß aber trotzdem nicht so recht. Wir handeln mit Drogen. Lassen Menschen töten ...«

»Nun spiel hier nicht Mutter Teresa!«, sagte Marc. »Wir können doch nichts dafür, dass die Welt so ist, wie sie ist. Die Leute würden auch Drogen nehmen, wenn es uns nicht gäbe. Nur dann müssten sie in dunkle Parks, würden überfallen, zusammengeschlagen und ausgeraubt. Oder noch schlimmer.«

»Wie hieß noch der alte Spruch?«, fragte Oliver. »Waffen töten keine Menschen. Menschen töten Menschen?«

»So ungefähr!« Marc schaute Oliver in die Augen. »Mann, Alter! Unser Traum wird wahr!«

Das Bild des toten Engländers, Marvin Bowers, war dennoch auf Olivers Netzhaut. »Ich weiß nicht. Mir erscheint es eher wie ein Alptraum.«

»Nein«, sagte Marc. »Mir erscheint es, als wären wir endlich aufgewacht. Du weißt doch, was Morpheus zu Neo sagt, als der in der realen Welt aufwacht?«

»Ja.« Oliver nickte. *»Bin ich tot?«*

Marc, der den Film auch sehr gut kannte, beendete den Spruch: *»Weit davon entfernt!«*

Dennoch fragte sich Oliver, ob in ihm nicht gerade etwas starb. Und dafür etwas anderes lebendig wurde. Etwas, das nicht lebendig sein sollte.

KAPITEL 28

BERLIN, AUGUST 2015
Nemesis Hauptquartier, Bundesnachrichtendienst,
Chausseestraße in Mitte

20:30 Uhr. Jasmin kam in ihr Arbeitszimmer und warf ärgerlich ihr Notizbuch und ihr iPad auf ihren Schreibtisch. Auf ihrem Handy waren drei Voicemails von Lutz. Daneben noch ein Haufen SMS, obwohl er doch wusste, dass sie bei dem Meeting nicht einfach vor die Tür stürmen konnte.

Wo bleibst du?

Carla wartet auf dich!

Meinst du nicht, deine Tochter will ihre Mama mal sehen?

Sie hatte gerade ein anstrengendes Nemesis-Meeting zum Cyberkrieg gehabt. Kollegen von Europol aus Den Haag waren zugeschaltet gewesen. Einige aus dem Team kannte sie noch aus dem Jahr 2013, als Obama in Berlin war und sie gemeinsam mit den US-Kollegen die Sicherheitsthemen bearbeitet hatten.

Zudem hatten sie auch über einige osteuropäische Banden gesprochen und deren Tendenz, Teile des organisierten Verbrechens ins Internet zu verlegen, besonders ins sogenannte Dark Web. Dass es mittlerweile sogar eine TOR-Version für Facebook gab, die besonders von Freiheitskämpfern im arabischen Frühling, aber auch oft von Dschihadisten des Islamischen Staates genutzt wurde, machte die Sache nicht einfacher. Von Holos wollte zudem keiner der führenden BND-Leute etwas hören. Ressler war der Einzige, der dafür ein offenes Ohr hatte, dass mit dieser neuen Riesengründung irgendetwas vielleicht doch nicht stimmen könnte. Im Handelsregister hatte Jasmin zu Holos jedenfalls nichts gefunden, aber vielleicht hatte sie auch nicht bei allen Amtsgerichten Berlins nachgeschaut, oder die Handelsregisternummer lief unter einem anderen Namen.

Sie schaute noch einmal auf die SMS.

Meinst du nicht, deine Tochter will ihre Mama mal sehen?

Irgendwie hatte Lutz ja recht.

Was würde sie wohl machen, wenn sie damals von Carsten schwanger geworden wäre? Der hatte noch mehr als sie gearbeitet. Da wären sie um einen Vollzeit-Babysitter nicht umhingekommen.

Warum eigentlich Lutz, fragte sie sich. Vielleicht weil sie sich immer einen »Künstler« als Freund gewünscht hatte? Vielleicht, weil ihr Opa früher Scherenschnitte auf dem Jahrmarkt gemacht hatte und sie das irgendwie toll fand? Vielleicht, weil sie, wenn sie mit ihrem früheren Partner Carsten ein Kind bekommen hätte, unweigerlich Hausfrau geworden wäre? Jasmin wollte ein Kind haben, unbedingt, denn das eigene Leben war nur dann sinnvoll, wenn es in einer anderen Person weiterlebte. Dennoch: zu 100 Prozent Hausfrau zu sein, war das Letzte, was Jasmin wollte.

In dem Moment kam noch eine SMS.

Jedoch nicht von Lutz.

Von Antonija.

Nähere mich der Zielperson.

Jasmin dachte einen Moment nach. Einen Augenblick zweifelte sie, ob es richtig war, Antonija auf die Zielperson anzusetzen. Doch andererseits würde Antonija ihr nichts tun. Sie würde sie einfach nur beschatten. Es konnte sogar sinnvoll sein: Vielleicht würde Antonija, die schwarze Witwe, sogar Schlechtes von der Zielperson abwenden.

Jasmin steckte ihren Laptop, iPad und Notizbuch in die Tasche. Ihr Handy war abhörsicher, ebenso wie ihr Laptop. Krypto-Laptop nannte man das. Nicht viele hatten so ein Ding, der BND-Chef hatte einen, der BKA-Chef auch. Nur in der Gruppe Nemesis hatte jeder ein solches Gerät. Was ihnen schon oft den Neid von vielen Kollegen eingebracht hatte. Auch Antonija hatte einen. Auch wenn sie nicht direkt zu Nemesis gehörte. Jasmin konnte nur hoffen, dass Antonija damit keinen Missbrauch betrieb.

Sie entschied sich, Lutz kurz anzurufen. Er meldete sich nach dem zweiten Klingeln.

»Wann kommst du endlich?«, fragte er statt einer Begrüßung.

»Bin in zehn Minuten da«, sagte Jasmin und spürte schon wieder ihr schlechtes Gewissen.

»Okay. Wie ist es morgen?«

»Bin ich am frühen Nachmittag da.«

»Okay. Das wäre auch gut. Die Kita schließt morgen nämlich früher. Betriebsausflug.«

Na toll, dachte Jasmin. *Arbeiten diese dämlichen öffentlichen Kitas eigentlich irgendwann mal?* »Wir sehen uns gleich«, sagte sie.

»Ist gut. Bis gleich.«

Das Gespräch war beendet.

Jasmin wollte gerade ihr Büro verlassen, als ihr Handy noch einmal klingelte.

Sie kannte die Nummer. Nahm den Anruf an.

»Jasmin!« Es war die Stimme von Jörg. Und seine Stimme war voller Panik.

»Was ist los?«

»Wir haben hier ... ein Riesenproblem mit unseren Daten. Verdammt ...« Er machte eine Pause. »Wir stecken hier total tief in der Scheiße!«

KAPITEL 29

IRGENDWO IN TSCHECHIEN, 2015

Tanya spürte, wie sie gefesselt und mit einer Augenbinde in ein Haus geführt wurde. Es schien ein paar Treppen hinaufzugehen. Sie lief mit wackeligen Schritten, doch der Mann hinter ihr hielt sie fest. Die Autofahrt hatte ungefähr eine Stunde gedauert. Der Mann hatte sich währenddessen am Telefon mit jemand anderem unterhalten, in einer Sprache, die Tanya nicht verstand.

»Zieh dich aus«, sagte die Männerstimme. »Ich werde dich baden. Ihr Heimkinder riecht ja fürchterlich.«

Tanya erkannte an der Stimme, dass es der Mann sein musste, der sie aus dem Kinderheim mitgenommen hatte. Was hatte der Mann vor? Warum sollte sie sich ausziehen? Sollte sie wirklich ein Bad nehmen? Oder wollte der Mann etwas ganz anderes, was sie sich in ihrer Kinderseele, die schon zu viel Schrecken gesehen hatte, zwar vorstellen, aber nicht benennen konnte? Sie hatte nur im Heim von diesen Männern gehört, die sich Kinder suchten und dann *irgendwelche Dinge* mit ihnen machten.

Doch Tanya nahm tatsächlich ein Bad. Nur ein Bad. Auch dabei waren ihre Augen verbunden und ihre Hände gefesselt. Doch das Bad war schön. Mit duftendem Badezusatz. Das Wasser war heiß, aber nicht zu heiß. Ganz anders als diese Duschen im Kinderheim, die entweder gar nicht funktionierten oder nur brackiges, lauwarmes Wasser ausspuckten.

Nach dem Bad legte der Mann Tanya in ein frisch bezogenes Bett. Ein Bett, das ebenfalls nach Sauberkeit, Ordnung und irgendwie nach Zuhause duftete. Auch ganz anders als die furchtbaren verwanzten Betten in dem Kinderheim.

Dann nahm der Mann ihr die Fesseln ab. Sie sah sein Gesicht nicht, denn er stand hinter ihr. Dann spürte sie den Stich in ihrem Arm. Es musste eine Spritze gewesen sein. Der Mann sprach zu ihr, und sie musste mit aller Anstrengung zuhören, denn sie merkte, dass sie in einen warmen und wohligen Schlaf hinüberglitt. Sie hörte nur ein paar Worte. »Die Schwestern im Heim fragen nicht, was ich mit dir mache«, sagte der Mann. »Sie freuen sich, wenn sie einen Mund weniger zu füttern haben. Manche der Mädchen werden mit acht oder neun Jahren noch adoptiert, aber dafür bist du leider zu alt.« Jetzt kam die Stimme von woanders. Der Mann schien um sie herumzugehen. Sie versuchte, die Augen zu öffnen, doch ihre Lider waren so schwer, dass sie immer wieder zufielen. »Manche werden zu Prostituierten, und das ist vielleicht immer noch besser, als in dem Dreck und Schmutz des Heims zu verfaulen. Und dann gibt es noch Mädchen wie dich. Für Mädchen wie dich arbeiten die Schwestern mit mir zusammen. Sie wissen, dass ich Chirurg bin. Und sie denken wahrscheinlich, dass ich irgendwelche Experimente mit dir mache.« Tanya hatte keine Zeit, das Gesagte wirken zu lassen, und auch keine Kraft, irgendwie erschrocken zu sein. Zudem sprach der Mann schon weiter. »Oder dass ich deine Organe verkaufe.« Wieder eine Pause. »In Wirklichkeit aber mache ich etwas viel Besseres mit dir: Ich werde dich verwandeln. Morgen«, sagte er, »beginnt deine Transformation.« In dem Moment wirkte die Spritze endgültig, und Tanya verlor das Bewusstsein.

KAPITEL 30

BERLIN, AUGUST 2015
Oranienstraße, Kreuzberg

»Prost, mein Lieber«, sagte Marc, als Oliver mal wieder bei ihm in dem schäbigen WG-Zimmer saß, ein Ventilator gegen die Sommerhitze anratterte und beide geräuschvoll mit einem Bier anstießen. »Ab jetzt lassen wir andere für uns arbeiten! Der Laden brummt!«

»Super! Wie läuft's denn gerade konkret?« Marc war offenbar wirklich recht emsig bei der Sache, das musste Oliver ihm lassen.

»Meine Jungs haben schon einmal das Mule-Netzwerk zu Ende aufgebaut.«

»Diese Dienstboten, die für uns die Ware verschicken?«

»Genau die! Die Mules bekommen Sendungen der Drogen, die über unser Netzwerk verkauft werden. Die versenden sie dann weiter, um die Spuren zu verwischen.«

»Wie bist du an die gekommen?« Oliver trank von seinem

Bier und blinzelte nach draußen durch das Fenster in die Dämmerung der Nacht.

»Die üblichen Massenmails.« Marc zuckte die Schultern.

Oliver grinste. *»Von zu Hause arbeiten für wenig Geld?«*

Marc nickte. »Fast genau so. Aber du wirst es nicht glauben: Es funktioniert immer noch.«

»Hast du die Mails alle selbst verschickt?«

»Gott bewahre.« Er drehte sich wieder eine Zigarette. Oder einen Joint. Das konnte man bei Marc alias Vergil niemals so genau auseinanderhalten. »Das haben meine Jungs gemacht. Die haben sich ein paar Botnets im Dark Web gekauft, und dann gingen erst mal fünfzigtausend Mails raus. In der Hoffnung, dass jemand anbeißt.«

»Botnet?« Oliver hatte den Begriff schon einmal gehört. »Hat das was mit Robotern zu tun?«

Marc lächelte wie ein Lehrer, der stolz auf seinen Schüler ist. »Da hast du gar nicht so unrecht.« Er stand auf und schaltete eine Festplatte auf dem Schreibtisch aus, die schon die ganze Zeit nervtötend vor sich hin gepiept hatte.

»Mit einem Botnet infiziert man fremde Computer, so dass die Rechner selbsttätig E-Mails an die Kontakte des jeweiligen Besitzers senden. Eine sehr effektive, aber auch kriminelle Art von Massenmailings.«

»Und damit macht man nur Massenmailings?«

»Nein, damit kann man alles Mögliche machen. Oft nutzt man das auch für sogenannte Denial-of-Service-Attacken, mit denen man einen Server dermaßen mit Mails zubombardiert, dass über kurz oder lang die Webseite abstürzt. Wurde auch bei dem Sony-Hack gemacht.«

»Heilige Scheiße. Und haben bei deinem Botnet schon ein paar angebissen?«

»Und ob!«

Sie schwiegen ein paar Sekunden und nahmen einen Schluck.

»Pass auf«, sagte Marc plötzlich, »anderes Thema!« Er lehnte sich nach vorne.

Oliver war hellwach. Was kam denn jetzt?

»Ich bin kein Beziehungsberater …«, sprach Marc weiter.

Oliver musterte Marc mit seinen abstehenden Haaren, dem Bademantel und dem Joint in der einen und der Bierflasche in der anderen Hand. Wie ein Beziehungsberater sah er wahrhaftig nicht aus. »Das hätte ich auch nicht erwartet.«

»Oli, trotzdem muss ich dir einen Rat geben.« Marc schaute sich um, als könnte sie hier jemand belauschen. »Nina ist gerade wieder in London?«

»Ja. Für drei Tage.«

»Und kommt morgen zurück?«

»Stimmt.«

»Dann überrasch sie! Lade sie irgendwohin ein. Mach Kurzurlaub.«

»Und wo?«

»Mein Gott, bist du phantasielos. Irgendein schönes Hotel!«

»Und welches?«

»Das Ibis an der Autobahnabfahrt … Nein, Mann, was richtig Schickes. Adlon oder so was. Macht mal nicht woanders, sondern in Berlin Urlaub, das findet sie bestimmt toll! So was macht man doch sonst nicht!«

Oliver überlegte einen Moment. Marc hatte irgendwie recht. Aber warum war Marc das wichtig? Seit wann war er Beziehungsexperte? »Wieso kommst gerade *du* auf so was?«

»Weil«, sagte Marc und zog an dem Joint, »deine Frau sich sonst einsam vorkommt. Und sich fragt, was du die ganze Zeit machst. Und Leute, die sich einsam fühlen und vernachlässigt und nicht so genau wissen, was der Partner eigentlich macht, fangen an, Fragen zu stellen. Und wenn sie vom Partner keine klare Antwort kriegen, fangen sie an, bei den falschen Leuten Fragen zu stellen.«

»Aha …« Oliver wurde klar, worauf Marc hinauswollte. Und er hatte Nina gegenüber ja auch schon gesagt, dass sie die achtzigtausend Euro irgendwie feiern müssten. Dann wurde es auch einmal Zeit, dass er der Ankündigung Taten folgen ließ. »Darum sollte ich mich ein bisschen um Nina kümmern, damit sie gar nicht erst in die Versuchung gerät …?«

»Korrekt!« Marc klopfte ihm auf die Schulter. »Frauen sind wie Betriebssysteme. Sie brauchen immer mal ein Upgrade. Sonst stürzen sie zu oft ab und machen Zicken.«

Nina konnte es noch immer nicht glauben.

Oliver hatte sie auf ein langes Wochenende ins Adlon eingeladen.

Einfach so.

Und Urlaub, das hatte er ihr versprochen, würden sie auch noch gemeinsam machen. Und zwar länger als ein Wochenende. Und vorher noch den Kurzurlaub. In Berlin.

Sie hatte das total süß und romantisch gefunden.

Sie hatten eine Tour durch Berlin gemacht, wie Touristen. Waren dann im Spa-Bereich des Hotels gewesen, hatten im Restaurant gegessen und draußen vor dem Adlon auf der Straße mit Blick auf das Brandenburger Tor gesessen und einen Weißwein getrunken. Dann hatten sie miteinander geschlafen. Als wären sie noch einmal frisch verliebt gewesen.

Doch richtig schlafen konnte Nina jetzt nicht.

Dafür verwirrte sie das, was sie gesehen hatte, zu stark.

Sie hatte vorhin zufällig in die Banking-App geschaut, die auf Olivers Rechner geöffnet war. Denn seinen Rechner hatte er natürlich mitnehmen müssen, Kurzurlaub hin oder her. Dieser Umstand war es allerdings nicht, was sie gestört hatte. Sondern etwas ganz anderes. Denn auf dem Rechner hatte sie einige Abrechnungen gesehen. Erst das Minus von achthunderttausend

Euro. Und dann Geldeingänge von mehr als 1,2 Millionen. Was bedeutete, dass Oliver jetzt mit vierhunderttausend Euro im Plus war. Sie hatte Oliver gebeten, ihr aus dem Spa-Bereich eine Zeitschrift zu holen, die sie dort vergessen hatte. Dann hatte sie genauer nachgeschaut. Hatte gesehen, dass es kein Spekulationsgewinn war, sondern die Gelder von einem ausländischen Konto kamen. Von einer Bank, die sie nicht kannte.

Worte, die ihr nichts sagten.

Virgin Islands.

Standard Bank South Africa.

Western Union Remittance Payment.

Bitcoin.

Was war mit Oliver los, dachte sie. Erst hatte er gar kein Geld. Dann dermaßen viel? Irgendetwas stimmte da doch nicht.

Spät in der Nacht surfte sie im Internet. Surfte auf einigen Beziehungs-Ratgeber-Plattformen herum. Fand in einer Ad-Words-Werbung eine Anzeige für Privatdetektive.

Glauben Sie, dass Ihr Partner Ihnen etwas verschweigt?, stand dort. *Finden Sie es heraus! Die ersten sieben Tage kostenlos, erst dann entscheiden Sie, ob Sie weitermachen!*«

Einer der Privatdetektive kam ihr sehr professionell vor.

Oder besser: eine. Es war doch ohnehin besser, wenn es eine Frau war.

Tony hieß die Detektivin, die sie entdeckt hatte. Mit einer Frau fühlte sie sich irgendwie wohler. Die würde mit mehr Instinkt beschatten und sich nicht von Oliver einwickeln lassen, sondern eher mit ihr auf einer Wellenlänge agieren. Sie nahm Kontakt zu Tony auf. Sofort kam eine Antwort.

Bin dabei, sagte Tony in einer Mail.

Und Nina wusste nicht, ob das, was sie tat, genau richtig oder total falsch war.

KAPITEL 31

MOSKAU, AUGUST 2015
Wohnung nahe dem Scheremetjewo-Flughafen

Kyrill Karasow, die rechte Hand von Vlad dem Pfähler, hatte gerade mit dem Puppendoktor telefoniert und schaute auf das Paket, das vor ihm auf dem Schreibtisch stand. Er lebte für einige Tage in einer privaten Wohnung der Mafia nahe dem Flughafen. Dort war er meistens, wenn in der nächsten Zeit eine Menge Reisen anstanden, da es mit dem Auto nur zehn Minuten zum Flughafen waren. Bei dem Puppendoktor hatte er zwei neue »Puppen« in Auftrag gegeben. Eine davon war Yvonne aus dem Kongo. Er war neugierig, wie gut bei seinen Kunden wohl eine exotische »schwarze« Puppe ankam. Er musste an die Worte von Al Dar denken, die der ihm in Kairo in Anlehnung an Henry Ford gesagt hatte: *Sie bekommen von uns einen Sklaven in jeder Farbe, solange er schwarz ist.*

Einer seiner Agenten hatte ihm von einer neuen Website im Dark Web erzählt. Einer Website, wo man so ziemlich alles kaufen konnte und die bei Grams, der Suchmaschine des Dark Web, ziemlich gut positioniert war.

Dort gab es vor allem Drogen, aber mitunter auch geklaute Kreditkarten, Twitter- und Facebook-Follower sowie Waffen und Gifte.

Die drei Ks, dachte Kyrill, die gab es besonders im Dark Web zu kaufen. *Kokain, Kalaschnikows und Kinderpornos.*

Kyrill hatte auf der Seite im Auftrag von Vlad eine Bestellung aufgegeben. Die Bestellung war gestern bei einem Strohmann angekommen. Der hatte sie eben geliefert. Er hatte Kokain und Crystal Meth bestellt. Zwei Pakete.

Er prüfte die Ware.

Exzellent.

Allzu teuer war es auch nicht, und die Bezahlung in Bitcoins war unkompliziert.

Er rief Vlad an.

»Wie ist die Lieferung?«, fragte Vlad.

»Sehr gut«, sagte Kyrill und schaute auf die Waage, auf der er das Kokain gewogen hatte. Exakt zehn Gramm.

»Schnell?«

»Sehr schnell.«

»Anonym?«

»Perfekt. Könnten fast Deutsche sein.«

»Sind es vielleicht auch.«

Kurze Pause.

»Vielleicht sollten wir mit denen mal zusammenarbeiten?«, fragte Vlad. »Wir liefern die Waren, die vertreiben sie. Digital.«

»Für immer?«

»Nicht für immer. Aber erst einmal gibt es mehr Geld für alle. Und wenn wir dann alles über diese Online-Plattform wissen, können wir allein weitermachen.«

»Gut«, sagte Kyrill und betrachtete das weiße Pulver. »Soll ich mit denen mal Kontakt aufnehmen?«

»Ja, mach das! Ich habe auch schon einen Plan, um den … Gründern von dieser Seite die Entscheidung etwas zu erleichtern. Wo kommen die eigentlich her, und wie heißen sie?«

»Wo sie herkommen, muss ich noch rausfinden. Aber ich tippe tatsächlich auf Deutsche.«

»Und die Seite heißt …?«

»… Narcobay.«

KAPITEL 32

BERLIN, AUGUST 2015
Nemesis Hauptquartier, Bundesnachrichtendienst,
Chausseestraße in Mitte

Jasmin hetzte den Gang hinunter Richtung Tiefgarage, den Bluetooth-Knopf im Ohr.

»Was ist denn los?«, fragte sie.

»Irgendjemand …« Jörg schien außer Atem zu sein. »Irgendjemand hat bei Com-Pare aus unserer Kundendatei massenhaft Kundendaten gestohlen!«

»Wie viele?«

»Bestimmt einige Zehntausende.«

»Das ist viel. Was für Daten?«

Sie ging in den Aufzug in die Tiefgarage und hoffte, dass der Empfang trotzdem halten würde. Spätestens in der Tiefgarage würde er wohl komplett verschwunden sein.

»Vor allem Kreditkartendaten.« Jörg war hörbar außer Atem. »Man kann ja über unser Vergleichsportal auch die verglichenen Waren gleich bestellen. Per Lead Generation, weißt du ja …«

Es knisterte in der Leitung, als der Aufzug sich nach unten in Bewegung setzte.

»Das heißt, irgendjemand kann jetzt mit den Daten eurer Kunden auf Einkaufstour gehen?«

»Richtig. Leider.«

»Dann sollten wir …« In dem Moment war die Verbindung verschwunden, und der Aufzug öffnete sich hin zur neonlichtbeschienenen Dunkelheit der Tiefgarage. Jasmin würde erst oben weitertelefonieren können.

Doch dann kam ihr eine Idee: *Ein Unternehmen, das massenhaft Daten verloren hatte.* Jörg würde wissen, welche Daten es waren, und würde Nemesis Einblick in die Kundendaten geben. Die könnten sie abgleichen. Und nach den Daten im Dark Web suchen.

Nicht hier in Berlin.

Aber es gab einen Rechner, der dafür stark genug war.

Der Rechner der Cyberpolizei Europas.

Der Rechner von Europol. In Den Haag.

Ressler würde auch dort sein.

Vielleicht sollte sie einfach mit Jörg nach Den Haag fahren? Sie hatte das Gefühl, dass sie dabei einiges erfahren würde. Nicht nur über die verschwundenen Kundendaten, sondern vielleicht würde sie auch feststellen können, ob ihre Vermutungen über Holos der Wahrheit entsprachen oder lediglich hysterische Spekulation waren?

Vielleicht sollten sie wirklich nach Den Haag zu Europol fahren?

Vielleicht so schnell wie möglich?

Gleich morgen?

Auch wenn sie die kleine Carla dann wieder nicht aus der Kita würde abholen können.

KAPITEL 33

BERLIN, AUGUST 2015
Hotel Adlon

Oliver kam gerade aus dem Spa-Bereich, wo Nina noch eine Massage genoss, als sein Handy, das auf dem Schreibtisch lag, klingelte. Es war Marc.

»Wie geht's?«, fragte Oliver.

»Euch wahrscheinlich besser als mir«, sagte Marc. »Seid ihr noch im Adlon?«

»Ja, bis morgen. Was gibt's?«

»Dieses Scheiß-Mule-Netzwerk will nicht so recht.«

»Wieso?«

»Viele von denen behalten den Stoff einfach, anstatt ihn weiterzuverkaufen. Wollen wohl irgendein anderes Geschäft damit machen, und zum Teil sind es wohl auch selbst Junkies.«

Oliver sah sein Spiegelbild im weißen Bademantel in der Fensterfront. »Können wir die irgendwie besser auswählen?«

»Tja, keine Ahnung. Wir können ja kaum 'ne Stellenbeschreibung beim Arbeitsamt aufgeben.«

»Vielleicht sollten wir denen mal eine Lektion erteilen?« Ein Gedanke war plötzlich in Olivers Kopf.

»Und was für eine Lektion?«

»Noch mal den Auftragskiller engagieren?«

Marc stutzte ein paar Sekunden. »Na, da hat sich unser Mister Moralapostel ja ganz schön gewandelt. Ein Mule spurt nicht, und gleich wird ihm Slate auf den Hals gehetzt.« Er machte eine Pause, und Oliver hörte durch die Leitung das Klappern der Tastatur und das Geräusch von einem Gegenstand, der auf dem Schreibtisch verrückt wurde. »Ist, abgesehen davon, auch ganz schön teuer. Der Typ von vorhin hat vielleicht einen Riesen in den Sand gesetzt. Der Killer kostet zehn Riesen.«

»Dann ist aber auch das Wiederholungsrisiko ausgeschlossen.« Oliver merkte, dass er trockene Hände von der Sauna hatte, und cremte sich im Bad mit einer der Hotel-Lotionen die Hände ein. Er merkte, dass dies eine der besseren Cremes war. War ja schließlich auch das Adlon. Was er nicht merkte, war, dass sein moralisches Empfinden empfindlich nahe der Null-Grenze entlangschrammte.

»Das ist wahr. Trotzdem zu teuer. Dann nehmen wir lieber einen neuen Mule.«

»Okay.« Oliver schlurfte aus dem Bad in die Suite. »Und was machen wir mit der Ware, die nicht ankam?«

»Die Bitcoins, die unsere Kunden zu viel gezahlt haben, müssen wir ersetzen. Sonst ist unser guter Ruf bei Grams zum Teufel. Abgesehen davon: Wenn die Typen wirklich Junkies sind, werden sie eh kein Geld haben. Das Einzige, was passiert, wenn wir nicht zahlen, ist, dass unser Ranking in Gefahr gerät.«

»Scheißtransparente Internet-Welt«, knurrte Oliver. Er blickte auf die Karte der Zigarrenlounge im Adlon. Whiskey, Cognac, Montecristo-Zigarren …

»Ja, selbst das Dark Web ist zu transparent.«

»Was machen wir dann?«

Marc blies hörbar die Luft aus. »Am besten erst mal wieder innerdeutscher Versand. Da gibt es auch genug Interessenten. Und dann wachsen wir halt etwas langsamer international. Gutes Geld verdienen wir auch so. Und in Deutschland brauchen wir vielleicht gar keine Mules.«

»Willst du den ganzen Scheiß wieder selbst machen?« Oliver dachte an das Verschnüren der Pakete und die Hundekadaver.

»Ja, auch wieder wahr«, sagte Marc, »aber wir müssen irgendwie zusehen, dass …« Plötzlich brach er mitten im Satz ab.

»Marc?«, fragte Oliver.

Stille.

»Marc? Was war denn los? Bist du noch da?« Da hörte er Marcs Stimme wieder.

»Da ist gerade eine ziemlich schräge Mail reingekommen«, sagte er.

»Von wem?«

»Von einem … Kyrill.«

»Klingt russisch.«

»Klingt wohl nicht nur so. Hat mir über meinen Dark-Web-Account geschrieben.«

»Und was?«

Marc las den Text der Mail vor.

Ihr braucht bessere Kooperationspartner. Warum unterhalten wir uns nicht? Wir sollten zusammenarbeiten. Dann lösen wir auch ganz schnell das Problem mit dem störrischen Esel …

»… störrischer Esel«, sagte Marc, »damit meint er wahrscheinlich den Mule.«

»Wollen die Auftragskiller für uns spielen?«, fragte Oliver.

»Wahrscheinlich noch mehr.«

Marc las weiter vor.

Macht euch doch bitte bis morgen Gedanken. Wenn ihr Interesse an einem Treffen habt, treffen wir uns in genau einer Woche um 17 Uhr im Mandarin Oriental in Prag. Stellt euch in die Lobby, jeder mit einer roten Schirmmütze. Wir werden euch erkennen. Und dann erkennt ihr uns.

»Was meinst du?«, fragte Marc.

Oliver war sich nicht sicher. »Hab schon mal demokratischere Terminvorschläge bekommen.«

»Dass solche Typen zum Terminefinden kein Doodle nutzen, dachte ich mir«, knurrte Marc. »Ich meinte eigentlich, was du allgemein von dem Vorschlag hältst?«

»Klingt irgendwie unheimlich. Könnte auch eine Falle sein. Vielleicht Geheimdienst? BKA?«

»Wenn das BKA-Leute sind, warum sollten die sich gerade in Prag treffen wollen?«

»Damit es nach Russenmafia aussieht?«

»Wenn es nach Russenmafia aussieht, ist es auch vielleicht die Russenmafia.«

»*Russenmafia!* Das macht es nicht gerade ungefährlicher.« Vor Olivers innerem Auge tauchten Bilder auf von Kreuz- und Stern-Tätowierungen, verstümmelten Leichen ohne Fingerkuppen und Zähne, gebrochenen Fingern, eingemauerten Verrätern, blitzenden Messern, ringbehängten Pranken, Wodkaflaschen und Kalaschnikows. »Die Jungs sind nicht gerade zimperlich, wenn denen was nicht passt.«

»Wo es kein Risiko gibt, da gibt es kein Geld.«

»Auch wieder richtig. Wobei mir diese Einstellung an der Börse auch nicht geholfen hat.«

»Also«, drängelte Marc, »was machen wir? Die klingen so, als ob sie recht schnell eine Antwort wollen.«

»Ich würde sagen, wir …« In dem Moment hörte Oliver eine Schlüsselkarte in der Tür. »Oh verdammt, Nina kommt zurück. Ich ruf dich in zehn Minuten an.«

Die Tür öffnete sich, und Nina stand im Bademantel vor ihm.

»Das war doch entspannend, oder?« Sie strahlte.

»Äh, ja …«, sagte Oliver nur. Gleichzeitig hämmerten die Gedanken nach dem Gespräch mit Marc auf sein Bewusstsein ein. *Kyrill … Wir lösen das Problem mit den Mules … Mandarin Oriental … Prag … Russenmafia …*

Nina schaute ihn verwundert an. »Du warst doch eben auch im Spa?«

»Ja, wieso?«

»Dafür siehst du nicht sehr entspannt aus.«

»Doch«, sagte Oliver, »ich bin entspannt!« Er lächelte unbeholfen. »Ich war selten so entspannt wie jetzt …«

Im Anlügen seiner Frau hatte Oliver wirklich eine erstaunliche Routine entwickelt.

KAPITEL 34

IRGENDWO IN TSCHECHIEN, 2015

Tanya spürte, dass sie einen langen Traum hatte. Keinen fröhlichen Traum. Einen Traum, wie ihn eine Wasserleiche hat, die in einem fauligen, öligen Tümpel langsam und gespenstisch nach oben steigt. Bilder und Geräusche waren allenfalls schemenhaft da, dann verschwanden sie wieder. Und die ganze Welt erschien ihr wie vor einem graublauen, filzigen Schleier gemalt.

Irgendwann wachte sie auf. Doch wirklich wach war sie nicht. Sie schien unter Beruhigungsmitteln zu stehen. Sie sah sich um. Sah das weiße Bett. Sah den großgewachsenen Herrn, der sie mitgenommen hatte.

Der Mann stand vor einem Bildschirm.

»Ich werde dir etwas zeigen«, sagte der Mann.

Er betätigte die Fernbedienung.

»Du wirst keinen Willen mehr haben, wenn ich mit dir fertig bin. Du wirst jemand anderes sein. Kein Mensch mehr, sondern ein Gegenstand.«

Er ging um sie herum.

»Darum wirst du einen neuen Namen bekommen. Du wirst kein Mädchen mehr sein. Sondern ein ... Spielzeug!«

Ein Film begann.

»Um so früh wie möglich damit zurechtzukommen, wird es dir helfen, wenn du möglichst früh siehst, was dir blüht!«

Auf dem Bildschirm sah sie ein anderes Mädchen, ähnlich alt wie sie. Hatte sie das Mädchen nicht schon einmal gesehen? Es kam ihr vor, als würde sie das Mädchen aus dem Kinderheim kennen.

»Was aus dir wird ...«

Sie sah nur das Gesicht des Mädchens.

Dann zoomte die Kamera langsam in die Totale.

»Wie du dich ... verwandelst ...«

Langsam sah Tanya, was das andere Mädchen hatte ...

... und hörte dabei die Stimme des Mannes.

»Wer Arme hat, der kann sich wehren.«

... oder besser, was das Mädchen nicht hatte.

»Wer Beine hat, der kann weglaufen.«

… was das Mädchen alles nicht mehr hatte.

»Das werde ich jetzt mit dir machen«, sagte der Mann und zeigte auf den Bildschirm.

Dann sah sie das Mädchen.

Sah, was mit ihr geschehen war.

Sie schrie.

Und wurde im selben Moment bewusstlos.

BUCH 3

Als das Lamm das dritte Siegel öffnete, hörte ich
das dritte Lebewesen rufen: Komm! Da sah ich ein schwarzes Pferd;
und der, der auf ihm saß, hielt in der Hand eine Waage.

OFFENBARUNG, 6, 1–8, DER DRITTE REITER DER APOKALYPSE

Jede hinreichend fortgeschrittene Technologie
ist von Magie nicht zu unterscheiden.

ARTHUR C. CLARKE

KAPITEL 1

MOSKAU, SEPTEMBER 2010
FSB-Hauptquartier

1 Uhr nachts.

Victor Ivanow, Chef des FSB, und Alexander Michalew, Chefstratege des Kreml, standen im Hauptquartier des FSB vor dem großen Aquarium mit dem Tiefseeanglerfisch. Der Fisch schob sich wie ein dunkler Schatten in seinem gläsernen Behältnis nach vorne, wie die Wolken, die über den sturmgepeitschten Himmel über der Lubjanka zogen.

»Wissen Sie«, begann Ivanow, »womit Genosse Ogarew unser Unternehmen verglichen hat?«

Ivan Ogarew, dem neuen Direktor von Skolkowo, war jetzt auch die Ehre gewährt worden, den »Siloviki« beizutreten, dieser einzigartigen Kombination aus regierungstreuen Oligarchen, der russisch-orthodoxen Kirche, Geheimdienstleuten, Militärs und Devisenbeschaffern.

Michalew zuckte die Schultern.

»Er hat unsere Unternehmung mit einem Wal verglichen. Einem großen Wal, der das Plankton frisst.«

»Schöner Vergleich.« Ein kaltes Lächeln fuhr über Michalews Züge. »Mir gefallen beide Metaphern gut. Und was mir noch viel besser gefällt: Wir können sehr bald die zweite Stufe zünden.«

Ivanow lächelte ebenfalls. »Ogarew würde sagen: *Der Wal schwimmt auf das offene Meer hinaus.*«

Michalew nickte und klopfte leicht gegen das Aquarium. »Dort, wo unser Freund hier schon ist.«

Der unheimliche Fisch im Inneren des Aquariums reagierte kaum. Es gab einige Tiere, die leuchteten. Einige waren Käfer, die meisten waren Tiefseefische. Einige nutzten das Licht auch zur

Kommunikation. Genau wie sie, die auch in den Dunkelheiten des Dark Web miteinander in Verbindung treten würden. *Der Fisch reagiert nicht auf mich,* dachte Michalew. Dinge, die er nicht fressen konnte, schien er zu ignorieren. *Genau so muss man es machen,* dachte Michalew, *die wahren Feinde ins Visier nehmen und alle Ablenkungen ignorieren.* Sich zu fokussieren, war alles. Wer sich ablenken ließ, war so gut wie tot. Michalew wusste es aus seiner Zeit aus der Armee. Auch die Hundetrainer dort trainierten die Tiere in einer anderen Sprache als die allgemein übliche, damit andere Menschen sie nicht verwirren konnten.

»Wie sieht es mit der Refinanzierung aus?«, fragte Ivanow.
»Ogarew hat sein Team zusammengestellt. Sie können sofort anfangen, sobald die Gelder da sind.«

Auf die Frage hatte Michalew nur gewartet. »Die Refinanzierung steht. Die erste Tranche wird noch in dieser Woche ausgezahlt. Sie können Ogarew sagen, dass er sofort anfangen kann.«

Ivanow nickte anerkennend. »Mein Kompliment, Michalew. Das war eine Meisterleistung. Haben Sie das allein koordiniert?«

»Ich muss zugeben, Tatamowitsch von der Novisbank hat mir sehr dabei geholfen. Er hat die Financiers aus China und Afrika mit ins Boot geholt. Dann kamen auch noch zwei oder drei Banken aus New York und London dazu.«

»Tatamowitsch«, wiederholte Ivanow in einem Ton, als erinnere er sich an einen widerspenstigen Schüler. »Sein Vater war zu Sowjetzeiten im Gefängnis, weil er zu viele Geschäfte gemacht hat. Darum hat er in der Jelzin-Zeit, als alles erlaubt war, gegen so ziemlich sämtliche Gesetze verstoßen, die es gab, um in kürzester Zeit so viel Geld wie möglich zu machen.« Er sah Michalew an. »Ich nehme an, Sie haben ihn daran erinnert?«

»Ich musste es nur andeuten. Ihm war klar, dass der Präsident von Leuten wie ihm, die sich derart stark an Mutter Russland bereichert haben, jetzt besonderes Entgegenkommen erwartet. Und auch wenn seine Bank dafür ein großes Risiko eingehen muss, weil sie für die anderen Banken bürgt: Das ist immer noch besser, als wenn seine Bank zwar risikofrei ist, aber Tatamowitsch dafür in einer Zelle in Sibirien.«

Ivanow nickte. »Ein Mann, der Vernunft annimmt. Abgesehen davon: Wo kein Risiko ist, da ist kein Geld.«

Michalew horchte auf. »Das klingt nicht gerade sozialistisch.«

»Nein!« Ivanow lachte ein tiefes Lachen. »Pragmatisch!« Und er schenkte Michalew und sich einen Smirnoff-Wodka ein.

KAPITEL 2

BERLIN, AUGUST 2015
Potsdamer Platz

Es war mitten in der Nacht, das leise Schnarchen von Oliver drang vom Schlafzimmer aus an ihr Ohr, als Nina sich in ihren Rechner einloggte und das spezielle Chat-Fenster öffnete.

Tony, der Privatdetektiv – oder besser: die Privatdetektivin –, war online.

Sie kommunizierten über Threema. Eine anonyme Nachrichten-App, die alles komplett verschlüsselte. Eine App, die selbst von Geheimdiensten nicht entschlüsselt werden konnte und die von Netzaktivisten, Bloggern und Dschihadisten gleichermaßen genutzt wurde. Tony hatte ihr empfohlen, die App auf ihrem Rechner und ihrem Smartphone zu installieren.

Ich habe ein komisches Gefühl, schrieb Nina. Er macht irgendetwas Komisches. Was ich nicht einordnen kann.

Tony antwortete sofort.

Kannst du herausfinden, was?

Nina überlegte ein paar Sekunden.

Nein. Ich habe das Gefühl, dass ich gar nicht mehr an ihn herankomme. Was denkst du?

Tony antwortete.

Es ist möglich, dass er einige dubiose Geschäfte macht. Oder so etwas vorhat …

Nina hatte so etwas befürchtet.

Mein Gott!

Tony beruhigte sie.

Mach dir keine Gedanken. Und rufe bitte nicht die Polizei. Dafür bin ich zuständig. Es wird alles gut werden.

Es wird alles gut werden, dachte Nina. Das sagten doch immer die, die schon wussten, dass mit Sicherheit gar nichts gut werden würde. So ähnlich wie der Zahnarzt, der einem nach ewiger Tortur sagte, *dass es jetzt ein bisschen weh tun könnte.*

KAPITEL 3

AUGUST 2015
Zugstrecke Berlin nach Den Haag

Seit zwei Stunden saßen sie im Zug.

Jasmin und Jörg.

Jasmin hatte vorher bei Roland Ressler, der ohnehin oft bei

Europol stationiert war, einen Termin vereinbart. Am Vorabend hatte sie sich noch einiges von Lutz anhören müssen, *warum sie denn schon wieder unterwegs war.*

»Schau mal hier«, sagte Jörg und zeigte ihr sein großes Smartphone.

»Was ist das?«

»Tech Crunch Internet TV. Das ist dieser Sergey von Holos.« Er drückte auf die Play-Taste.

Unser Ziel ist nicht die Nische, sagte Sergey dort auf einer Konferenz, *unser Ziel ist die ganze Welt! Denn wir verbinden zwei Megatrends: Die Globalisierung und die Digitalisierung.*

Was passiert mit den Unternehmen, die nicht so schnell sind wie Sie?, fragte der Moderator, der auf Jasmin den Eindruck machte, als seien seine Fragen mit dem Unternehmen abgesprochen worden, so wie dies auch bei TV-Interviews mit Diktatoren im Staatsfernsehen in China, Russland oder Nordkorea lief. Oder bei den öffentlich-rechtlichen Sendern in Deutschland, die meistens nur die Regierungsmeinung wiedergaben.

Den anderen Unternehmen, sagte Sergey, *kann ich nur auf den Weg geben, dass sie noch schneller sein müssen. Sonst werden sie überholt. Und das kann das Ende bedeuten. Ein schnelles Ende. Manchmal aber auch ein quälend langsames Ende.* Er verschränkte die Arme. Und sagte: »Be fast or die slow.«

Be fast or die slow.

Jasmin schüttelte den Kopf. »Sei schnell oder stirb langsam. Ist das ein Motto von denen?«

»Von denen nicht«, sagte Jörg. »Aber es scheint schon ein geflügeltes Wort in Tech-Magazinen und in der ganzen Online-Szene zu werden. Hier hat ein Guru von der Uni Stanford das Zitat von Sergey weitergetwittert. Wurde schon achtzigtausendmal retweetet. Innerhalb von vierzig Minuten.«

»Wow.«

»Deine Jungs bei Europol«, sagte Jörg. »Meinst du, die können uns helfen? Was ist das eigentlich für ein Laden? Bist du da häufiger?«

»Alles kann ich dir nicht erzählen. Nur so viel: Europol ist die Cyberbehörde Europas. Die erste Idee dazu hatte übrigens Helmut Kohl.«

»Der?«

»Ja, kaum zu glauben, was? Aber angeblich ist der Laden auf Kohls Initiative hin 1993 gegründet worden. Eine Behörde, die EU-übergreifend ermittelt. Auch wenn das immer noch nicht richtig klappt. Zwar kann sich im Schengen-Raum jeder bewegen, wie er will, aber Daten im Schengen-Raum austauschen, das klappt nicht.«

»Dann haben die Jungs mit Terrorismus und Cyberwar doch sicher einiges zu tun?«

Jasmin nickte und trank einen Schluck Kaffee aus ihrem Takeaway-Becher vom Bahnhof. »Mehr als genug. Cybercrime, Menschenhandel, Terrorismus, Drogenschmuggel, Geldwäsche, Kinderpornografie … Das ganze Spektrum.«

Eine SMS ging auf Jörgs Handy ein.

»Das ist Rick. Er kann jetzt sprechen. Ich rufe ihn kurz an«, sagte Jörg.

»Wer ist Rick?«

»Rick ist bei Elrond. Dieser Big-Data-Firma. Ich habe ihn mal gebeten, auch ein paar Erkundigungen wegen meinem Datenklau einzuziehen. Schließlich beraten die auch die CIA und die NSA.«

Jasmin zog die Augenbrauen hoch. »So ist das also. Du ermittelst in beide Richtungen.«

»Na ja, die Amis sind, wie soll ich es sagen, bei solchen Dingen etwas kompromissloser.«

»Kompromissloser«, sagte Jasmin, »das trifft es. Kennst du die näher, die Typen bei Elrond?«

»Nur Rick. Angeblich kann Elrond sogar Mails und Konversationen ins Dark Web zurückverfolgen. Manche sagen auch, dass die durch Big-Data-Analyse den Aufenthaltsort von bin Laden im Jahr 2011 herausgefunden haben.«

Jasmin war da etwas skeptisch. »Andere sagen auch, das wäre der pakistanische Geheimdienst ISI selbst gewesen, weil denen bin Laden zunehmend auf den Geist ging. Angeblich haben sie aber mit Obama einen Deal gemacht, dass er sich das auf die Fahnen schreiben kann, um seine Wiederwahl zu sichern. Schließlich hätte ein neuer Präsident auch das jährliche, milliardenschwere Hilfspaket für Pakistan neu verhandelt. Das wollten die wohl verhindern.«

»Auch interessant. Würde das erklären, dass die Hinrichtung von bin Laden gerade im Mai 2011 stattfand?«

Jasmin zuckte die Schultern. »Vielleicht. Denn komisch ist das ja schon, dass der bin Laden ewig in einem Haus sechzig Kilometer nördlich von der Hauptstadt Islamabad wohnt, und dann auf einmal fällt den Amis von einem Tag auf den anderen auf, wo er ist.«

»Tja«, sagte Jörg, »manchmal ganz gut, dass man nicht alles weiß. Dann würde man sich nur noch Sorgen machen. Ich rufe Rick mal an, okay?«

»Mach das.«

Er wählte die Nummer. Da sie beide das Abteil für sich hatten, stellte er das Telefon auf laut. Rick meldete sich nach dem zweiten Klingeln.

»Hey, Rick, alles klar?«

»Ja. Ich habe eine kleine Sache rausgefunden. Weiß aber nicht, ob dich das vom Hocker haut.«

»Schieß los.«

Ricks Stimme drang blechern aus dem Lautsprecher. »Es gibt da eine Firma oder Bank in Panama, die offenbar recht große Geldbeträge an Holos überwiesen hat.«

»Panama?«, fragte Jörg. »Ist das nicht so eine Steueroase?«

»Das auch. Und es wird globalpolitisch immer wichtiger. Ein reicher Chinese will jetzt offenbar den Panamakanal kaufen, was den Amerikanern natürlich gar nicht gefällt.«

»Weißt du, wie viel diese Firma Holos überwiesen hat?«

»Nicht genau. Mit Sicherheit mehrere Millionen. Und zwar im dreistelligen Bereich. Allerdings stückchenweise, so dass es den Aufsichtsbehörden nicht aufgefallen ist. Und möglicherweise auch über obskure Kanäle. Dark Pools an Wertpapierbörsen oder auch über Bitcoin-Transaktionen.«

»Interessant. Und wie heißt die Firma?«

»Naval Heit.«

»Naval Heit? So wie man es spricht?« Jörg blickte Jasmin an. Aber die zuckte die Schultern.

»Genau so.«

»Klingt irgendwie nach See. Kennt ihr die Firma?«

»Nein«, sagte Rick, »nie davon gehört. Ich dachte nur, vielleicht hilft euch die Info.«

»Das könnte sein. Danke erst mal!«

»Dir sagt der Name auch nichts?«, fragte Jörg, als sie das Telefonat beendet hatten.

Jasmin schüttelte den Kopf. »Nie gehört. Wir sollten uns den Namen aber in jedem Fall notieren. Das ist das Erste, was wir uns bei Europol anschauen, wenn wir da sind.«

KAPITEL 4

BERLIN, AUGUST 2015
Oranienstraße, Kreuzberg

Oliver saß bei Marc in dessen unaufgeräumtem WG-Zimmer. Der Kurzurlaub im Adlon war vorbei.

Sie unterhielten sich über den seltsamen Kontakt. Die Mail, die dieser obskure Kyrill geschrieben hatte.

»Was ist das für ein Typ?«, fragte Oliver.

»Ich habe mal ein paar Kontakte spielenlassen«, sagte Marc.

»Wo denn?«

»In London. Damals, als wir zusammen in der Bank waren. Ich war ja für IT-Sicherheit zuständig. Und hatte da öfter mal mit Regierungseinheiten zu tun.«

»Zum Beispiel?«

»Zum Beispiel mit dem MI5.«

Der MI5 war der Inlandsgeheimdienst von Großbritannien. MI hieß so viel wie *Military Intelligence.* MI5 war für das Inland zuständig, MI6 für das Ausland. Letzteres war auch der Geheimdienst, für den James Bond im Auftrag Ihrer Majestät ermittelte. Doch Oliver konnte kaum glauben, dass Marc tatsächlich mit einem von denen gesprochen hatte.

»Bist du wahnsinnig?« Oliver sprang auf. »Du hast doch wohl nicht dem britischen Geheimdienst indirekt von unseren Aktionen erzählt?«

»Mann, beruhige dich«, sagte Marc. »Nimm noch ein Bier! Abgesehen davon, arbeitet der Typ gar nicht mehr für den MI5. Und auch damals hat er nur freiberuflich für die gearbeitet.«

»Trotzdem«, beharrte Oliver. »Jede Frage, die man absendet, sagt auch etwas über den Sender und seine Intentionen aus. In diesem Fall über uns.«

»Gut. Angenommen«, sagte Marc. »Eins zu null für dich. Nur in diesem Fall kann ich dich beruhigen. Ich habe die Frage absolut unverfänglich gestellt. Vertrau mir.«

»Okay«, sagte Oliver. »Alles gut. Und was ist dieser Kyrill nun für ein Typ?«

»Tatsächlich Russenmafia. Solnzevskaja aus Moskau.«

»Schlimm?«

»Ja, eher der aggressivere Part von denen.«

»Mein Gott! Und die wollen mit uns Geschäfte machen? Wollen wir das überhaupt?«

Marc wiegte den Kopf hin und her. »Das ist die Frage. Mein Kontakt sagte, dass die extrem gut vernetzt sind. Weil dort viele Ex-KGB-Leute gelandet sind, die das frühere Sowjetreich nach wie vor zusammenhalten. Das ist ja in Russland gar nicht so einfach. Der Westen Russlands ist vielleicht europäisch, der Osten mit Wladiwostok und Chabarowsk hat viel mehr mit China und Korea zu tun als mit Europa.«

»Und das haben die alles unter ihrer Knute?«

»Zum Teil schon. Und den Westen halt auch immer mehr. Über Osteuropa.«

Oliver wusste nicht recht, was er von der Zusammenarbeit mit einer mafiösen Organisation halten sollte, die auch noch als besonders aggressiv galt. Marktmacht und globale Abdeckung hin oder her. »Und was bringt uns das?«

»Was uns das bringt? Das muss ich dir als Banker erzählen?« Marc wühlte in den Taschen seines Bademantels nach einem Taschentuch, und als er keines fand, wischte er sich mit dem Handrücken die Nase ab. »Riesige Absatzmärkte. Im Westen und im Osten. Das bringt uns das!«

»Die Frage ist, ob man mit denen überhaupt Geschäfte machen kann. Oder *will?*«

»Klar«, sagte Marc, »sie sind eine Art Mafia. Aber sie sehen sich auch als Fortführung der Sowjetunion. Und wollen Berlin als Drehscheibe für ihr Geschäft Richtung Europa. Besonders die *Diebe im Gesetz* sind hier sehr aktiv. Wie in dem Film *Tödliche Versprechen.*«

»Kenne ich nicht.«

»Lohnt sich. Und viel Geld haben sie auch.«

»Teilen sie das auch?«

»Mein Informant sagt, dass sie gegenüber Mitarbeitern, solange sie einen guten Job machen, sehr großzügig sind. Und was ihnen offenbar fehlt, ist eine Online-Strategie für ihr Kartell. Sonst würden sie ja nicht auf uns zukommen.«

»Die Digitalisierung macht nicht einmal vor dem organisierten Verbrechen halt«, murmelte Oliver.

»Nein, nirgends«, sagte Marc. »Und wir wären ganz vorne dabei! Und können uns dumm und dämlich verdienen.«

»Oder mit Beton an den Füßen in der Spree verschwinden.«

Marc schüttelte den Kopf. »Das macht die italienische Mafia. Nicht die Russenmafia. Und selbst die Italiener machen das nicht mehr.« Er setzte sich neben Marc, wie ein Therapeut, der Vertrauen aufbauen wollte.

»Sehr beruhigend«, knurrte Oliver.

»Hey, reden sollten wir mit denen mal. Kostet uns höchstens die Tickets nach Prag und eine Nacht im Hotel. Bei der Kohle, die wir schon verdient haben, sind das doch Peanuts. Was haben wir schon zu verlieren?«

Unsere Leben vielleicht, fragte sich Oliver. *Und wenn wir unser Leben nicht verlieren, dann mit Sicherheit alles, was noch irgendwie mit bürgerlichem Leben zu tun hat.*

Doch dann hörte er sich selbst sagen: »Okay, wir machen's! Fahren wir nach Prag!«

Und er dachte an den alten AC/DC-Song: *I'm on the highway to hell …*

Auf dem Weg in die Hölle gab es keine Abfahrten mehr.

KAPITEL 5

DEN HAAG, AUGUST 2015
Europol

Roland Ressler trank von seinem bereits kalt gewordenen Kaffee und ließ seinen Blick aus dem großen Fenster seines Büros schweifen. Er trug wieder seine Lieblingskleidung. Ausgebeulte Cordhosen, ein Hemd von undefinierbarem grau-schwarzem Ton und derbe Schuhe. In zwei Stunden würden Jasmin und dieser Jörg Tanner vor Ort sein. Er schaute auf das Glas mit Kopfschmerztabletten auf seinem Schreibtisch, von denen er schon vier eingeschmissen hatte. Ohne dass seine Kopfschmerzen nennenswert besser geworden waren. Gestern Abend hatte er sich noch mit Thomas Baker, einem gemeinsamen Freund von ihm und de Groot, getroffen. Und beide hatten, in ihrer Trauer über das Ableben ihres guten Freundes und Kollegen, einen Kampf mit der Whiskeyflasche ausgetragen. Einen Kampf, den die Whiskeyflasche überzeugend gewonnen hatte.

Baker hatte gute Kontakte zu den britischen Geheimdiensten. Aus Bakers aktiver Zeit beim MI6 kannten sich Ressler und er. Sie hatten sich gemeinsam zu Beginn des Jahrtausends an die Spur von Mullah Mohammed Omar geheftet, der Osama bin Laden in Afghanistan Asyl gewährt hatte. Auch wenn viele der Stammesfürsten damals gar nicht wussten, was al-Qaida tat und was bin Laden vorhatte. Die Stammeskultur gebot Gastfreundschaft für Verfolgte, besonders für Verfolgte, hinter denen die USA her war. Denn Osama bin Laden stand schon vor dem 11. September 2001 auf der *Ten Most Wanted*-Liste des FBI. Omar hingegen war damals schon ein lokaler Held bei den afghanischen Stämmen. Nicht erst, seitdem er die Mudschaheddin gegen die Russen mobilisiert hatte und er in einem der Gefechte ein Auge verloren hatte. Die Reste des nicht mehr brauchbaren Auges hatte er sich selbst herausgepult, bevor er den Koran und die islamische Religion entdeckte, auf die er sich zeit seines Lebens auf die Suche machte. Darum nannte er sich seitdem einen »Talib«, einen »Suchenden«. Und seine Untergebenen wurden die Taliban.

Ressler schaute auf die Tabletten. Tylenol. Er hatte sich die Tylenol-Tabletten auf seiner letzten New-York-Reise gekauft.

Ebenso wie einen ganzen Vorrat an Vitaminpräparaten. Wenn man die jeden Tag aß, so sagte er sich, konnte man sich das dämliche Buchführen sparen, wie viel Obst man gegessen oder nicht gegessen hatte. Wie ihm seine Frau das früher immer vorgeschlagen hatte. Aber seine Frau gab es nicht mehr, jedenfalls nicht in seinem Leben, und darum gab es auch weniger Obst. Dafür umso mehr Vitaminpillen und Tylenol. Er schaute auf das Gläschen. Tylenol war das, was in Europa Paracetamol war. Er hätte auch Paracetamol nehmen können, aber irgendwie gefielen ihm diese Glasdöschen aus Amerika besser.

Sein Telefon klingelte. Er kannte die Nummer. Es war Baker. Sein Saufkumpan von gestern Abend.

»Thomas«, sagte Ressler. »Was macht der Kopf?«

»Beschissen, aber ich werd's überleben.«

»Was gibt's?«

»Hab da eine Info von einem Kontakt bekommen, der dem MI5 nahesteht. Dachte, es interessiert dich, weil Deutsche involviert sind.«

»Schieß los.« Ressler zog einen Stift. Solche Informationen, auch wenn sie auf den ersten Blick diffus wirkten, hatten ihm schon oft geholfen.

»Ein Typ aus Berlin hat sich bei meinem Kontakt über die Russenmafia informiert.«

»Namen von dem Typen in Berlin?«

»Haben wir leider nicht.«

»Egal. Welche Mafia?«

»Die Solnzevskaja.«

»Herrje, da hat er sich ja die Richtigen gesucht. Fiel auch ein Name in der Mafia?«

»Ja, Karasow. Kyrill Karasow. Offenbar ein hohes Tier innerhalb der Hierarchie.«

»Danke«, sagte Ressler. »Gleich kommt eine Kollegin aus Deutschland. Vielleicht hilft uns die Info.«

»Das weiß man nie.«

Er beendete das Gespräch und massierte seine Schläfen.

Talib, dachte er. *Der Suchende.*

Eigentlich waren sie das doch alle.

KAPITEL 6

AUGUST 2015
Zugstrecke Berlin nach Den Haag

Jasmin und Jörg saßen im Speisewagen, der um diese Zeit zum Glück recht leer war. Auf diese Weise mussten sie sich nicht an einen Tisch mit mehreren Leuten quetschen, und sie mussten ihre Stimmen auch nicht zu einem Flüstern dämpfen. Beide hatten sich ein Chili con Carne bestellt und dazu eine Cola Light. Ihre Rechner hatten sie in den Speisewagen mitgenommen.

»Naval Heit«, murmelte Jörg vor sich hin. »Hat das etwas zu bedeuten?«

»Das ist das Problem bei der Geheimdienstarbeit. Man weiß erstens nie, was etwas zu bedeuten hat, und man weiß auch nicht, ob es wichtig werden kann. Was bedeuten kann, dass man sich mit jedem Mist eingehender befassen muss, weil es wichtig werden könnte. Auch wenn es heute noch nicht so aussieht. Da ist man irgendwann überfordert mit den ganzen Informationen.«

»Wenn man sich die Zeitungen so durchliest, klingt das, als ob vor allem Deutschland mit der Digitalisierung überfordert ist.« Jörg trank von seiner Cola und schaute auf einen unbestimmten Punkt aus dem Fenster. »Abgesehen vielleicht von diesem Holos.«

»Nicht nur mit der Digitalisierung, auch mit der Überwachung all dieser Netzwerke.« Jasmin sortierte ihre Serviette und ihr Besteck. Das Essen ließ allerdings noch auf sich warten.

»Unsere Politiker schreien immer die gleichen Themen mit ihren Bürgerrechten heraus, vergessen aber, dass der Staat seine Bürger auch schützen muss. Schutz ist auch ein Bürgerrecht. Und das ist auch Aufgabe der Geheimdienste.«

»Aber den gläsernen Menschen wollt ihr doch auch nicht?«

Jasmin schüttelte den Kopf. »Nein. Davon sind wir aber noch weit entfernt. Weil unsere Kontrolleure zahnlos sind, müssen sie umso lauter brüllen. Nimm mal eine Organisation wie den Islamischen Staat. Es wird schon schwer genug, diesen Kampf zu gewinnen, solange die Basis nicht ausgeräuchert wird. Das ist halt keine versprengte Terrorgruppe, sondern ein richtiger Staat. Aus dem Vakuum entstanden, das gestürzte Diktatoren hinterlassen hatten. Gaddafi hat die Beduinen zusammengehalten, Saddam die Schiiten und Sunniten und so weiter. Die waren Diktatoren, aber sie haben die Leute geeint. Das ist eigentlich viel wert. Jetzt herrscht nur noch Chaos.«

»Digital sind die ISIS-Leute ja auch nicht schlecht, oder?«

»*Nicht schlecht* ist untertrieben. Facebook und Twitter sind vollkommen überfordert im Kampf gegen die. Facebook hat manche IS-Homepage schon über hundertmal entfernt, dennoch erscheint sie immer wieder aufs Neue, genauso wie die Fans und die Likes. Wie eine Hydra, bei der drei Köpfe nachwachsen, wenn man einen abschlägt. Die Unternehmen können da offenbar nichts gegen machen. Die Einzigen, die wirklich die Rechnerpower haben, um überhaupt etwas Nennenswertes zu bewirken, ist die NSA. Die haben gerade für 1,7 Milliarden Dollar ein neues Datencenter in Utah gebaut. Ohne die würden auch unsere Geheimdienste alt aussehen.«

»Und die geben euch die Infos freiwillig?«

»Zum Teil, weil Deutschland ein wichtiger Kooperationspartner ist, zum anderen wollen die an den Frankfurter Knoten ran.«

»Der Frankfurter Knoten?«

»Einer der wichtigsten Internet-Verbindungspunkte der Welt.

Den wollen alle gerne anzapfen. Und der ist nun mal in Deutschland. Willkommen im *World War Web.*«

Das Essen kam. Beide senkten die Stimmen und konzentrierten sich zunächst einmal auf ihre Teller.

»Aber wenn die von der NSA so toll sind«, fragte Jörg dann zwischen zwei Bissen, »warum konnten sie dann den 11. September nicht verhindern?«

»Tja, erst einmal waren sie vor dem 11. September noch nicht so toll. Die wurden ja erst danach von der Bush-Administration derart hochgezüchtet. Und außerdem gibt es Gerüchte, dass NSA und CIA an den Attentätern schon dran waren und sie umzudrehen versuchten.«

»Also so eine Art Doppelagenten aus denen zu machen? So wie mit Javadi in der dritten Staffel von Homeland?«

»Ganz genau. Nur bei Homeland hat es funktioniert. Damals nicht. Irgendwann waren die Kerle plötzlich verschwunden. Und der Geheimdienst hat sie nicht mehr wiedergefunden. Bis es zu spät war.«

Jörg runzelte die Stirn. »Wenn selbst die von der NSA Schwierigkeiten haben, dann ist es ja für die europäischen Geheimdienste noch schwerer.« Jasmin sah ihm an, dass er sich große Sorgen um seine Kundendaten von Com-Pare machte.

»Unsere IT ist wie die Trinkwasserleitungen in der Dritten Welt«, sagte Jasmin. »Marode, brüchige Bleirohre.« In dem Moment klingelte ihr Handy. Es war die Nummer von Ressler. Sie nahm den Anruf an. »Sind unterwegs«, sagte sie. »Wir sollten in einer Stunde bei euch sein.«

»Perfekt«, sagte Ressler. »Ein Kontakt von mir hat etwas über ein Subjekt in Berlin herausgefunden, das mit der Russenmafia paktieren will. Es geht wohl um eine digitale Kooperation.«

»Interessant. War das ein Kontakt vom BND?«

»BND«, schnaubte Ressler. »Der schafft es ja nicht einmal, das Handy der Kanzlerin gegen Überwachung abzusichern. Es war jedenfalls nicht der offizielle Weg«, sagte Ressler. »Ging über einen Ex-Kontakt vom MI6, der mir manchmal Sachen zuruft.«

Jasmin dachte an ihren inoffiziellen Kontakt Antonija. Die machte das so ähnlich. In etwa wie: *Ich bin an einem anderen Berliner dran, der laut seiner Frau auch einige schräge Deals macht.*

»Könnte es da einen Zusammenhang geben?«

»Vielleicht. Sollte ich die Beschattung erweitern? Über Antonija?«

Ressler machte eine Pause. »Du weißt, ich mag diese Antonija überhaupt nicht, und ich glaube auch nicht, dass sie sauber spielt.«

»Bisher hat sie aber für uns immer einen guten Job gemacht.«

»Deswegen«, schloss Ressler, »hast du auch mein Okay, dass du sie weiter auf dem Fall behältst. Nur halte um Gottes willen Kunhardt aus dem Ganzen raus.«

Jasmin lächelte. »Bin ja nicht lebensmüde. Wir sehen uns also in einer Stunde?«

»Wenn die Welt bis dahin nicht untergegangen ist, ja.«

KAPITEL 7

OSLO, AUGUST 2015
nahe dem Flughafen

Spike mochte es, zu dieser Jahreszeit in Oslo zu sein. Es war warm, aber nicht zu warm. Es war lange hell. Oder besser gesagt: Richtig dunkel wurde es fast gar nicht.

Spike war zufrieden. Die Gelder von Executive Solutions waren alle eingegangen, das Konto gut gefüllt und die Kunden glücklich. Die Einzigen, die nicht glücklich waren, waren die Toten, aber die waren einen Meter achtzig unter der Erde und hatten ohne Geisterbeschwörer kaum die Möglichkeit, ihren Unmut kundzutun. Jedenfalls nicht auf dieser Welt.

Sie hatte gerade mit einer Zielperson gesprochen. Die sollte sie allerdings nicht umbringen, sondern überwachen. Auch solche Aufgaben gehörten zu Spikes Angebot. Wenn sie für andere arbeitete und nicht für Executive Solutions.

Ihr Telefon klingelte wieder.

»Wir müssen näher an die Zielperson ran«, sagte die Stimme am anderen Ende.

»Ich habe gerade mit ihr telefoniert«, sagte Spike.

»Ahnt sie, dass etwas nicht richtig läuft?«

»Sie hat eine Vermutung.«

»Hör zu, offenbar ist die Sache größer als angenommen. Ich erkläre es dir …«

Spike hörte aufmerksam zu.

»Das wäre in der Tat etwas größer als vermutet«, sagte sie.

»Ich werde dich vielleicht bald brauchen. Bist du in der Nähe? Und hast du Zeit?«

Spike lächelte. »Ich bin immer in der Nähe. Das wissen meine Kunden … und meine Ziele auch.«

KAPITEL 8

DEN HAAG, AUGUST 2015
Zentrale von Europol

Jasmin und Jörg folgten Roland Ressler, der mit seinem typischen wiegenden Gang vor ihnen herlief. Eine Mischung aus lockerem Federn und angespannter Aggression, die dafür sorgte, dass einer wie er in der U-Bahn bestimmt nicht angepöbelt wurde. Sie durchquerten ein riesiges Atrium, das sich hinter dem Eingangsbereich von Europol erstreckte. Riesige Leinwände hingen in den angrenzenden Büros von den Wänden, Telefon- und Videokonferenzen fanden in zahllosen Meeting-Räumen statt, Weltkarten zeigten Krisenherde und Cyberattacken, und Dutzende von Dolmetschern saßen in Glaskabinen, um die Inhalte irgendwelcher Gespräche simultan zu übersetzen. Jörg hatte eine Unmenge von Dokumenten unterschreiben müssen. Er war wie am Flughafen durchleuchtet worden, hatte seinen Personalausweis am Empfang aushändigen müssen und im Gegenzug einen Gastausweis bekommen.

Ressler öffnete die Tür zu einem großen Meetingraum, der sich direkt neben seinem Büro befand. Ein etwas blasser, dunkelhaariger Mann etwa Mitte dreißig saß bereits an einem Laptop, dessen Bildschirm auch an einen großen Monitor an der Stirnseite des Raumes projiziert war. Auf einigen Bildschirmen daneben sah man die Stadt Den Haag aus der Luft. Einige der Karten waren von Google Maps. Dort, wo sich das Hauptquartier von Europol befand, war auf diesen Landkarten nur ein grauer Fleck. Auf dem Hauptmonitor war die Website von Com-Pare zu sehen. Auf einem Bildschirm daneben Teile des Content-Management-Systems des Unternehmens sowie der Java-Code von einigen Plug-ins, die Jörgs Website nutzte. Offenbar hatte Ressler schon den Auftrag gegeben, mit der Recherche zu beginnen, was Jasmin und Jörg nur recht war.

»Auf ein Wort«, besann sich Ressler und schloss die Tür noch einmal, so dass Jasmin, Jörg und Ressler vor dem Raum auf dem Flur standen. »Der Mann da drin am Rechner heißt Markus Olsen. Er ist hier einer der besten Programmierer.«

Jörg nickte. »Das hört sich gut an.«

»Er ist allerdings auch Autist«, fügte Ressler hinzu. »Die, die wirklich den besten Code schreiben können, sind oft Autisten.«

»Ja, das kenne ich auch aus meiner Branche.«

»Gut«, sagte Ressler. »Dann wissen alle Bescheid. Ich möchte nur nicht, dass Sie glauben, dass er Ihnen nicht zuhört, wenn er

Sie nicht ansieht. Er hasst es, Leuten in die Augen zu sehen. Er weiß aber, dass es den anderen irgendwie wichtig ist, darum macht er es. Aber wie gesagt, er hasst es und passt sich nur an, weil es die anderen offenbar so wollen. Er nennt das immer: *Aus dem Kühlschrank kommen.*«

Jörg lächelte. »Ein schöner Begriff.«

Jasmin kannte Olsen. Er war extrem fokussiert und motiviert. Andere ließen sich ablenken, hörten Musik oder surften im Internet. Leute wie Olsen nicht. Sie liebten genau das, was sie machten: Datenwüsten zu durchkämmen, Codes zu programmieren und Viren und Cyberattacken aus einem Wust von Zahlen herauszufiltern. Und damit waren sie genau die Richtigen für eine Behörde wie Europol oder überhaupt für Geheimdienste. Denn die meisten, die Agent werden wollten, ohne ganz genau zu wissen, was das eigentlich war, wollten wie James Bond im Ausland die Welt retten. Und wollten eben nicht auf pixeligen Bildern aus irgendwelchen Hinterhöfen im Nahen Osten Abflussrohre von Panzerfäusten unterscheiden müssen. Olsen wollte genau das. Und nichts anderes. Und damit war er mit seinen Fähigkeiten am perfekten Ort.

»Aber Sie sind ja eh Chef von einer Online-Firma«, sagte Ressler. »Warum erzähle ich Ihnen das eigentlich?«

»Es ist immer gut, Bescheid zu wissen«, sagte Jörg. »Wir lassen Markus Olsen seinen Job machen. Er soll sich auf keinen Fall verstellen, sondern das machen, was er am besten kann.«

Ressler schnippte mit den Fingern. »Sie haben's wenigstens verstanden.« Dann sah er Jasmin an. »Anders als diese Bürohengste hier, die Markus immer *mangelnde Soft Skills* vorwerfen.«

»Markus kann *Soft*ware«, sagte Jasmin. »Wofür braucht er dann *Soft* Skills?«

Markus Olsen war tatsächlich nicht sonderlich erpicht darauf, irgendjemanden anzuschauen. Meist starrte er nicht einmal auf den großen Bildschirm, sondern nur auf den Monitor auf seinem Laptop.

»Solche Attacken sind keine Seltenheit«, sagte er mit sonorer Stimme. »Es gibt fast dreihundert Milliarden Dollar Schaden pro Jahr durch solche Hacks. Viren, Würmer, Trojaner. Die ganz berühmten haben ja sogar Namen. Wie Schauspieler oder andere Stars.« Olsen schaute kurz aus dem Fenster und ein wenig in Richtung Jörg, Ressler und Jasmin, was für ihn wohl schon hinreichend Überwindung kostete. »Heartbleed, Shellshock, Poodle, Freak und was es da noch alles gibt.« Er schaute kurz auf, dann sprach er weiter. »Dann hatten wir Datendiebstähle bei Sony, JP Morgan Chase, Home Depot, eBay. Es gibt spezielle Software, die sehr gut darin ist, Daten von Unternehmen abzugreifen. Wir arbeiten teilweise auch damit …«

»… auch wenn wir es natürlich nie zugeben würden«, ergänzte Ressler. »Aber es gibt manchmal keine andere Möglichkeit, um Schwachstellen festzustellen.«

»Und wer hat die besten Abwehrmethoden?«, fragte Jörg.

»Israel«, sagte Ressler. »Tel Aviv ist das weltweite Zentrum von Anti-Hacking-Software. Wobei die auch sehr gut darin sind, selbst Schadprogramme herzustellen, wie ja Stuxnet im Iran bewiesen hat.«

»Gift und Medizin liegen nahe beieinander«, sagte Markus Olsen mechanisch, blickte geradeaus und tippte mit verzerrtem Gesicht irgendetwas in den Rechner ein.

»Markus«, sagte Ressler mit einem väterlichen Ton. »Konntest du schon herausfinden, welche Schadsoftware bei Com-Pare eingesetzt wurde?«

»Ich habe erst einmal die typischen Plattformen untersucht. Darkode 2.0 zum Beispiel.«

»Gibt es auch ein Darkode 1.0?«, fragte Jörg.

»Ja, das wurde allerdings zugemacht. Vom FBI. Und uns.« Markus schien stolz zu sein, dass Europol ebenfalls involviert war. »Jetzt gibt es Darkode 2.0.« Er zeigte auf seinen Bildschirm. Er zeigte eine Seite. Das »o« in »Darkode« war als Null geschrieben. »Da kann man alles kaufen, was man nicht selbst programmieren will. Eine Art Supermarkt für Hackerinstrumente. Würmer, Trojaner, Botnets.«

»Aber da kommt es nicht her?«, fragte Ressler.

Jasmin überließ es Ressler, das Gespräch mit Markus zu führen. Es verwirrte Markus, wenn er mit mehreren Leuten gleichzeitig sprechen musste.

»Nein.« Markus schüttelte langsam den Kopf. »Es ist nichts von der Stange. Im Gegenteil. Die Schad-Software, die auf Com-Pare losgelassen wurde, ist besonders tückisch.« Jasmin beobachtete, wie Jörg die Gesichtszüge entglitten. »Sie kann sich von selbst auf veränderte Sicherheitsbedingungen einstellen, und mutiert automatisch, sobald sie klar zu definieren wäre und deshalb Angriffsfläche bieten könnte. Daher nennt man diese Software in Hackerkreisen auch *HIV*.«

»Wie das Aidsvirus? Das verändert sich doch auch ständig.«

»Genau, analog zu dem Virus.«

»Könnte ich mich dagegen schützen?«, fragte Jörg.

»Klar«, sagte Markus und drehte den Kopf mechanisch Richtung Jörg. »Kostet aber viel Geld. Sicherheitssysteme zu haben, ist teuer. Nur: Sie aber nicht zu haben, ist noch teurer.« Jörg biss sich auf die Lippe. Jasmin konnte sich vorstellen, dass er sich Sorgen machte, dass hohe Investitionen in Sicherheitsarchitektur auf seine Firma zukommen würden. Und das würde eine Menge Geld verschlingen, das er im Moment gar nicht hatte.

»Vielleicht«, sagte Jasmin und blickte nacheinander Markus, Jörg und Ressler an, »hilft uns der Name, den dir dein Kumpel von Elrond gesagt hatte?« Sie schaute Jörg an. »Naval Heit?«

»Der hilft uns in der Tat«, sagte jetzt Ressler. »Den Namen haben wir uns auch schon etwas genauer angeschaut.«

»Und?«, fragte Jasmin.

Ressler zeigte auf Markus' Laptop. »Das zeigen wir euch jetzt!«

KAPITEL 9

BERLIN, AUGUST 2015
Potsdamer Platz

»Du willst nach Prag?«, fragte Nina neugierig. Ganz geheim halten konnte er seine Reisepläne vor Nina dann doch nicht.

»Ähm, ja.«

»Und was machst du da Schönes?« Das klang so, als erwarte sie, dass er sich dort mit seiner Großtante zum Kaffeetrinken treffen würde.

»Ach, nur ein Investorentreffen von einem Osteuropa-Fonds. Stinklangweilig.« Er hoffte, dass er durch diesen argumentativen Präventivschlag Nina von vornherein ausreden konnte, am Ende noch auf die Idee zu kommen, mitzuwollen. Denn von ihrem geplanten Treffen mit der Russenmafia durfte sie natürlich keinesfalls etwas erfahren.

Doch das funktionierte nicht so, wie er es sich vorgestellt hatte.

»Mensch, toll! Dann kannst du ja sicher mal eine Session schwänzen, und wir gehen schön spazieren in Prag.«

»Wir?«, fragte Marc.

»Ja.«

»Willst du etwa mit?«

Ihr war der Unterton in seiner Stimme nicht entgangen, und ihre Mundwinkel sackten nach unten. »Ja, warum nicht?«

»Nina, pass auf. Ich bin nur einen Tag da. Ich weiß, wir wollen noch zusammen Urlaub machen, aber dafür nehmen wir uns richtig Zeit.« Er ging auf sie zu, um sie in den Arm zu nehmen. Meist funktionierte das. Doch sie wich zurück.

»Du fliegst nur für einen Tag nach Prag? Wegen eines blöden Fonds-Meetings?«

»Ähm, ja, da gibt es super Gewinnmöglichkeiten.«

»Findest du das nicht etwas übertrieben? Auch von den Kosten her?«

Jetzt sprach sie genau wie ihre Mutter. Oder seine Mutter. Frauen argumentierten doch eh alle gleich. Geld verdienen sollte man, aber dafür reisen, das war nicht erlaubt.

»Mann, die paar hundert Euro«, sagte Oliver. »Abgesehen davon, laufen die Geschäfte wieder gut. Die Gewinne sprudeln. Die Schulden sind fast weg.«

Nina blickte nachdenklich drein. »Tja, das stimmt. Auch wenn mir das alles nicht ganz geheuer ist, wie schnell du auf einmal wieder im Plus bist.«

Oliver versuchte, weltmännisch dreinzuschauen. »Man muss halt besser sein als der Markt. Dann funktioniert das!«

Sie blickte ihn durchdringend an. »Das scheint aber auch einen Preis zu haben. Alles hat seinen Preis.«

»Was willst du damit sagen?«

»Schau dich doch mal an, wie du aussiehst.« Nina schien wirklich besorgt. »Viel zu blass, irgendwie überarbeitet, dann sitzt du immer noch nachts bis sonst wann vor deinem Rechner. Oder du bist ewig weg und kommst erst früh am Morgen wieder!«

»Tja …« Oliver trat von einem Bein auf das andere.

»Ich dachte«, sagte Nina, »dass die Börsen spätestens um 20 Uhr schließen?«

»Die deutschen Terminbörsen, ja. Die amerikanischen nicht!« Er war froh, dass er diesen Geistesblitz sofort gehabt hatte. Auch wenn er in den USA gar nicht an den Terminbörsen handelte. Aber das brauchte Nina ja nicht zu wissen. Wobei diese Lüge noch ein Kinderspiel war gegen das, was er ihr sonst noch verschwieg.

Er schaute sie lange an und merkte, dass irgendein Zweifel an ihr nagte. Irgendetwas in ihr glaubte ihm nicht. Er dachte an das, was Marc gesagt hatte, und das galt nicht nur für die, die sich einsam fühlten: *Wenn Leute denken, man verschweigt ihnen irgendetwas, fangen sie an, Fragen zu stellen. Und wenn sie keine klare Antwort kriegen, fangen sie an, die falschen Fragen zu stellen. Bei den falschen Leuten.*

»Nina«, sagte er. »Lass mich nach Prag fliegen, und dann fliegen wir schön weit weg in den Urlaub. Nur wir zwei! Ist das ein Deal?«

Er sah, wie sich ihr Gesicht aufheiterte. Allerdings nur ein wenig.

»Ja«, sagte sie ohne allzu große Begeisterung in der Stimme. »Das ist ein Deal.«

KAPITEL 10

DEN HAAG, AUGUST 2015
Hauptquartier Europol

Es waren einige Stunden vergangen. Jasmin und Ressler hatten sich in diverse Datenbanken eingeloggt und die Ergebnisse an eine große Metaplanwand geklebt. Jörg hatte sich in der Zeit mit seinem Laptop nach unten in die Cafeteria zurückgezogen, da bei Jasmins und Resslers Recherchen natürlich höchste Geheimhaltungsstufe galt. Da halfen auch all die Formulare nicht, die Jörg unterschrieben hatte. Am Ende schauten sich Jasmin und Ressler die Verquickungen an, die sie zu Naval Heit gefunden hatten.

»Also«, begann Ressler, »was haben wir?«

»Hier«, sagte Jasmin und zeigte auf mehrere Unterlagen, die an die Wand geheftet waren, »gab es einmal eine Stiftung in Panama mit ähnlichem Namen. Und dann auch noch in Dubai.«

»Und in Shanghai scheint es davon auch eine Holding zu geben«, ergänzte Ressler. Der Drucker surrte und spuckte ein Papier aus. »Richtig«, sagte Jasmin und klebte ein Diagramm mit Zahlenströmen und dem Abbild einer Holding-Struktur an die Wand. »Und dann gibt es noch ein paar vage Informationen zu Afrika.«

»Afrika auch noch?«, fragte Ressler.

»Ja. Hier. Schauen Sie mal. Das Hauptquartier von der Haupt-Holding scheint sogar in Luanda zu liegen.«

»Luanda?«, fragte Ressler. »Ist das nicht die Hauptstadt von Angola?«

»Richtig. Eigentlich sind dort sehr viele Ölfirmen, da unter der Salzkruste vor der Küste viel Öl gefunden wurde, aber Luanda versucht sich seit neuestem auch als Steueroase. Von daher kann das durchaus passen.«

»Tja, die berühmten Steuerspar-Oasen«, sagte Ressler. Der Kampf gegen Steuerhinterziehung war ein ewiger Kampf, in dem auch die Geheimdienste involviert waren. Denn wo Steuern hinterzogen wurden, wurde meist auch Geld gewaschen. Und das kam oft aus illegalen Quellen. So gab es Listen der *Dirty Thirty*, der dreißig Steueroasen, die am häufigsten im Fadenkreuz internationaler Ermittlungen standen. In Europa waren das zum Beispiel Andorra, Guernsey, Liechtenstein und Monaco, in Amerika die Bermuda-Inseln, in der Karibik Anguilla, die Cayman-Inseln, die Virgin Islands und Panama und in Afrika seit längerem schon Mauritius, die Seychellen und Liberia. Und seit kurzem auch Angola.

»Angola«, murmelte Ressler, »da müsste bei mir eigentlich etwas klingeln.«

»Und?«

»Tut es nicht.«

»Warum sollte denn etwas klingeln?« Jasmin holte noch zwei weitere Blätter aus dem Drucker und befestigte sie an der Wand.

»Ich weiß noch von meiner damaligen Tätigkeit beim BND

während des Kalten Krieges, dass die DDR damals ebenfalls viele Beziehungen mit Angola hatte. Angola war der typische Schauplatz für einen Stellvertreter-Krieg. Amerikaner gegen Sowjets. Angola war aufseiten der Sowjets. Andere Länder wie Kongo aufseiten der Amerikaner. Eine der größten Sorgen der CIA war es damals, dass Afrika kommunistisch wird.«

»Und die größte Sorge des KGB war es, dass Afrika kapitalistisch wird«, ergänzte Jasmin.

»Eben«, sagte Ressler. »Vor diesem Hintergrund könnte Angola irgendeine Rolle spielen. Neben Panama, Dubai und Shanghai. Mir fällt nur nicht ein, welche.« Er trat näher an die Übersicht heran. »Wissen wir etwas über die Geldströme? Was von wem wohin fließt?«

Jasmin schüttelte den Kopf. »Nein. Da müssten wir die CIA fragen.«

In dem Moment öffnete sich die Tür. Einer der Analysten steckte seinen Kopf in den Raum. »Störe ich?«, fragte er.

Ressler hob eine Augenbraue. »Kommt drauf an, worum es geht.«

»Markus sagt, Sie sollen sofort zu ihm kommen.«

»Hat er gesagt, warum?«

»Offenbar hat er was zu den geklauten Kundendaten von Com-Pare gefunden. Etwas *Großes*, wie er sagt.«

Beide waren sofort hellwach. »Wo ist er? In dem Konferenzraum von vorhin?«

»Nein. Im Purgatorium.«

Das *Purgatorium* war ein spezieller Bereich bei Europol mit Rechnern, die problemlos zwischen dem Dark Web und dem normalen Internet hin- und herwechseln konnten. Einige hatten perfekte Firewalls, andere waren hingegen absichtlich mit allen möglichen Tricks und Fallen ausgestattet, um Virenprogramme, Trojaner oder Botnets anzulocken. *Sandkisten* nannte man solche Versuchsanordnungen, in denen sich Schadprogramme frei entfalten konnten, ohne Schaden anzurichten. Dann gab es noch *Honigtöpfe* oder *Honeypots.* Das waren Computer, die scheinbar schutzlos aussahen und auf diese Weise alle möglichen Arten von Viren, Würmern und Trojanern anzogen – um diese dann analytisch auseinanderzunehmen. Eine Zwischenwelt von realer Welt, Internet und Dark Web. Ebenso wie das Purgatorium, das Fegefeuer in der katholischen Heilslehre. Eine Zwischenwelt zwischen Himmel und Hölle.

Markus Olsen saß bereits vor dem großen Rechner.

»Schaut euch das an«, sagte er. »Da sind ja die Daten!«

Alle rückten näher an ihn heran. Doch wohl nur Markus konnte in dem Chaos der Zeichen irgendetwas erkennen.

»Alexandria«, murmelte Markus.

»Alexandria?«, fragte Jasmin. »So heißt diese Seite? Wie die antike Stadt in Ägypten?«

»Die beziehen sich wahrscheinlich auf die große Bibliothek im Altertum. Alexandria hatte damals die größte Bibliothek der Welt«, sagte Markus, klickte weiter und gab einige Reihen Codes ein. Offenbar war Markus auch in der Lage, direkt in Maschinencode zu schreiben, der Sprache, die direkt in den Prozessor des Computers ging. »Nur hier ist es leider eine … riesige Information-Dump-Seite!«

Der Schrecken war Jörg ins Gesicht geschrieben. »Ist das nicht eine von diesen Seiten, auf denen man Kreditkartennummern und so etwas kaufen kann?«

»Ganz genau. Und gleichzeitig auch noch SIM-Karten oder eine SMS-Weiterleitung, falls das Programm PINs aufs Handy schickt, die man dann irgendwo eingeben muss, um eine Zahlung zu bestätigen.«

»Und da sind die Kundendaten von Com-Pare hingegangen?«, fragte Jasmin.

»Nicht nur die Kundendaten«, sagte Markus, und er senkte seine Stimme. »Da ist noch viel mehr!«

KAPITEL 11

PRAG, AUGUST 2015
Mandarin Oriental Hotel

Marc und Oliver hatten sich schließlich doch entschieden, nach Prag zu fliegen und sich mit diesem dubiosen Kyrill und der Russenmafia zu treffen. Sie hatten den Flug nach Prag über einen Reiseanbieter gebucht und nicht über das Internet, wo jeder mitlesen konnte. Mittlerweile glaubten sie, dass jeder ihrer Schritte, der nicht im Dark Web erfolgte, in irgendeiner Weise gesehen wurde. Das alles konnte eine Falle sein. Aber auch eine große Chance. Und so hatten sie sich entschieden, das Wagnis einzugehen und die Reise zu starten. Die Hotelbuchung lief über die Mafia, und die Mafia hatte offenbar auch dafür gesorgt, dass die beiden ihre Pässe gar nicht vorzeigen mussten und unter falschem Namen einchecken konnten.

Sie hatten die stattliche Suite bewundert, die aus einem großen Wohnzimmer und zwei einzelnen Schlafzimmern und zwei Badezimmern mit Wanne, Tropendusche und allerlei Annehmlichkeiten bestand. Dann hatten beide die rote Schirmmütze aufgesetzt, sich in die Lobby gestellt und waren kurz darauf von einem großen, vernarbten Mann mit fließendem, russisch klingendem Englisch angesprochen worden.

Die Dachterrasse des Mandarin Oriental in Prag war noch um einiges größer als die riesige Suite, die sie bewohnten.

»Dieser Mule hat eure Ware gestohlen?«, fragte der Mann, den alle Vlad den Pfähler nannten. Vladimir Kowaljow hieß der Mann wirklich. Der Mann, der nicht nur der Chef von Kyrill war, sondern auch der Chef der russischen Solnzevskaja-Mafia und vielleicht auch bald der Chef von Oliver und Marc. Obwohl Marc das ganze Projekt ja gerade losgetreten hatte, um nie mehr einen Chef zu haben. Und eigentlich traf das auf Oliver auch zu.

Die Solnzevskaja jedenfalls kontrollierte von Moskau aus den ganzen ehemaligen Ostblock, und in Prag betrieb sie eine riesige Drehscheibe des Verbrechens. Und bald nicht nur in Prag. Sondern in ganz Ost- und Westeuropa. Und vor allem im Internet.

Dieser Mule hat eure Ware gestohlen?, hatte Vlad also gefragt.

Marc und Oliver nickten. Es hatte ihnen offenbar kurz die Sprache verschlagen.

»Es ist immer möglich, an Geld zu kommen, auch wenn Leute nicht zahlen können.« Vlad zeigte auf Kyrill. »Frag ihn mal. Zur Not nimmt man jemandem, der sonst kein Geld hat und noch zahlen muss, einfach die Niere weg. Bringt auf dem Schwarzmarkt vierzigtausend Euro.«

Neben Vlad saß Kyrill Karasow, der Mann, der ihnen die Mail geschrieben hatte. Kyrill war Vlads Leibwächter, die riesigen Pranken um ein Wodkaglas gelegt.

Oliver Winter blickte erst Vladimir Kowaljow und dann Kyrill Karasow an. Und dann nacheinander die fünf anderen Leibwächter, die oben auf der Dachterrasse des Mandarin Oriental Hotels in Prag saßen.

»Sie helfen uns, ins Dark Web zu kommen«, sagte der Pfähler. »Sie machen die Online-Strategie für unser Kartell. Dafür kriegen Sie 15 Prozent von allem, was über Ihre Plattform geht. Und einen schönen Vorschuss bekommen Sie auch!« Er schaute Oliver an. »Einverstanden?«

Oliver saß auf den letzten drei Zentimetern des Stuhls und nickte mechanisch. Er wagte es nicht, nach der Höhe des Vorschusses zu fragen.

»Was ist, wenn die Polizei kommt?«, fragte Kyrill.

»Dann finden sie nichts. Unsere Lieferanten haben das Zeug. Wir sind fein raus.«

»Und wenn doch? Wenn sie kommen? Mit Hunden?«

»Die Hunde merken erst recht nichts. Auch wenn wir den Stoff mal transportieren, kommen die Fahnder nicht dran. Wir reiben die Beutel mit dem Fleisch von verwesten Hunden ein.« Oliver hätte nie gedacht, dass er diese ekelhafte Story jemals so unbekümmert erzählen konnte. Doch mittlerweile konnte er es.

Vlad grinste. »Drogen, Hacking, Hunde.« Er trank von seinem Tee mit einer Miene, wie ein Militärdiktator von seinem Tee trinken würde, nachdem er gerade einen Erschießungsbefehl gegeben hatte. »Sie haben die Daten, Sie haben schon ein wenig Geld. Und *wir* haben die Waffen. Die Muskeln, während Sie das Gehirn haben. Allerdings …«, er zog an seiner Zigarre, »mit einem erweiterten Angebot werden wir alle noch viel mehr Geld verdienen.«

Oliver wusste, was der Mafiaboss meinte. *Menschenhandel. Sexsklaven. Prostitution.*

Und dann noch das, was sie *Necro CP* nannten.

Necro CP. Auch davon hatte er gehört. Das waren die Dolls. Ausgestopfte Körper mit Glasaugen, die ihre Besitzer aus toten Augen anzwinkern konnten.

Vladimir Kowaljow lehnte sich nach vorne, als habe er Olivers Gedanken gelesen.

»Wir haben auch einen Kooperationspartner, der macht *lebende* Dolls.«

Lebende Puppen.

Oliver fragte sich, was die *lebenden Dolls* sein sollten.

Und er fürchtete, dass er es sehr bald erfahren würde.

Die Stimme des Russen brachte Oliver endgültig in die Realität zurück. Und die Realität war mindestens ebenso schrecklich wie die Vorstellungen, die gerade sein Gehirn wie schwarze Tinte überflutet hatten.

»Also, lieber Oliver Winter«, fragte Vladimir Kowaljow und drehte seinen schweren Schädel in Olivers Richtung wie ein MG-Geschütz, »sind wir im Geschäft?«

Oliver atmete tief aus. »Ja, Herr Kowaljow, das sind wir!«

Er lehnte sich zurück.

Fragte sich, woher er all das Geld hatte.

Fragte sich, was Nina dazu sagen würde, wenn sie nur die geringste Ahnung hätte, was hier gerade passierte. Er zusammen mit der Russenmafia. Jener Kraft, die sich in den Arbeitslagern Stalins zusammengefunden hatte, und für die es wie eine Erlösung war, als endlich der Eiserne Vorhang fiel und die Mafia das machen konnte, was jede profitgetriebene Organisation antreibt: Expandieren.

Und Oliver fragte sich, wovor er mehr Angst haben sollte: Vor der Mafia oder vor sich selbst.

KAPITEL 12

FRANKFURT AM MAIN, FEBRUAR 2015
Hauptbahnhof

Dr. Rudolf saß in dem roten BMW 7 mit dem Wackelkopfdackel auf der Hutablage und wartete auf die Sendung, die er gleich abholen sollte. Seine Hände hinterließen auf dem Lenkrad feuchte Spuren. Das Hemd klebte an seinem Rücken, obwohl es draußen in der Februarluft gar nicht warm war, und er zog es mit spitzen Fingern ein paarmal von sich. So ähnlich hatte er bei Kälte sonst nur geschwitzt, wenn er die Freundin von seiner Tochter Louisa gesehen hatte. Die Freundin, deren Namen er verdrängt hatte. Zwischen seinem schweißnassen Rücken und dem Sitz waren Unterhemd, Hemd und Sakko. So dass der Schweiß mit dem teuren Leder nicht in Berührung kam. Gott sei Dank.

Er schwitzte auch nicht, weil es heiß war. Er schwitzte, weil er wusste, was gleich kommen würde, wenn die Nachricht einging.

Die Sonne stand, wie so oft im Winter, tief und blendete ihn. In einem sinnlosen Reflex klappte er die Sonnenblende herunter und hielt inne, als er in sein Spiegelbild blickte. Schnell klappte er die Sonnenblende wieder nach oben. Er konnte sich selbst nicht in die Augen sehen. Denn dann sah er, was aus ihm geworden war. Als würde ein Fluch in seinen eigenen Augen liegen.

Er schaute auf die Passanten, die vorübergingen. All die Reisenden mit den Rollkoffern am Frankfurter Hauptbahnhof. Schaute dann nach oben, sah all die Wolken, die über einen trüben Winterhimmel zogen.

Irgendwann kam die Nachricht auf seinem Telefon. Einem altmodischen Handy mit gekaufter SIM-Karte.

Er schaute auf die Nachricht.

Dann lachte er, ohne dass seine Augen lachten.

Es war alles wie besprochen. Der Schlüssel zum Schließfach lag unter einem der Mülleimer am Eingang. Er wusste auch, dass immer jemand in der Nähe war und auf Schließfach und Schlüssel aufpasste, bis er, Dr. Rudolf, die Sendung abgeholt hatte.

Er ging, wie in Trance, zum Schließfach. Ihm war, als hätte er getrunken, obwohl er seit gestern Abend nichts angerührt hatte, und auch das war nur ein halbes Glas Rotwein gewesen. Ihm war heiß und kalt, als er sich dem Schließfach näherte. Schwindelig, als er es öffnete.

Ekstatisch, als er den großen Karton herausnahm.

Er war recht schwer. Was wohl nicht nur an dem Inhalt, sondern auch an der Sauerstoffflasche lag.

Er horchte an dem Karton.

Hörte Geräusche. Leichte Geräusche.

Spürte eine perverse Lust, die ihn übermannte wie eine plötzliche Bewusstlosigkeit.

Er kniff die Augen ein paar Sekunden zusammen.

Er sah Schwärze. Die andere Welt, in die er gleich hineintauchen würde.

Öffnete wieder die Augen.
Schloss das Schließfach zu.
Legte den Schlüssel wieder unter den Mülleimer.
Trug den großen Karton zu dem Kofferraum.
Startete den Wagen.
Fuhr nach Hause.

Zu Hause, in seinem Keller, konnte er endlich den Karton öffnen.

KAPITEL 13

DEN HAAG, AUGUST 2015
Hauptquartier Europol

»Da ist also noch viel mehr auf der Dump-Seite?«, fragte Ressler.

»Allerdings.« Markus drehte sich um und versuchte, beide anzuschauen. »Da haben wir zunächst die Klassiker, zum Beispiel Adressen, Telefonnummern, Kreditkartennummern und so weiter. Dann hat dieses Programm aber offenbar noch weitere Verbindungen zu etwas exotischeren Themen.«

»Nämlich?«, fragte Jasmin, obwohl sie es sich denken konnte.

»Die sexuelle Ausrichtung der Person, Informationen, wie oft jemand solche Orte wie Swinger-Clubs aufsucht, wie ihr Nickname in gewissen Foren ist und ob sie vielleicht auch noch pädophil sind.«

Jasmin schaute auf den Bildschirm und erkannte ein paar Versatzstücke inmitten all der Wüsten von Codes, aber mit Sicherheit nicht so viele, wie Markus erkennen konnte. »Wie machen die das? Mit Querverweisen?«

»Ja, das, was man typischerweise *Big Data* nennt.« Markus nickte. »Oder etwas moderner: *Smart Data.*« Er rang sich ein

Lächeln ab. »Teilweise zieht die Dump-Seite sogar Alias-Namen aus Dark-Web-Pädophilie-Seiten wie Lolita City ab, um diese dann per Big Data einer realen Person zuordnen zu können und diese dann zu diffamieren. Oder zu erpressen.«

Ressler verschränkte die Arme. »Das heißt doch Folgendes: Da ist ein Perverser, der nennt sich in den Pädochats immer *Girllover. Girllover* ist bei Lolita City angemeldet, dort zahlt er mit einer Kreditkarte, weil ihm Bitcoins zu kompliziert sind. Mit der gleichen Karte hat er dummerweise zufällig mal woanders im *Clear Net* gezahlt, und diese Dump-Seite weiß dann durch den Vergleich der Kreditkartennummern plötzlich, dass *Girllover* im normalen Leben Norbert Schmidt heißt.«

Markus nickte. »Kann aber auch klappen, wenn er auf Lolita City mit Bitcoins zahlt.«

»Ach ja?« Ressler hob die Augenbrauen.

»Ja. Irgendwo muss er ja ursprünglich mal die Bitcoins gekauft haben. Und das läuft auf diesen Kaufportalen meist auch mit Kreditkarte. Und die meisten kaufen die Bitcoins per Karte und bezahlen dann sofort mit den gleichen Bitcoins auf der nächsten Seite. Und das kann man tracken.«

»Es sei denn«, sagte Jasmin, »er hat die Kreditkartennummern auch von solch einer Dump-Seite.«

»Dann wird es schwierig, in der Tat. Aber selbst das kann man zurückverfolgen. Wird dann aber wirklich schwer.«

Hinter Resslers Stirn arbeitete es. »Das heißt, diese Seite besteht gar nicht primär, um Leuten Kreditkartennummern zu verkaufen, sondern …«

»… um sie bloßzustellen, oder?« Jasmin blickte Markus an.

Der nickte.

»Um andere Menschen zu kompromittieren. Beziehungsweise damit zu drohen. Und durch diese Erpressung vielleicht viel mehr Geld zu machen als durch die Weitergabe der Kreditkartendaten?«

»Was ja eh nicht immer so toll funktioniert«, ergänzte Ressler. »Die Kreditkartenfirmen informieren einen ja, wenn auf einmal in Odessa mit der Karte bezahlt wurde, wo man sonst ein Leben lang nicht war. Aber diese Erpressung …« Er schaute Jasmin an.

»*Lieber Geschäftsführer XY, Ihnen ist Ihr Job wichtig*«, fabulierte Jasmin, »*und Regionalpolitiker wollen Sie auch werden. Was ist es Ihnen wert, wenn Ihre Aktivitäten bei Lolita City oder wo auch immer nicht an die Öffentlichkeit kommen?*«

»So wird es laufen«, sagte Ressler. »Ein moderner Pranger, der auch noch richtig Geld bringt.« Er schaute auf die Uhr. »Wollen wir unseren jungen Freund einmal besuchen?« Er meinte Jörg.

»Ja, sollten wir.«

Sie hatten sich zu Jörg in die Cafeteria gesetzt. Jörg hatte sich dort mit seinem Rechner ausgebreitet, Smartphone, iPad und einige Unterlagen lagen auf dem Tisch verstreut. Er hatte gerade eine Telefonkonferenz mit seinem Team in Berlin gehabt, und man sah die Verzweiflung in seinem Gesicht. Jetzt hatten sie den Cafeteriatisch zum Konferenztisch gemacht, und jeder hatte einen dampfenden Becher Kaffee vor sich stehen. Markus hingegen trank Jasmintee. Irgendwie passend, auch wenn sonst noch nichts passte.

Jörg war von den neuen Informationen gar nicht begeistert. »Das heißt, die stehlen meinen Kunden nicht nur die Karten, sondern erpressen sie, weil sie geheime Infos über sie haben?«

»Wäre doch nichts Neues.«

Jörg trank von seinem Kaffee, der noch so heiß war, dass er ihn schnell wieder absetzte. »In der Tat«, sagte er. »Der Ashley Madison Hack zum Beispiel. Dreißig Millionen Nutzer waren betroffen.«

»War das nicht so eine Seitensprung-Seite?«, fragte Jasmin.

»Genau. Die Hacker, in dem Fall waren es *black hats,* haben alles rausposaunt, was sie finden konnten. Sexuelle Präferenzen, Kontakte, sogar GPS-Daten, wo die Typen gerade waren.«

Jörg tippte etwas in seinen Rechner, und der zeigte das Logo der Ashley Madison Website. Eine Frau, die die Finger an die Lippen hält. »*Life is short, have an affair*«, sagte er. »Das war das Motto von denen.«

»Für einige war das Leben dann auch short«, sagte jetzt Ressler, »es soll einige Suizide deswegen gegeben haben.« Er lehnte sich zurück. »Achtunddreißig Millionen Mitglieder. Ehen zerstört, Reputationen zerstört, Leben zerstört. Und die Klatsch-Magazine hatten einen Festtag.«

Jörg blätterte ziellos in seinem Moleskin-Notizbuch herum, das er trotz digitaler Welt immer bei sich trug. »Und diese komische Holding, von der mein Kontakt bei Elrond erzählt hat«, sagte er. »Dieses Naval Heit. Was kann das sein?«

»Da sind wir noch nicht wirklich weitergekommen.« Jasmin gab Jörg in knappen Worten die Informationen, die sie ihm geben konnte. »Vielleicht ist diese Naval-Heit-Stiftung eine Geldwäsche-Einheit, die Verbindungen zwischen der ›normalen‹ Welt und der Unterwelt der Info-Dump-Websites aufrechterhält?«

»Ziel von dieser Alexandria-Website ist es doch nicht primär, Kreditkarten zu verkaufen, sondern Informationen? Also ein etwas anderes Geschäftsmodell als die klassischen Dump-Seiten?« Jörg blickte alle fragend an.

»Das eine muss das andere ja nicht ausschließen«, sagte Ressler. »Aber das Kerngeschäft scheint mir in der Tat der Verkauf von Informationen zu sein. Oder eben der Nicht-Verkauf von Informationen, der dann allerdings auch Geld kostet.«

»Informationen bringen Geld. Und Nicht-Informationen auch. Gar nicht so dumm.« Jasmin trank von ihrem Kaffee und kaute dann an ihrem Kugelschreiber. Ein Kugelschreiber von einem Bestattungsinstitut, den sie schon länger in ihrer Tasche hatte und sich noch immer fragte, wann sie den eigentlich bekommen hatte. Denn gestorben war in ihrem Umfeld in der jüngeren Zeit zum Glück niemand. »Nur, wo geht das Geld hin?«

»Eben«, sagte Ressler, »irgendwie müssen die Erpressungs-Einnahmen aus *Alexandria* ja wieder in reales Geld umgetauscht werden. Und dieses Geld muss irgendwo gewaschen werden. Und das passiert wahrscheinlich in einer von diesen Steueroasen in einer dieser typischen Steuerspar-Konstruktionen: Malta Double, Dutch Irish, FDI, Stiftungen in Panama und Uruguay.«

»Es kann also ein riesiges Netzwerk von vielen kleinen Firmen dahinterstecken?«, fragte Jasmin.

Ressler nickte. »Wenn es so ein Netzwerk ist, dann sind es sehr viele! Und die alle zu untersuchen: Das dauert!«

KAPITEL 14

PRAG, AUGUST 2015
Veitsdom

Oliver ging, in Gedanken versunken, den Weg zum Veitsdom auf der Prager Burg hinauf. Er hatte etwas Zeit für sich gebraucht. Marc war bei einem Treffen mit irgendwelchen Hackern in Prag, die er über das Internet kannte, und so kam Oliver die Zeit für einen kurzen Spaziergang sehr gelegen.

Er schaute nach oben. Der Veitsdom war die Kathedrale des Erzbistums Prag und gleichzeitig das größte Kirchengebäude Tschechiens. Als Oliver die riesigen Türme und die gotische Fassade sah, hätte er sich auch gewundert, wenn es das kleinste Kirchengebäude gewesen wäre. Unten erstreckte sich die Stadt. Doch seine Gedanken waren woanders.

Dolls …

Er hat schon von den toten Dolls gehört, den ausgestopften Kinderkörpern mit Glasaugen. In den letzten Wochen, als er mit seinem Billig-Laptop das Dark Web durchkämmt hatte. Tote Dolls. Das allein war schon schrecklich genug. Was aber sollten dann lebende Dolls sein? War das irgendetwas mit Menschenhandel? Und wollte er wirklich in den Menschenhandel einsteigen? Andererseits würde das seine Geldprobleme endgültig lösen. Denn das meiste Geld konnte man bekanntermaßen mit dem Handel von drei Dingen verdienen: Waffen, Drogen und Menschen. Doch eigentlich hatte er doch schon genug Geld. Musste er denn unbedingt sein Unternehmen weiterentwickeln, um noch mehr Geld zu haben? Oder besser: Mehr Geld zu haben, als er je ausgeben konnte? Und sich damit immer mehr in Gefahr zu begeben? Oder war es jetzt an der Zeit, sich mit dem zufriedenzugeben, was er hatte? Die Schrauben nicht noch weiter anzuziehen. Gemäß dem alten Handwerkermotto: *Nach fest kommt ab.*

Doch eigentlich hatten sie sich ja schon entschieden. Und wer wusste, was Vlad und dieser Kyrill machen würden, wenn sie jetzt wieder ihre Meinung ändern würden.

Der Puppendoktor … Oliver hatte zugestimmt, den Puppendoktor zu treffen. Diesen mysteriösen Mann, der irgendwo auf einem großen Landsitz außerhalb Prags wohnte und diese *lebenden Dolls* herstellte. *Lebende Dolls,* unter denen Oliver sich überhaupt nichts vorstellen konnte. Und unter denen er sich auch gar nichts vorstellen wollte.

In den Lärm seiner Gedanken hinein klingelte das Telefon. Es war Nina. Sollte er rangehen? Oder den Anruf auf die Mailbox leiten? Schließlich drückte er den Annahmeknopf.

»Hi Schatz.«

»Na, Oli. Wie ist es in Prag? Was habt ihr schon gesehen?«

»Du, äh, wir haben hier eher viele Businessgespräche … Investmentmöglichkeiten in Osteuropa und all so was.«

»Ich dachte, die Osteuropastory ist schon längst vorbei, und keiner investiert da mehr?«

»Kennst dich ja gut aus.« Er überlegte eine Sekunde, um seine Lügengeschichte zu optimieren. »Vorbei ist sie nur für den Mainstream. Es gibt noch sehr viele gute Investmentmöglichkeiten, die aber die breite Masse nicht kennt. Und nicht kennen soll.«

»Und wann kommst du zurück?«

»Ich denke, morgen.«

Nina schwieg einen Moment.

»Wie ist es bei dir?«, fragte Oliver.

»Alles gut. Die Hochzeitsseite kommt gut voran. Martha Steward will die eins zu eins übernehmen.«

»Das ist doch … super …« Oliver hörte seine Stimme, aber er merkte, dass er selbst gar nicht bei der Sache war. Worte sausten durch seinen Kopf. *Menschenhandel, Dolls, lebende Puppen, der Puppendoktor …* Wenn er jetzt weitersprach, das wusste er, würde er sich entweder verplappern, oder es würde wieder Streit geben. Er musste seine Gedanken erst einmal sortieren, bevor er überhaupt mit jemandem sprechen konnte, der nicht in seine Geschäfte involviert war.

»Nina«, sagte er. »Ich muss Schluss machen. Ich melde mich heute Abend wieder. Dann sind die Meetings vorbei.«

»Mach das.« Nina klang ein wenig enttäuscht. Aber nicht so enttäuscht, wie er es erwartet hatte.

KAPITEL 15

FRANKFURT AM MAIN, AUGUST 2015
Flughafen, Lufthansa Business Lounge

Spike hatte gerade ein Telefonat in einem der kleinen Privaträume in der Flughafen-Lounge geführt. Jetzt saß sie auf einem der grauen Sessel und trank eine Cola Light. Sie trank Cola Light am liebsten mit Eiswürfeln und Zitrone, doch hier, in der Business-Lounge der Lufthansa, lagen die Zitronenscheiben offen auf einem Teller und die Eiswürfel in einem silbernen Behälter. *Zu riskant,* dachte Spike, *ich könnte mich dabei mit Erkältungsviren anstecken, und eine Erkältung kann ich mir im Moment nicht leisten.*

Sie dachte an Jean Reno in dem Film *Leon der Profi,* der immer eine Wollmütze trug, wenn er im Einsatz war. Auch mit der Begründung »Ich kann mir keine Erkältung leisten«.

Sie sah sich um. Und musste zugeben, dass die neue Business-Lounge in Frankfurt sehr gut gelungen war. Da hatte sich die Lufthansa nicht lumpen lassen. Das, was hier den »normalen« Premiumkunden geboten wurde, war das, was manch andere Fluglinien ihren absoluten Top-Kunden boten. Mit Ausnahme vielleicht von den Golf-Airlines wie Emirates oder Etihad, aber die wurden ja von ihren milliardenschweren Scheichs auch mit Staatsgeldern zugeschüttet. Die Senator-Lounge war noch etwas prächtiger, und Spike hätte auch die Senator-Lounge nutzen können. Doch dort saßen oft zu wichtige Leute herum, von denen sie nicht gesehen werden wollte. Die ganz wichtigen Personen saßen ohnehin in der First-Class-Lounge, wo die HON-Flieger saßen. Die mit dem höchsten Lufthansa-Status, die eigentlich ihr Leben nur noch im Flieger verbrachten und die Sitze der First und Business Class besser kannten als ihr Sofa und ihr Bett zu Hause und ihren Flugbegleiter besser als ihre Frau. Das waren auch meistens die, die mit ihrer Frau nur noch über einen Paarberater oder später Scheidungsanwalt kommunizierten. Und es waren am Ende die, die unwiederbringlich Spike begegnen mussten. Nämlich dann, wenn sie im Ruhestand waren und ihre Firma nur noch Geld kosteten. Dann blickten sie in Spikes dunkle Augen. Oder in die Dunkelheit einer Glock mit Schalldämpfer.

Und danach in das Licht.
Das ewige.

Spike ließ ihren Blick über die große Anzahl an Whiskeyflaschen an der Bar über dem Getränkeautomaten schweifen, wo sie eben ihre Cola Light abgefüllt hatte. Sie mochte Whiskey, aber selbst die Nachwirkungen von einem Glas Whiskey konnte sie jetzt genauso wenig gebrauchen wie eine Erkältung.

Sie schaute auf die Tafel.

Boarding in fünfzehn Minuten, und bis zum Gate war es noch ein ganzes Stück zu laufen.

Sie klappte ihren Laptop zu und ließ ihn in der schwarzen Tasche verschwinden.

Sie stand auf.

Noch ein Blick auf die Tafel.

Lufthansa Flug 1400.

Check-in läuft.

Boarding um 16:50.

Abflug 17:20.

Pünktlich.

Ankunft 18:25.

Prag.

KAPITEL 16

PRAG, AUGUST 2015
Mandarin Oriental Hotel

Als Oliver zurück ins Hotel kam, lümmelte Marc bereits an der Bar und hatte einen rötlichen Cocktail vor sich stehen.

»Was ist das denn für ein Zeug?«, fragte Oliver und verzog skeptisch das Gesicht. »Sieht nach Kopfschmerzen aus.«

»Báthory Cocktail«, sagte Marc. »Ist nach dieser ungarischen Blutgräfin benannt.«

»Ungarn in Prag?« Oliver zog die Augenbrauen hoch.

»Osteuropa ist Osteuropa«, sagte Marc lapidar und trank. Er hatte einige selbstgedrehte Zigaretten neben sich liegen, mit denen er wohl schon häufiger in die Raucherlounge neben der Bar gewechselt war. Dort wurden zwar normalerweise teure Zigarren geraucht, aber für Geschäftspartner von Vlad dem Pfähler, und solche waren Marc und Oliver jetzt für die Geschäftsführung des Hotels, schienen eigene Gesetze zu gelten.

»Was nimmst du?«

»Bier«, knurrte Oliver. Er setzte sich zu Marc an die Bar. »Diese Puppen«, begann er. »Vielleicht sind das ja wirklich Puppen?«

Marc zuckte die Schultern. »Vielleicht. Vielleicht auch nicht. Ist auch nicht so wichtig, weil wir die eh nie zu sehen bekommen.«

»Aber es kann uns doch nicht egal sein, wenn da jemand aus Menschen Puppen macht.«

Marc trank von seinem roten Cocktail. »Vielleicht sind es ja auch gar keine Menschen, und das Ganze ist nur ein Marketing-Gag. Was kümmert's uns? Wir sind nur die Plattform.«

Das Bier kam. Oliver nahm einen Schluck. *Wir sind nur die Plattform,* dachte er. »Ja, aber egal, wie weit man den Dreck von sich wegwirft: Ein wenig Dreck bleibt immer am Werfer hängen.«

»Ach, wird das jetzt doch wieder ein Ethik-Seminar? Von dem Herrn, der vor kurzem noch Auftragskiller gegen die unzuverlässigen Mules einsetzen wollte?« Marc zeigte nach oben, dorthin, wo irgendwo die Dachterrasse war, auf der sie heute Nachmittag gesprochen hatten. »Ich dachte, wir wären fein mit den Jungs?«

»Eigentlich ja.«

»Eigentlich ja? Ich glaube, das sind nicht die Sorte von Leuten, die es witzig finden, wenn es jetzt auf einmal *eigentlich nein* heißt.«

»Wahrscheinlich nicht.«

»Und der Vorschuss?« Marc starrte Oliver an wie ein Hypnotiseur. »Hast du den vergessen? Hunderttausend Euro für jeden von uns! Und das auch noch steuerfrei! Nur, weil wir mitmachen. Da ist noch kein Honorar, noch keine Provision, noch nichts drin. Nur weil wir nicken und ja sagen.«

Oliver nickte. »*Signing Bonus* sagt man im Investmentbanking dazu. Geld, das man einfach so kriegt, nur weil man irgendwo anfängt.«

»Richtig!« Marc klopfte Oliver auf die Schulter. »Und das kriegen wir auch! Verdientermaßen! Denk an Dante!«

»Wieso Dante?«

»Um so etwas Großes zu schreiben wie die *Göttliche Komödie*, musste auch Dante alles hinter sich lassen. Aufbrechen! Zu neuen Ufern! Raus aus Florenz! Aufbruch kommt von brechen!«

»Jetzt wird's ja richtig poetisch«, knurrte Oliver und trank von seinem Bier.

»Jetzt hör mal.« Marc schaute ihn an wie ein Psychiater. »Das Alte ist der Feind des Neuen! Wir sind hier am Scheideweg! Wir haben gerade jeder hunderttausend Euro gekriegt. Und wir kriegen noch viel mehr, wenn wir so weitermachen! Ich bin Vergil. Du bist Dante! Wir beherrschen das moderne Inferno. Das Dark Web! Und du musst dir nur eine Frage stellen: Willst du nur ein Daytrader sein, der dauernd Verluste macht? Oder Dante, der König des Dark Web?«

Oliver überlegte ein paar Sekunden. Aber eigentlich nur pro forma, denn die Entscheidung hatte er schon getroffen.

»Dante«, sagte er. »Der König des Dark Web!«

Etwas weiter entfernt in der Lobby stand eine Gestalt in schwarzer Kleidung. Auf der Nase eine schwarze Brille. In die Brille integriert ein Fernglas, mit dem die Person die beiden Männer an der Bar genau anschauen konnte. Erkennen konnte, um wen es sich handelte. Der eine mit dem roten Cocktail, der andere mit dem Bier.

Die schwarze Gestalt zückte ihr Handy und schrieb eine SMS. Genauso schnell, wie sie aufgetaucht war, war sie auch wieder verschwunden.

KAPITEL 17

BERLIN, AUGUST 2015
Lang-Bar, Waldorf Astoria

Sie waren in Berlin gelandet, und Oliver hatte sich von Marc überreden lassen, es noch etwas krachen zu lassen.

Sie hatten vorher in Prag offiziell die Zusammenarbeit mit Vlad und seiner Solnzevskaja-Mafia besiegelt. Das Geld war geflossen, in bar, und Oliver hatte den Auftrag erhalten, in ungefähr zwei Wochen den berüchtigten *Puppendoktor* zu besuchen. Doch zwei Wochen waren noch lang hin. Jetzt lockte erst einmal die Bar und die vielseitige Getränkekarte.

Die Lang-Bar im Waldorf Astoria am Bahnhof Zoo schien ihnen für die Feier des Geschäftsabschlusses der geeignete Ort zu sein. Die Lang-Bar war benannt nach dem Regisseur Fritz Lang, der mit *Metropolis* nicht nur den berühmtesten deutschen Film gedreht hatte, sondern auch als Erfinder der *Dr. Mabuse*-Filme galt. Joseph Goebbels, dem Propagandaminister und damit dem obersten Film-Sachverständigen des NS-Regimes, hatten die Filme von Lang so gut gefallen, dass er ihm damals die Stelle des Reichsfilmministers im Propagandaministerium angeboten hatte. Lang hingegen erwiderte, ob denn Dr. Goebbels nicht klar wäre, dass er, Fritz Lang, Jude sei. Doch Goebbels entgegnete, dass das kein Problem wäre, denn er, Joseph Goebbels, würde entscheiden, wer Jude wäre und wer nicht.

Oliver, der die Story von Fritz Lang einmal im Studium gehört hatte, hatte sie gerade Marc erzählt.

»*Metropolis*«, sagte Marc und winkte die Bedienung herbei. »Noch 'ne Flasche von dem Schampus! Heute wird gefeiert!« Dann wandte er sich wieder Oliver zu. »*Metropolis.* Habe ich vor Ewigkeiten mal gesehen. Würde auch gut zum Dark Web passen.«

»Ja. Eine Unterwelt gibt es da auch.«

»Und in Gedenken an Fritz Lang heißt die Bar hier Lang-Bar?«

»Habe ich so gehört.«

Das Waldorf Astoria Berlin war mit zweiunddreißig Stockwerken eines der höchsten Gebäude der Hauptstadt, aber die Bar war im zweiten Stock untergebracht, so dass man leider keinen majestätischen Blick auf den Kudamm hatte, sondern nur auf Baustellen in der Nähe. Oliver schielte auf die Getränkekarte, wo auch der Champagner stand, den Marc eben bestellt hatte. Die Drinks waren so teuer, wie das Lächeln einiger Gäste billig war.

»Gibt's was zu feiern?«, fragte eine junge Dame mit osteuropäischem Akzent, die mit einem sehr knappen Kleid und aufgespritzten Lippen an ihnen vorbeilief.

»Aber klar!«, sagte Marc. »Komm doch zu uns. Gibt guten Champagner.«

»Ich muss noch kurz zu meiner Freundin«, sagte die Dame. Aber es klang so, als hätte sie wirklich vor, wiederzukommen.

»Prost, mein Lieber!«, sagte Marc, und sie stießen an. »Bevor die Schnecke wirklich zurückkommt und ich vielleicht mit ihr verschwinde; du darfst das als Ehemann ja nicht, und bevor wir komplett dicht sind: Hier der Plan für die nächsten Wochen. Du …«, er zeigte auf Oliver. »… machst jetzt deinen Urlaub mit deiner Alten, damit an der Front endlich richtig Ruhe einkehrt. Wo soll's hingehen?«

»Singapur.«

»Gut. Ich regele so lange die Geschäfte von Narcobay. Bin sozusagen COO.«

»Chief Operating Officer.«

»Genau. Und dir gehört die Firma natürlich weiterhin.«

»Immerhin.« Oliver merkte die Folgen des Alkohols bereits beträchtlich. Vor allem, da sie noch nicht genügend gegessen hatten mit Ausnahme von etwas salzigem, scharfem Knabberzeug an der Bar und einem pappigen Sandwich vorhin im Flugzeug.

»Dann«, sagte Marc, »fahren wir in zwei Wochen wieder nach Prag. Und dort sollst du dir … den Puppendoktor ansehen.«

Trotz des Alkohols spürte Oliver einen Stich in seinem Magen. Marc sprach weiter. »Den Puppendoktor und wahrscheinlich die Puppen.«

Oliver dachte einen Moment nach. *Die Puppen … diese … Dolls.* »Wieso eigentlich ich?« Er fand die Frage mehr als berechtigt.

»Weil du der Inhaber von Narcobay bist. Der Chef der Puppen will mit dem Chef der Plattform sprechen. Vlad wollte ja auch, dass du die Unterhaltung auf der Dachterrasse führst, nicht ich. So ist das in Osteuropa. Da will jeder mit dem gleichen oder höheren Dienstgrad sprechen. Und du bist der … Chef! Freu dich doch!«

Die Worte von Marc hallten in Olivers Kopf nach.

Du bist der Chef. Freu dich doch!

Es klang wie eine Drohung.

KAPITEL 18

DEN HAAG, AUGUST 2015
Europol

Ressler, Jasmin und Jörg waren am Abend für eine Stunde zu einem nahen Italiener mit dem schönen Namen »La Pergola« gegangen, als Resslers Handy klingelte. Es war Markus. Der offenbar nur ein geringes Schlafbedürfnis hatte, wenn er sich dann mal an einer Sache festgebissen hatte.

»Entschuldigt mich kurz!« Ressler quetschte sich mit dem Handy am Ohr an den Sitzen vorbei und ging nach draußen, um in Ruhe zu telefonieren. Jasmin sah, wie er sich mit dem Telefon in ausreichender Entfernung von einer Gruppe von Rauchern postierte, die vor dem Eingang standen. Nach etwa drei Minuten kam er zurück. »Wollen wir los?«, fragte er. Zum Glück waren alle schon bei den Desserts angelangt.

»Scheint ja wichtig zu sein«, sagte Jasmin.

»Ist es auch.«

Sie fanden Markus in dem großen Konferenzraum, in dem die unterschiedlichen Zahlungsströme an die Wand geklebt waren.

»Diese Dump-Seite, Alexandria«, begann Markus. »Ich konnte herausfinden, wo sie gehostet ist.«

»Jetzt sag nicht, in Deutschland?« Das war Ressler.

»Bestimmt nicht. In Skolkowo. Bei Moskau!«

Jasmin schüttelte den Kopf. »Skolkowo. Wo ich vor kurzem war. Ich habe sogar kurz den Direktor gesehen. Sogar ein paar Sätze mit ihm gesprochen. Wie hieß er noch? Ogarew?«

»Ogarew ist noch nicht so lange Direktor, wie es aussieht.« Markus schaute auf den Bildschirm. »Sein Vorgänger hieß Shestakow.«

Jasmin dachte fieberhaft nach.

»Shestakow«, sagte sie. »Ich habe da mal eine Geschichte gehört. Soweit ich weiß, ist er in London gestorben.«

»In London? Nicht in Moskau?« Ressler blickte sie fragend an.

»Ja. London. Da müsste doch der britische Auslandsgeheimdienst etwas wissen.« Sie schaute Ressler an und dann auf die Uhr. »Sie haben dort doch einen Kontakt. Und es ist erst 21 Uhr. Das ist noch okay. Und dort ist es erst 20 Uhr.«

»Einen Versuch ist es wert. Ich rufe mal meinen Kontakt beim MI6 an. Eventuell ist Baker noch da.« Ressler griff zum Telefon und wählte eine Nummer.

Baker war noch im Büro. Es dauerte eine Weile, aber dann hatte er die Information. Er rief Ressler zurück, und Ressler stellte das Telefon auf laut.

»Josef Shestakow«, sagte Baker. »Das war der frühere Direktor von Skolkowo und der Vorgänger von Ogarew.«

»Das wissen wir. Wie ist er gestorben?«

»Steht hier in der Akte. Wie es aussieht, ist er mit Polonium getötet worden. Ebenso wie seine Familie und Freunde. Eigentlich alle, die mit ihm verkehrten.«

Ressler schaute Jasmin an und schüttelte den Kopf. »So wie es, glaube ich, Machiavelli schon gesagt hat: *Wenn du jemanden aus dem Weg räumst, dann räume auch die Angehörigen aus dem Weg, damit sie sich nicht mehr rächen können.*«

Jasmin nickte. »Klingt in der Tat russisch. Auch wenn Machiavelli Italiener war. Wie haben die Täter das gemacht?« Sie sprach direkt in den Lautsprecher.

»Offenbar haben sie ihm einen Umschlag mit Polonium übergeben, den er mit sich herumtrug. Sein Essen war auch voll davon.«

Polonium. Jasmin wusste, dass dies eine Lieblingsmordwaffe des KGB und auch des FSB war. Obwohl das Element nicht von einem Russen, sondern von Marie Curie entdeckt wurde. Zu Ehren ihrer polnischen Heimat Polen nannte man das Element dann Polonium.

Baker sprach weiter. »Dann haben sie das Gift noch über seine Teekanne gesprüht, den Stuhl, Tisch und den Boden. Sein ganzes Hotelzimmer in London war voll davon. Er hatte vier Stunden später auf einmal Durchfall, musste sich übergeben und konnte kaum laufen. Dann kam er ins Krankenhaus. Seine Angehörigen haben ihn hingebracht. Und sich dabei auch mit dem

Polonium verstrahlt. Nach acht Stunden im Krankenhaus war er tot. Sie haben es mit Berliner Blau versucht, aber dafür war es zu spät.«

Berliner Blau, dachte Jasmin. Das war ein künstlich hergestelltes, dunkelblaues Farbpigment, das in der Lage war, Thallium und auch Polonium zu binden und aus dem Körper auszuscheiden.

»Wie hoch war die Dosis?«, fragte Jasmin.

»Das Zweihundertfache der tödlichen Dosis. Darum war es auch hoch kontaminierend.« Baker machte eine Pause. Offenbar wollte er jetzt Feierabend machen. »Ich würde euch noch die Akte schicken. Braucht ihr sonst noch was?«

»Nein, sind erst mal durch.« Ressler warf Jasmin einen prüfenden Blick zu. »Oder?«

Sie nickte.

Ressler betrachtete eine Weile meditativ das Telefon und lehnte sich zurück.

»Was sagt uns das?«, fragte er.

»Irgendetwas Großes geht da in Skolkowo ab. Und Shestakow war offenbar nicht mehr systemkonform genug.« Jasmin schaute an die Wand hinter ihnen mit all den Zahlungsströmungen der unterschiedlichen Stiftungen und Steueroasen. »Unüblich wäre so ein Vorgehen nicht. Es gibt ein russisches Gesetz aus dem Jahr 2006. Demnach ist die Ermordung von Extremisten im Ausland durch russische Staatsorgane erlaubt. Auch Verleumdungen des Präsidenten werden unter extremistische Aktivitäten gestellt. Und können damit tödlich enden.«

Ressler lächelte zynisch. »Das geht auch ohne Gesetz. Papst Johannes Paul I. wurde 1978 vergiftet. Angeblich war es ein Herzinfarkt, aber er hatte nie Herzbeschwerden. Und eine Obduktion der Leiche hat es nie gegeben.«

»Vielleicht darf man einen Papst nicht obduzieren?«

»Das fehlt gerade noch. Wegen Auferstehung des Fleisches

oder so?« Ressler schüttelte den Kopf. »Nein, irgendjemand wollte partout nicht, dass die Vergiftung publik wird. Und nicht nur die Russen und die Italiener machen das so. Arafat, der Palästinenserführer, hatte vor seinem Tod auch über Durchfall, Gewichtsverlust, Erbrechen und Gleichgewichtsprobleme geklagt. Da steckte wahrscheinlich der Mossad hinter.« Er hielt einen Moment inne. »Aber insgesamt klingt das sehr russisch. Und sehr nach KGB. Oder dessen Nachfolger, was auf dasselbe herauskommt.«

Jasmin wusste, dass die Themen KGB und FSB ein Lieblingsthema von Ressler waren. Er hegte einerseits Bewunderung, hatte aber auch Angst vor diesen unheimlichen Giganten. Denn gerade der KGB war schon immer Meister in der Kunst des »Maskirowka« gewesen, dem Maskieren und Verschleiern der eigenen Absichten.

Es waren einige der Taktiken, die das Volk der Russen schon im 14. Jahrhundert gegen die Mongolen eingesetzt hatte. Und heute wurden die sozialen Netzwerke mit Propaganda geflutet. Die sogenannten Trolle in St. Petersburg besaßen diverse Facebook-Profile. Und ihr Auftrag war es, eine feste Anzahl an Beiträgen pro Tag zu posten und sich in Diskussionsgruppen einzuschalten. Natürlich exakt auf Kreml-Linie. Neben dem gigantischen russischen Propaganda-Apparat wirkten die Bemühungen des East-Stratcom-Teams, das die EU aufgestellt hatte, um die russische Propaganda zu entschärfen, geradezu niedlich.

Ein melodischer Klang kam von Resslers Laptop. Er schaute in seine Inbox. »Ah, die Akte zu Shestakow ist da.«

Sie überflogen gemeinsam den Bericht vom MI6. Es stand nicht viel Neues drin, bis auf die Tatsache, dass Shestakow noch einen Assistenten hatte, der laut abgehörten Telefonaten ebenfalls sterben sollte. Dem es aber offenbar gelungen war, zu fliehen.

»Diesen Assistenten«, sagte Jasmin, »den müssen wir finden.«

Ressler nickte. »Wäre eine gute Idee. Hier steht nur leider nicht einmal, wer das ist.«

Jasmin stand auf, streckte sich und ballte die Fäuste. »Mit unseren Guerilla-Aktionen kommen wir nicht weiter. Wir müssen das mit Kunhardt besprechen. Auch wenn er das nicht hören will, aber da sind zu viele lose Enden, die mir unheimlich erscheinen.«

Ressler nickte. »Mir auch. Fürchte nur, dass Kunhardt das anders sieht.«

KAPITEL 19

SINGAPUR, AUGUST 2015
Marina Bay Sands Hotel

Bevor sie nach Singapur gereist waren, war Oliver mit Nina zur Bank gegangen, um den Rest des Kredits für ihr Penthouse mit Sondertilgung abzulösen. Der Bankberater hatte ziemlich blöd aus der Wäsche geschaut, aber was sollte er machen. Auch einen Teil der Schulden bei seiner Wertpapierbank für das verpatzte Termingeschäft mit den DAX-Futures hatte Oliver zurückgezahlt. Ein paar Schulden aber hatte er noch behalten. Es würde zu ungewöhnlich aussehen, wenn er auf einmal sämtliche Schulden los wäre. Einem Privatbanker seiner Wertpapierbank hatte Oliver von seiner geplanten Reise nach Singapur erzählt. Und der hatte ihm vorgeschlagen, doch ein Konto in Singapur zu eröffnen. Die Steuern dort seien gering, die rechtliche Situation sehr gut, und es wäre doch immer gut, mehrere Eisen im Feuer zu haben. Wer wusste denn, ob nicht die Eurozone oder ganz Europa jederzeit zusammenbrach, da wäre es doch gut, nicht alle Eier in einen Korb zu legen.

»Und wo kommt das ganze Geld her?«, fragte Nina. Das Ganze schien ihr zu herrlich, um wahr zu sein.

Sie hatten ein wunderschönes Zimmer im Marina Bay Sands Hotel, einem riesigen Hotel gegenüber der Altstadt und jenseits des Singapore River. *Marina Bay* hieß der Ort deswegen, weil er früher einmal aus Wasser bestanden hatte. Und weil die Singapurer das Land dem Meer abgetrotzt hatten, um ihre wirtschaftlich extrem starke, aber dennoch kleine Halbinsel am Südzipfel von Malaysia zu vergrößern. Die drei fünfundfünfzigstöckigen Hochhäuser des Hotels waren nicht nur ein Markenzeichen Singapurs, sondern ganz Asiens. Denn die drei Hoteltürme waren durch eine riesige Plattform, den sogenannten SkyPark, verbunden.

Lee Kuan Yew, der Gründer Singapurs, hatte Singapur in fünfzig Jahren von einem Dritte-Welt-Land zu einer der stärksten Wirtschaftsnationen gemacht. Der Hafen war einer der größten der Welt, die Landessprache war Englisch, um es Talenten aus aller Welt so einfach wie möglich zu machen. Die Wirtschaft war frei, eine Unternehmensgründung dauerte nur wenige Tage, und die Steuern waren niedrig. Dafür verstand die Regierung bei einigen Dingen keinen Spaß. Vandalismus wurde mit Gefängnis und Stockschlägen bestraft. Auf Drogenhandel stand die Todesstrafe.

Oliver erinnerte sich noch an das Gesicht von Nina, als sie im Flugzeug das Einreisevisum ausgefüllt hatten. *Death for drug trafficking,* stand dort in roten Buchstaben. *Todesstrafe für Drogenhandel.* Wer nach Singapur reiste und beim Zoll mit Drogen erwischt wurde, trat gleich danach eine noch größere Reise an: die ins Jenseits.

Ich habe immer versucht, korrekt zu sein, hatte der Gründer Singapurs in seiner Autobiografie geschrieben. *Nicht politisch korrekt.* Zudem war Lee Kuan Yew nicht nur ein enger Freund des früheren Bundeskanzlers Helmut Schmidt. Er war auch ein großer Bewunderer Machiavellis gewesen und von dessen Feststellung, es sei besser, gefürchtet als geliebt zu werden. Und so hatte es der frühere Herrscher, der lange vor seinem Tod die Regierung an seinen Sohn Lee Hsien Loong abgetreten hatte, auch selbst gehalten: *Wenn niemand vor mir Angst hat, dann bin ich als Regierungschef bedeutungslos.*

Niedrige Steuern, wenig Bürokratie, keine korrupten Beamten. Und schnelles Internet gab es in Singapur auch überall. Dennoch wäre Singapur wohl kaum der richtige Ort, um von dort aus das Asiengeschäft von Narcobay zu betreiben. Oliver und Marc würden schneller am Galgen baumeln, als das die Mafia von Vlad hinbekommen würde. Eine Landesberühmtheit war in Singapur dann auch Darshan Singh gewesen, der Chefhenker der Tropeninsel, der noch heute den Rekord als *schnellster Henker aller Zeiten* hielt. Mit sieben Exekutionen innerhalb von neunzig Minuten. Selbst der Tod war hier hocheffizient und minutengenau getaktet.

Oben auf der Plattform des Marina Bay Sands Hotels waren Restaurants, Bars und ein riesiger Pool. Das Ganze auf hunderteinundneunzig Metern Höhe. In genau diesem Pool schwammen Oliver und Nina gerade. Und wenn man in diesem weltgrößten sogenannten »Infinity Pool« schwamm, dann war es, als würde man im Himmel schweben.

»Und wo kommt das ganze Geld her?«, fragte nun also Nina.

»Habe ich doch schon gesagt«, sagte Oliver und blinzelte in den Sonnenuntergang. »Ich hatte Glück mit den Termingeschäften.« Er gab Nina einen Kuss. »Mein Gott, es passt wieder alles. An der Börse läuft es gut, wir sind hier komfortabel hergeflogen, machen uns ein paar schöne Tage, und alles ist prima. Wäre es da nicht mal an der Zeit, wenn du die Umstände, wie sie sind, einfach genießt, anstatt alles in Frage zu stellen?«

Nina lehnte sich zurück und ließ den Blick von der riesigen Dachterrasse des Hotels aus über die Altstadt von Singapur, das

Konzerthaus und das berühmte Fullerton Hotel am anderen Ende des Hafenbeckens schweifen. »Vielleicht hast du recht. Vielleicht mache ich mir wirklich zu viele Gedanken.« Sie trank von ihrem Cocktail. »Was liegt morgen an?«

»Ich habe einen Termin bei der HSBC.«

»Ist das eine Bank?«

»Ja, die Hongkong Shanghai Banking Corporation.«

»So genau wollte ich es auch nicht wissen. Und was willst du da?«

»Ein Konto eröffnen.«

»Willst du hier Geld anlegen?«

»Warum nicht ein bisschen streuen?«, fragte Oliver. In Wirklichkeit hatte er ganz andere Absichten. Sollte es in Deutschland wegen seiner Dark-Web-Geschäfte doch einmal zu heiß werden, wollte er gern die Gewissheit haben, in ein Land verschwinden zu können, das nicht sofort nach Europa auslieferte und in dem auch schon ein bisschen Geld als Startkapital auf ihn wartete.

»Geld in Singapur? Ist das nicht total umständlich?«

»Vielleicht. Aber wie sagte mir mein Banker so schön? Leg nicht alle Eier in einen Korb.«

»Das gilt aber hoffentlich nicht für die Partnerwahl?«

»Nein«, sagte Oliver und küsste sie. »Da gilt das alte Motto von Mark Twain: *Leg alle Eier in einen Korb. Und pass auf den Korb auf!*«

Kurz blitzte der Gedanke an Vlad und den Puppendoktor auf. Und Oliver fragte sich, ob er nicht doch zu viele Eier in einen zu unsicheren Korb gelegt hatte. Aber der Gedanke war sogleich wieder verschwunden, als er die Lippen von Nina schmeckte, den Geschmack des Cocktails, das Wasser des Pools und die Sonne Asiens auf seinem Gesicht.

KAPITEL 20

MOSKAU, SEPTEMBER 2015
Scheremetjewo-Flughafen

Kyrill war vor kurzem am Flughafen Scheremetjewo gelandet und ging durch die Sicherheitskontrolle, die besonders für die Menschen schnell funktionierte, die viel zahlen konnten. Er hatte gerade seine teure Ledertasche umgehängt, die gleichzeitig als kleiner Reisekoffer und als Aktentasche diente, als sein Handy klingelte. Es war Vlad.

»Ich möchte, dass du Marc eine Nachricht zukommen lässt. Jetzt.«

»Jetzt?«, fragte Kyrill. Er fingerte nach seinem Bluetooth-Ohrhörer, während er seine Tasche noch einmal schulterte. In seinem schwarzen Anzug und mit der teuren Tasche hätte man ihn auch für einen normalen Geschäftsreisenden halten können. Nun, er war ja eigentlich auch ein Geschäftsmann. Und für normal hielt er sich auch.

»Ja, jetzt. Dieser, dieser …« Vlad schien nach einem Wort zu suchen.

»Oliver!«

»Genau. Dieser Oliver ist doch in Singapur?«

»Ja, noch zwei Tage. So sagte er es.«

»Sag Marc, dass er unbedingt nach Prag kommen soll. Sofort.«

Kyrills Augen flogen über die zahlreichen Fahrer, die mit Namensschildern am Eingang standen. Auch Mitarbeiter von Hotels standen dort und versuchten, Gäste abzuholen oder potenzielle Gäste anzuwerben. »Warum die Eile?«

»Es gibt für alles zwei Gründe«, sagte Vlad. »Einen guten Grund und einen wahren Grund.«

»Was ist der gute Grund?«

»Marc ist doch der, der sich auskennt.«

»Ja«, sagte Kyrill. »Aber Oliver hat die ganzen Anfangsinvestitionen bezahlt. Ohne ihn würde es Narcobay nicht geben.«

»Ohne Marc auch nicht. Der hat das IT-Know-how. Und er ist skrupelloser. Passt eher zu uns.«

Da musste Kyrill seinem Boss recht geben.

»Was soll ich ihm sagen?«, fragte Kyrill. Eine endgültige Antwort hatte er noch nicht erhalten. Und fragte sich noch immer, was sein Boss nun unbedingt so schnell mit Marc machen wollte. Vor allem, da Oliver auch jederzeit aus dem Urlaub zurückkehren würde.

»Frag ihn, ob er nicht allein mit uns arbeiten will. Wir … reden erst mal nur darüber. Und er entscheidet, ob er mit Oliver weitermachen will oder ohne.«

»Und wenn er nur mit Oliver weitermachen will?«

»Dann frag ihn, wie er das findet, dass er arbeiten muss und sein Boss Urlaub macht. Nur weil er das Kapital bereitgestellt hat.«

Kyrill hatte seinen Fahrer erblickt, der auf ihn zueilte und ihm ergeben die Tasche abnehmen wollte. Doch Kyrill machte eine abwehrende Bewegung. Die Tasche gab er niemandem. Beide machten sich auf den Weg nach draußen zum VIP-Parkplatz.

»Nennt man das nicht Kapitalismus?«, fragte Kyrill.

»Bei denen schon. Bei uns heißt das Staatskapitalismus. Und der Staat … das sind wir.« Vlad machte eine kurze Pause. »Kriegst du das hin?« Es war klar, dass er jetzt ein *Ja* hören wollte.

»Ist ja nicht so schwer zu argumentieren. Dann kriegt er doch sicher auch das ganze Geld, nicht nur 30 Prozent und irgendwann mal 50 Prozent?«

»Das obendrein.«

»Das mache ich«, sagte Kyrill. »Ich rufe ihn gleich an.« Er dachte kurz nach. »Du sagtest, Vlad, es gäbe zwei Gründe: einen guten Grund und einen wahren Grund. Und das hier war der gute Grund.«

»So ist es.«

»Was ist der wahre Grund?«

»Das erzähle ich dir später. Aber nicht am Telefon.« Er hielt einen Moment inne. »Nur so viel: Es geht um den Puppendoktor.«

KAPITEL 21

FRANKFURT AM MAIN, FEBRUAR 2015
Europäische Zentralbank

»Chef, was ist da los?« Johannes Foltin saß auf dem Stuhl vor Dr. Rudolfs Schreibtisch und blickte seinen Boss verwundert an. Foltins Rolle war nicht ganz unwichtig in der Zentralbank. Er saß an der Schnittstelle zwischen den Computersystemen der EZB und den Banken, die von der Zentralbank mit Geld versorgt wurden. »Die Banken, die uns Staatsanleihen verkaufen, wundern sich über Unregelmäßigkeiten bei den Buchungen!«

Dr. Rudolf nickte. Die Staatsanleihenkäufe der Zentralbank hatten bereits begonnen. Und keiner wusste das besser als Dr. Jürgen Rudolf. Sechzig Milliarden Euro waren es diesen Monat bereits. Die EZB wollte auf diese Weise Geld in den Markt pumpen und dadurch die Geldmenge und damit auch die Inflation erhöhen. Bisher hatte das noch nicht sonderlich gut funktioniert. Aber das Programm stand auch erst am Anfang. Und dass es Unregelmäßigkeiten gab, verwunderte Dr. Rudolf freilich nicht. Nur, dass es jemand bemerkt hatte, das beunruhigte ihn. Auch wenn er sich seine Unruhe nicht anmerken ließ.

»Unregelmäßigkeiten?« Dr. Rudolfs Gesicht war die Unschuld in Person. »Wobei denn?«

»Hier!« Foltin schob ihm ein paar Papiere über den Schreibtisch. Rudolf roch die Zigaretten über den Tisch. Foltin war einer von denen, die jede Pause nutzten, um draußen zu rauchen. Egal, wie kalt es war. In der Bank war er besonders für seinen Spruch *»Rauchen ist schädlich. Man kann dabei erfrieren«* bekannt.

»Kleine Abweichungen«, sagte Rudolf und zuckte die Schultern. »Völlig normal. Man kann die Kurse nicht immer exakt vorhersagen. Das ist doch bei Aktienkäufen auch so. Man will bei 80 kaufen und kauft bei 81.«

»Aber hier ist das doch um einiges mehr«, sagte Foltin. »Teilweise zweihundert Basispunkte. Manchmal noch mehr. Und vor allem: Alles zu Lasten der EZB!«

»Sie wollen damit sagen, wir hätten zu viel gezahlt?«

Foltin zuckte unsicher die Schultern und ließ seinen Blick kurz über den Main schweifen, der sich hinter dem Fenster von Rudolfs Büro erstreckte.

»Vielleicht hat jemand etwas abgezweigt?« Foltin wollte offenbar nicht so schnell lockerlassen. »Hacker oder so? Wie war das bei SONY, als die gehackt wurden? Die mussten plötzlich wieder Faxe senden, weil die ganze IT-Infrastruktur nicht mehr ging.

Oder die Attacke auf das Zahlungssystem Swift, hinter der angeblich Nordkorea steckte?«

»Hier geht aber noch alles«, knurrte Rudolf. Dabei wusste er, dass Foltin recht hatte. Wer irgendwo reinwollte, kam rein. Vor allem, wenn drinnen jemand war, der die Tür öffnete. Jemand wie Dr. Rudolf. Aber das durfte natürlich keiner wissen. Dennoch wusste er, wie es ging. Sowohl von draußen als auch von drinnen. Er kannte auch all diese Security-Berichte. Kein System war sicher. Weder online noch offline. Wenn man auf das Vorfeld im Frankfurter Flughafen wollte, konnte man sich auf Google Maps Sicherheitszäune und Schranken ansehen. Man wusste genau, wo man hinfahren oder hingehen musste. Zu Fuß gehen war besser. Autofahrer brauchten Zugangskarten, aber Fußgänger konnten einfach vorbei.

Ein Journalist einer großen Tageszeitung hatte das ausprobiert. Er war mit einer Signal-Weste und einer großen Umhängetasche durch die Security gelaufen. Mit einer Tasche, die groß genug war, dass eine Bombe reingepasst hätte.

Jeder Passagier, und war er noch so harmlos, wurde an der Sicherheitskontrolle im Flughafen begrapscht und sein Gepäck durchwühlt. Jede Nagelfeile und jedes Deo wurden stasiartig beäugt und befummelt, als würde jeder Geschäftsreisende, der nur von A nach B wollte, sonst die nächste Atombombe zünden. Aber hier, auf dem Vorfeld, konnte man wahrscheinlich sogar einen Atomsprengkopf reinschmuggeln.

Einfach durchgehen, das war immer das Geheimnis. Niemals fragen. Das ging bei Empfängen, in Museen oder auch auf dem Flughafen-Vorfeld. Wer schon drin war, wurde niemals zurückgepfiffen.

Um Erfolg zu haben, hatte mal ein französischer Philosoph gesagt, *benimmt man sich am besten so, als ob man ihn schon hätte.*

Man könnte auch sagen: Um reinzukommen, wo auch immer, benimmt man sich am besten so, als wäre man schon drin.

Foltin war aber offenbar noch nicht zufrieden. Rudolf erhob sich dennoch. Ein Zeichen, dass er die Diskussion für beendet hielt. Und außerdem war er hier der Chef und nicht Foltin. »Es sind doch immer dieselben Mutmaßungen. Die hatten wir auch damals schon, als die Zentralbank Staatsanleihen gekauft hat. 2007 und 2008. Und dann noch 2009.«

»Da war ich noch nicht hier«, musste Foltin zugeben.

»Da waren wir auch noch drüben am Willy-Brandt-Platz in dem alten Gebäude. Aber das kennen Sie ja. Jedenfalls gab es damals ebenfalls Unregelmäßigkeiten.« Er nahm die Papiere zur Hand.

»Und warum?«

Dr. Rudolf machte eine Pause, die staatsmännisch wirken sollte, sortierte aber in Wirklichkeit seine Gedanken. »Sie wissen doch, wie es bei Anleihen ist. Die haben einen Zins und einen Kurs. Je höher der Zins, desto geringer der Kurs. Und umgekehrt. Dann gibt es manchmal Kursschwankungen, ex-ante Kuponzahlungen, Kurse, von denen die Zinsauszahlungen subtrahiert werden, und so weiter. Bei Aktien ist das sogar noch viel schlimmer als bei Anleihen. Besonders, wenn Dividenden ausgezahlt wurden. Anleihen, wie wir sie kaufen, sind da noch vergleichsweise harmlos.«

»Das heißt, das gleicht sich wieder aus?«

Dr. Rudolf nickte. Foltin nahm ihm die Antwort aus seinem Mund. »Das gleicht sich wieder aus, Sie sagen es. Ganz genau.«

»Aber woher kommen Abweichungen von …« Foltin schluckte noch einmal und schaute auf die Papiere, die Rudolf in der Hand hielt. »… von dieser Höhe zustande?«

»Das kann passieren.« Rudolf nickte zur Bestätigung. »Die Abteilung für Transaktionen sagt uns das auch immer. Und dass wir uns nicht so viel Sorgen machen sollen.« Er lächelte kurz. »Wir sind doch *nur* die IT.«

»Alles klar.« Foltin schien endlich fertig zu sein mit seiner Fragestunde.

»Sonst noch was?«, fragte Rudolf.

»Nein, alles in Ordnung. Ihnen noch einen schönen Nachmittag, Dr. Rudolf.«

»Danke, Ihnen auch.«

Die Tür schlug zu.

Rudolf atmete aus.

Das war gerade noch gutgegangen.

Er ließ sich auf seinen Schreibtischstuhl fallen und wischte sich die winzigen Schweißperlen von der Stirn. Offenbar waren sie Foltin nicht aufgefallen.

Er lehnte sich zurück.
Ließ seinen Blick über den Main schweifen.
Dann dachte er an zu Hause.
Und an das, was dort auf ihn wartete.

KAPITEL 22

BERLIN, SEPTEMBER 2015
Potsdamer Platz

Eine Reise war manchmal wie eine Wiedergeburt.

So fühlte sich Oliver, als sie die Koffer ausgepackt hatten und wieder zu Hause waren. Nina und er waren sich wieder nähergekommen, sie hatten gut gegessen und getrunken, gefeiert, geschwommen, hatten Singapur durchstreift, waren mit einem Segelboot aufs Meer hinausgefahren und hatten die Seele baumeln lassen.

Urlaub konnte wie ein neues Leben sein. Und wie jedes Leben war es irgendwann vorbei.

Das alte Leben kam für Oliver in dem Moment zurück, als sein Handy klingelte. Er hatte sich ein spezielles Handy für spezielle Anrufe angeschafft. Darauf waren auch Apps wie Threema, mit der er anonym chattete.

Er erkannte die Stimme mit russischem Akzent sofort.

»Sie sind wieder zurück?« Es war Kyrill.

»Ja. Bin ich.« Oliver hätte gern etwas anderes gesagt, aber er zog es vor, der Mafia reinen Wein einzuschenken.

»Haben Sie diese Woche schon etwas vor?«, fragte Kyrill weiter.

»Bisher nicht.« Was sollte Oliver auch sonst sagen.

»Warum kommen Sie dann nicht morgen nach Prag?« Er erinnerte sich. Irgendwie war von Prag die Rede gewesen. Vor seinem Urlaub. Und dass er dort noch jemanden besuchen sollte. Aber das schien in einem anderen Leben gewesen zu sein. Jetzt war er wieder in diesem anderen Leben. Ob er wollte oder nicht.

»Und dann?«

»Dann werden Sie jemanden kennenlernen.«

»Wen?«, fragte Oliver, obwohl er es sich denken konnte.

»Jemanden, mit dem wir sehr viele gute Geschäfte machen. Und sehr viel Geld. Wir. Und Sie bald auch.«

»Sie meinen den …«

»Richtig. Ich meine den *Puppendoktor.*«

KAPITEL 23

SVÁROV, SEPTEMBER 2015
Ortschaft etwa dreißig Kilometer westlich von Prag

Olivers Gedanken schwirrten wie Nebelbomben in seinem Kopf, als er mit dem Leihwagen die R6 von Prag aus nach Südwesten fuhr. Der Leihwagen war ein VW Tiguan. Immerhin hatte man darin eine gute Übersicht, weil man sehr hoch saß. Nordöstlich lag der Flughafen. Die Gegend um Svárov, wo der Puppendoktor seine Residenz hatte, lag in einer sehr dünn besiedelten Landschaft, die aber trotzdem nahe genug an der Großstadt war. Irgendwie eine unheimliche Mischung. Dünn besiedelt und doch zentral.

Die R6 führte von Prag aus nach Südwesten und wurde irgendwann zur E48, die in Karlsbad endete. Oder Karlovy Vary, wie die Tschechen sagten. Der Ort, an dem im 19. Jahrhundert die berühmten Karlsbader Beschlüsse gefasst worden waren mit dem Ziel, die Revolutionsängste an deutschen Höfen einzudämmen.

Revolution, dachte Oliver. Er hatte auch ständig seine eigenen

Revolutionen. Mit Nina hatte es natürlich erneut den obligatorischen Streit gegeben, warum er denn jetzt schon wieder nach Prag wegmüsse, wo sie doch gerade unterwegs gewesen waren. Olivers Versuch, Nina zu erklären, dass es zwei Arten von Unterwegssein gäbe, nämlich privater Urlaub und Geschäftsreisen, und dass nur die Tatsache, dass man gerade im Urlaub war, einen nicht davon entbinde, künftig auch noch Geschäftsreisen zu unternehmen, war gescheitert. Ebenso war er mit der Argumentation, dass Geschäftsreisen zum Geldverdienen erforderlich waren und Geld wiederum erforderlich zum Urlaubmachen, auf taube Ohren gestoßen.

Dennoch war Oliver nach Prag geflogen. Er war am Vortag noch ziellos durch die Stadt gelaufen. Es war ihm alles wie ein Déjà-vu vorgekommen. Ein paarmal hatte er sich erschrocken. Denn es war ihm, als hätte er diesen Mann gesehen. Den von der Website. Den mit der Eishockeymaske. Der, der den britischen Proll (wie hieß er noch? Bowers?) in Kreuzberg umgebracht hatte. Schnell, kaltblütig, einfach so. Der Killer. Sein Name war Slate. Er hatte sich dann umgedreht und noch einmal hingeschaut. Und dann war niemand zu sehen. Vor allem niemand mit einer Eishockeymaske. War das nur ein Traum? Oder ein Omen? Slate, der Killer aus dem Dark Web, als perfekte Vorbereitung auf seinen Termin beim Puppendoktor, der ja auch mit dem Dark Web zu tun hatte? Vielleicht sollte es so sein, dass ein Grauen das nächste jagte?

Entsprechend schlecht hatte er in der Nacht geschlafen, und entsprechend gerädert fühlte er sich, als er jetzt am Steuer saß.

Oliver stand vor der Villa und drückte auf den Messingklingelknopf. Dr. Jacub Czerny öffnete nach etwa zwanzig Sekunden die Tür. Czerny war ein hagerer, großer Mann mit dünnen, blondweißen Haaren und von unbestimmtem Alter. Gemeinsam mit seinem hellen Anzug hatte seine hell-bleiche Erscheinung etwas Gespensterhaftes. Oliver schätzte ihn auf Anfang fünfzig.

»Sie sind Oliver?«, fragte Czerny und tupfte sich mit einem Stofftaschentuch über den Mund. »Der Freund von meinem Freund Kyrill?«

»Der bin ich. Sie müssen Dr. Czerny sein?«

»Jacub reicht. Dr. und Czerny nur für die Außenwelt. Sie gehören ja sozusagen zur Familie. Ein Freund von Kyrill ist auch mein Freund!«

Ob ich dich als Freund haben will, weiß ich noch nicht, dachte Oliver.

Czerny aber zog die Lippen hoch und zeigte seine Zähne, die weißlich gelb unter rotem Zahnfleisch schimmerten, und machte mit seiner linken Hand eine ungelenke Geste, während er Oliver ins Innere der großen Villa führte.

Im Wohnzimmer hatte man einen großartigen Blick auf den riesigen Garten, der an einigen Stellen mit Blumen, Beeten und Rasen, zumeist aber mit Kieselsteinen ausgelegt war.

»Ich bin selten zu Hause und habe keine Zeit für Gartenarbeit, daher die vielen Steine«, sagte Czerny und tupfte sich zum wiederholten Mal mit seinem Taschentuch über den Mund. Oliver fragte sich, warum er das machte.

»Ein schöner Garten«, bemerkte Oliver. Und dachte: *Ein Gärtner soll auch nicht sehen, was Sie hier machen.* Er blickte sich um. Couch, Sessel und Tische waren in Beige und Weiß gehalten. Es war in etwa das, was man *shabby chic* nennen würde. »Auch sonst ist es sehr schön.«

»Für Leute wie uns schon«, sagte Czerny. »Aber nicht für alle. Beziehungsweise für die meisten hier nicht. Das hier«, er breitete die Arme aus, »ist nun mal so ein Land: Wenn man keine Beziehungen oder kein Geld hat, ist man am Ende. Zum Glück habe ich beides.«

»Sie sind Arzt?«

»Chirurg.«

»Praktizieren Sie noch?«

Die Antwort kam prompt. Die Lippen hochgezogen. Weißgelbliche Zähne und rotes Zahnfleisch. »O ja!«

»Sie machen Puppen?«

Czerny nickte. Dann erhob er sich, verschwand kurz und holte ein Tablett mit einer dampfenden Teekanne und zwei Tassen. »Sie mögen Tee?«

Oliver nickte.

Czerny stellte das Tablett ab und schenkte beiden ein. Der Tee, das musste Oliver zugeben, schmeckte sehr gut. Und da Czerny beiden aus einer Kanne eingeschenkt hatte, glaubte er auch nicht, dass er ihn vergiften wollte.

»Käsekuchen-Limonen-Aroma«, sagte Czerny.

»Wie bitte?«, fragte Oliver.

»Der Tee.«

»Der ist sehr gut.« *Käsekuchen-Limonen-Aroma.* Irgend so eine neue und hippe Geschmacksrichtung, dachte Oliver. Als ob das jetzt wichtig wäre. Auch Czerny trank behutsam aus seiner Tasse, wobei er den Henkel klauenartig umklammert hielt. Er hatte dünne, bleiche Hände, durch die blaue Adern hervorschienen. Oliver musste an ein Otto-Dix-Gemälde aus der Weimarer Zeit denken. »Ja, ich mache Puppen«, sagte Czerny knapp.

»Kyrill sagt, es sind lebende Puppen?«

Czerny nickte wieder. »Das sind sie. Es sind keine Gummipuppen. Fleisch bringt mehr Geld als Gummi.« Er beugte sich vor. »Kyrill sagt, Sie wollen welche kaufen?«

Oliver wich ein Stück zurück. »Meine Kunden wollen sie kaufen. Wir stellen dafür die Plattform zur Verfügung.« Er dachte kurz nach. »Sie sagten, es sind lebende Puppen?«

»Sind es.«

»Wie wollen Sie die versenden?«

Czerny trank noch einen Schluck von seinem Tee und schlug

ein Bein über das andere. »Glauben Sie mir, das geht.« Wieder tupfte er sich den Mund mit dem Stofftaschentuch ab.

Oliver grübelte einen Moment. »Dr. Czerny …«

»Jacub, bitte.«

»Jacub …« Irgendetwas sträubte sich in Oliver dagegen, diesen Chirurgen, oder was immer er war, mit Vornamen anzureden. Das setzte Vertrautheit voraus, und davon merkte er noch nichts. Zu seltsam und irgendwie fremdartig und gestört erschien ihm dieser Mann. »Wie werden die Menschen zu Puppen? Sie waren doch nicht immer Puppen … Verstehen Sie mich nicht falsch, aber das passt für mich nicht zusammen. Puppen bewegen sich nicht, Menschen schon. Und Ihre …«

Czerny unterbrach ihn. »Ich verbinde das Beste aus beiden Welten.« Er legte die Fingerspitzen aneinander. »Lassen Sie es mich so erklären: Ich mache aus Menschen Puppen. Das nenne ich Transformation. Und das Resultat ist ein … nun ja, ich nenne es: Ein Lolita Sex Toy.«

Lolita Sex Toy, dachte Oliver. *War da nicht diese Pädophilie-Seite im Internet gewesen? Lolita City? Hatte das damit etwas zu tun? Oder war das, was dieser Czerny machte, womöglich schlimmer und perverser?*

»Und diese Puppen, die Toys, werden … hier … äh … hergestellt?«

»Nicht in diesem Raum«, wieder zeigte Czerny seine Zähne, »aber in diesem Haus. Ja. Ich bin der Einzige, der das kann. Weltweit. Darum sind meine Puppen auch nicht billig. Und wenn Sie mir helfen, sie zu verkaufen, verdienen Sie auch einiges. Ich wäre sogar zu einer Handelsprovision von 20 Prozent bereit.« Er beugte sich vor. »Normal sind 10.«

Olivers rechtes Augenlid begann zu zucken. »Nicht billig heißt?«

»Zwischen dreißig- und vierzigtausend Euro. Oder Dollar. Je nachdem, welcher Kurs besser steht.«

»Und wo kommen diese Puppen oder Menschen her? Ich meine, machen die das freiwillig?«

»Ja und nein.« Czerny schenkte sich Tee nach. Oliver hatte einen Schluck getrunken, aber die Tasse dann nicht mehr angerührt. »Ich gehe in Kinderheime.« Czerny schürzte die Lippen. »Kinderheime sind nie schön, aber hier in Tschechien sind sie besonders furchtbar. Besonders die Heime für die Kinder, deren Eltern nicht reich waren. Die Kinder in den Heimen haben kein schönes Leben. Wenn sie Glück haben, werden sie adoptiert, aber mit acht oder neun Jahren sind sie zu alt. Einige werden Prostituierte, andere bleiben dort für immer. Und das ist das Schlimmste: In Schmutz und Elend alt zu werden. Dann wird das Kinderheim zum Altersheim. Andere verschwinden einfach. Und einige kommen zu mir.« Er lehnte sich zurück. »Das Heim hat jedenfalls meist zu viele Kinder und zu wenig Geld. Das Angebot ist hoch, die Nachfrage gering. Bedeutet, dass der Preis auch gering ist. Oder gar nicht vorhanden. Darum gehe ich dort hin. Suche mir hübsche Mädchen im Alter zwischen neun und zwölf Jahren in Kinderheimen aus und nehme sie den Heimschwestern ab.«

»Acht oder neun Jahre?« Oliver setzte sich alarmiert auf.

»Es ist wichtig, dass sie sich noch im Stadium vor der Pubertät befinden.« Er betupfte wieder seinen Mund mit dem Taschentuch.

»Und was sagen die Pflegekräfte im Heim?«

»Sie sind froh, dass sie einen Mund weniger zu füttern haben. Sie geben mir die Papiere der Mädchen oder lassen die Papiere verschwinden. Es ist so, als ob diese Mädchen …«, Czerny schien nach Worten zu suchen, »ja, man könnte sagen, als ob sie nie gelebt hätten. Ich nehme sie mit. Und die Heimschwestern fragen nicht, was ich mit ihnen mache. Und ich sage ihnen nicht, was ich mit ihnen mache. Im Heim denken sie vielleicht«, er betrachtete seine Fingernägel, während er sprach, »dass ich irgendwelche Experimente mit ihnen mache oder ihre Organe verkaufe.« Wieder das Tupfen mit dem Taschentuch.

»Das machen Sie aber nicht?« Oliver beugte sich vor.

»Nein. Ich verkaufe nicht ihre Organe. Ich verkaufe sie selbst. Aber vorher bekommen sie einen neuen Namen. Das ist der erste Schritt ihrer Transformation. Der alte Name ist mir gar nicht bekannt, er interessiert mich auch nicht. Alle Daten von ihnen werden zerstört, die Ausweispapiere verbrannt. Es ist, als ob sie nie existiert hätten. Um das Neue zu ermöglichen, muss man das Alte loswerden. Wissen Sie ja.«

Oliver wusste nicht, was er darauf antworten sollte. »Und dann?«, fragte er.

»Ab dann werden sie nur noch als Toy existieren.« Er schaute nach oben.

Oliver blickte sich um. »Haben Sie etwa welche hier?«

Czerny nickte. »Ich hatte. Jetzt sind sie verkauft. Meine Dasha und meine Luda. Aber es kommen bald neue. Ich zeige sie Ihnen gern.« Er zögerte kurz. »Allerdings erst, wenn Sie darauf vorbereitet sind.« Er lächelte wieder. »Sie sind jetzt bei einem Kunden. Beide. Dasha ist elf, und Luda ist zwölf Jahre alt.«

Czerny tupfte noch einmal über seinen Mund und beugte sich mit gefletschten Zähnen vor. »Und ich erzähle Ihnen was: Luda ist sogar schwanger.«

KAPITEL 24

SVÁROV, SEPTEMBER 2015

Ortschaft etwa dreißig Kilometer westlich von Prag

Die Person, die in der Nähe der Villa lauerte, hatte gesehen, wie er in das Haus ging.

Sie meinte auch zu wissen, wer in dem Haus wohnte.

Wahrscheinlich stimmten die Vermutungen.

Wahrscheinlich gab es die Verbindungen, die ihre Auftraggeber vermuteten.

Wahrscheinlich waren die Dinge wirklich so schlimm. Oder sogar noch schlimmer, als man es sich ausmalen konnte.

Die Person würde warten.

Bis er wieder herauskam.

Irgendwie hatte sie das Gefühl, dass noch einiges passieren würde.

KAPITEL 25

PRAG, SEPTEMBER 2015
Mandarin Oriental Hotel

Marc ließ seine Tasche auf das Bett fallen. Wobei das Wort »Bett« stark untertrieben war. Das Bett hier im Mandarin Oriental Prag war fast so groß wie in anderen Hotels das ganze Zimmer.

Er dachte zurück an den Flug. Und an den Anruf zuvor.

Oliver hat doch eh keine Ahnung von dem Geschäft. Mensch, und jetzt läuft der Laden. Doch nur wegen dir. Du bist der Experte. Und du bist hier vor Ort. Dein Boss macht mal eben Urlaub in Asien und lässt die Zügel schleifen. Findest du das richtig? Und abgesehen davon: Durch zwei lässt sich besser teilen als durch drei. Oder etwa nicht?

Marc musste zugeben, dass er Gewissensbisse hatte. Ihm war aufgetragen worden, Oliver nichts davon zu sagen. Das war die Bedingung für das geheime Treffen hier in Prag. Obwohl Oliver seit zwei oder drei Tagen auch schon wieder in Deutschland war. Er hatte nicht wirklich Probleme damit, Drogen, Waffen und bald auch Menschen über das Internet zu verkaufen. Aber Probleme, seinen Gründungspartner übers Ohr zu hauen, die hatte er durchaus.

Andererseits hatten sie nicht ganz unrecht. Oliver verpisste sich einfach, jetzt, wo es spannend wurde. Klar, er musste diese Nina irgendwie wieder auf Spur bringen, das hatte Marc ihm ja selbst vorgeschlagen, aber richtig fand Marc Olivers Verhalten auch nicht. Zwei Wochen weg zu sein in dieser heißen Phase. Da hatte er einfach Marcs Vorschlag mit dem Urlaub etwas zu wörtlich genommen. Zwei Wochen. Das war nun doch etwas lang.

Dein Boss, hatte Kyrill gesagt. Und damit Oliver gemeint. Hatte er das absichtlich gesagt, um Oliver von Marc zu entfremden? Oder wusste er, dass Marc sich einmal geschworen hatte, nie mehr einen Boss zu haben, und ihn diese Bezeichnung »Boss« und »dein Boss« automatisch reizen und rebellisch machen würde? Aber sollte er deswegen hinter Olivers Rücken irgendwelche Deals machen? Deals, die noch krummer waren als die, die sie ohnehin schon machten?

Jetzt stell dich nicht so an, dachte er, als er seinen Kulturbeutel ausleerte und Deo, Zahnbürste und Nagelset in dem riesigen Bad verteilte. Die Kacheln aus verziertem Marmor, die Wanne fast ein Swimmingpool. *Ich sondiere ja erst mal nur, was möglich ist. Diese Typen sollte man bei Laune halten. So viel, wie die zahlen. Und wenn sie mich allein sehen wollen, mache ich das eben. Wird ja alles gut bezahlt und ist gut für die Stimmung und damit für die künftige Zusammenarbeit.*

Er schaute auf die Uhr. Noch fünf Minuten. Er sprühte sich ein bisschen Deo unter das Hemd und öffnete die Minibar. Sollte er vorher noch einen kleinen Drink nehmen? Das Angebot war riesig. Bier, Rotwein und Weißwein in kleinen Flaschen, Whiskey, Wodka, Cognac, Campari, Cola und Cola Light. Orangensaft, Apfelsaft, Wasser, Knabberzeug. Die Munition, die einsame Geschäftsreisende brauchten, wenn sie nach einem langen

Tag auf ihrem Bett lümmelten und irgendeinen Ramsch im Fernsehen laufen ließen. *Fernsehen,* dachte Marc. Das hatte er schon ewig nicht getan, und er wusste, dass er auch nichts verpasst hatte. Vermisst schon gar nicht.

In dem Moment klopfte es an der Tür.

»Wir sind unten in der Bar«, sagte eine Stimme. »Und trinken einen White Russian.«

»Okay«, sagte Marc.

White Russian trinken. Das war das Kennwort. Es bedeutete: *Wir treffen uns in fünf Minuten in der Tiefgarage des Hotels. Stellplatz 2318. Abgeleitet von White Russian. W für 23, da es der 23. Buchstabe im Alphabet war, R für 18.*

Marc stopfte sich Handy und Portemonnaie in die Hosentasche und fuhr mit dem Aufzug nach unten.

KAPITEL 26

SVÁROV, SEPTEMBER 2015
Ortschaft etwa dreißig Kilometer westlich von Prag

Oliver hatte einen sauren Geschmack im Mund.

Luda ist sogar schwanger. Die Worte hallten noch in Olivers Kopf.

»Sie ist, bitte, was?«, fragte er. »Schwanger mit zwölf?«

Czerny zuckte die Schultern. »Sie ist ein Toy. Da gibt es keine Altersbegrenzung.« Als er Olivers entsetzten Blick sah, sagte er: »Passen Sie auf, ich erkläre es Ihnen.«

Oliver war sich nicht sicher, ob er überhaupt hören wollte, wie diese Mädchen zu diesen Toys oder Puppen wurden, aber da sprach Czerny schon wieder.

»Die Mädchen kommen also aus dem Kinderheim hier an. Nackt, gefesselt und mit einer Augenbinde. Ich lege sie in ein sauberes Bett und gebe ihnen ein Beruhigungsmittel. Sie schlafen die Nacht durch. Und am nächsten Morgen, noch während sie schlafen, bekommen sie ein Anästhetikum.«

»Ein Anästhetikum? Das ist doch eine …«

»Eine Narkose. Wie im Krankenhaus.« Czerny nickte. »Ich bin Chirurg. Und am Tag nach ihrer Ankunft ist der große … OP-Tag!«

Oliver war sich nicht sicher, ob er richtig gehört hatte. »Der große OP-Tag?«

Czerny stand auf. »Warum begleiten Sie mich nicht?«

Sie gingen einen dunklen Flur entlang, an dessen rechtem Ende es eine große Stahltür mit Milchglasscheiben gab. Tatsächlich wie der Eingang zu einem echten Operationssaal. Hatte sich dieser Wahnsinnige hier tatsächlich einen gesamten OP einrichten lassen? »Die Mädchen kommen hierher, werden gereinigt, kommen dann in ein schönes Bett, bekommen eine Spritze und schlafen. Ich habe gerade zwei hier in Arbeit. Sie werden noch diese Woche transformiert. Noch heißen sie Tanya und Yvonne. Aber schon bald werden sie anders heißen.«

»Sie sind hier?«, fragte Oliver.

»Ja, sie … ruhen.« Mehr wollte Czerny dazu offenbar nicht sagen. Aber in Olivers Kopf rotierte es. Es waren mindestens zwei Mädchen hier in diesem Haus. Die irgendwie *verwandelt* werden sollten. Wie auch immer das vonstattenging.

»Und sie bekommen einen neuen Namen?«, fragte er.

Czerny nickte. »Ja. Sie bekommen einen neuen Namen. Schließlich beginnt für sie ja ein neues Leben. Als Toy. Und zum Toy werden sie hier.«

Er öffnete die Stahltür.

Und Oliver sah, dass das Wort *OP-Tag* kein perverses Synonym war, keine Umschreibung, sondern kalte, brutale Wahrheit.

Der Raum war ein OP.

Mit Tisch, riesigem Deckenstrahler, grünen Tüchern, Beatmungsgeräten und weißen Schränken mit Medikamenten sowie Schläuchen, Zugängen, Spritzen, Tupfern und allem möglichen OP-Besteck.

»Sehen Sie?«, fragte Czerny, und in seiner Stimme klang so etwas wie Stolz. »Ich habe hier nur keine Krankenschwestern. Dafür ist mein Geschäft zu geheim. Aber ansonsten ist alles wie in einem richtigen OP.«

Oliver hasste sich für seine Frage, sie widerte ihn an, aber er musste sie trotzdem stellen: »*Was* genau machen Sie mit den Mädchen hier in diesem OP?«

Czerny nickte, als hätte er genau auf diese Frage gewartet, und blickte Oliver väterlich an. »Die Mädchen werden zu Puppen. Sie werden zu Spielzeugen.« Er tupfte sich wieder über den Mund und näherte sein Gesicht dem Olivers. Der musste sich zusammenreißen, um nicht zurückzuweichen. Czerny sprach weiter und fragte: »Und was machen Spielzeuge?«

Er schaute Oliver aus seinen wasserblauen Augen an. *Was machen Spielzeuge? Was war das für eine Frage,* dachte Oliver. »Spielzeuge machen doch von selbst eigentlich gar nichts?«

Czerny nickte wieder. »Sehr gute Antwort! Und das machen meine Spielzeuge dann auch. Wenn sie erst ein Spielzeug geworden sind. Sie wehren sich nicht. Und sie laufen nicht weg.« Er zeigte auf den OP-Saal und hob ein Skalpell von einem stählernen Tisch. »Sich *nicht* wehren. Und *nicht* weglaufen. Dafür sorge ich hier!«

KAPITEL 27

BERLIN, SEPTEMBER 2015
Bundesnachrichtendienst, Chausseestraße

Jasmin war zurück in Berlin und hatte es geschafft, Kunhardt auf dem Gang abzufangen. Er lief gerade zu seinem Büro, und Jasmin entschloss sich, ihm einfach hinterherzulaufen. Sie hatte ihm von der riesigen Dump-Seite mit dem Namen »Alexandria« erzählt und der Tatsache, dass die Dump-Seite offenbar in Skolkowo gehostet war. Doch der BND-Chef schien zunehmend genervt zu sein.

»Das sind nicht nur Hacker«, sagte Jasmin. »Das ist Geopolitik!«

»Mag sein«, knurrte Kunhardt, der Jasmin am liebsten verscheucht hätte wie ein lästiges Insekt. »Aber erst einmal ist die Beweislage zu dünn, und außerdem habe ich gerade ganz andere Sorgen. Die BND / NSA-Affäre und die Frage, was das Kanzleramt davon nun wusste oder nicht wusste. Der Kanzleramtschef will noch heute einen Bericht dazu haben. Und den werden Sie schreiben! Morgen früh habe ich eine Stellungnahme auf meinem Schreibtisch. 9 Uhr!«

»Ich?« Jasmin hatte eigentlich ein paar andere Dinge vorgehabt, vor allem, was die Erkenntnisse aus Den Haag anging.

»Ja, Sie! Gibt es da ein Problem?«

»Nein, aber …«

»Bestens! Die Daten dazu finden Sie auf dem Server. Muss nur in einen vernünftigen Text gegossen werden, damit das Kanzleramt erst einmal Ruhe gibt. Ich kann mich nicht selbst darum kümmern. Ich habe schließlich noch den Bundestag-Hack an den Hacken.«

Hack an den Hacken, dachte Jasmin. Kunhardt konnte ja richtig poetisch sein. Sie blieben kurz an der Balustrade zu einem großen Atrium stehen. Unten ein paar Cafétische und eine kleine Theke, an der man sich Kaffee und Croissants kaufen konnte.

»Aber dieser Hack könnte doch genau daher kommen!« Jasmin war verzweifelt. Wollte er nicht verstehen, oder durfte er es nicht? »Das war doch eine Mail, die angeblich von der UNO kam und an die Mitglieder des Bundestages verschickt wurde.«

»Ja«, knurrte Kunhardt. »@un.org oder so ähnlich. Im Betreff stand etwas vom Ukraine-Konflikt. In der Mail eine Datei. Und wer darauf klickte, und das waren wohl einige, der hatte die Schadsoftware sofort auf seinem Rechner.«

»Und Sie glauben nicht, dass Holos damit zusammenhängt?« Jasmin schaute in die Leere des Atriums. Unten saßen zwei Mitarbeiter an einem Tisch und hatten einen Laptop aufgeklappt. Offenbar wollte man auch bei einem Geheimdienst etwas Start-up-Atmosphäre aufkommen lassen. Jedenfalls in dem neuen Hauptquartier in Berlin. Auch wenn es hier keine Tischfußballspiele und auch keine Lego-Spielecken gab. Und wohl auch nie geben würde.

»Holos?« Kunhardt drehte sich zu ihr um, und seine Augen funkelten. »Ich wollte es Ihnen eigentlich nicht sagen, weil das höchste Geheimhaltungsstufe hat, aber Holos hilft uns!«

Das hatte Kunhardt zwar schon einmal so angedeutet, aber in dieser Offenheit überraschte Jasmin die Aussage schon. »Holos hilft uns? Dem BND? Wobei?«

»Kinderpornografie«, sagte Kunhardt knapp. »Sie helfen BKA und BND dabei, Pädophile im Netz aufzuspüren.«

»Was sagen Sie da?«

Kunhardt schaute auf die Uhr. »Ich erkläre es Ihnen kurz, aber dann geben Sie Ruhe und schicken mir morgen den Bericht, klar?«

Jasmin nickte. Ihr fiel ein, dass sie von dieser dubiosen Stiftung aus Panama, Naval Heit, die offenbar Holos finanzierte, noch gar nichts erzählt hatte. Aber dafür hätte Kunhardt ohnehin keine offenen Ohren gehabt. Manchmal musste man pragmatisch sein. Und eben hatte sie sich entschlossen, das zu tun, was Kunhardt wollte, und bei den anderen Sachen mit Ressler auf eigene Faust weiterzuforschen. Und Kunhardt erst einmal erzählen zu lassen.

»Sie kennen die Sache mit den Hash Values?« Kunhardt warf ihr einen bohrenden Blick zu.

Sie nickte. »Man kann Bilder, besonders die von Kindesmissbrauch, mit einem sogenannten Hash Value codieren. Damit ist es möglich, ähnliche Bilder mit möglicherweise den gleichen Kindern zurückzuverfolgen. Was allerdings sehr mühsam ist, da, sobald der Hash Value aufgrund eines Pixels leicht verändert ist, der Computer das Bild nicht mehr erkennt.«

»Bisher.« Kunhardt nickte.

»Und jetzt nicht mehr?«

»Nein. Holos hat für uns einen Prototyp programmiert, mit dem man ein Bild als Grundlage für die Suche nach ähnlichen Bildern aus dem ganzen Web verwenden kann. Dabei wird nicht mehr ein Name eingegeben, sondern das Foto wird hochgeladen oder gleich in die Suchmaske geschoben. Wer zum Beispiel nach einem Bild seiner Lieblingsband sucht, kann das Foto in die Suchmaske schieben, der Rechner von Holos und der Algorithmus vergleichen dieses Bild mit der gesamten Datenbank von Holos und dem Internet, und der Nutzer erhält dann ähnliche Bilder der Band oder auch den dazugehörigen Websites.«

»Und bei Missbrauchsbildern ist das genauso?«

»Natürlich ist das keine Funktion für den Massenmarkt, sondern nur für uns, aber genau die lässt sich auch bei Kinderpornografie-Fotos anwenden. Da sieht man ebenfalls nur die Fotos und weiß schließlich nicht, um welche Kinder und um welche Täter es sich handelt, und kann keine Namen eingeben.«

Jasmin beneidete die Kollegen nicht, die sich tagein, tagaus im Internet solche Bilder anschauen mussten. Viele kamen irgendwann damit nicht mehr klar. Da war es vielleicht wirklich das Beste, eine solche, wirklich unmenschliche Arbeit den Maschinen zu überlassen.

»Wie auch immer.« Kunhardts Hände lösten sich vom Geländer des Atriums, und er setzte seinen Weg ins Büro fort. »Das ist alles durch diese neue Form der Bildersuche möglich. Und je mehr verwandte Bilder man über die Bildersuche findet, desto mehr Anhaltspunkte gibt es, und desto mehr lose Enden kann der Algorithmus zusammenknüpfen. So bringt ein Bild die Erkenntnis, dass es in Wien aufgenommen wurde, das zweite, dass die Täter sich in einem bestimmten Forum unterhalten, das dritte hat eine Verbindung zu den Nicknames, das vierte eine Verbindung dazu, was die Nicknames bedeuten, bis man Namen und Adresse der Täter ableiten kann. Und so weiter. Aber was erkläre ich Ihnen das, das wissen Sie alles selbst.«

»Aber da könnte doch auch ein illegales Geschäftsmodell dahinterstehen!« Jasmin ließ nicht locker. Sie musste an das denken, was sie von Markus bei Europol über die Dump-Seite »Alexandria« gehört hatte.

Teilweise zieht die Dump-Seite sogar Alias-Namen aus Dark-Web-Pädophilen-Seiten wie Lolita City *ab, um diese dann per Big Data einer realen Person zuordnen zu können und diese dann zu diffamieren. Oder zu erpressen.* Das hatte Markus gesagt. War das denn hier etwas anderes? Aber sollte sie Kunhardt diese wichtige Information jetzt geben? Zwischen Tür und Angel? Sie musste aber einen Anfang wagen. »Viele der Bilder sind doch auch im Dark Web!«

»Ja«, entgegnete Kunhardt knapp. »Da reichen die Suchmechanismen von Holos ja auch hin.«

»Holos kann im Dark Web suchen?« *Danke für die Information,* dachte sie.

»Das ist der große Unterschied zu Google. Holos kann sich beides anschauen. Sogar gleichzeitig.«

»Aber das spricht doch erst recht dafür, dass da irgendetwas nicht stimmt.« *Wollte er sie nicht verstehen, oder durfte er nicht?*

Kunhardt drehte sich um. Sein Blick war eisig. »Frau Walters! Machen Sie Ihren Job, schreiben Sie den Bericht für das Kanzleramt, und nerven Sie mich nicht mit irgendwelchen Verschwörungstheorien! Der BND hat kaum Freunde in diesem Land. Holos ist einer der wenigen! Ich würde es begrüßen, wenn Sie Ihre Energie darauf verwenden würden, unsere Feinde zu bekämpfen, nicht unsere Freunde!«

Mit diesen Worten ließ er Jasmin am Atrium stehen und lief schnurstracks zu seinem Büro.

KAPITEL 28

PRAG, SEPTEMBER 2015
Mandarin Oriental Hotel

Marc ging die Treppe nach unten in die Tiefgarage des Hotels.

Als der Aufzug sich öffnete, stand dort bereits Kyrill. Etwas weiter hinten, bei den Parkplätzen, sah er einen der großen SUVs, mit denen Vlad herumfuhr. Ein weißer Touareg. Oder war es ein Mercedes? So genau konnte Marc dies nicht erkennen.

»Da bist du ja.« Kyrill grinste. »Möchtest du vorne oder hinten sitzen?« Er zeigte auf den Wagen.

»Ist mir eigentlich ega–«

Marc hatte auf den Wagen geschaut und nicht gesehen, dass hinter der Fahrstuhlkabine nahe der Treppe jemand gestanden hatte. Jemand mit einer Spritze, die er Marc blitzschnell von hinten in den Oberschenkel gebohrt hatte.

Er hatte den leichten Stich gespürt, hatte keine Erklärung dafür gehabt. Dann spürte er, wie ihn Hände auffingen.

Und dann gar nichts mehr.

Marc landete in dem Touareg nicht vorne.
Sondern hinten.
Ganz hinten.
Auf der Ladefläche.

KAPITEL 29

SVÁROV, SEPTEMBER 2015
Ortschaft etwa dreißig Kilometer westlich von Prag

Oliver und Czerny gingen zurück ins Wohnzimmer.

»Wollen Sie noch Tee?«, fragte Czerny. Aber Oliver schüttelte den Kopf. Er saß nur auf der vorderen Kante der Couch, und in seinem Kopf rotierte es. *Was zur Hölle machte dieser perverse Kerl in dem OP mit den Mädchen? Ein Spielzeug kann sich nicht wehren und nicht weglaufen, das hatte er doch gesagt …?* Doch die Antwort auf die Frage kam schneller, als Oliver lieb war.

»Ich amputiere den Mädchen die Arme und die Beine«, verkündete Czerny. Die Plötzlichkeit, mit der Czerny diese Grausamkeit äußerte, traf Oliver wie ein Hammerschlag. Doch Czerny redete weiter, als sei nichts geschehen. »Die Arme direkt über dem Ellbogen, die Beine direkt über dem Knie. Denn ein Toy kann sich nicht wehren. Darum die Arme. Ein Toy kann nicht weglaufen. Darum die Beine.«

Oliver war nicht in der Lage, etwas zu erwidern.

»Sie machen sich Sorgen?«, fragte Czerny. Offenbar war ihm Olivers erstarrter Gesichtsausdruck nicht entgangen. »Sie haben recht, einige überleben das nicht, es ist schon ein sehr starker Eingriff. Aber die meisten schaffen das.« Er trank wieder von seinem Tee. Oliver war fassungslos. Wie konnte dieser Kerl bei einem solchen Thema seelenruhig Tee trinken? »Es dauert recht lange, bis die Stümpfe verheilt sind. Aber mir ist eine Möglichkeit eingefallen, wie ich das Nützliche mit dem Hübschen verbinden kann. Wollen Sie es wissen?« Er tupfte wieder mit dem Taschentuch über seinen Mund.

Oliver entgegnete nichts, und Czerny sprach einfach weiter. »Ich bohre später, wenn die Stümpfe verheilt sind, Haken in die Knochen.« Er zeigte an eine der Wände des Wohnzimmers. Erst jetzt fiel Oliver auf, dass dort eine Öse an der Wand hing. Wie in einem Pferdestall. Eine Öse aus Stahl. Oder war es Titan? Nur die Öse. Sonst nichts. »Diese Öse dort gehört natürlich zu keiner Doll. Aber so sehen sie aus. Sie wachsen mit dem Knochen zusammen, und durch die Haken kann man eine Kette ziehen. Dadurch halten die Dolls ihre Arme, oder das, was davon übrig ist, schön nahe am Körper. Später, wenn die Wunden wirklich verheilt sind und keine Gefahr mehr besteht, dass sich irgendetwas infiziert, kommt eine Silikon-Abdeckung über den Stumpf. Und darum herum ein Kranz aus weißem Samt.« Er zeigte ein Foto. Darauf war nur der Samt zu sehen. »Das sieht doch hübsch aus«, sagte Czerny. »Finden Sie nicht auch? Auch wenn der krude Metallring, der aus dem Stumpf herausschaut, etwas bizarr aussieht. Aber die Mischung macht es schließlich, nicht wahr?« Er lehnte sich zurück, tupfte sich erneut mit dem Taschentuch über den Mund und redete weiter. »Aber das ist noch nicht alles. Wissen Sie, was man mit diesen Haken noch Tolles machen kann? Wenn wirklich alles verheilt ist? Dann erfüllen die Haken erst ihre wirkliche Funktion!«

Er beugte sich vor und redete weiter, ohne Olivers Reaktion abzuwarten. »Ich hänge meine Puppen als Dekoration an die Decke. An Armen und Beinen. Dann hängen sie da, als ob sie … schweben. Es ist schön, wenn sie da so hängen. Und ich kann noch gewisse Sachen mit ihrer Vagina machen. Oder mit ihrem Mund.« Er leckte sich über die Lippen.

Oliver wurde zunehmend übel. Aber er war derart angespannt

und entsetzt, dass ihm alle Kraft fehlte, auch nur ein einziges Wort hervorzubringen. Als würde sein Gehirn sämtliche verfügbare Energie brauchen, um das Gehörte zu verarbeiten.

»Sie hängen da«, ergänzte Czerny, »und sind für mich zwei Dinge in einem: Spielzeug und Dekoration. Und für Ihre Kunden sind sie das natürlich auch!«

KAPITEL 30

BERLIN, SEPTEMBER 2015
Bundesnachrichtendienst, Chausseestraße

Jasmin saß in ihrem Büro und durchforstete einige der BND-Server mit geheimen Informationen. Ganz glauben konnte sie es nicht. Offenbar suchte Holos mit seiner speziellen Bildersuche nach Bildern aus dem Dark Web und konnte selbst dort feststellen, wo diese Bilder herkamen. Weil es die Suchmechanismen des Clear Web auf das Dark Web anwandte. Aber war das nicht erst recht verdächtig? Auf dem Server waren einige der besonders schlimmen Fälle, einige davon gelöst, andere noch nicht.

Dafu Love hieß eine der Dateien auf dem Server.

Es war ein Video, von dem keiner wusste, ob es echt war. Es spukte seit Monaten durch Chatrooms für grausige und perverse Geschichten, wie zum Beispiel auf *Creepy Pasta* und anderen Webseiten. Es waren die Webseiten, auf denen auch mit Vorliebe Enthauptungsvideos aus dem mexikanischen Drogenkrieg und vom Islamischen Staat zu sehen waren. Doch Dafu Love war noch einmal etwas ganz anderes. Dafu Love, auch genannt *The Destruction of Daisy,* war angeblich von dem Pädophilen Peter Scully aufgenommen worden, der dort zusammen mit seinen Komplizen mehrere Babys zu Tode folterte. Die Babys wurden gegeneinandergeschlagen, mit Hammer und Meißel zerstückelt und mit anderen Werkzeugen gequält. Jasmin mochte gar nicht weiterlesen. Scully war erwischt worden und war derzeit in den Philippinen inhaftiert. Die Anklage lautete Mord, Vergewaltigung und Menschenhandel. Denn bei dem einen Video war es offenbar nicht geblieben.

Eigentlich war die Todesstrafe in den Philippinen seit 2006 abgeschafft worden, aber für Scully erwogen einige, sie wieder einzuführen. Wofür Jasmin, deren Haltung bei der Todesstrafe durchaus ambivalent war, ebenfalls Verständnis hatte.

Sie fragte sich, warum es doch so viele Menschen gab, die sich solche Videos anschauten. Vielleicht weil unsere primitiven Affengehirne darauf programmiert sind, davon zu lernen, wenn wir Zeuge von Dingen werden, von denen wir vermeiden wollen, dass sie uns passieren? Ein Voyeurismus, den unser Selbsterhaltungstrieb steuert?

Doch dann blieb ihr Blick haften.

Angeblich hatte die Suchfunktion von Holos dabei geholfen, Scully auf den Philippinen zu finden und dort zu verhaften.

Sie griff sofort zum Telefon und rief Ressler an, der noch in Den Haag war. Er nahm nach dem zweiten Klingeln ab. Sie erklärte ihm kurz den Sachverhalt.

»Kann ja beides sein«, sagte er. »Manchmal hält der Geheimdienst auch Themen vor den eigenen Leuten geheim. Manche sagen sogar, dass daher das Wort *Geheimdienst* kommt.« Er lachte ein kurzes, rauhes Lachen. »So kann es sich auch mit Holos verhalten. Es soll wohl nicht jeder wissen, dass der Geheimdienst Unternehmen aus der Privatwirtschaft einspannt, da regen sich ja sofort die Datenschützer auf. Allerdings nutzt ja auch die NSA Daten von Facebook, Apple, Google und so weiter. Warum also nicht auch hier?«

»Und wussten Sie, dass Holos auch dabei geholfen hat, diesen Dafu-Love-Sadisten zu fangen?«

»Ja.« Hätte Jasmin auch gewundert, wenn Ressler, den einige intern auch *Die Spinne* nannten, davon nicht gewusst hätte. »Kann aber auch übertrieben sein und inszeniert, um die Zusammenarbeit nachträglich zu legitimieren.«

»Gibt es das Video wirklich?«

»Es gibt *ein* Video. Wenn es das ist. Ich habe ein paar Teile davon gesehen.«

»Gott! Und wie ist es?« Eigentlich hätte sie es sich denken können, dass Ressler solche Videos kannte. Vielleicht deswegen, weil er immer noch nach seiner Tochter suchte. Und hoffte, oder auch fürchtete, dass er sie über einen ähnlichen Film wiederfinden konnte.

»Furchtbar. Nur, was ich gesehen habe, könnte man auch mit digitaler Technik oder Trickeffekten recht einfach nachbauen. Von daher ist es vielleicht wie bei den Snuff-Filmen, bei denen auch keiner weiß, ob es sie wirklich gibt.« Er schien kurz nachzudenken. »Aber dieser Scully hat ja auch noch andere Sachen auf dem Kerbholz. Hoffe, sie führen in den Philippinen die Todesstrafe wieder ein und machen was Schönes mit ihm.«

Was Schönes mit ihm machen … Das half nur Jasmin nicht weiter. »Und was mache ich jetzt?«

»Sie machen das, was Kunhardt Ihnen sagt, und halten weiter die Augen offen. Haben Sie was von Naval Heit erzählt? Dieser dubiosen Stiftung?«

»Dazu war nicht der richtige Moment, fand ich.«

»Sehr gut gemacht. Der Trumpf kommt, wenn es besser passt. Das wär's dann auch erst mal.«

Jasmin war dennoch enttäuscht. »Mehr können wir nicht machen?«

Ressler schwieg eine Weile. »Das ist schon alles seltsam. Der Server in Skolkowo. Die Expertise von Holos im Dark Web. Ich glaube, da hat sich Kunhardt verquatscht, das wollte er so nicht rausposaunen, aber gut für uns. Aber reiz ihn nicht noch weiter.

Er steht voll unter Strom wegen der NSA-Sache und dem Bundestag-Hack. Jetzt braucht er Erfolgsstorys. Und die dürfen Sie ihm nicht zerreden.«

»Dann stellen wir uns tot?«

»Nicht ganz. Ich frag mal beim CERT beim BSI nach, ob die irgendwelche verdächtigen Datenströme festgestellt haben. Und melde mich dann.«

Das BSI in Bonn war das Bundesamt für Sicherheit und Informationsdienste. An einer Bonner Ausfallstraße gelegen und 1991 gegründet, war es Aufgabe des BSI, große Unternehmen und Institutionen und alle, die sich angegriffen fühlten, gegen Cyberattacken zu schützen. Trojaner, Viren, Würmer und was es noch alles gab. Das war löblich, aber mit sechshundert Mitarbeitern war die Möglichkeit dieser Behörde im Angesicht all der Cyberterroristen durchaus begrenzt. Ressler wollte mit dem CERT sprechen, dem *Computer Emergency Response Team,* ein nur vierzig Quadratmeter großes Lagezentrum mit absoluten Computer-Nerds, wo es eher wie in einem Start-up aussah als in einer Behörde. Wenn die nichts fanden, dann gab es vielleicht auch nichts.

Jasmin packte frustriert ihre Sachen zusammen und fuhr nach Hause.

KAPITEL 31

SVÁROV, SEPTEMBER 2015

Ortschaft etwa dreißig Kilometer westlich von Prag

»Ein Toy«, sagte Czerny, »kann sich nicht wehren und nicht weglaufen. Und man kann es an die Decke hängen. Da ist aber noch etwas.« Er blickte Oliver an. »Kann ein Toy sprechen?«

Oliver musste kurz an diese lächerlichen Sprachroboter denken, die wie Puppen aussahen, aber das war es wohl nicht, worauf Czerny hinauswollte. »Eher nicht.«

»Eher nicht. Richtig. Und schreien auch nicht. Und auch keinen Lärm machen! Darum betäube ich meine Dolls noch einmal und schneide ihnen die Stimmbänder durch. Und wenn ich schon einmal dabei bin, ziehe ich ihnen all ihre Zähne.« Er lächelte. »Damit sie bei bestimmten Praktiken nicht einfach ... zubeißen!«

»Sie ziehen ihnen alle Zähne?« Hatte Oliver richtig gehört? Dieser bleiche Wahnsinnige, der ihm gegenübersaß, war mit seinen Schrecken offenbar noch nicht am Ende.

»Ja. Gleichzeitig implantiere ich ihnen aber eine Silikonschicht auf den Kiefer. Ich will ja schließlich nicht, dass meine Mädchen wie zahnlose Omas aussehen. Damit können die Dolls ihren Kunden problemlos oral befriedigen, aber sie können sie nicht beißen. Und Zahnprobleme werden sie auch niemals haben. Das spart die laufenden Reparaturkosten. Und man kann ja eine solche Doll schlecht zu einem Zahnarzt tragen. Da ist das Silikon doch viel besser.« Er schien eine Weile zu überlegen. »Abgesehen davon: Durch das Silikon kauen sie ein bisschen auf dem Schwanz rum. Nicht schlimm. Eher wie eine Massage. Viele Kunden schätzen das. Und auch das Aussehen der Dolls. Denn obwohl sie keine Zähne mehr haben, sehen sie trotzdem noch so aus, als hätten sie noch welche.« Er schürzte die Lippen und beugte sich nach hinten. »Und außerdem empfehle ich *das*.«

Er griff in eine Kiste unter dem Kaffeetisch und förderte einen Ballknebel zutage. »Kommt aus der S&M-Szene, um die devoten Sklaven zu knebeln«, sagte Czerny beiläufig und warf Oliver den Ball zu. Der fing ihn mit spitzen Fingern auf.

»Keine Sorge«, sagte Czerny, »der ist noch nie benutzt worden. Meine Dolls kriegen die Ballknebel auch. Sobald die Wunden in ihrem Mund komplett verheilt sind.« Als wollte er seinen Satz unterstreichen, tupfte er sich wieder mit dem Taschentuch über seine Lippen.

»Einen Knebel?«, fragte Oliver. »Auch wenn sie nicht sprechen können?« Olivers Frage war ein Versuch, in dem Tun dieses Wahnsinnigen irgendetwas Rationales zu erkennen. Doch die Antwort kam sofort.

»Ja, das kann absurd wirken. Wenn sie nicht sprechen können, warum der Knebel? Nun, er hält den Mund in guter Form. Das ist ohne Zähne nämlich ansonsten nicht garantiert. Außerdem finde ich, dass ein geknebeltes Mädchen gut aussieht. Und abgesehen davon …« Er zuckte die Schultern. »Abgesehen vom Essen, Trinken und Oralsex braucht sie ihren Mund auch nicht mehr. Dann kann sie auch die ganze Zeit geknebelt sein, oder etwa nicht?«

Oliver sagte nichts. Doch dann fiel ihm doch noch eine Frage ein. »Sie sprachen vom Essen. Wie essen sie ohne Zähne?«

Czernys Augen blitzten auf. »Und ohne Arme zudem? Berechtigte Frage!«

Er griff wieder in den Behälter. Und förderte jetzt eine Babyflasche zutage. »Das ist Teil ihres Trainings! Sie ist kein Mädchen mehr, sondern ein Toy. Also muss sie viele Dinge lernen. Sie muss lernen, sich anders zu ernähren. Wie ein Baby. Hier«, er klopfte auf die Flasche, »kommt eine Nahrungslösung rein. Die bekommt sie einmal pro Tag. Dort sind alle Mineralien und Vitamine drin, die ihr Körper braucht. Mehr bekommt sie nicht. Ich will nicht, dass sie fett werden. Und das kann sehr leicht passieren. Weil sie sich ja nicht mehr bewegen. Da muss man sehr vorsichtig sein!«

»Und Trinken? Genauso?«

»Ja. Auch aus so einer Flasche. Wasser, Tee oder Limonade. Zwei Liter pro Tag. Das ist genug, damit sie gesund bleibt. Erst führe ich die Flasche an ihren Mund, aber irgendwann lege ich die Flasche nur noch neben sie. Sie muss dann mit dem Mund die Flasche greifen, sich auf den Rücken legen und trinken. Wenn sie den Trick raushat, verbinde ich ihre Augen. Und lege die Flasche irgendwo in die Nähe. Sie muss die Flasche finden. Und selbständig trinken.« Er schürzte die Lippen. »Ein Toy belästigt seinen Besitzer schließlich nicht.«

»Aber das Essen und Trinken …« Oliver konnte sich die naheliegende Frage nicht verkneifen.

»Muss irgendwohin? Ja, man muss sie ein paarmal am Tag auf die Toilette setzen. Das geht nicht anders. Wenn ich unterwegs bin, funktioniert auch ein Katheter. Sie trinken ja hauptsächlich. Und da sie nicht viel essen …«, er lächelte ein falsches Lächeln, »scheißen sie auch nicht viel.«

Oliver wusste nicht, was ihn davon abhielt, nicht sofort aus diesem Höllenhaus mit diesem Wahnsinnigen herauszustürzen, aber irgendetwas hielt ihn hier fest. Irgendeine perverse Neugier, diese grausame Geschichte zu Ende zu hören. Und vielleicht die Hoffnung, dass mit dem Ende der Geschichte auch die Existenz dieser schrecklichen Doll-Produktion vorbei war.

»Aber das ist noch nicht alles«, sagte Czerny. Und Oliver war klar, dass diese Belehrungen des Grauens noch nicht zu Ende waren. »Das ist erst der Anfang. Ihr Training, die wahre Transformation zu einem Toy, kommt erst jetzt.«

KAPITEL 32

BERLIN, SEPTEMBER 2015
Choriner Straße, Prenzlauer Berg

Zu Hause nahm Jasmin die kleine Carla in Empfang. Lutz packte gerade seine Sachen für seinen Vortrag in der Kunsthochschule. Er war wieder latent schlecht gelaunt, weil er sich um Carla kümmern musste, die er sich aber doch auch gewünscht hatte. Manchmal waren Männer schon komisch.

»Was erzählst du denen in der Kunsthochschule?«, fragte Jasmin, um etwas Interesse zu signalisieren, obwohl sie gedanklich ganz woanders war, während sie die kleine Carla abwesend auf dem Arm hin- und herschaukelte. Das Baby gluckste zufrieden.

»Von der Postmoderne und der Notwendigkeit des ironischen Zitats«, entgegnete Lutz stolz, setzte seine Hornbrille auf und steckte seinen Laptop in seine Umhängetasche.

»Das heißt?« Jasmin heuchelte weiter Interesse und schloss ihr Handy an einem Ladekabel an.

»Das heißt, dass die Moderne die Vergangenheit zerstört, bis nichts mehr da ist. Die weiße Leinwand, die schwarze Leinwand, die verbrannte Leinwand und irgendwann die leere Leinwand. Wenn man alles weglässt und abstrahiert, ist irgendwann nichts mehr da.«

»Und dann?«

»Dann muss man die Vergangenheit zurückholen, weil man nichts Neues mehr machen kann. Diese Vergangenheit aber muss man ironisch zitieren und nicht so tun, als hätte man etwas Neues erfunden.«

»Das heißt, ich mach das, was ich schon früher gemacht habe, aber diesmal ironisch?«

Lutz verzog das Gesicht. Offenbar hatte er sich für diese Gedanken, von denen Jasmin nicht unbedingt wusste, ob sie von Jörg kamen oder ob er sie irgendwie abgeschrieben hatte, mehr Begeisterung von Jasmin erhofft.

»So ungefähr«, sagte er knapp und ein wenig beleidigt, hängte seine Tasche um und gab ihr einen Kuss. »Ich muss los. Bis nachher!«

Jasmin stand eine Weile allein und ratlos in der Wohnung, als ihr Handy klingelte. Sie legte Carla in ihre Wiege und nahm den Anruf an. Es war Ressler.

»Und?«

»Die vom BSI finden nichts«, sagte er.

Carla gluckste im Schlaf vor sich hin. Jasmin ging zur Wiege und streichelte der Kleinen über den Kopf. Sofort schlief sie ruhig weiter. Sie senkte die Stimme und entfernte sich ein paar Schritte von der Wiege.

»Heißt aber doch nicht, dass da nichts ist?«

»Nein, das heißt es nicht. Die Wahrscheinlichkeit ist nur hoch, dass da nichts ist. Es kann auch sein, dass das Ganze so gut versteckt ist, dass nicht einmal das BSI das findet.«

»Weil es im Dark Web ist?«

»Zum Beispiel.«

»Aber die ganze Sache stinkt doch irgendwie.« Jasmin fingerte mit einer Hand ihr Laptop aus der Tasche. »Nehmen wir mal an, es stimmt wirklich, dass Holos hinter der Dump-Seite steckt. Und beide, die Dump-Seite und Holos, aus Skolkowo kommen und von Russland gesteuert werden. Nehmen wir dann noch an, dass vielleicht tatsächlich Russland hinter den Gerüchten steckt, dass die NSA deutsche Firmen ausspioniert, um dadurch die Kooperation USA / Deutschland zu schwächen und Deutschland wehrlos zu machen.«

»Kann sein«, sagte Ressler. »Und weiter?«

»Und gleichzeitig«, fuhr Jasmin fort, »tut Holos so, als würde es dem BND helfen, sägt aber gleichzeitig an dem Ast, auf dem der BND sitzt. Und der BND merkt vor lauter Holos-Dankbarkeit nichts davon.«

Jasmin hörte ein kurzes, rauhes Lachen von Ressler. Es war selten, dass er lachte. Und wenn, dann auch nur ganz kurz. »Das wäre sehr KGB-artig«, sagte er. »Die Hand abhacken, während man sie schüttelt.«

»KGB, FSB, kann doch alles sein?«

»Kann schon. Aber haben wir Beweise?«

»Ich fürchte, nicht genug.«

»Fürchte ich auch.« Ressler atmete resigniert aus. »Hören Sie, ich hab noch einen Termin, aber wir halten die Augen offen und telefonieren morgen, okay? Solange wir nichts Handfestes haben, können wir nichts machen. Und eine Verbindung zwischen der Dump-Seite und Holos sowie Holos und dem FSB haben wir auch nicht.«

»Meinetwegen«, sagte Jasmin. »Warten wir also.«

Ihr Handy vibrierte in dem Moment, als sie das Gespräch mit Ressler beendet hatte. Eine SMS. Sie wusste, von wem.

Ihr Kontakt in Prag.

Unser Subjekt begibt sich gerade in die Höhle des Löwen, stand dort. *Mach dich bereit, eventuell auch schnell nach Prag zu fliegen.*

KAPITEL 33

TSCHECHIEN, SEPTEMBER 2015

Chynice, zwanzig Kilometer südwestlich von Prag

Sie fuhren von Prag aus nach Südwesten. Zu einem der Anwesen, das zu dem von Vlad »Warschauer Pakt« genannten Villennetzwerk gehörte. Zum Puppendoktor wären es in nordwestlicher Richtung nur zwanzig Minuten gewesen.

Kyrill saß am Steuer des Touareg, Marc lag hinten bewusstlos auf der Ladefläche ausgestreckt. Neben ihm saß der Mann, der ihm die Spritze gegeben hatte. Marc hatte den Mann nicht sehen können, der plötzlich hinter dem Aufzug hervorgekommen war und die Spritze in der Hand hatte.

Er hieß Oleg, aber eigentlich nannten sie den Mann nur *die Katze.*

Denn Katzen konnten die Entfernung überblicken, ohne sich zu bewegen. Beim Menschen konnte sich die Öffnung der Pupille nur fünfzehnfach vergrößern. Bei Katzen allerdings hundertfünfunddreißigfach. Auf diese Weise konnten Katzen die

Entfernung zur Beute abschätzen, ohne den Kopf zu bewegen. Und ohne die Beute durch abrupte Bewegungen aufzuschrecken. In etwa so konnte Oleg das auch. Dadurch hatte er schon einige Menschen betäubt. Und andere ganz aus dem Verkehr gezogen. Auch an der Polonium-Sache mit Shestakow war er beteiligt gewesen.

»Warum brauchen wir den eigentlich?«, fragte Oleg, *die Katze.*

»Kurzfristig als Sicherheit«, knurrte Kyrill. »Oliver ist gerade beim Puppendoktor. Wenn er dort die Nerven verliert und aussteigen will, brauchen wir Marc als Druckmittel.«

»Und langfristig?«

»Wenn er schon mal hier ist, können wir ihn fragen, ob er nach unseren Regeln langfristig mit uns zusammenarbeitet. Er ist ja ein schlaues Kerlchen.«

»Und wenn er es nicht will? Nach *unseren* Regeln?«

»Dann können wir ihn auch gleich nach den Passwörtern und allem für die Seite fragen. Erst freundlich, dann unfreundlich. Und dann können unsere Hacker Narcobay übernehmen.«

Das war der *wahre Grund,* den Vlad ihm vorhin genannt hatte.

»Und wenn Oliver weiter mitmacht?«

»Wie gesagt, dann bleibt er erst einmal dabei. Jedenfalls so lange, bis wir ihn auch nicht mehr brauchen.«

KAPITEL 34

SVÁROV, SEPTEMBER 2015
Ortschaft etwa dreißig Kilometer westlich von Prag

»Dinge kommen und gehen«, sagte Czerny. »Wir Menschen werden gesäugt. Dann trinken wir aus der Flasche. Dann nehmen wir feste Nahrung zu uns. Und einige, meine Puppen zum Beispiel, trinken dann irgendwann *wieder* aus der Flasche.« Er hob die Hände, als wollte er sagen: *So ist das nun einmal in der Welt.* »Das Trinken aus der Flasche ist nur die erste kleine Lehrstunde. Dann erst beginnt die wirkliche Transformation. Kommen Sie mit!«

Er führte Oliver eine Treppe nach unten. Er folgte dem Doktor widerwillig, aber wie es aussah, war Czerny allein und unbewaffnet. Und wenn der Typ plötzlich ausrasten sollte, was Oliver zwar nicht glaubte, aber dem albinohaften Wahnsinnigen durchaus zutrauen würde, würde er schon mit ihm fertigwerden.

Czerny öffnete die Tür zu einem Keller.

Ein seltsamer Stuhl stand in der Mitte des Raumes, eine Mischung aus Zahnarztstuhl und gynäkologischem Stuhl. Oliver merkte, dass sein Mund trocken wurde und er einen sauren Geschmack in der Kehle spürte.

Neben dem Stuhl stand ein kleiner Rolltisch mit allerlei Gerätschaften, die von einem blauen Tuch abgedeckt waren. Vor dem Stuhl eine Kamera. Und an der Wand ein riesiger Flachbildschirm. Der ganze Raum roch nach Angst. Nach Schweiß. Und nach etwas Kupfer- und Salzartigem, so wie Blut riecht. In dieser Mischung war es der Geruch des Bösen.

»Was passiert hier?«, fragte Oliver tonlos.

»Hier«, Czerny breitete die Arme aus, als wäre er stolz auf dieses bizarre Verlies, »hier werden meine Mädchen zu Toys. Hier erfolgt die Transformation. Und hier werden sie *erzogen.*«

»Sie werden sie doch nicht …?« Oliver kam nicht dazu, seinen Satz zu Ende zu führen, denn Czerny unterbrach ihn.

»Es gibt keine bleibenden Schäden. Außer denen, die sie für die Transformation brauchen.« Er legte Oliver die Hand auf die Schulter, und Olivers Schultermuskeln versteiften sich. »Schließlich will ich sie ja in gutem Zustand verkaufen.«

Oliver wollte am liebsten gar nichts mehr hören, aber da war wieder diese neugierige Stimme in seinem Inneren, die ihn drängte zu fragen. »Und was machen Sie hier mit den … Mädchen?« Er weigerte sich, die Mädchen *Dolls* oder *Toys* zu nennen, wie es Dr. Czerny immer tat.

»Die Mädchen sind noch jung, wenn sie hierherkommen.« Czerny zuckte die Schultern. »Sie wissen noch nicht, wie man gut … bläst.« Er grinste. »Sie verstehen?«

Oliver sagte nichts.

»Ich bringe ihnen also bei, ihren Herrn oral zu befriedigen. Ich zeige ihnen, was es heißt, eine echte Sklavin zu sein. Schmerz und Lust sollen für sie so nahe wie möglich beieinanderliegen.«

Er grinste wieder, hob das blaue Tuch und hob zwei Gegenstände in die Höhe. Eine Stahlklammer – und einen Vibrator. »Irgendwann«, fuhr Czerny fort, »können sie keinen Unterschied mehr feststellen zwischen Schmerz und Lust. Gewalt und Freude. Unterwerfung und ihrem Lebenssinn.« Er legte die Gegenstände zurück. »Manchmal ist es nur eine Klammer, manchmal weniger. Manchmal auch Nadeln. Oder heißes Wachs. Oder auch mal Strom …« Er trat zur Kamera. »Außerdem filme ich ihren Missbrauch. Und den spiele ich ihnen vor. Das und noch einige Hardcore-Pornos. Mindestens zwei Stunden pro Tag. Zusätzlich zu der … Erziehung.«

Oliver unterbrach ihn. Er musste die Frage stellen. Obwohl er wusste, dass er ohnehin keine vernünftige Antwort bekommen würde. »Warum, Dr. Czerny? Warum ist diese Grausamkeit nötig?«

»Grausamkeit ist oft kurzfristig nötig, um langfristig ein Ziel zu erreichen. Hier ist es nötig, damit ihre Seele nicht mehr rebelliert. Damit sie sich mit der Unterwerfung abfindet. Damit sie alles akzeptiert, was mit ihr gemacht wird. Damit sie keinen eigenen Willen mehr hat. Genauso wie ein richtiges … Toy!«

Er schaute Oliver an, blickte auf die Kamera, den Stuhl, den Fernseher und dann wieder nach oben. »Das«, sagte er, »ist aber noch nicht alles. Bevor sie wirklich ein Toy sind, müssen sie noch einmal nach oben.«

»Nach oben?« Oliver war nicht klar, was er meinte.

»In den … OP. Zum zweiten Mal.«

KAPITEL 35

IM WESTEN VON FRANKFURT AM MAIN, FEBRUAR 2015
Bad Soden am Taunus

Zu Hause, in seinem Keller, konnte er endlich die Sendung öffnen.

Dr. Rudolf sah die Sendung vor sich.

Sein Atem ging schnell, Schweiß stand ihm auf der Stirn und ihm wurde abwechselnd heiß und kalt. Er malte sich aus, was er gleich mit der Sendung machen würde. Und wie so oft war diese Vorstellung fast noch schöner als das, was dann in der Realität kommen würde. So war es oft bei Straftätern und Serienkillern. Ein Serien- und Sexualmörder hatte in seiner Vernehmung einmal gesagt: *Das, was ich nicht getan habe, kommt meiner Phantasie am nächsten.*

Ein Teil in ihm wusste, dass das, was er machte, verkehrt war. Absolut verkehrt war. Viel schlimmer als die Art und Weise, wie er die Freundin von seiner Tochter Louisa angeschaut hatte. Viel schlimmer und viel verkehrter.

Denn warum tun wir Dinge, die verboten und falsch sind? Manchmal tun wir sie, gerade *weil* sie verboten und falsch sind.

Das wusste auch Dr. Rudolf. Und er tat diese Dinge trotzdem. Oder deswegen.

Die »Sendung« lag vor ihm. Er zuckte, er zitterte, und er erschrak vor sich selbst, als er tat, was er tun musste. Weil er es wollte. Weil er es brauchte. Und weil es das Falsche war.

Er stand am Rande seines Abgrunds. Und als er hineinblickte, wurde ihm schwindelig. Und der Abgrund war schwärzer als die Nacht, tiefer als die Hölle und dunkler als der Tod. Es war, als würde er tatsächlich an einem Abgrund stehen und sich fragen, was geschehen würde, wenn er den nächsten Schritt tat. Das Gefühl des freien Falls, die Erde, die auf ihn zuraste. Die totale Vernichtung am Ende des Sturzes.

Auch er würde sich total vernichten.

Indem er vollendete, was er jetzt tat.

Es gab kaum etwas Dämonischeres und Teuflischeres als die Stimme, die einem das Wort ins Ohr flüsterte, wenn man vor dem Abgrund stand.

Spring.

Und Dr. Jürgen Rudolf war gesprungen.

In dem Moment war ein Schalter umgelegt. Eingerastet. Es war wie ein rohes Ei, das gekocht wird. Und danach nie wieder roh werden kann. *Irreversibel,* wie es die Biologen oder Mediziner nannten.

Früher hatte er nur an solche Dinge gedacht.

Heute tat er sie.

Das erste Mal.

Aber sicher nicht das letzte Mal.

Die Gier, das Verlangen nach dem giftigen Nektar des Verbotenen hatte schon häufiger an seiner Seele gezerrt, doch diesmal ließ er das Verlangen gewähren. Diesmal suhlte er sich in der Ekstase, die ihm diese Unterwerfung unter das Verbotene, das Falsche und das Böse verschaffte. Sein Kopf voll von furchtbaren Gedanken und Bildern, schrecklicher, verbotener Lust, aber auch voll von Schuld und Zweifeln.

Er wusste: Er würde sich Zeit lassen, aber irgendwann würde er fertig sein.

Und dann würde er lange und ruhelos durch die Stadt laufen. Wie *Der Mann in der Menge* von Edgar Allan Poe.

Und dabei an *sie* denken, die bei ihm zu Hause lag.
Bei ihm, im Keller seines Hauses.
Komplett verwandelt.
Von allen vergessen.
Und nur noch für ihn da.

Als er die Kiste auf den großen Tisch gewuchtet hatte, nahm er allen Mut zusammen. Er atmete schwer, und sein Herz pochte wie eine Nähmaschine. Er spürte die Aufregung und den Kloß in seinem Hals, genauso wie er seine Erektion spürte. Dann öffnete er die Kiste mit zitternden Händen.

Was er dann sah, war helles Fleisch.

Danach erinnerte er sich an nichts mehr.

KAPITEL 36

SVÁROV, SEPTEMBER 2015
Ortschaft etwa dreißig Kilometer westlich von Prag

»Tja, warum in den OP?« Czerny blickte nach oben und gleichzeitig auf den großen Fernseher in dem bizarren Keller. Neben dem Fernseher lag eine Fernbedienung, die er in die Hand nahm. »Ein Toy kann sich nicht bewegen und nicht sprechen. Das kann mein Toy auch nicht. Ein Toy kann aber auch nicht hören und sehen. Das können die Mädchen in diesem Status aber noch. Sie haben noch nicht all ihre Sinne, bis auf das Fühlen, verloren. Und das ändere ich dort oben. Ich *vollende* die Transformation.«

Er machte eine kurze Pause, als erwartete er, dass Oliver eine Frage stellte. Doch als Oliver ihn nur fassungslos anblickte, sprach er weiter. »Ein echtes Toy kann nur fühlen. Das ist alles. Nicht sehen. Nicht hören.« Er nickte zur Bestätigung. »Ich gebe ihnen also eine leichte Betäubung. Dann setze ich ihnen Kopfhörer auf mit extrem lauten Geräuschen. Die müssen sie einige Stunden aufhaben. Und das reicht, um ihr Gehör für immer zu schädigen. Sie werden nichts mehr hören können.«

Oliver trat einen Schritt zurück. Als wäre zu viel Nähe zu diesem Bastard ansteckend. Er schaute Richtung Ausgang, spielte in seinem Kopf Szenarien durch, wie schnell er aus diesem Haus flüchten, zum Flughafen fahren und für immer von hier verschwinden konnte. Von diesem Wahnsinnigen, diesem Sadisten. Doch Czerny war noch nicht fertig. »Das war das Hören«, sagte er. »Jetzt kommt das Sehen. Dafür behandle ich ihre Augen noch mit einem Laser.« Er zwinkerte mit den Augen, als würde er an den Laser denken. Hob sein Taschentuch, tupfte sich den Mund aber nicht ab. Oliver schien es, als würde Czerny die Geschichte absichtlich in die Länge ziehen, um Oliver zu quälen. »Sie sind dann allerdings nicht komplett blind. Meine Luda zum Beispiel reagiert noch auf starkes Licht, und ich vermute, beide Puppen, die ich hatte, können Schatten sehen, wenn sich Menschen vor ihren Augen bewegen. Aber richtig sehen, das können sie nicht mehr. Und damit auch niemanden mehr erkennen.« Er nickte, als wollte er seine eigenen Worte bestätigen. »Und sie sind stumm. Wenn sie gequält werden, machen sie nicht einmal Geräusche. Natürlich sehe ich es am Gesichtsausdruck und an der Geschwindigkeit der Atmung, wenn ich sie quäle. Aber man kann sie überallhin mitnehmen. Und alles mit ihnen machen. Ohne dass es irgendjemand im Nebenraum merkt.«

Czerny hob die Fernbedienung. »Wenn sich die Mädchen davon erholt haben, sind sie tatsächlich nur noch hilflose, kleine Toys. Und bereit für den Verkauf.« Er schaute Oliver an. »Zum Beispiel über Ihre Plattform Narcobay.« Dabei zeigte er mit seinem dürren bleichen Finger auf Oliver. »Denn das, so sagte mir Kyrill, haben Sie ja vor.« Er schaute Oliver wieder an, diesmal noch durchdringender. »Wollen Sie sie jetzt einmal sehen?«

Er wartete keine Reaktion ab, sondern drückte auf die Fernbedienung, und der große Monitor an der Wand erwachte zum Leben. Und was Oliver dort sah, ließ ihn daran zweifeln, ob so etwas wie der Mensch überhaupt eine Daseinsberechtigung hatte. Ob so etwas Grausames und Furchtbares auf der Erde leben durfte. Ob es nicht richtig sei, die gesamte Menschheit auszulöschen, um damit zu verhindern, dass sich auch nur ein einziger Mensch solchen Dingen hingab oder diese *Dolls* erschuf, die Oliver auf dem Monitor sah. Er sah die Bilder, hörte die Geräusche. Sah das Gesicht des Mädchens, das sich für immer in seine Seele einbrennen würde. Und er wusste: Wenn er jetzt hierblieb und weiter auf den Bildschirm schaute, würde er entweder zusammenbrechen oder Czerny umbringen. Beides war zu gefährlich. Also nahm er seine gesamte Kraft zusammen. Und rannte.

Er stürzte an Czerny vorbei durch die Tür und rannte den Korridor entlang.

Er hörte noch Czernys Stimme, die hinter ihm schnarrend durch den Raum drang wie die Predigten eines kranken Priesters, der einen Gott des Perversen anbetete.

»Sie sind leicht zu halten. Ein bisschen Essen, ein bisschen Trinken. Etwas Körperpflege.«

Oliver sprintete durch den engen Keller. Er wusste nicht, ob es wirklich Czerny war, oder nur eine Stimme, die in seinem Kopf war und die er nie wieder loswerden würde.

»Sie können sie als Dekoration nutzen, sie an jedem Objekt befestigen. Sie können nicht sprechen oder sehen oder hören. Und etwas ›wollen‹ tun sie auch nicht. Sie können nur noch Lust empfinden. Oder Schmerz. Was immer ihr Besitzer will. Sie kosten zwischen dreißig- und vierzigtausend Euro. Sie können Oralsex und normalen Sex. Und sie sind es gewohnt, gequält zu werden. Sie sind alle noch Jungfrau. Und sie können schwanger werden. Daher sollten Ihre Kunden Verhütungsmittel nutzen. Es sei denn, die Kunden wünschen eine schwangere Doll. Das gibt es häufiger, als man denkt!«

Oliver rannte die Treppe nach oben, hetzte durch den Flur, ließ die Haustür auffliegen und rannte auf sein Auto zu.

Dr. Czerny lief langsam die Treppe nach oben, hinter Oliver her.

Er tupfte sich mit dem Tuch über den Mund und sprach immer noch.

»Lassen Sie es mich wissen, wenn Sie eine kaufen wollen.«

BUCH 4

Als das Lamm das vierte Siegel öffnete,
hörte ich die Stimme des vierten Lebewesens rufen: Komm!
Da sah ich ein fahles Pferd; und der, der auf ihm saß,
heißt »der Tod«; und die Unterwelt zog hinter ihm her.
Und ihnen wurde die Macht gegeben über ein Viertel der Erde,
Macht, zu töten durch Schwert, Hunger und Tod.

OFFENBARUNG, 6, 1–8

Better having someone inside your tent pissing out,
than outside your tent pissing in …[1]

DER EHEMALIGE US-PRÄSIDENT LYNDON B. JOHNSON
ÜBER J. EDGAR HOOVER, GRÜNDER DES FBI

1 Besser jemanden im eigenen Zelt haben, der rauspinkelt, als jemanden außerhalb, der reinpinkelt. (Übersetzung des Autors)

KAPITEL 1

PRAG, SEPTEMBER 2015
Zentralkrankenhaus

Das Erste, was Oliver sah, waren Lichtblitze vor seinen Augen. Schatten und Lichter, die sich abwechselten, wie Moskitos, die um ein Licht herumtanzten. Ein Licht, das er nicht sah. Er öffnete langsam die Augen. Irgendetwas piepte rechts von ihm. Er schaute auf seinen Arm. Sah einen Zugang, einen zentralen Venenkatheter oder was auch immer, der dort gelegt wurde. Irgendeine Lösung, die langsam von oben durch einen Schlauch in seine Vene geführt wurde. Er hatte einmal gehört, dass Junkies nach einem Krankenhausaufenthalt alles versuchten, um diesen Zugang in ihrer Vene zu lassen, weil sie sich auf diese Weise viel einfacher Heroin zuführen konnten. Oliver würde froh sein, wenn er das schmerzende Ding wieder los wäre, je schneller, desto besser.

Das Zimmer, in dem er erwachte, war weiß. Weißer Boden, weiße Wände, weiße Jalousien, weiße Laken. Über ihm an der Wand ein monströser, altmodischer Fernseher, die Mattscheibe verstaubt. Ein kleines Licht leuchtete rot. Es musste wirklich ein Krankenhaus sein. Aber warum war er hier?

Sein Blick glitt über das weiße Bett, den Zugang, das EKG, das seine Herzfrequenz zeigte, und über die Wände, an denen zwei Kopien von Claude Monet hingen. Irgendein Gartenfest und eine Impression Sonnenaufgang. Derart ausgebleicht, dass der Titel »Impression Mittagssonne« besser gepasst hätte. Links neben seinem Bett war ein Fenster. Ein paar Äste eines Baumes schlugen gegen die Scheiben, gemeinsam mit Regentropfen, die von draußen gegen das Glas hämmerten.

Wie spät war es wohl? Der Farbe des Himmels nach zu urteilen, Nachmittag. Es könnte aber auch Vormittag sein. Genau konnte Oliver das nicht sagen. Seine Uhr war nicht an seinem Handgelenk, und sein Handy sah er auch nicht.

Was war geschehen? Langsam baute sich die Erinnerung wieder vor seinem inneren Auge auf. Wie eine Flutwelle. Oder ein Sturm, der jederzeit sein Ziel erreichen konnte, um dann zuzuschlagen und alles zu verwüsten. Langsam setzten sich die Erinnerungsfragmente wieder zusammen. Er war doch gestern unterwegs gewesen zu diesem … Die Erinnerung traf ihn wie ein Hammerschlag.

Der Puppendoktor!

Der Besuch in seinem Haus.

Der OP. Die Geräte. Und das, was er mit den Puppen machte. Der Stuhl im Keller. Der Geruch nach Blut und Angst. Der Monitor.

Und dann der wahnsinnige Czerny, der sich über den Mund tupfte und wie ein geisteskranker Dr. Frankenstein auf Oliver eingeredet hatte.

Sie sind sehr leicht zu halten … Sie machen alles, was Ihre Kunden wollen … Sie sind aber nicht billig … dreißig- bis vierzigtausend Euro pro Stück. Oder Dollar. Je nachdem, welcher Kurs günstiger ist … Sie verstehen …?

Das Grinsen des wahnsinnigen Doktors.

Oliver fühlte sich wie ausgesaugt, als wäre all seine Energie, sein Vertrauen an das Gute und sein Glaube daran, dass alles schon irgendwie ein Happy End haben würde, mit einem Schlag hinweggewischt worden.

Dieser Wahnsinnige, dieser Perverse!

Er hatte den Mädchen Arme und Beine amputiert, um sie zu wehrlosen Sexsklaven zu machen. Hatte ihnen auch noch die Zähne gezogen, hatte auch noch …

Er zuckte zusammen, als sich die Tür öffnete.

Ein etwa fünfzigjähriger Arzt trat mit einer Schwester ein.

»Ich bin Doktor Havel«, sagte der Arzt auf Englisch als Begrüßung. »Sie sind Oliver Winter?«

»Doktor Havel?«, fragte Oliver schlaftrunken.

»Nicht verwandt mit Vaclav Havel und auch nicht so berühmt.« Er schaute auf das Klemmbrett mit einigen Unterlagen, die er dabeihatte.

»Wie bin ich hierhergekommen?«, fragte Oliver.

Havel schaute in seine Unterlagen und kratzte sich mit dem stumpfen Ende des Kugelschreibers seinen Bart. »Schwächeanfall. Der Zimmerservice des Mandarin Oriental hat Sie auf Ihrem Zimmer gefunden. Gestern am späten Nachmittag. Vor der Minibar. Bewusstlos.« Er schaute auf das Klemmbrett. »Vier Whiskey-Fläschchen lagen neben der Minibar. Leer. Die Minibar war noch offen und abgetaut. Und Sie lagen davor. Zum Glück war gleich jemand vor Ort, der Erste Hilfe leisten konnte. Beine hoch, stabile Seitenlage und so weiter.«

Die Minibar war abgetaut, dachte Oliver, *tolles Detail. Gleich erzählt er mir noch, dass ich im Stehen gepinkelt habe.*

»Und dann?«, fragte er.

»Dann hat das Hotelpersonal einen Rettungswagen angerufen. Und jetzt sind Sie hier. Sie haben seit gestern Nachmittag bis heute Nachmittag durchgeschlafen. Was sicher auch an den Beruhigungsmitteln liegt. Wir haben Ihnen darüber hinaus natürlich Kochsalzlösung injiziert, damit Sie nicht dehydrieren. Und noch eine Glykoselösung. Ein EKG haben wir auch gemacht. Und auch ein CT. Während Sie bewusstlos waren. Sie sind mit dem Kopf gegen die Bar geknallt. Wir wollten ausschließen, dass Sie eine Schädelinnenraum-Blutung haben.«

Oliver spürte, jetzt, wo der Arzt davon sprach, den Schmerz an seiner linken Schläfe. »Und?«

Der Arzt nickte gutmütig. »Alles in Ordnung.«

Oliver hatte das schon einmal erlebt. Er war früher in der Investmentbank auch einmal zusammengebrochen. Zum Glück war es nichts Ernstes gewesen. Ein Kollege aus einer anderen Bank hatte mal drei Tage und drei Nächte durchgearbeitet. Dann war auch er zusammengebrochen. Und nicht wieder aufgestanden. Weil er tot gewesen war. Herzmuskelentzündung.

»Und was habe ich?«

»Einen Kreislaufzusammenbruch. Sie sollten noch zwei Tage hierbleiben.«

»Zwei Tage? Warum?«

»Um sich auszukurieren. Mit so etwas ist nicht zu spaßen. Wenn Sie das verschleppen, könnten Sie sich eine Herzmuskelentzündung zuziehen. Und daran könnten Sie sterben.«

Herzmuskelentzündung. Das hatte dieser Banker auch gehabt … Oliver setzte sich auf. »Unmöglich! Ich muss noch heute das Krankenhaus verlassen.«

»Um was zu tun?«, fragte der Arzt.

Um dieses Schwein von Czerny umzubringen, dachte Oliver. Aber das sagte er natürlich nicht.

»Ich habe viel zu tun. Ich kann nicht hierbleiben.«

»Wir können Sie natürlich nicht zwingen hierzubleiben«, sagte der Arzt. »Aber dann müssen Sie uns eine Einwilligungserklärung unterschreiben, dass Sie wider besseres Wissen die Behandlung abgebrochen haben und …«

»Geben Sie her«, sagte Oliver. »Ich unterschreibe Ihnen alles.« Er blickte sich um. »Wo ist überhaupt mein Handy?«, fragte er dann. »Ich muss sofort telefonieren.«

Havel wiegte unwillig den Kopf. »Im Safe«, sagte er. »Aber es wäre besser, wenn Sie sich noch etwas schonen und …«

Oliver schüttelte den Kopf. Wer wusste, ob dieser Arzt nicht auch mit der Mafia zusammenarbeitete? Und ihn hierbehalten sollte? Besser, er verschwand, so schnell er konnte. Zudem war sein Hass auf Czerny so groß und noch viel stärker als seine Erschöpfung. Und im Moment sogar noch stärker als sein Selbsterhaltungstrieb.

Hatte ihm Czerny nicht gesagt, dass er bei den beiden nächsten Mädchen die Transformation durchführen wollte? Wie hießen sie noch? Er hatte sich die Namen der beiden gemerkt: *Tanya und Yvonne.* Er wollte sie *transformieren.* In Puppen und Toys verwandeln. Das konnte jederzeit geschehen. Und das durfte Oliver nicht zulassen.

»Ich will mich nicht schonen«, zischte Oliver. Er erhob sich jetzt ganz, merkte aber, dass ihm gleich schwindelig wurde, und ließ sich wieder in die Kissen fallen. Havel hob zweifelnd eine Augenbraue. Die Schwester, die die ganze Zeit nichts gesagt hatte, schwieg auch weiterhin, schaute jedoch den Arzt an. Oliver spürte die Schwäche, unmissverständlich, aber noch viel stärker spürte er den Drang in sich aufsteigen, sofort das Krankenhaus zu verlassen. Auch wenn er sich noch so schwach fühlte. »Ich will sofort telefonieren!« Seine Stimme wurde lauter. »Und dann will ich hier raus! Sie bringen mir meine Sachen und machen die Entlassungspapiere fertig!«

Die schwarze Gestalt auf dem Flur des Zentralkrankenhauses hatte gesehen, wie Dr. Havel den Raum betreten hatte. Sie hatte die Diskussion im Inneren gehört. Hatte die Stimme des Mannes gehört, der im Bett gelegen hatte. Sie zückte das Handy, ging kurz in eine der Besucherecken, wo Telefonieren erlaubt war, und wählte eine Nummer.

Als die Person am anderen Ende sich meldete, sagte sie nur fünf Worte.

»Die Suppe wird langsam heiß.«

KAPITEL 2

PRAG, SEPTEMBER 2015
Innenstadt

Zwei Stunden später saß Oliver schon wieder im Auto. Wieder war es ein Leihwagen, wenn auch ein anderer als der, mit dem er zum ersten Mal zu diesem verfluchten Doktor gefahren war. Es fiel ihm schwer, sich zu konzentrieren. Die Nachwirkungen des Kreislaufzusammenbruchs und der Alkohol aus der Minibar *(die Minibar war abgetaut …)* lasteten wie bleierne Müdigkeit auf seinem Bewusstsein, nur von Zeit zu Zeit unterbrochen von panischen Adrenalinschüben.

Der alte Wagen stand noch in der Tiefgarage des Hotels. Der Teufel wusste, wie Oliver es noch geschafft hatte, ihn nach dem Besuch bei Czerny und dem Schock dort einigermaßen zu parken. Doch es erschien ihm sicherer, diesmal einen anderen Wagen bei einer anderen Firma auszuleihen. Er würde nachher beide Wagen telefonisch abmelden. Die Kreditkarte, mit der er gezahlt hatte, hatte ohnehin nichts mit ihm oder seinem Namen zu tun. Sie kam direkt aus dem Dark Web. Wenn er schon so etwas verkaufte, dann sollte es ihm doch auch nützen. Und da war es doch egal, ob die Karte überzogen wurde.

Der Wagen war ein anderer. Doch das Ziel war wieder dasselbe wie gestern. Und diesmal hatte er noch einen Bekannten dabei.

Eine Uzi.

Nicht nur, dass er durch seine Tätigkeit im Dark Web mittlerweile eine Menge Waffenhändler kannte; der ehemalige Ostblock war nach wie vor wie ein Vierundzwanzig-Stunden-Supermarkt für jeden, der sich Waffen kaufen wollte. Erst war in den neunziger Jahren die alte Sowjetunion zusammengebrochen, was für eine wahre Flut von Waffen in alle möglichen Krisenländer gesorgt hatte. Insbesondere die berühmte Kalaschnikow hatte es in nahezu alle Krisenherde der Welt gebracht. Weil sie, wie ihre Hersteller immer sagten, kinderleicht zu bedienen war. Und deswegen auch tatsächlich von Kindern benutzt wurde. Dann kam der Kosovo-Konflikt dazu und damit wieder ein Haufen Waffen, der nur auf Schwarzhändler wartete.

Zeig mir den, der mit Kriegen Geld macht, hatte Henry Ford gesagt, *und ich zeige dir, wie man den Krieg beenden kann.*

Doch offenbar hatte niemand ein Interesse daran, irgendeinen Krieg zu beenden, denn das würde bedeuten, dass Waffenhändler kein Geld machen würden.

Wir Waffenhändler sind die Einzigen, die überleben werden, hatte ihm mal ein Waffenhändler aus Deutschland gesagt, dessen Produkte auch über Narcobay angeboten wurden, *denn alle anderen sind zu sehr damit beschäftigt, sich in Kriegen gegenseitig umzubringen.*

In diesem Moment war Oliver kein Waffenhändler, auch wenn er auf Narcobay auch mit Waffen gehandelt hatte. In diesem Moment war er jemand, der selbst Krieg führte. Gegen jemanden. Und das hieß ganz einfach – diese Person umzubringen.

Er *wollte* nicht jemanden umbringen.

Er *musste* jemanden umbringen.

Czerny, den Puppendoktor.

Es war nicht ethisch korrekt. Es war nicht richtig. Und es war auch nicht legal.

Aber er konnte nicht anders.

Die Bilder, die er auf dem Monitor im Keller des Puppendoktors gesehen hatte, flackerten wieder vor seinen Augen und ließen ihn schwindelig werden. Und er hoffte, dass diese Bilder verschwinden würden, wenn er diesem Scheusal von Chirurgen eine oder zwei Kugeln zwischen die Augen jagte. Es würde seine Absolution sein. Seine Katharsis.

Er griff noch einmal zu seinem Handy.

Wählte wieder die Nummer von Marc. Wie bereits eben im Krankenhaus. Doch schon wieder war es nur die Mailbox, die sich meldete.

KAPITEL 3

TSCHECHIEN, SEPTEMBER 2015
Chynice, zwanzig Kilometer südwestlich von Prag

Man kann auf sehr unterschiedliche Weise aufwachen.

Sanft oder unsanft. Erfreut oder nicht erfreut.

Manchmal wird die diffuse Struktur eines Traums hier und da von den blitzenden Kanten der Realität durchbrochen. Manchmal ist der Schlafende derart in eine Zwischenwelt aus Realität und Traum verstrickt, dass es ihm scheint, als würde er selbst seine eigene Traumwelt kreieren.

Oder es passiert, dass der Schlafende in das Aufwachen hineindämmert, und dann, mit einem Mal, ist die Erinnerung da – mit der Schärfe eines Skalpells und der Helligkeit einer Kernschmelze. Und das Grauen, das man für einen Augenblick verdrängt hat, das unter der Decke des Schlafes verborgen lag, ist wieder lebendig und erhebt sich in teuflischem Triumph wie ein Untoter, der höhnisch lachend aus seinem Grab aufersteht, das er nur kurz und vorübergehend bewohnt hat.

Marc nahm nur schemenhaft die Umrisse des großen Raumes wahr.

Er sah einen Schatten, oder sogar mehrere. Irgendjemand bewegte sich direkt vor seinen Augen. Er versuchte, sich zu bewegen, merkte aber sehr schnell, dass er genau das nicht konnte. Ein unbestimmter Schmerz pochte in seinem linken Bein und breitete sich allmählich in seinem ganzen Körper bis zu seinem Kopf aus.

Langsam und widerwillig kamen die Erinnerungen zurück. War er nicht mit Kyrill in der Tiefgarage des Hotels verabredet gewesen? Und hatten sie nicht ein Codewort gehabt? *Wir sind an der Bar und nehmen einen White Russian.* Dann hatte er diesen Schmerz in seinem Bein gespürt. Als ob ihn irgendjemand betäubt hätte. Und jetzt war er hier. Aber warum?

»Er kommt zu sich«, sagte eine Stimme. Es musste die von Kyrill sein.

Er schlug die Augen auf. Sah tatsächlich die massige Gestalt von Kyrill vor sich. Um sich herum einen prächtigen Raum, Kronleuchter und teure Sofas. Marc spürte Hilflosigkeit, aber auch so etwas wie Wut.

»Was mache ich hier?«, fragte er. »Und wo bin ich überhaupt?«

»In einer von Vlads Villen. Er hat ein Netzwerk von Stützpunkten über den ganzen ehemaligen Ostblock verteilt.« Kyrill nickte, während er sprach, und ließ ein großes Springmesser auf- und zuschnappen. »Der Name dieses Netzwerkes lautet *Warschauer Pakt.*«

»Toller Name«, sagte Marc. Und war erleichtert, als Kyrill das Messer wieder in die Tasche steckte. »Trotzdem: Was mache ich hier, zum Teufel?« Er wusste nicht, ob es schlau war, einen Mann wie Kyrill anzugiften, aber sie arbeiteten doch zusammen, und so ein Verhalten unter Kollegen war ja wohl komplett daneben. Außerdem hatte Kyrill das Messer wieder eingesteckt.

Kyrill lächelte. »Warten.«

»Worauf?«

»Auf deinen Partner.«

»Auf Oliver?«

Kyrill nickte.

»Verdammt«, Marc zerrte an seinen Fesseln, »behandelt man so eigentlich Geschäftspartner?«

Schritte näherten sich von hinten. Dann hörte Marc eine Stimme. Hinter sich. Es schien die Stimme von Vlad zu sein.

»Du bist so etwas wie unsere Versicherungspolice«, sagte Vlad.

Marc versuchte, den Kopf nach hinten zu drehen, doch es gelang ihm nicht. Er hasste es, wenn Leute hinter ihm sprachen und er sie nicht sehen konnte. Aber vielleicht wusste Vlad auch genau das. Und wollte es so.

»Versicherungspolice wofür?«

»Falls Oliver die Nerven verliert«, sagte Kyrill.

»... was er offenbar schon getan hat«, ergänzte Vlad.

»Nerven verlieren? Wo?«

»Beim Puppendoktor!«

»Oliver war beim Puppendoktor?«

»Ja. Gestern.«

»Und?«

»Wir haben nichts mehr von ihm gehört.«

»Kyrill«, sagte Vlad, »ruf Czerny mal an!«

Kyrill nahm sein Telefon und wählte eine Nummer. Er sprach ein paar Worte in einer Sprache, die Marc nicht verstand. Es klang wie Russisch. Kyrill beendete das Gespräch und ließ das Handy sinken. Er schaute Vlad an. Irgendetwas war in seinen Augen, was Marc nicht gefiel.

»Czerny sagt, dieser Oliver ist da einfach abgehauen.«

»Wie?« Auch Vlads Augen weiteten sich. »Einfach abgehauen?«

»Czerny vermutet, dass ihm das, was er gesehen hat, zu viel wurde.«

Marcs Blick ging wie bei einem Pingpongspiel hin und her. Eigentlich ging es ja nur um Oliver und seine Zusammenarbeit mit dem Puppendoktor, aber Marc wusste, dass Olivers Problem auch sein Problem war. Dass er mit drin hing. *Er* war die *Versicherungspolice,* was auch immer das heißen sollte. Aber das klang nicht gut. Denn eine Versicherungspolice musste einspringen, wenn irgendetwas schiefgegangen war. Offenbar war mit Oliver irgendetwas schiefgegangen. Das hieß, dass Marc einspringen musste. Nur wie?

»Okay.« Vlads Mundwinkel sackten nach unten, und er schaute erst Marc und dann Kyrill an. »Fahr sofort los und such diesen Oliver! Und bring ihn hierher!«

»Und wo soll ich ihn suchen?« Kyrill hob die Hände.

»Erst mal in seinem Hotel, wo sonst?«

»Und wenn er nicht da ist?«

»Das könnte heißen, dass er die Nerven verloren hat«, sagte Vlad. »Das könnte wiederum heißen, dass er Mist bauen wird. Und das wird heißen, dass dafür jemand bezahlen muss.« Er schaute Marc mit stechendem Blick in die Augen. »Unsere *Versicherungspolice.*«

»Ich mach mich auf den Weg«, sagte Kyrill und verschwand, während Vlad Marc immer noch mit seinen Blicken durchbohrte und dann ebenfalls verschwand.

Er saß wieder allein in dem riesigen Raum. Allein und gefesselt.

Marc wurde schlecht vor Angst.

Was würde mit ihm passieren, wenn die *Versicherungspolice* eingelöst werden musste?

Vor seinem inneren Auge tauchten Bilder auf. Bilder von seiner eigenen Leiche. Mit Zement beschwert, mit abgeschnittenen Fingerkuppen, mit gezogenen Zähnen, irgendwo verscharrt oder versunken.

Er war in der Hand dieser Verbrecher. Mit denen sie niemals gemeinsame Sache hätten machen dürfen. Er saß dort, atmete schwer, schwitzte, atmete noch schwerer. Lebte also noch. Aber eigentlich war er doch schon tot.

Aber nicht tot genug.

Er war am Leben.

Und solange man lebte, konnte man gequält und getötet werden.

War man tot, konnte man das nicht mehr.

Denn es wäre doch viel besser gewesen, wenn er nie wieder das Bewusstsein erlangt hätte. Denn der Schlaf war besser als das Wachsein. Der Tod besser als das Leben. Und am allerbesten war es, überhaupt nicht zu existieren.

Zwanzig Minuten später war Kyrill im Mandarin Oriental in Prag angekommen. Zweiundzwanzig Minuten später hatte er von einem Pagen erfahren, dass Oliver wahrscheinlich nicht mehr im Hotel sei. Das Zimmer war so gut wie leer, obwohl Oliver noch nicht ausgecheckt hatte.

Es war einer der Pagen, der ganz gut davon lebte, dass er öfter Zuwendungen von der Mafia bekam. Und dem fiel plötzlich ein, als Kyrill noch einen Schein draufgelegt hatte, dass Oliver vor circa zwanzig Minuten weggefahren sei.

Drei Minuten später saß auch Kyrill wieder in seinem Wagen.

Er konnte sich denken, wohin Oliver gefahren war.

Nein, er fürchtete es.

KAPITEL 4

SVÁROV, SEPTEMBER 2015
Ortschaft etwa dreißig Kilometer westlich von Prag

Rache ist ein Gericht, das am besten kalt serviert wird, dachte Oliver, als er seinen Wagen einige Meter von Czernys Haus entfernt parkte und, die Uzi geladen und entsichert, langsam auf das Haus des verrückten Chirurgen zuschlich. Er war nicht wütend, es war keine Kurzschlusshandlung. Es war eine einfache, kaltblütige Entscheidung. So ein Mensch wie Czerny durfte nicht mehr leben.

Er ging mit schnellen Schritten auf das Haus zu, den Kopf

eingezogen, wie ein Elitesoldat, der eine Festung stürmen will. Oder wie jemand, der einen Sprengsatz legen soll. *Das wäre auch eine Idee,* dachte Oliver, *das ganze verfluchte Haus gemeinsam mit Czerny in die Luft zu sprengen. Das Wohnzimmer, den Garten, den OP-Saal, den Keller, alles.* Nur die beiden Mädchen müsste er vorher noch befreien. Doch er hatte keinen Sprengstoff, und so blieb erst einmal nur die Uzi übrig.

Die Sonne neigte sich bereits dem Horizont zu, und Vögel zwitscherten in den Bäumen. Ein wenig atmete die Sommerluft schon den Hauch des Herbstes.

Oliver schlich vorsichtig über den Steingarten, den ihm Czerny gestern noch stolz gezeigt hatte, *weil er ja weniger Arbeit machte, als wenn man immer den Rasen mähen musste.* Ein pragmatischer Irrer, dachte Oliver. Er näherte sich der Terrasse.

Czerny saß im Wohnzimmer vor dem Fernseher. Offenbar hatte er Oliver nicht gesehen, und offenbar hatte er auch noch nicht angefangen mit der Transformation der anderen Mädchen, von denen er gesprochen hatte.

Oliver stand hinter der Regenrinne und blickte ins Innere des Wohnzimmers. Czerny starrte auf den Fernseher, wo irgendein Science-Fiction-Film lief, und schien Oliver überhaupt nicht wahrzunehmen.

Oliver atmete tief durch. Zählte in seinem Inneren. Eins, zwei, drei … Jetzt!

In dem Moment nahm er in einer nahezu reflexhaften Bewegung einen der Gartenstühle und warf ihn mit voller Wucht in die Scheibe der großen Terrassentür.

Glas splitterte, der Stuhl flog scheppernd ins Wohnzimmer, und die Scheibe verwandelte sich für einen kurzen Moment in ein Mosaik aus Scherben, das im nächsten Augenblick klirrend zu Boden fiel.

Czerny stieß einen heiseren Schrei aus, zuckte zusammen und war sofort auf den Füßen.

Jetzt hörte Oliver auch den Fernseher. Heroische Musik. Laserkanonen.

Der Doktor sah ihn an, nahm sein Tuch, um sich über den Mund zu tupfen.

»Was machen Sie hier?«, fragte Czerny. »Wollen Sie jetzt doch eine Puppe?«

»Nein«, sagte Oliver, »ich will etwas anderes.«

»Und was?« Czerny hob das Tuch zum Mund. Scheinbar völlig unbekümmert.

»Ihren Tod«, sagte Oliver.

Czerny schüttelte den Kopf und tupfte sich noch einmal mit dem Tuch über den Mund. »Willst du mir Moralpredigten halten? So ist es nun mal im Geschäft. Du kannst entweder gut essen oder gut schlafen, aber niemals beides …«

In dem Moment hatte Oliver das Feuer eröffnet und schoss das ganze Magazin in den verrückten Chirurgen. Die Wucht der Schüsse traf den Doktor wie ein Vorschlaghammer, und Czerny wurde blutüberströmt nach hinten geworfen, kippte in einem seltsamen Bogen über die Couch und blieb verbogen neben dem Kaffeetisch liegen. Ganz in der Nähe der Kiste, in der er den Knebelball aufbewahrte, den er Oliver gestern gezeigt hatte. Das Tuch, mit dem er sich immer über den Mund getupft hatte, hielt er noch immer mit seiner rechten Hand umklammert.

Oliver sprang durch die zerstörte Scheibe ins Wohnzimmer. Der Doktor war tot. Sonst wohnte niemand in dem Haus. Er legte die Uzi auf dem Wohnzimmertisch ab, stürmte von dort in den Flur und rannte an dem Raum vorbei, den dieser Irre seinen OP nannte. Runter in den Keller. Eine der Türen ließ sich nur von außen öffnen. Offenbar war Czerny zu bequem, um immer neu auf- und abschließen zu müssen.

Und dort sah er sie: Zwei junge Mädchen. Eine weiß, eine schwarz. Auf zwei Liegen. Offenbar mit irgendwelchen Beruhigungsmitteln ruhiggestellt. Sie schienen zu schlafen. Und –

Oliver atmete erleichtert aus – sie waren noch ganz! Der Irre hatte noch keine Transformation an ihnen vorgenommen, hatte sie noch nicht in verkrüppelte Spielzeuge verwandelt.

Das mussten sie sein. Tanya und Yvonne.

Er weckte beide auf, rüttelte sie wach.

Sie schauten ihn aus müden Augen an. Doch als sie merkten, dass sie frei waren, nahmen sie ihre letzten Kräfte zusammen.

Beide halb schiebend, halb stützend, kämpfte er sich mit ihnen die Treppe hinauf. Zog sie über den Feldweg. Und bugsierte sie auf die Rückbank des Autos.

Oliver schaute an sich hinunter.

Und in dem Moment fiel es ihm ein.

Die Uzi war noch im Haus. Er hatte sie auf dem Wohnzimmertisch liegengelassen.

Verdammt, dachte er, die muss ich mitnehmen! Sie war ein Beweismittel. Und seine Fingerabdrücke waren auf der Waffe. Und außerdem konnte er die Maschinenpistole sicher noch gebrauchen. Munition hatte er im Wagen. Die Magazine wurden schließlich zusammen mit den Waffen verkauft. So wie sonst die Druckerkartuschen mit den Druckern.

Er rannte noch einmal ins Haus.

Kam nach einigen Sekunden wieder nach draußen. Die Waffe in der Hand.

Er klemmte sich hinter das Lenkrad, schaute kurz nach hinten auf den Rücksitz, wo die beiden Mädchen in sich zusammengesunken, halb ängstlich, halb erleichtert, saßen. Und gab Gas.

Kyrill hatte seinen Wagen, den riesigen weißen Touareg, etwas abseits der Villa geparkt und war gerade ausgestiegen, als er sah, wie Oliver aus dem Haus rannte. Er griff zum Telefon und rief Vlad an.

»Oliver war gerade im Haus bei Czerny. Jetzt rennt er wieder raus.«

»Was hat er da gemacht?«

»Keine Ahnung«, sagte Kyrill. »Soll ich ihn umlegen?«

»Nein. Das machen wir eleganter. Wir entführen ihn, sobald er wieder im Hotel ist. Schließlich muss er seine Sachen noch holen.«

»Warum nicht gleich töten?«

»Weil wir ihn noch brauchen.«

»Wofür?«

»Idiot«, zischte Vlad. »Weil wir noch einige Infos von ihm wollen, bevor er ins Gras beißt. Seine Bankdaten, Passwörter und so weiter.«

»Okay, Boss.«

»Dann nimm sofort die Verfolgung auf! Und schick drei Männer zum Haus von Czerny. Wir müssen wissen, wie es ihm geht.«

Kyrill beendete das Gespräch, stieg in den Touareg und gab Gas.

KAPITEL 5

SVÁROV, SEPTEMBER 2015
Ortschaft etwa dreißig Kilometer westlich von Prag

Die dunkle Figur hatte das Haus schon seit geraumer Zeit aus einiger Entfernung beobachtet. In der Hand einen Feldstecher und eine kleine Abhörvorrichtung. Das Telefonat zwischen Vlad und Kyrill hatte die Person aufgezeichnet. Dann war sie ins Haus gegangen. Ins Haus des Puppendoktors.

Im Haus hatte sie drei Mitglieder der Mafia angetroffen.

Es war ihnen nicht gut bekommen.

Zwei hatten sofort einen Kopfschuss verpasst bekommen.

Es war eine gute, teure Waffe, mit der sie die drei erschossen hatte.

Lee Harvey Oswald hatte damals nur 12,95 Dollar für das Gewehr bezahlt, mit dem er Kennedy erschossen hatte, ein Carcano-M91/38-Gewehr. Dieses hier war deutlich teurer. Oswald war bei den Marines ein »Sharpshooter« gewesen. Er hatte einmal achtundvierzig- und einmal neunundvierzigmal von fünfzig Schüssen auf hundertachtzig Meter getroffen. Die Gestalt, die gerade das Haus betreten hatte, war noch besser.

Der Schalldämpfer hatte gezischt, und das Blut hatte sich auf der weißen Tapete verteilt. Ein bisschen wie moderne Kunst. Die weiße Tapete und die Stuckdecke und darauf das Blut. Jackson Pollock trifft Hermann Nitsch. Der dritte der drei Männer hatte es noch geschafft, die Pistole zu ziehen, und hätte sie beinahe getroffen. Beinahe … Doch jetzt war auch er tot.

Die dunkle Gestalt, ganz in Schwarz, durchwühlte die Schränke im Arbeitszimmer. Nahm die Dokumente an sich. Die Festplatten und die USB-Sticks. Verstaute alles in einem schwarzen Koffer. Dann blickte sie sich noch einmal um und ging wieder nach draußen. In der Nähe stand der schwarze Porsche. Sie startete den Wagen und brauste auf dem staubigen Feldweg davon.

Die Toten im Inneren des Hauses waren zusammengesackt, an blutbeschmierten Wänden hinuntergerutscht und lagen in verrenkten Posen reglos auf dem Boden.

Einer von ihnen, der Letzte der drei, war von Kugeln durchsiebt. Aber sein Kopf war noch einsatzfähig. Und seine rechte Hand. Sprechen konnte er nicht mehr. Aber er konnte noch eine SMS schreiben.

An Kyrill.

Dann starb auch er.

KAPITEL 6

PRAG, SEPTEMBER 2015
Zentralkrankenhaus

Er hätte nicht gedacht, dass er das Zentralkrankenhaus in Prag so schnell wiedersehen würde. Er stoppte den Wagen mit quietschenden Reifen vor der Notaufnahme.

»Hey«, rief er auf Englisch. Sofort kamen zwei Ärzte oder Pfleger vor die Tür und blickten Oliver aufmerksam an. Zum Glück waren es keine Ärzte, die ihn von seinem Aufenthalt gestern kannten. Er zeigte auf die zwei Mädchen, die zusammengekauert und verängstigt auf der Rückbank des Wagens saßen und mit vor Angst geweiteten Augen aus dem Wagen herausschauten.

»Sie!« Oliver zeigte auf den einen Arzt und zeigte ihm ein Bündel Euros. Es waren einige tausend Dollar. »Kümmern Sie sich um die beiden.«

»Wer ist das denn überhaupt?« Einer der Ärzte mit einem blonden Bart schaute erst die Mädchen und dann Oliver irritiert an.

»Sie heißen Tanya und Yvonne. Mehr müssen Sie nicht wissen.«

Der Arzt trat näher heran und zupfte an seinem Bart.

»Und wo kommen die her?«

»Wie gesagt, das hat Sie nicht zu interessieren!« Oliver drückte dem Arzt das Bündel Geld in die Hand und zog kurz sein Hemd über der Hose hoch. Die Uzi, die er noch immer am Hosenbund trug, blitzte kurz auf. Der Arzt hatte das Geld in der Hand. Und er sah die Waffe. Genauso, wie es sein sollte. »Sehen Sie zu, dass es den beiden gutgeht. Und kommen Sie nicht auf die Idee, die beiden Mädchen auszusetzen und mit dem Geld abzuhauen. Ich habe Sie im Auge.«

Der Arzt sagte nichts und schaute ungläubig auf das dicke Geldbündel.

Oliver löste den Blick, ging zurück zum Wagen und ließ den Arzt mit den beiden Mädchen stehen. Er hätte sich gerne noch weiter um die zwei Mädchen gekümmert, fühlte sich eigentlich auch verpflichtet dazu. Aber er hatte keine Zeit. Er musste weg. Denn er wusste, nein, er spürte es förmlich: Hier in Prag war er in großer Gefahr. Die Mafia würde sehr schnell herausfinden, was mit Czerny passiert war. Und Marc musste er auch warnen. Sie mussten sofort die Geschäfte mit der Mafia beenden. Sich womöglich sogar der Polizei stellen. Geld verdienen, neue Geschäftsideen, all das war schön. Aber das hier ging zu weit. Viel zu weit …

Er musste nur noch ins Hotel. Sein Rechner war im Safe. Und sein Pass. Der Rechner war ihm fast egal, aber den Pass musste er haben, wenn er das Land wieder verlassen wollte. Den würde er noch holen. Dann würde er verschwinden. Für immer.

Er stieg in den Wagen, während die Ärzte Tanya und Yvonne jeweils auf eine Liege legten. *Hoffentlich fahren sie sie nicht in den OP,* dachte er noch kurz, wischte den Gedanken dann aber sofort beiseite.

Er startete den Wagen und sah durch den Rückspiegel die beiden Ärzte an der Notaufnahme, die zwei Liegen und die zwei Mädchen. Zwei Tränen waren in seinen Augen. Eine für jedes Mädchen.

Er blinzelte die Tränen weg und wählte die Nummer von ExecJets, einem Vermittler von Privatjets. Für diejenigen, die zwar noch nicht so reich waren, dass sie sich einen Jet kaufen, wohl aber einen mieten konnten. Der Banker in Singapur hatte ihm diese exquisite Firma empfohlen.

»Hier ist Winter«, sagte Oliver. »Können Sie mich in einer Stunde am Flughafen Prag, Hangar für Privatflugzeuge, abholen? Wie? Ja, natürlich ist es eilig. Kostet extra? Ist mir egal, Hauptsache, Sie bewegen Ihren Arsch hierher!«

Wahrscheinlich würde er sich wirklich der Polizei stellen *(aber wäre das schlau? Du hast gerade einen Menschen erschossen …)*

Da fiel ihm das ein, was er schon die ganze Zeit tun wollte.

Er wählte noch eine Nummer.

Die von Marc.

Doch niemand nahm den Anruf an.

Verdammt, wo steckte Marc? Er ging doch sonst immer sofort ans Telefon …

Hier stimmte irgendetwas nicht. Hier stimmte irgendetwas ganz gewaltig nicht.

Er fuhr weiter. Brütend und gleichzeitig von Angstattacken heimgesucht.

Marc war weg, dachte er.

Aber irgendetwas anderes war da.

Denn in diesem Moment dachte Oliver wieder an das, was er die ganze Zeit aus den Augenwinkeln gesehen hatte. Immer dort, wo er war. Vor allem hinter ihm.

Oder hatte er sich das nur eingebildet?

Eine dunkle Gestalt, die so aussah wie der Killer aus dem Hitman Network im Dark Web.

Eine Person mit einer Eishockeymaske.

War sie real, oder war das nur ein böser Traum? Doch was hieß böser Traum?

In einem bösen Traum war er schon seit langer Zeit.

Es war an der Zeit, aufzuwachen. Wenn er es denn konnte.

KAPITEL 7

SVÁROV, SEPTEMBER 2015

Ortschaft etwa dreißig Kilometer westlich von Prag

Vertrauen ist gut, Kontrolle ist besser, dachte Kyrill Karasow, als er sich mit gezogener Waffe dem Haus von Dr. Czerny näherte. Lenin hatte das mit der Kontrolle gesagt, und Genosse Lenin hatte eigentlich immer recht. Nur war Kontrolle genau das, was ihm gerade fehlte.

Er blickte sich um. *Wo zum Teufel waren seine Leute?* Sie nannten sich die Knochenbrecher, und sie waren gefährlich. Genau die Richtigen für schwierige und schmutzige Missionen. Aber jetzt hörte er nichts von ihnen. Keiner war drangegangen, als er angerufen hatte. Und es hatte auch keiner zurückgerufen. *Kontrolle ist in der Tag, besser,* dachte er. Er schnaubte verächtlich, während er die Tür öffnete. Sie war nicht abgeschlossen. Wahrscheinlich waren seine Männer im Inneren. Aber war es zu viel verlangt, drei seiner Knochenbrecher zu befehlen, sie sollten zum Haus von Czerny gehen und dort nach dem Rechten sehen? Warum bekam er keine Antwort von ihnen? Und auch nicht von Czerny? Hatte dieser arrogante Schnösel von Arzt es nicht einmal nötig, ihm zu antworten? Wenn es die Vertriebswege der Mafia nicht gäbe, würde niemand von seinen Puppen wissen, und Czerny würde nicht wie ein Graf in seiner riesigen Villa leben und auch noch zwischen dreißig- und vierzigtausend Dollar für seine verdammten, perversen Puppen bekommen.

Von niemandem hatte er etwas gehört. Wenigstens Oleg hatte ihm vorhin eine SMS geschrieben. *Komm zum Haus. Sofort* hatte darin gestanden. Und als Kyrill geantwortet und zurückgerufen hatte, hatte es keine Reaktion mehr von Oleg gegeben. Unzuverlässiger Scheißkerl!

Doch Kyrills Wut verflog rasch, je näher er dem Haus kam. Und machte einem unguten Gefühl Platz. Irgendwo zwischen düsterer Vorahnung und Angst.

Er ging die Eingangstreppe hinauf.

Die Tür war angelehnt. Irgendetwas stimmte hier tatsächlich nicht.

Er hielt die Waffe schützend vor sich und schlich langsam den Korridor entlang.

Dann erstarrte er.

Denn die Frage, warum Oleg auf Kyrills SMS nicht geantwortet hatte und auch nicht zurückrief, hatte sich in ebendiesem Moment erledigt: Oleg lag blutüberströmt an der Tür, wo die große Küche vom Korridor abbog. In den Händen sein Smartphone. Er hatte noch die SMS an Kyrill abgeschickt und war dann … Kyrill beugte sich nach unten und tastete nach Olegs Halsschlagader. Er war tot. Ohne Zweifel.

Er zog Oleg die Waffe aus dem Holster, die ihm offenbar nicht viel gebracht hatte *(verdammt, wo hatten diese Idioten das Schießen gelernt, oder besser das Nicht-Schießen? Von wegen »harte Schule der Roten Armee«).* Er nahm Olegs Waffe an sich und schlich weiter den Flur entlang. Rechter Hand der OP. Die Tür war geöffnet. Irgendetwas lag dort auf dem Boden. Dieses Etwas war ein Fuß. Und dazu gehörte eine ganze Leiche. Kopfschuss. Der Hinterkopf komplett aufgeplatzt. Auch wenn es nur noch schwer zu erkennen war, schien das die Leiche von Sascha zu sein. Der Kopf war von mehreren Schüssen zerschmettert, und Blut und Gehirn waren über den Linoleum-Fußboden, den gesamten OP-Tisch, den Nebentisch mit dem Besteck und selbst über den Schirm der großen OP-Lampe verteilt.

Blut im OP. Wie passend … Kyrill schüttelte den Kopf. *Was für eine Bestie hatte sich hier ausgetobt? Und vor allem: Wer war es gewesen?*

Wer hatte sie umgebracht? Und war der Killer noch da? Wartete er nur auf ihn? Aber Kyrill dachte gar nicht daran, deswegen zu fliehen. Im Gegenteil, es würde ihm ein großes Vergnügen sein, diesen Dreckskerl ganz langsam zu erschießen. Ein Schuss in den Fuß, dann in den anderen, dann in den Arm, dann die Hand. Und so weiter. Zehn, zwanzig Schuss oder noch mehr, dieser Drecksack sollte leiden, er … Weiter kam Kyrill nicht, denn nahe dem Wohnzimmer lag Knochenbrecher Nummer drei, Alexey, ebenfalls mit zerschossenem Schädel, das Gesicht mit offenem Mund zur Decke gerichtet.

Kyrill schüttelte den Kopf. Alle drei von diesen Kerlen tot! Schlimmer konnte es kaum kommen. Er spürte den leichten Wind und blickte im Wohnzimmer nach draußen. Ein frischer Luftzug zog durchs Zimmer. Die Scheibe war eingeschlagen. Einer der Gartenstühle lag nahe der Couch. Und auf der Couch – lag Dr. Czerny! Oder besser, dessen sterbliche Hülle. Der Oberkörper durchsiebt von Kugeln, sein Hemd und die Couch blutgetränkt, das Gesicht zwischen Erstaunen und Schock erstarrt. In einer Hand noch immer das Tuch, mit dem er sich immer den Mund abtupfte. *Hättest dir jetzt mal eher das Hemd abtupfen sollen,* dachte Kyrill, als er auf die blutbefleckte Brust des Doktors schaute. Doch dann war es mit seinem schwarzen Humor auch schon vorbei.

Czerny war tot! Er war ein arroganter Perverser, aber dennoch war er einer der Goldesel des Kartells! Und überhaupt, wo waren die beiden Mädchen, von denen er eine extra bei Al Dar bestellt hatte? Die aus dem Kongo? Für die hatte er richtig Geld bezahlt. Die andere war nur, ganz normal, aus einem Kinderheim geholt worden. Jedenfalls waren jetzt beide weg. Er rannte wie ein Wahnsinniger durch alle Räume des Hauses, durchwühlte auch den Keller. Nichts. Seine drei besten Leute waren tot. Und die beiden Mädchen waren verschwunden.

Er streckte die Arme, ließ die Gelenke knacken und schloss für drei Sekunden die Augen. Das durfte doch alles nicht wahr sein! Drei seiner Leute tot, Czerny tot, die Mädchen weg, und dieser Dreckskerl von Oliver war auch weg.

Kyrill überlegte kurz. Konnte wirklich Oliver dahinterstecken? Oder war das eine Racheaktion einer anderen Bande? In jedem Fall war es gut, dass sie Marc in ihrer Gewalt hatten. Immerhin ein Trumpf, falls tatsächlich Oliver dahintersteckte. Aber würde dieser Oliver allein so etwas durchziehen können? Czerny erschießen, ja, das mochte noch angehen. Aber seine drei Knochenbrecher? Oliver war doch kein Elitesoldat oder Auftragskiller.

Er griff zum Telefon. Rief Vlad an.

Auch wenn die Nachricht sicher nicht das war, was Vlad hören wollte, hörte der sich das Ganze erstaunlich ruhig an. »Hör zu«, sagte Vlad. »Unser Page im Hotel soll die Augen offen halten. Ich bringe unsere Männer dort in Stellung. Sobald Oliver auftaucht, wird er entweder entführt oder gleich erschossen. Und pass auf! Postier unsere Leute beim Flughafen. Schmier die Kerle von der Sicherheitskontrolle und die, die die Pässe kontrollieren. Der Scheißkerl darf uns nicht entwischen!«

»In Ordnung, Boss. Noch etwas, was ich hier machen soll?«

»Ja, Operation *reiner Tisch.*«

»Muss das sein?«

»Ja, das muss leider sein.«

Kyrill schüttelte den Kopf und beendete das Gespräch.

Operation reiner Tisch. Das war nicht schön, aber notwendig. Es hieß, eine Axt zu holen und allen vier Leichen die Köpfe und Hände abzuschlagen. Das hieß darüber hinaus, die Badewanne von Dr. Czerny mit Schwefelsäure zu füllen und dort die vier Köpfe und die acht Hände aufzulösen. Damit konnte niemand mehr herausfinden, wer diese vier Leichen waren. Es sei denn, irgendjemand würde eine DNA-Analyse anstrengen, aber damit war kaum zu rechnen. Jedenfalls nicht hier in Tschechien.

Kyrill trottete zu seinem Wagen, um die Axt und den Kanister mit Säure, den er immer für solche Fälle dabeihatte, aus dem Kofferraum zu holen.

Und als die Säure in der Badewanne schließlich die Köpfe in konturlose Grimassen wie aus zerschmolzenem Wachs verwandelte und ein scharfer Geruch das Bad erfüllte, stellte sich Kyrill vor, wie es wäre, wenn er genau das mit Oliver und Marc machen würde.

Dann allerdings bei lebendigem Leib.

KAPITEL 8

PRAG, SEPTEMBER 2015
Mandarin Oriental Hotel

Der Kampf war kurz und heftig.

Der Mann mit der Sig Sauer war durch den Schuss in die Niere noch nicht so weggetreten, dass er nicht merkte, was gerade mit ihm geschah.

Jemand öffnete das Fenster. Und stieß ihn in die Tiefe.

Zwanzig Meter nach unten.

Er sah den Boden auf sich zurasen. Schrie.

Dann brach sein Schrei so schnell ab, wie er erklungen war.

Begleitet von einem dumpfen Krachen.

Etwas dumpfer als vorhin, als der Erste aus dem Fenster gefallen war.

Klar. Es machte einen Unterschied, ob jemand auf Beton fällt oder auf einen anderen Menschen.

Die Person oben schloss das Fenster wieder, als ob nichts gewesen wäre.

Dann breitete sie die Unterlagen auf dem großen Schreibtisch des Zimmers aus. Und nahm das Smartphone, um mit der Kamera ein Blatt nach dem anderen einzuscannen.

Es würde einiges zu scannen geben, und es würde einige Zeit dauern.

Ich werde scannen und warten, dachte die Person.

Denn irgendwann wird er sicher kommen.

KAPITEL 9

BERLIN, SEPTEMBER 2015
Choriner Straße, Prenzlauer Berg

Es war früher Abend.

Jasmin stand mit einem Glas Weißwein auf dem Balkon und schaute über die riesigen Penthouses, die überall in der Umgebung hochgezogen wurden.

Sie erinnerte sich noch an die Klassenfahrt, die sie damals in den neunziger Jahren nach Berlin unternommen hatten. Das war damals so üblich gewesen. Jeder Schüler der damaligen Bundesrepublik Deutschland musste einmal West-Berlin gesehen haben. Als Jasmin gefahren war, lag der Mauerfall zwei Jahre zurück. 1991. Sie besuchten natürlich auch den Ostteil von Berlin, hatten damals eine Besichtigungstour durch den Prenzlauer Berg gemacht. Große Stadthäuser mit abgebröckelten Fassaden, Schutthaufen und schäbigen Hinterhöfen. *Wer will denn hier leben?*, hatte einer der Schüler altklug gefragt. Aber der Fremdenführer hatte es besser gewusst. *Wartet mal ab*, hatte der gesagt. *In zwanzig Jahren ist das hier kaum mehr bezahlbar. Das wird hier so laufen wie in London. Da war es in den Siebzigern so wie hier.*

Damit hatte er recht gehabt. Häuser und Wohnungen waren hier in der Tat kaum mehr bezahlbar, jedenfalls nicht, wenn man etwas kaufen wollte. Zur Miete wohnen war zwar billiger, aber gleichzeitig ärgerte sich Jasmin auch, dass sie noch nicht den Mut gehabt hatten, sich eine Wohnung zu kaufen. Wobei Lutz dafür auch nicht gerade die nötigen Mittel mitbrachte. Vielleicht war es auch gut, wenn sie noch ein bisschen warteten und aus der Not eine Tugend machten. Vielleicht war der Immobilienmarkt überhitzt, und es würde bald wieder billiger werden. Oder die Preise würden noch weiter steigen, und sie würden es nie mehr schaffen, sich etwas Eigenes zu kaufen.

Lutz hatte ihr kurz zuvor eine SMS geschrieben. Jetzt war er schon wieder an der Kunsthochschule. Jasmins Mutter hatte heute keine Zeit, und so hatte Jasmin ihr Büro mal wieder von der Chausseestraße beim BND in die Choriner Straße verlegen müssen. Irgendjemand musste ja auf Carla aufpassen, die glucksend in ihrer Wiege lag und von Zeit zu Zeit einschlief und wieder aufwachte und dabei verwirrt nach oben blickte wie ein kleines Kätzchen. Auf dem Wohnzimmertisch stand Jasmins Laptop, und ihr wurde schlecht, wenn sie daran dachte, dass sie ja noch den Bericht über den Bundestags-Hack für Kunhardt schreiben musste.

Dieser verdammte Bundestags-Hack, dachte sie. Sollten doch alle froh sein, dass Deutschland noch nichts Schlimmeres passiert war.

Deutschland, dachte sie, war bisher das einzige westliche Land, das von einem großen Terroranschlag verschont geblieben war. Vielleicht deswegen, weil es als Rückzugsort für Islamisten zu wichtig war und niemand sein eigenes Nest in die Luft sprengen wollte? Denn woher waren die Attentäter vom 11. September gekommen? Aus Deutschland.

Deutschland als Rückzugsraum? Vielleicht. Aber sicher lag es auch an dem Erfolg der Kooperation mit den US-Diensten, dass hier noch nichts hochgegangen war. Und der Tatsache, dass der BND einmal ein Teil der CIA gewesen war.

Es war in dem Moment, als sie an den Hack dachte, den Bericht und die Geheimdienste, als auf ihrem sicheren Smartphone eine SMS einging.

Unterlagen sind gleich da.

Sie griff zum Telefon. Rief Ressler an. Der nahm sofort den Anruf an.

»Da scheint gleich was zu kommen«, sagte sie. »Sind Sie noch im Hauptquartier?«

»Ja«, sagte Ressler. »Ich muss ja Kunhardt etwas, äh, steuern.«

Steuern, dachte Jasmin. Das schöne Wort für *manipulieren.* Die meisten wussten nicht, dass es sich vom italienischen *mani pulite* ableitete. *Sich die Hände schmutzig machen.* Die Italiener waren in der Tat Meister der Manipulation.

»Wollen Sie bei mir vorbeikommen?«, fragte Jasmin. »Ich kann hier leider nicht weg.«

Sie sah, wie sich in ihrem Mail-Account eine Nachricht mit einer großen PDF-Datei als Anhang ankündigte.

»Mache ich«, sagte Ressler. »Ich bin in zwanzig Minuten bei Ihnen.«

KAPITEL 10

PRAG, SEPTEMBER 2015
Mandarin Oriental Hotel

Oliver hetzte an der Rezeption vorbei.

Den Flur entlang.

In den Aufzug.

Nach oben.

Öffnete mit zitternden Händen mit seiner Zimmerkarte die Tür zu seinem Zimmer.

Betrat das Zimmer.

Erwartete in jedem Moment, irgendetwas über den Kopf gezogen zu bekommen. Oder eine Kugel zu spüren. War es nicht so, dass man den Einschuss gar nicht merkte, sondern sich nur wunderte, woher auf einmal das ganze Blut kam? Das *eigene* Blut?

Doch Oliver bekam nichts über den Kopf gezogen. Und auch eine Kugel spürte er nicht. Und kein Blut. Jedenfalls nicht seins.

Er lief durch das große Wohnzimmer, ließ das Bad zur Linken liegen. Ging ins Schlafzimmer, wo sich der Safe befand.

Würde alles gutgehen?

Nein.

Es würde nicht gutgehen. Das war ihm klar, als er ins Zimmer schaute.

Jemand saß auf dem Sessel am Fenster.

Oliver blieb fast das Herz stehen.

Er war es!

Er hatte ihn gesehen!

Und er war tatsächlich hier!

Slate!

Mit der Eishockeymaske auf dem Gesicht.

Zwei Pistolen in jeder Hand, die Läufe auf dem Schoß gekreuzt.

Slate.

Jetzt war er dran. Der Killer arbeitete für die Russenmafia. Es konnte nicht anders sein.

Er merkte, wie seine Hand an seinen Hosenbund zuckte. Dort, wo seine Uzi steckte.

Doch dann ertönte schon die Stimme des Killers unter der Maske. Etwas heller, als er es erwartet hätte.

»Wenn du schießt«, sagte Slate, »schieße ich auch. Und glaube mir, ich bin schneller.«

KAPITEL 11

BERLIN, SEPTEMBER 2015
Choriner Straße, Prenzlauer Berg

Ressler und Jasmin saßen gemeinsam an Jasmins Laptop in ihrem Wohnzimmer. Die Mail war gerade auf Jasmins gesichertem Laptop eingegangen. Die Liste, die Antonija geschickt hatte, war ein eingescanntes PDF. Ursprünglich war die Liste auf einer alten Schreibmaschine geschrieben und offenbar ein paarmal auf einem altmodischen Kopierer kopiert worden, damit es davon nur ja keine digitalen Versionen gab. Ähnlich wie die Listen von Doppelagenten, die in den ausländischen Geheimdienststationen im Giftschrank lagerten. Und nur dort. Jetzt aber gab es die Liste auch digital. Antonija hatte sie eingescannt.

»Sex Dolls«, murmelte Ressler und stützte die Hände unter das Kinn. Offenbar musste selbst er, der das Böse an jeder Ecke vermutete und den man im BND immer den *Endorphinlosen* nannte, das, was er gesehen hatte, erst einmal sacken lassen. »Hergestellt von einem Dr. Czerny. Ich dachte immer, das wäre nur eine Art Legende. *Urban Legend,* oder wie nennt man das?«

»Es gibt ein Ranking der schlimmsten Webseiten im Dark Web«, sagte Jasmin, während der Drucker ratterte und die Dateien ausdruckte. Es war absichtlich kein Drucker, der über WLAN verbunden war, damit niemand die Datei auf ihrer Reise zwischen Computer und Drucker abfangen konnte. »Eine davon ist die Seite mit den Dolls, eine andere ist die mit den Auftragskillern. Wieder eine ist Human Experiment …«

»Die Seite mit den Menschenversuchen?«, fragte Ressler.

»Richtig. Und dann gibt es noch eine.«

Ressler kratzte sich am Kopf. »Ich nehme an, das sind die *Red Rooms?*«

Jasmin nickte.

Schon das *normale* Internet war ein Pfuhl von Versuchungen und Lastern. Es gab siebenhundert bis achthundert Millionen Pornoseiten im Netz, von denen die größten bis zu achtzig Milliarden Klicks pro Jahr generierten. Mittlerweile konnten durchschnittliche Teenager mehr Sexmöglichkeiten zu Gesicht bekommen als die degeneriertesten Kaiser der Antike in ihrem ganzen Leben. Und das war nur das normale Internet. Das Clear Web. Im Dark Web war alles noch einmal um einiges extremer, düsterer und perverser.

Red Rooms waren dabei die furchtbarste Erfindung des Dark Web, falls es sie wirklich gab. Sie waren wie Livecam-Webseiten, wo sich Frauen gegen Geld auszogen und gewisse Sachen machten. Nur ging es bei Red Rooms um Vergewaltigung, Missbrauch, Folter, Mord und Leichenschändung. Ein Opfer wurde gequält, und die Zuschauer vor dem Bildschirm konnten entscheiden, *wie* es gequält werden sollte. Bezahlt wurde mit Bitcoins. Ein Tritt kostete vielleicht ein Bitcoin. Amputation eines Fingers fünfzig Bitcoins, eines Armes dreihundert Bitcoins. Genau genommen ein interaktiver Snuff Movie. Wenn es so etwas wirklich gab, dachte Jasmin, dann war es das Perverseste, was die Menschheit jemals erfunden hatte.

»Hat Czerny etwas mit Red Rooms zu tun?«, fragte Ressler.

Jasmin überflog die Unterlagen. »Angeblich landen einige der Dolls, die nicht mehr gebraucht werden, in solchen Räumen. So wie angeblich abgehalfterte Porno-Stars in den USA in irgendwelchen Snuff-Filmen verheizt werden. Aber das ist alles nicht bewiesen.«

»Was ist überhaupt mit diesem Puppenmacher, diesem Czerny?«

»Der ist tot.«

»Woher weißt du das?«

»Das hat meine Informantin mir gesagt.«

Ressler hob die Augenbrauen. »Seit wann?«

»Seit gestern oder heute. Eine unserer Zielpersonen hat ihn erschossen.«

Ressler verschränkte die Arme. »Hat nicht gerade den Falschen erwischt. Aber er hätte uns noch einiges sagen können.«

»Tja, jetzt nicht mehr.« Jasmin beugte sich vor. »Aber diese Liste hier ist interessant«, sagte sie, als sie die Papiere aus dem Drucker genommen hatte. Dann weiteten sich ihre Augen. »Da sind ja einige prominente Namen auf der Liste. Glauben Sie, dass die alle diese Dolls nutzen?«

»Die Perversion des Menschen ist genauso unbegrenzt wie das Universum«, sagte Ressler und hob die Augenbrauen, als er einige der Namen auf der Liste sah. »Die können wir aber nicht alle hochnehmen. Vielleicht einige. Vor allem die, die in Deutschland leben und auf die wir Zugriff haben. Zum Beispiel … den!« Sein Finger tippte auf die Unterlage. »Europäische Zentralbank. Das ist doch mal eine interessante Adresse.«

Auch Jasmins Blick folgte Resslers Finger. »Dr. Jürgen Rudolf.« Sie klickte in die Datenbank des BND. Ein Profil mit den Daten von Rudolf blitzte auf. »Leiter IT-Security und Sicherheitssysteme bei der Europäischen Zentralbank!«

Ressler starrte ein paar Sekunden vor sich hin. »Irgendjemand will irgendetwas von der EZB.«

»Und darum«, ergänzte Jasmin, »versuchen sie, den IT-Chef der Zentralbank gefügig zu machen.«

»Mit Dolls.« Ressler sprang auf. »Den Typen schnappen wir uns!«

Jasmin überlegte einen Moment und schaute auf den Monitor. »Wohnt in Bad Soden.«

Ressler nickte. »Mit dem Helikopter kein Problem! Und dann werden wir diesem Perversen mal ein paar Fragen stellen.«

»Jetzt sofort?«

»Natürlich sofort! Wollen wir ihm erst eine Vorladung schicken?« Ressler zog sein Handy. »Wenn wir Glück haben, finden wir auch eine der Dolls bei ihm. Dann ist die Beweislage glasklar!«

Jasmin sprang ebenfalls auf. Auch wenn sie nicht wusste, ob man es *Glück* nennen konnte, irgendwo eine von diesen Dolls zu finden. »Ich pack ein paar Sachen. Und rufe meine Mutter an, dass sie sofort herkommt. Oder ich hole einen Babysitter. Notfalls von einer Agentur!« Sie blickte Ressler an. »Kriegen wir den Helikopter?«

Ressler wählte eine Nummer auf seinem Handy. »Das hoffe

ich. Ich sage den Einsatzkräften in Wiesbaden Bescheid. Und dann nehmen wir diesen Dr. Rudolf hoch!«

KAPITEL 12

PRAG, SEPTEMBER 2015
Mandarin Oriental Hotel

Slate nahm die Maske ab. Er war …

»Eine Frau?«, fragte Oliver.

Slate grinste. »Frauen können auch gut kämpfen.« Sie stand langsam auf und öffnete elegant das Fenster. »Schau.«

Oliver trat vorsichtig an das Fenster.

»Nun schau schon«, sagte Slate. »Ich werde dich nicht runterschmeißen. Meinen Bedarf an *Leute aus dem Fenster schmeißen* habe ich für heute gedeckt.« Sie verzog den Mund kurz zu einem kalten Lächeln.

Oliver blickte nach unten auf einen engen Innenhof. Efeu wuchs an den Wänden empor. Unten zwei oder drei Mülleimer. Und dazwischen die verdrehten Körper von zwei Männern.

»Haben *Sie* die da runtergeworfen?«

»Kannst ruhig *du* sagen«, sagte Slate.

»Warst du das?«

»Von selbst gefallen sind sie jedenfalls nicht. Trotz Schwerkraft.« Slate sah Oliver prüfend an.

»Weißt du, wer das war?«

Oliver hatte nur eine Antwort. »Männer vom Kartell?«

Slate nickte. »Und weißt du, wen die töten wollten?«

Die Antwort war für Oliver nicht schwer. »Mich?«

»Dich! Genau. Die haben hier auf dich gewartet. Die haben nur nicht mit mir gerechnet.« Sie machte eine Pause. »Und weißt du, wer sie getötet hat?«

»Wahrscheinlich du. Wenn du sie dort heruntergeworfen hast.«

»Ich. Genau.« Slate verstaute die beiden Waffen in zwei Holstern. »Ich habe sie aber vorher erschossen. Als sie gefallen sind, waren sie schon tot. Oder fast.«

Beruhigend, dachte Oliver.

»Und jetzt«, sagte Slate, »müssen wir von hier verschwinden.«

»Ich mit dir gemeinsam?«

Slate ging zum Ausgang. »Es wird dir nicht viel anderes übrigbleiben. Also pack deinen Kram zusammen. Und zwar schnell! Wenn du leben willst, musst du mit mir kommen.«

»Aber du bist ein Auftragskiller.«

Slate zuckte die Schultern. »Nicht nur. Abgesehen davon: Eine Menge Leute wollen dich töten. Da bist du doch in den Händen von jemandem, der auch gut töten kann, gut aufgehoben.«

Seltsame Logik, dachte Oliver. *Feuer mit Feuer bekämpfen.* Klang aber irgendwie richtig. Falls hier überhaupt irgendetwas richtig war.

»Jetzt los«, sagte Slate. »Wir sind hier nicht bei *Wünsch dir was.*«

Sie verließen den Raum und gingen durchs Treppenhaus in die Tiefgarage. *Wenn du leben willst, musst du mit mir kommen.*

Irgendetwas sagte Oliver, dass die Gemeinschaft eines Auftragskillers im Moment genau das Richtige war, um zu überleben.

KAPITEL 13

PRAG, SEPTEMBER 2015
Mandarin Oriental Hotel

Kyrill telefonierte schon wieder mit Vlad. Er hatte mit seinem Touareg gerade das Mandarin Oriental erreicht.

»Ich höre nichts von unseren Leuten im Hotel«, sagte Kyrill.

»Was soll das heißen, du hörst nichts?« Vlad wurde zunehmend ungeduldig. Und wenn das so war, wurde er schnell ungenießbar.

»Sie antworten nicht. Ich gehe jetzt mit zwei meiner Männer in die Suite von Oliver.«

»Mach das«, knurrte Vlad. »Und knall den Kerl ab!«

»Ich dachte, du wolltest noch die Bank-Passwörter und all das?«

»Wenn du ihn lebend kriegst, fein. Tot ist aber auch okay.«

»Was machen wir mit Marc?«

»Wir versuchen noch ein letztes Mal, ihn als Köder zu nutzen. Wenn Oliver anbeißt und wir beide bekommen, umso besser.«

»Was willst du Marc anbieten?«

»Wenn er Oliver herlockt, kommt er mit dem Leben davon.«

»Und wenn nicht?«

»Dann wird er hier sterben. Und zwar … *grausam.*«

Vlad hatte das Telefonat beendet.

Die Worte von Vlad hallten in Marcs Kopf nach. Während er noch immer in der prächtigen Villa auf dem Stuhl gefesselt saß.

Und zwar … grausam.

Er schaute an sich herunter. Sah, dass sie bereits den Boden, auf dem der Stuhl stand, an den er gefesselt war, mit Plastikfolie abgeklebt hatten. Damit das schöne Parkett nicht durch sein, ja, durch sein Blut besudelt werden könnte. Marc atmete rasselnd, sein Herz schlug bis an die Schädeldecke, und er war kurz davor, sich gleichzeitig zu übergeben und in die Hose zu machen.

»Deine letzte Chance, *Judas*«, sagte Vlad und hob das Handy. Ich wähle jetzt die Nummer von Oliver, und du sprichst mit ihm.

»Und was soll ich ihm sagen?«

Vlad grinste und schaute auf den Fußboden.

»Denk einfach an die … Plastikfolie unter dir. Dann wird dir bestimmt etwas einfallen.«

KAPITEL 14

IM WESTEN VON FRANKFURT AM MAIN, SEPTEMBER 2015
Bad Soden am Taunus

Der Helikopter war verfügbar gewesen, und sie waren direkt vom Hauptquartier des BND nach Frankfurt geflogen. In Bad Soden, ähnlich wie in Kronberg oder Bad Homburg, wohnten viele der besseren Leute, die in Frankfurt arbeiteten. Meistens Banker und Zentralbanker. Doch die Abwasserkanäle, das wusste Jasmin, führten auch durch die besseren Gegenden.

In Bad Soden waren sie auf einem nahen Acker gelandet. Das SEK vom BKA war bereits vor Ort gewesen und hatte das Haus von Dr. Jürgen Rudolf, einen an einem Hang gelegenen Bungalow, gestürmt.

Doch das Haus war leer.

Nichts Verdächtiges im Erdgeschoss, nicht Verdächtiges im ersten Stock.

Eine Treppe führte nach unten in den Keller.

Der Keller des Hauses von Dr. Rudolf war groß.

Dr. Jürgen Rudolf führte offenbar ein Doppelleben. Von dem kaum einer etwas wusste. Und die, die es wussten, hatten bisher dichtgehalten.

Einer der Räume war nicht tapeziert, man sah noch den rohen Stein.

Blitze zuckten, und Kameras klickten, als Jasmin den Raum betrat.

Ketten an der Wand, ein Andreaskreuz. Seltsame Stühle. Es war offensichtlich, dass Rudolf hier S&M-Partner empfing. Kameras auf Stativen, Monitore, DVDs, die nicht gekauft waren und auf die kein Inhalt geschrieben war. Ob es sich um Snuff Movies handelte? Die Kollegen in Wiesbaden würden eine Menge damit zu tun haben, das ganze Material zu sichten.

Doch die wichtigste Frage war noch nicht beantwortet: Wo war Dr. Rudolf? Denn in der Bank war er nicht, im Erdgeschoss war er nicht, und im ersten Stock war er auch nicht. Und auch im Keller fehlte von ihm jede Spur.

Weiter in einen Nebenraum. Auf einem der Tische ein Polaroidfoto. Unscharf. Doch es sah aus wie ein Mädchen. Ein Mädchen ohne Arme und Beine. Auch wenn Jasmin hoffte, dass es nur eine Fotomontage war, so wusste sie doch, dass es keine war.

»Verdammt«, sagte Jasmin zu Ressler. »Das ist doch eine von diesen verdammten Dolls.«

»100 Prozent«, knurrte Ressler, während die Stiefel der SEK-Beamten neben ihnen polterten wie von einem Heer überdimensionaler, schwarzer Ameisen. »Nur, wo ist die Doll? Und wo ist Rudolf?«

Vorstoß in einen weiteren Nebenraum. Dieser Keller schien kein Ende zu nehmen. Er war genauso weit, genauso düster und genauso schwarz wie die Seele seines Besitzers.

Sie öffneten die Tür.

Und dort, an dem Tisch, saß Dr. Jürgen Rudolf.

Irgendjemand hatte ihn gewarnt.

Und er hatte das Einzige getan, was ein Mann in dieser Situation noch tun konnte.

Hatte den letzten Ausgang genommen. Manche sagten dazu auch *Heldennotausgang.*

Ein Messer lag auf dem Tisch, die Ärmel hochgekrempelt, die Unterarme in Blut gebadet, drei bis vier hässliche, lange Schnitte in jedem Handgelenk. Die Schnitte parallel zum Armknochen. So wie es richtig war. So wie man die Venen und vielleicht auch die Arterien erwischte. Nicht quer, so wie es die machten, bei denen der Suizid kein richtiger Suizid, sondern nur ein Hilfeschrei war.

»Er hat sich die Pulsadern aufgeschnitten«, flüsterte Jasmin.

Dann sahen sie die Schrift auf dem Tisch. In Blut geschrieben.

TOR CHAT
TOR TURE
TOR MENT

TOR PEDO

Torpedo, dachte Jasmin und schaute auf das Blut, die Messer, den Toten, die Schrift und die Düsternis dieses Kellers mit seinen Ketten, seinen Stühlen, seinen Kameras, seinen Monitoren, seinen DVDs und diesem Polaroidfoto von dem Mädchen ohne Arme und Beine.

Torpedo, dachte sie. *Ich weiß, was das heißt …*

In dem Moment knackte das Funkgerät eines der SEK-Beamten. Er sprach kurz in das Gerät mit seinem Kollegen. Jasmin hörte ein paar Geräusche. Eines davon war *Gartenhaus.*

»Was gibt's?«, fragte sie.

»Die Kollegen haben etwas gefunden«, sagte sie. »Draußen. Im Gartenhaus.«

»Was denn?«

Der Kollege, der das Funkgerät in der Hand hielt, schluckte, und Jasmin sah, wie sich seine Augen unter der schwarzen Sturmhaube weiteten. »Offenbar eine von diesen … Puppen.«

KAPITEL 15

PRAG, SEPTEMBER 2015
Fahrt zum Flughafen

»Du heißt aber nicht wirklich Slate?«, fragte Oliver, als er mit Slate im Wagen saß und sie Richtung Nordwesten zum Flughafen fuhren.

»Nein«, sagte Slate. »Ich habe viele Namen, aber du kannst mich gerne Tony nennen.«

»Tony?«

»Von Antonija.«

Oliver starrte einen Moment auf die Straße, während Slate oder Antonija den Wagen lenkte. »Antonija«, sagte er dann. »Ich habe einen Privatflieger gebucht. Der fliegt direkt nach Berlin. Du kannst gerne mitkommen.«

»Berlin … Klingt nach einer guten Idee«, sagte Antonija. Da war etwas in ihrer Stimme, was so klang, als ob es irgendeinen Hintergedanken gab. Jedenfalls kam dies Oliver so vor. Aber vielleicht war er auch nur zu paranoid geworden. Oder gerade richtig paranoid. Denn zu wenig Paranoia schien tödlich zu sein in seinem Geschäft.

»Privatflüge sind immer gut«, sagte Antonija. »Auf einem Linienflug ist man wie ein gläserner Mensch. Du glaubst ja nicht, was so ein Flugticket alles über einen verrät.«

Oliver nickte, während hinter ihnen die Silhouette von Prag immer kleiner wurde.

In dem Moment klingelte sein Handy. Es war die Nummer von Marc.

Marc! Endlich!

Oliver nahm sofort das Gespräch an.

»Marc«, rief er. »Wo bist du? Ich versuche seit Stunden, dich zu erreichen! Was heißt seit Stunden? Eigentlich schon seit Tagen!«

Antonija gab Oliver ein Zeichen, das Handy auf laut zu stellen.

»Es gibt ... Schwierigkeiten«, sagte Marc. Seine Stimme klang gedämpft. Gepresst.

»Mit wem?«, fragte Oliver. »Vlad?«

»Äh, ja ...« Marcs Stimme klang wirklich seltsam. So, als ob er kontrolliert wurde. Oder so, als ob er Angst hatte. Oder beides. »Es gibt ein paar Schwierigkeiten, aber die können wir gemeinsam lösen. Wichtig ist, dass wir miteinander reden.«

»Wo reden?«

»In der Nähe von Prag.«

»Du bist auch in Prag?« Oliver hatte gedacht, dass Marc in Berlin war. Oder sonst wo. Aber nicht hier.

»Ja. Ich bin in einer Villa von Vlad. Du musst sofort herkommen. Dann ... dann kriegen wir das alles ... geregelt.«

»Wohin?« Oliver sah Antonija an. Die nickte.

»Hör zu«, sagte Marc. »Ich sage dir die Adresse.«

Oliver tippte die Adresse in sein Smartphone. Die Straße. Und die Ortschaft.

Dann war die Verbindung auf einmal beendet.

Wahrscheinlich nicht von Marc.

KAPITEL 16

UNTERWEGS NACH WIESBADEN, SEPTEMBER 2015
Bundeskriminalamt

Im Gartenhaus hatten sie die Puppe gefunden.

Sie sah genauso aus wie die Puppe auf dem Polaroidfoto. Keine Arme. Keine Beine.

Nur diese Puppe war tot.

Irgendjemand, wahrscheinlich auch Rudolf, hatte ihr die Blutgefäße durchgeschnitten. Das Mädchen hatte jedoch keine Pulsadern mehr, weil es keine Arme mehr hatte. Darum hatte ihr Mörder die Halsarterien genommen.

Sie saßen wieder im Helikopter mit dem Ziel Wiesbaden. Die Abenddämmerung zog sich über den Himmel, und der sogenannte *Neroberg,* das Hauptquartier des Bundeskriminalamtes, erhob sich am Horizont.

Die Ermittler hatten eine Menge Dokumente beschlagnahmt. Einige davon hatte Jasmin gleich eingescannt und schaute sie sich auf ihrem iPad direkt im Helikopter an. Offenbar hatte sich Rudolf eine Luxus-Immobilie in Moskau gekauft, oder sie war ihm von jemandem gekauft worden. Allerdings ohne Adresse oder irgendwelche Kontaktdaten. War das Bestechung von höchster Stelle?

In Rudolfs Privatbüro und im Keller hatten sie auch eine Menge anderer Dinge gefunden. Dabei waren auch Fotos von weiblichen Teenagern, Mädchen, die etwa elf Jahre alt waren. Und dazu massenhaft Filme; fast alle mit irgendwelchen pädophilen Inhalten. *Girllovers* war einer der Ordner beschriftet, in dem sich etwa dreißig DVDs befanden.

Und sie hatten noch etwas gefunden: Ein Diagramm, gedruckt aus einem PowerPoint-Dokument, mit den zwei Achsen »direkter Spaß« und »Anonymität«. Dr. Rudolf hatte einen Satz daneben gekritzelt. Zusammen mit dem Namen *Dr. Czerny.*

Es war, wie es schien, ein Zitat von diesem Dr. Czerny, das Rudolf hier aufgeschrieben hatte. Czerny, der, so hatte es Antonija berichtet, tot in seinem Haus in der Nähe von Prag lag und um den sich Jasmin und ihre Kollegin auch noch kümmern mussten. *Je mehr ungewöhnlichen Spaß man haben will,* hatte Dr. Rudolf dort geschrieben, *desto anonymer sollte man besser sein, denn nicht jeder Spaß ist legal.* Czernys Lösung war daher einerseits höchst live und andererseits höchst anonym. Seine Lösung waren die Dolls. Eine Idee, die vom Teufel kommen konnte.

Genau dies schien allerdings das Verkaufsargument des Doktors gewesen zu sein, dessen Logik sich dann auch Dr. Rudolf gebeugt hatte. Oder das Verkaufsargument von denen, die ihm diese Puppe verschafft hatten. Jasmin mochte nicht wissen, was Rudolf mit dem wehrlosen Mädchen gemacht hatte. Die Leiche war jedenfalls zu einer Sofortsektion unterwegs in die Rechtsmedizin in Frankfurt am Main, die in der Kennedyallee in einer wunderschönen Villa untergebracht war.

»Diese Doll hier scheint ja kein Einzelfall zu sein«, sagte Jasmin, als sie auf ihrem iPad über der seltsamen Matrix brütete. Sie wusste, dass der Kinderpornografie-Markt weltweit ein Volumen von fast zwanzig Milliarden Dollar umfasste. Eine gigantische Zahl.

»Das Ganze ist ein furchtbarer Markt«, sagte Ressler, der sich wohl auch deshalb so gut damit auskannte, weil seine Tochter noch immer verschwunden war. Und er vielleicht in einem Teil seines Kopfes fürchtete, sie irgendwo auf diese Weise wiederzufinden. »Kinderhandel, Kindesmissbrauch, Kinderpornos. In China ist die Entführung von Jungen ein riesiges Geschäft. Obwohl es denen eigentlich an Mädchen fehlt. Jedenfalls können alle durch die Ein-Kind-Politik nur ein Kind bekommen, es sei denn, sie zahlen richtig drauf. Und Jungen sind nach wie vor begehrter. Also werden schnell mal männliche Babys für eine andere Familie entführt. Ein Kind wird auf einem öffentlichen Platz mitgenommen, unter Drogen gesetzt, damit es nicht schreit, und fünfzehn Minuten später sitzt es in einem Reisebus bei einer Frau auf dem Schoß, scheinbar friedlich schlafend. Diese Frau gibt das Kind am nächsten Bahnhof einer anderen Frau, die es im Zug auf ihren Schoß setzt, und dann ist es auf Nimmerwiedersehen verschwunden.«

»Hatten die Kollegen aus Italien nicht öfter von diesen Frauen aus Nigeria erzählt?«, fragte Jasmin.

»Ja«, sagte Ressler, »da läuft eine ganze Sex-Industrie. Es ging damit los, dass nigerianische Frauen auf Bauernhöfen in Italien gearbeitet hatten. Illegal natürlich. Doch dann fiel der Cosa Nostra auf, dass die Bevölkerung diese Frau viel lieber als Prostituierte denn als Bäuerinnen hatte. Lag vielleicht am exotischen Flair. Und so begann der ganze Menschenhandel. Italien ist da in einer guten Position. Zwischen Europa und Afrika. Vielleicht kam diese Doll über Italien. Vielleicht auch aus Osteuropa. Es gibt Priester, die geben den Frauen in Nigeria ein Getränk. Sie verlieren das Bewusstsein. Und wenn sie wieder aufwachen, finden sie sich plötzlich in einem Transporter nach Europa wieder. Und dann in irgendeinem Cosa-Nostra-Dorf in Süditalien. Wo sie manchmal bis zu zehn Freier pro Nacht abarbeiten müssen.«

Jasmin nickte. Sie nahm die Zahl analytisch zur Kenntnis. Und gleichzeitig war dies eine Zahl, bei der sie sich fragte, wie sie damit klarkommen würde. *Zehn Freier pro Nacht …* Und was mussten diese Puppen, diese Dolls, erdulden, die weder *nein* sagen noch weglaufen konnten?

Dann sah sie wieder die Polaroidaufnahme von der Doll, als sie noch gelebt hatte. Und dann die tote Doll im Gartenhaus. Rudolf war damit offenbar nicht mehr klargekommen. Oder das, was an Rest-Gewissen bei ihm noch vorhanden war. Oder er hatte geahnt, dass ihm jemand auf den Fersen war. Weil er von irgendjemandem gewarnt worden war. Denn das Problem bei Online-Konsum von Kinderpornografie waren meist nicht die Strafen, die meist nur ein paar tausend Euro betrugen, wenn überhaupt jemand gefasst wurde, was durch mangelnde Vorratsdatenspeicherung in Deutschland ohnehin kaum möglich war. Das ganz große Problem war der Reputationsschaden, wenn so etwas über eine wichtige Persönlichkeit an die Oberfläche kam. Und da half die Anonymität, von der Dr. Czerny Rudolf erzählt hatte. Denn diese Dolls waren ein Weg, alles zu tun, was man tun wollte, ohne irgendwelche Konsequenzen zu befürchten. Denn diese Dolls hinterließen keine Spuren im Netz, sie schrien nicht, sie redeten nicht, sie wehrten sich nicht, und sie liefen auch nicht weg. In einer der Unterlagen stand, dass Dr. Czerny sogar einen »Abholservice« für gebrauchte beziehungsweise tote Dolls anbot. *So ähnlich, wie sie gebrauchte Druckerpatronen an den Hersteller zurückschicken. Vorfrankiert,* hatte in dem Schreiben gestanden. *Nur natürlich 100 Prozent diskreter.*

Jasmin merkte, wie ihr jetzt wirklich schlecht wurde. Was nicht an dem Schaukeln des Helikopters lag, der gerade von einigen Windböen durchgeschüttelt wurde.

»Was meinen Sie?«, fragte sie Ressler. »Hat Rudolf seine Doll selbst getötet, oder war es die Mafia, die auch für deren Lieferung zuständig ist?«

Ressler zuckte die Schultern. »Dann müsste sie eigentlich auch abgeholt worden sein. Oder die Ankunft unseres SEKs hat den Mafialeuten die Tour vermasselt.« Er schaute auf die Landschaft unter sich, die in das Rot der Herbstsonne getaucht war. »Ich vermute fast, dass es Rudolf zu viel geworden ist und er sich deswegen umgebracht hat. Vielleicht wurde der Druck auch von irgendeiner Seite zu groß, oder irgendjemand wollte ihn verpfeifen?« Er verschränkte die Arme. »Wenn wir mit diesem Rudolf fertig sind, sind die anderen auf der Liste dran.« Er ließ wieder die Gelenke seiner Finger knacken und rieb sich dann die Augen. »Haben die auch alle solche Dolls gekriegt? Und wofür? Sollen sie auch für irgendwelche krummen Dinge dafür gefügig gemacht werden?« Er schaute Jasmin an. »Ich denke, BND und BKA haben da in den nächsten Tagen eine Menge zu tun. Eine gewaltige Menge!«

Jasmin schaute auf das Foto der Tischoberfläche, auf die Dr. Rudolf mit seinem Blut geschrieben hatte.

TOR CHAT
TOR TURE
TOR MENT
TOR PEDO

Dann fiel es ihr ein.

»Ich weiß jetzt, was das heißt«, sagte sie. Ressler blickte ihr über die Schulter, während sie sprach. »Mit TOR ist immer der TOR-Server gemeint. *Tor Chat:* diese obskuren Chat-Räume im Dark Web. *Tor Ture:* Folter über TOR-Seiten. *Tor Ment* ist genau das Gleiche. Und *Tor Pedo:* Das ist *keine* Unterwasserwaffe eines U-Boots. Es ist die Eingangspforte ins Dark Web für die, die Minderjährige missbrauchen wollen. Pädophile oder intern auch nur *Pädos* oder auf Englisch *pedos* genannt.« Sie hielt einen Moment inne. »Und die, die das über TOR machen, das sind die *Tor Pedos.*«

KAPITEL 17

TSCHECHIEN, SEPTEMBER 2015
Chynice, zwanzig Kilometer südwestlich von Prag

Vlad hatte sich eine Zigarre angezündet und lief langsam um Marc herum, der nach wie vor gefesselt auf dem Stuhl saß, unter ihm die weiße Plastikfolie.

»Drogen über das Internet«, sagte Vlad. »Wusstest du, dass Drogen und Mord schon immer zusammengehangen haben?«

Marc blinzelte mit den Augen nach oben. Er sagte nichts.

»Kennst du die Assassine?« Vlad sprach einfach weiter. »Arabische Meuchelmörder zur Zeit der Kreuzzüge. Der Name bedeutet auch heute so viel wie Auftragsmörder. Er leitet sich aber von *Haschaschin* ab, was so viel wie *Haschischraucher* heißt. Weißt du, warum?«

»Nein.« Marcs Stimme war brüchig und trocken. Vor allem hätte er gerne gewusst, auf was genau Vlad hinauswollte. Ob diese Rede seine Begnadigung oder die Einleitung seines langsamen Todes war. Todesurteil und Bestattungsrede zugleich.

Sicher war nur, dass es nichts Gutes und nichts Erfreuliches sein würde. Im Gegenteil, es ging hier nur darum, die Zeit, in der Oliver kam oder nicht kam, möglichst in die Länge zu ziehen. Und damit auch die Zeit bis zu seinem Tod. Seinem Tod oder Olivers. Oder beiden. Und daher wusste er auch nicht, ob er hoffen sollte, dass Oliver kam, oder ob mit Olivers Ankunft alles nur noch schlimmer wurde? Vielleicht hätte er ihn gar nicht anrufen sollen? Aber leider war er gerade nicht in der Position, irgendwelche Bedingungen zu stellen.

Vlad sprach weiter, als würden sie beide beim Tee zusammensitzen, und er würde eine Anekdote zum Besten geben. »Der Chef der Assassine, ein gewisser Hassan As Sabbah, auch genannt *Der Alte vom Berge,* hat seine Gefolgsleute mit Drogen gefügig gemacht. Und dann hat er ihnen gesagt: Wenn ihr euch für mich umbringt, dann seid ihr für immer in genau dem Paradies, das ihr in eurem Drogenrausch seht.«

»So wie heute al-Qaida und der Islamische Staat?« Marc hielt es für eine gute Idee, etwas zu sagen und Vlad damit beschäftigt zu halten. Dann kam er vielleicht nicht auf dumme Ideen. Jedenfalls nicht so schnell. Es war ein typischer Indikator des sogenannten *Stockholm Syndroms,* der Sympathie und der Solidarisierung der Geisel mit dem Entführer, des Opfers mit dem Täter.

»Richtig«, sagte Vlad. »Drogen und Mord hängen zusammen. Schau dir die mexikanischen Drogengangs an. Sie waren die Ersten, die die Hinrichtungsvideos ins Netz gestellt haben. Erst dann kamen al-Qaida und der Islamische Staat.«

Marc schaute sich um. Er sah, wie sich das Anwesen von Vlad bereits mit Gästen füllte. Männer, Frauen, Leibwächter, Gangsterbosse, irgendwelche Hilfskräfte und Schläger, einige davon mit Kampfhunden. Riesige Limousinen hielten auf dem großen Platz vor der Villa, und selbst der Lärm der Rotorenblätter eines Helikopters war zu hören.

»Siehst du«, sagte Vlad und zog an seiner Zigarre. »Die Gäste kommen schon zu unserem ... *Spätsommerfest.* Und wie immer bei solchen Partys wollen wir uns ein bisschen amüsieren. Es gibt etwas zu essen und zu trinken. Es gibt Mädchen. Und für die, die drauf stehen, auch Jungen. Auch wenn wir Russen dafür eigentlich kein Verständnis haben, aber es sind ja nicht nur Russen da.« Er schaute kurz auf die Asche seiner Zigarre. »Dann gibt es noch Boxkämpfe. Manche davon tödlich. Und es gibt eine kleine *Menschenjagd.*« Er schaute Marc an. »Weißt du, was das ist?«

Marc räusperte sich. Seine Kehle war trocken wie ein Heizungsrohr. »Nicht direkt.«

»Wir haben eine Menge Leute«, sagte Vlad und blickte dem Rauch von der Zigarre nach. »Leute, die uns betrogen haben.« Er schaute Marc zweideutig an. »Wir setzen sie im Wald aus. Sie bekommen einen Sender. Und unsere Gäste bekommen ein Gewehr. Und noch einen Empfänger. Und dann machen sie Jagd auf die Verräter. Nicht auf Gänse. Nicht auf Hirsche. Nicht auf Wild. Sondern auf Verräter.« Er hielt kurz inne. »Das ist die *Menschenjagd.*«

Verräter, dachte Marc, *die Menschen sind. Und die wie Tiere gejagt werden.* Ob ihm das auch bevorstand oder ob er auf diesem Stuhl sterben würde? Im Wald konnte er wenigstens davonlaufen, auch wenn die Chance mit diesem *Sender,* von dem Vlad sprach, sehr gering war. Aber die Frage war ohnehin müßig, denn er war gefesselt, und er konnte höchstens mit dem Stuhl ein paar Zentimeter umherhüpfen.

Er schaute sich um. Der Platz vor dem Haus füllte sich. Getränke wurden ausgeschenkt, Champagner, Bier, Wodka. Heizpilze für die Nacht standen zwischen den Tischen, und Feuerkörbe mit brennendem Holz markierten den Platz.

»Aber zurück zu Drogen und Mord«, sagte Vlad und blickte Marc in die Augen. »Ihr wolltet uns beim Drogenhandel unterstützen. Und habt einem unserer besten Mitarbeiter, Dr. Czerny, den Tod gebracht. Darum bezahlt mindestens einer von euch mit dem Tod. Entweder Oliver. Oder du! Darum bete, dass dein Freund und Geschäftspartner dich erhört hat und seinen Arsch hierher bewegt. Sonst wird es für dich sehr unangenehm.« Vlad schaute nach unten auf die Plastikfolie. »Und zwar hier! Vor aller Augen. Sozusagen als ... Höhepunkt der Party. Es fehlen nur noch die ... Werkzeuge. Aber glaub mir, die kommen noch.«

Marc merkte, wie ihm Galle die Speiseröhre nach oben stieg. Die Frage war schon die ganze Zeit in seinem Kopf, aber er weigerte sich, sie zu stellen. Er hatte viel zu viel Angst vor der Antwort. Denn die Antwort könnte genau die sein, die er nicht hören wollte. Dennoch hörte er auf einmal seine eigene Stimme, aber so, als würde jemand anderes sprechen.

»Macht ...«, stotterte er, »macht ihr das dann so wie die mexikanische Drogenmafia? Oder wie der Islamische Staat?«

Vlad schüttelte den Kopf. Aber Marc sah an Vlads Gesichtsausdruck, dass das keine Entwarnung war. »Wir sind die Russenmafia«, sagte Vlad und wandte sich von Marc ab, um in Richtung der Gäste zu gehen. »Wir machen alles noch eine Spur ... extremer.«

In diesem Moment machte Marc sich in die Hose.

KAPITEL 18

STRASSE NAHE CHYNICE, SEPTEMBER 2015
zwanzig Kilometer südwestlich von Prag

Oliver hatte auf seinem Smartphone die Adresse geprüft, die ihm Marc telefonisch durchgegeben hatte. Sie stimmte.

»Was machen wir nun?«, fragte er.

Antonija zuckte die Schultern. »Wir könnten hinfahren. Das

wäre aber sehr gefährlich, wenn nur wir zwei dort in die Villa spazieren. Denn ich bin erstens ziemlich sicher, dass da eine Menge mehr von der Sorte Leute rumhängt, die jetzt tot unter deinem Hotelzimmer liegen. Und mit denen wir nicht so einfach fertig werden, wenn sie im Rudel auftauchen.«

»Und was noch?«

»Und ich bin ziemlich sicher, dass dahinter auch eine Falle steckt.«

»Schön. Aber willst du irgendwie Verstärkung holen? Oder was schwebt dir vor?« Oliver war nicht ganz klar, was Antonija sonst noch für eine Alternative hatte. Sie schien darüber nachzudenken, während der Wagen durch eine lange Kurve fuhr.

»Eventuell«, sagte sie schließlich. »Dabei musst du allerdings mitmachen.«

»Wie mitmachen?«

»Dich offenbaren. Was du alles für krumme Geschäfte gemacht hast. Und das gilt natürlich auch für Marc.«

»Moment.« Was sollte das heißen, sich offenbaren?, dachte er. War Slate oder Antonija nicht Auftragskillerin? Seit wann musste man sich solchen Leuten gegenüber offenbaren? Er blickte sie von der Seite an. »Heißt das, dass du für die Polizei arbeitest?«

»Das habe ich nicht gesagt.«

»Bist du nicht auch Auftragskiller?«

»Auch.«

Oliver starrte in den Seitenspiegel, sah sein eigenes Gesicht, das ihn aber auch nur ratlos anblickte. »Töten willst du mich nicht. Sonst hättest du das schon getan.«

Antonija grinste. »Man merkt, dass du studiert hast.«

»Aber Auftragskiller bist du trotzdem?«

»Auftragskillerin. Frauen sind da noch sehr unterrepräsentiert. Obwohl sie viel leichter an die meisten *Targets* rankommen, die ja meist Männer sind.« Antonija zuckte gleichgültig die Schultern. »Wird gut bezahlt, und es gibt ohnehin zu viele Idioten. Oder tut es dir um diesen Proll vom Soho House etwa wirklich leid?«

»Nicht wirklich. Ich hätte aber nicht gedacht, dass du wirklich …«

»Hey, du hast mir zehn Riesen gegeben. Natürlich mache ich dann meinen Job.«

Oliver kaute auf seinem Fingernagel. »Natürlich …«, wiederholte er. Das klang wie: *Wenn Sie mir dreißig Euro für die Fahrt zum Flughafen geben, dann fahre ich Sie natürlich auch zum Flughafen.* »Aber noch einmal zu meiner Frage: Wie willst du Verstärkung holen? Kennst du eine andere Bande?«

»*Bande* ist gut.« Sie musste kurz grinsen. »Sagen wir mal so: Ich habe auch Kontakte zu Elitetruppen.«

»Von Regierungen?«

»Zum Beispiel.«

»Du bist Auftragskillerin und kennst Elitetruppen von Regierungen?«

»Das eine muss ja das andere nicht ausschließen. Wir beide, die Elitetruppen und ich, sind sehr gut darin, Menschen schnell und effektiv aus dem Weg zu räumen. Ohne, dass es allzu viel Wirbel macht.« Antonija blickte ihn kurz an, während sie den Wagen weiter die monotone Straße entlangsteuerte. Bauernhöfe lagen rechts und links der Straße, Kuhweiden und Pferdekoppeln. Eine seltsame Idylle, die so gar nicht zu dem Grauen passen wollte, das sich in diesem Landstrich offenbar zutrug.

»Klingt ja so, als ob du da selbst mal gearbeitet hast.«

»Bingo! Ich war einmal eine der wenigen Frauen bei den KSK. Du weißt schon. Das *Kommando Spezialkräfte.*«

»Haben die nicht so eine hammerharte Ausbildung?« Oliver hatte da vor ein paar Monaten einmal etwas gelesen.

»Ja. Es gibt die sogenannte *Höllenwoche.* Aber körperliche Fitness ist trainierbar. Die Geisteshaltung ist wichtig. Und Humor.«

»Humor?«

Antonija nickte. »Sonst hält man das nicht durch. Es gibt in Calw, dem Hauptquartier der KSK im Schwarzwald, ein schönes Motto: *Schön, dich zu treffen.* Das steht bei den Zielscheiben am Schießstand.«

»Schießen könnt ihr also auch?«

»Und wie.«

»Und warum bist du nicht dort geblieben?«

»Weil man irgendwann doch zu alt für den Job ist.« Sie blickte etwas verbittert drein. »Die Bundeswehr hat zwar bei der Ausbildung der KSK-Kämpfer behauptet, jeder würde nach der Tätigkeit einen unbefristeten Platz bekommen, aber das war wohl nur ein Lippenbekenntnis. Denn nichts war unbefristet. Und wenn die nicht loyal sind, dann bin ich es auch nicht.«

»Weil es eigentlich nicht erwünscht ist, dass ehemalige KSK-Kämpfer als Auftragskiller arbeiten?«

»Exakt.«

»Nur als Auftragskiller?«

»Ich zum Beispiel arbeite noch für eine, sagen wir mal, andere Organisation, aber das hat uns erst einmal nicht zu interessieren.«

Oliver schwieg einen Moment. »Und was auch immer du noch machst«, schloss Oliver seine Überlegungen ab, »du könntest irgendwelche Truppen herholen, die Marc befreien und den Laden hochnehmen?«

»Könnte ich. Dann wäre aber deine Tarnung weg, und du wärst mit einem Bein im Knast.«

»Und du?«

»Ich nicht. Bei mir wissen die Leute, was ich mache, und sie akzeptieren es. Ja, sie brauchen es!«

»Luxuriöse Position.«

»Quod licet jovi, non licet bovi«, sagte Antonija.

»*Was Jupiter erlaubt ist, ist dem Ochsen noch lange nicht er-*

laubt«, murmelte Oliver, der Latein in der Schule gehabt hatte. Dann starrte er in den Himmel. Ohne etwas Konkretes zu sehen oder zu wissen.

Es waren einfach viel zu viele Informationen, die im Moment auf ihn einprasselten. Viel zu viele Dinge, die zugleich passierten. Die Website, die Mafia. Die Sache mit Marc. Und jetzt Slate, der kein Mann war, sondern eine Frau und Antonija hieß. Und die ihm zwar helfen, aber ihn auch in den Knast bringen konnte. Und offenbar war das auch noch der einzige Deal, der ihm übrigblieb. Knast oder tot. So sah es aus.

»Eine Sache würde mich noch interessieren«, sagte Oliver. »Wie bist du auf mich gekommen? Durch das Hitman Network? Und woher wusstest du, dass ich nach Prag gehe?«

Antonija lächelte ein unbestimmtes Lächeln. »Ich habe einen Plug-in auf deinem Rechner installiert. Und der war dann auch auf deinem Smartphone. Und seitdem wusste ich, wo du bist.« Antonija machte eine Pause. »Aber da war noch etwas.«

»Nämlich?«

»Deine Frau.«

Oliver blieb der Mund offen stehen. Nina? Dass Nina in der ganzen Sache auch noch drin hing, hätte er nicht erwartet. Und es gefiel ihm gar nicht. »Meine Frau? Nina?«

»Nina Winter.« Antonija nickte. »So ist es.«

»Und …« Er merkte, wie ihm die Worte fehlten. Jemand wie Antonija oder Slate kannte seine Frau. Da war irgendetwas gründlich schiefgelaufen. »Und wie? Hast du mit ihr gesprochen?«

»Ja.«

»Wie … wie denn?«

»Sie wollte es. Sie hat mich um Hilfe gebeten!«

Oliver schwirrte nun endgültig der Kopf. War er in eine riesige Intrige geraten, wo alle irgendein Spiel spielten und er der einzige Ahnungslose war?

»Sie hatte dich im Verdacht, dass du etwas Verbotenes machst«, sagte Antonija.

Da hatte sie ja gar nicht unrecht, dachte Oliver. »Und dann hat sie …«

»Dann hat sie mich engagiert. Als Privatdetektiv.«

Oliver versuchte, etwas zu sagen, stockte dann wieder. Dann fand er doch die Worte wieder. »Und warum ist sie nicht direkt auf mich zugegangen?«

»Sie sagte, sie hätte es wohl ein paarmal probiert, ahnte dann aber, dass sie von dir keine klaren Antworten bekommen würde. Darum musste sie andere bitten, ihr zu helfen. Sie ist an dich nicht mehr herangekommen.«

Oliver schaute Antonija entgeistert an. »An mich nicht mehr herangekommen?«

Antonija nickte.

»Sie sagte, dass du ihr *unheimlich* wurdest.«

KAPITEL 19

WIESBADEN, SEPTEMBER 2015
Bundeskriminalamt

Der Helikopter näherte sich im Gegenlicht der Nachmittagssonne mit brausenden Rotoren dem Neroberg Wiesbaden. Die Gebäude des BKA kauerten gedrungen auf dem Berg wie eine Festung aus Stahlbeton und Glas. Eigentlich sollte der Großteil des BKA schon längst nach Berlin umgezogen sein, denn schon seit 2004 hatte es unter dem damaligen Innenminister Otto Schily Überlegungen gegeben, große Teile der sicherheitspolitischen Aufgaben in Berlin zu bündeln. Doch bisher war noch immer der größte Teil des BKA in Wiesbaden auf dem Neroberg, und der Umzug zog sich ungefähr so lange hin wie die Fertigstellung des neuen Berliner Flughafens. Einzig das Terrorabwehrzentrum war mittlerweile vollständig in Berlin angesiedelt.

Ressler hatte fast die gesamte Zeit des Fluges Telefonate geführt, während Jasmin E-Mails verschickt hatte. Wenn beide auf so kleinem Raum laut durcheinandertelefonieren würden, würde keiner mehr ein Wort verstehen. Und der Pilot des Hubschraubers würde wahnsinnig werden.

»Und?«, fragte Jasmin.

Ressler setzte sein Kampfhund-Gesicht auf. »Wir haben schon ein paar der EZB-Leute zum Verhör einbestellt. Dann werden wir mit Trautmann die wichtigsten Daten auswerten. Je mehr Daten wir dann schon haben, desto besser.«

Johannes Trautmann war der Leiter der Abteilung Informationstechnik im BKA. Jasmin hatte schon vorher ein paarmal mit ihm zu tun gehabt.

»Was ist mit Kunhardt?«

Ressler zuckte die Schultern. »Den werde ich später in Kenntnis setzen. Wenn er uns nicht genug Ressourcen gibt, müssen wir halt das BKA fragen. Dafür können sie sich dann aber auch einen Teil des Erfolgs auf die Fahnen schreiben.« Er ließ die Mundwinkel sinken. »Wenn es Erfolge gibt.«

»Wann beginnen die Verhöre?«

»Hoffentlich jetzt schon.«

Jasmin klappte ihre Tasche zu, als der Helikopter auf dem Hubschrauberlandeplatz aufsetzte. »Irgendwas ganz Großes muss doch hinter dieser Rudolf-Sache stecken. Er kriegt diese Dolls doch nicht fürs Nichtstun.« Der Helikopter machte noch einen Hüpfer.

»Kann ich mir auch nicht denken«, knurrte Ressler, nickte dem Piloten zu und öffnete die Tür. »Es kann aber sein, dass er das auch vor den eigenen Leuten gut versteckt hat, *was* er da genau im Gegenzug macht. Als Chef der IT sollte er dazu in der Lage sein.«

»Wahrscheinlich sollte man seine Kollegen genauso gut beobachten wie seine Feinde«, sagte Jasmin.

»Klar«, sagte Ressler. »Das sagt schon *Der Pate* Michael Corleone: *Halt deine Freunde nahe bei dir. Aber deine Feinde noch näher.*«

Sie liefen beide mit wehenden Mänteln, Jasmin in ihrem beigen Trenchcoat, Ressler in seinem leichten Sommermantel von gleicher, undefinierbarer, grau-schwarzer Farbe wie sein Wintermantel, in jeder Hand eine Tasche und einen Reisekoffer, auf den Dacheingang des BKA jenseits des Heliports zu.

Sie durchquerten mehrere Korridore und gingen eiligen Schrittes durch den gläsernen Verbindungsgang, der zwei Gebäudekomplexe miteinander verband und den man BKA-intern »Beamtenlaufbahn« nannte. Links von ihnen waren die Verhörräume. Zwei Männer aus Rudolfs Team wurden dort bereits befragt. In der EZB waren Computer beschlagnahmt worden. Zwar war es mehr als heikel, gegen eine überregionale Behörde zu ermitteln, aber Ressler hatte von Europol aus eine einstweilige Verfügung, garniert mit »Gefahr in Verzug«, bewirkt. So hatte EU-Behörde gegen EU-Behörde gestanden. Und zur Not könnte man auch gegen die Bundesbank ermitteln, über die ja ein Teil der Transaktionen der EZB lief und die auf deutschem Hoheitsgebiet agierte und die sich auch noch gleich um die Ecke, ebenfalls in Frankfurt, befand. Ob sich dieser Schritt positiv auf ihrer beider Karrieren auswirken würde, würde sich zeigen. Sicher war, dass die EZB zurückschlagen würde, wenn sich die Vorwürfe als haltlos erweisen sollten. Aber wie sagten die Engländer: *Extreme conditions demand extreme responses.* Und Rudolf hatte Suizid begangen, und die Doll in seinem Gartenhaus existierte. Und so etwas *war* extrem.

»So etwas habe ich auch noch nicht gesehen«, sagte Jochen Trautmann fünf Minuten später im großen Lagebesprechungsraum. Trautmann hielt eine Kopie des Polaroidfotos von Rudolfs Doll in der Hand. Gemeinsam mit Ressler leitete er die Ermittlungen. Markus Olsen war ebenfalls von Den Haag aus zugeschaltet, und Jasmin sah sein Gesicht auf einem der Monitore, den Blick starr auf irgendeinen Code gerichtet, den er gerade eintippte.

Trautmann hatte eine schlanke, fast schon dünne Figur, blasse Haut, Sommersprossen und schütteres, rot-graues Haar, das an einigen Stellen von seinem eiförmigen Kopf abstand, so dass er Jasmin in entfernter Weise an einen überdimensionalen Pinsel erinnerte. Dazu passten seine dunkelroten Augenbrauen, die anders als die dünnen Haare auf seinem Kopf von außergewöhnlicher Dicke waren und ihm wie Borsten über den Augen standen. Irgendwo hatte sie mal gehört, dass Trautmann BKA-intern auch *Die Bürste* genannt wurde, besonders, weil es ihm gelang, selbst aus der weißesten Weste noch irgendwelchen Dreck herauszubürsten. Sein Team, das sich besonders darauf verstand, verdächtige Inhalte auch aus dem letzten Winkel jeder Festplatte hervorzuholen, waren die *Schrubber*. Die Schrubber war die Abteilung für Informationstechnik des BKA, die Trautmann leitete und die sich nicht nur mit Cybercrime und IT-Sicherheit beschäftigte, sondern auch mit den dunklen Ecken des Internets und all den Auswüchsen, die diese finstere Höhle des Cyberspace zu bieten hatte. Aufgabe der Abteilung war es daher auch, immer dann, wenn die Ermittlungsbehörden einen Pädophilenring gesprengt hatten, auf beschlagnahmten Rechnern und Festplatten all diese widerwärtigen Kinderpornos anzuschauen. Insgesamt einer der schlimmsten Scheißjobs, den LKA und BKA zu bieten hatten. Was dazu führte, dass die meisten Beamten diesen Job auch nicht lange durchhielten. Viele von ihnen waren Stammgäste in der Psycho-Trauma-Ambulanz, die LKA und BKA für Ermittlungsbeamte mit besonders fordernden Einsatzgebieten anboten. Jasmin hatte einmal von einem der Beamten gehört, dass er beim Anblick dieser furchtbaren Filme plötzlich eine

Erektion bekam. Da hatte er gewusst, dass es vorbei ist. Er hatte sich sofort in eine andere Abteilung versetzen lassen, denn sonst, das hatte er offen gesagt, *wäre er geworden wie die.* So etwas Ähnliches hatte Jasmin mal bei Nietzsche gelesen: *Wer mit Ungeheuern kämpft, muss achtgeben, dass er nicht selbst zum Ungeheuer wird.* So ließen sich irgendwann alle aus Trautmanns Abteilung wegversetzen. Entweder in eine andere Abteilung oder – nach einem Umweg zum Psychologen – direkt in den vorzeitigen Ruhestand. Daher entstand die Schrubber-Abteilung alle paar Jahre komplett neu. Einzig Trautmann blieb die ganze Zeit, und seine Stirn schien mit jedem Jahr, das er dabei war, zerfurchter zu werden, seine Augen, die ohnehin schon zu viel gesehen hatten, noch tiefer und sorgenvoller, und seine borstenpinselartigen Haare standen noch ein wenig mehr ab.

»Es gab Gerüchte über solche Webseiten«, sagte Trautmann, »all diese komischen Rankings, welche Website im Dark Web die schlimmste ist: Snuff-Filme, Hitman Network, Red Rooms, Dolls.« Er verbog eine Büroklammer und warf sie in den Papierkorb. »Ich dachte, wenigstens die Dolls wären nur eine Großstadtlegende. Eine *Urban Legend,* wie man so schön sagt.«

»Tja«, sagte Ressler, »manchmal ist es besser, an Märchen zu glauben, denn die Wirklichkeit muss man ertragen können.«

»Märchen ...« Trautmann kratzte sich am Kopf. »Dann sind wir hier in jedem Fall fürs Hexenhaus und den Ofen zuständig, und nicht für die Prinzessin und das Schloss.«

»Steht denn fest, dass diese Doll wirklich chirurgisch so verändert wurde? Dass es also keine Amputation, bedingt durch einen Unfall oder eine Behinderung, war?« Das war Jasmin. »Sind die Kollegen in Frankfurt schon dran?«

Die Sofortsektion des jungen Mädchens im Institut für Rechtsmedizin der Universität Frankfurt war sofort in Auftrag gegeben worden und noch in Arbeit. Das BKA hatte zwar ein Kriminaltechnisches Institut, in dem Gutachten zu Ballistik,

Brand- und Raumexplosionen sowie DNA-Analytik, Sicherungstechnik und Spracherkennung erstellt werden konnten, aber eine komplette rechtsmedizinische Leichenschau inklusive Obduktion war hier nicht möglich.

Trautmann ging in sein Büro, das an den großen Konferenzraum angrenzte, und holte ein Blatt Papier aus dem Faxgerät. »Hier ist ein erster Bericht«, sagte er. »Die Wunden an Armen und Beinen sind verheilt. Es sieht in der Tat so aus, als ob Arme und Beine amputiert worden sind. Was die Nähte und die Wundheilung angeht, war das ein Profi. Medizinische Unterlagen haben wir natürlich keine, aber die Kollegen können sich an keine OP in Europa in den letzten Jahren erinnern, wo alle vier Gliedmaßen gleichmäßig abgetrennt wurden. Das ist wahrscheinlich so gewollt gewesen.«

»Wann ungefähr ist das passiert?«

»Vor sechs Monaten. Schätzungsweise.«

Jasmins Blick flog über das Obduktionsprotokoll. Es stand dort so, wie Trautmann es gesagt hatte. Und dort stand noch etwas anderes. Die Stimmbänder des Mädchens waren ebenfalls durchtrennt worden. An den Augen war, wie es aussah, irgendetwas mit einem Laser gemacht worden. Sie musste sich an den Schreibtisch lehnen, damit ihr nicht übel wurde.

»Danke«, sagte sie nur und gab Trautmann das Protokoll zurück. »Hoffen wir, dass Rudolf sich ordentlich schlecht gefühlt hat, bevor er sich die Pulsadern aufgeschnitten hat. Und dass er sich ordentlich schlecht fühlt dort, wo er jetzt ist.«

»Wenn es die Hölle gibt, dann müsste er jetzt auf der Überholspur dorthin unterwegs sein«, knurrte Ressler.

»Was ist mit seinem Rechner?«, fragte Jasmin.

»Wir haben die Inhalte von Rudolfs Rechner bereits auf den Server gestellt, auf den auch Europol Zugriff hat«, sagte Trautmann. »Ihr Kollege Olsen ist bereits mit seinem Team dabei, die Festplatte zu analysieren.«

»Schon was gefunden?«

»Auf seinem Firmenrechner ist leider nichts zu finden, was mit irgendwelchen großen Geld-Transaktionen zu tun haben könnte. Dafür etwas anderes auf seinem Privatrechner.«

»Und?«

»Die detaillierte Untersuchung wird noch etwas dauern, da wir die ganzen Inhalte auch durch unseren Großrechner jagen. Aber eine erste Analyse hat ergeben, dass Rudolf wohl auf bestimmten Seiten kein Unbekannter war.«

»Auf Pädophilie-Seiten?«, fragte Jasmin.

»Später auch, aber vorher schon auf normalen Kontaktseiten.«

»Ich dachte, der steht nicht auf richtige Frauen?«

»Das stimmt. Aber richtige Frauen haben Kinder. Und auf die steht er. Hier.« Trautmann klickte auf den Presenter, und mehrere Bildschirmfotos diverser Webseiten von Kontaktplattformen erschienen auf dem großen Monitor an der Stirnseite des Raumes. »Und es gibt extra Kontaktplattformen für Frauen mit … Kindern.«

»Mit denen hat er Kontakt aufgenommen?«

»Ja. Und die Frauen sind sogar ganz froh.«

»Klar. Weil die meisten Männer keine Frau wollen, die schon ein Kind von einem anderen hat.«

»Ja. Aber Rudolf war das egal. Im Gegenteil. Es war das wichtigste Kriterium. Nur zu alt durfte die Tochter nicht sein. In einigen seiner Einträge, die noch auf den Webseiten zu finden sind, schreibt er, dass er sich *gut mit den Kindern versteht.*« Trautmann verzog das Gesicht. »Da bekommt das Wort *kinderlieb* gleich eine ganz andere Bedeutung.«

Ressler nickte. »Schlimm. Aber leider alles nicht neu. Es gibt sogar massenhaft pädophile Babysitter.« Die Nemesis-Abteilung war mit diesem Thema sehr vertraut. Es war sogar die einzige Instanz innerhalb der deutschen Sicherheitsbehörden, die aktiv Kinderpornografie-Bilder zum Tausch anbieten durfte, um damit Pädophile an den Angelhaken zu bekommen. Dies war allen anderen Ermittlern verboten. Und offiziell tat Nemesis dies natürlich auch nicht. Nur Jürgen Rudolf hatten sie damit nicht rechtzeitig an die Angel bekommen, weil sie ihn einfach nicht auf dem Radar hatten. »Hier geht das Ganze aber weit über das Phänomen Pädophilie hinaus.«

Pädophilenringe, dachte Jasmin. Einige tauschten auch Material aus. Bilder. Halfen sich gegenseitig. Und wer sagte, dass nur Rudolf allein den Dreck am Stecken hatte? Und seine Mitarbeiter überhaupt nicht involviert waren?

»Und die Mitarbeiter?«, fragte Jasmin.

»Die verhören wir.«

»Ja, das dachte ich mir. Aber wir müssen doch auch so schnell wie möglich die Wohnungen seiner Mitarbeiter durchsuchen. Wer weiß, was dort versteckt ist und von denen vernichtet wird, sobald sie nach Hause kommen?«

»Meinen Sie«, fragte Ressler, »die stecken mit drin? Mir kommt das eher wie so eine *Einsamer-Wolf*-Aktion von Rudolf vor.«

»Einsamer Wolf oder Rudel«, sagte Jasmin, »nur *wenn* tatsächlich Mitarbeiter von ihm mit drin hängen, haben wir genau diese Minuten, um die Sachen zu sichern und einen Hausdurchsuchungsbefehl zu bekommen.«

»Von uns?«, fragte Trautmann. »Ich fürchte, Sie sind weisungsgebunden an …«

»Ja, an Kunhardt«, sagte Jasmin widerwillig. »Wenigstens muss er davon wissen, sonst bekommen wir richtig Ärger.« Sie hob das Handy und blickte Ressler an. »Wollen Sie, oder soll ich?«

»Sie haben sich schon eine blutige Nase geholt«, sagte Ressler und nahm das Handy. »Ich werde schauen, was ich machen kann.«

Er wählte die Direktnummer von Kunhardt. Jasmin hörte die

rigoros schneidende Stimme von Frau Breuer, die sich ihren Spitznamen *Herr Breuer* wieder redlich verdient hatte.

»Ja, wir sind verabredet. Für 18:30 Uhr. Ganz recht«, sagte Ressler. Jasmin hörte daraufhin ein Knacken in der Leitung. Dann Kunhardts Stimme. Ressler erläuterte ihm, worum es ging, doch dann wurde er unterbrochen. Schwieg und hörte zu, während seine Mundwinkel sich immer weiter nach unten richteten. Schließlich beendete er das Gespräch und gab Jasmin das Handy zurück.

KAPITEL 20

STRASSE NAHE CHYNICE, SEPTEMBER 2015
zwanzig Kilometer südwestlich von Prag

Oliver und Antonija hatten einige hundert Meter entfernt in einem Wald vor dem Anwesen von Vlad gehalten. Antonija war gerade ausgestiegen und hatte mit einem Fernglas die Gegend inspiziert.

»Eine Menge Limousinen«, murmelte sie. »Und Helikopter. Allein schaffen wir das auf gar keinen Fall.«

»Das heißt, wir brauchen deine Elitetruppen?«

Sie nickte. »Die würden schnell einfliegen, das hier plattmachen und wieder verschwinden. So wie mit bin Laden in Pakistan.«

»Und wer ist das? Die KSK?«

»Kommt drauf an, was meine Auftraggeber so organisieren. KSK eventuell.« Sie dachte kurz nach. »Wobei die eigentlich für schwierige Einsätze in Kriegsgebieten gedacht sind. Mit Tschechien haben wir ja keinen Krieg. Das wäre eher die GSG9. Für deutsches Territorium oder im friedlichen Ausland. Vielleicht auch ein paar US-Elitetruppen aus Ramstein. Die sind da noch schmerzfreier. Und denen würde man die ›Grenzverletzung‹

auch eher verzeihen als den deutschen Truppen. Dann gibt es noch die BFE+, eine neue Antiterrortruppe, die das Innenministerium wegen der IS-Gefahr aus dem Boden gestampft hat. Zweihundertfünfzig Planstellen. Fünfzig gibt es schon. Die sitzen in Brandenburg. Wären auch schnell hier.«

Sie stellte sich vor den Wagen und blickte ihn an. Man könnte denken, hier wäre ein Pärchen in einem schicken Porsche zu einer Spritztour unterwegs, und jetzt würden beide eine kurze Pause machen, um den Sonnenuntergang zu betrachten.

Antonija fixierte Oliver. »Willst du deinen Freund retten?«

»Wird er sonst sterben?«

Antonija nickte. »Wahrscheinlich werden sie ihn vorher noch foltern. Das machen sie oft auf diesen Feiern. Und hinter dir werden sie auch noch her sein. Und da du hier ganz in der Nähe bist, werden sie dich wohl auch kriegen.«

Olivers Magen krampfte sich zusammen. Als er die Villa in der Ferne sah, musste er an den Herrn der Ringe denken. An Frodo Beutlin, der auf die Festung Minas Morgul schaut. »Und wenn die Truppen den Laden stürmen?«

»Dann bist du zwar vor der Russenmafia mehr oder weniger sicher. Aber du kommst mit Sicherheit vor Gericht. Auch wenn du zur Lösung beigetragen hast.« Sie zog das Magazin aus der Waffe, schaute in den Lauf und ließ das Magazin wieder in die Waffe einschnappen. »Die Sache mit dem Drogenhandel wird ein Nachspiel haben. Dass du mich als Killer engagiert hast, lassen wir gerne unter den Tisch fallen, das ist einer meiner Jobs, und ich werde dafür bezahlt. Aber die Narcobay-Seite werden wir nicht so einfach verschwinden lassen können.«

»Dann komme ich in den Knast?«

»Das kann schon sein.«

»Aber nichts zu tun, ist doch auch keine Alternative? Ich meine, wenn wir Marc jetzt nicht retten?«

Antonija legte das Fernglas in den Kofferraum. »Da meine

Auftraggeber von deinen Aktivitäten eh schon Wind bekommen haben, würde dir Nichtstun wahrscheinlich in der Tat nicht helfen. Abgesehen davon, hat es niemand verdient, den Tod zu sterben, der auf deinen Freund wartet.«

Oliver wartete noch fünf Sekunden. Dann nickte er.

»Machen wir es. Es geht ja gar nicht anders.«

Antonija nickte ebenfalls.

Dann griff sie zum Telefon.

KAPITEL 21

WIESBADEN, SEPTEMBER 2015
Bundeskriminalamt

»Das hört sich nicht so an, als ob das von großem Erfolg gekrönt wäre«, sagte Jasmin nach Resslers Gespräch mit Kunhardt und steckte das Handy wieder ein.

Ressler war es sichtlich unangenehm, dass er bei Kunhardt offenbar völlig abgeblitzt war. Und das auch noch vor allen Leuten. »War es auch nicht. Er fragte übrigens, wo wir sind.«

»Und was haben Sie gesagt?«

»*Bei der Arbeit.*« Ressler grinste. »Das hat er wohl so aufgefasst, als ob wir in Berlin seien.« Er schaute Trautmann an. »Dieser Informationsstand sollte auch noch ein paar Stunden so bleiben.«

»Ich bin sowieso der in sich gekehrte IT-Mensch«, sagte Trautmann und lächelte. Das erste Mal. »Ich kann mich nicht mehr erinnern, ob ich Sie gesehen habe oder ob wir telefoniert haben. Jedenfalls, solange Sie nicht noch Tage hierbleiben. Dann würde das Kunhardt auffallen, er ist ja kein Idiot.«

Da bin ich mir nicht so sicher, dachte Jasmin. »Was hat er denn nun gesagt?«, fragte sie dann.

»Dass wir aufgrund von Vermutungen nicht einfach geltendes Recht brechen können. Eine Hausdurchsuchung braucht einen richterlichen Beschluss und den …«

Jasmin schaute Trautmann an. »… den bekommen wir doch sicher auch über das BKA?«

Trautmann zuckte die Schultern. »Kann schon sein. Dann weiß aber jeder, dass Sie hier sind.«

Jasmin versuchte, ihre Gedanken zu ordnen. Es war mal wieder die typische Wahl zwischen Pest und Cholera. Nichts zu tun und möglicherweise nicht die Informationen zu bekommen, die sich noch in irgendwelchen Privatwohnungen der Zentralbanker verbargen und die vielleicht in den nächsten Stunden vernichtet wurden. Oder Vabanque zu spielen, möglicherweise nichts finden und sich noch eine Dienstaufsichtsbeschwerde oder gar eine Suspendierung von Kunhardt einhandeln, weil die gesamte BKA-Aktion, angefangen bei der Helikopter-Reise nach Wiesbaden, nicht mit ihm abgesprochen war.

Ihr Handy, das sie gerade eingesteckt hatte, klingelte wieder.

Sie nahm den Anruf an.

Das, was die Person am anderen Ende sagte, nahm ihr die Entscheidung ab.

»Kommt sofort nach Prag«, sagte die Stimme. »So schnell es geht. Am besten, ihr nehmt einen Helikopter.«

»Sonst noch was?«, fragte Jasmin.

»Ja.« Antonija hatte die Ironie in Jasmins Stimme nicht wahrgenommen. Oder bewusst überhört. »Einsatztruppen mit Waffen. Jede Menge Waffen!«

KAPITEL 22

TSCHECHIEN, SEPTEMBER 2015
Chynice, zwanzig Kilometer südwestlich von Prag

»Die Zeit ist um«, hatte Vlad gesagt.

Die Villa hatte sich inzwischen komplett mit Gästen gefüllt, es war bereits einiges an hochprozentigen Edeltropfen geflossen, man ließ die Feier geruhsam starten, so etwas wie das genüssliche Auskosten grausamer Vorfreude lag in der Luft. Nur der Bereich, wo Marc auf dem Stuhl gefesselt war, war noch frei von Besuchern. Zwei Männer der Mafia justierten mehrere Kameras vor und hinter Marc. Offenbar sollte auch seine Hinrichtung aufgenommen werden.

»Eventuell machen wir daraus einen Snuff-Film«, hatte Vlad zu ihm gesagt. »Dann verdienen wir mit euch noch mal etwas Geld. Die Dinger sind auf dem Schwarzmarkt nicht billig. Für einen guten Snuff-Darsteller bist du zwar eigentlich zu alt und zu männlich, aber man kann nicht immer alles haben.«

Marc spürte die Nässe in seinem Schritt, spürte die dröhnenden Kopfschmerzen, die Trockenheit seiner Kehle, den Schmerz in seinem Magen und das unaufhörliche Pochen seines Herzens, das so heftig schlug, als wollte es ihm die Brust zerreißen.

»Dein guter Freund Oliver hat dich offenbar alleingelassen«, sagte Vlad. »Tja. Er hat zwar Czerny erschossen, und dafür fangen und bestrafen wir ihn auch noch …«

»Czerny?«, fragte Marc. »Das ist doch der …«

»Der Puppendoktor, richtig.«

»Er hat ihn … erschossen?« Marc hatte mit seiner eigenen Situation eigentlich genug zu tun, aber dass Oliver Czerny erschossen haben sollte, ließ ihn doch aufhorchen.

Vlad nickte nur. »Richtig, das hat er. Und dafür wird er noch bezahlen. Aber jetzt bist erst einmal du dran!«

Marc sagte nichts.

Hinter Vlad bewegte Kyrill den Kopf, so als würde er etwas hören. Und auch einer der Weimaraner hob witternd die Schnauze.

»Und keine Sorge …« Vlad war noch nicht fertig. »Um eure Website werden wir uns gut kümmern. Wir werden sicher sogar den Namen *Narcobay* beibehalten. Auf diese Weise lebt immerhin etwas von dir weiter. Ist doch schön, oder?«

Jetzt schien auch Vlad es zu hören. Den Lärm von Helikopter-Rotoren. Doch diesmal nicht nur von einem, sondern von mehreren.

»Sind das noch Gäste?« Vlad schaute Kyrill an. Der zuckte die Schultern. Dann schüttelte er den Kopf. »Wüsste nicht, wer. Nur die aus Kiew, St. Petersburg und Warschau kommen mit dem Helikopter. Und die sind längst da.«

Dann sahen sie die Helikopter. Schwarz und bedrohlich. Wie dunkle Insekten, die über dem Horizont schwebten. Doch diese Helikopter sahen nicht aus wie die Helikopter von reichen Leuten, die sich damit durch die Gegend fliegen ließen. Wie die neuen Milliardäre in São Paulo, die damit von Wolkenkratzer-Helipad zu Wolkenkratzer-Helipad flogen. Nein, diese Helikopter, die wie bedrohliche Hornissen auftauchten, waren anders. Denn die Helikopter von reichen Leuten oder Gangstern hatten keine Waffen; jedenfalls keine, die so offensichtlich zu sehen waren und die auch noch feuerten.

Schon ein Lidzucken später hörte Marc die Schüsse. Rauch stob auf. Waffen fauchten, und Maschinengewehrfeuer ratterte, während Glas splitterte und sich gebrüllte Befehle, Kampf- und Schmerzschreie zu einem bizarren Geräuschbrei des Krieges mischten. Die ersten Toten fielen vor den großen Wohnzimmerscheiben zu Boden. Er sah, wie einige der Besucher Waffen aus ihren Anzügen zogen und das Feuer erwiderten. Neben ihnen und in den Büschen krochen schwarzgekleidete Truppen vorwärts, mit Sturmhauben und Gewehren. *Sie tragen Sturmhauben, damit sie niemand erkennt und ihre Familien sicher sind,* dachte Marc. Irgendeiner hatte ihm das einmal erzählt. Doch das war in irgendeiner gemütlichen Kneipe gewesen und nicht hier im Herzen des Infernos. Laserpointer an Zielfernrohren blitzten, Schalldämpfer flüsterten, Projektile zischten. Blut spritzte aus aufgeschossenen Arterien, einige der Gäste entkamen dem Feuerhagel, andere wurden noch im Hechtsprung ins Unterholz erwischt, waren noch am Leben, als sie sprangen, und bereits tot, als sie auf den Boden aufschlugen.

Im Inneren der Villa brach Panik aus. Männer und Frauen hechteten unter die Tische, einige der Leibwächter zogen ihre Kalaschnikows und erwiderten das Feuer.

»Die Waffen!«, schrie Vlad. »Hol endlich die Waf–«

Kyrill blieb einen Moment unentschlossen stehen, denn er wusste, was ihm blühen würde, wenn er ohne Deckung in dieses Inferno hinauslief. Weiter kam Vlad indessen nicht, denn mit einem trockenen Fauchen explodierten Nebelgranaten. Hinter der weiß-grauen Rauchfront huschten schwarzgekleidete Elitetruppen am Fenster vorbei, Sturmgewehre in den Händen, während rot leuchtende Laserpointer durch den Nebel zogen wie die Strahlen einer Flugabwehrkanone durch die Wolken. Die Druckwelle der Explosion ließ die große Glasfensterfront zersplittern. Die Scherben fielen klirrend zu Boden, und die Rauchwolken drangen in das riesige Wohnzimmer. Einzig zwei kleine Scheiben in Hüfthöhe waren noch ganz geblieben.

Hier formiert sich gerade die Realität neu, dachte Marc erstaunt. Ja, genau das vollzog sich hier gerade. Das Schicksal hatte sich komplett gedreht. Eben noch waren Vlad und seine Mafia die Stärkeren gewesen. Doch jetzt bekamen sie es mit einer anderen Macht zu tun. Einer Macht, die offenbar noch stärker war als sie.

Marc hielt den Kopf gesenkt, versuchte aber dennoch zu erkennen, wer da eigentlich kam. Doch er erkannte nichts. Nur schwarze Schatten mit schwarzen Sturmhauben. Dazu Helme mit aufmontierten Nachtsichtgeräten und kugelsicheren Westen. Waffen, Helme, Sturmhauben und Panzerungen. Aber nicht mehr. Nicht einmal ein Gesicht. Vielleicht ein Paar Augen, das ihn wie ein paar Schießscharten anblitzte. Er sah sie nicht, aber vielleicht würden sie ihn sehen. Würden ihn befreien. Kyrill war plötzlich wieder da. Er warf Vlad eine AK 47 zu.

»Was ist das hier?«, brüllte Vlad gegen den Krach an. So als wäre Kyrill für die unerwartete Attacke zuständig.

»Keine Ahnung«, schrie Kyrill. Und dann, noch lauter und schneidender: »Runter!«

Ein Geschoss sauste klirrend durch eines der Fenster, das die Druckwelle noch intakt gelassen hatte, einen Schwall von weißem Rauch hinter sich herziehend. Scherben klirrten erneut.

»Scheiße«, rief Kyrill, »das ist Betäubungsgas! Raus hier!«

Er zog Vlad hinter sich her. Vlad feuerte in die Richtung, aus der die Nebelgranate gekommen war, traf aber nur ins Leere. »Der Gang«, schrie Vlad. »Wir nehmen den Gang.«

Kyrill drehte sich um.

»Und der?«

Vlad drehte sich um. Ein paar Sekunden sah er Marc in die Augen. Und Marc in seine. Und es schien Marc, als würde sich die Gleichgültigkeit, die alles, bis auf die Flucht, als nebensächlich erscheinen ließ, umwandeln in ein weiteres Ziel, das Vlad *der Pfähler* noch erreichen wollte. Ein Ziel war die Flucht. Was das andere Ziel war, daran wollte Marc gar nicht denken.

Vlad drehte sich zu Kyrill zurück. »Du hast recht«, sagte er. Dann sah er wieder Marc an. »Wir brauchen niemanden, der etwas weiß.«

Mit diesen Worten sah Marc, wie Vlad seine Waffe auf ihn richtete.

Dann hörte er noch ein leises Fauchen.

Und dann gar nichts mehr.

KAPITEL 23

TSCHECHIEN, SEPTEMBER 2015
Chynice, zwanzig Kilometer südwestlich von Prag

Die Raserei war vorbei.

Das Wummern der Maschinenpistolen und das Krachen der Blendgranaten hallte noch immer in Olivers Ohren wider. Er stand mit Antonija am Rande des Wäldchens und betrachtete die Szenerie mit ungläubig aufgerissenen Augen.

Der Lärm des Krieges, denn anders konnte man dieses Schlachtgetöse nicht nennen, war über sie hinweggefegt wie der Atem eines zornigen Gottes. Teile der Villa waren explodiert, als offenbar irgendein Heizkessel durch den Beschuss in die Luft geflogen war. Die Druckwelle war fauchend über sie hinweggezogen, Bretter, Möbel, Steinbrocken, Fensterrahmen und Glas waren wie bei einem Vulkanausbruch in die Höhe geschleudert worden. Balken und Möbelteile landeten krachend in zwanzig Metern Entfernung vom Haus auf der Wiese. Ein Teil des Hauses ragte qualmend aus der verbrannten Erde, einem zerschossenen Schädel eines Selbstmörders gleich, der sich seinen Kopf mit einem Schuss in den Mund zerschmettert hatte. Die einzelnen Einrichtungsgegenstände sowie Steine und Bretter waren über die Landschaft verstreut wie Blut und Hirnmasse an einer Wand. Glaswolle aus dem Dach verfing sich in den Ästen der kahlen Bäume. Krähen, Raben und andere Vögel erhoben sich mit heiserem Krächzen aus dem umliegenden Wald, wie ein Schwarm des Unheils und der düsteren Vorsehung. Dabei war das Schlimmste, dachte Oliver, doch eigentlich überstanden. Oder kam das Schlimmste erst noch, wie es so oft der Fall war? Folgte einer kleinen Explosion, die nur zur Ablenkung bestimmt war, noch eine größere Explosion, die dann erst das richtige Inferno bedeutete?

Staubpartikel und Asche lagen in der Luft, dazu der Geruch von Feuer, Rauch, verbrannten Stromkabeln, knisternder Elektrizität und Explosionen. Die Staubpartikel fielen im Licht der blutroten Abendsonne langsam zu Boden, fielen vor einem letzten Sonnenstrahl, der wie das Licht eines riesigen Laserpointers oder wie ein Zeichen der Hoffnung oder auch wie ein blutroter Schnitt durch die tiefhängenden Wolken trat.

Die Gangster, die nicht bei der Schießerei ums Leben gekommen waren, wurden von den Elitetruppen in Einsatzfahrzeuge verfrachtet.

Olivers Ohren pfiffen, als sich ein weiterer Wagen näherte. Es war eine schwarze Limousine, die irgendwie offiziell aussah, aber das konnte auch bedeuten, dass es einfach nur eine weitere Mafia-Karosse war. Denn das organisierte Verbrechen liebte es, die Statussymbole der Macht und des Establishments für sich selbst zu verwenden. Oliver wollte fliehen, doch Antonija hielt ihn zurück. »Bleib hier«, flüsterte sie. »Ich weiß, wer es ist. Und sie wären eh schneller.«

Dass alle schneller und besser bewaffnet waren als er, daran hatte er keinen Zweifel. Er hatte zwar noch seine Uzi, aber was würde die gegen G36 und Heckler-&-Koch-Scharfschützengewehre ausrichten? Und er hatte ja gesehen, was sie mit den Mitgliedern der Russenmafia gemacht hatten. Aus der Limousine stiegen zwei Männer in Uniformen, dem Aussehen nach zu urteilen, irgendwo zwischen Geheimdienst, Militär und Kriminalpolizei angesiedelt.

Einer von ihnen hielt einer jungen Frau die Tür auf, die langsam aus dem Wagen stieg und die ihre Nase nach oben reckte, als würde sie Witterung aufnehmen. Das Gesicht schmal und attraktiv mit einer leicht herben Note, die Haare blond und zu einem Pferdeschwanz zusammengebunden. Die Frau zögerte einen Moment, wechselte einen Blick mit Antonija und bewegte sich dann auf Oliver zu.

»Oliver Winter?«, fragte sie.

Oliver nickte. Was hätte er auch sonst sagen sollen?

»Mein Name ist Walters. Jasmin Walters. Vom Bundesnachrichtendienst.« Sie schaute Oliver an und bewegte dann ihr Kinn Richtung Auto. »Ich denke, wir zwei sollten uns unterhalten!«

Oliver war der Unterton in der Stimme nicht entgangen.

Das war kein Vorschlag.

Das war ein Befehl.

KAPITEL 24

SVÁROV, SEPTEMBER 2015
Ortschaft etwa dreißig Kilometer westlich von Prag

Vlad und Kyrill rannten mit eingezogenen Köpfen aus dem Inferno heraus. Schüsse krachten, Menschen schrien, und irgendwo fauchte eine Explosion, die Schutt und Staub in die Höhe warf.

Irgendetwas war hier gehörig schiefgelaufen. Irgendjemand hatte sie verpfiffen, hatte sie verraten und hatte sie vor allem überrumpelt. Und dieser Jemand würde noch bitter dafür bezahlen. Immerhin war es Vlad noch gelungen, diesen Verräter zu erschießen. Diesen Marc. Auch wenn er wohl kaum hinter dem Angriff steckte. Denn hinter diesem Massaker, das hier eben stattgefunden hatte, steckte eine um einiges größere Nummer.

Der Schmerz in seinem Oberarm brannte wie Feuer, und er spürte das Blut, das aus der Wunde lief. Ein Teil klebte schmierig zwischen Haut und Hemd, und der Rest lief seinen Oberkörper herunter. Die Wunde musste verbunden werden, aber erst einmal mussten sie hier weg. Wobei die Wunde keineswegs Vlads größtes Problem war, auch wenn der Schmerz seinen ganzen Körper beherrschte.

Was zur Hölle passierte hier eigentlich gerade? Die Polizei, die Armee, oder wer immer das war, machte einfach so eine seiner Villen platt? Gut, er hatte eine Menge Villen, aber dass er, Vladimir Kowaljow, die harte Hand des Gesetzes derart zu spüren bekam, das war etwas ganz Neues. Es konnte nur zweierlei bedeuten: Entweder da war etwas ganz Großes im Gange, oder es gab tatsächlich jemanden, der sie verraten hatte. Und der offenbar einiges in der Hinterhand hatte, wenn er eine solche Aktion durchführen konnte.

Sie sprangen beide über einen Graben. Vlad rutschte ab und sackte mit einem Fuß in das schlickige Wasser. »Verdammte Scheiße!«, fluchte er. Kyrill zog seinen Boss aus dem Graben heraus. Gemeinsam liefen sie entlang des Grabens, der, von Sträuchern umgeben, der Länge nach in Richtung des Eingangsweges zu Vlads Villa verlief. Die Sträucher auf beiden Seiten des Grabens bewirkten wenigstens, dass man sie ein bisschen schwerer vom Haus aus erkennen konnte. Immer noch hallten vereinzelt Schüsse in einiger Entfernung, aber der Kampf schien zu Ende zu sein. Und es sah nicht so aus, als wären Vlads Freunde siegreich aus dieser Schlacht hervorgegangen. Nun war es offenbar Zeit für die Angreifer, nach irgendwelchen Überlebenden zu suchen. Nach *ihnen* zum Beispiel. Fehlte also nur, dass sie jemand sah und sie von irgendeinem Scharfschützen einer nach dem anderen erschossen wurden.

»Wo willst du hin, Boss?«, fragte Kyrill.

»Na ja, viel haben wir ja nicht in der Nähe. Rate mal.«

Kyrill überlegte einen Moment, während er schnaufend neben Vlad herrannte.

»Czerny?«

Vlad nickte. »Beziehungsweise sein Haus. Czerny gibt es ja leider nicht mehr.«

Nach mehr als zwei Stunden Fußmarsch durch Wiesen und Wälder kamen sie schmutzig und verschwitzt bei Czernys Haus an. Sie betraten die Villa durch den Hintereingang, die Waffen im Anschlag. Im OP fanden sie genügend Verbandszeug. Vlad merkte, wie schwach er durch den Blutverlust geworden war. Aber das änderte nichts an seiner Rachelust. Als die Wunde versorgt war, gingen sie ins Wohnzimmer, wo Kyrill beiden ein Glas Wodka einschenkte. Die Überreste von Czerny lagen noch immer blutüberströmt auf der Couch, während die undefinierbaren Reste von Kopf und Händen, in Schwefelsäure aufgelöst, in der Badewanne zu finden waren. Auch die Körper der anderen Mafia-Killer lagen noch im Korridor sowie in der Küche. Vlad hatte kurz das Gesicht verzogen, doch er hatte ja schließlich selbst den Befehl gegeben, die Toten genau auf diese Weise zu neutralisieren. Doch ansonsten hatte er für all das keinen Blick. Er musste nur eines herausfinden: Wie konnte es zu diesem Überfall kommen? Wer hatte das angeordnet? Warum? Und vor allem: warum jetzt?

»Geht es mit dem Verband?«, fragte Kyrill.

»Im Moment schon.« Vlad blickte sich um. »Wobei das nicht meine größte Sorge ist.«

Kyrill nickte. »Wer?«

Vlad nickte. »Genau. Wer? Wer steckt dahinter? Und wenn wir herausfinden sollten, wer das ist, *wo* ist dieser Kerl?«

»Und wie lange lebt er dann noch?« Kyrill lächelte, ohne dass sich seine Augen bewegten. »Ein bisschen sollte er dann schon noch leben, wir wollen ihm ja ein paar Manieren beibringen.« Er zog sein Smartphone heraus und setzte sich neben Vlad.

»Ich habe hier ein Foto«, sagte Kyrill. »Habe ich vorhin gemacht, kurz bevor wir geflohen sind. Hier.« Auf dem Foto waren ein Porsche und ein Mann. Nahe der Villa von Vlad.

Vlad fielen fast die Augen aus dem Kopf. »Das ist doch dieser Oliver! Was macht der da?«

»Vielleicht hat er die Polizei gerufen?«

Vlad biss die Zähne zusammen. »Wir hätten den Scheißkerl sofort umlegen sollen! Genauso wie seinen Kumpel!«

»Da ist aber noch was.« Kyrill hielt ihm sein Smartphone näher vor die Nase.

»Da steckt noch jemand dahinter, das sehe ich selbst«, knurrte Vlad. Denn auf dem Foto stand tatsächlich noch eine zweite Person direkt neben Oliver. »Aber kaum zu erkennen.«

»Ich mache es etwas größer«, sagte Vlad und zog das Foto auf dem Bildschirm mit den Fingern größer. »Schon mal gesehen?«

Vlad blinzelte, als er das unscharfe Foto der dunkelhaarigen Frau musterte. »Kommt mir irgendwie bekannt vor.«

»Hitman Network«, sagte Kyrill.

»Ist das eine Auftragskillerin?«

»Im Dark Web heißt sie Slate. Alle glauben offenbar, es wäre ein Mann.« Kyrill nickte. »Nicolai hat sie wohl mal für einen Hit-Job eingestellt.«

»Haben wir die zu schlecht bezahlt? Und vor allem: Seit wann haben Auftragskiller so gute Kontakte?«

»So ist es nicht.« Kyrill schüttelte den Kopf. »Wir haben sie sogar sehr gut bezahlt. Aber sie ist wohl nicht nur Auftragskillerin, sondern auch noch einiges anderes.«

»Und das *einiges andere* hat dafür gesorgt, dass da auf einmal so viele Bullen waren?«

Kyrill zuckte die Schultern. »Das ist der einzige Zusammenhang, den wir haben.«

Vlad dachte einen Moment nach. Dann schlug er mit der Faust in seine offene Hand und starrte Kyrill an. »Schick das Foto sofort an Ivanow! FSB. Nenn ihm den Namen *Slate* und sag ihm, was seine Jungs mit ihr machen sollen.«

»Exterminatus«, sagte Kyrill und zog seinen Finger von einer Seite seiner Kehle zur anderen.

KAPITEL 25

WIESBADEN, SEPTEMBER 2015
BKA-Hauptquartier

Jasmin war wieder zurück im BKA-Hauptquartier in Wiesbaden. Oliver war sofort bei einem Ermittlungsbeamten zum Verhör abgegeben worden. Ressler hatte unterdessen Kunhardt in Schach gehalten, der natürlich von der nicht abgestimmten Aktion in Prag Wind bekommen hatte. Ressler hatte die Operation als einen lange geplanten Schlag gegen das organisierte Verbrechen deklariert. Und sie hatten dadurch die Adresse einer der Villen von Vladimir Kowaljow bekommen. Diese Story hatte selbst Kunhardt geschluckt.

Manchmal machten auch die Mächtigen Fehler. Und das galt auch für die, die nach oben gekommen waren, weil sie nur wenige Fehler gemacht hatten. Doch auch die machten Fehler. Manche nur einmal. Es war ein zu großer Fehler von Vlad gewesen, dass er Antonija über Marc und Oliver die Adresse zu seiner Villa durchgegeben hatte. Aber so war es oft mit der typischen Hybris. Wer sich unbesiegbar fühlte, der wurde über kurz oder lang besiegt. Denn jeder Teufel fand irgendwann seinen Meister. Und auch Vlad der Pfähler war heute daran erinnert worden, dass er keine Ausnahme bildete. Die Ermittler des BKA hatten eine Menge Unterweltsgrößen dingfest gemacht, hinter denen die internationalen Behörden schon seit Jahren her waren. Daher hatte Kunhardt erst einmal Ruhe gegeben. Aber dass diese Zeit nur knapp erkauft war, das wussten alle. Die Ermittlungen bei der EZB waren ebenfalls in vollem Gange.

»Wir haben schon etwas weitergeforscht«, sagte Trautmann. Auf einem Monitor waren diverse Zahlungsströme, unterteilt nach Monaten, zu sehen. Ein Monat nach dem anderen. »Das hier«, sagte er, »sind die Anleihenkäufe der EZB. Ihr wisst schon, diese Aktivitäten, die die Wirtschaft stimulieren sollen, indem sie Geld in den Markt pumpen und damit die Deflation in Schach halten.«

»Wir haben«, fuhr Ressler fort, »die ganze Geschichte auch mit der Abteilung SO, Schwere und organisierte Kriminalität, und dabei besonders mit SO3, Wirtschafts- und Finanzkriminalität, abgeglichen. Europol war auch involviert. Wie es aussieht, sind während der EZB-Anleihenkäufe Gelder der Zentralbank abgezweigt worden, die auf einem versteckten Konto gelandet sind.«

»Klingt exotisch«, sagte Jasmin.

»Ist es auch«, sagte Trautmann. »Wobei es nicht neu ist, dass sich irgendwelche Hacker irgendwo dazwischendrängeln. Vor kurzem hatte sich ein Hacker-Kollektiv bei einem Hedgefonds in New York zwischen die Transaktionen geschaltet und die Weiterleitung der Orders um Millisekunden verzögert. Diese Millisekunden haben sie genutzt, um die Orders von den Hedgefonds etwas billiger zu kaufen und an den Endabnehmer etwas teurer zu verkaufen. Ganz simpel: Ich kaufe etwas billiger als alle anderen und verkaufe etwas teurer als alle anderen. Wenn das Volumen hoch genug ist, kann man damit eine Menge Geld verdienen. Billig kaufen, teuer verkaufen. *Pound of flesh* nennt man das. Frei nach Shakespeare. *Kaufmann von Venedig.* Weil man dabei sein Pfund Fleisch aus dem Markt herausreißt.«

»Und wie viel kommt da zusammen?«

»Je mehr Orders man hat, desto mehr Geld kommt zusammen. Das kann sich schon auf einige Hunderttausende pro Tag summieren. Eine Bank zu überfallen braucht heute jedenfalls niemand mehr. Es reicht ein Laptop mit schnellem Internet.« Trautmann drückte ein paar Knöpfe auf der Fernbedienung. »In diesem Fall mit der EZB war es allerdings deutlich mehr Geld als nur ein paar Hunderttausende.«

»Millionen?«, fragte Jasmin.

»Eher Milliarden.«

Eher Milliarden, dachte Jasmin. »Und das merkt niemand?« Sie konnte sich nicht vorstellen, dass Geld einfach so verschwand.

»Je höher die Summe, desto weniger wird sie vermisst«, sagte Trautmann. »Zudem gingen viele der Käufe auch über die nationalen Notenbanken und das hat das Ganze noch etwas intransparenter gemacht. Aber Sie kennen doch den schönen Spruch von Paul Getty: *Wenn du der Bank hundert Dollar schuldest, dann ist das dein Problem. Wenn du der Bank hundert Millionen Dollar schuldest, dann ist es das Problem der Bank.* Je größer die Summen, desto eher geht das Ganze ins Abstrakte.« Er zog ein Kaugummipaket hervor. »Auch eins?«

»Ist das Waldmeister?«

»Exakt.«

»Dann danke.« Jasmin schüttelte den Kopf. »Gerade die mag ich nicht.«

Trautmann schob sich ein Kaugummi in den Mund. Ressler griff ebenfalls zu.

Er kaute andächtig. »Die Summen waren hoch, aber relativ gesehen offenbar nicht hoch genug, als dass dies tatsächlich allzu vielen Leuten aufgefallen wäre. Jedenfalls nicht denen, denen es auffallen sollte.«

»Niemandem?«, fragte Jasmin.

»Einem schon.« Ressler schaute Trautmann an. »Steht die Verbindung?«

Trautmann nickte. Auf einem zweiten Monitor wurde eine weitere Person zugeschaltet. »Johannes Foltin von der EZB. Arbeitete im Team von Jürgen Rudolf.« Er wandte sich an Foltin. »Guten Abend, Herr Foltin, können wir sprechen?«

»Guten Abend, ja, können wir«, kam die blechern verzerrte und etwas verzögerte Stimme von Foltin aus den Lautsprechern.

»Herr Foltin«, sagte Ressler, »Ihnen sind bereits während der Anleihenkäufe Unregelmäßigkeiten aufgefallen?«

»Richtig«, sagte Foltin. »Ich habe darüber auch mit Dr. Rudolf gesprochen. Der hat das Thema aber einfach abgebügelt und sagte, das liege an unterschiedlichen Kursen der Anleihen, daran, dass die nationalen Notenbanken unabhängig voneinander kaufen, an Nominalzinsen und dergleichen. Und deswegen könnte es zu solchen Sprüngen kommen.«

»Sprüngen von bis zu fünf Milliarden?«, fragte Ressler.

»Manchmal sogar noch mehr. Doch auch da sagte er, das sei völlig normal.«

»Und das haben Sie geglaubt?«

»Na ja«, sagte Foltin. »Er ist mein Boss. Zu penetrant darf ich da auch nicht fragen. Und es kommt noch etwas dazu.«

»Nämlich?«

»Zentralbanken können Geld drucken. Normale Banken können aber auch Geld erschaffen. Es ist mittlerweile so, dass kein Gegenwert mehr hinter dem Geld steckt. Wer in seinem Keller Geld druckt und in Umlauf bringt, begeht eine Straftat. Das ist Geldfälschung. Wer dagegen mit staatlicher Lizenz Giralgeld herstellt, indem er Kredite vergibt und die Summe dem Kreditnehmer auf sein Girokonto gutschreibt, betreibt eine Bank.«

»Banken erschaffen Geld?«, fragte Ressler. »Ich dachte, nur Zentralbanken können das.«

»Eigentlich ja.« Foltin nickte. »Aber nehmen wir mal an, Sie haben hundert Euro auf Ihr Sparbuch eingezahlt. Das sind die Einlagen. Neunzig Euro davon verleiht die Bank als Kredit. Zehn Euro muss sie bei der Zentralbank zurücklegen.«

»Und wie ist jetzt das Geld vermehrt worden?«, fragte Ressler und blickte auf die Uhr.

»Das kommt ja noch. Die neunzig Euro, die ein Kredit sind, werden an irgendjemanden ausgezahlt. Der kauft sich etwas dafür, und die Person, die die Ware verkauft, bekommt die neunzig

Euro. Und bringt sie auch zur Bank. Dann geht das Spiel von vorne los.«

Jasmin blinzelte mit den Augen und versuchte, sich vorzustellen, was als Nächstes passieren würde. »Die neunzig Euro sind auf der Bank und werden wieder als Kredit verliehen?«

»Nicht ganz. 10 Prozent werden wieder bei der Zentralbank zurückgelegt, sind neun Euro. Die restlichen einundachtzig Euro werden verliehen. Und das Spiel beginnt aufs Neue.«

»Und wie viel Geld entsteht dann aus den hundert Euro?«

»Bei einem Mindestreservesatz von 10 Prozent, wie wir ihn in diesem Beispiel haben, sind es tausend Euro. Hundert mal zehn. Aus hundert Euro entstehen tausend. Neunhundert Euro entstehen dabei aus dem Nichts.«

Trautmann nickte. Ihm schien das Ganze durchaus geläufig zu sein. »Wo immer etwas aus dem Nichts generiert wird, was vorher nicht da war, wird es kaum vermisst, wenn es weg ist. Es war ja auch vorher nicht da.«

»Nur mit einer Ausnahme«, sagte Jasmin, »dass man nämlich mit diesem verschwundenen Geld noch eine Menge kaufen kann.«

»Oh ja, das kann man.« Der Monitor, aus dem Foltin sprach, spiegelte sich in einem der Fenster, so dass es aussah, als würde das Gesicht von Foltin über dem Wald des Neroberges schweben.

»Kann es sein, dass Rudolf dafür gesorgt hat, dass die Gelder unbemerkt abgezweigt wurden?«

Foltin zuckte die Schultern. »Kann ich nicht beurteilen. Er hat den Verdacht immer kleingeredet. Erinnern Sie sich noch an diesen Insider-Skandal vor ein paar Wochen? Als ein Zentralbank-Mitglied in London allzu laut über neue Zinsschritte gesprochen hat, so dass sich Insider günstig eindecken konnten?«

Trautmann nickte. »Ich erinnere mich sehr gut. Irgendwann im Januar, als die Anleihekäufe losgingen, muss das gewesen sein.«

»Es könnte sein …« Foltin stutzte, als traute er sich nicht, einfach weiterzusprechen.

Ressler ergänzte den Satz. »… es könnte sein, dass Rudolf bei diesem Skandal etwas nachgeholfen hat, um von seinen Aktivitäten abzulenken. Damit keiner merkt, dass er im September einiges an Geld abgezweigt hat?«

Foltin verzog das Gesicht. »Möglich wäre es.«

Trautmann nickte Ressler und Jasmin zu. »Blase ein kleines Ereignis auf«, flüsterte er, »um ein großes zu verdecken.«

Ressler nickte ebenfalls. »Klingt vom Vorgehen her fast chinesisch.«

Der dritte Monitor blitzte auf. Es war Markus. Von Europol in Den Haag. Er war gerade dabei, die EZB-Bilanz zu durchforsten.

»Herr Foltin«, sagte Jasmin, »ich danke Ihnen. Wir melden uns später wieder bei Ihnen.«

»Glauben Sie …«, sagte Foltin, »dass ich mit Rudolf Ärger bekomme, weil ich Ihnen das alles erzählt habe?«

Jasmin ließ sich mit der Antwort etwas Zeit. »Nein«, sagte sie dann zögernd, »das werden Sie nicht.«

»Warum sind Sie da so sicher?«

Jasmin wollte Foltin die ganze Angelegenheit schonend beibringen, doch Ressler war schneller. »Weil Ihr Boss Dr. Rudolf tot ist.« Mit diesen Worten schaltete er den Monitor aus.

»Sie sollten Diplomat werden«, sagte Jasmin. Trautmann grinste, während er an einer Büroklammer herumbog. »Oder Priester. Für die Letzte Ölung.«

»Egal«, sagte Ressler. »Markus ist auf der Drei, das ist jetzt wichtiger als irgendwelche Nachrufe auf einen perversen Kinderficker.« Er schaltete den Monitor an. »Markus, was gibt's?«

Markus blickte mit Augen, die wie Kameras aus dem Bildschirm schauten, auf die Anwesenden. Nachdem er alle hinreichend angeschaut hatte und damit seinen Teil des Protokolls erfüllt hatte, blickte er wieder nach unten auf seine Datentabellen.

»Das Ganze scheint ein echter Skandal zu sein«, sagte Markus. »Die haben doch tatsächlich bis zu einer Milliarde Euro pro Monat abgezweigt.«

»Eine Milliarde pro Monat?«, wiederholte Ressler. »Dieser Typ von der Zentralbank hat uns gerade erzählt, dass das eh alles kein echtes Geld ist. Und dass hohe Beträge weniger auffallen als kleine. Aber eine Milliarde! Und Millionen von Deutschen machen Scheißjobs für nicht mal acht Euro die Stunde! Da muss doch irgendwie getrickst worden sein, dass das keiner vermisst. So eine Summe wird doch vermisst?« Er schaute Trautmann an.

»Eine Milliarde Euro wird immer vermisst«, sagte Trautmann. »Es sei denn, wie Foltin sagte, es hat sie nie gegeben.«

»Nehmen wir mal an, es wurde getrickst …« Ressler verschränkte die Arme und kaute auf seinem Kaugummi. Jasmin roch den Waldmeister-Geruch. »Warum ist das dann niemandem aufgefallen? Ich denke, gerade die Zentralbanken haben diese ganzen Steuerungssysteme?« An die Theorie, dass großes Geld eher verschwand als kleines, glaubte er offenbar nicht so recht.

»Trautmann hat vorhin den Spruch von Paul Getty zitiert«, sagte Jasmin. »Sie wissen schon, hundert Dollar Schulden sind dein Problem. Hundert Millionen Dollar Schulden sind das Problem der Bank.«

»Richtig«, sagte Markus. »Die haben da irgendwie mit unterschiedlichen Kursen der Anleihen getrickst. Und sie haben offenbar die Käufe auf mehrere Notenbanken der Eurostaaten verteilt. Und auch durch Zinsausschüttungen kann sich der Kurs ändern, genauso wie bei Dividendenzahlungen mit Aktien. Die Auszahlung folgt, und der Kurs geht automatisch runter.«

Trautmann nickte. »Wird oft zur Steuervermeidung eingesetzt. *Cum-Ex-Geschäfte.*«

»Und der, dem diese Trickserei auffallen sollte, ist es nicht aufgefallen. Weil genau diese Person durch diese Trickserei reich wurde«, stellte Jasmin fest.

»Oder weil er eine Puppe bekam«, knurrte Ressler.

»Und wo ist das Geld hingegangen?«

»Wie es aussieht, in einen Dark Pool.«

Dark Pools waren genau das, was ihr Name besagte: *Dunkle Becken.* Hier konnten Aktien gehandelt oder gelagert werden, ohne dass es jemand merkte. Oder man konnte Kauf- oder Verkaufsaufträge in den Dark Pool geben, ohne dass jemand die Identität des Käufers herausfinden konnte.

»Und dann?«

Wenn Markus jemand wäre, der gerne Gesten anwendet, hätte er wohl die Schultern gezuckt. »Weitere Dark Pools? Es könnte auch sein, dass die Gelder irgendwie in Bitcoins transferiert wurden. Dann hätten sie hundertprozentige Anonymität.«

»Okay«, sagte Ressler. »Diese Spur bitte weiterverfolgen. Danke, Markus!« Er stellte den Monitor ab. Ressler blickte Trautmann und Jasmin an. »Dieser Dr. Rudolf zweigt Gelder ab, die in irgendwelchen Dark Pools verschwinden, und keiner weiß, was er damit macht.«

»Vielleicht finanziert er dadurch irgendetwas?«, fragte Jasmin. »Irgendetwas Großes? Irgendetwas, das ihm dafür Penthouses in Moskau bezahlt? Irgendetwas, das ihn für seine Dienste mit diesen … Dolls belohnt?«

»Das muss aber schon etwas ziemlich Großes sein«, sagte Trautmann.

»Na ja …« Ressler spielte mit der Fernbedienung und ließ sie dabei fast fallen. »Mehr als eine Milliarde pro Monat. Ich denke, das ist groß. Jasmin, was ist der wichtigste Link in diesem ganzen Spiel?«

»Ich denke, die Dark Pools. Und dann diese Holding, die wir damals bei Europol gefunden haben.«

»Haben wir da schon einen Zusammenhang?«

»Nein.«

»Was noch?«

»Diese … diese Puppen.«

»Wie hieß dieser Puppendoktor noch?«

»Dr. Czerny. Unsere Informantin Antonija hat Oliver Winter verfolgt. Wie es aussieht, hat Winter Czerny erschossen. Antonija hat ihm dann geholfen, die Mitglieder der Russenmafia auszuschalten. Und vorher hat sie noch die Kundenlisten gescannt. So sind wir ja erst auf das ganze Schlamassel in Prag gekommen.«

»Czerny ist tot«, sagte Ressler und blies die Backen auf. Offenbar fiel ihm erst jetzt ein, dass damit ein wichtiger Zeuge verschwunden war.

»Wie so ziemlich alle, von denen wir irgendwelche Informationen bekommen könnten.« Jasmin zuckte die Schultern.

»Weiß Oliver, dass wir wissen, dass er Czerny abgeknallt hat?«

»Nein, weiß er nicht. Dieses Kaninchen können wir noch aus dem Hut zaubern. Und genau den Trumpf sollten wir ausspielen, falls Oliver den Mund nicht aufmachen will, um uns genau zu sagen, was er mit dem ganzen Schlamassel zu tun hat. Mord ist schließlich Mord.«

Ressler streckte die Hand aus und bewegte sie, als würde er die Stärke des Windes einschätzen. »Bei so einem Abschaumtyp wie diesem Czerny: Ich würde sagen, das ist nur zu 10 Prozent Mord. Und zu 90 Prozent Umweltschutz.« Er stemmte die Hände in die Hüften. »Wollen wir mal zu ihm runter? Zu Winter?«

»Ich glaube, ich gehe erst einmal allein. Mich kennt er schließlich schon. Es muss ja nicht gleich wie ein Verhör aussehen.« Jasmin wusste, wie ruppig Ressler in Verhören sein konnte.

»Nicht gleich wie ein Verhör aussehen, das ist gut!« Ressler grinste. »Die besten Dinge sehen immer anders aus, als sie sind.«

»Nichts ist, wie es scheint?« Jasmin kniff ein Auge zu und ging nach unten.

KAPITEL 26

MOSKAU, SEPTEMBER 2015
Regierungsviertel

»Manchmal«, sagte Victor Ivanow zu seinem Enkel, dem kleinen Maxim, »muss man etwas Großes opfern, um etwas noch Größeres zu erreichen.« Der kleine Maxim schaute seinen Großvater aus großen Augen an, als dieser ihm die Geschichte von General Kutusow erzählte. Der hatte im Jahr 1812 Moskau für die Truppen Napoleons geräumt und Napoleon damit die leere Stadt überlassen. Was selbstmörderisch aussah, sorgte dafür, dass der Angriff Napoleons ins Leere gelaufen war. *Wenn wir Moskau dem Feind überlassen, verlieren wir Moskau, aber nicht unsere Armee,* hatte General Kutusow gesagt. *Aber wenn wir unsere Armee verlieren, verlieren wir Russland. Und damit auch Moskau.*

»Wir Russen haben nie etwas geschenkt gekriegt«, sagte Ivanow zu Maxim, während seine Tochter Natalia Tee und Kekse auf den Kaffeetisch stellte. Ivanow war bei seiner Tochter im Gagarin-Viertel zu Besuch. Auch Putin hatte in diesem Viertel noch eine Wohnung. Und wenn man aus dem Fenster schaute, konnte man die Statue von Gagarin sehen, dem ersten Menschen im All, der 1961 die Erde umrundet hatte. Der *Kolumbus des Kosmos,* wie man ihn nannte, hatte der Sowjetunion damals zu einem unerwarteten Popularitätsschub verholfen. Rätselhaft war allerdings noch immer sein früher Tod im Jahr 1968, als er mit einem Jagdflugzeug in der Nähe von Moskau abgestürzt war. Und es war noch immer ungeklärt, wie das passieren konnte: War es ein Pilotenfehler, eine technische Panne oder gar Sabotage? Der riesigen Statue jedenfalls, die man aus Natalias Wohnzimmerfenster sah, tat das keinen Abbruch. Rechts und links der Statue ragten riesige Prachtbauten in sowjetischer Zuckerbäcker-Architektur in die Höhe, ähnlich wie die Gebäude in der Berliner Karl-Marx-Allee.

»Wir Russen haben wirklich nie etwas geschenkt gekriegt«, sagte Ivanow erneut zu seinem Enkel. Er war der Ansicht, dass man Kindern auch harte Wahrheiten erzählen sollte. Umso besser vorbereitet waren sie, wenn das richtige Leben seine Breitseiten auf sie abfeuerte. Vor einigen Jahren war Maxims Katze weggelaufen. Und während Natalia ihrem Sohn gesagt hatte, dass die Katze vielleicht irgendwann wiederkommen würde, hatte Ivanow ihm gesagt, dass Katzen manchmal weglaufen und nicht wiederkommen. Das war die harte Wahrheit, und die ließ sich auch nicht beschönigen. Genauso wie das, was Ivanow jetzt sagte. »Es gab siebenundzwanzig Millionen tote Russen im Zweiten Weltkrieg.«

Maxim schaute ihn an. »Das ist viel!« Und dann fragend: »Und die sind alle tot?«

Ivanow nickte. »Sie sind für Mutter Russland gestorben.«

In dem Moment klingelte sein Handy. Er erkannte die Nummer.

»Das ist wichtig, da muss ich rangehen«, sagte Ivanow, streichelte seinem Enkel über den Kopf und erhob sich von dem Sofa. Er nahm den Anruf an und ging zum Fenster. Es war Vlad, der ihn anrief. Erst ärgerte sich Ivanow über den Anruf, den er als lästig empfand, doch dann wich sein gleichgültiger Blick einer gespannten Aufmerksamkeit. Denn Vlad erzählte ihm eine Geschichte, die einfach nur unglaublich klang. Kurz vorher hatte er ihm eine Textnachricht geschickt. Mit einem Foto.

»Wie heißt die Person noch einmal?«, fragte Ivanow. »Slate?«

»So heißt sie im Internet. Ich nehme an, sie hat noch andere Namen.«

»Das finden wir heraus«, sagte Ivanow. »Du kannst sicher sein, *Slate* hat ein paar interessante Begegnungen vor sich.«

Er beendete die Verbindung und rief einen seiner Offiziere an. Er blickte sich um, sah, dass Maxim abgelenkt war, und sprach leise weiter.

»Skolkowo«, sagte er. »Sind alle Mitwisser von damals ausgelöscht worden? Ja? Als Erster Josef Shestakow mit dem Polonium. In London. Das hat gut funktioniert.« Er stand am Fenster und schaute auf die Statue von Gagarin. Manchmal reichte es nicht, nach den Sternen zu greifen. Manchmal musste man auch weit nach unten in die Hölle steigen. »Dann müssen wir jetzt mit Hochdruck nach zwei Leuten suchen: Einer Killerin, die sich im Dark Web *Slate* nennt, und nach dem Assistenten von Shestakow: Igor Andrejew. Sofort! Und wenn Sie beide haben, melden Sie sich bei mir.«

»Sollen wir sie töten oder gefangen nehmen?«, fragte die Stimme am anderen Ende.

»Was immer einfacher geht.«

Ivanow beendete die Verbindung, schaute noch einmal nach draußen auf die Statue, die den Platz überblickte. Dann blickte er zurück ins Wohnzimmer. Sein Enkel Maxim hatte seine Zinnfiguren hervorgeholt und spielte General Kutusows großen Einsatz nach. Ivanow lächelte. Es war in der Tat an der Zeit, einige Zinnfiguren zu bewegen. Und wo immer sich Truppen bewegten, würde es zum Kampf kommen. Einige Truppen würden gewinnen. Und andere Truppen verschwinden.

KAPITEL 27

WIESBADEN, SEPTEMBER 2015
Bundeskriminalamt

Die Zelle, in der Oliver saß, war keine wirkliche Zelle. Dafür war sie zu bequem eingerichtet. Kaffee und Wasser hatte man ihm auch gebracht. Eben hatte ein Psychologe mit ihm gesprochen. Gleich danach waren zwei Beamte gekommen und hatten ihn zu seinen Kontakten zur Mafia ausgefragt. Dann hatten sie sich alles abzeichnen lassen und waren wieder verschwunden. Einer von beiden hatte irgendetwas von *Strafminderung wegen Kooperation mit den Ermittlungsbehörden* gemurmelt. Das Wort *Minderung* klang gut. Allerdings klang das Wort *Strafe* immer noch schlecht. Denn Strafminderung hieß nach wie vor, dass es überhaupt eine Strafe geben würde.

Weswegen würden sie ihn wohl drankriegen können? Wegen Narcobay? Das würde mit Sicherheit Konsequenzen haben. Denn jetzt war er der einzige Verantwortliche. Marc, so schien es, war tot. Und er lebte. War das gerecht? Oder das Gegenteil? Er sollte traurig oder verstört darüber sein, aber in seinem Kopf war im Moment nur eine einzige, weiße Leere. Und Antonija war ebenfalls verschwunden. Sie hatte ihm das Leben gerettet. Und jetzt war sie weg. Offenbar hatte sie einen Sonderdeal mit den Ermittlungsbehörden. Etwas, das er, Oliver, vielleicht auch bekam.

Czerny, dachte er. Ob diese BKA-Typen wohl aus irgendeinem Grund wussten, dass er Czerny erschossen hatte? Wenn sie es nicht wussten, dann sollten sie es auch besser nicht erfahren. Er hoffte, dass Antonija das Thema für sich behielt. Denn mit Drogen über das Internet zu handeln, war eine Sache, aber Mord war eine andere. Wobei das doch kein Mord war. So einen … perversen, kranken Scheißkerl umzubringen, das war das Einzige, was ein normaler Mensch, der eine Waffe hatte, in so einer Situation tun konnte. Oder etwa nicht?

In diesem Moment öffnete sich die Tür. Er erkannte die blonde Ermittlerin, die sich als Jasmin Walters vorgestellt hatte. In der Hand hatte sie ein Klemmbrett mit einem Formular.

»Wie geht es Ihnen?«, fragte sie.

»So, wie es einem geht, der sich selbst in die allergrößte Scheiße geritten hat.«

Jasmin setzte sich zu ihm. »Die Scheiße können wir gewaltig reduzieren.« Sie zeigte auf das Formular. »Nur, dann müssen wir jetzt sofort Gas geben und können uns nicht mit langen Psychologie-Runden und Befindlichkeits-Mist abgeben.«

Oliver beugte sich vor. »Was wollen Sie?«

»Erst einmal Ihre Unterschrift.«

»Und was ist das?«

»Eine Geheimhaltungserklärung. Mit Ihrer Unterschrift sind Sie ab dann Insider bei uns. Das heißt, wenn irgendetwas nach draußen dringt und wir die Informationslücke zu Ihnen zurückverfolgen können, bekommen Sie richtig Ärger.«

»Okay«, sagte Oliver, »aber wenn ich kooperiere, bekomme ich weniger Ärger?«

»Weniger Ärger für Ihren Drogenhandel, die Kooperation mit der Russenmafia und ein paar andere Dinge, richtig.«

Ein paar andere Dinge … Sie hatte nichts von dem Mord an Czerny gesagt. Wussten sie wirklich nicht, dass er es gewesen war? Vielleicht hatte Slate alias Antonija auch den Ermittlern nichts davon erzählt? Oder war das Taktik, damit sie ein Druckmittel in der Hand behielten?

»Wie habt ihr mich eigentlich gefunden?«, fragte Oliver.

»Erst einmal müssen Sie unterschreiben. Vorher kann ich Ihnen nicht einmal erzählen, ob dieses Jahr Weihnachten ist.«

Oliver unterschrieb. Was blieb ihm auch sonst übrig? Jasmin erzählte ihm die Geschichte der Abteilung Nemesis und ihrer engen Kooperation mit CIA und NSA. Und hier kam Antonija ins Spiel. Auch wenn die NSA schon viele der anonymen TOR-Ausgangspunkte kontrollierte, mit denen man ins Dark Web kam, reichten ihre Krakenarme noch immer nicht tief genug in das verborgene Internet hinein. In das normale Internet schon, aber nicht in das Dark Web. So war man in Fort Meade bei der NSA der Ansicht gewesen, dass man ein künftiges Silk Road oder irgendwelche neuen, riesigen Pädophilie-Plattformen oder alle anderen dunklen Deals wie Waffenhandel, Menschenhandel und Kinderpornografie am besten dadurch eindämmte, wenn man das Dark Web als Handelsweg besser verstand.

»Und dieses Scharnier war Antonija?«, fragte Oliver.

»Sie ist es noch immer.« Jasmin nickte. »Eine von mehreren. Im Dark Web ist sie Slate. Und da die Menschen im Dark Web sehr misstrauisch sind und nicht jeden in ihren Kreis hereinlassen, muss man halt Leute hereinschleusen, die dort einen ›Job‹ haben. Und damit irgendwie dazugehören.«

»Und Slate hatte einen Job. Als Auftragskiller?«

»Ja. Und Sie haben ja offenbar auch davon Gebrauch gemacht«, sagte Jasmin, »wenn ich mal an diesen Engländer in Berlin denke.«

Verdammt, das hatten sie also auch noch herausgefunden. Oliver fühlte einen Stich im Magen. »Aber Slate war doch der Killer! Nicht ich!«

»Aber Sie waren der Auftraggeber! Wie auch immer, wir haben genug zu tun, als dass wir Ihnen wegen diesem Auftrag an Slate irgendwelche Schwierigkeiten machen würden. Wir sind hier für die großen Dinger zuständig, nicht für die kleinen Eierklau-Vergehen. Das ist zwar nicht legal, aber pragmatisch. Es ist nun einmal Slates Job, auch als Auftragskiller zu arbeiten, und dass sie dafür auch ein paar Menschen töten musste ...« Er konnte sehen, wie Jasmin sich wand. »Nun gut, das wurde eben sowohl vom BND als auch von NSA und CIA in Kauf genommen. Das ist schließlich Teil der Tarnung. Wenn Slate nicht töten würde, würde sie keine guten Rankings bei der Hitman-Plattform kriegen. Und wenn diese Rankings nicht da wären, wäre Slate kein richtiger Auftragskiller, kein Hitman, und damit auch nicht drinnen, sondern draußen.«

»Macht Sinn«, sagte Oliver. »Ein verdeckter Ermittler, der, um glaubhaft zu sein, auch mal töten muss.«

»Weil er Auftragskiller ist, muss er das. Wäre er Bäcker, müsste er nur backen. Aber Bäcker halten sich wenig im Dark Web auf. Brötchen kann man schließlich ganz legal kaufen.« Jasmin schaute Oliver durchdringend an. »Haben Sie noch Fragen?«

»Ja. Warum war Slate an mir dran? Oder Antonija oder wie immer sie wirklich heißt? Sie sagte, es lief über meine Frau? Weil sie einen Privatdetektiv engagiert hat?«

»Das ist richtig, aber das ist nur die halbe Wahrheit. Sie«, Jasmin zeigte auf Oliver, »hatten den guten Kontakt zur Russenmafia. Und unsere Einheit, aber besonders auch die US-Geheimdienste, wollen die Online-Aktivitäten des Kartells eindämmen, bevor das alles allzu groß wird. Sie wissen am Beispiel Mexiko, was passiert, wenn man Drogenkartelle zu lange gewähren lässt. Die Russenmafia ist dabei, das schlimmste Kartell in Europa zu werden. Und nicht nur dort. Sie wollen auch in die USA. Und das gefällt Uncle Sam nicht. Und Sie, lieber Oliver Winter, kannten dort einige der Hauptakteure. Als Sie nach einem Killer gesucht haben, hat sich Slate dann recht prominent auf der Seite plaziert, so dass Sie direkt mit der Nase auf sie gestoßen sind. Und das hat ja auch funktioniert. Slate hat kurz darauf einen Cookie und ein Root Kit auf Ihrem Rechner hinterlegt.«

»Im Dark Web? Das geht?«

»Für unsere Freunde in Crypto City geht einiges. Allein hätten wir das allerdings nicht geschafft.«

Crypto City, dachte Oliver. Das war die interne Bezeichnung für die NSA. »Und dadurch konntet ihr alles überprüfen, was ich gemacht habe?«

»Ja. Ab dann konnten wir, beziehungsweise Slate, alle Aktivitäten, auch die von Vlads Mafia, aufzeichnen. Somit hatten wir eine Menge Beweise gegen das Verbrecherkartell, und damit war auch die etwas spontane Aktion am heutigen Nachmittag gerechtfertigt. Hoffe ich jedenfalls.« Den letzten Satz sagte Jasmin eher zu sich selbst. »Aber das ist noch nicht alles.«

Und sie erzählte ihm die Geschichte mit den Dolls, Dr. Czerny und den Anleihenkäufen der EZB. Und dass sich offenbar irgendjemand dazwischengeschaltet hatte und jeden Monat gigantische Beträge abgezweigt hatte.

Oliver musste das Ganze erst einmal sacken lassen. Und ihm wurde klar, was diese Dolls wirklich waren: Erpressungswerkzeuge, um wichtige Leute, die dem Kartell zuarbeiteten, gefügig zu machen. Durch das dunkle Geheimnis, das beide ab dann hüteten. Die Mafia und der, der mit den Dolls erpresst werden konnte.

»Und was machen wir nun?«, fragte er schließlich.

»Nun müssen wir die offenen Enden irgendwie zusammenbringen.«

Oliver dachte ein paar Sekunden nach. »Ich kenne da welche, mit denen es vielleicht schneller geht. Der Kontakt kommt noch aus meiner Zeit in London. Ich habe dort mal studiert.«

»Ich weiß«, sagte Jasmin und lächelte. »Ich kenne Ihre Akte, wie man so sagt. Ich habe auch in London studiert. Wer ist der Kontakt?«

Oliver überlegte einen Moment. »Es gibt da eine Firma, sie heißt, soweit ich weiß, GH Associates. Es ist eine Ausgründung des Instituts für War Studies am King's College. Die sind auf Cybercrime, Geldwäsche und solche Dinge spezialisiert. Und sie erledigen alles auf dem kurzen Dienstweg.«

»Und woher kennen Sie die genau?«

»Von meiner Zeit als Investmentbanker. Wir hatten oft mit William Grayson, dem Gründer der Firma, zu tun. Besonders, wenn es um Risikoprofile einzelner Staaten ging, oder Investitionsrisiken oder Terrorabsicherung. Und Cyberterrorismus, der in Richtung Banken gerichtet ist.«

»GH Associates?« Jasmin notierte sich den Namen. »Vielleicht, lieber Oliver Winter, hat sich Ihre Unterschrift unter dieses Formular doch gelohnt.«

KAPITEL 28

LONDON, OKTOBER 2015
The Royal Horseguards Hotel, Westminster

Antonija, alias Slate alias Spike alias Tony, war in London gelandet. Termine mit einigen Leuten, die es offiziell gar nicht gab, standen an. Unter anderem mit dem MI5, dem britischen Inlandsgeheimdienst. Und vielleicht gab es noch den einen oder anderen Auftrag in der prächtigen Stadt an der Themse abzugreifen. Gerade in London gab es ja viele Leute, bei denen andere Leute ein großes Interesse daran hatten, dass sie von der Bildfläche verschwanden. Die Themse selbst hatte schon einige von diesen Menschen willkommen geheißen.

Sie hatte im Hotel Royal Horseguards in Westminster eingecheckt und hatte sich eine Suite mit Blick auf ebendiese Themse gegönnt. Sie schaute auf den schwarzen Koffer. In seinem Inneren war die Glock, die sie heute sogar durch die Sicherheitskontrolle bekommen hatte. Denn die Waffe war komplett aus Hartplastik. Hätte man die Waffe gefunden, wäre es entweder eine Deko-Waffe gewesen, oder Antonija hätte sich als Mitglied einer regierungseigenen Elitetruppe ausgegeben. Die nötigen Papiere dafür hatte sie. Doch darum ging es ihr gar nicht. Es war eher der Thrill gewesen, ob es wirklich funktionierte, eine Waffe durch die Sicherheitskontrollen zu bekommen. Und die absurde Situation zu genießen: dass sie eine Schusswaffe mit ins Flugzeug nahm und gleichzeitig die gesamte Kulturtasche von unverdächtigen Geschäftsreisenden vom Sicherheitspersonal mit eifriger Lust durchwühlt wurde, um zu sehen, ob die Nagelfeile nicht zu lang war.

Ein weiterer Karton stand in ihrer Suite neben dem schwarzen Koffer. Denn die Patronen hätte sie nicht durch die Sicherheitskontrolle bekommen, die hatte sie sich über einen Weiterversandservice direkt per Kurier ins Hotel liefern lassen. Auf einen anderen Namen natürlich. Das Paket hatte sie vor zehn Minuten mit einem falschen Pass an der Rezeption abgeholt.

Sie nahm die Glock aus dem Koffer und zielte auf einen Punkt jenseits der Themse. Ein idealer Ort, um als Scharfschütze Leute zu erledigen, dachte sie. Doch hier würde sie keine Glock nehmen, sondern eher ein Sniper-Gewehr. Sie war selbst an einem M4 Sabre Defence ausgebildet worden. Normalerweise würden die Leute hier aber nicht an den Tod denken.

Sie schaute sich in der Suite um. Hier hatten sicher schon viele Hochzeitspaare die Hochzeitsnacht verbracht, denn das Fünfsternehotel war in seinem prachtvollen, viktorianischen Stil, gerade in Verbindung mit dem nahe gelegenen One Whitehall Place eine *der* Londoner Adressen für Hochzeiten. Ans Heiraten dachte sie nicht. Aber dass das Hotel während des Zweiten Weltkriegs auch als Hauptquartier des britischen Geheimdienstes diente, machte es für Antonija zu einer nahezu perfekten Absteige. Wenn auch nur aus symbolischen Gründen.

Es war eine ihrer Angewohnheiten, in jedem Hotel nach dem nächsten Notausgang und dem nächsten Ausgang zur Feuerleiter zu suchen, und so verließ sie das Zimmer kurz und machte sich auf die Suche. Sie lief den Gang hinunter, die Schlüsselkarte in der Hand. Vor ihr lief ein Zimmerpage. Wenn sie wieder auf ihrem Zimmer war, würde sie mit Jasmin telefonieren und sich über den neuesten Stand der Ermittlungen erkundigen. Sie ärgerte sich über den Zimmerpagen, der ausgesprochen langsam mit einem großen Tablett vor ihr lief und offenbar irgendeine Zimmernummer suchte. *Wenn ihr als Hotelpersonal nicht wisst, wo die Räume sind, lasst das euer Problem sein, aber nicht meins,* dachte sie.

Sie hörte leichte, federnde Schritte. Hinter ihr lief ein Mann in Sportsachen, der offenbar gerade aus dem Fitnessraum des Hotels kam, von einem Apfel abbiss, ein weißes Handtuch über die Schulter gelegt. Seinem Gesicht nach schien ihm das Tempo des Pagen auch zu langsam zu sein, nur konnte man auf diesem engen Gang kaum überholen. Sie lächelte kurz. Er lächelte zurück.

Sie wusste nicht, dass Oliver und Jasmin ebenfalls nach London unterwegs waren.

Das sollte sie auch gar nicht wissen.

In dem Moment drehte sich der Page vor ihr ruckartig um.

KAPITEL 29

FRANKFURT AM MAIN, OKTOBER 2015
Flughafen, British-Airways-Flug nach London

Jasmin saß mit Oliver im Flugzeug, das kurz davor war abzuheben. Ressler hatte den Besuch in London schnell durchgewunken. Auch er hatte schon viel Gutes von GH Associates gehört, und je eher sie in diesem verfilzten Fall Ergebnisse hatten, desto besser. Auch wenn sich das Honorar für GH Associates sicher im fünfstelligen Bereich bewegen würde; unüblich waren solche Aufträge nicht, denn es war ein neuer Trend, dass Privatfirmen immer öfter Aufgaben des Staates übernahmen. Einerseits ließen sich dadurch dringende Ermittlungen schneller erledigen, als wenn sie endlos lange durch die bürokratischen Staatsmühlen gemahlen wurden. Andererseits musste dann die Frage erlaubt sein, wofür der Staat überhaupt noch Steuergelder eintrieb, wenn es dafür für die Bürger überhaupt keine Gegenleistung mehr gab und alles private Anbieter machten, die noch einmal extra Geld kosteten.

Allerdings war dies nicht Jasmins einziges Problem. Lutz hatte ihr gestern Abend am Telefon wieder eine Szene gemacht, weil er auf die kleine Carla aufpassen musste. Und ihre Mutter war auch nicht begeistert gewesen, weil sie eigentlich mit ein paar Freundinnen an die Ostsee hatte fahren wollen, anstatt Not-Babysitter zu spielen. Dabei hatte ihre Mutter ihr doch immer gepredigt, dass eine Frau ohne Kind keine richtige Frau sei und dass sie schon lange darauf wartete, endlich Großmutter zu sein. Nun war sie Großmutter, und das war jetzt aber auch nicht das Richtige. Nur, dachte Jasmin, Großmutter wurde man nicht, indem man mit irgendwelchen Kaffeetanten an der Ostsee herumlungerte und sich in Klatsch und Tratsch erging, sondern indem man sich auch einmal um das Kind kümmerte.

Jasmin dachte den Gedanken nicht zu Ende, aber manchmal wünschte sie sich, es gäbe so etwas wie rückwirkende Abtreibung. Wenn auch nur für eine Zehntelsekunde. Denn wenn sie in das Gesicht der kleinen Carla blickte, selbst wenn es nur auf dem Foto auf ihrem Smartphone war, dann war alle Anstrengung vorbei, und all solche bösen Gedanken waren vergessen.

Jasmin hatte ein Dossier über GH Associates auf den Knien, während sie penibel darauf achtete, dass von hinten niemand hineinschauen konnte, auch wenn das offenbar keine allzu geheime Information war und die Präsentation auch nicht mehr die neueste war. Oliver hatte sie ihr gestern geschickt, und sie hatte die Unterlage im BKA ausgedruckt. William Grayson, stand dort, war früher im Investmentgeschäft gewesen. Sein

Fonds *Kutusow Capital,* benannt nach dem berühmten russischen General, war einer der Senkrechtstarter-Osteuropa-Fonds zu Beginn des Jahrtausends gewesen. Oliver hatte bei seiner Zeit bei Silverman & Cromwell öfter mit Kutusow Capital zu tun gehabt.

Graysons erste Investitionen waren spektakuläre Investments in Russland gewesen, sibirische Ölgesellschaften, Aluminiumminen, Rüstungswerke. Damit hatte er zwei- bis dreistellige Renditen erzielt. Genauso viel Geld hatte er später auch wieder verloren. Und nicht nur das.

Ein Absatz war interessant. »Ist das wirklich wahr?«, fragte Jasmin mit leiser Stimme. »Die Sache mit den russischen Oligarchen?«

Das Flugzeug hatte den Erdboden verlassen und schraubte sich langsam in den Himmel.

Oliver nickte. »Grayson hat sich wohl mit den falschen Leuten in Moskau angelegt. Und die haben ihm dann, über die Regierung, mal eben Steuerhinterziehung vorgeworfen.«

Jasmin nickte. Dieses Vorgehen kannte sie gut. Wenn man in Russland jemanden stilllegen wollte, ging das über den Vorwurf der Steuerhinterziehung am besten. Die Konten wurden eingefroren, die Bewegungsfreiheit eingeschränkt, die Telefone blockiert. Der Typ war dann so gut wie tot.

»Fast so schlimm wie die Chinesen«, sagte sie. »Wie ging es denn weiter mit Grayson?«

»Er ist irgendwann nach London zurückgekehrt. Wurde Professor am Institute of War Studies vom King's College. Angeblich berät er auch Geheimdienste.«

»Den GCHQ«, sagte Jasmin. »Dann ist er noch Member of the Board of Intelligence and National Security. Und im Kosovo war er auch als Militärberater.« Sie schaute aus dem Fenster. Das Flugzeug gewann an Höhe und ließ das Terminal 1 des Frankfurter Flughafens hinter sich. Unten sah sie die City Frankfurts.

Die großen Bankgebäude. Und etwas weiter östlich den dunklen Turm der EZB. Dort hatte Jürgen Rudolf gesessen, hatte die Firewall manipuliert, das Penthouse in Moskau bekommen und die Doll … Die Doll hatte er. Das Penthouse hat er vielleicht nie gesehen. Jasmin schaute weiter in das Dossier. »Graysons Schwerpunkt ist aber Russland, und das ist gut.«

Sie blätterte weiter durch das Dossier. »Dann hat er noch einen Report über Enteignungen geschrieben. Internationale Unternehmen werden in Russland gelegentlich auf ganz bestimmte Weise enteignet: Das Geld wird auf Offshore-Steuerparadiesen verstreut …«, sie blätterte durch die Seiten, »ah ja, die Cayman Islands, Virgin Islands, Dubai und so weiter, dort werden Investment-Firmen gegründet, und diese investieren dann, als Foreign direct investments getarnt, wieder in Russland.«

Oliver nickte. »Und diese Investitionen werden auf dem Papier zu Firmen, fusionieren und verschmelzen dann mit großen, russischen Staatsunternehmen oder werden gleich von ihnen übernommen. Auf diese Weise kommt das Geld von ausländischen Firmen, die in Russland enteignet werden, wieder in Russland an.«

Jasmin schaute ihn erstaunt an. »Woher wissen Sie das?«

»Schon vergessen? Ich war mal Investmentbanker. Genau so läuft unser Geschäft: viel Geld mit sehr wenig Geld bewegen.«

Jasmin lächelte. »Banker sind Henker. Aber manchmal auch ganz nützlich.«

Sie überlegte einen Moment. Hatten sie nicht auch bei Europol diese seltsamen Investmentgesellschaften durchleuchtet? Naval Heit, oder wie hieß diese Holding in Angola noch? Das war, zusammen mit den Dark Pools aus dem Anleihengeschäft, einer der Schlüssel, die zu dem großen Unbekannten führen könnten.

Banker sind Henker.

Oliver wusste nicht, was er darauf erwidern sollte. Dann hatten ihn die Bewegungen des Fliegers erfasst wie eine große Wiege. Und Oliver, auch wenn er eigentlich viel zu aufgeregt war wegen all der Ereignisse der letzten Tage und der diffusen Aussicht auf das, was noch kommen mochte, sank in einen kurzen und ruhigen Schlaf.

KAPITEL 30

LONDON, OKTOBER 2015
The Royal Horseguards Hotel, Westminster

Der Page blieb vor Antonija stehen. Auch Antonija stoppte. Und sie war augenblicklich in Alarmbereitschaft. Wenn der Typ Schwierigkeiten machen würde, dann …

Doch der Page vor ihr war nicht das Problem. Wenn auch sicherlich Teil des Problems. In dem Moment, als der Page stehen blieb und Antonija instinktiv zurückwich, erwies es sich, dass der Mann hinter ihr keineswegs vom Sport kam. Er ließ das Handtuch auf den Boden fallen. Darunter verbarg sich in seiner Hand eine Spritze. Die er Antonija blitzschnell in den Hals rammte.

Antonija sah noch, wie sich die getäfelten Wände und die Decke um sie drehten, sah das silberne Tablett des Pagen und ihr Gesicht, das sich darin spiegelte, als wäre ein Teil von ihr bereits auf der Reise auf die andere Seite des Bewusstseins unterwegs. Sie sah den Mann mit der Sportkleidung, der sie auffing, bevor sie zu Boden fiel.

Der Page öffnete mit seiner Schlüsselkarte eine Tür auf der rechten Seite des Ganges. Der Mann hinter ihr gab ihr einen Stoß, so dass sie in den Raum taumelte.

Die Tür fiel krachend ins Schloss.

Antonija sackte endgültig in sich zusammen und verlor das Bewusstsein.

KAPITEL 31

LONDON, OKTOBER 2015
Liverpool Street, Finanzdistrikt

Jasmin und Oliver kamen gegen Abend in London an. Sie fuhren vom Flughafen aus mit dem Heathrow Express nach Paddington Station und von dort mit dem Taxi weiter. Ihr Hotel, ein »Design Hotel«, lag an der Liverpool Street, mitten in der sogenannten Square Mile, oder auch »The City« genannt, wo sich die gläsernen Bankentürme auf die alten Stadthäuser gepflanzt hatten. Im Hotel gab es nicht nur schnelles WLAN, sondern in einer Ecke nahe der Rezeption wurden sogar kostenloses Knabberzeug und Wein angeboten. Doch sowohl Jasmin als auch Oliver waren der Ansicht, dass es für Wein noch etwas früh war, vor allem, da noch ein wichtiges Gespräch vor ihnen lag.

»Treffen wir Grayson in seinem Büro?«, fragte Oliver, als sie beide kurz auf ihren Zimmern gewesen waren und sich etwas frisch gemacht hatten. Graysons Büro war ganz in der Nähe, ebenfalls in einem der Banktürme in der Old Broad Street 125 untergebracht.

»Ist noch nicht ganz sicher«, sagte Jasmin. »Seine Assistentin ruft gleich an. Kann auch sein, dass wir irgendwo essen gehen und morgen den Arbeitsteil im Büro abhandeln.«

Einige Minuten später klingelte Jasmins Handy.

»Ja, sehr gerne«, antwortete sie dem Anrufer auf Englisch. »Nahe Buckingham Palace. Oxford and Cambridge … Das hört sich gut an!«

Oliver blickte sie fragend an: »Oxford *und* Cambridge? Kann Grayson an zwei Orten zugleich sein?«

Sie schüttelte den Kopf. »Er lädt uns in einen Gentleman's Club nahe dem Buckingham Palace ein. Dem *Oxford and Cambridge Club.*«

Oliver grinste. »Diese Clubs kenne ich noch von meinem Studium. Jedenfalls einige. Und von der Bankzeit erst recht. Soweit ich weiß, dürfen da aber keine Frauen rein.«

Jasmin kniff die Lippen zusammen. »Das werden wir ja sehen!«

Sie waren die Liverpool Street entlanggeschlendert, wo die Banker und Büromitarbeiter aus den Büros in die Pubs stürmten. Die Atmosphäre in der City war immer wieder einzigartig. Die klassizistischen Stadthäuser, im Erdgeschoss die Pubs und oben die riesigen Wolkenkratzer. Sie hatten sich dann ein Taxi herangewinkt und waren gen Südwesten Richtung Buckingham Palace gefahren.

Der Eingang des *Oxford and Cambridge Club* gab schon einen Vorgeschmack auf das Innere. Beide wurden um ihre Visitenkarten gebeten, und Jasmin zückte ihre *Johanna-Langhaus*-Karte. Oliver wurde vom Portier ermahnt, seine Krawatte richtig zu binden, während sie in der Eingangshalle auf eine Kopie von Donatellos *David* schauten.

»Sie haben eine Einladung von Mr. Grayson, richtig?«, fragte der Portier. Er wusste das offenbar, ohne irgendwo nachgeschaut zu haben. Und der Subtext seiner Worte war: *Sie beide dürfen hier nur rein, weil Mr. Grayson Sie eingeladen hat. Und für Sie als Frau gilt das insbesondere …*

Im Inneren sah es genauso aus wie in der Vorhalle. Anzugspflicht, Holzvertäfelung, schwere Teppiche, große Cognacschwenker und Zigarrenrauch. Der Portier führte sie zu einer Sitzecke, wo ein etwa sechzigjähriger, leicht fülliger Herr mit schütterem, grauem Haar saß, der sein Gesicht in eine Financial Times vergraben hatte. Er trug einen dunkelblauen Nadelstreifenanzug und ein weißes Hemd mit Manschetten. Wenn Jasmin es richtig sah, waren *GH*-Monogramme in die Manschetten eingraviert. Dazu eine orange Krawatte und ein oranges Einstecktuch. Neben ihm auf einem leeren Platz lagen zwei Magazine, der Economist und die neueste Ausgabe der Foreign Affairs und eine Mappe, in der offenbar einige Unterlagen steckten. Daneben einige kleine weiße Zettel. Die Menü- und Getränkebestellungen mussten in diesem Club, der einer der traditionellsten in London war, auf ein leeres Blatt Papier geschrieben werden, versehen mit dem persönlichen Initial. Schließlich sollte die Zeitungslektüre der Gäste nicht durch lautstarke Bestellungen gestört werden.

»Mr. Grayson«, sagte der Portier, »Ihr Besuch ist da!«

Grayson legte die Zeitung beiseite, stand auf und begrüßte erst Jasmin und dann Oliver. »Da haben Sie extra den ganzen Weg von Berlin aus auf sich genommen, um mich zu besuchen. Welche Ehre!«

»Diesmal von Frankfurt aus«, sagte Jasmin.

»Statt der Hauptstadt Deutschlands also die Hauptstadt des Geldes. Wie auch immer. Setzen Sie sich!« Er wies auf die Sessel. »Ich schlage vor, wir nehmen hier einen kleinen Aperitif und gehen dann in einem der Private-Dining-Räume im ersten Stock etwas essen. Wird wohl auf Lamm mit Minzsoße hinauslaufen. Und alles andere klären wir morgen in meinem Büro. Einverstanden?«

Jasmin nickte. »Gern.«

»Auch Sticky Toffee Pudding?« Oliver konnte sich die Frage nicht verkneifen.

Grayson lächelte. »Darauf können Sie Gift nehmen.« Er musterte Oliver kurz. »Zigarre?«

Der blickte Jasmin an, als ob er um Erlaubnis fragen müsste. Die zuckte die Schultern, als wollte sie sagen: *Mach doch, was du willst.*

»Gern«, sagte Oliver. Der Portier kam, brachte eine Zigarre, schnitt die Spitze ab und ließ sie auf den Teppich fallen, wo sie liegen blieb. Das hatte Oliver auch in seiner Londoner Zeit schon öfter erlebt. In einem Gentleman's Club hob man nichts vom Boden auf. Das machten dann nachts die Reinigungskräfte.

»Ein ziemlicher Inzest hier, nicht wahr«, begann Grayson das Gespräch, während er sich im Club umsah und der Butler Oliver und ihm die Zigarre angezündet hatte und die Cognacs serviert worden waren. Die Zigarren hatte der Butler mit einem speziellen Zigarrenfeuerzeug, aus dem eine brausende Flamme kam, entfacht und dann ein wenig hin und her geschüttelt, damit sich das Feuer im Kopf der Zigarre verbreitete. Erst dann durfte man die Zigarre in den Mund nehmen und ein paarmal daran ziehen. Als Grayson und Oliver an ihren Zigarren zogen, fühlte Jasmin sich ein bisschen wie ein Ausstellungsstück in einem Zoo. Als einzige Frau im Raum, die auch noch Cognac trank, was sie normalerweise alle fünf Jahre einmal tat.

»Die Oberschicht hat sich in Großbritannien nie verändert«, sagte Grayson. »Keine Französische Revolution, kein Krieg, der alles hingerafft hat. Erst Eton und Winchester oder Harrow, dann geht es nach Cambridge oder Oxford und dann in die Banken, die Regierung oder die Ministerien oder die Zeitungsverlage. Wenn es noch welche gibt.«

»War das bei Ihnen auch so?«, fragte Jasmin. Offenbar wollte Grayson etwas Small Talk machen, bevor er zur Sache kam.

»Na sicher, ich bin nicht besser. In Oxford war ich im Bullingdon Club. Der wurde 1780 gegründet. Als Initiationsritus wird dort von allen das Studentenzimmer zerlegt.«

»Wer ist da noch so gewesen?«

»Nach mir kam Boris Johnson. Und David Cameron.«

Nicht schlecht, dachte Jasmin, der Bürgermeister von London und der Premierminister.

»Kommen wir zur Sache, soweit das hier geht.« Grayson beugte sich nach vorne. »Sie vermuten, dass eine große Sache von Russland aus läuft?«

Jasmin nickte. »Ich denke, wir werden morgen ins Detail gehen, aber wir vermuten, dass es einen Zusammenhang zwischen dieser Website Holos, dem Dark Web und einigen sehr rätselhaften, aber auch sehr großen Geldtransaktionen gibt.« Sie hatte Grayson im Vorfeld einige Unterlagen geschickt.

Grayson lehnte sich zurück. »Russland war immer sehr gut darin, dass sehr wenige sehr viel bewegt haben. Dort ist die Oberschicht noch zementierter als hier. Im Jelzin-Russland verteilte die Regierung Gutscheine an hundertfünfzig Millionen Menschen. Diese wurden damals für durchschnittlich zwanzig Dollar gehandelt. Hundertfünfzig Millionen mal zwanzig macht drei Milliarden Dollar. Bei der Vollprivatisierung der russischen Rohstoffunternehmen waren diese Gutscheine eintauschbar gegen 30 Prozent der Aktien von diesen Unternehmen.«

Oliver und Jasmin hörten aufmerksam zu.

»Wenn also 30 Prozent drei Milliarden wert sind, wie hoch ist dann der Gesamtwert aller russischen Unternehmen?«

»Ungefähr zehn Milliarden«, sagte Oliver.

»Und?«, fragte Grayson. »Viel oder wenig?«

Oliver fiel die Antwort nicht schwer. »Verdammt wenig, oder?«

»Verdammt wenig, genau!« Grayson nickte. »Zehn Milliarden Dollar! Das ist weniger als der durchschnittliche Wert eines mittelgroßen US-Ölkonzerns. Und wir reden hier von Russland! Das ist ein Land, das ein Zehntel der Ölvorräte, ein Zehntel der Aluminiumvorräte und ein Viertel aller Erdgasressourcen hat. Und all das wurde billig an die Oligarchen verscherbelt!«

»Haben die Oligarchen das unter sich verabredet?«, fragte Oliver.

»Und ob. Sie haben sich Mitte der neunziger Jahre getroffen. Im schweizerischen Davos. Ein Schelm, wer Böses dabei denkt.«

»Das World Economic Forum«, murmelte Oliver.

»Korrekt.« Grayson nickte. »Nicht nur Thomas Manns *Zauberberg* spielt in Davos. Da spielt auch noch ganz andere Musik im Reich der Winterstiefel und Maßanzüge. Eine Menge großer Deals werden dort gedreht. Jedenfalls haben die Oligarchen verabredet, einen Wahlsieg der Kommunisten zu verhindern und den siechen Boris Jelzin im Amt zu halten. Sie leisteten also massiv Wahlhilfe, vielleicht halfen sie auch dabei, die Wahlen zu manipulieren, und dafür bekamen sie einen Großteil der Industrien und Rohstoffe des Landes.«

»Bis Putin kam«, sagte Jasmin.

»Putin«, sagte Grayson, »ist mit seinem geschätzten Vermögen von vierzig Milliarden eigentlich ein Mega-Oligarch, aber in der Tat: Er machte dem Treiben ein Ende. Paradestück war, wie er den Anführer der Oligarchen, Michail Chodorkowski im Oktober 2003 für fast zehn Jahre in Sibirien in den Knast steckte.«

»Das neue Russland ist doch viel weniger demokratisch, aber auch sehr viel strategischer als die Jelzin-Version?«, fragte Jasmin und nippte an ihrem Cognac.

»Ja.« Grayson nickte. »Wobei ich glaube, dass auch das Jelzin-Russland nicht sonderlich demokratisch war. Aber Russland bewegt sich höchstwahrscheinlich wieder auf eine Kommandowirtschaft zu, in der bestimmte Prozesse top down gesteuert werden und wo Industrie und Politik eine Symbiose eingehen, ähnlich wie in China. Staatskapitalismus eben. Und das Ziel ist, neben Amerika und China, die dritte Weltmacht zu werden.«

»Wird das von allen so gesehen?«, fragte Oliver. »Mir kommt es so vor, als ob die meisten Russland völlig falsch einschätzen.«

»Tja, die meisten haben wenig Ahnung, in der Tat.« Grayson betrachtete die glühende Asche an seiner Zigarre. »Die einen rennen den Russen in scheinbar sozialistischer Verbundenheit hinterher, die anderen dämonisieren sie nur. Dabei ist Russland ja nicht böse. Es hat halt all die Jahrhunderte die gleichen Probleme: keinen Hafen, der im Winter nicht zufriert. Und so etwas macht paranoid. Russland verfolgt einfach seine Interessen. Und das immer konsequenter.« Er trank von seinem Cognac und schürzte die Lippen. »Hennessy«, sagte er kurz. »Den mochte Churchill auch. Jedenfalls: Ihr Deutschen habt Russland nie aus den Augen gelassen. Das ist sehr schlau! Die Amerikaner haben in den neunziger Jahren viele Quellen in Russland versiegen lassen. Kennen Sie den Film *Terminator 2?*«

»Ja.« Olivers Augen strahlten. »Klasse Film!«

Jasmin fragte sich, worauf Grayson hinauswollte.

»Klasse Film, aber auch naiv. Von 1991. Da heißt es doch so schön: *Die Russen sind doch jetzt unsere Freunde.* Ähnlich haben sich auch die Geheimdienste in den USA verhalten.«

»In Deutschland war die Historie der Geheimdienste anders«, sagte Jasmin. »Das fängt ja schon beim Gründer des BND an.«

»Eben«, sagte Grayson, »Reinhard Gehlen, der erste Präsident des BND, war vorher Leiter der Abteilung Fremde Heere Ost in Hitlers Generalstab gewesen. Die USA haben den BND als Zweigstelle der CIA für die Überwachung des Ostblocks gegründet. Russland zu überwachen und zu verstehen, das war sozusagen das *Mission Statement* des BND.«

»Ist denn Russland die Kleptokratie und Anarchie, von der immer gesprochen wird?« Das war Oliver.

Grayson schüttelte den Kopf. »Nein! Abgesehen davon, wird dabei immer vergessen, dass Russland strategisch denkt. Eine Kleptokratie, wie wir sie in Kongo, Zimbabwe, Liberia oder anderen Ländern Afrikas finden, würde nicht so vorgehen wie Putin. Sie würde die teuren Nuklearwaffen aufgeben und die Armee verkommen lassen, so wie es die Ukraine gemacht hat. Putin hingegen will Russland wieder zur militärischen Großmacht machen. Man könnte sagen: Er will die Sowjetunion 2.0.«

»Und die ganzen Shitstorms im Internet gegen NSA und BND, die wir vor kurzem in Deutschland hatten?«

Grayson grinste. »Ich bin ziemlich sicher, dass Russland dahintersteckt, um Stimmung gegen die westlichen Geheimdienste zu machen. Kommunikation, das können die sehr gut!«

»Die Trolle in St. Petersburg?«, fragte Jasmin.

»Genau die.«

Die Cognacs waren fast ausgetrunken und die Zigarren so gut wie aufgeraucht. Abgesehen davon, rauchte man Zigarren ohnehin nicht ganz zu Ende, weil sie irgendwann nicht mehr schmeckten. Im Gentleman's Club erst recht.

»Mit Russland und dem Westen ist es wie mit Männern und Frauen«, beendete Grayson das Gespräch. »Mit geht es nicht. Und ohne geht es erst recht nicht!« Er stand auf, zwinkerte Oliver und Jasmin zu und schloss einen Knopf seines Sakkos. »Lassen Sie uns was essen gehen!«

KAPITEL 32

LONDON, OKTOBER 2015
The Royal Horseguards Hotel, Westminster

Sie hatten Antonija lange ausgefragt. Zwei Agenten des FSB, die offenbar keine Namen hatten. Oder keine Namen sagten.

Spritzen und Kanülen lagen auf dem Boden. Daneben Aderpressen und kleine Glasfläschchen. Sie hatten alles in sie hineingepumpt, was unter dem Schlagwort »Wahrheitsdrogen« kursierte: Barbiturate, Hydroxibutansäure, Tranquillanzien, Scopolamin. Es war nicht so, dass all diese Drogen dafür sorgten, dass die Menschen nicht mehr lügen konnten. Aber Menschen wurden dadurch anfälliger für Suggestionen und Beeinflussungen. Und das war schon sehr viel wert. Auch die CIA hatte schon in den fünfziger Jahren solche Experimente gemacht. Bewusstseinskontrolle mit MK ULTRA, wie es damals genannt wurde. *Der Kalte Krieg* war halt einer der größten Innovationsbeschleuniger.

Antonija schaute, auf dem Boden liegend und gegen die Couch gestützt, halb bewusstlos mit glasigem Blick zur Decke und brabbelte irgendwelche wirren Sätze. Irgendwann wussten die Männer alles. Wie ihre Verbindung zu Oliver war, dass sie für Jasmin und Nemesis arbeitete, was sie sonst noch so tat und welche Identitäten sie im Dark Web hatte.

Schließlich sackte ihr Kopf zu Boden, und sie verlor endgültig das Bewusstsein. Einer der Männer breitete einen schwarzen Plastiksack aus und legte ihn neben Antonija. Dann würden sie sie in einen großen Koffer verfrachten und den in die Tiefgarage bringen. In der Tiefgarage des Hotels stand ein SUV. Der Fahrer würde mit seiner Fracht weit in den Osten Londons fahren. Sie würden Ivanow anrufen. Dann würden sie Antonija noch eine Spritze geben. Eine letzte.

Ein Agent des FSB würde die Ladung dann zu einer abgelegenen Stelle weit im Osten der Stadt fahren. Östlich von Canary Wharf, südlich des London City Airport an der Themse gab es einen schönen Ort, wie geschaffen für derlei *Entsorgungen.*

Einer der zwei Männer griff zu einem abhörsicheren Mobiltelefon. Er wählte eine Nummer.

»Ich höre«, sagte Ivanow am anderen Ende.

»In dieser Killerin«, sagte der Mann, »wohnen mehrere Seelen. Mal ist sie Tony, die Privatdetektivin, dann Antonija, die verdeckte Ermittlerin und Informantin von BND, BKA und noch ein paar anderen Geheimdiensten, die wir alle nicht mögen. Dann ist sie noch Spike und arbeitet für eine Firma namens *Executive Solutions,* und zuletzt ist sie Slate, ein Auftragskiller im Dark Web.«

»Ich würde sagen, das ist ein Volltreffer.« Ivanow machte eine kurze Pause. »Aber was ist sie noch? Habt ihr nicht noch etwas vergessen?« Der Geheimdienstchef hob die Stimme.

Der Mann am Telefon gab seinem Kollegen ein Zeichen. Der rammte die Spritze in Antonijas Hals. Sie zuckte kurz und erschlaffte.

»Was ist sie noch?«, sagte der Mann und grinste. »Sie ist tot.«
»Das wollt ich hören«, sagte Ivanow.
Damit endete die Verbindung.

KAPITEL 33

LONDON, OKTOBER 2015
Old Broad Street 125, The City

Pünktlich um 08:50 Uhr fuhren Jasmin und Oliver mit dem Aufzug in den zwanzigsten Stock von Old Broad Street 125 hinauf, wo die Firma GH Associates ihr Büro hatte. Der Name *GH* leitete sich von den Namen der beiden Gründer – Grayson & Hamilton – ab. Wobei es auch Leute gab, die sagten, *GH* stände für *Groundhog* – also Maulwurf. Da es der Firma oft gelänge, auch die am tiefsten vergrabenen Erkenntnisse aufzudecken.

Jasmin schaute verwundert auf ihr Handy, als der Fahrstuhl nach oben surrte.

»Nichts?«, fragte Oliver.

»Nein. Keine Antwort. Kein Rückruf. Das passt so gar nicht zu ihr.« Sie schickte eine SMS an die Techniker von Nemesis und ließ das Handy in der Handtasche verschwinden. »Meine Leute sollen das Handy von Antonija mit SS7-Technologie orten. Es kommt mir so vor, als ob da etwas nicht stimmt, und ich will wissen, was da nicht stimmt.«

Gestern Abend nach dem Essen und heute Morgen hatte Jasmin versucht, Antonija zu erreichen. Aber sie war nicht ans Telefon gegangen, hatte nicht zurückgerufen und auch nicht auf SMS reagiert. Und seit heute Morgen war das Handy endgültig tot gewesen.

»Vielleicht macht sie Urlaub?«, fragte Oliver. »Hätte sie sich ja verdient.«

»Ich wusste nicht, dass Urlaub in ihrem Vokabular steht.«

»Stimmt«, murmelte Oliver, »so kam sie mir auch nicht vor.«

Die Aufzugstüren öffneten sich, und sie betraten den Korridor, der hinter einer Glastür zum Rezeptionsbereich von GH Associates führte. Sie waren angemeldet, und die Rezeptionistin führte sie vorbei an Clubsesseln und Eichentäfelung, die sich allerdings, anders als im Gentleman's Club gestern Abend, mit Hightech, Computern und Servern den Raum teilten. Sie betraten ein großes Konferenzzimmer, in dem bereits Kaffee, Tee und Gebäck bereitstanden. Drei Flachbild-Monitore waren an den Wänden befestigt, zusammen mit einer Tastatur und einigen Touchscreens, wie bei einem überdimensionierten iPad. An der gegenüberliegenden Wand hing ein großes Gemälde aus dem 19. Jahrhundert, das einen Walfänger bei der Jagd auf einen Blauwal zeigte. Oder war es ein weißer Wal? Ganz genau konnte man das nicht erkennen.

»Mr. Grayson ist gleich bei Ihnen. Sie bedienen sich?« Die Dame zeigte auf Kaffee und Tee und verließ den Raum.

Die beiden hatten gerade genug Zeit, die Aussicht auf London zu genießen. In der Nähe sahen sie die Bank of England und weiter hinten die Themse und die Southbank und in größerer Entfernung Greenwich, den Millenium Dome und Canary Wharf. Da öffnete sich schon die Tür, und William Grayson trat ein. Heute in einem grauen Anzug mit kornblumenblauer Krawatte.

»Viele Banken hier«, sagte Jasmin, nachdem sich alle begrüßt hatten.

»Ja, die sind am anfälligsten für Cyberattacken. Und gute Kunden. Sie haben schließlich das Geld.« Er schenkte sich auch Kaffee ein und wies alle an, sich zu setzen. »Kennen Sie Willie Sutton?«

»War das nicht ein Bankräuber?«, fragte Oliver.

»Ja, der berühmteste der Welt. Man fragte ihn: *Warum über-*

fallen Sie Banken? Antwort: Weil da das Geld ist. Das gilt heute, im Zeitalter des Cybercrime, erst recht.«

»Wie war das bei Brecht?«, fragte Jasmin. »Was ist der Einbruch in eine Bank gegen die Gründung einer Bank?«

Grayson lächelte und zupfte an seinem blauen Einstecktuch. »Sehr richtig!« Er bemerkte, wie Oliver auf das Gemälde mit dem Walfänger blickte. »Schön, nicht wahr? Die Walfänger waren die ersten *Entrepreneure* im engeren Sinne des Wortes. Sie waren mit eigenem Kapital an den Walfängen beteiligt. Und sie sorgten dafür, dass von dem Wal so gut wie *alles* verwertet wurde. Große Dinge wagen und keine Ressourcen vergeuden: Das ist es, was wir heute noch von den Walfängern lernen können. Aber zur Sache.«

Er ging zu einem der großen Monitore und aktivierte ihn mit einem Strich seines Fingers.

»Unsere Jungs in Tel Aviv haben sich schon einmal die Zahlungsströme angeschaut, die Sie uns vorgestern geschickt haben.« Auf dem Bildschirm erschien eine riesige Tabelle mit Balken- und Kuchendiagrammen, versehen mit diversen Firmennamen.

»Tel Aviv?«, fragte Oliver.

»Allerdings. Was Hightech angeht, spielen die ganz vorne mit. Es ist die einzigartige Verbindung von Militär, Wirtschaft und Unternehmergeist. Wenn man von allen Seiten von Feinden umringt ist und keine Rohstoffe hat, dann muss man innovativ werden. Unser israelisches Büro liegt an der Rothschild Boulevard in Tel Aviv. Auf der einen Seite der Straße gibt es dort die besten Cafés und Restaurants zum Entspannen. Und in den Hochhäusern in der Nähe sitzen die Banken. Auch potenzielle Kunden. Und dazwischen innovative Start-ups bis zum Abwinken. Der ideale Cocktail für Innovationen.«

»Wie war der Spruch noch?«, sagte Jasmin. »Mose hat die Israelis an den einzigen Ort im Nahen Osten gebracht, an dem es kein Öl gibt.«

Grayson nickte. »Richtig. Meine Freunde dort gehen sogar noch weiter. Geh an jede beliebige Grenze von Israel, bohre dort im Fünfundvierzig-Grad-Winkel nach außen nach Öl. Und du findest welches!«

»Das ist jüdischer Humor«, sagte Jasmin.

»Das ist es. Hier«, Grayson zeigte auf den Monitor. »Wir haben uns mal erlaubt, uns in die Bankbilanz der EZB einzuhacken.«

»Das geht so einfach?«

»Einfach geht das nicht, aber von Tel Aviv aus geht einiges. Da ja ein Großteil der Käufe auch über die nationalen Notenbanken erledigt wird, war das etwas einfacher. Dort sind die Sicherheitsvorkehrungen und die Firewalls deutlich leichter zu knacken als bei der EZB. Einige meiner Leute arbeiten mit denen zusammen, die Stuxnet erfunden haben. Noch Fragen?«

Stuxnet, das kannte Jasmin. Sie hatte schon mit Ressler darüber gesprochen. Das Virus, das einige iranische Uran-Anlagen ausgeschaltet und auch in Russland und China weiteren Schaden angerichtet hatte. Der Mossad hatte dann noch ein paar iranische Wissenschaftler um die Ecke gebracht, und so war der Weg Irans zur Atommacht erst einmal verzögert worden.

»Es wurden tatsächlich bis zu fünf Milliarden Euro im Monat abgezweigt«, sagte Grayson kopfschüttelnd.

»Fünf sogar?«, fragte Jasmin. Die Zahlen wurden immer höher.

»Ja. Es gibt im Moment zwei riesige Akteure am Markt. Die EZB, die alles Mögliche an Staatsanleihen kauft, und die chinesische Zentralbank, die alles Mögliche auf den Markt wirft, um ihr Portfolio zu diversifizieren.«

»Und die US-Notenbank?«

»Die schaut dabei erst mal zu.«

»Fünf Milliarden im Monat!«, sagte Jasmin noch einmal. »Gigantisch viel.«

»Absolut gesehen viel. Relativ gesehen wenig«, sagte Grayson. »Schließlich kauft die Zentralbank für bis zu sechzig Milliarden pro Monat.«

»Und darum ist es niemandem aufgefallen?«

»Nun ja, Ihr Mann bei der EZB hat das offenbar gut getarnt, indem er den Kauf kaschiert hat und gleichzeitig dafür sorgte, dass in dem Moment andere Meldungen über die Zentralbank wichtiger waren. Abgesehen davon, denkt die EZB auch nicht strategisch. Sie macht das, was die Politiker wollen, ist also eine nicht-demokratische Instanz innerhalb eines scheinbar demokratischen Europas. Darum sind wir Briten auch nicht Mitglied in eurem Euro-Club.« Er hielt kurz inne und schaute nach draußen auf das Gebäude der Bank of England, der Zentralbank des Vereinigten Königreiches, die die Briten halb abfällig, halb liebevoll *die alte Tante* nannten. »Die EZB«, sprach Grayson weiter, »hat ja auch den Banken faule Papiere abgekauft. Und andere Banken damit beauftragt, diese Papiere zu prüfen. Gegen Geld natürlich. Jedenfalls sind diese Gelder abgezweigt worden und offenbar über einen Dark Pool in Bitcoins umgetauscht worden. Hier«, er zeigte auf den Monitor, »sehen wir noch, wie die Bitcoin-Transaktionen zu mehreren *Blockchain*-Blöcken kombiniert wurden, doch dann verläuft alles im Dunkeln. Einige dieser Gelder gingen offenbar auf irgendwelche Offshore Accounts. Panama, Dubai, Uruguay, eventuell auch Afrika.«

»Haben Sie so etwas schon vorher einmal gesehen?«, fragte Jasmin.

»Einen Hack in der Dimension?« Grayson schüttelte den Kopf. »Nein! Das ist selbst für uns etwas Neues. Wir haben oft Fälle, wo Hacker Börsensysteme manipulieren, um über sogenannte *Flash Crashs* und Verkaufsorders, die nie ausgeführt werden, Kursstürze auszulösen und dann entweder durch Leerverkäufe oder durch billige Zukäufe wieder viel Geld zu machen.« Er zeigte auf den Monitor. »George Soros hat 1992 gegen das Britische Pfund gewettet. Und damit auch gegen die Zentralbank. Und damit in einer Nacht eine Milliarde Dollar verdient. Doch eine solche Dreistigkeit, eine Zentralbank direkt anzuzapfen, das haben wir auch noch nicht erlebt.«

»Das Geld ging auf irgendwelche Offshore-Konten, nachdem es aus den Dark Pools kam?«, fragte Jasmin.

»Fast alles davon wurde in Bitcoins umgewandelt, um das Geld über das Dark Web zu waschen.« Grayson warf noch ein Stück Zucker in seinen Kaffee und rührte um. »Diese Bitcoins wurden an anderer Stelle wieder in Geld umgewandelt und auf verschiedene Konten transferiert. Hier«, er drückte auf den Monitor, und eine neue Bilanz erschien, »ging es an drei Moskauer Banken. Interessant ist, dass diese Banken einige Jahre zuvor zweistellige Milliardenbeträge verliehen haben. Wir können nur nicht sehen, an wen.«

»Moskauer Banken«, murmelte Jasmin. »Dann ist die EZB unfreiwilliger Geldgeber für ein großes, russisches Projekt geworden?«

»Geldgeber ist gut«, sagte Grayson. »Ein Geldgeber gibt meist Eigenkapital und ist dann am Unternehmen beteiligt. Oder er gibt Fremdkapital, also einen Kredit, und bekommt Zinsen. Hier hat die EZB das Geld genau genommen – verschenkt. Und das nicht zu knapp.«

»Das ist dann wohl die typische ökonomische Umverteilung von dumm zu schlau.« Oliver konnte sich den Kommentar nicht verkneifen.

»Aber wo ging das Geld jetzt genau hin?«, fragte Jasmin. »Das müssen wir doch irgendwie herausfinden? Es ist doch möglich, dass die Gelder aus dem EZB-Hack an verschiedene Firmen gezahlt wurden. Legale Konstrukte, die Gelder entgegennehmen und auszahlen können, ohne die Hintermänner zu entlarven.«

Grayson nickte. »Ja. Steueroasen. Die *Dirty Thirty* und so

weiter.« Er trank von seinem Kaffee. »Wir müssten allerdings konkret nach einer Firma suchen können, und diese Firma kennen wir halt noch nicht. Wenn wir eine Firma kennen würden, kommen wir vielleicht auch auf die anderen.«

»Einen Namen haben wir ja schon«, sagte Oliver. »War da nicht diese Holding mit dem Namen *Naval Heit?*«

»Ja«, sagte Grayson, »haben wir auch schon geprüft. Ist aber nirgends zu finden. Entweder gibt es die Firma nicht, oder sie ist zu klein.«

Jasmin griff zum Telefon und wählte die Nummer von Jörg Tanner. Jörg nahm nach dem zweiten Klingeln ab.

»Pass auf«, sagte sie. »Es geht noch einmal um die Information-Dump-Site und die Holding dahinter. Hat dein Kumpel bei Elrond noch etwas rausgefunden zu *Naval Heit?*«

»Nein«, sagte Jörg. »Die Spur verlief im Sand. Hätte ich dir gesagt. Äh, wie ist es sonst so?«

»Gerade ziemlich im Stress. Ich melde mich später.«

Jasmin ließ das Handy sinken. »Naval Heit«, murmelte sie. »Kann das die Lösung sein oder nicht?«

KAPITEL 34

PRAG, OKTOBER 2015
Zentralkrankenhaus

Vlad hatte eines der besten Zimmer im Zentralkrankenhaus von Prag bekommen. Bodyguards von ihm waren an der Zimmertür, vor der Station und an allen Eingängen des Krankenhauses positioniert. Riesige Blumensträuße standen auf einem großen Tisch. Sobald man im Krankenhaus war, bekam man Blumen. Das galt offenbar auch für Mafiabosse. Oder für die erst recht.

»Morgen bist du wieder draußen, Boss«, sagte Kyrill, der neben ihm am Bett saß.

Vlad fletschte die Zähne. »Ja! Und ein paar andere sind dann auch draußen! Und zwar aus dem Leben!«

In dem Moment klingelte sein Handy. Er nahm den Anruf an. Es war Victor Ivanow, der Direktor des FSB persönlich. »Wir wissen alles!«, sagte Ivanow. »Bist du bereit für einen neuen Auftrag?«

»Jederzeit. Ich bin allerdings noch ein bisschen lädiert von der Schusswunde.«

»Dann nimm deinen Kumpel, wie heißt er noch …«

»Kyrill.«

»Richtig. Er soll ein paar Leute mitnehmen und sofort nach Berlin reisen. Wir schicken euch gleich ein paar Informationen über zwei Menschen. Wie sie aussehen. Und wo sie wohnen.«

Die Verbindung endete.

Dann summte Vlads Handy erneut. Die Informationen waren angekommen.

»Gute Infos!« Er schaute zu Kyrill nach oben. »Ich schicke sie dir gleich weiter«, sagte Vlad. »Und du machst dich auf nach Berlin. Nimm drei bis fünf Leute mit, die dir am besten erscheinen.«

»Mache ich, Boss! Ich weiß auch schon, wen!« Kyrill blickte auf sein Handy. Die SMS von Vlad war gerade eingegangen.

In der SMS ein paar Informationen zu den beiden Menschen, um die sie sich kümmern sollten.

Und zwei Fotos von ihnen.

Ein Mann. Und eine Frau.

KAPITEL 35

LONDON, OKTOBER 2015
Old Broad Street 125, The City

Grayson und sein Team, sowohl in London als auch in Tel Aviv, hatten stundenlang Unterlagen gewälzt. Doch irgendein Missing Link fehlte. Irgendwo musste es doch eine Verbindung zwischen dieser geheimen Bitcoin-Schnittstelle und Holos geben. Doch dafür gab es keinen Beweis. Dafür gab es dieses komische Wort. *Naval Heit*. Und keine Lösung.

Sie hatten sich für das Mittagessen Pizzas bestellt, um jederzeit im Büro zu sein, falls Neuigkeiten eintreffen sollten. Jasmin hatte mit Ressler telefoniert, Oliver mit seiner Frau, der er eine mit dem BND abgestimmte Lügengeschichte auftischen musste. Aber mit Lügengeschichten hatte er ja mittlerweile reichlich Übung.

Grayson kam mit einigen Unterlagen zurück in den Konferenzraum.

»Also, unter *Naval Heit* finden wir wirklich nichts«, sagte er. »Bis auf diese Holding in Panama, aber das wissen Sie ja schon selbst.«

Jasmin nickte resigniert, biss in ein Stück Pizza und spülte mit einem Schluck aus einer Dose Cola Light nach. Die Diavolo-Pizza, die sie sich bestellt hatte, war wirklich höllisch scharf.

»Meine Jungs in Tel Aviv haben noch etwas herausgefunden«, sagte Grayson. »Wir haben uns in die Bilanzen einiger russischer Banken eingehackt. Alles eher staatsnahe Institute. Da gab es ein Bankenkonsortium, das vor einigen Jahren einen milliardenschweren Kredit an Skolkowo bezahlt hat.«

Jasmin spitzte die Ohren. Auch Oliver vergaß, in seine Pizza zu beißen.

»Einen Kredit«, fuhr Grayson fort, »der abzüglich der Zinsen in etwa der Summe entspricht, die später von der EZB insgesamt während der Anleihekäufe abgezweigt wurde.«

»Also etwa hundert Milliarden?«, fragte Jasmin.

»Ganz genau. Wir müssen halt nur noch wissen, an wen das ging. Oder irgendeine Firma erkennen und über deren Namen weiterforschen.« Grayson ließ sich schnaufend auf den Sessel fallen. Offenbar sehnte er sich nach einem Cognac und einer Zigarre.

Oliver schaute unterdessen wie hypnotisiert einerseits auf den Namen »Naval Heit« und auf das Bild mit dem Walfänger. *Entrepreneure,* hatte Grayson gesagt. In den geschmückten Bilderrahmen war eine kleine Schriftrolle eingearbeitet. *Hunting the Leviathan,* stand dort. *Den Leviathan jagen.*

»Irgendwas steckt dahinter«, murmelte er.

Naval Heit.

Leviathan.

Auf einmal war die Idee da. Oliver sprang auf. »Das ist ein Anagramm!«, rief er.

Grayson und Jasmin schauten ihn an, als hätte er gerade das Feuer entdeckt. »Wie bitte?«

Oliver schrieb die Buchstaben noch einmal auf ein Blatt Papier. »Hier! Wenn man die Buchstabenfolge von ›Naval Heit‹ neu ordnet, dann erhält man … Leviathan!«

Leviathan. Das riesige Monster aus dem Meer, das schon in der Bibel erwähnt wurde.

Grayson brauchte einen Moment, bis er seine Worte wiederfand. »Das könnte es sein!« Er griff zum Telefon. »Ich sage sofort in Tel Aviv Bescheid! Das sollen die sich anschauen!«

»*Leviathan* ist ja auch ein hebräisches Wort.«

»Eben!«

KAPITEL 36

BERLIN, OKTOBER 2015
Auguststraße 125

Lutz Langhorn stellte mürrisch sein Fahrrad vor der Wohnung ab und ließ das Schloss einrasten. Er war gerade in der Auguststraße bei seinem Galeristen gewesen, der ihm gesagt hatte, was Kunst wirklich wäre, nämlich das schöpferische Gestalten und Schaffen von Werken, für das jemand Begabung und ein bestimmtes Können braucht.

Begabung … Ein bestimmtes Können …

Lutz hatte das als Beleidigung verstanden. Denn was sollte er mit dieser altklugen Information? Sollte das heißen, dass er weder Begabung noch Können hatte? Denn der Galerist hatte als Nächstes gedroht, dass er, wenn die Verkäufe nach wie vor derart dürftig blieben, den Vertrag nicht verlängern könnte.

Was für eine Scheiße!

… er den Vertrag nicht verlängern konnte. Das sollte doch heißen, *nicht mehr verlängern wollte!*

Ein alter Spruch aus seiner Jugend kam ihm in den Sinn. *Alles Scheiße, alles Mist, wenn man nicht besoffen ist.*

Gleich musste er auch noch Carla aus dem Kindergarten abholen, weil Jasmin mal wieder in der Weltgeschichte herumreiste. Vielleicht hätte er doch etwas Anständiges lernen sollen, wie es ihm seine Eltern immer gepredigt hatten. Banker oder Arzt oder Anwalt. Oder gleich Bestatter. Denn gestorben wurde immer. Doch bei seinem Glück zweifelte er selbst daran. Wahrscheinlich würden die Leute dann abrupt aufhören zu sterben. Kunst jedenfalls wurde eher selten gekauft. Jedenfalls seine.

Was ist Kunst, dachte er, als er die Wohnungstür aufschloss. *Kunst ist das, was die Kunsthistoriker als Kunst bezeichnen.*

Er warf seinen Schlüssel auf die Ablage an der Tür, schaute sich selbst kurz im Spiegel an, sah ein mürrisches Gesicht, das seine Stimmung auch nicht gerade hob, und legte seinen Rucksack auf den Küchentisch.

Kunst, dachte er, *ist nichts Wahres ohne Aussicht auf Bares.*

Er nahm eine Kulturzeitschrift aus dem Rucksack und stellte den Wasserkocher an. In der Speisekammer neben der Küche suchte er nach dem Cappuccino-Pulver, fand es, streute Pulver und Süßstoff in den Becher und goss das kochende Wasser dazu. Dann nahm er Becher und Zeitschrift und ging Richtung Wohnzimmer. Zwanzig Minuten Ruhe wollte er sich gönnen, bevor es Richtung Kita ging.

Er schaute nach draußen auf die Balkontür.

War die Balkontür offen?

Er hatte sie doch nicht offen gelassen?

Dann sah er einen Schatten.

Roch etwas, was er vorher nicht gerochen hatte.

Spürte einen Schwamm mit Chloroform auf seinem Mund.

Und dann nichts mehr.

Der Becher mit dem Cappuccino und die Zeitschrift fielen zu Boden.

Scherben, Kaffee und Papier.

Sie blieben dort liegen, während starke Hände Lutz packten.

Und mitnahmen.

KAPITEL 37

LONDON, OKTOBER 2015
Old Broad Street 125, The City

Leviathan.

Es war der richtige Name.

Alle starrten auf den Monitor und auf die Daten, die die Hacker-Truppe in Tel Aviv lieferte.

»*Leviathan.* Das ist der Name einer Finanzholding, die sowohl in Panama als auch in Angola aktiv ist«, sagte Grayson. »Das Hauptquartier scheint auch in Luanda, der Hauptstadt von Angola, zu liegen.«

»Machen die nicht viel mit Öl?«, fragte Oliver.

»Schon. Dort sind viele Ölfirmen, weil unter der Salzkruste vor der Küste viel Öl gefunden wurde.« Grayson klickte weiter. »Aber Luanda versucht sich neuerdings auch als Steueroase. Die DDR hatte damals gute Beziehungen zu Angola.«

»Ja«, sagte Jasmin. »Und die Bodenschätze waren auch zur Devisenbeschaffung gut. KoKo und so weiter.«

»KoKo, ja.« Grayson schien in Erinnerungen zu schwelgen. »Kommerzielle Koordinierung, Alexander Schalck-Golodkowski, der oberste Devisenbeschaffer der DDR. Mit dem hatte ich damals auch mal zu tun. Von daher kann es durchaus sein, dass es auch eine Kooperation Angola / Russland gibt.«

Ein neues Fenster öffnete sich auf dem Monitor.

»Hier ist die Aktionärsstruktur von Leviathan«, sagte Grayson. »Wie unschwer zu erraten, ist das ebenfalls eine Holding-Gesellschaft, die in unterschiedliche Firmen investiert.«

»Leviathan ist das Scharnier«, murmelte Jasmin.

»So ist es«, sagte Grayson. »Die Gelder gingen von der EZB in die Dark Pools, Bitcoins und wo auch immer. Und dann wieder der alte Trick: All diese Gelder gingen in verschiedene Firmen, die aber dann zu einer Firma verschmolzen wurden. Ähnlich, wie das bei der Enteignung ausländischer Firmen durch russische Energiekonzerne geschah.«

Er zog mit dem Finger durch die Diagramme, vergrößerte einige davon und zoomte tiefer in Texte und Berichte hinein.

»Nur von Holos steht dort nichts«, stellte Jasmin fest. Gab es diesen Zusammenhang vielleicht doch nicht? Hatte sie sich das alles zusammenphantasiert? Hatte Kunhardt doch recht, und es bestand überhaupt kein Zusammenhang zwischen Holos und irgendwelchen geheimdienstlichen Aktivitäten?

Auch Oliver starrte auf den Monitor. »Hier«, sagte er plötzlich, »eine Firma ist an Skolkowo angedockt. Da scheint noch eine Datei dahinter zu sein.«

»Dann laden wir die doch mal runter«, sagte Grayson und tippte auf die Datei. »Virenscanner ist aktiviert. Schauen wir mal.«

Ein PDF öffnete sich. Darauf eine Liste der Aufsichtsratsmitglieder von Skolkowo. Ein Name fiel ihnen sofort auf: Josef Shestakow, der frühere Direktor des Instituts.

»Lebt der überhaupt noch?«, fragte Grayson.

»Nein«, sagte Jasmin. »Er wurde vor ungefähr einem Jahr mit Polonium vergiftet. Übrigens auch hier in London.«

»Ja, die Hälfte der Stadt gehört den Russen, die ihr Geld außer Landes bringen wollen. Das ist ein starkes Netzwerk.« Er schaute Jasmin an. »Wenn er tot ist, wird er Ihnen nichts erzählen können.«

»Eher nicht. Wer ist denn noch auf der Liste?«

Grayson blinzelte auf den riesigen Monitor. »Hier! Noch eine Person! Ein Igor Andrejew, Assistent von Shestakow. Keine Kontaktdaten. Keine Mail. Aber … Eine Postfachadresse!«

»Wo?« Jasmin trat näher heran. »Das gibt es doch nicht! Ein Postfach nahe der … Frankfurter Allee in Berlin.« Daneben war ein Foto von Andrejew. In einem Boot, in der einen Hand eine

Angel, in der anderen einen großen Fisch, wahrscheinlich einen Hecht. Offenbar war es ein Foto, das in der Freizeit gemacht wurde. Oder eines, das an den russischen Präsidenten beim Angeln erinnern sollte, der sich gerne mit Angel, Fisch oder auf einem Pferd ablichten ließ.

»Andrejew, der Assistent von Shestakow«, sagte Jasmin. »Was meinen Sie? Ist der untergetaucht?«

»Sieht fast so aus. Meine Jungs haben einen Social-Networks-Check gemacht. Bei dem ist er nicht aufgetaucht. Als würde er nicht existieren.«

Jasmin starrte angestrengt an die Wand und überlegte laut. »Wenn dieser Andrejew der Gehilfe von Shestakow war und Shestakow vergiftet wurde, und wenn wir jetzt keine Indizien von ihm haben, dann ist er entweder …«

»… wirklich untergetaucht oder ebenfalls tot.« Grayson beendete den Satz.

»Aber wenn er nicht tot ist, dann ist er doch sicher nicht Teil von diesem Holos-FSB-Skolkowo-Komplex?«

Grayson schüttelte den Kopf. »Eher nicht. Er wird wohl kaum mit denen kooperieren, die seinen Boss getötet haben. Und falls doch, dann würde er weiterhin in der Skolkowo-Struktur sein und nicht wie vom Erdboden verschluckt.«

»Dann müssen wir sofort mit ihm reden! Wenn uns einer helfen kann, dann der!«

»Und wie?«, fragte Oliver.

»Über das, was wir haben.«

»Aber viel haben wir nicht. Wir haben das Foto mit dem Hecht …«

»… und die Adresse mit dem Postfach! Exakt!« Sie griff zum Telefon und rief Ressler an.

»Hören Sie zu«, sagte sie, als sie Ressler am Telefon hatte. »Wir brauchen eine Vierundzwanzig-Stunden-Überwachung von einem Postfach in der Frankfurter Allee. Ja, in Berlin. Ich schicke Ihnen gleich noch ein Foto. Wenn der Mann von dem Foto dort auftaucht, brauchen wir auch eine Vierundzwanzig-Stunden-Überwachung von ihm und von seiner Wohnung. Ebenso seine Adresse und alles, was er sonst so macht. Und alles unter strengster Geheimhaltung. Wenn davon irgendetwas an den russischen Geheimdienst geht, ist unser Freund tot!«

»Machen wir«, sagte Ressler. »Es scheint ja, als ob Sie unserem Ziel langsam näherkommen.«

Jasmin lächelte. Und erst jetzt merkte sie, wie erschöpft und müde sie war. »Langsam, aber sicher. Oder wie man hier sagt: *Slowly but surely …*« Dennoch hatte sie seit langer Zeit endlich einmal wieder das Gefühl, ein Ziel in erreichbarer Nähe zu haben.

Jedenfalls bis zu dem Moment, in dem ihr Handy klingelte und Scotland Yard in der Leitung war.

»Frau Walters«, sagte der Mann am anderen Ende nur, »wir haben da etwas für Sie!«

KAPITEL 38

BERLIN, OKTOBER 2015
Betahaus, Moritzplatz

Nina verließ in der herbstlichen Abenddämmerung das Betahaus in der Nähe vom Moritzplatz in Kreuzberg, steuerte ihr Fahrrad an und legte ihre Tasche in den Fahrradkorb. Oliver hatte mal wieder sein Handy ausgestellt und war schon seit einer Woche weg. Erst war er in Prag. Und jetzt auf einmal in London wegen irgendeiner *Investorensache.* Das war doch schon wieder irgendeine Lügengeschichte. Wie leider viel zu oft in letzter Zeit.

Ich habe einen Mann geheiratet, der mir nie die Wahrheit

erzählt, sagte Nina zu sich selbst. *War da nicht in der Ehe irgendwo die Rede von Vertrauen? Ja, irgendwo stand da etwas.*

Übermorgen war der dritte Oktober und damit ein freier Tag. Obwohl es ein Samstag war, der ohnehin frei war mit dem Unterschied, dass an einem Samstag, der ein Feiertag war, alle Geschäfte verrammelt waren, genau wie an den verdammten Sonntagen. Aber dennoch: Eigentlich hatte sie vorgehabt, entweder schön zu kochen oder gemeinsam essen zu gehen. Aber wer war nicht da? Oliver! Mal wieder!

Und sie, Nina Winter, wollte den Leuten bei Martha Steward erzählen, wie man eine Hochzeit richtig plant? Nun gut, darüber, wie man eine Hochzeit richtig plant und durchführt, konnte sie wohl sprechen. Aber darüber, wie man eine Ehe führt, besser nicht. Und wie man den richtigen Mann findet, der tatsächlich zu einem passt, damit sollte sie besser gar nicht erst anfangen. Es war wie so oft: Wie etwas ging, war den Leuten leicht zu erklären. Wie man es dauerhaft umsetzte, eher nicht. Wahrscheinlich galt auch hier das alte englische Motto: *Those who can, do. Those who can't, teach.* Abgesehen davon, so tröstete sie sich, war sie Hochzeitsplaner. Nicht Eheberater.

Sie nahm den Schlüssel in die Hand, um das Fahrradschloss aufzuschließen. Eine Frau lief den Bürgersteig entlang, eine bunte Tasche über der Schulter. »Entschuldigen Sie«, sagte die Frau. Nina drehte sich um. Die Frau hatte dunkle Haare und ein elegantes Kostüm, zu dem ihre grellbunte Tasche in starkem Kontrast stand. »Können Sie mir sagen, wo ich hier zum Brandenburger Tor komme?«

O Gott, wer hat die denn hierhergeschickt? Das war ja die völlig falsche Ecke.

»Da sind Sie hier völlig falsch. Das Beste wird sein, Sie nehmen ein Taxi.«

»Laufen dauert zu lange?« Die Frau hatte einen interessanten Akzent. Und sie war nicht unsympathisch. Vielleicht sollte Nina gleich mit ihr essen gehen. Vielleicht hatte die Dame ja auch einen Mann, über den sie sich aufregen konnte. Dann hätten sie schon einmal ein gemeinsames Thema.

»Ja, das dauert zu lange. Haben Sie die Nummer von der Taxizentrale?« Vom Norden aus sah Nina einen Krankenwagen, der langsam die Straße hinunterfuhr.

»Warten Sie, ich hole mein Handy …«

Die Frau kramte umständlich in der Tasche.

»Hier …«

Dann spürte Nina den Stich in ihrem Arm.

Denn das, was die Frau aus der Tasche geholt hatte, war kein Handy gewesen, sondern eine Spritze.

Der Krankenwagen hielt.

Zwei weißgekleidete Männer stiegen aus und luden Nina in den Wagen. Einer der beiden nahm noch die Tasche aus dem Fahrradkorb.

Die Dame mit der bunten Tasche stieg in eine schwarze Limousine, die aus der anderen Richtung kam.

Drei Minuten später sah es so aus, als wäre rein gar nichts passiert.

KAPITEL 39

LONDON, OKTOBER 2015
Greenwich, Canary Wharf

»Ich bin Inspector Raymond Carter«, sagte der Mann von Scotland Yard, als Oliver und Jasmin in Greenwich aus dem Taxi stiegen. Es war nahe der Thames-Wassersperren, an der Südseite der Themse. Im Norden hoben sich Flugzeuge vom London City Airport in den Himmel. Das Bankenviertel von Canary Wharf und die weiße Kuppel des Millenium Dome erhoben sich im Nordwesten. Am Ufer der Themse war ein weißes Zelt aufgestellt, und Kriminaltechniker und Rechtsmediziner staksten in weißen Papieranzügen am Strand entlang.

»Jasmin Walters«, sagte Jasmin. »BKA.« Den BND erwähnte sie so gut wie nie. Nemesis schon gar nicht. »Das ist mein Kollege Oliver Winter.« Oliver hob kurz die Augenbrauen über die plötzliche Beförderung. Raymond Carter hatte schwarze Haare und einen Gesichtsausdruck, als würde ihm alles maßlos auf die Nerven gehen. Zudem sah er so aus, als ob er gerne mal einen Schluck zu viel trank. Und als ob er einen Job machte, bei dem dies auch gelegentlich nötig wäre.

»Frau Walters, kennen Sie eine Antonija Mladic?«

Jasmin spürte einen Stich in ihrem Magen. *Antonija war tot? Denn das konnte es ja nur heißen?* Sie nickte.

»Kommen Sie mit«, sagte Carter.

Einer der Kriminaltechniker öffnete den schwarzen Plastiksack einen Spalt, als Jasmin und Oliver das Zelt betraten. Oliver musste würgen bei diesem Geruch des Todes. In dem Sack lag die Leiche von Antonija. Es konnte niemand anders sein. Sie hatte eine Weile im Wasser gelegen, war an einigen Stellen schon angefault oder von Wassertieren angefressen worden, aber ihre Züge waren noch gut zu erkennen.

»Irgendjemand hat sie weiter vorne ins Wasser geschmissen, so dass sie wieder angeschwemmt werden musste«, nuschelte Carter und hielt sich ein Taschentuch vor den Mund. Wasserleichen hatten einen besonders penetranten Gestank. »Und hat dann die Polizei gerufen.«

»Wie bitte?« Jasmin glaubte, sie habe nicht richtig gehört. »Sie sind informiert worden, dass die Leiche hier liegt?«

»Ja«, sagte Carter. »Und das ist wirklich komisch. Wissen Sie, diese Aktionen, jemanden ins Wasser zu werfen, das macht eigentlich die Russenmafia. Aber denen ist es wichtig, dass niemand die Leichen erkennt. Die schneiden die Fingerkuppen ab, ziehen die Zähne. Manche sägen sogar den ganzen Kiefer raus, damit es den Rechtsmedizinern richtig schwergemacht wird. Aber hier? Hier werfen sie die Leiche so ins Wasser, dass sie wieder angespült wird. Und dann sagen die auch noch Bescheid so nach dem Motto: *Hey, die Leiche ist da!*«

In dem Moment fiel es Jasmin ein: Wer immer Antonija umgebracht hatte, sie hatten nicht nur darauf geachtet, dass die Leiche gefunden wurde, sie hatten auch darauf geachtet, dass sie, Jasmin Walters, davon erfuhr. Aber warum?

»Inspector Carter«, sagte Jasmin, »Sie haben mich angerufen. Mobil. Warum mich?« Die wichtigste Frage hatte sie aber noch gar nicht gestellt. »Und vor allem: Woher hatten Sie die Handynummer?«

»Äh, von dem Schild.«

Jasmin glaubte, sie habe nicht richtig gehört. »Welchem Schild?«

»Dem Schild, das die Leiche umgebunden hatte.« Er wandte sich an einen der Kriminaltechniker. »Zeig doch mal.«

Der öffnete einen Asservatenkoffer. Und darin lag ein weißes Blechschild mit zwei Schnallen, das der Leiche offenbar um den Leib gebunden worden war. Auf dem Schild stand, mit schwarzem, wasserfestem Edding geschrieben:

CALL JASMIN WALTERS.

Und darunter ihre Handynummer. Komplett mit deutscher Vorwahl.

Jasmin merkte, wie ihr schwindelig wurde.

»Kann ich mich hier irgendwo setzen?«

Carter sah sich um. »Klar, nehmen Sie diese Kis–«

Da hatte sich Jasmin schon auf die Kiste fallen gelassen.

Ihr war kurz schwarz vor Augen. Dann sah sie wieder klarer.

Sie hatten Antonija getötet.

Sie wollten, dass Antonijas Leiche gefunden wurde.

Sie wussten, dass Antonija und Jasmin zusammenarbeiteten.

Sie kannten also auch Jasmin. Offenbar sehr genau sogar. Denn sie hatten auch ihre Mobilnummer.

Das war eine klare Kampfansage.

Bis eben war Jasmin die Jägerin gewesen.

Dieser Spieß war hiermit umgedreht worden.

KAPITEL 40

BERLIN, OKTOBER 2015

Nina wachte aus einem langen bleiernen Schlaf auf. Vor ihr ein matt blinkendes Licht.

Sie versuchte, die Arme zu bewegen. Und stellte schnell fest, dass sie gefesselt war. Sie räusperte sich. Hörte nur ein gedämpftes Geräusch. Spürte den Stoff vor ihrem Mund. Sie war geknebelt. Sie konnte halbwegs durch den Stoff und durch die Nase atmen, aber sie konnte so gut wie gar nicht sprechen. Schreien schon gar nicht. Wo war sie? Und warum?

Sie nahm die Umrisse nur schemenhaft wahr. Es schien ihr, als würde sie in irgendeiner Lagerhalle liegen. Sie wusste noch, dass sie beim Betahaus gewesen und dort zu ihrem Fahrrad gegangen war. Dann hatte diese Frau mit ihr gesprochen. Und dann waren diese Männer gekommen. Der seltsame Krankenwagen. Und dann nichts mehr.

Sie hatte noch gehört, wie die Tür krachend ins Schloss gefallen war.

Der Boden, auf dem sie halb saß und halb lag, war hart und irgendwie modrig.

Sie spürte die Stelle, an der man ihr die Kanüle in die Armbeuge gestochen hatte. Irgendeine Substanz war in ihren Körper geströmt, die sie in einen tiefen Schlaf versetzt hatte. Jetzt drehte sich alles um sie her in einem Übelkeit erregenden

Mahlstrom, und fast hätte sie noch einmal das Bewusstsein verloren.

Sie wusste nicht, ob sie zwischendurch eingeschlafen war oder noch immer wach war. Allmählich sah sie ein paar Konturen. Die Decke, Wände.

Sie erinnerte sich, dass sie noch mit Oliver gesprochen hatte. Der war weit weg. In London. Und ihr Handy war auch verschwunden. Und jetzt war sie allein in der Düsternis.

Waren nur Stunden vergangen oder Tage? Sie wusste es nicht. Sie wusste auch nicht, ob sie aufstehen sollte, um mit den Händen gegen die Tür zu schlagen. Obwohl sie gefesselt war. Ob sie schreien sollte, bis sie jemand hörte *(falls dich hier überhaupt jemand hört?)*. Und wie gut konnte sie schreien mit diesem Knebel im Mund? Kurz hatte sie vor der Tür Schritte gehört und Stimmen. Dann herrschte auf einmal Stille. Als hätte es die Schritte und die Stimmen nie gegeben. Oder war sie es selbst, die diese Schritte und Stimmen in ihrem Kopf erschuf? War sie bereits kurz davor, durch die Dunkelheit und die Stille wahnsinnig zu werden?

Sie wusste, dass sie nicht schreien durfte. Irgendjemand hatte einmal gesagt, dass es das Falscheste war, in solch einer Situation zu schreien. Weil man womöglich irgendwann nicht mehr damit aufhören konnte und als wahnsinniges, psychotisches Wrack endete.

Hören würde sie hier wahrscheinlich ohnehin niemand. Und die, die sie hier festhielten, würden ihre Meinung gewiss nicht ändern und sie befreien, weil sie herumschrie. Wahrscheinlich würden sie ihr eher noch eine weitere Spritze mit dem Betäubungsmittel in den Arm jagen. Oder sie gleich zum Schweigen bringen. Vielleicht für immer.

Sie wunderte sich, wie rational sie das alles sah. Vielleicht war das die gläserne Rationalität des Überlebenswillens, der all unseren Urahnen bereits das Leben gerettet hatte. Im Angesicht der

Gefahr nicht in Panik zu verfallen, sondern die einzige Entscheidung zu fällen, die man fällen konnte: kämpfen, fliehen oder sich tot stellen. Zum Kämpfen war niemand hier, fliehen konnte sie aus dem dunklen Loch nicht und sich tot stellen … nun, genau das tat sie eigentlich gerade, indem sie hier still und leblos lag.

Sie hatte versucht, trotz des Knebels ein paar Sätze in der Dunkelheit zu sprechen, nur um sich selbst zu hören, war aber sofort wieder verstummt. Es klang unheimlich, ihre Stimme gedämpft durch den Knebel zu hören. Und noch unheimlicher klang es, in der Finsternis zu sich selbst zu sprechen. Es war, als spräche jemand anders, der mehr zuhörte als redete. Und wenn sie jetzt noch weitersprach, würde dieser Jemand zu ihr sagen: Siehst du, *Nina, jetzt bist du wahnsinnig geworden.* Und davor hatte sie noch mehr Angst als vor der bedrückenden Dunkelheit, die sie umgab.

Schließlich hatte sie sich damit abgefunden. Hatte versucht, sich irgendwie abzulenken. War in Gedanken ihre Lieblingsradwege an der Ostsee und auf Sylt entlanggefahren. Den langen Radweg auf Sylt, der durch die Dünen ging. Hatte vor ihrem inneren Auge ihre neue Website angeschaut. Die Hochzeitsbilder. So als würde sie vor dem Computer sitzen und nicht in dieser Zelle oder was immer das hier war. Dachte an ihre Hochzeit. Die Trauung. Den Champagner. Die Torte. Versuchte, sich all das greifbar vorzustellen. Und sie merkte: Sie wurde etwas glücklicher. Wenn auch nur vorübergehend.

Doch Radtouren, Webseiten und Hochzeiten hin oder her. Es gab nichts zu deuteln. Es war halt so: Sie war allein in der Finsternis. Sie sah schemenhaft die Tür. Groß und massiv. Und irgendwo gab es eine Frischluftzufuhr. An Sauerstoffmangel würde sie also immerhin nicht krepieren. Wer immer sie hierhergebracht hatte, wollte, dass sie überlebte.

Kurz hatte sie erneut das Bewusstsein verloren. Dann kam sie wieder zu sich. Sie atmete tief ein, blickte sich um. Allmählich nahm sie Konturen wahr. An der Decke musste eine Art Neonlampe hängen. Wäre sie eingeschaltet, würde sie wahrscheinlich schwach und funzelnd vor sich hinflackern und ihr Gefängnis in eine umso kältere, klammere Steinhölle verwandeln.

Sie blinzelte.

Und erschrak.

Dort war jemand!

Dort saß ein Mann!

Ein Mann lehnte ihr reglos gegenüber.

Am Kopf eine blutende Wunde. Etwas Blut lief an seiner Wange herunter auf sein T-Shirt.

Saß er die ganze Zeit schon dort? Hatte sie ihn zunächst nicht gesehen, weil sich ihre Augen noch nicht an die Dunkelheit gewöhnt hatten? Und lebte er überhaupt noch?

Mit einem Mal meinte sie, den Mann wiederzuerkennen. Sie hatte ihn schon einmal gesehen.

Da fing der Mann an, sich zu bewegen. Und Nina fuhr zusammen. Als würde ein Toter plötzlich aus seinem Grab aufsteigen. Kaum hatte sie diesen Schock überwunden, bewegte der Mann seinen Kopf in ihre Richtung. Er war, wie es schien, auch gefesselt, so dass er sich kaum bewegen konnte. Aber ihr war, als würde er ihr irgendetwas mitteilen, irgendetwas zeigen wollen.

Der Knebel, dachte sie. Auch er war geknebelt. Und durch den Knebel konnte sie ihn nicht richtig erkennen. Aber über dem Knebel sah sie die Augen des Mannes, darunter das Kinn. Sie hatte den Mann schon irgendwo gesehen. Und sie sah in seinen Augen, dass er sich auch an sie erinnerte.

Wer konnte das sein? Wo nur hatte sie ihn gesehen? Eine Erinnerung blitzte auf. War das nicht auf dieser Vernissage vor ein paar Wochen gewesen? War das nicht der Künstler gewesen? Wie hieß er noch?

Der Kopf des Mannes sackte wieder nach unten. Offenbar hatte er erneut das Bewusstsein verloren.

Sie sah schemenhaft sein Gesicht im Dunkeln, dann in ihrer Erinnerung, sah die Galerie. Aber an seinen Namen erinnerte sie sich nicht mehr.

KAPITEL 41

LONDON, OKTOBER 2015
Greenwich, Canary Wharf

Sie hatten Antonija getötet.

Sie wollten, dass Antonijas Leiche gefunden wurde.

Sie wussten, dass Antonija und Jasmin zusammenarbeiteten.

Jasmin stand auf, verließ das Zelt und wählte Resslers Nummer. Er meldete sich nach dem zweiten Klingeln.

»Wie ist es in London?«, fragte er.

»Grauenvoll. Wir haben eben Antonijas Leiche gefunden.«

»Antonija ist tot?«

»Ja.«

Ressler stutzte einen Moment. »Wie habt ihr sie so schnell gefunden?«

»Wir sind zu ihr geführt worden. Von Scotland Yard. Die Leiche hatte ein Schild um den Hals. Darauf so etwas wie *Ruft Jasmin Walters an.* Und darunter meine Handynummer.«

Ressler schwieg für einen Moment. »So etwas habe ich noch nie gehört. War das die Russenmafia?«

»Oder sogar der FSB. Hören Sie zu.« Sie ging noch ein paar Schritte vom Zelt weg und senkte die Stimme. »Ich möchte eine Totalüberwachung von Sergey Gregory. Dem Chef von Holos. Vierundzwanzig Stunden. Sieben Tage die Woche.«

»Was ist mit Kunhardt?«

»Den müssen wir außen vor lassen. Jetzt, wo Sergey sein Wonderboy ist, der ihm angeblich dabei hilft, all die bösen Pädophilen zu fangen, die er wahrscheinlich erst einmal selbst kreiert, bevor er die Falle zuschnappen lässt.« In dem Moment fiel Jasmin der Bericht zum Kanzleramt-Hack ein, den sie natürlich noch immer nicht abgeschickt hatte. Nun, erst einmal hatte sie ohnehin andere Probleme.

»Würde passen«, knurrte Ressler. »Um ein Problem lösen zu können, muss man erst mal ein Problem haben.«

Jasmin nickte. »So sehen es die Russen offenbar auch. Also, kriegen Sie das hin?«

»Wird schon irgendwie klappen.« Er machte eine Pause. »Wann kommen Sie zurück?«

»Wahrscheinlich morgen. Wenn wir …« In dem Moment klopfte eine zweite Nummer auf ihrem Handy an. Gemäß der Vorwahl war es Wiesbaden. »Sorry, ich muss schnell einen anderen Anruf annehmen. Scheint das BKA zu sein.«

Sie drückte Ressler weg und wechselte zu der eingehenden Nummer.

»Trautmann hier«, sagte der Anrufer. »BKA.« Er kam sofort zur Sache. »Wir haben Andrejew.«

»Wo?«

»Auch in Berlin. Ganz in der Nähe von seinem Postfach. Karl-Marx-Allee.«

»Nummer?«

»101. Der dritte Block stadtauswärts Richtung Osten vom Strausberger Platz aus.«

»Vielen Dank! Wir nehmen die nächste Maschine. Verständigen Sie das LKA Berlin?«

»Mache ich!«

KAPITEL 42

BERLIN, OKTOBER 2015
Karl-Marx-Allee

Karl-Marx-Allee 101.

Manchmal hatten Hausnummern eine gewisse Ironie.

Auch Neo in Matrix wohnte in Zimmer 101.

Und die gleiche Nummer hatte auch das Gehirnwäschezentrum in George Orwells *1984*.

Die Wohnung hier war ähnlich verschlossen.

Auf dem Klingelschild stand IA.

Igor Andrejew.

Es könnte aber auch für *Artificial Intelligence* stehen. Mit vertauschten Buchstaben.

In jedem Fall war es die richtige Wohnung.

Denn sie hatten lange an die Tür geklopft und geklingelt. Ein Team vom LKA war dabei, aber das nur, falls Andrejew, wenn er es wirklich war, Schwierigkeiten machen oder versuchen würde, zu fliehen. Ein Hund hatte in der Wohnung gebellt.

»Wir sind hier, um Ihnen zu helfen«, sagte Jasmin mit leiser Stimme durch die Tür, während Oliver hilflos danebenstand. »Wir sind vom BND. Wir sind auf Ihrer Seite.«

Sie hatte diese Bitte dann ein paarmal auf Russisch wiederholt. Und irgendwann hatte es doch funktioniert, und Andrejew hatte die Tür einen Spalt geöffnet, die Kette aber nach wie vor zwischen Tür und Türrahmen gespannt. Der Hund, bei dem es sich um ein recht großes Exemplar handeln musste, hatte drohend geknurrt.

Andrejew sah furchtbar aus. Tiefe Augenringe, das Gesicht grau. Die Finger, die er an den Türspalt hielt, gelb von Nikotin. Ebenso die Zähne und sein struppiger Bart, wobei ihm die Haare lang und fettig in die Stirn fielen. Er sah aus wie jemand, der sich seit Ewigkeiten in diesem Haus verbarrikadiert hatte.

»Dann kommen Sie rein. Aber nur Sie«, knurrte er schließlich.

»Und er?« Sie zeigte auf Oliver.

»Der bleibt draußen. Oder Sie bleiben beide draußen. Können Sie sich aussuchen.«

Sie schaute Oliver an. Ihr Blick sagte *nichts zu machen.* Oliver nickte. Was sollte er auch sonst tun.

»Treten Sie zurück«, sagte Andrejew und meinte damit Oliver. Dann zeigte er auf seinen Hund. »Ich sag's nur einmal.«

Oliver tat, wie ihm geheißen. »Bleiben Sie hier bei den Beamten«, sagte Jasmin.

Dann hatte Andrejew die Tür geöffnet, und Jasmin war im Inneren verschwunden.

In der Wohnung lagen in den Ecken riesige Staubmäuse, und die abgestandene Luft roch nach Schimmel, ranzigen Kippen, Zigarettenrauch und Alkohol. Der Hund knurrte Jasmin aggressiv an. »Ruhig, Wotan!«, sagte Andrejew. Und innerhalb von Sekunden war der Hund still.

»Gehen wir ins Wohnzimmer«, sagte Andrejew, der sich auf einen Stock stützte. »Irgendeine Gelenkentzündung«, sagte er, als er Jasmins Blick bemerkte. »Wird immer schlimmer. Aber ich kann ja zu keinem Arzt gehen.«

»Dafür werden wir sorgen«, sagte Jasmin.

»Das werden Sie nicht. Sie werden dafür sorgen, dass ich sterbe. Nicht Sie selbst, aber *Sie* werden durch Ihre Tölpelhaftigkeit dafür sorgen, dass doch irgendeiner Wind davon bekommt, dass der deutsche Geheimdienst hier war. Und dann werden die anderen mich finden und töten. Ist aber auch egal. Ich habe den besten Teil meines Lebens eh hinter mir. Der Tod wird meine Erlösung sein.«

Jasmin wusste nicht, was sie darauf antworten sollte. Sie hatten das Wohnzimmer erreicht. Eine fleckige Couch, an einem Tisch ein altmodischer Laptop mit Hunderten von Disketten und CD-ROMs. An den Wänden bis zur Decke Regale mit Büchern, und die Bretter bogen sich unter der Last. Auf dem Tisch Gläser, Servietten und ein halb aufgegessenes Nasi Goreng vom Chinesen. Die zwei Essstäbchen steckten noch in den Nudeln wie die Kreuze von Golgatha. Außerdem Tabletten, Nasentropfen und andere Medikamente.

»Setzen Sie sich«, sagte Andrejew. »Ich nehme an, Sie trinken tagsüber keinen Alkohol. Wollen Sie einen Tee?«

»Nein danke, alles in Ordnung.«

»Ich trinke auch keinen Tee«, sagte Andrejew und schenkte sich ein großes Glas halbvoll mit Wodka. Der Marke nach hatte er die Flasche nebenan beim Lidl-Markt gekauft.

»Wie lange leben Sie schon hier?«, fragte Jasmin.

»Zu lange.« Andrejew trank einen großen Schluck von seinem Wodka. »Ich habe in der Nähe noch einen Haufen Bargeld versteckt. Ich muss alles mit Bargeld zahlen, auch die Miete, weil sie mich sonst finden. Wenn das Geld alle ist, nehme ich meine Uzi, gehe nach draußen zu den Bäumen und schieße mir in den Mund. Oder ich nehm etwas von dem Zeug, was ich hier noch habe.«

Jasmin wusste nicht, was für ein *Zeug* er meinte. Sie wusste aber, dass es zwecklos war, Andrejew davon abzubringen, die Welt so zu sehen, wie er sie sah. Das Einzige, was sie tun konnte, war, sich seine Geschichte anzuhören.

»Herr Andrejew«, sagte sie. »Erlauben Sie mir, dass ich Ihnen erzähle, warum ich hier bin? Und was ich bisher herausgefunden habe? Und Sie erzählen mir, was Sie dazu wissen?«

Er nickte und schien ein wenig zu lächeln. »In Russland sagen wir: Der erste Schritt ist schon fast das Ziel.«

KAPITEL 43

BERLIN, OKTOBER 2015
Russische Botschaft, Unter den Linden

Es war der dritte Oktober, der Tag der Deutschen Einheit, und den meisten alten Kadern in der Russischen Botschaft Unter den Linden war nicht nach Feiern zumute. Denn mit dem Eisernen Vorhang war der Ostblock gefallen, die Sowjetunion zerbröselt und eine Supermacht komplett von der Bildfläche verschwunden.

So dachte auch der Chef des FSB, Victor Ivanow, als er mit seinem Lederkoffer aus der schwarzen Limousine stieg und die Botschaftsräume betrat.

Die Russische Botschaft in Berlin Unter den Linden war 1827 erbaut worden, als es erste diplomatische Annäherungen zwischen Preußen und Russland gab.

Nach dem Zweiten Weltkrieg wurde das Gebäude im Stil des Spät-Stalinismus komplett neu gebaut und sah aus wie ein kleiner Vorgeschmack auf die Stalinallee in Ost-Berlin, die später in Karl-Marx-Allee umbenannt wurde. *Sozialistischer Klassizismus* nannte man diesen Baustil.

Ivanow lief die Treppe hinauf zu seinem Gastbüro. Denn wie bei allen Botschaften waren auch hier Räume im obersten Stockwerk für die Geheimdienste reserviert, um den Bündnispartner, der jederzeit ein Feind werden konnte, auf seinem eigenen Territorium so gut wie möglich abzuhören und zu bespitzeln. *Der Sinn von Botschaftern ist es, Spionage zu betreiben,* hatte schon der indische Machtphilosoph Kautilya im Jahre 300 vor Christi gewusst.

Der Sektionsleiter Berlin, Leutnant Dankow vom SVR, dem offiziellen Auslandsgeheimdienst, schlug die Hacken zusammen, als Ivanow den Raum betrat. Ein Page beeilte sich, schwarzen Tee im Glas zu servieren. Zusammen mit Zitrone und zwei Stück Zucker, wie Ivanow es liebte.

»Herr Direktor«, sagte der Sektionsleiter. »Hatten Sie eine gute Reise?«

»Ja«, knurrte Ivanow. »Zur Sache, bitte.«

»Unsere Agenten filmen zur Stunde die Zielsubjekte Jasmin Walters und Oliver Winter. Gerade betreten sie die Wohnung.«

An einer der stuckverzierten Wände hing ein großer Monitor, auf dem eine Live-Übertragung aus der Karl-Marx-Allee zu sehen war. *Schön, dass sie gerade in der ehemaligen Stalinallee jemanden besuchen. Da gehören uns immer noch sehr viele Häuser, und wir können problemlos jemanden zur Überwachung mit einer Kamera in ein Fenster setzen,* dachte Ivanow.

»Das Ablenkungsmanöver?«

»Hat ebenfalls funktioniert. Zwei Zielpersonen wurden entführt und werden derzeit gefangen gehalten.«

Ivanow blinzelte auf den Monitor. »Wo gehen sie hin?«

Die Hochleistungskamera zoomte näher heran. Unten stand Oliver mit den Einsatzbeamten vor dem Haus. Drinnen war eines der Fenster im dritten Stock geöffnet. Sie sahen Jasmin. Und noch einen Mann.

»Gesichtserkennung«, fauchte Ivanow. »Sofort!«

Der Film rastete zu einem Standbild ein, das Gesicht wurde vergrößert und durch den Großcomputer des FSB gejagt. Dann spuckte der Computer schon den Namen der Person aus.

Ivanow schüttelte den Kopf. »Ich will verflucht sein«, murmelte er mit großen Augen, als er den Namen las.

»Igor Andrejew«, murmelte Ivanow. »Der Einzige, der uns durch die Lappen gegangen ist. Er ist also hier. In Berlin! Und sie«, er zeigte auf den Bildschirm und damit auf Jasmin und Oliver, »haben doch noch etwas Gutes für uns getan, denn sie haben uns auf seine Fährte geführt.«

»Was nun, Herr Direktor?«, fragte Dankow. »Stürmen wir die Wohnung?«

»Stürmen?« Ivanow lächelte. »Nein. Wir sorgen dafür, dass die beiden Subjekte die Wohnung ganz schnell verlassen. Und wir Andrejew für uns haben.«

»Und wie wollen Sie das machen?«

»Oh, dafür ist schon gesorgt! Erinnern Sie sich an die zwei anderen Zielpersonen?« Er griff zum Telefon, wählte eine Nummer und sprach ein paar Worte.

»Übrigens, Herr Direktor«, sagte Dankow. »Sergey Gregory wartet auf Sie im zweiten Stock.«

Das Lächeln auf Ivanows Gesicht wurde noch breiter. »Sergey, genannt *Search*. Mein Ziehsohn. Sergey und Holos!« Er nickte zur Bestätigung. »Wenn es Holos nicht gäbe, hätten wir das Foto von Andrejew nicht so schnell zuordnen können. Sagen Sie ihm, ich bin gleich bei ihm.«

Irgendwo, an einem anderen Ort von Berlin, filmte jemand mit seinem Handy eine Szene und verschickte diesen Film als SMS.

KAPITEL 44

BERLIN, OKTOBER 2015
Karl-Marx-Allee 101

Jasmin hatte Igor Andrejew alles erzählt, was sie ihm erzählen konnte. Die versteckten Holdings, die Information-Dump-Plattform, die gestohlenen Kundendaten. Auch die Geschichte von Oliver hatte sie ergänzt. Die Narcobay-Plattform, die Solnzevskaja-Mafia, die Digitalstrategie. Und vor allem … die Dolls! Andrejew hatte sich dabei mehrere Zigaretten gedreht, wahrscheinlich, um gleich, wenn er mit der ersten Zigarette durch war, genügend Nachschub zum Rauchen zu haben.

»Holos ist der Knotenpunkt des Netzes«, sagte er und zündete mit einem alten Benzinfeuerzeug die filterlose, selbstgedrehte Zigarette an. »Sowohl im *Clear Net,* dem Internet, wie wir es kennen, als auch im *Dark Web.*« Er blies Rauch zur Decke, der so roch, als wäre im Vergleich zu diesem Tabak *Schwarzer Krauser* ein Inhalationsmittel gegen Halsschmerzen. »Genau genommen ist es eine Plattform mit legalem Anstrich für Cyberterrorismus und Datenhandel jeder Art.« Er hustete. Inhalierte aber trotzdem weiter. »Die größte Information-Dump-Plattform im Web«, sagte er mit heiserer Stimme, »die gehört zu Holos.«

»Alexandria?«, fragte Jasmin.

»Wie bitte?«

»Heißt diese Info-Dump-Plattform nicht *Alexandria?*«

Andrejews Augen weiteten sich. »Das ist richtig! Woher wissen Sie das?«

»Wir haben sie aufgespürt. Bei Europol.«

»Gute Arbeit. Ich war damals noch in Skolkowo, gemeinsam mit Josef, ich meine Shestakow, als dafür die ersten Strukturen geschaffen wurden. Mit unglaublich viel Geld. Alles von russischen Banken, und weiß der Teufel, wo die das herhatten.«

Wir wissen es, dachte Jasmin, zog es aber vor, das EZB-Fass jetzt nicht aufzumachen. Dafür hatten sie nicht genug Zeit.

»Ist das Hauptquartier von Holos wirklich in Deutschland?«, fragte Jasmin.

»Fast. Hauptserver und alles andere sind natürlich in Skolkowo, aber der zweitgrößte Firmensitz ist in Deutschland.« Andrejew zog wieder an der Zigarette, trank von seinem Wodka und machte ein Gesicht, als würde er sich vor beidem ekeln. »Deutschland ist ein Mekka für Internetaktivitäten aller Art. Das Internet ist zwar in Deutschland im Vergleich zu anderen

Industrieländern sehr langsam, und öffentliches WLAN gibt es so gut wie gar nicht, aber dafür ist hier fast alles erlaubt, und der Staat kann kaum etwas überwachen. Weil er die Infrastruktur gar nicht hat. Der ist noch mit Hammer und Meißel unterwegs.« Er hätte gelächelt, wenn es »Lächeln« in seinem mentalen Vokabular gegeben hätte.

»Und diese Dump-Site sammelt Informationen?«

»Ja.« Andrejew nickte, zog noch einmal an der Zigarette und drückte sie dann im Aschenbecher aus. Es war eigentlich kein richtiger Aschenbecher, sondern ein bronzener Ehrenteller der Roten Armee. »Zunächst waren das ganz klassisch Adressen, Telefonnummern, Kreditkartennummern und so weiter. Die wurden weiterverkauft. Das ist auch ganz nett, aber die Musik spielt woanders.«

»Nämlich?«

Andrejew lächelte. Das erste Mal lächelte er richtig. »Es gibt Informationen, die bringen Geld, wenn sie jemand bekommt. Kreditkartennummern und so weiter. Und es gibt Informationen, die bringen Geld, wenn sie gerade *niemand* bekommt. Nehmen wir die sexuelle Ausrichtung. Oder jemand geht gerne in den Swinger-Club. Oder steht auf Kinder. Oder Tiere. Oder was auch immer. Holos sammelt all diese Daten und verknüpft diese Erkenntnisse aus dem Dark Web mit den realen Profilen aus dem Clear Web.«

»Verstehe.« Jasmin nickte. »Menschen sind bereit, viel Geld dafür zu zahlen, damit gewisse Leute nicht wissen, was man noch so alles macht.«

»Exakt.« Andrejew trank von dem Wodka, schenkte nach und griff nach einer neuen Zigarette. »Denken Sie an die Seitensprung-Seite Ashley Madison. Wenn die Hacker die nicht gehackt hätten, aber gezeigt hätten, dass sie es könnten, und dann die Firma erpresst hätten oder gleich alle Kunden: Sie wären wohl heute Milliardäre.«

»Und wenn sie sich in Bitcoins bezahlen lassen«, warf Jasmin ein, »dann ist das auch noch anonym.«

»Guter Punkt. Jedenfalls anonymer als normale Zahlungen.« Andrejew zündete die nächste Zigarette an. »Durch diese Kombination aus beiden Internetwelten hört Holos alles mit, auch das, was verborgen sein sollte. Es weiß, was Person A über Person B sagt, und wahrscheinlich weiß es bald auch, was diese Person denkt.« Er hustete. »Ich glaube, eines der Geschäftsmodelle von Holos ist nicht nur, gegen Geld Informationen herauszugeben, sondern auch Menschen für Informationen über andere Menschen viel Geld bezahlen zu lassen. Wer also wissen will, wie sein Vorgesetzter wirklich über ihn denkt, was die Frau über einen sagt, wer fremdgeht, wer nicht, wer lügt, wem man trauen kann und so weiter, der zahlt halt zweitausend Euro oder fünftausend oder zehntausend und kann sich dann all die Informationen aus der Dark-Web-Variante von Holos besorgen.« Er zog an seiner Zigarette. »In China läuft eine riesige Anti-Korruptions-Kampagne. Xi Jinping hat mal wieder seinen Feuerlöscher Wang Qishan eingesetzt. Erst war er in der Asien-Krise zuständig, dann gegen die Krankheit SARS. Dann als Chefplaner der Olympischen Spiele 2008. Und jetzt gegen Korruption. Keiner fühlt sich mehr sicher. Jeder kann im Knast landen. Konkubinen machen Bilder von ihren Freiern, um sie dann an die KP zu verkaufen; als Beweismittel für Sittenverfall. So ähnlich wie bei der Gestapo im Dritten Reich. Und dann später mit der Stasi hier. Oder dem KGB. Holos«, er blickte Jasmin an, und es war eine Mischung aus Angst und Bewunderung in seinem Blick, »braucht das alles nicht! Holos hat das Denunziantentum automatisiert.«

Jasmin ließ die Worte auf sich wirken. »Muss man dazu ins Dark Web?«, fragte sie dann.

Andrejew zuckte die Schultern. »Ich kenne den aktuellen Stand nicht, aber es würde mich nicht wundern, wenn Holos, der Kundenbequemlichkeit zuliebe, die Daten einfach ins normale Internet schiebt. Für jeden abrufbar. Vorausgesetzt, er zahlt. Und wie gesagt: Alles automatisiert. Das Einzige, was sich immer wiederholt, sind die Zahlungen an Holos.«

Überall sein, dachte Jasmin. *Denunzieren, anschwärzen. Oder damit drohen und Geld bekommen.* Sie dachte an den Fall des ehemaligen Postchefs Klaus Zumwinkel, der im Februar 2008 unter großem Medienaufgebot von der Staatsanwaltschaft Bochum und der Polizei aus seinem Haus abgeführt wurde. Jasmin war damals noch im Personenschutz des BKA gewesen. Es war 7 Uhr morgens, als der Postchef vor laufenden TV-Kameras aus dem Haus geleitet wurde. Beamte der Steuerfahndung hatten dann das Haus auf Bankunterlagen durchsucht, ARD und ZDF hatten ununterbrochen von der Straße vor dem Privathaus von Klaus Zumwinkel aus gesendet. Das deutsche Finanzministerium hatte damals eine CD-ROM mit den Namen von Steuersündern vom BND zugespielt bekommen. »Keiner kriegt die Bude so sauber«, hatte damals der BND gesagt, »dass wir nichts finden.«

Mit Holos brauchte man keine CD-ROMs mehr. Mit Holos ging das alles automatisch. Und die öffentliche Hinrichtung, wenn irgendetwas ans Licht kam, die erledigten die sozialen Netzwerke. Und damit die Öffentlichkeit.

Andrejew lehnte sich zurück. »Früher musste man jemanden überfallen, ausrauben, irgendwas planen. Für jedes Verbrechen ein Ablauf. Heute reicht ein Ablauf für tausend Verbrechen. Kriminalität ist skalierbar geworden.«

Kriminalität ist skalierbar geworden, dachte Jasmin. Das stimmte. Genauso sollte auch Narcobay von Oliver Winter funktionieren. Und jede andere Plattform. Mit jeder Transaktion wurde der Plattformbesitzer reicher. Ohne dass er viel tun musste, außer, die Plattform instand zu halten und die Provision zu kassieren, die automatisch abgebucht wurde.

Jasmin musste die Frage stellen, die ihr schon die ganze Zeit auf der Seele brannte. Sie musste an die Münchener Sicherheitskonferenz denken, an Ressler und de Groot. »Herr Andrejew, das *Attentäter-Netzwerk*, kommt das auch von Holos?«

Andrejew zog meditativ an seiner Zigarette und überlegte ein paar Sekunden. »Ich kann es nicht genau sagen, aber es würde passen. Wenn man irgendwelche Leute gar nicht mehr loswird, die man aber loswerden will, dann macht man eine kleine Verlosung: Wer zahlt am meisten, damit Person X verschwindet?«

»Und dahinter steckt der Geheimdienst?«

Andrejew nickte. »Der FSB, soweit ich weiß. Ich glaube nicht, dass sich das geändert hat.«

»Aber ist der FSB nicht nur für das Inland zuständig?«

»Angeblich.« Andrejew machte mit Daumen und Zeigefinger die Geste eines plappernden Mauls. »Aber der gesamte KGB ist in den FSB übergegangen. Dass sie ihn jetzt wie den Inlandsgeheimdienst aussehen lassen, ist ein nicht sonderlich überzeugender Versuch, den Geheimdienst harmloser erscheinen zu lassen, als er tatsächlich ist. Aber da offenbar alle drauf reingefallen sind, ist die Aktion gelungen, würde ich sagen.«

»Harmlos ist der Dienst nach wie vor nicht, nehme ich an?«

Andrejew riss die Augen auf. »O nein! Was glauben Sie, warum ich hier arm und krank in diesem Rattenloch lebe und mich verstecke? Weil ich es kaum erwarten kann, dass der FSB mich findet?«

Jasmin überlegte einen Moment. Eine Frage brannte ihr auf den Lippen. Sie wusste nicht, ob sie sie stellen sollte, tat es dann aber doch.

»Herr Andrejew, Führungskreise im BND sagen, dass Holos dem BND dabei hilft, Pädophile aufzuspüren.«

Andrejew nickte wissend. »Wahrscheinlich mit dieser Bildersuche. Die hat mein Chef mit entwickelt. Shestakow. Er hatte allerdings tatsächlich etwas Gutes damit geplant. Als er nicht mehr auf FSB-Linie war, haben sie ihn vergiftet. Aber das wissen Sie ja.« Er griff nach einer neuen Zigarette und warf die alte in den Rote-Armee-Teller.

»Und? Kann so etwas sein?«

»Klingt für mich plausibel. Denn die Fotos dienen ja auch dazu, andere zu denunzieren. Ich denke, Holos liefert besonders Bilder von *denen* an die Geheimdienste, die seinen Auftraggebern unangenehm sind und die man aus dem Verkehr ziehen will.«

Der mediale Shitstorm, dachte Jasmin. *Bei Zumwinkel war schon die Hölle los. Und das war nur Steuerhinterziehung. Was ist, wenn man einem Politiker, Firmenchef, wem auch immer, Pädophilie nachweisen und ihn dann an den Pranger stellen kann? Was war mit Kachelmann damals mit den Vergewaltigungsvorwürfen? Egal, ob es wahr ist oder nicht, man war gebrandmarkt für sein ganzes Leben. War Kunhardt genau darauf reingefallen?*

»Holos«, fuhr Andrejew fort, »sorgt dann sicher auch dafür, dass möglichst viel Presse vor Ort ist, indem es die Neuigkeit in den Newsfeeds überall kommuniziert. Insofern ja: Wahrscheinlich hilft Holos den Geheimdiensten oder in diesem Fall dem BND. Es ist ja nicht neu, dass Geheimdienste, auch der BND, Exploit-Programme von Hackern kaufen, um Schwachstellen aufzudecken. Und dass daraus bereits eine eigene Industrie entstanden ist, die diese Exploit-Programme extra für Geheimdienste herstellt und damit Geld macht. Und das ist hier auch der Fall. Nur noch ein paar Nummern größer. Holos hilft vielleicht den Geheimdiensten, aber es hilft vor allem sich selbst beziehungsweise seinen Auftraggebern, um unangenehme Leute kaltzustellen.«

»Indem man die richtigen Leute, die einem eh nicht gefallen, denunziert und ausländische Dienste sie dann aus dem Verkehr ziehen?«

»Exakt! Und Holos macht die Geheimdienste damit von sich abhängig. Mit den Dolls ist das ganz ähnlich. Das dunkle Geheimnis schweißt zusammen. Denn das Druckmittel ist ja ganz klar: *Wenn du nicht mehr für uns arbeitest, machen wir die Sache mit den Dolls publik.*«

So wird es auch mit Rudolf von der EZB gewesen sein, dachte Jasmin. *Und Kunhardt reitet gerade auf einer Erfolgswelle, da er viele Pädophilenringe hochgenommen hat. Diese Daten kommen von Holos, und mit denen will er es sich nicht verscherzen. Deshalb will er auch nicht den Spatz in der Hand – die gesprengten Child-Porn-Ringe – gegen die Taube auf dem Dach – das Aufdecken des Holos-Skandals – eintauschen.* Sie hatte ja mit Ressler und Markus bei Europol darüber gesprochen. Teilweise zog solche Software auch die Dark-Web-Namen aus Pädophilen-Websites ab und ordnete sie seriösen Netzwerken im Clear Web zu. Und man wusste ab dann, wer schuldig war. Und sie kommen in die BND-Netzwerke rein. Ein angenehmer Nebeneffekt.

Jasmin hielt einen Moment inne. War damit der größte Gönner von Holos, oder dem FSB, der Chef des BND, des Auslandsgeheimdienstes der größten Volkswirtschaft Europas? Jasmin wurde schwarz vor Augen.

Andrejew blickte sie an. »Es ist nicht nur so, dass die Interessen von Holos vertreten werden. Es ist auch so, dass alle, die dagegen sind, in der Versenkung verschwinden. Denunziert, verbrannt, weg. Typische KGB-Methoden.«

»Nicht nur das Gewinnen ist wichtig, sondern auch das Verlieren der anderen?«, fragte Jasmin. »Sagte man das nicht so beim KGB?«

»Nicht nur dort.« Andrejew nickte. »Das ist das alte Motto von Dschingis Khan: *Es reicht nicht, dass ich gewinne. Alle anderen müssen verlieren.* Aber … da ist noch etwas. Es gibt«, er senkte seine Stimme, »es gibt es noch ein größeres Ziel von Holos. Etwas viel Größeres und viel Schrecklicheres …«

Jasmins Handy klingelte. »Einen Moment!« *Die Kollegen vom LKA. Gerade in diesem Moment! Verdammt!* Am anderen Ende war ein Kollege vom Überwachungsteam. »Wir haben Sergey gefunden! Sergey Gregory.«

Jasmin stand auf und ging eiligen Schrittes in den Flur. »Wo?«

»In der russischen Botschaft. Ressler und sein Team haben Kameras in der Französischen Botschaft und den Gebäuden auf der anderen Straßenseite von Unter den Linden plaziert.«

»Sehr gut. Wen trifft er da?«

»Jemanden, den man in Insiderkreisen sehr gut kennt.«

»Zur Sache! Wer?«

»Victor Ivanow«, sagte die Stimme. »Den Direktor des FSB.«

In Jasmins Kopf rotierte es.

Sergey Gregory, der scheinbar so freundliche Gründer von Holos, trifft Victor Ivanow in der russischen Botschaft. Ivanow, den Direktor des FSB. Holos macht den deutschen Geheimdienst von sich abhängig. Und vielleicht noch andere Geheimdienste. Und dann gibt es noch eine größere Wahrheit, die Andrejew noch gar nicht ausgesprochen hatte. Von der er gerade hatte erzählen wollen, als Jasmins Telefon geklingelt hatte.

Sie wusste gar nicht, worum sie sich zuerst kümmern sollte.

Doch da wurde ihr die Entscheidung schon abgenommen.

Eine SMS ging auf ihrem Handy ein.

Von unbekannt.

In der SMS ein Film.

In dem Film waren Radiogeräusche zu hören. Sie waren vom heutigen Tag, was sagen sollte: *Hey, das ist live. Die Gefahr besteht JETZT!*

Auf dem Film das Gesicht eines Mannes, der nur halb bei Bewusstsein war. An der Stirn eine hässliche Wunde, aus der Blut gelaufen war. Blut, das sich über seine Wange bis zu seinem Hals verteilt hatte. Eine Hand in einem schwarzen Lederhandschuh hielt ihm eine aktuelle Tageszeitung vor den Oberkörper. Die FAZ. Auf der Titelseite irgendetwas zur Ukraine. Das Schicksal hatte Sinn für Humor. Daneben saß eine blonde Frau.

Doch dann stockte ihr der Atem. Sie wusste, wer der Mann war. Es wäre seltsam, wenn sie es nicht gewusst hätte.

Lutz!

Lutz Langhorn, ihr Lebensgefährte.

Und auch die Frau daneben hatte sie schon einmal gesehen.

War es bei der Vernissage gewesen?

Ihr war alles egal. Die Verschwörung, Holos, alles. Ihr Freund Lutz, der Vater ihrer Tochter, war in Gefahr. Wahrscheinlich durch die … sie wagte nicht, daran zu denken … durch die, die auch Antonija … *beseitigt* hatten.

Sie stürzte die Treppen hinunter und ließ den verdutzten Andrejew zurück.

Das Foto. War das nicht die Frau, über die sie auf Oliver gekommen war?

Vor dem Haus zeigte sie Oliver das Foto.

Er wurde kreidebleich.

»Das … das ist Nina!«, stammelte er.

Jasmin lief noch einmal die Treppe nach oben.

»Verzeihen Sie«, sagte Jasmin zu Andrejew, der beide vom Treppenabsatz aus verdutzt anstarrte und sich gerade eine neue Zigarette entzündete. »Wir müssen sofort los!«

KAPITEL 45

BERLIN, OKTOBER 2015
Mitte

»Wo fahren wir überhaupt hin?«, fragte der Fahrer des Einsatzfahrzeuges, als er mit quietschenden Reifen die Kurve nahm.

Gute Frage, dachte Jasmin. Sie wusste es selbst nicht. Aber es war besser, in Bewegung zu sein, sonst würde sie wahnsinnig werden. Und Oliver auch.

Lutz und Nina.

Die beiden Namen rasten durch ihren Kopf, greifbar und zugleich unerreichbar weit weg. Wie Geister. Beide entführt.

Jasmin und Oliver saßen im hinteren Teil eines VW-Polizeibusses, der jederzeit das Blaulicht anschalten konnte, um noch schneller vor Ort zu sein. Auf den hinteren Bänken saßen fünf Einsatzkräfte, und Verstärkung folgte in zwei weiteren Wagen.

Sie hatte das Telefon am Ohr. Wurde gerade durchgestellt zur Abteilung für Datenanalyse von Nemesis. Denn sie hatte von der anonymen Nummer noch eine SMS bekommen. Eine SMS, die noch einmal einen Film zeigte. Von Lutz. Und von Nina. Beide gefesselt und geknebelt. Dahinter eine große Wand. Und irgendetwas Grünes. Es musste ein sehr großes Gebäude sein. Sie konnte sich keinen Reim darauf machen, was das für ein Gebäude war. Leise Geräusche waren im Hintergrund zu hören.

Das Schlimmste aber war die Nachricht in der SMS gewesen:

Antonija schläft bei den Fischen … noch allein.

Das war eine klare Todesdrohung. Denn sie kannte diesen Satz, der eigentlich von der sizilianischen Mafia kam. *Bei den Fischen schlafen …* Und bei den Fischen hatte Antonija tatsächlich geschlafen. Bis die Metropolitan Police sie aus dem Wasser gezogen hatte.

Oliver saß zitternd neben ihr. »Nina«, murmelte er nur, »… sie haben Nina. Und das ist alles meine Schuld!«

»Wir haben das Bild«, sagte die Stimme am anderen Ende. Es war Karen, die als Analystin bei Nemesis arbeitete.

»Und?«

»Wir checken das mit unserer Datenbank. Scheint ein recht großes Gebäude zu sein. Eine Halle oder so etwas Ähnliches.«

Jasmin überlegte fieberhaft. Es gab einmal eine Geschichte von Osama bin Laden. Als die Amerikaner bin Laden suchten, vermittelte ihnen der BND einen Vogelkundler, der Vogelstimmen analysieren konnte. Wenn Videobotschaften von bin Laden im Netz waren, waren im Hintergrund immer Vögel zu hören. Und wenn man herausfand, was das für Vögel waren und wo sie lebten, könnte man auch herausfinden, wo sich bin Laden aufhielt. So kam man schließlich auf die Nähe seines Verstecks.

»Was für Vögel übersehen wir hier gerade?«, fragte Jasmin.

Karen, die die Bin-Laden-Story auch kannte, schien den Film gerade abzuspielen.

»Es scheint eine riesige Halle zu sein«, sagte Karen.

»Eine Turnhalle?«

»Vielleicht. Wir haben schon Querchecks gemacht. Es sieht aber irgendwie anders aus.«

»Wo wollen Sie denn nun hin?«, fragte der Fahrer erneut.

»Das wissen wir leider noch nicht«, rief Jasmin nach vorne, zunehmend genervt. Der Typ sollte fahren und nicht fragen. »Das versuchen wir gerade herauszufinden.«

»Dat wird ja immer schöner«, sagte der Beamte in breitem Berlinerisch.

Karen meldete sich wieder. »Es könnte ein Flughafen sein. Wir checken Tegel und Schönefeld. Und den neuen. Der nie fertig wird.«

»Ja. Aber schnell!« Sie schaute Oliver an, der zitternd neben ihr saß.

Nach ein paar Minuten meldete sich Karen wieder. »Negativ«, sagte sie. »Die Halle ist zu groß für Tegel und Schönefeld. Den neuen BER prüfen wir gerade. Wir würden dann ein paar Beamte hinschicken.«

»Ja, aber beeilen Sie sich bitte!«

Oliver tippte in sein Handy. Offenbar hatte er seine Fassung wiedergefunden. »Die Halle ist zu groß für Tegel und Schönefeld?«, fragte er.

Jasmin nickte. Sie saß kerzengerade, während der VW-Bus sich links einordnete.

»Dann muss es doch irgendein sehr großes Gebäude hier in Berlin sein, oder?«

Jasmin nickte genervt. »Das weiß ich auch. Nur welches? Hier gibt es ein paar sehr große.«

Lutz, dachte sie. Sie unterhielten sich hier über Gebäude, während Lutz vielleicht in Lebensgefahr war. Oder schon tot. So wie Antonija.

Antonija schläft bei den Fischen … noch allein. Das hatten die Entführer geschrieben.

Karen meldete sich wieder. »Wir haben die Geräusche analysiert.«

»Und?«

»Eine sehr große Halle, von den Geräuschen her zu urteilen, wie sich der Schall bricht und so weiter. Im Hintergrund Vögel. Einheimisch. Also Nordeuropa. Dahinter eine große Ebene, die einen Teil des Schalls schluckt. Dann noch Straßenverkehr. Und ganz schwach das Geräusch einer U-Bahn. Und Worte. Klingt wie *Zurückbleiben, bitte.* Also Berlin.«

Berlin, dachte Jasmin und atmete erleichtert aus. Dann waren sie noch hier. *Zurückbleiben, bitte.* Einen so blöden Spruch gab es ihres Wissens nur in der Berliner U-Bahn.

»Und was kann das sein?«, fragte sie.

»Diese Puzzlestücke setzen wir jetzt zusammen.«

»Machen Sie schnell.«

Sie schaute verbissen aus dem Fenster, überlegte, wohin die Entführer Lutz und Nina verschleppt haben konnten. Vielleicht war es gar nicht Berlin? Vielleicht waren sie schon im Flugzeug unterwegs irgendwohin? Und das Bild war kurz vor ihrer Abreise aufgenommen worden?

Quälende Minuten vergingen. Dann meldete sich Karen.

»Von der Lage her und der Größe …«, begann sie. Doch Jasmin unterbrach sie.

»Was ist es?«

»Tempelhof! Flughafen Tempelhof!«

Auch ein Flughafen! Aber einer, der nicht mehr in Betrieb war. Aber groß? War er groß?

Sie schaute Oliver an. »Kann es sein, dass der Flughafen Tempelhof ein recht großes Gebäude ist?«

Doch der Berliner Beamte am Steuer antwortete schon. »Klar kann das sein! Hatten die Nazis damals gebaut, da musste ja alles riesig groß sein! Soweit ich weiß, war das in Tempelhof mal ein riesiger Exerzierplatz, hat mir mein Opa damals erzählt. Dann kamen die Nazis und bauten das Flughafengebäude. Und das war wohl damals das flächengrößte Gebäude der Welt. Ist ja auch berühmt geworden durch den Rosinenbomber, der …«

»Danke schön!«, rief Jasmin. »Genau da müssen wir hin! Nach Tempelhof!« Sie rief Ressler an. »Wir brauchen ein SEK! Flughafen Tempelhof! Sofort!«

Tempelhof, dachte sie. *Hoffentlich waren sie wirklich dort. Hoffentlich waren sie noch am Leben. Hoffentlich war es noch nicht zu spät. Hoffentlich war Tempelhof kein Opfertempel für Lutz und Nina.*

»Tempelhof?« Der Fahrer schüttelte den Kopf. »Kein Problem. Aber warum wussten Sie das nicht vorher?«

Sie brausten den Tempelhofer Damm hinunter stadtauswärts. Bei der U-Bahn-Station Paradestraße bogen sie links zum Flughafengebäude ein.

»'ne Schande, so einen schönen Flughafen dichtzumachen«, brummelte der Polizist, »so blöd ist auch nur Berlin.«

Jasmin musste ihm zustimmen, hatte aber für solche Überlegungen wenig Zeit und blickte angestrengt aus dem Fenster. Denn eine Frage hatten sie sich bisher noch nicht gestellt: Auch wenn sie in Tempelhof waren, wo zum Teufel waren dort Nina und Lutz? Auch wenn das Gebäude des Flughafens nicht mehr das größte der Welt war, es war doch immer noch verdammt groß.

»Hier aufs Gelände?«, fragte der Fahrer.

»Ja! Machen Sie!«

»Und wo dort genau?«

»Das weiß ich noch nicht.«

»Wat Sie alles nicht wissen«, sagte der Fahrer erwartungsgemäß.

Sie fuhren an einem Aufzug vorbei, der nach unten zur U-Bahn-Station führte, und nahmen Kurs auf das Hauptterminal. Hier herrschte einst reger Flugbetrieb in alle Weltrichtungen. Jetzt zeigte das Gebäude alle Anzeichen eines Bauwerks, das nicht mehr gebraucht wurde und bei dem niemand wusste, was man damit anfangen sollte. Einige Autos und kleine Lastwagen standen auf den Parkplätzen. Die großen Türen zu den Hangars waren geschlossen.

Zwei schwarze Einsatzwagen surrten an ihnen vorbei und hielten an den Hangars. Langsam und bedrohlich stiegen die SEK-Beamten aus dem Transporter, deckten sich gegenseitig und gaben sich Feuerschutz, Funkgeräte am Ohr, Scheinwerfer und Kameras auf den Helmen. Die Gewehre schussbereit, Sturmhauben auf dem Kopf. Kugelsichere Westen und schwere Stiefel, die trotzdem kaum einen Laut verursachten. Sie waren schwarz, schnell und tödlich.

Tempelhof hatte sieben Hangars. Eine Stahltür war leicht geöffnet. Fünf der Beamten schlichen sich langsam, die Waffen im Anschlag, durch die Tür. Jasmin sah den Gang zum Hangar auf ihrem Tablet, auf das die Bilder der Helmkameras des SEK übertragen wurden.

Sie sicherten den ersten Hangar.

Jasmin konnte vor Aufregung kaum atmen. Würden sie sie finden? Oder zwei Schwerverletzte? Oder zwei Leichen.

»Nichts«, knisterte es von der ersten Einheit durch das Funkgerät im Wagen. Leere auf dem Tablet.

Der zweite Hangar.

»Nichts.«

So ging es weiter.

Der dritte Hangar. Nichts.

Der vierte Hangar. Nichts.

Der fünfte Hangar. Nichts.

Am liebsten hätte sie aufgehört zu zählen.

Der sechste Hangar …

»Nichts!«

Vielleicht waren sie doch nicht hier? Vielleicht waren sie ganz woanders? Für immer verschwunden? Oder wirklich tot? Vielleicht schlief nicht nur Antonija bei den Fischen, sondern …

»Hangar sieben, verschlossene Stahltür«, knisterte es im Funkgerät. »Öffnen Tür.«

Sie hörte ein dumpfes Knallen durch die Verbindung.

Dunkelheit auf dem Tablet. Dann Scheinwerfer, die sich durch die staubige Finsternis des Hangars fraßen. Und dann die Nachricht.

»Zwei Menschen. Mann und Frau. Gefesselt.« Und: »Hangar gesichert. Sie können eintreten.«

Jasmin und Oliver stiegen aus dem Wagen.

Im Inneren des Hangars saßen zwei Menschen.

Einsam und verloren inmitten der riesigen Betonhalle. Hinter ihnen die noch größere Fläche des Tempelhofer Felds. Irgendwo dahinter waren milchig die Häuserfassaden von Neukölln zu sehen.

Sie waren an Händen und Füßen gefesselt. Nicht nur gefesselt, sondern aneinandergefesselt. Die Augen verbunden, die

Münder zugeklebt. Ein Mann, wie es aussah. Und eine Frau mit blonden Haaren.

Die Beamten des SEK hatten ihnen die Fesseln abgenommen. Und die Knebel.

Nina hatte geschrien und um sich geschlagen. Sie hatte die SEK-Beamten für ihre Entführer gehalten. Erst als sie Oliver sah, hatte sie sich etwas beruhigt. Lutz konnte noch gar nichts sagen.

»Da war diese Frau«, schluchzte Nina. »Sie hat nach dem Weg gefragt. Und dann kam so ein Krankenwagen. Und einer hat mir irgendeine Spritze gegeben. Und dann … dann war ich hier.« Sie klammerte sich an Oliver und fing hemmungslos an zu weinen. Lutz sagte noch immer nichts. Vielleicht stand er zu sehr unter Schock.

Und in dem Moment realisierte Jasmin, dass sich sowohl Lutz und sie als auch Nina und Oliver jetzt, nach langer Zeit, zum ersten Mal wiedersahen. Zwar in Berlin, aber unter Umständen, die man nur als katastrophal bezeichnen konnte.

»Hört zu«, sagte Jasmin, »wir bringen euch jetzt zum LKA Berlin. Dort sind Menschen, die euch helfen. Meine Kollegen und ich müssen weiter.«

»Moment«, sagte Lutz, und aus der Angst in seiner Stimme wurde Wut. »Ich wurde gerade entführt, und du musst schon wieder weiter?« Offenbar hatte er seine Stimme doch wiedergefunden. »Zählt denn immer nur dein Scheißjob?«

»Es geht nicht anders.« Jasmin konnte nicht verhehlen, dass er recht hatte. Denn ihr *Scheißjob* hatte Lutz direkt in die Arme der Russenmafia geführt. Und sie konnte auch nicht verhehlen, dass sie jetzt lieber bei Lutz bleiben würde, aber sie mussten zurück zu Andrejew. Koste es, was es wolle. Und sie mussten Sergey Gregory festnehmen. Und dafür brauchten sie Beweise von Andrejew. Und zwar schnell. »Ich komme mit ins LKA. Die werden dort sehr gut auf dich aufpassen. Und dann sehen wir uns heute Abend wieder.«

Sie stiegen alle in den Transporter.

Am Ende war es dann doch gutgegangen. Jedenfalls, was die Entführung anging.

Nur eine Sache knabberte und nagte noch an Jasmins Geist.

Die SMS, genau zu der Zeit, als sie bei Andrejew saßen.

Vielleicht war das gar keine richtige Entführung?

Vielleicht wussten sie, dass der BND durch die Geräuschanalyse auf den richtigen Ort kommen würde?

Lutz und Jasmin allein in dem riesigen Hangar 7. Wie auf dem Präsentierteller.

Zwar war das Ganze eine Entführung gewesen, aber offenbar gab es keine Verletzungen, keine Erpressung, kein Lösegeld, und die Opfer waren nur wenige Stunden gefangen gehalten worden. Lange genug, um jeden in Panik zu versetzen. Aber nicht lange und aufwendig genug, um das Ganze gewaltig aufzubauschen und eine riesige Razzia in Richtung Russenmafia, FSB-Aktivitäten oder was auch immer in Gang zu setzen.

Klein genug, um keine großen Auswirkungen zu haben. Groß genug, um, ja, um was?

Abzulenken?

Aber wovon? Und in dem Moment dämmerte es Jasmin.

Vielleicht war die Entführung nur ein Mittel zum Zweck, um Jasmin und Oliver von Andrejew wegzulocken, damit *andere* zu ihm konnten?

Und vielleicht hatten Jasmin und Oliver diese *anderen* zuvor direkt zu Andrejew geführt?

In der Sekunde kam noch eine SMS. Als ob es so sein sollte.

Wieder von unbekannt.

Im Anhang eine Sounddatei.

Eine Stimme mit russischem Akzent.

Und da wusste Jasmin, dass sie mit ihrer Befürchtung recht gehabt hatte. Sie hörte die Sounddatei.

»Nina und Lutz. Sie waren die Köder. Und Köder müssen leben. Darum leben sie noch.«

KAPITEL 46

BERLIN, OKTOBER 2015
Gabriele-Tergit-Promenade, Potsdamer Platz

Nina war noch immer in Tränen aufgelöst, als sie in ihrer Wohnung ankamen. Sie wollte nicht ins Krankenhaus. Wollte sich nicht behandeln lassen. Sie wollte zu Hause sein, wie sie sagte. Und hatte sich per Unterschrift kurzerhand selbst entlassen.

Sie ging nach draußen auf den Balkon und schaute auf die Skyline des Potsdamer Platzes. Die Augen voller Tränen. Oliver folgte ihr vorsichtig.

»Das habe ich doch alles dir zu verdanken!«, schluchzte sie. »Dass ich am helllichten Tag in Berlin entführt werde!«

Ganz unrecht hat sie damit nicht, dachte Oliver. Aber das konnte er natürlich nicht sagen. »Aber wir haben dich doch befreit«, versuchte Oliver eine etwas ungeschickte Rettung der Situation.

»Befreit? Aus einer Situation, in die ich ohne dich gar nicht geraten wäre.« Nina schneuzte sich. »Das ist, als ob du mich in den Knast bringst und ich mich dann bei dir bedanken soll, wenn du mich wieder rausholst.«

Oliver musste zugeben, dass sie mit diesem Vergleich richtiglag.

»Oliver«, sagte Nina, und er merkte, wie sie um Worte rang. »Eigentlich brauche ich jetzt jemanden, der mich tröstet. Aber ganz ehrlich … eigentlich will ich dich eine Weile nicht sehen.«

Er schaute nach unten auf den Polizeiwagen, der vor der Wohnung wartete.

»Ich glaube, das kannst du haben.«

»Warum?«

»Ich meine es ernst«, sagte Oliver. »Du wirst mich wohl eine Weile nicht sehen. Und eine andere Sache meine ich auch ernst: Was bin ich für ein Idiot, dass es erst zu einer Situation wie dieser kommen muss.«

»Wie meinst du das?«

»Es sind doch die Dinge, die man schon hat, die man niemals sieht. Sie fallen einem erst auf, wenn sie vergangen sind.« Er schaute den am Abendhimmel vorbeieilenden Wolkenfetzen hinterher. In der Kühle des Windes war allmählich der Atem des Herbstes zu spüren. »Mir ist im Leben immer alles zugefallen, was ich gern haben wollte, aber ich habe nie richtig für das gekämpft, für das es sich zu kämpfen lohnt. Genau genommen bin ich bei null losgelaufen und dann immer nur rückwärts. Bis …«

»Bis wann?« Nina drehte sich um.

»Bis zu dem einen Tag, an dem ich dich getroffen habe.« Jetzt standen auch in seinen Augen Tränen. Da war dieser Druck in der Kehle, wenn man weinen musste, der Druck, der schmerzhaft und befreiend zugleich war.

»Und jetzt«, sagte Oliver und schaute nach draußen auf das Polizeiauto, »wo mir das klarwird, sieht es so aus, als ob es zu spät ist.« Er ging zu Nina und legte ihr von hinten die Hände um die Schultern. Sie ließ es zu, auch wenn sie immer noch weinte. »Ich musste dich erst verlieren, um dieses Gefühl kennenzulernen. Das Gefühl, dass das Leben ohne den anderen sinnlos ist. Das Gefühl, dass man das Leben ohne den anderen gar nicht als Leben bezeichnen kann.« Er wischte sich die Tränen ab.

»Wahrscheinlich ist es dieses Gefühl, das die Menschen *Liebe* nennen.«

Er blickte vom Balkon hinunter. Der Polizist dort unten gab ihm ein Zeichen und zeigte auf seine Uhr.

Es war Zeit.

»Du hast gesagt, du willst mich eine Weile nicht sehen«, sagte Oliver. »Und genau das wird auch geschehen. Leider.«

»Warum?«

»Na ja, die Polizisten, sie stehen nicht umsonst dort unten. Gegen mich läuft ... ein Ermittlungsverfahren.«

Er gab ihr einen Kuss, löste sich von ihr und verließ den Balkon, das Wohnzimmer und die Wohnung.

Nina hörte den Aufzug, der nach unten fuhr. Vom Balkon der schönen Penthousewohnung aus schaute sie zu, wie die Ermittler Oliver die Tür aufhielten und ihr Mann in einem Polizeiwagen verschwand.

Der Wagen startete, fuhr die Promenade hinunter, bog dann rechts in die Stresemannstraße ab und war verschwunden.

Nina merkte an dem salzigen Geschmack in ihrem Mund, dass sie immer noch weinte, fühlte die Tränen auf ihren Wangen.

Sie wollte eine Weile allein sein, hatte sie gesagt.

Erinnerte sich an das, was Oliver gesagt hatte.

Über die Liebe.

Liebe hieß, nicht allein sein zu müssen.

Doch sie fühlte sich in diesem Moment so allein wie noch nie zuvor.

KAPITEL 47

BERLIN, OKTOBER 2015
LKA, Tempelhofer Damm, Psychologische Beratungsstelle

Jasmin hatte Lutz in der psychologischen Beratungsstelle des LKA am Tempelhofer Damm zurückgelassen. Sie konnte nur hoffen, dass sich die Psychologen dort gut um ihn kümmerten, denn sie musste unbedingt weiter. Zurück zur Wohnung von Andrejew. Die Uhr tickte.

Sie wusste noch immer nicht, wer Holos eigentlich gegründet hatte, und sie wusste auch noch nicht genau, wie die Verbindung zwischen Dark Web und »normalem« Internet bei Holos funktionierte. Das wollte ihr Andrejew offenbar gerade erzählen, als die Entführungsbilder auf ihrem Handy eingegangen waren. Das und noch etwas anderes, zu dem er noch gar nicht gekommen war, was er nur kurz angedeutet hatte.

Sie griff zum Telefon und rief Ressler an.

»Treffen gleich in der Wohnung, Karl-Marx-Allee?«, fragte sie.

»Machen wir. Habe eben mit der Schutzpolizei vor der Wohnung gesprochen. Es sind zwei alte Damen reingegangen und zwei junge Männer raus. Aber keine Spur von Andrejew außerhalb der Wohnung. Er muss noch drinnen sein.«

Jasmin atmete erleichtert aus. »Immerhin!«

Nach zwanzig Minuten Fahrt unter Missachtung aller Verkehrsregeln stoppte sie den Wagen an der Karl-Marx-Allee 101. Resslers Wagen hielt mit quietschenden Reifen hinter ihrem.

»Los, gehen wir rein!« Sie rannten die Treppen nach oben, hetzten zur Tür der Wohnung, wo Andrejew wohnte – und erstarrten.

Die Tür war offen.

»Da stimmt was nicht«, flüsterte Ressler und zückte seine Waffe. Jasmin tat es ihm nach.

Die Wohnung war durchwühlt, die Schubladen offen, Papiere und Ordner entwendet, und alle Rechner waren verschwunden. Nicht nur die Rechner. Andrejew offenbar auch.

Sie schaute Ressler an. Verzweiflung war in ihren Augen. »Das darf doch nicht wahr sein! Er ist weg! Und wir haben nichts von ihm. Keine Telefonnummer, keine E-Mail. Nur dieses Postfach.« Sie schaute aus dem Fenster des Wohnzimmers, in dem sie vorhin noch gesessen hatten. »Ich dachte, die Bullen unten hätten aufgepasst?«

»Sie sagen, das haben sie auch!«

»Aber dann kann er doch nicht weg sein?«

»Dann hilft nur eins«, sagte Ressler und fletschte die Zähne. »Großfahndung!«

Es war später Nachmittag geworden. Ressler und Jasmin standen an einem der Stehtische eines Cafés in der Karl-Marx-Allee und nippten jeder an einem Kaffee. Es war eines dieser Cafés, wo es alles gab: Kalte Getränke, Kaffee, Snacks, Internet, Fax, Kopierer, Handykarten und noch eine Menge mehr. Sie standen draußen an der Straße, denn es war noch recht warm geworden an diesem Tag, und das Licht der Abendsonne verwandelte die sozialistischen Zuckerbäcker-Gebäude der Karl-Marx-Allee in rosig beschienene Märchenschlösser.

Jasmin griff zum Telefon und rief den Einsatzleiter an. »Schon was Neues?«

»Die Zielperson haben wir noch nicht«, sagte Hauptkommissar Deckhard. »Aber wie es aussieht, sind die Entführer durch den Keller in die Wohnung gekommen.«

»Durch den Keller?«

»Ja, einige der Wohnblöcke in der Karl-Marx-Allee sind durch die Keller miteinander verbunden. Man geht durch ein Haus rein, zum Beispiel Nummer 105, geht bis zur 101 und dort nach oben.«

»Und keiner der Wachen draußen sieht irgendwas!« Jasmin biss sich auf die Lippe. »Das darf doch nicht wahr sein!« Sie schaute Ressler an und gab ihm mit den Augen ein Zeichen, das heißen sollte: *Scheiße gelaufen.* »Vollkommen im Geheimen. Ohne dass es jemand merkt!«

»Ist doch auch ein Geheimdienst, oder?«, konnte sich Hauptkommissar Deckhard am anderen Ende nicht verkneifen.

»Sparen Sie sich die Witze!« Jasmin blickte Ressler an. »Und genauso haben sie Andrejew wahrscheinlich auch entführt. In den Keller und dann zurück zur 105 oder welcher Hausnummer auch immer.«

»Steht zu befürchten.«

»Alles klar. Suchen Sie bitte weiter?«

»Klar«, knurrte Deckhard. »Geht ja nicht anders.«

»Diese Entführung«, sagte Jasmin und knüllte ihren leeren Kaffeebecher zusammen, »die war doch nur geplant, um uns aus der Wohnung zu locken und einen Großteil des Polizeiaufgebots gleich mitzunehmen, oder? Und dann Andrejew zu entführen?«

Ressler zuckte die Schultern und deutete ein Nicken an. »Was haben Sie eigentlich mit Sergey Gregory vor?«, fragte er plötzlich.

»Ihn verhören. Sobald wir genug Beweise haben.«

»Haben wir die schon?«

»Die haben wir natürlich noch nicht.« Sie warf den Becher in den Mülleimer neben dem Stehtisch.

»Selbst wenn wir ihn verhören wollten«, sagte Ressler, »könnten wir es momentan nicht.«

»Weil er sich noch immer in der Botschaft verschanzt? Und sich damit nicht auf deutschem Territorium befindet?«

»Bingo.«

Sie verbrachten den ganzen Abend mit der Suche nach Andrejew.

Keine Spur von ihm.

Nirgends.

Keine Zeugenaussagen. Nur die Aussage von einem Nachbarn in der Karl-Marx-Allee, dass irgendwer etwas Schweres von einem Balkon abgeseilt habe. Einer der Balkone auf der hinteren Seite der Häuserfront, wo natürlich keine Polizisten stationiert waren. Was könnte es sein? Die Rechner und Disketten von Andrejew? Seine Leiche? Oder etwas ganz Harmloses? Wie der Mensch aussah, der das getan hatte, wollte sie wissen. Tja, das wusste der ältere Herr aus Ost-Berlin nicht so genau.

Vielleicht hatte das ja nichts mit Andrejew zu tun? Vielleicht war das auch ein Student gewesen, der umzog. Und die FSB-Leute, dachte Jasmin, hatten alles durch den Keller mitgenommen.

Das war Berlin, dachte Jasmin. *Das war anonyme Großstadt. Schlimme Dinge passierten inmitten von 3,5 Millionen Einwohnern. Und keiner hatte etwas gesehen.*

Irgendwann fuhr sie nach Hause.

Nahm die kleine Carla in die Arme.

Ging ins Bett.

Kuschelte sich an Lutz, der tief weiterschlief und offenbar sein Beruhigungsmittel genommen hatte, das ihm Dr. Klanke im LKA gegeben hatte. War unendlich traurig, dass sie so gut wie nie für ihre Familie da war. War unendlich traurig, dass ihre Suche wahrscheinlich im Sand verlaufen würde. Und war unendlich glücklich, dass ihre Familie hier war. Hier und unversehrt.

Sie wusste nicht, ob sie lachen oder weinen sollte.

Entschied sich dann aber fürs Weinen.

KAPITEL 48

BERLIN, OKTOBER 2015
Choriner Straße, Prenzlauer Berg

Jasmin saß mit Lutz zusammen beim Frühstück.

Lutz hatte die Ereignisse des letzten Tages einigermaßen überstanden. *Das war ja ein toller dritter Oktober,* hatte er gesagt und dabei sein Sieben-Tage-Regenwetter-Gesicht gezeigt, das durch die jüngsten Ereignisse nicht freudiger wurde. Und dann das übliche: *Ich hasse deinen Job.*

Heute war Sonntag und eigentlich ein Tag, an dem man es ein bisschen ruhiger angehen lassen sollte. Doch Jasmin saß wie auf Kohlen. Noch immer keine Spur von Andrejew und noch immer nichts Neues von Sergey Gregory.

Da klingelte ihr Handy. Es war Ressler.

»Hat die Mordkommission Sie schon erreicht?«, fragte er ohne Umschweife.

»Ihnen auch einen guten Morgen«, sagte Jasmin. »Nein, hat sie nicht.« Das Wort *Mordkommission* hatte sie aber wacher gemacht, als es der Kaffee je gekonnt hätte.

»Die haben was gefunden. In der Spree. Oberbaumbrücke. Eine Leiche. Zum Teil unkenntlich gemacht, aber mit einer kyrillischen Tätowierung. Da das LKA spätestens seit gestern weiß, dass wir an solchen Sachen dran sind, haben sie gleich Nemesis verständigt.«

Sie sprang auf. Denn sie konnte sich denken, wer das sein könnte.

»Sorry, Lutz, ich muss noch einmal los.«

Er blickte säuerlich drein, mixte eine Flasche für Carla und trank gleichzeitig Kaffee. »Wann tritt in unserem Leben eigentlich mal Normalität ein?«

Sie gab ihm einen Kuss. »Wenn wir tot sind.«

Die Einsatzkräfte hatten den Bereich an der Falckensteinstraße nahe der Oberbaumbrücke komplett abgesperrt. Über ihnen erhob sich die berühmte Brücke, die Kreuzberg und Friedrichshain verband. Auf der anderen Seite sah Jasmin das Hauptquartier von Universal Music. Das hieß Stars und Glamour. Doch glamourhafte Gefühle mochten nicht aufkommen, als sie in das trübe Spreewasser blickte, in dem Flaschen, kaputte Fahrräder und Reifen lagen und aus dem sie gerade die Leiche eines Mannes zogen. Jedenfalls sah das, was sie dort an die Oberfläche zogen, wie die Leiche eines Mannes aus.

Die Leiche war nackt. Auf dem Arm eine kyrillische Tätowierung. Sie hatte gestern bei Andrejew keine Tätowierung gesehen, er hatte allerdings auch ein langes Hemd getragen.

»Wer hat die Leiche entdeckt?«

»Irgendein Typ, der hier wohl auch ein altes Fahrrad entsorgen wollte. Offenbar schmeißen die hier alle ihre alten Fahrräder in die Spree. Liegen ja schon einige da unten«, knurrte Ressler. »So wie die Tannenbäume, die im Januar immer einfach auf die Straße geworfen werden.« Er streckte sich. »Jedenfalls hat er dann die Leiche gesehen, einen Schock bekommen und die Polizei gerufen.«

»Er hat aber nicht gesehen, wer die Leiche hier reingeworfen hat?«

Ressler schüttelte den Kopf. »Nein. Befragung der Nachbarn läuft derzeit an. Das kann aber dauern. Wenn es in der Nacht geschehen ist, wovon ich ausgehe, wird es noch schwieriger. Der ganze Uferbereich hier ist so gut wie nicht beleuchtet.«

Einer der Kriminaltechniker, der einen weißen Papieranzug trug, drehte die Leiche um. Sie war übel zugerichtet. Die Finger waren abgeschnitten. Und der gesamte Unterkiefer war abgesägt worden. Dort, wo einmal Kinn und Zähne gewesen waren, war nur noch ein schwarz-rotes Loch, das den Gesichtsausdruck der Leiche in einen ewigen Schrei verwandelte. Selbst

Teile der Gesichtshaut hatten sie dem Mann abgezogen. Ebenso die Nase.

»Mein Gott, die wollten es aber wissen«, sagte Jasmin.

»Ja«, sagte der Kriminaltechniker und zog mit seinem Gummihandschuh die Oberlippe hoch. »Zähne im Oberkiefer wurden auch gezogen. Zahnstatus können wir also vergessen. Fingerabdrücke auch.«

»Typisches Vorgehen der Russenmafia.« Jasmin blickte Ressler an.

»Oder Geheimdienst«, sagte der.

»Läuft ja fast aufs selbe raus.« Sie wandte sich an den Kriminaltechniker. »DNA-Check können Sie machen?«

»Klar. Wir brauchen nur einen anderen Gegenstand zum Abgleich, in dem auch die DNA des Mannes gelagert ist. Ich glaube nämlich nicht, dass dieser Mann in irgendeiner POLIX-Datenbank gespeichert ist.«

»Was können wir tun?«, fragte Jasmin.

»Mit einem anderen Gegenstand aus seinem Haushalt können wir das zuordnen. Rasierer, Kamm oder so was. Aber dafür brauchen wir einen Verdacht, wer das sein könnte.«

»Den können Sie haben«, sagte Jasmin. »Fahren Sie in die Karl-Marx-Allee 101. Die Wohnung steht noch unter Polizeibewachung. Sagen Sie den Beamten, sie sollen einen Rasierer oder so etwas dort mitnehmen und das gleich in die Rechtsmedizin nach Moabit bringen. Und ich möchte eine Sofortsektion. Jetzt gleich!«

Zwei Stunden später stand Jasmin mit Ressler im Obduktionssaal des rechtsmedizinischen Instituts der Charité. Dr. von Weinstein, der stellvertretende Direktor des Instituts, kannte sie von ein paar früheren Ermittlungen, aber normalerweise führte ihr Job sie nicht allzu oft in die Sektionssäle.

»Die DNA ist nicht in der POLIX oder in einer anderen uns

bekannten Datenbank gespeichert«, sagte von Weinstein und blickte auf die Leiche, die, zusätzlich zu den Verstümmelungen, die die Täter angerichtet hatten, nun auch noch von oben bis unten aufgeschnitten war. Den Schädel hatten sie ebenfalls aufgesägt, um das Gehirn zu entnehmen und auf Drogen und Gifte zu untersuchen.

»Wie weit sind Sie mit dem Abgleich?«

»Das dauert immer etwas. Vielleicht noch eine Stunde. Vielleicht weniger. DNA-Zuordnung dauert lange, ein Abgleich geht aber meist recht schnell.«

»Und die Verletzungen?«

»Alles post mortem. Keine Unterblutungen. Es war ein nicht natürlicher Tod.« Etwas anderes hatte Jasmin nicht erwartet. »Danach haben sie ihm den Kiefer abgesägt, die Finger abgeschnitten, die Zähne gezogen und die Gesichtshaut partiell entfernt. Nur nach äußeren Merkmalen ist da keine Identifizierung möglich. Das geht nur noch über DNA.« Er nickte anerkennend. »Die Gesichtshaut … Die kannten sich aus. Wie in dem Film *Face/Off.* Kennen Sie den?« Jasmin schüttelte den Kopf. Von Weinstein sprach weiter. »Wie auch immer, die Asiaten würden das wohl *Gesichtsverlust* nennen.«

»Sehr witzig!« Jasmin schaute ihn missmutig an. »Und wie ist er gestorben?«

»Durch eine Lähmung des zentralen Nervensystems durch Gift.« Von Weinstein griff hinter sich. »Hier ist der Bericht von den Kollegen aus der Toxikologie: Der Mann wurde vergiftet. Untersuchungen von Nieren- und Lebergewebe lassen auf Phosphorsäureester schließen.« Er tippte mit einem metallenen Stab wie ein Dirigent auf den Oberkörper der Leiche, bevor er weitersprach. »Herz- und Schenkelvenenblut weisen, neben größeren Mengen von Alkohol und anderen Substanzen, Spuren von Nevrotan auf.«

»Nevrotan?« Jasmin und Ressler sahen sich an.

»Eine exogene, neurotoxine Phosphorverbindung.«

»Also ein Nervengift?«

»Ja. Nevrotan gelangt sofort durch Diffusionsprozess über die Mundschleimhäute in die Blutbahn und greift von dort aus die Zellen an. Das Ganze geschieht innerhalb von Sekunden. Das Zeug wirkt direkt auf die Zellen ein, hemmt die Ausführung von Aktionspotenzialen an den Nervenenden und setzt so das zentrale Nervensystem außer Kraft. Die Folge sind Herzstillstand und sofortiger Tod.«

»Und das hat er oral eingenommen?«, wollte Ressler wissen.

»Oder man hat es ihm eingeflößt. Könnte also Mord oder Suizid sein. Das können wir nicht genau feststellen.«

»Ist das Gift leicht zu bekommen?«

»Nein.« Von Weinstein schüttelte den Kopf. »Kaum erhältlich. Nur für absolute Insider. Das waren Profis.«

Im hinteren Bereich des Saales öffnete sich eine Tür.

»Bernd, was gibt's?«, fragte von Weinstein. Zu Jasmin und Ressler gewandt, sagte er: »Ein Kollege aus der forensischen Genetik.«

»Das DNA-Profil der Leiche stimmt überein …« Er drückte von Weinstein einen Bericht in die Hand. »… mit dem DNA-Profil in seinem Rasierer in der Karl-Marx-Allee. Kann in die Akte und dann ab zum Staatsanwalt.«

»Danke, Bernd!«

Das DNA-Profil stimmt überein. Die Worte hallten in Jasmins Kopf nach.

Das hieß, die Leiche war Igor Andrejew.

Sie hatten ihn verlassen, als die SMS mit den Entführungsbildern kam.

Sie hatten ihn den Löwen zum Fraß vorgeworfen.

Und vor allem: Sie würden nie erfahren, was er ihnen noch hatte sagen wollen.

KAPITEL 49

MOSKAU, OKTOBER 2015
Sitz des FSB, Lubjanka

Die gewaltige Architektur Moskaus lag in tiefster Nacht.

Und man konnte nur an den einen Satz denken, der auf den Solowki-Inseln über den berüchtigten Arbeitslagern stand. Der Satz Stalins, der genauso vernichtend wie zynisch klang: *Mit eiserner Hand werden wir die Menschheit ins Glück treiben.*

Ich bin vielleicht der schrecklichste Mensch der Welt, hatte Nietzsche gesagt. *Das schließt nicht aus, dass ich der wohltätigste sein werde.*

Nietzsche hatte es gedacht und geschrieben.

Stalin hatte es umgesetzt. Und war von einem Glückstreiber zu einem gigantischen Totengräber geworden.

Auch die Lubjanka, das Hauptquartier des FSB, lag im Dunkeln.

»Der Fisch hat zugeschnappt«, sagte Victor Ivanow zu Alexander Michalew und reichte ihm ein Wodkaglas. Sie standen wieder vor dem Aquarium des Tiefseeanglerfisches.

Michalew nickte zufrieden. »Er hat auch Andrejew … verspeist. Mit Ihrer Hilfe, Genosse Ivanow.« Die beiden stießen mit ihren Gläsern an. »Ich bin sehr zufrieden. Und der Präsident ist es auch.«

»Man könnte sagen«, ergänzte Ivanow, »wir haben sie alle … *an der Angel.*«

Sie schauten beide abwechselnd auf das Aquarium und nach draußen in die tintenschwarze Nacht, die fast so finster war wie die abgedunkelte Behausung des Fisches.

»Wussten Sie«, sagte Michalew, »dass auch ein Drittel der Leute, die nicht religiös sind, an eine Strafe wie die Hölle glauben?«

»Wie sagte mein Großvater?« Ivanow trank von seinem Wodka. »Religion zu lernen, ist ein Teil der menschlichen Natur. Die Wissenschaft zu lernen, ist ein Kampf gegen die menschliche Natur.« Er schwieg einen Moment. »Und glauben diese Menschen auch, dass sie selbst dort hinkommen könnten? Ich meine, in die Hölle? Oder sind es nur die anderen, denen das passieren soll?«

»Ich glaube, wir Menschen möchten vor allem eins: Gerechtigkeit. Und das heißt, dass die richtigen Menschen in die Hölle kommen. Egal, ob diese Hölle in einer anderen Welt existiert. Oder hier auf Erden ist.«

»Da haben Sie recht, werter Genosse Michalew.« Ivanow stellte sein Glas auf das Aquarium und streute etwas Futter in den Tank. »Die Geheimdienste sind überall in der digitalen Welt, aber die besten in der Massenüberwachung sind doch nach wie vor die Silicon-Valley-Größen wie Facebook, Apple, Amazon und Google. Und jetzt natürlich Holos. Wir sind kostenlos, wir wissen alles über Gewohnheiten, Historien, Meinungen und alles, was Menschen früher eher für sich behalten haben. Und wir tragen die Hölle der Leute nach draußen.«

»Die Hölle ist heiß. Der Kalte Krieg hingegen ist vorbei«, begann Michalew. »Aber das ist kein Problem …«

»… denn das goldene Zeitalter der Überwachung«, ergänzte Ivanow, »ist … jetzt!«

Die beiden Männer standen vor dem großen Fenster, tranken ihren Wodka und dachten nicht nur an die Hölle, sondern auch an den Himmel, den sie sich selbst geschaffen hatten, mit über hundert Milliarden Dollar und einem perfiden Plan.

Ein Himmel, der für viele andere die Hölle sein würde.

KAPITEL 50

BERLIN, OKTOBER 2015
Nemesis Hauptquartier, BND, Chausseestraße

Als Jasmin in ihr Büro kam, blinkte ihr Telefon. Es war der Anrufbeantworter. Und es war diese Art des Blinkens, die Jasmin nicht gefiel.

Sie tippte auf den Abspielknopf. Blechern hörte sie die Stimme.

»Breuer hier, guten Morgen, Frau Walters.« Kurze Pause. »Frau Walters, Herr Doktor Kunhardt würde gerne baldmöglichst mit Ihnen sprechen. Wäre 9:30 Uhr genehm?«

Frau Breuer. Genannt Herr Breuer. *Und Kunhardt. Natürlich.*

Das war keine Frage, das war ein Befehl. Und der Subtext der freundlichen Frage war auch klar. *Sie haben gefälligst um 9:30 Uhr im Büro von Kunhardt zu sein, weil wir ein sehr ernstes Gespräch mit Ihnen führen wollen. Und wenn Sie sich nicht einfinden sollten, wird das nächste Gespräch richtig unerfreulich werden. Mit allen Konsequenzen.*

Und, verdammt, den Bericht über den Kanzleramt-Hack hatte sie natürlich auch noch nicht geschrieben und würde ihn bis 9:30 Uhr auch nicht fertigbekommen. Sie ließ sich auf den Stuhl sinken. *Willkommen zurück, graue Alltagswelt.*

Mit allen Konsequenzen, dachte sie. Was würde ihr blühen? Nun konnte sie als Beamtin zwar nicht gefeuert werden, aber dennoch konnte das alles unangenehm werden. Disziplinarverfahren, Suspendierung oder was immer Kunhardt aus seinem Giftschrank holen könnte.

Um sich etwas abzulenken, ging sie nach unten zur Poststelle. Normalerweise wurde ihr die Post im Laufe des Vormittags gebracht. Aber vielleicht war ja etwas Wichtiges dabei, etwas, das sie von dem anstehenden Termin bei Kunhardt ablenken würde.

Und außerdem musste sie sich etwas bewegen, sonst würde sie wahnsinnig werden.

In ihrem Postfach lagen ein paar Wurfsendungen und die Hauspost. Und ein einzelner Brief. An sie adressiert. Ohne Absender.

Sie hatte augenblicklich eine Ahnung, was das sein konnte.

Ihre Geistesgegenwart reichte gerade noch aus, nach oben in ihr Büro zu rennen und sich Gummihandschuhe anzuziehen. Dann riss sie den Brief auf.

Er war mit Kugelschreiber geschrieben.

Sie starrte auf die letzte Seite.

Ihr Igor Andrejew stand dort.

Ein Brief. Von ihm. Von einem Mann, der so etwas Altmodisches wie einen Brief schreiben musste, weil einzig dieser Brief vielleicht nicht abgefangen werden konnte. Dieser Brief von einem Mann, der bereits tot war.

Sie hielt den Brief mit zitternden Fingern und begann zu lesen:

Frau Walters,

ich werde diesen Brief zu Ende schreiben und ihn einem Nachbarn geben, von dem ich hoffe, dass er ihn einwirft. Ich darf das Haus nicht verlassen, weil ich spüre, dass SIE wissen, wo ich bin. Danach werde ich die Giftpille nehmen, und dann werde ich nicht mehr existieren. Diesen Brief, den Sie in den Händen halten, ist das Letzte, was es von mir geben wird. Dieser Brief ist das Leuchten meines Feuers. Und der Staub meiner Asche.

Ich weiß, dass SIE meine Wohnung stürmen werden, dass SIE alles mitnehmen werden und dass SIE mich töten und foltern werden, wenn ich mich nicht selbst töte. Wahrscheinlich werden SIE mich tot finden und meine Leiche dann verschwinden lassen. Vielleicht werden Sie meine Leiche finden, wahrscheinlich aber nicht.

Frau Walters, Sie wollten mir helfen. Aber Sie haben SIE leider zu mir geführt. Da ich ohnehin sterben werde, kann ich auch auspacken. Und Ihnen das sagen, was ich Ihnen sagen wollte, als Ihr Telefon geklingelt hat.
Kennen Sie die vier Reiter? Die vier apokalyptischen Reiter?
Der rote Reiter ist der Krieg. Er schafft Konflikte, und er trägt einen Ring aus Gold.
Der schwarze Reiter ist der Hunger. Er trägt einen silbernen Ring, und er macht die Leute süchtig.
Der grüne Reiter ist die Pest. Er trägt einen Smaragdring. Und er verbreitet Krankheiten.
Und der blasse Reiter ist der Tod. Er braucht keinen Ring. Er tötet auch so.

Sie wissen, dass Holos im Dark Web eine riesige Information-Dump-Site betreibt. Genau genommen die größte Seite dieser Art. Wo all die Informationen stehen, von denen die Menschen nie wollen, dass andere diese Dinge über sie wissen. Und diese Menschen sind viel Geld zu zahlen bereit dafür, dass es so bleibt.
Francis Bacon einmal anders: Nicht: Wissen ist Macht. Sondern: Nicht-Wissen ist Macht. Zu wissen, dass die Feinde kein Wissen über uns ausnutzen können. Wissen zu bewahren, das es nicht an die Öffentlichkeit schafft. Niemals.
Sie wissen auch, Frau Walters, dass Holos mit den Ermittlungsbehörden zusammenarbeitet, um Fälle von Pädophilie und Missbrauch aufzudecken.
Das tun sie, um gegenüber den Ermittlungsbehörden unverdächtig zu sein. Das tun sie aber vor allem, um diese Bilder als Druckmittel gegenüber unerwünschten Kooperationspartnern zu nutzen und um diese Partner der Polizei auszuliefern und sie damit kaltzustellen.
Es kommt aber noch etwas hinzu: Man kann bei Holos, jeden-

falls in der Dark-Web-Variante, Informationen von anderen Menschen kaufen: Ihre sexuelle Ausrichtung, ihre Geheimnisse und was diese Menschen wirklich über andere Menschen denken. Dieses »Information Sharing« der Extreme, das auch noch viel Geld kostet, ist einer der Hauptumsatzbringer von Holos, und es ist auch genau die Stelle, wo Internet und Dark Web zusammenlaufen. Sie, Frau Walters, würden dann vielleicht wissen, was Ihr Chef oder Ihr Freund oder Ihr Kollege oder wer auch immer wirklich über Sie denkt.

Was würden Sie dafür zahlen, Frau Walters? Und was würden Sie dafür zahlen, wenn niemand erfährt, was Sie denken? Vielleicht funktioniert dieses Konzept auch gar nicht. Weil niemand wissen will, was andere über ihn denken. Jedenfalls nicht freiwillig. Man kann die Menschen aber dazu zwingen. Und damit eine Menge Chaos anrichten. Und das ist das, was ich Ihnen sagen wollte.

Das Telefon klingelte. Jasmin schaute auf die Uhr. 9:30 Uhr. Das konnte nur Kunhardt sein. Doch das hier war viel wichtiger. Und viel schlimmer! Sie las mit rasendem Herzen weiter.

Denn der große Plan von Holos und dem FSB ist ein noch viel größerer: Sie planen, diese Informationen irgendwann auf eine bestimmte, nahe beieinanderlebende Gruppe von Menschen abzufeuern, egal, ob sie wollen oder nicht. Religionsgemeinschaften, Clans, Politiker. Denn nichts verletzt uns so stark wie eine Beleidigung von einem Menschen, den wir für einen Freund gehalten haben. Wenn alle wissen, was die anderen über sie wirklich denken, kommt es zu Gewalt, kommt es zu Suiziden, in jedem Fall aber kommt es zu Anarchie und Chaos. Diese Fähigkeit, vorhersehbar Anarchie und Bürgerkrieg auszulösen, und zwar auf Knopfdruck, will Holos und

der FSB als politisches Druckmittel einsetzen, um damit eine neue Form des Cyberterrorismus zu starten.
Und sie haben sie alle an der Angel: die Politiker, die Behörden, die Banken.

Das Telefon klingelte. Aufdringlich. Penetrant.
Jasmin aber schaute auf die letzten Worte.

Tun Sie irgendetwas!
Die Reiter der Apokalypse!
Sie kommen!

Jasmin spürte, was sie ihrem Körper in den letzten Tagen angetan hatte. Spürte die Schwäche und die Müdigkeit. Und ließ die letzten Worte auf sich wirken.
Die Reiter der Apokalypse! Sie kommen!
Der Brief fiel ihr aus der Hand, und sie sank ohnmächtig zu Boden.
Das Telefon klingelte noch immer.

EPILOG

Tanya und Yvonne kuschelten sich aneinander, als sie auf dem Rücksitz des großen Kombis saßen. Es war kein Auto irgendeines Puppendoktors. Kein Heimtransporter. Kein Wagen, der sie von einem Ort wegbrachte. Sondern ein Wagen, der sie zu etwas hinbrachte. Zu etwas Warmem, Freundlichem. Etwas, das sich auf sie freute und das sie bei sich haben wollte. Ohne Intrigen, böse Pläne und Hintergedanken.

Sie waren vor zwei Wochen aus dem Krankenhaus entlassen worden. Sie hatten neue Papiere bekommen, denn die alten Papiere gab es nicht mehr. Ein Schwesternstift, das sich um Straßenkinder kümmerte, hatte ihnen geholfen, eine Adoptivfamilie zu finden, die bereit war, die beiden Mädchen aufzunehmen. Ja, eine Familie, die sich sogar darauf gefreut hatte.

Wir hatten eine Tochter, hatte der neue Vater erzählt. *Sie ist gestorben, als sie zwei war.*

Aus Furcht, dass es noch einmal passieren konnte, haben wir keine weiteren Kinder bekommen, hatte die Mutter ergänzt. *Aber jetzt seid ihr da. Wir haben die Tochter, die wir verloren hatten, wieder.*

Und wir haben die Tochter, die wir nie hatten, ergänzte der Vater.

Tanya und Yvonne nickten und lächelten.

Sie wussten, dass sie in dieser Familie glücklich werden konnten.

Sie wussten, dass nicht alles einfach würde, aber fast alles besser werden konnte als das, was hinter ihnen lag.

Und noch etwas wussten sie, was ihnen keiner nehmen konnte: Sie würden ihr ganzes Leben lang Freunde sein. Mehr noch als Freunde und mehr noch als Geschwister. Sie würden sich immer umeinander kümmern und einander niemals aus den Augen verlieren.

Wenn du durch die Hölle gehst, geh weiter.

Die Mädchen hatten aber noch etwas anderes gelernt: *Wenn du in den Himmel kommst, vergiss niemals die, mit denen du durch die Hölle gegangen bist.*

WAS WEITER PASSIERTE

Oliver Winter kam vor Gericht. Eine Bewährungsstrafe konnte er wegen der Schwere der Schuld nicht bekommen, auch wenn er vorbildlich mit den Ermittlungsbehörden kooperierte und zudem die beiden Mädchen Tanya und Yvonne gerettet hatte. Dass er Dr. Czerny erschossen hatte, wussten nur Antonija, Jasmin und Ressler. Erstere konnte, die anderen zwei wollten es niemandem verraten. Im Gefängnis landete Oliver dennoch. Er sagte sich aber, dass dies vielleicht »das Beste« war, was ihm passieren konnte, um wieder auf dem Boden der Tatsachen anzukommen. Nina, seine Frau, nahm das Jobangebot von Martha Steward in New York und London an, flog aber alle vier Wochen zurück nach Berlin, auch, um Oliver im Gefängnis zu besuchen. Nach allem, was sie über ihren Mann erfahren hatte, war ein Tapeten- und ein Ortswechsel das Beste für sie. Ob beide noch eine gemeinsame Zukunft hatten, wusste sie noch nicht.

Jasmin Walters und Roland Ressler führten weiterhin den Kampf im Cyberspace gegen Holos, ohne sich hundertprozentig sicher zu sein, ob ihr Dienstherr und ihre Behörde wirklich auf ihrer Seite standen oder gegen sie waren.

Jörg Tanner gelang es schließlich, von einem großen Venture Capital Fonds aus dem Silicon Valley eine große »B-Finanzierung« zu bekommen und seine Firma zu erweitern. Mit Jasmin war er nach wie vor in Kontakt. Lutz, der Freund von Jasmin, malte weiterhin mehr oder weniger erfolgreich seine Bilder und wusste immer noch nicht so ganz, um was es eigentlich bei Jasmins großem Fall ging.

Alexander Michalew und Victor Ivanow sahen ihr Ziel fast erreicht, waren aber um einiges vorsichtiger geworden, was mögliche Mitwisser anging. Der Aktion mit Andrejew ließ Ivanow, ganz im Sinne von Stalin und mit der Rückendeckung des Präsidenten, eine große Anzahl an »Säuberungen« folgen, um mögliche »Verräter« von vornherein auszuschalten, getreu Stalins Motto: *Der Tod ist die Lösung. Ein Mensch, ein Problem. Kein Mensch, kein Problem.* Kyrill Karasow und Vladimir Kowaljow von der Solnzevskaja-Mafia fiel dabei eine Schlüsselrolle zu.

Sergey Gregory war weiterhin das sympathische Aushängeschild von Holos und wurde von Dutzenden von Medienberatern und Spin Doctors als der »Retter des digitalen Europas« positioniert. Und alle glaubten es und liebten ihn. Deutsche Politiker und deutsche Medien ganz besonders.

William Grayson, der Gründer von GH Associates, fiel einige Wochen später beim Joggen an der Themse, auf der Höhe der St. Pauls Cathedral, tot zu Boden. Ärzte diagnostizierten eine Herzmuskelentzündung aufgrund einer verschleppten Grippe. Obwohl Grayson kein Unbekannter war und die Umstände seines Todes nicht hundertprozentig klar waren, wurde vom St. Thomas Hospital auf eine Obduktion durch die Rechtsmedizin verzichtet. Seine Leiche liegt auf dem Highgate Cemetery, ganz in der Nähe der letzten Ruhestätte von Karl Marx.

WARUM ICH DIESES BUCH GESCHRIEBEN HABE

Der Mensch ist eine Erfindung, deren junges Datum die Archäologie unseres Wissens ganz offen zeigt. Vielleicht auch das baldige Ende. Wenn diese Dispositionen verschwänden, so wie sie erschienen sind … dann kann man sehr wohl wetten, dass der Mensch verschwindet wie am Meeresufer ein Gesicht im Sand.

MICHEL FOUCAULT, DIE ORDNUNG DER DINGE

Dark Web ist ein Thriller. Und somit ein fiktives Werk. Doch die Themen und Möglichkeiten, die in diesem Buch behandelt werden, sind leider sehr nahe an der Realität.

Da ist zum einen die Technik und ihre Möglichkeit, mit riesigen Datenmengen umzugehen. Das, was man gemeinhin als »Big Data« bezeichnet.

Ich war im Februar 2010 in Mountain View im Hauptquartier von Google. Diese Mischung aus Uni-Campus, Abenteuerspielplatz und Welt-Kommandozentrale war faszinierend.

Anderthalb Jahre später, im Herbst 2011, war ich im Lesesaal der Kongressbibliothek in Washington. Der Library of Congress. Eine Kathedrale des Wissens und mit fast 35 Millionen Büchern in 470 Sprachen eine der größten Bibliotheken der Welt. Der Datenbestand der gesamten Kongressbibliothek beträgt ca. 34,5 Millionen Bücher in 470 Sprachen. Das gesamte Datenvolumen der Library of Congress macht damit 10 Terabyte aus. Ein Terabyte sind 1000 Gigabyte. 1 Gigabyte sind 1000 Megabyte. 1 Megabyte sind 1000 Kilobyte. Man bedenke, Computer in den achtziger Jahren hatten nur 64 Kilobyte RAM, wie der berühmte C64. Oder auch 128 Kilobyte, wie der Schneider CPC 6128. Auf beiden Computern habe ich meine ersten amateurhaften Programmierversuche in BASIC versucht.

Um also die gesamte Kongressbibliothek auf einem C64 zu speichern, hätte man damals rund 156 Millionen C64-Computer gebraucht.

Heute hat allein das sichtbare Web ein Datenvolumen von 167 Terabyte. Das ist mehr als das 16-fache Volumen der Library of Congress mit ihren 35 Millionen Büchern.

Das Dark Web hingegen ist noch viel größer. Es kommt auf eine geschätzte Größe von 91 850 Terabytes, ist also 550-mal so groß wie das sichtbare Web und 9185 mal so groß wie die Kongressbibliothek in Washington.

Es geht nicht darum, diese riesigen Zahlen zu verstehen. Die Frage ist: Was macht man mit all diesen Daten? Diese Frage stellen sich auch die Geheimdienste.

Der neue Rechner der NSA, der National Security Agency der USA, der in der Wüste in Utah aufgebaut wird, soll mehr als eine Million Mal das Volumen all unserer heutigen Daten speichern. Später soll es möglich sein, den gesamten Internetverkehr der nächsten hundert Jahre mit allen Daten, Fotos und E-Mails zu speichern. Es scheint, als wollte die NSA ja nichts verpassen und allen Daten, die irgendwo generiert oder gespeichert werden, auf die Spur kommen.

Ist die Paranoia berechtigt? Ich denke schon. Denn den größten Computer der Welt hat derzeit nicht die NSA. Die größten Computer der Welt hat Google. »Wir wollen das Wissen der Welt sammeln und organisieren«, sagt schon das Mission Statement von Google. Und Google hat offenbar wenig Skrupel, seine gewaltige Marktmacht, die man schon fast als Monopol ansehen kann, immer dort einzusetzen, wo es ihm hilft.

»Es gibt eine Menge Dinge, die wir gern machen würden, aber nicht tun können, weil sie illegal sind«, sagte Larry Page,

Co-Gründer und früherer Chef von Google. So hilft Google vor allem seinen eigenen Gründungen, indem es sie ganz oben auf der Suchliste plaziert, und löst damit das Henne-Ei-Problem, vor dem jede Gründung im Internet steht, die um die Aufmerksamkeit der Nutzer buhlt. Denn nur wer Nutzer hat, wird größer. Und nur wer groß genug ist, bekommt genügend Nutzer, um relevant zu sein. Man ist bei Facebook, weil dort auch alle anderen sind. Weil alle anderen auch dort sind, wird Facebook immer größer und braucht keinen Wettbewerber mehr zu fürchten. Ebenso ist es mit Google. Alle suchen dort, und deswegen will jeder dort gelistet sein. »Network Externalities« nennt man dieses selbstverstärkende Phänomen. Das ist natürlich nicht illegal, aber Google plant offenbar Größeres. So hat der Konzern Schiffe in internationalen Gewässern, schießt Satelliten in den Weltraum, dort, wo nationale Gesetze keine Gültigkeit mehr haben. Dabei folgt Google einer klaren Strategie, die man überall nachlesen kann. 1999 kam das Buch *Information Rules: A Strategic Guide to the Network Economy* von Hal Varian und Carl Shapiro auf den Markt. Es scheint, als habe Google alle acht Regeln, die in diesem Buch stehen, pflichtbewusst abgearbeitet, um die absolute Dominanz im Internet zu erlangen und auszubauen. Und dabei beschränken sich die Internet-Giganten nicht nur auf das Internet. Als Google den Mobilfunkkonzern Motorola kaufte, wurde ein Patent gleich mitgekauft: Mikrofone, die unter die Haut tätowiert werden. Die Firma Calico (California Life Company), die ebenfalls zu Google gehört, soll das ewige Leben ermöglichen. Das klingt nach Science-Fiction, ist aber ernst gemeint. Auch wenn es vielleicht nicht sofort erfolgreich umsetzbar ist. So denkt auch Google-Gründer Larry Page: »Man kann mit jeder Idee scheitern, solange sie nur groß genug war.«

Und nicht nur Google arbeitet mit Hochdruck an neuen Technologien. Deep Face, dessen Bezeichnung vielleicht nicht zufällig an »Deep Web« erinnert, ist ein neuer Algorithmus, den Facebook 2014 gestartet hat und der menschliche Gesichter auf Fotos erkennen und den Namen zuordnen kann. Mit einer Trefferwahrscheinlichkeit von 97 Prozent. Das Ganze kombiniert mit Google Glass, und kein Mensch kann mehr anonym oder unerkannt auf die Straße gehen.

Ich gebe zu: Es fällt schwer, vor Google allzu große Angst zu haben. Dafür ist Google einfach zu praktisch, zu einfach und zu kostenlos. Die Suchmaschine ist noch immer die beste, die es gibt, die Landkarten (Maps) sind unverzichtbar, und auch der Sprachassistent stellt Apples schwerhöriges und begriffsstutziges »Siri« locker in den Schatten. Doch auch hier gilt die böse Weisheit: *Wenn alles umsonst ist, bist du der Preis.*

All diese Innovationskraft ist natürlich nur möglich, weil im Silicon Valley, wo fast alle großen Technologie-Konzerne ihren Sitz haben, schlicht Geld vorhanden ist. Geld, das andere Länder entweder nicht haben oder, wie Deutschland, nicht investieren wollen. So werden in den USA pro Jahr 64 Milliarden Dollar in Wachstumsunternehmen gesteckt. Allein im Silicon Valley sind dies 15 Milliarden, also mehr als ein Viertel des gesamten US-Volumens. In Deutschland, immerhin die größte Volkswirtschaft Europas und die viertgrößte der Welt, kommen wir in drei Jahren auf gerade mal zwei Milliarden. Das sind nur 700 Millionen pro Jahr. Und damit etwas mehr als 1 Prozent des US-Volumens. Dass mit solchen Kleckerbeträgen keine bahnbrechenden Tech-Konzerne aus Deutschland kommen, dürfte klar sein. Und dass SAP, lange Zeit der wertvollste DAX-Konzern in Deutschland und zudem der einzige Technologie-Konzern, den Deutschland nach dem Zweiten Weltkrieg hervorgebracht hat, überlegt, sein Hauptquartier in Waldorf zu schließen, weil das gesamte Umfeld zu innovationsfeindlich ist, verwundert dabei auch nicht.

Wir müssen nicht alle Trends mitmachen, und wir müssen

auch nicht unser eigenes Google gründen. Nur, wenn wir das nicht tun, werden wir mehr und mehr von anderen Ländern und anderen Konzernen abhängig. Denn wer unsere Daten hat, der beherrscht uns auch. Und Deutschland ist gerade dabei, all seine Daten in die Hände anderer Nationen zu legen, weil es lieber in die Vergangenheit als in die Zukunft investiert. Dagegen ist nichts einzuwenden, nur muss man dann auch mit den Konsequenzen leben. Denn was das Internet angeht, ist Deutschland ein digitales Dritte-Welt-Land: Das reicht von den Ärgernissen, dass es in den meisten Zügen kein WLAN gibt – von öffentlichem WLAN ganz zu schweigen –, über begrenztes Datenvolumen bei deutschen Mobilfunkanbietern, bei denen man immer neues Volumen »nachkaufen« muss, als würden wir noch in den neunziger Jahren leben (Stichwort »Drosselkom« für »Telekom«), bis hin zu den Investitionen, die Deutschland für digitale Abwehr und Geheimdienste ausgibt. Im Roman äußert sich Roland Ressler gegenüber Jasmin Walters dazu: So weist Deutschland ein Bruttoinlandsprodukt pro Einwohner von 44 000 Dollar auf. Die USA liegen nur ein wenig höher mit 47 000 Dollar. Dennoch haben die Geheimdienste in den USA das bereits genannte jährliche Budget von 70 Milliarden Dollar pro Jahr. In Deutschland sind es dagegen nur etwa 500 Millionen. Damit geben die USA für Geheimdienste nahezu 220 Dollar pro Einwohner aus, Deutschland aber nur sechs (!) Dollar. Es muss klar sein, dass ein Land, das global dermaßen vernetzt ist, 2016 wohl wieder Exportweltmeister (sogar vor China) wird und militärisch nur eine marode Bundeswehr und einen winzigen Geheimdienst aufzuweisen hat, verletzbar sein muss! Ökonomisch ein Riese und geopolitisch ein Zwerg – das scheint die Rolle zu sein, in der sich Deutschland gefällt. Eine Rolle, die vor all den Herausforderungen der Welt, Mächteverschiebung, Kriege und vor allem Terrorismus, nicht geeignet ist, uns in eine planbare und sichere Zukunft zu führen.

Dabei ist schon das »normale« Internet teilweise angsteinflößend. Hinzu kommt das Dark Web, das um einiges größer ist und das durch seine Anonymität Dinge erlaubt, die im normalen Internet nicht funktionieren würden.

Homo homini lupus, sagte schon Thomas Hobbes in seiner Schrift *Leviathan. Der Mensch ist dem Menschen ein Wolf.* Und genauso scheint die dunkle Natur des Menschen dann am besten zum Vorschein zu kommen, wenn Menschen glauben, dass das, was sie sagen oder tun, anonym ist. Ein Unternehmen, das die Illegalität des Dark Web ausnutzt, um noch mehr Daten zu sammeln, mit diesen Daten noch mehr Geschäfte zu machen, und gleichzeitig aus dem Dark Web heraus anonyme Cyberattacken startet, wäre eine ernstzunehmende Bedrohung für die Freiheit der Menschen. China, Russland und auch Nordkorea haben ganze Regierungsabteilungen mit Hackern, die nur für den einen Zweck existieren, Server von westlichen Einrichtungen mit Hacker-Attacken zu bombardieren und die Daten zu stehlen. Botnets, automatisierte Viren, die Computer dazu bringen, Millionen von E-Mails zu verschicken, um damit sämtliche Systeme lahmzulegen, sind nur ein Beispiel. Bis zu 800 Hacker-Attacken muss allein die Deutsche Telekom jeden Tag abwehren.

Ob all das, was über das Dark Web geschrieben wird oder was man dort findet, wahr ist, ist eine Frage. Dass sich dort viel Schreckliches findet, ist die Wahrheit. Ob es die besagten »Dolls« wirklich gibt, werde ich hoffentlich nie erfahren. Was es gibt, ist eine Seite im Dark Web, die für diese Dolls Werbung macht und den »Transformationsprozess« genau beschreibt. Ich bin gewiss kein zartbesaiteter Mensch, aber dieser Text gehört zum Schlimmsten und Grausamsten, was ich jemals gelesen habe. Wer auf ihn bei irgendeiner Suche stoßen sollte, sollte es sich sehr gut überlegen, ihn zu lesen. Ich habe ihn gelesen und kann nur jedem davon abraten.

»Wenn Sie von etwas nicht wollen, dass es bekannt wird, dann sollten Sie es vielleicht nicht tun«, sagte einst Eric Schmidt, Aufsichtsratsvorsitzender von Google. Das Internet ist transparent geworden. Nichts, was dort geschieht, bleibt unentdeckt. Das Dark Web ist nach wie vor anonym. Und damit ein Tummelbecken für die schlimmsten Phantasien des Menschen. Doch wenn es eine Firma gibt, die Internet und Dark Web kombiniert, würde diese Firma auch über die dunkelsten Geheimnisse von sehr vielen Menschen Bescheid wissen. Und wo immer man etwas weiß, von dem ein anderer nicht will, dass es *jeder* weiß, gibt es ein fast todsicheres Geschäftsmodell, um Geld zu machen.

Wem es gelingt, das Dark Web mit der Effizienz und der operativen Exzellenz des normalen Internet – dem Clear Web – zu kommerzialisieren, der ist wahrscheinlich wirklich nicht weit von der Weltherrschaft entfernt.

Vielleicht hilft dann nur noch das, was Journalisten in repressiven Regimen geraten wird:

Sie sollten Ihr Hotelzimmer nicht im Voraus buchen. Das erschwert es Gegnern, die Zimmer vorab entsprechend mit Wanzen vorbereiten zu können. Sie sollten nicht nur Ihre Kamera abkleben, Sie sollten auch Ihr Mikrofon aus dem Rechner ausbauen.

Zudem gilt das, was schon der im März 2016 verstorbene Gründer von Intel, Andy Groves, sagte. Ein Satz, der auch für Thriller-Autoren gilt, die ebenfalls immer auf der Suche nach Konflikten, Schurken und Spannung sind: *Only the Paranoid survive – nur die Paranoiden überleben.*

Veit Etzold
Berlin im Oktober 2016

ANSTELLE EINES NACHWORTS

Wir überschätzen, was in einem Jahr geschieht,
und unterschätzen, was in zehn Jahren geschehen kann.

BILL GATES, GRÜNDER VON MICROSOFT

Wie immer in meinen Büchern, und so halten es auch viele meiner Autorenkollegen, gilt der größte Dank wieder den Leserinnen und Lesern! Sie haben gerade Ihr hart verdientes Geld (vielleicht waren es auch Bitcoins) für dieses Buch auf den Tisch gelegt. *Dark Web …*

Meine erste Begegnung mit einer fremden, anderen und faszinierenden Welt, die aber keine Phantasie-, sondern eine technologische Welt ist, begann übrigens 1999 mit dem Kinofilm *Matrix*. Dieser Film hat mir so gut gefallen, dass ich sogar meine Doktorarbeit in Medienwissenschaften zu diesem Thema geschrieben habe. Oliver Winter in *Dark Web* ist ja ebenfalls ein großer *Matrix*-Fan. Und die, die an dem Thema Interesse haben, finden meine gesamte Dissertation zu *Matrix* auf dem Bibliotheksserver der Universität Oldenburg: http://oops.uni-oldenburg.de/68/121/etzmat06.pdf

Ein Buch ist dabei nur so gut wie die Möglichkeit, es auch an den Mann oder die Frau zu bringen. Dafür sorgen nicht nur die Verlage, sondern auch diese mysteriösen Personen, die das Buch erst einmal an den Verlag bringen – auch »Literaturagenten« genannt. Zwei der besten Agenten dieser Welt, Roman Hocke und Markus Michalek von AVA International, gebührt bei diesem Buch der erste und ganz besondere Dank. Und darum ist dieses Buch auch Roman und Markus gewidmet. Markus Michalek, der einen sehr großen Anteil daran hatte, dass Sie, liebe Leserinnen und Leser, das Buch in den Händen halten, und der im Hintergrund die Fäden zog, ist daher auch in *Dark Web* als *Alexander Michalew* verewigt. Wenn auch nicht vollkommen deckungsgleich; zum Glück … Außerdem geht es in *Dark Web* auch um Geheimdienste und Agenten. Da dürfen Literaturagenten ja nicht fehlen.

Nach den Agenten kommen die Verlage: Ein großer Dank geht daher an Steffen Haselbach, Verlagsleiter Belletristik bei Droemer Knaur, für die super Zusammenarbeit, an meine Lektorin und Programmleiterin Paperback bei Droemer Knaur, Michaela Kenklies, für ihren unermüdlichen Einsatz, tolle Ideen, spannende Stunden und unterhaltsame Diskussionen über dem Manuskript sowie an Antje Steinhäuser für das grandiose finale Lektorat. Und natürlich an die Geschäftsleitung von Droemer Knaur, Hans-Peter Übleis, Josef Röckl und Bernhard Fetsch, ebenso Beate Riedel, Kristina Brand, Liesa Arendt für das tolle Marketing, Katharina Ilgen, Monika Neudeck und Claus-Martin Carlsberg für die super Pressearbeit, Hanna Pfaffenwimmer, Christina Schneider sowie das Team von D2M um Daniel Domdey und Andrea Stollorcz sowie Dietmar Masuch und die Kollegen von Thalia für die Planung der »Dark Web«-Tour und diverse Lesungen. Und natürlich an das ganze Vertriebsteam von Droemer Knaur, die für die Buchhandlungen und für die Nebenmärkte, wo meine Bücher offenbar auch gern gesehen sind, alles geben. Sollte es *Dark Web* auch bei Media Markt geben, kann man sich dort, wie Oliver, auch gleich den Laptop kaufen; bar bezahlt natürlich und mit Kapuzenpullover getarnt. Ganz besonderer Dank gebührt allen Buchhändlerinnen und Buchhändlern! Durch Sie und nur durch Sie sind Bücher sichtbar, anfassbar, kaufbar und überhaupt vorhanden. Und wenn Sie mich zu Lesungen einladen, auch noch live für alle Fans erlebbar. Vielen, vielen Dank, dass es euch gibt!

Was das unschätzbare Insider-Wissen über das Dark Web,

Hacking, Black-Hats, White Hats und was es noch alles gibt, angeht, möchten die meisten meiner Ansprechpartner lieber unerwähnt bleiben (komisch, warum eigentlich? Schlimmstenfalls klopft Genosse Ivanow vom FSB mit einem Jobangebot an die Tür ...). Offiziell kann ich dabei Dr. Jürgen Erbeldinger, CEO der Partake AG, danken für spannende Gespräche auf der Dachterrasse des Haus Cumberland, Thomas Ramge und Uli Kohl.

Da es im Dark Web nicht primär um Leichen, Forensik und Serienkiller geht, war Saskia diesmal nicht so stark gefordert wie bei der Clara-Vidalis-Reihe. Danken möchte ich dir, liebe Saskia, fürs Korrekturlesen und einfach dafür, dass es dich gibt und dass du es mit und bei mir aushältst. Du wirst Nina in *Dark Web* sicher gut verstehen können.

Ein letzter Dank geht an meine Schwiegereltern Renate und Thomas Guddat für die tolle Wohnung in Grömitz an der Ostsee, wo Saskia und ich häufig entspannte Urlaubswochen verbringen. Und wo ich auch die vorletzte Korrekturschleife von *Dark Web* im Juli 2016 vorgenommen habe. Meist abends oder nachts oder wenn das Wetter schlecht war.

So bleibt mir nur, Ihnen allen spannende Unterhaltung zu wünschen und mich auf ein Wiedersehen zu freuen! Bei einer Lesung, auf der Tour, an der Bar, offline, online, im Clear Web oder Dark Web.

Besuchen Sie mich auf www.veit-etzold.de oder auf facebook.de / veit.etzold, oder schreiben Sie mir an info@veit-etzold.de.

Wie sagte schon Morpheus in *Matrix: It's not knowing the path. It's walking the path.*

Ihr *Veit Etzold*
Berlin im Oktober 2016

Veit Etzold

TRÄNENBRINGER

CLARA VIDALIS 5

LESEPROBE

Die stärkste und älteste Empfindung ist die Angst.
Und die stärkste Form der Angst
ist die Angst vor dem Unbekannten.

HOWARD PHILLIPS LOVECRAFT

PROLOG

Erst habe ich sie ausgezogen. Dann habe ich sie erwürgt.
Dann in kleine Teile zerschnitten. Dann gekocht. Und gegessen.
Es hat neun Tage gedauert, bis ich sie ganz gegessen habe.
Ich habe sie nicht missbraucht, auch wenn ich es gekonnt hätte.
Sie ist als Jungfrau gestorben.

BRIEF DES SERIENKILLERS ALBERT FISH AN DIE ELTERN DES OPFERS[1]

<BODYCOUNT>: bist du geil?
<ANGELDUST666>: bin ich immer. ich brauch es hart. und oft.
<BODYCOUNT>: extrem?
<ANGELDUST666>: yep. nur keine bleibenden schäden
<BODYCOUNT>: titten echt so groß wie auf pic?
<ANGELDUST666>: ja. natur. 80E
<BODYCOUNT>: geil!
<ANGELDUST666>: freut mich ☺
<BODYCOUNT>: NS, KV?
<ANGELDUST666>: mag kein dirty. gewalt ok.
<BODYCOUNT>: messer?
<ANGELDUST666>: ja, aber musst entlang der narben schneiden, die ich schon habe. wohne noch bei eltern
<BODYCOUNT>: ritzt du dich?
<ANGELDUST666>: ja
<BODYCOUNT>: machst du es auch für mich?
<ANGELDUST666>: klar
<BODYCOUNT>: filmen?
<ANGELDUST666>: ja, aber nur mit maske. auch wegen eltern

[1] Aus Ressler, Burgess, Douglas: FBI-Crime Classification Manual, New York, 2008

<BODYCOUNT>: kill your parents
<ANGELDUST666>: gute idee
<BODYCOUNT>: wann sehen wir uns?
<ANGELDUST666>: nachmittags. bei dir. nach der schule. bis abends. mum darf nichts merken
<BODYCOUNT>: diesen donnerstag? 15 uhr?
<ANGELDUST666>: wo?
<BODYCOUNT>: schicke ich separat
<ANGELDUST666>: geil. freu mich schon.
<BODYCOUNT>: gewalt ok?
<ANGELDUST666>: ja. hab ich doch gesagt
<BODYCOUNT>: titten 80e?
<ANGELDUST666>: yep
<BODYCOUNT>: eine sache will ich dann rausfinden
<ANGELDUST666>: was denn?
<BODYCOUNT>: wie deine titten … von innen aussehen
<ANGELDUST666> HAT DEN CHAT VERLASSEN

Doch Bodycount wusste bereits, wer Angeldust war.

Und wo er sie finden würde.

KAPITEL 1

BERLIN, 2016

Es war Ende Oktober, und es begann, dunkel zu werden.

Thomas Spiering war gerade dabei, den Rückspiegel richtig einzustellen, als er den Mann sah.

West-Berlin. Ecke Keith- und Kurfürstenstraße. »Kurfürstenstraße« klang edel, war aber in Wirklichkeit der größte Freilichtpuff Deutschlands. Kinder sahen vom Sandkasten aus, wie Prostituierte mit ihren Freiern im nahen Gebüsch verschwanden. Und dann die Kondome in den Sand des Spielplatzes warfen. Entsprechend zügig fuhr Thomas Spiering. Bis er den Mann sah, der einfach auf der Straße stand. Der Mann kam aus der Keithstraße. Von Süden.

Links oben war das Hotel mit seiner roten Klinkerfassade. Roter Klinker. Wie Fliesen. Fliesen einer Schlachterei. Auf der anderen Seite der Kaminshop. Links der Asiate. All das sah Thomas Spiering.

Und dann kam der Mann.

Direkt vor sein Auto.

Er lief mit torkelnden Schritten vor ihm über die Straße. Stand direkt vor Spierings Wagen, der sich mit fünfzig Stundenkilometern näherte. Für einen Moment schien die Zeit eingefroren. Der Mann schaute Spiering in die Augen. Es waren Augen wie Plaketten. Augen, die keine Tiefe hatten. Der Mund geöffnet. Ein langer Speichelfaden. Mit beiden Händen hielt der Mann einen Karton umklammert, wie einen seltsamen Schatz. Taumelte, als müsste er sich eigentlich abstützen. Konnte es aber nicht, weil er den Karton trug. An den Händen – irgendwie waren Thomas Spiering sofort die Hände aufgefallen – Gummihandschuhe. Gummihandschuhe, die irgendwie fleckig waren. An denen … etwas war. Etwas Braunrotes. Ja, irgendetwas Braunrotes.

Es war dieses Bild, das sich Thomas Spiering in die Pupillen brannte, als er wie ein Verrückter auf die Bremse stieg. Gerade noch rechtzeitig kam der Wagen zum Stehen. Der Mann stand vor ihm, schaute auf ihn herunter durch die Windschutzscheibe. Hob dann den Blick zum Himmel. Und setzte sich, irgendwie roboterhaft, wieder in Bewegung.

»Idiot«, rief Spiering. Obwohl der andere ihn kaum hören konnte. Hinter ihm hupten Autos. Sahen diese Idioten denn nicht, dass er hatte bremsen müssen? Dass er den Typen sonst überfahren hätte?

Er wollte anhalten, wollte diesen Volltrottel fragen, was ihm einfiel, einfach so über die Straße zu laufen. Ohne Ampel und ohne Zebrastreifen.

Doch das Hupen wurde lauter.

Der Mann schaute ihn ein letztes Mal mit seinen Plaketten-Augen durch die Scheibe an. Ging dann weiter. Ging mit ruckartigen Bewegungen weiter über die Straße, wie ein schlecht programmierter Roboter.

Auch Spiering fuhr weiter.

Sah aus den Augenwinkeln einen Lkw auf der anderen Straßenseite.

Beschleunigte.

Es war nicht nur wegen dem Hupen.

Es war nicht nur, weil er es eilig hatte und eigentlich schon längst zu Hause sein sollte. Bei seiner Frau. Die zuletzt mit dem Wagen gefahren war und den Rückspiegel anders eingestellt hatte.

Es war auch deswegen, weil der Mann ihn angeschaut hatte.

Und wie er ihn angeschaut hatte.

Das hatte Thomas Spiering gereicht.

Als er etwa fünfzig Meter gefahren war, hörte er den Knall.

KAPITEL 2

BERLIN, 2016

»Dämliches Datenschutzgequatsche«, sagte Kriminaldirektor Winterfeld, während sie die Treppe hinunterliefen. Draußen vor dem Hauptquartier des LKA 1 in der Keithstraße zündete er sich einen Zigarillo an und paffte in die dämmerige Herbstluft. Clara Vidalis, Hauptkommissarin am LKA 113 und Expertin für Forensik und Pathopsychologie, folgte ihm. Hermann ebenfalls. Das LKA 1 war zuständig für Delikte am Menschen. Ebenso Kinder- und Jugendpornografie. Zweihundertsechzig Beamte, die nichts anderes machten, als den schlimmsten Abschaum zu jagen. Und die, wenn selbst sie nicht mehr weiterwussten, die Mordkommission 113 anriefen. Die Mordkommission 113, die am Tempelhofer Damm saß. Winterfelds Truppe, zu der auch Clara gehörte und die eng mit dem LKA 1 zusammenarbeitete.

Joost Boonstra kam ihnen schnaufend hinterher. Boonstra, mit rotblonden Haaren und einem, trotz seiner fünfundfünfzig Jahre, jungenhaften Gesicht, war auf Dauerdiät und deshalb bei dauerhafter schlechter Laune. Morgens nahm er nur sein sogenanntes »Singlefrühstück« zu sich, schwarzer Kaffee und Zigarette. Dünner wurde er dadurch trotzdem nicht, vielleicht weil gerade das Frühstück die Mahlzeit war, an der man am wenigsten sparen sollte, selbst wenn man das Ziel hatte, Gewicht zu verlieren. Er zupfte sich das Hemd zurecht, das sich über seinen Bauch spannte, und zündete sich eine Zigarette an.

»Probier mal die Marine-Diät«, hatte Winterfeld ihm vorhin gesagt und auf seinen Bauch geklopft. Boonstra hatte ihn irritiert angeschaut. »Einfach die nächste Uniform eine Nummer größer bestellen.« Boonstra hatte das nicht witzig gefunden.

»Sie sind mal wieder am Nichtrauchen?«, fragte Winterfeld und wandte sich an Clara.

Clara nickte. »Im Moment, ja. Irgendwas muss ich auch mal richtig machen.«

»Dir gefällt der Datenschutz nicht?«, fragte Boonstra und deutete einen Ellbogenschlag in Winterfelds Seite an. Boonstra war Holländer und arbeitete eigentlich bei Europol in Den Haag, hatte aber für das LKA einige Computerschulungen übernommen, so wie diese Datenschutzschulung, die heute in der Keithstraße stattfand. Auch in Sachen Cyberspionage war er ein Crack. Derzeit lebte er in Trennung auf Probe, was darauf hinauslief, dass seine Frau das gemeinsame Haus bewohnte und sich mit Selbstfindung, magischen Steinen und Heat Yoga befasste und er im Keller lebte, was seine Laune nicht gerade besserte. *Ist ja fast wie bei* Schweigen der Lämmer, hatte Winterfeld gesagt, *da sind die Ermittler doch auch im Keller der FBI Academy. Jack Crawford, Clarice Starling und so weiter …* Boonstra fand auch das nur bedingt witzig. Genauso wie den Tipp mit der Marine-Diät. Er fand ohnehin wenig witzig. Und seine schlechte Laune hatte ihm schon häufig geholfen, wenn es darum ging, hart durchzugreifen. Bei Europol hatte er in der internationalen Abteilung kräftig aufgeräumt und zwei Dutzend Leute gefeuert. Diese McKinsey-artigen Qualitäten hatten ihm bei den englischsprachigen Kollegen von Europol den Spitznamen *Boonstra the Butcher – Boonstra der Schlachter* eingebracht. Ein Name, der, wie Clara fand, auch gut zu ihrem Job passte.

Winterfeld schaute die prächtige Fassade des klassizistischen Gebäudes des LKA 1 in der Keithstraße hinauf und qualmte. *Polizei* stand auf dem Schild neben der Tür. Immerhin beruhigend, dachte Clara, dass die Polizei noch Polizei hieß in Zeiten, wo Arbeitsämter *Jobcenter* hießen oder Fahrkartenautomaten der Bahn, die nie funktionierten, *Servicepoints.* Wahrscheinlich würde auch der Name *Polizei* bald abgeschafft werden und hieß dann *Bürgercenter, Helppoint* oder *Optimierungs-Begegnungsstätte.*

»Datenschutz«, knurrte Winterfeld, »das heißt doch in erster

Linie Täterschutz. Terroristen kommunizieren über Xboxes oder andere Spielkonsolen miteinander, und wir dürfen nicht mal Handydaten speichern. Mit Telekommunikationsgesetzen aus den Fünfzigern!«

Boonstra grinste. »Ich helf euch immerhin, ein paar Tricks zu lernen.«

»Ja«, sagte Hermann, der in einem schwarzen Kapuzenpulli, die Hände in den Taschen, zwischen Boonstra und Winterfeld stand. Clara stand ihm gegenüber. »Aber nur, weil du von der Agenda abweichst. Lernen sollen wir das hier nicht.«

»Wie läuft denn Riskid?«, fragte Boonstra. Riskid war ein Programm, das die Vernetzung zwischen Jugendämtern und misshandelten Kindern verbessern sollte.

Winterfeld zuckte die Schultern. »Ganz gut. Aber nur ein Tropfen auf den heißen Stein. In den meisten Fällen bleibt doch alles, wie es ist. Und jeder Kindermörder kriegt deutlich weniger aufgebrummt als jeder Eierdieb oder Falschparker.«

Er schaute Hermann an. »Warst du nicht bei dem Fall in Wedding dabei? Müllerstraße?«

»Der mit der Mikrowelle?«, fragte Hermann.

»Ja.« Winterfeld zog an seinem Zigarillo, halb genießerisch, halb angeekelt, wie Clara fand. Vielleicht stimmte es, dass Winterfeld nicht rauchte, weil er es wollte, sondern weil er es musste. Auch wenn er das nie zugeben würde.

»Was war da los?«, fragte Boonstra. Clara kannte die Geschichte.

»Da hat so ein Typ sein Kind halb totgeschlagen und dann mit dem Kopf in die Mikrowelle gesteckt.«

»Und?«, fragte Boonstra. »Die Mikrowelle geht doch erst an, wenn die Tür zu ist.«

»Das hat er extra manipuliert«, sagte Hermann. »Der Typ war wohl mal Elektriker und hat sich auch noch schlaugemacht, damit die Strahlung auch bei offener Tür rauskam.«

Selbst Boonstras Augen weiteten sich. »Und der Kopf des Kindes?«

Winterfeld machte ein gequältes Gesicht. »Ist explodiert. War 'ne totale Sauerei.«

»Mein Gott.« Boonstra schüttelte den Kopf. »Und was kriegt der Täter?«

Winterfeld zuckte die Schultern. »In Deutschland? Keine Ahnung. Wahrscheinlich Verwarnung wegen Sachbeschädigung. Oder Rüge wegen unsachgemäßer Behandlung von technischen Geräten.«

»Herr Kollege, Sie übertreiben«, sagte Clara.

»Wär in Holland auch nicht anders«, knurrte Boonstra.

»Wenn, dann übertreibe ich nur ein bisschen«, sagte Winterfeld. »Die meisten Sachen fallen eh unter den Tisch, weil sie keiner merkt. Da ist das bei den Amis anders. Die haben ViCAP. Da kann jeder Polizist drauf zugreifen. Was haben wir? POLIX, das nur für die Bundesländer gilt. Kleinstaaterei wie zu Kaisers Zeiten! Das schützt die Opfer genauso gut wie das Jugendamt das Kind in der Mikrowelle.«

Boonstra hob die Augenbrauen. »Klingt ja so, als wäre Deutschland auf dem Weg zu einem *failed state.*« Ein *failed state* war eigentlich ein Staat, der auf dem Weg in den Abgrund war. Wie Libyen, Syrien oder Irak.

Winterfeld nickte. »Das klingt nicht nur so.«

Clara kannte ihren Chef. Heute hatte er offenbar mal wieder einen seiner pessimistisch-fatalistischen Tage, wo er alles in maximal düsteren Farben ausmalte.

Winterfeld sprach weiter, doch Clara merkte, wie sie nur Teile von dem mitbekam, was er sagte, und ihre Gedanken woandershin abwanderten.

»Richtig kalt wird es hier auch nicht mehr«, sagte Winterfeld, blickte zum Himmel, klemmte sich den Zigarillo zwischen die Zähne und steckte die Hände in die Taschen. »Wir haben Ende

Oktober und können hier noch draußen stehen. Mit weißen Weihnachten wird das nichts.«

»Wusste gar nicht, dass du so scharf auf Winter bist«, sagte Hermann.

»Er heißt doch Winterfeld.« Das war Boonstra. »Nomen est omen.« Die Worte zogen an Claras Geist vorbei wie Wolken, die man nicht festhalten konnte.

»Trotzdem«, sagte Hermann. »Letztes Jahr hast du noch über die Heizkosten gemotzt. Obwohl, hast du nicht diesen Kaminofen?«

»Ja, aber da muss ich Holz schleppen. Das ist nicht gut für meinen Rücken.« Winterfeld stippte die Asche auf den Boden.

»Immerhin musst du es nicht hacken.«

»Nein, da könnten wir einige unserer Serienkiller für nehmen. Die zerhacken gerne Dinge. Lebende und tote. Wie hieß dieser Verrückte noch, der die Frauen zerhackt hat?«

Clara merkte, dass er sich an sie gewandt hatte. Sie war augenblicklich wieder im Hier und Jetzt. »Bernhard Trebcken«, sagte sie. »Der Werwolf.« Clara erinnerte sich gut an ihn. Der Werwolf hatte in Berlin sieben Frauen auf bestialische Weise getötet. Manche der Frauen hatte er vor und nach dem Tod vergewaltigt. Und er hatte sie mit einer Axt zerhackt und dabei so blindwütig auf die Leichen eingeschlagen, dass einige Axthiebe nicht nur die Gliedmaßen durchtrennt, sondern den Matratzenkern des Bettes durchschlagen und das Parkett darunter zerstört hatten. Einigen Frauen hatte er den Darm aufgeschnitten und sie mit ihren eigenen Fäkalien eingeschmiert. Totale Dominanz und Unterwerfung. Clara erinnerte sich an all das. Besonders erinnerte sie sich daran, weil sie, Clara, Bernhard Trebcken, den Werwolf, erschossen hatte. MacDeath hatte sie über das Täterprofil zu der richtigen Adresse gelotst. Der Werwolf war ein brutaler, exploitiver Vergewaltiger, aber er wollte auch ein toller Hecht sein. Darum fuhr er eine Corvette. Und durch die Adresse des Autohalters bei der Zulassungsstelle waren sie an die Adresse von Trebcken gekommen. *A corvette makes them wet,* hatte MacDeath den schlüpfrigen, inoffiziellen Werbespruch zitiert, der die scheinbare Wirkung von Corvettes auf Frauen zusammenfasste. Und so cool wollte Trebcken, der Werwolf, auch sein. MacDeath hatte richtiggelegen.

Mein Gott, dachte Clara, wie lange war das her? Zwei Jahre? Drei?

MacDeath und sie kannten sich damals noch gar nicht. Doch am Ende war es Clara, die dem Bösen wieder einmal ins Auge geschaut und Bernhard Trebckens Kopf mit der Heckler & Koch eines SEK-Beamten in eine blutige Ruine und die Wand dahinter in ein Kunstwerk von Jackson Pollock verwandelt hatte.

MacDeath …

Clara merkte, wie ihre Gedanken wieder abschweiften. Was war da jetzt mit Martin Friedrich, ihrem Kollegen, den alle nur MacDeath nannten, wegen seiner Liebe zu Whiskey, Schottland und Shakespeare? Waren sie zusammen? Im Moment waren sie nicht zusammen, da Datenschutz nicht sein Thema war und er eine Vorlesung an der Humboldt-Uni hielt. Aber sonst? Ja, zusammen waren sie wohl. Sie überlegten sogar, zusammenzuziehen. MacDeath hatte die größere Wohnung, und da wäre es einfacher, wenn sie zu ihm zog, als wenn sie sich zu zweit etwas komplett Neues suchten. Hatten sie überlegt. Sie kannte die Wohnung gut, da sie ohnehin schon halb eingezogen war und dort viele Wochenenden und auch sonstige Abende verbracht hatte. Und sie mochte die Wohnung auch. Irgendwie freute sie sich darauf, aber sie merkte, dass sie auch Angst hatte. Angst, sich zu binden. Angst, etwas zu besitzen. Denn alles, was man besaß, konnte einem auch wieder weggenommen werden.

Doch das war nicht alles. Mittlerweile drängte MacDeath immer mehr darauf, dass Clara und er, wenn sie schon mehr oder weniger zusammenlebten und sich so gut verstünden, doch eigentlich heiraten könnten. Clara schreckte davor noch mehr zurück als vor dem Zusammenziehen, denn es war klar, dass sie bei aller Behaglichkeit, die daraus entstehen konnte, doch ein wenig Freiheit aufgeben würde. Was hieß ein wenig? Eigentlich eine ganze Menge! Sie hatte oft mit MacDeath darüber gesprochen und sich gewundert, dass ein Freigeist wie MacDeath unbedingt heiraten wollte. Andererseits war MacDeath ja bereits einmal in den USA verheiratet gewesen. Seine Frau Caren war damals gestorben, und er hatte Clara gesagt, dass ihm Rituale wichtig seien in einer Welt, die vollkommen aus den Fugen geraten sei. Und Heiraten war ein solches Ritual. »Den Serienkillern, besonders den Ritualmördern sind Rituale wichtig«, hatte er gesagt, »und mir, der die Seele dieser Monster analysiert, sind Rituale auch wichtig.«

Die Begründung fand Clara etwas schräg, aber irgendwie passte sie auch zu MacDeath.

Sie war zurück in der Wirklichkeit angelangt und schaute Winterfeld an, der gestikulierend und rauchend mit Boonstra und Hermann sprach. Wenn sie ihren Kollegen heiraten würde, müsste Winterfeld sein Okay geben, da sie beide in einer Abteilung arbeiteten. Aber das würde schon irgendwie hinhauen. Dennoch: Heiraten? Sich einem Menschen gegenüber komplett verpflichtet fühlen? Das war schon eine harte Nummer. Was man besaß, machte einen verletzlich. Und irgendwie kam ihr wieder der Song von Iron Maiden in den Sinn, dessen Text sie aus irgendwelchen Gründen seit ihrer Jugend auswendig konnte.

If you asked me a question, would I tell you the truth
Now there's something to bet on, you've got nothing to lose

»Lass uns mal wieder reingehen«, hörte sie Boonstras Stimme. »Wir machen weiter.«

Winterfeld nickte grummelnd und warf den Zigarillostummel auf den Boden. »Wird jetzt doch etwas kälter«, knurrte er.

»Ich dachte, es gibt keinen Winter mehr?« Das war Hermann.

»Gibt es ja auch nicht«, sagte Winterfeld, »*ein bisschen kalt* ist kein Winter. Und noch ist ja eh Herbst.«

»Hat das auch was mit dem Untergang Deutschlands zu tun?« Hermann wollte offenbar Winterfelds pessimistische Kulturtheorie auf ihre Konsistenz prüfen.

»Klar«, sagte der. »Deutschland wird ein Dritte-Welt-Land. Und in den meisten Dritte-Welt-Ländern gibt es auch keinen Winter.«

Hermann grinste. »Punkt für dich.«

Sie waren gerade dabei, gemeinsam ins Gebäude zurückzugehen, als sie das Krachen hörten.

Wie eine Explosion.

Laut.

Keine fünfzig Meter entfernt.

KAPITEL 3

BERLIN, IN DER HÖLLE

Sie war in einem *Red Room.*

Auch wenn sie es noch nicht wusste.

Aber der Mann wusste es.

Red Rooms.

Red Rooms waren so ähnlich wie Snuff Movies. Nur noch viel schlimmer.

Snuff Movies waren Filme, in denen Menschen vor laufender Kamera gefoltert und getötet wurden. Gefoltert und getötet, um perversen und gleichzeitig gut zahlenden Kunden einen Kick zu verschaffen, den sie so sonst nicht bekamen.

Snuff Movies tauchten Ende der sechziger Jahre plötzlich auf, wie eine von fauligen Gasen aufgeblähte Wasserleiche, die in einem warmen, von Algen verseuchten Sommertümpel plötzlich an die Wasseroberfläche stößt. Manche sagten, dass der erste Snuff Movie 1969 entstand, als die Manson Family das Bel-Air-Massaker anrichtete. Sharon Tate, die schwangere Frau von Roman Polanski, war von der Manson Family ermordet worden. Manche sagten, dass die Manson Family das Massaker gefilmt hatte. Und manche sagten, dass die Killer ihr das Kind aus dem Leib herausgeschnitten hatten. Auch wenn dies nie bestätigt wurde.

»Red Rooms sind Snuff Movies 2.0«, hörte sie die Stimme. »Web 1.0 war nur statisch. Das Web 2.0 ist interaktiv. Zum Mitmachen. Und das sind Red Rooms auch! Heute würde man sagen: *innovativ!*«

Sie saß gefesselt auf dem Stuhl.

Die Kamera vor ihr.

Der Mann ebenfalls.

Der Mann, der die Totenkopfmaske trug.

Neben ihm ein Laptop. Bleiches Licht, das den Raum erfüllte.

»Das ist hier so wie eine Livecam«, sagte er. »*Live Jasmin* und wie diese ganzen Plattformen heißen. Die mit den nackten Schlampen. Du weißt, was ich meine?«

Das Mädchen würgte nur, Angst schnürte ihr die Kehle zu. Magensäure lief ihr die Speiseröhre nach oben. Sie schluckte angeekelt, konnte nichts sagen.

»Die Schlampe zieht sich umso weiter aus, je mehr die Nutzer zahlen«, sagte der Mann, und seine Stimme hallte blechern unter der Maske wider. »Und sie macht irgendwelche Sachen. Streichelt sich, fasst sich an, was auch immer.« Er tippte etwas in seinen Rechner ein. »Kennst du den Film *Hostel?*«

Sie antwortete nicht.

»Ich rede mit dir!«

Sie nickte nur. Mechanisch. Wie ferngesteuert.

Ja, sie kannte den Film. In *Hostel* ging es um einige Rucksacktouristen, die in Osteuropa in die Hände einer furchtbaren Mafia gerieten, die das »Hostel« betrieben. Einen Ort, an dem reiche, gelangweilte und perverse Geschäftsleute diese Touristen gegen Geld foltern und töten konnten. Sie hatte den Film gesehen. Und sich damals fast in die Hose gemacht. Aber das war kein Vergleich zu …

»Red Rooms sind Hostels mit einer Webcam«, sagte der Mann knapp. »Wie eine von diesen Online-Peepshows. Nur viel … brutaler. Ich mache … etwas mit dir. Und die Leute bezahlen. Und je schlimmer das ist, was ich mache, desto mehr bezahlen sie.« Er hielt kurz inne, als würde er wieder nachdenken.

Sie schaute ihn irritiert an. Warum die Pause? Besann er sich gerade eines Besseren? Hoffnung blitzte in ihren Augen auf. Hieß das, dass sie vielleicht befreit wurde? Hieß das, dass er sie nur einschüchtern wollte. Hieß das …

»Ich habe übrigens zwei Nachrichten für dich.« Seine Stimme durchschnitt wieder ihre Gedanken. Er schaute nach hinten. Das Mädchen folgte seinem Blick. Und schaute gleich wieder weg. Sie hatte gesehen, was dort *hinten* lag. *Hinten* lagen auf einem Tisch die *Werkzeuge,* die der Mann gleich einsetzen würde. Gleich, wenn die Kamera lief und die ersten Gebote kamen.

»Die gute Nachricht: Du wirst nicht mehr leben, wenn es wirklich schlimm wird.«

Er ging zum Tisch und holte ein Instrument, das er in die Kamera hielt. »Das richtige Leben«, es war ihr, als würde sie ein Grinsen hinter seiner Totenkopfmaske sehen, »findet hier *nach* dem Tod statt. Einfach deshalb, weil ich so *nett* bin. Vielleicht auch deswegen, weil du dann stillhältst.« Er hielt wieder inne.

»Die schlechte …«, und damit schien er ihr direkt in die Augen zu schauen. Und sie schaute wieder in die schwarzen Augenhöhlen der Totenkopfmaske. Sah dort nichts als Schwärze. Sah auch nicht das Grinsen hinter der Maske. »Du wirst danach nicht mehr so schön sein, wie du es jetzt bist.«

Er legte den Gegenstand wieder auf den Tisch und schaute sich auf dem Laptop die Vorschläge und die Gebote der Zuschauer an. Dann prüfte er noch einmal, ob die Kamera lief. Er schaute auf den Monitor und dann auf sie, wie ein Maler, der überlegt, wo er den ersten Pinselstrich machen soll.

»Ich glaube, ich weiß, was ich als Erstes abschneide«, sagte er dann.

KAPITEL 4

BERLIN, IN DEN ACHTZIGERN

»Weißt du, wie spät es ist?«, fragte Mama. »Haben wir nicht gesagt, dass du um 6 Uhr deine Spielsachen vom Tisch räumst?«

Sie sprach das »s« in Spielsachen so spitz wie nur möglich aus. Und das »s« in »sechs« auch. Obwohl es eigentlich nicht 6 Uhr, sondern 18 Uhr war. »S«. Das Zischen einer Schlange. Und es waren keine »Spielsachen«, es war sein Modellbaukasten. Er war nämlich kein Kind mehr.

Weißt du, wie spät es ist?

Torsten wusste, dass die Frage rhetorisch war. Natürlich wusste Mama selbst, wie spät es war. Schließlich war sie an der hässlichen Uhr im Flur vorbeigegangen. Trotzdem fragte sie ihn. Vielleicht genoss sie seine Unsicherheit. Und sie genoss es zu sehen, wie Torsten hastig seinen Modellbaukasten zusammenpackte, wie er, dick, ungelenk und mit farblos blondem Haar durch seine randlose Brille seine Mutter aufmerksam und ängstlich betrachtete.

Mutter liebte mich nicht.

Papa liebte sie auch nicht.

Ich weiß nicht einmal, ob sie sich selbst liebte.

Sie waren gerade aus dem Märkischen Viertel in ein windschiefes Häuschen am Eichborndamm gezogen. Es war etwas größer als das Loch im Märkischen Viertel, aber war es besser? Jedenfalls musste Papa für das Märkische Viertel nicht drei Lebensversicherungen verpfänden, um den Eigenanteil für die Hausfinanzierung aufzunehmen. Hierfür musste er es.

Der Eichborndamm. Nahe dem Flughafen. Das Einzige, was er von Tegel mitbekam, war der Lärm. Denn geflogen war er noch nie. Obwohl er ständig diese Sehnsucht hatte wegzufliegen. Weit, weit wegfliegen. Aber wohin überhaupt? Davon hatte er keine Vorstellung. Er wollte weg, aber er wusste nicht, wohin. Es war eher eine Frage des »weg« als eine Frage des »wohin«.

Er räumte seine Modellsachen vom Tisch.

»Beeil dich ein bisschen«, sagte sie schnippisch. »Und dann kannst du den Tisch decken.«

Sie würde ihn immer herumkommandieren, dachte er. Nein, das *dachte* er nicht, das *wusste* er. *Sie würde ihn immer herumkommandieren, bis …*

»… bis was?«, fragte Mutter.

O Gott, konnte sie seine Gedanken lesen?

»Was meinst du mit *bis was?*«, fragte er.

»Ich habe nichts gesagt«, sagte Mutter.

Sie hatte mit Sicherheit etwas gesagt. Sie sagte immer etwas.

Sein Vater war es, der nichts sagte.

Der nur dastand und alles ertrug.

Ein Schaf, das zur Schlachtbank geführt wurde. Jeden Tag aufs Neue.

Papa hat sowieso nichts zu melden.

Er ist Busfahrer. Fährt die 222. Reinickendorf. Später die 213.

Vor und zurück.

Wie ein Pendel, das so lange pendelt, bis es reißt. Und fällt.

Den Bus hat er unter Kontrolle.

Und sonst nichts.

Mutter war dominant.

Mutter hatte andere Männer.

Mutter lud auch andere Frauen ein. Dann tranken sie Likör.

Und wenn sie am nächsten Morgen einen Kater hatte, verprügelte sie Torsten.

Und manchmal auch Papa.

Ja, Mutter verprügelte sie beide.

So war sie.

Und gleichzeitig war sie immer so gläubig.

Aber vielleicht war das nur gespielt?

»Wenn du masturbierst, dann tötet dich Gott«, sagte Mama.

Sie hatte neben seinem Bett im Dunkeln gestanden, als sie das gesagt hatte.

Er hatte tatsächlich masturbiert, nachts im Bett im dunklen Zimmer, unter seiner Decke. Er war in dem Alter, wo bereits *etwas rauskam*, deshalb hatte er sein Taschentuch irgendwie in Position gebracht.

Sie hatte die ganze Zeit dort gestanden. Im Dunkeln. Wie eine Statue. Er hatte sie nicht gesehen. Erst als der Höhepunkt kam, erst als er versuchte, möglichst viel von dem, was rausspritzte, in das Taschentuch zu befördern und nicht in die Bettdecke, erst da hatte sie sich bewegt.

Und als sein Orgasmus noch gar nicht vorbei war, als es noch aus ihm rausspritzte, da hatte sie die Worte gesagt:

»Wenn du masturbierst, dann tötet dich Gott.«

Perfektes Timing.

Sie nahm die Hand, tat so, als wollte sie ihm die Bettdecke wegziehen.

Tat es dann aber doch nicht, sondern verließ ohne Worte das Zimmer.

Ließ Torsten unter der Decke mit seinem *Ding* in der Hand und dem glitschigen Taschentuch in der anderen liegen.

Mutter zeigte ihm, dass er schmutzig war.

Und vielleicht wollte er auch wirklich schmutzig sein.

Es war eine dieser Nächte, in der er wieder ins Bett machen würde.